Freyas Töchter

DAGMAR TRODLER

Freyas Töchter

Roman

Weltbild

Besuchen Sie uns im Internet:
www.weltbild.de

Genehmigte Lizenzausgabe für Verlagsgruppe Weltbild GmbH,
Steinerne Furt, 86167 Augsburg

Umschlaggestaltung: Studio Höpfner-Thoma, München
Umschlagmotive: The Bridgeman Art Library, Berlin;
Artothek, Weilheim
Gesamtherstellung: Bagel-Roto-Offset & Co.KG, Kirchweg,
06721 Schleinitz
Printed in Germany
ISBN 3-8289-7412-0

2009 2008 2007 2006
Die letzte Jahreszahl gibt die aktuelle Lizenzausgabe an.

1. KAPITEL

Zeit ist's zu reden vom Rednerstuhl,
An der Quelle Urds;
Ich sah und schwieg, ich sah und dachte
Und merkte der Männer Reden.
Von Runen hört ich reden, sie verrieten die Deutung,
Bei des Hohen Halle, in des Hohen Halle
Hört ich sagen so …

(Hávamál 111)

Jemand trat mir mit aller Macht in den Bauch. Ein kleiner Fuß beulte herausfordernd die Bauchdecke nach außen und verschwand wieder, als ich meine Hand darüberlegte. Schwerfällig drehte ich mich auf die Seite und suchte mir eine für meinen Leibesumfang bequemere Stellung auf dem verwanzten Strohsack.

Mein Blick glitt durch den düsteren Raum. Jede Kleinigkeit hatte ich schon unzählige Male betrachtet: den sorgfältig zugebundenen Getreidesack; die Holzkiste mit schwerem Schloss; darauf, irgendwann einmal abgestellt und vergessen, eine wurmstichige Jungfrau Maria, in deren Arm an Stelle eines Christuskindes ein bemalter Sack klemmte; die kleine Luke, durch die der Wind hereinpfiff und die den Blick auf einen morastigen Hof freigab. Zwei Schweine grunzten dort in ihrem Verschlag, der Gestank von Exkrementen zog so unbeirrt durch das Fensterchen, als gäbe es keine andere Richtung. Ich konnte mich nicht entscheiden, was übler roch, die Schweine oder das Loch gleich daneben, das sie hier »Latrine« nannten. Wann hatte ich zuletzt meinen Topf dort entleert? Ich lag schon eine halbe Ewigkeit hier oben.

Heulend fuhr der Wind um das Haus, es zog durch die nur

notdürftig mit Lehm und Stroh zugestopften Ritzen – wie in den allermeisten Herbergen, in denen wir übernachtet hatten. Dieses Haus jedoch war das schmutzigste von allen – und ausgerechnet hier musste ich es am längsten aushalten. Außer Schankweibern und der fettleibigen Wirtin schien es keine Frau weit und breit zu geben. Wer auch immer das Essen zubereitete, konnte nicht viel vom Handwerk verstehen, denn die Eintöpfe schmeckten nach zerkochten Gemüseabfällen und ranzigem Fett, und das Fleisch hätte selbst ein Hund verschmäht. Jeden Abend fiel lärmend neues Volk von den Straßen und vom Hafen in den Schankraum ein, man soff, sang und feierte, bis man von den Bänken fiel, und schlief dann ein, wo man lag, über oder neben der Dirne, die manch einer trotz der gezahlten Taler nicht mehr zu besteigen in der Lage war. In der Nacht hörte ich die Mädchen dann kichern und hicksen, wenn sie sich sammelten, manchmal auf die Letzte wartend, die vielleicht mit flinken Fingern ihr Geschäft am Kunden noch verrichtete oder heimlich eine Tasche leerte, bevor der Spuk gemeinsam auf der Straße verschwand.

Für einen Beutel Silber war der Wirt bereit gewesen, meinen Strohsack auf den Dachboden des Wirtschaftshauses zu legen, wo in Tongefäßen und Säcken die Vorräte lagerten und wo in ruhigeren Zeiten die Dienstboten schliefen. Jeden Abend kam die Hausfrau persönlich ihre Krüge inspizieren, und manchmal, wenn ich mich schlafend stellte, hörte ich, wie sie in meinen Bündeln kramte und nach gestohlenen Bohnen oder Äpfeln suchte.

Doch heute Abend hatte auch die Freiheit der eigenen Kammer ein Ende gefunden, als eine Reisegruppe aus Hamburg in der Herberge eintraf und sie bis in den letzten Winkel füllte. So lag ich nun inmitten von erschöpften, ungewaschenen Männern, umhüllt vom Dunstgemisch aus Alkohol, Aufgestoßenem und feuchten Fürzen, lauschte dem Schnarchen und Grunzen und fragte mich, wie lange Erik mich hier noch festzuhalten gedachte.

Ein Regenschauer prasselte auf das Dach. Ich beobachtete, wie die Tropfen durch ein kleines Loch herunterfielen und den Boden zwischen den Schlafenden netzten. Als die Pfütze größer wurde, begann es zu spritzen, einem der Reisenden ins Gesicht, worauf der sich mit Fäusten die Augenhöhlen rieb und auf die andere Seite rollte, mit dem Kopf auf meinen Strohsack. Ich wich ihm aus, wickelte mich enger in das Bärenfell, das Erik mir heute Morgen gebracht hatte, und lehnte mich an die Wand. Das Kind in meinem Bauch bewegte sich wieder, unwirsch, dass ich es geweckt hatte. Ich atmete, wie man es mir gezeigt hatte, und strich mir über den Bauch, von rechts nach links, wieder und wieder, bis endlich Ruhe einkehrte. Wenn es sich doch nur noch ein wenig gedulden würde!

Unsere Reise hatte viel länger als erwartet gedauert. Nach der geglückten Flucht aus Köln, wo wir nach Meister Naphtalis Flammentod den Häschern des Erzbischofs und meinem zornigen Vater um Haaresbreite entwischt waren, hatten wir uns auf den Weg nach Norden gemacht. Zunächst ging es zu Pferd, dann per Schiff nach Flandern, doch bald merkte ich, dass Erik es mit dem Heimkehren nicht mehr so eilig zu haben schien. Wir reisten kreuz und quer durch Flandern, besuchten bedeutende Handelsstädte, wo er Kaufleute traf und nächtelang in ihren Warenlagern verschwand, ohne mir zu erklären, was er dort trieb, während ich mir Marktplätze ansah und mich langweilte, weil doch alle gleich aussahen. Und während unser Gepäckberg anwuchs und auf ein zweites Packpferd verteilt werden musste – Erik, so ging mir irgendwann auf, war auf die Idee verfallen, eine Aussteuer wie für eine reiche Dame zusammenzukaufen –, setzten in Brügge verfrüht die Wehen ein. In der heißesten Zeit des Jahres war ich einige angsterfüllte Wochen lang ans Bett gefesselt. Nur der Geschicklichkeit einer alten Hebamme, die mein Diener Hermann im Judenviertel auftrieb, war es zu verdanken, dass ich mein Kind behielt. Sie riet uns dringend, die Reise bis zur Geburt zu unterbrechen, doch davon wollte Erik nichts hören. Sein Sohn sollte in seiner Heimat geboren werden. Kopfschüttelnd sah die Alte zu, wie er mich in eine mit Kissen und Decken ausgepolsterte Sänfte verfrachtete und die Stadt Richtung Norden verließ.

In Bremen entgingen wir nur mit knapper Not den Verzweifelten einer Hungersnot, die nach Missernten über die Stadt hereingebrochen war. Immer noch lähmt mich das Entsetzen, wenn ich an die lüsternen Blicke dieser vom Hunger ausgezehrten Menschen denke, als wir an den Toren ihrer Stadt vorbeiritten, auf Pferden, deren Fleisch man essen konnte... Eine waghalsige Flucht rettete uns und unseren Tieren das Leben. Es folgten hungrige Tage in den Wäldern, denn auch unsere Vorräte waren zur Neige gegangen. Hermann versorgte uns mit Pilzen und Beeren – zu jagen wagten wir nicht, hatten wir doch keine Ahnung, auf wessen Grund und Boden wir uns befanden. Mittlerweile war es Anfang Oktober, und der Sommer verabschiedete sich. Die Strahlen der Sonne wurden schwächer, und der Wind brachte Kunde von einem kalten Winter. Erik wickelte mich in alle verfügbaren Umhänge und zwang mich aufzuessen, was er mir gab. Seine Rationen müssen dabei gewesen sein, denn als wir die Küste erreichten, war sein Gesicht schmal geworden.

Er wurde blass, als wir Haithabu erreichten, jene Stadt, in der wir ein Schiff nach Norden finden wollten, denn an Stelle der lebhaften Handelsniederlassung, die dort im Frühjahr noch gestanden hatte, ragten nun schwarz verkohlte Stümpfe aus dem sandigen Boden. Stechender Brandgeruch durchzog selbst jetzt noch die Seeluft und verursachte mir Übelkeit.

Brand – Feuer – Brennen – brennendes Fleisch – Erik hielt mich fest, bevor ich würgend zu Boden sinken konnte, ohne Atem, ohne Tränen, immer noch leer vor Entsetzen über das, was in Köln geschehen war und mich nicht losließ...

Ein Fallensteller, der in den Ruinen Kaninchen jagte, erzählte uns die Geschichte von Haithabu, von dem verheerenden Feuer, das die Slawen im Frühling gelegt hatten, von dem tagelangen Wüten der Flammen, von flüchtenden Händlern, beladen mit Sack und Pack, Frauen, die ihre Kinder auf dem Rücken trugen und Hab und Gut zurückließen, von dem Lärm der berstenden Holzbalken, und er erzählte von der neuen Stadt am Ufer der Schlei – Schleswig genannt –, wo wir Schiffe und Herbergen finden würden. Mit Hermanns Hilfe brachte Erik mich zur Sänfte zurück und schlug den Weg nach Osten ein.

Unser treuer Diener wartete mit mir außerhalb von Schleswigs Umwallung, harrte stundenlang im Regen bei den Pferden aus, während das Leder des Sänftendachs sich langsam mit Wasser voll sog und Erik sich auf der Suche nach einer Bleibe von Haus zu Haus durchfragte.

Ich riss etwas Stroh aus meiner Matratze und stopfte es mir in den Rücken, wo es durch ein Loch in der Wand beharrlich zog. Was für eine Bleibe. Was für eine Stadt!

Als es mir wieder besser ging, hatte Erik mich zum Schleiufer mitgenommen, um mir zu zeigen, wo wir in See stechen würden. An jenem stürmischen Morgen war ich vollauf damit beschäftigt, einen Weg durch all die Menschen zu finden, und achtete nicht darauf, wie wir dem Wasser immer näher kamen. Und so schlug mir die Bö wie eine Faust ins Gesicht, als wir den Schutz der Häuser hinter uns ließen, sie brannte mir in den Augen, bis mir die Tränen kamen, und brannte aufs Neue, und es dauerte eine Weile, bis ich begriff, um was für eine ernste Angelegenheit es sich bei der Schiffsreise handelte.

»Niemals gehe ich auf dieses Wasser, Erik!«

Vor uns verbreiterte sich die Schlei zu einem mächtigen Strom, aschgrau und voller gefräßiger Wellen, die, vom Wind aufgepeitscht, drohend auf uns zuritten, eine nach der anderen, die Böschung herauf leckten, wo sie flach wurden wie Pfannkuchen und geduckt ins Grau zurücktauchten, um Kraft zu schöpfen und dann, mit Schaum gekrönt, den nächsten Angriff zu wagen. Und irgendwo dahinter lag das Meer, von dem ich gehört hatte, dass man an seiner Endlosigkeit irre werden konnte und dass es Seeschlangen und schuppige Ungeheuer barg, die nur darauf warteten, umherirrende Opfer zu verschlingen.

»Könnte man nicht doch zu Fuß … einen Umweg …?«

Erik zog mich unter seinen Umhang, um mich vor den Sturmböen zu schützen. Hinter uns hörte ich Hermanns Zähne klappern.

»Es gibt nur den Weg über das Wasser, *meyja*. Hab keine Angst.«

»Aber – aber werden wir uns nicht verirren?«

»Vertrau dich dem Meer an, *kærra*, es ist eine große Macht, die dich freundlich tragen wird.« Seine Stimme klang rau, als er meinen Kopf an seine Brust drückte. »Dieses Wasser ist grenzenlos, ewig, sanft und gleichzeitig voller Gewalt …« Ich hörte ihn kaum noch. »Das Meer hat etwas Göttliches. Es lehrt den Menschen Demut …«

Der Mann auf dem Strohsack neben mir brabbelte vor sich hin und polsterte seinen Kopf mit meiner Decke. Ich rutschte zur Seite, brachte mich in Sicherheit vor seiner nach Wärme suchenden Hand.

Demut. Dieses Wort aus seinem Mund. Ich schüttelte den Kopf. Erik war mir ein Rätsel. Mit jedem Tag, den wir in dieser unruhigen Stadt verbrachten, schien er sich nicht nur körperlich weiter von mir zu entfernen. Wohin wanderten seine Gedanken, wenn er auf das Wasser blickte, was machten sie für Bocksprünge, wenn er an Schiffen vorbeiging, die Platz für uns hätten, ohne sie zu betreten?

Hermann hatte mir erzählt, dass Erik scheinbar ziellos in der Stadt herumstreifte. Fast vier Wochen waren wir nun schon in Schleswig, und er verlor kein Wort über unsere Abreise. Jetzt, wo der Herbst mit seinen Stürmen vor der Tür stand, wurde es doch immer schwieriger, ein Schiff zu finden, das groß genug war, um Pferde und Gepäck aufzunehmen, und auch die weite Fahrt in den Norden würde sich immer riskanter gestalten. Ich begriff es einfach nicht. Bei den seltenen Gelegenheiten, wo wir allein waren, gelang es mir nicht, hinter seine Pläne zu kommen, und ich begann mich zu sorgen, dass ich mein Kind in dieser entsetzlichen Absteige zur Welt bringen müsste.

»Mach dir keine Sorgen, *meyja*, alles wird gut werden.« Und während ich mich beim Versuch, der versteckten Trauer in seinen Augen auf den Grund zu gehen, in ihrem Blau verlor, wünschte ich mir, die Quelle seiner Zuversicht entdecken zu können. Wieder biss mich eine Wanze ins Bein. Wo schlief er heute Nacht? Nachdenklich kratzte ich an der Bissstelle herum.

Eine Erkältung, die ich mir bei einem Spaziergang geholt hatte, zwang mich nun schon seit einer Woche, dieses stinkende Bett zu hüten. Hermann hantierte mit Kräuteraufgüssen gegen Fieber und Schnupfen, legte heiße Umschläge gegen das Gliederreißen an, getreu das Wissen seines Meisters anwendend … Naphtali. Ich biss mir auf die Handknöchel und verbot mir, weiter an ihn zu denken, aus Angst, die Beherrschung zu verlieren. Auch Erik vermied es, seinen Namen zu erwähnen, doch wenn er seine Nägel über das Ledersäckchen voller Goldstücke zog, das der Jude ihm als Mitgift anvertraut hatte, dann wusste ich, wie sehr ihn die Erinnerung quälte.

Ich stieß mit dem Fuß gegen eine irdene Schale. Hermann hatte sie mir am Abend gebracht. »Herrin, Ihr müsst essen. Vom Hungern werdet Ihr nicht gesund.«

»Wo ist Erik? Hast du ihn gesehen?«

»Nein, Herrin, er ging am Mittag fort, ohne zu sagen, wohin. Wahrscheinlich schaut er wieder das Wasser an …« Und der kleine Diener hatte mir mitleidig zugeblinzelt. Ihm war bei dem Gedanken, in einer hölzernen Nussschale auf den Wellen zu tanzen, ebenso unwohl wie mir. Wir gaukelten uns gegenseitig frohen Mut vor, wohl wissend, dass Erik uns auch gewaltsam aufs Schiff bringen würde.

Nach drei Löffeln der widerlichen Fischpampe war Hermann gegangen, voller Freude, doch noch meinen Appetit geweckt zu haben, und ich war über meinen Überlegungen eingeschlafen, was ich mit dem Rest anstellen sollte. Es gibt nichts Ekelhafteres als zerkochten Seefisch.

Der Lärm im Haupthaus, wo Händler und Seefahrer beim Bier ihre Geschäfte abwickelten, hatte etwas nachgelassen. Ich hörte, wie sie einander zuprosteten und laut über ihre Zoten lachten, hörte Mädchen quietschen und Männer lallen. Manches von dem Sprachsalat verstand ich sogar, hatte Erik unsere lange Reise doch genutzt, Hermann und mir seine Muttersprache, die *lingua danica*, beizubringen. Meine Versuche, mich verständlich zu machen, waren zwar armselig geblieben, und Erik, dem keine Sprache fremd zu sein schien, grinste oft genug amüsiert. Trotzdem versuchte ich, jedem noch so dummen Gespräch heimlich zu folgen, belauschte Seemannsgarn, Kaufverhandlungen und Ehestreitigkeiten, Klatsch und Tratsch in den Gassen und das Gejammere von Bettlern, um mein Gehör für die seltsame Sprache zu schärfen. Und hier in Schleswig wimmelte es nur so von Nordleuten, großen, bärtigen Mannsbildern mit dröhnenden Stimmen, die, in dicke Pelze gehüllt, scheinbar mühelos über die Planken ihrer elegant geformten Schiffe liefen. Sie hatten viel zu erzählen, und sie waren so ganz anders als die Männer, die ich von zu Hause kannte. Kraftstrotzend und energiegeladen, mitunter von abstoßender Hässlichkeit und oft genug schmutzstarrend nach der langen Seefahrt, verlangten sie beim Erzählen Bierkrug um Bierkrug, und wenn ihr Begehr nicht schnell genug erfüllt wurde, schlugen sie auch schon mal um sich. Erik hatte schnell eingesehen, dass ich in einer Stadt, in der es kaum Frauen gab, in meiner Unterkunft besser aufgehoben war. Trotz der Tatsache, dass ich hochschwanger war, hatten die Blicke so mancher Männer keinen Zweifel an ihren Wünschen gelassen.

»He, du hast mir auf die Füße gepinkelt! Da vorne ist das Loch, bist du blind?«

»Man sieht ja die Hand vor Augen nicht, beim Thor.« Ich fuhr hoch. Erik.

»Hier gab es doch immer einen Balken, wo man ... aaah, hier ist er.« Der Balken über der Latrine knarrte unter dem Gewicht eines Mannes.

»Du hast Recht – der Fischfraß hat nichts Besseres verdient, als in diesem Loch zu landen.« Seine Stimme klang so verändert. Und wieder knarrte der Balken. »Den ganzen Abend schon hätte ich davon kotzen mögen ...«

»Hier kannst du das in aller Ruhe tun, mein Freund.«

»Wohlan. Wo ist der Krug? Gib mir meinen Krug!« Er hatte getrunken. Ich stahl mich an den Schlafenden vorbei zum Fenster. Draußen rauschte der Regen und setzte langsam die Stadt unter Wasser. Die beiden Gestalten auf dem Balken unter meinem Fenster hatten eine Laterne zwischen sich gestellt, und als einer von ihnen sein Gesicht den Regentropfen darbot, erkannte ich Eriks hagere Züge.

»Ooooh«, seufzte der andere, »jetzt geht's mir besser, verflucht ...«

»Auf dein Wohl, Gisli, und darauf, dass ich dich gefunden habe.«

»Auf dich, mein Junge. Seit wann tändelst du hier mit Weibern herum? Man schwängert doch keine –«

»Hüte deine verdammte Zunge, Mann!« Es platschte, und der Unbekannte fand sich neben der Latrine im Matsch, von Eriks Faust dorthin befördert. »Sie ist keine Dirne, beim Thor, wie kannst du es wagen, wie –«

»Hehehe, komm zu dir!« Unbeholfen rappelte sich der andere hoch und fand sich einer blitzenden Messerklinge gegenüber. »Erik, verdammt!«

»Sie ist keine Dirne, verstehst du?«

»Keine Dirne, gut. Erzähl mir von ihr.« Ich sah, wie das Messer langsam verschwand. Beide hockten sich wieder auf den Balken, der ächzend protestierte. Eine Windbö trug frischen Latrinengestank zu meinem Fenster, und fast wäre ich vor ihm geflohen.

»Ooh, beim Thor, ist mir schlecht …«, stöhnte Erik vor sich hin.

»Aber nicht nur vom Fisch, nicht wahr? Ich seh's dir an, obwohl ich dich so lange nicht gesehen habe. Hier, trink. Und dann erzähl mir von dieser Frau.« Die Bierkannen klapperten. Ich kauerte mich vorsichtig neben die Luke, bemüht, den Reisenden, der sich dort zur Ruhe gebettet hatte, nicht zu wecken. Die anderen Gäste ahnten nicht, dass sie den Raum mit einer Frau teilten, denn als sie sich zum Schlafen niederließen, hatte ich mich tief in meine Decken vergraben.

»Erzähl mir, wo du sie herhast. Der Pelz, den sie trug, muss ein Vermögen wert sein. Welchem Fürsten hast du sie geraubt?«

»Keinem Fürsten«, brummte Erik und stellte den Krug auf den Balken. Das Herz wurde mir schwer, als ich ihn seufzen hörte.

»Gisli – ich habe einen Fehler gemacht. Odin sei mir gnädig, ich kann weder vor noch zurück. Verstehst du mich?«

»Nein, mein Freund. Aber ich versuch's. Was hat sie dir getan?«

»Was sie mir getan hat – o Gisli, alles, alles hat sie, sie ist alles, alles – ihr Götter …«

»Du bist betrunken«, stellte Gisli mit schwerer Zunge fest. Vorsichtig wagte ich wieder einen Blick aus dem Fenster. Die beiden hingen vornübergebeugt auf dem Balken, zwei blanke Hinterteile schimmerten im Laternenlicht, während der Regen auf sie niederprasselte. »Gisli, Alienor ist nicht das, was sich meine Familie unter einer guten Heirat für mich vorstellt, verstehst du?« Ich griff mir an den Hals.

»Keine gute Heirat?«

»Nein. Kein Name, kein Geschlecht, kein Vermögen, nichts. Ihr Vater war ein Niemand, ein kleiner Graf in der Wildnis Lothringens.« Das Herz schlug mir bis zum Hals – Vater ein Niemand, was bildete er sich ein?

»Hat sie wenigstens eine Mitgift?«

»Ja und nein.«

»Hä?«

»Sie war einem anderen anverlobt.«

Gisli pfiff durch die Zähne. »Du hast eine Braut geraubt?«

»Entehrt, Gisli. Ich habe sie entehrt, und sie ging mit mir, weil sie nicht anders konnte...«

»Und du musstest sie gleich mitnehmen? Also, wenn ich alle Frauen mitgeschleppt hätte, die ich dick gemacht habe, hätte ich daheim einen Harem wie der Kalif von Bagdad!« Er rülpste laut und kicherte. Wie erschlagen lehnte ich am Fenster. Ich war der Grund für Eriks Zögern, für seine Schwermut – ich! Am liebsten wäre ich aufgesprungen und hätte meine Sachen gepackt, fort aus dieser kalten Stadt, fort aus seinem Leben... Nur mühsam konnte ich den Impuls unterdrücken.

Das Kind war wach geworden und trommelte mit den Füßen gegen meine Bauchdecke, als wollte es gegen das dumme Gerede da draußen protestieren. Neben mir raschelte ein Umhang. Kurz sah ich zwei Augen aufblinken, als der Besitzer sich umdrehte. Eine Tonsur schimmerte im spärlichen Licht.

»Ach lass mich doch in Ruhe, verfluchter Hurensohn, was weißt du schon...«

»Erik, du musst mir die Geschichte von Anfang an erzählen.« Gislis Stimme hatte sich verändert, sie klang so weich, dass es mir Tränen in die Augen trieb. »Wir haben alle Zeit der Welt, mein Freund.«

Leise und stockend begann Erik zu berichten, wie es ihn, den Sohn des alten Schwedenkönigs, nach den Jahren am Hof Wilhelms von der Normandie ins Rheinland verschlagen und wie übel das Schicksal ihm dort mitgespielt hatte. Er erzählte von den Tagen der Sklaverei in meines Vaters Burg, von den Qualen der Unfreiheit und der körperlichen Pein, durch die er seine Ehre und damit allen Lebensmut verloren hatte. Bei der Erinnerung überwältigte mich die alte Schuld. Tränen versengten mir die Wangen und flossen zusammen mit dem Regen in mein Haar.

»Zeig es mir. Zeig mir, was er getan hat.« Für einen Moment verschluckte der Regen alle Geräusche, begrub sie mit Wasser, damit kein Mensch erahnte, was das hochgeschobene Hemd preisgab – einen rosig vernarbten Doppeladler, das Wappen meines Vaters, einst von glühend heißem Eisen in Eriks Brust gefressen, um die Unterwerfung lebenslänglich zu besiegeln. Ein Bierkrug fiel in den Matsch, das Platschen zerriss die Stille. »Beim Hammer des Thor«, murmelte Gisli. »Einen Yngling so zu demütigen – du hast ihm hoffentlich den Schädel gespalten.« Regentropfen plapperten dadadamm, dadadamm gegen die Hauswand, plauderten geschwätzig von ungesühnten Verbrechen.

»Ich habe ihn nicht getötet.«

Dadadamm, dadadamm, eine offene Rechnung, lebenslänglich.

»Du … du hast ihn nicht getötet?«

»Nein.«

Aus Regentropfen wurden Fragen, die wie Fallbeile vom Himmel sausten. Eine Wehe kam heran, nahm mich in die Zange und raubte mir die Luft.

»Du … du hattest das Recht, ihn zu töten. Jedes Thing der Welt hätte dir das zugestanden.«

»Und jeder Mann hätte sein Recht wahrgenommen …« Ein Würgen, dann erbrach sich einer von beiden.

»Kotz doch nicht in meinem Bierkrug, Erik.«

»Ich bring ihn um, diesen Wirt …«

»Dafür, dass er seinen Gästen mehr Bier verkauft, als sie vertragen?« Eriks Freund schnaubte leise.

»Hier nimm das Tuch. Und dann erklär mir endlich, warum du den Alten nicht zur Hölle geschickt hast.«

»Ich bin noch mal zur Burg zurückgekehrt –«

»Du wolltest ihn töten.«

»Ich wollte Alienor holen. Ich … wochenlang hab ich versucht, sie zu vergessen, Gisli – ich konnte nicht ohne sie sein.«

»Wusstest du, dass sie schwanger war?«

»Nein.«

»Und jetzt hängt sie dir das Kind an oder wie?«

»Das hat nichts damit zu tun, verdammt. Ich ertrug es nicht, dass ein anderer sie bekommen sollte! Aber unsere Flucht wurde zu früh entdeckt, und dann kam es zum Kampf.«

»Und du hast den Alten nicht getötet? Hast du das Kämpfen verlernt, Erik Emundsson?«

»Glaubst du im Ernst, dass sie mitgekommen wäre, wenn ich ihn getötet hätte?«

Der Regen verebbte langsam, so wie die Wehe, die ging und nicht wiederkam. Ich wischte mir die Tränen aus dem Gesicht. »Sein Tod hätte nichts gelöst, Gisli. Niemand kann mir meine Ehre wiedergeben, und das Leben dieses Grafen wiegt sie lange nicht auf. Hätte ich ihn trotzdem getötet, die Schmach wäre immer noch da gewesen, dazu hätte ich sie, Alienor, verloren… Beim Thor, ich hasse ihn wie noch keinen Menschen zuvor, das kannst du mir glauben! Allein der Hass hat mich dort am Leben erhalten und das Warten auf den Tag, an dem ich mit ihm abrechne!« Der Regen trommelte Beifall. »Bis sie zu mir kam, Gisli, mitten im Krieg, ihre Hand auf mein Gesicht legte und alles veränderte. Ihr verdanke ich mein Leben – wie kann ich da zum Richter ihres Vaters werden? Verflucht hätte sie mich, noch mehr, als ich ohnehin schon bin!« Ein Geldbeutel klimperte, als der Besitzer sich die Hose hochzog.

»Zeig mir die Frau, die dich so verändert hat, Erik Emundsson. Ich muss sie kennen lernen.«

»Sie ist das Liebste, das ich habe auf der Welt.« Auch der zweite zog seine Hose hoch und schob den Latrinendeckel über das Loch.

»Es war ein Fehler, dich an Wilhelms Hof zu schicken, Erik Emundsson. Sie hätten dich in Kiew erziehen lassen sollen, statt dich den römischen Christen zum Fraß vorzuwerfen. Stenkil wird nicht gefallen, was er zu sehen bekommt.« Der Balken knarrte erneut, als sich beide dagegenlehnten, ohne sich vom Geruch in der Ecke stören zu lassen. Mich störte er schon lange nicht mehr, ich hing am Fenster, wie betäubt von dem, was ich gehört hatte.

»Was soll ich nur tun, Gisli? Ich habe zu lange unter diesen Christen gelebt, die besten Jahre meines Lebens! Ich weiß, wie sie denken, was sie fühlen – ich bin ja fast einer von ihnen! Und nun sind da so viele Lügen und Narben –«

»Bist du Christ geworden?«, fragte Gisli. Ich hörte Erik schnaufen, wie immer, wenn er erregt war. Und dann hörte ich, was er sagte, und der Regen verstummte endgültig.

»Ja, was denkst du, ich musste mich taufen lassen, sonst hätte man mich doch nie an Wilhelms Hof aufgenommen!«

Die Arme fielen mir herab – *getauft*!

Erik war Christ, und er hatte mich in dem Glauben gelassen, er sei Heide! Alles gelogen. Alles umsonst, die Angst, die Qualen meiner Seele, dass Gott mich für die Liebe zu einem Ungläubigen bestrafen würde – sogar die endlosen Bußpsalmen, bei denen ich mir seinetwegen die Knie wund gescheuert hatte, waren umsonst gewesen, denn er hatte die Klosterkirche nicht entweiht, keine von den Kirchen, in denen er stumm neben mir gesessen hatte … Ich atmete tief ein, um den Schwindel zu bekämpfen, der sich meiner bemächtigen wollte.

»Weißt du, viele in den Nordlanden sind in den letzten Jahren Christen geworden, und die Königin will sogar ein eigenes Gotteshaus bauen. Für uns Kaufleute macht es vieles einfacher – wenn du Christ bist, erkennen sie dich hier als gleichwertigen Händler an. Also habe ich mir auch ein weißes Hemd angezogen und bin ins Wasser gegangen. Was soll's, deine Mutter immerhin wird sich freuen.«

»Beim Thor, jemand hat mir Wasser über den Kopf geschüttet und dazu ein paar Sprüche gemurmelt. Stell dir vor, ich wäre zurückgekehrt, ohne das hohe Waffenhandwerk gelernt zu haben!«

»Und nun kommst du mit Ritterschlag und einer ganzen Familie zurück.« Der zweite Bierkrug war leer und flog in eine Pfütze. »Das Bier schmeckt wirklich wie Pisse…«

»Die Christen sagen, dass man nur einen einzigen Gott anbeten kann. In Caen habe ich zu den Göttern gebetet, um stark zu bleiben, jeden Tag, und es gab mir Kraft. Doch dann war da an Wilhelms Hof ein Mönch, ein Chronist, der oft mit mir sprach. Er war neugierig, und er war der Einzige, der mich nicht wie einen Wilden behandelte. Er wollte alles von den Göttern hören, und dann erzählte er mir Geschichten vom Weißen Krist, über seine Geburt und wie er gestorben ist. Wir haben zusammen in seinem Buch studiert…«

Es wäre so einfach gewesen, zu meinem Lager zurückzugehen und mich schlafen zu legen – im Morgengrauen wäre vielleicht alles nur ein böser Traum gewesen… Doch ich war tot, gestorben an einer Lüge, die jemand im Regen erwähnt hatte.

»Und trotzdem hast du weiter zu Thor und Odin gebetet? Haben sie dich dafür nicht verprügelt?« Gisli lachte leise.

»Dem Weißen Krist war es doch egal. Und allen anderen Göttern auch. Wie sie auch heißen – Allah, Jahwe, Odin –, am Ende sind sie so wie wir und haben vom Saufen einen Kater und die Scheißerei von zu altem Fisch. Muss man sich da für einen Gott entscheiden, wenn sie alle gleich sind und dir nicht zu Hilfe kommen, wenn du sie brauchst? Aber sie haben mir fünf Jahre lang vom Weißen Krist erzählt und dass er Töten verdammt – irgendwann glaubst du es selber, dass Töten schlecht ist –«

»Schlecht – so ein dummes Zeug! Und was ist mit der Gerechtigkeit? Sollen wir uns vielleicht alles gefallen lassen? Die Götter helfen uns nicht, da muss man sich selber helfen. Oder willst du einfach nur zusehen, wie dein Nachbar deinen Knecht erschlägt, dir die Kuh raubt –«

»Oder ihr Vater mir die Ehre? Da sind wir wieder bei Alienor angelangt, Gisli. Vor fünf Jahren hätte ich ihn erschlagen, noch bevor er Gelegenheit gehabt hätte, mich zu demütigen.«

»Wiegt sie etwa deine Ehre auf, Erik? Tut sie das?«

Gislis Stimme zitterte leicht, als er diese Frage stellte. Und der Wind trug die Antwort hoch zu meinem Fenster, leise, aber fest. »Ja. Das tut sie.«

Die Schankraumtür quietschte. Ein bezechter Gast kam herausgestolpert auf der Suche nach der Latrine. Der Deckel polterte herunter. Ich verbarg mein verheultes Gesicht vor den Geräuschen und dem Gestank, die in die Kammer drangen, und bohrte mir die Fingernägel in die Wangen. Der da unten rülpste laut, als er fertig war, und schlurfte ins Haus zurück. Jemand legte den Deckel wieder auf das Loch.

»Sie werden sehr überrascht sein, wenn sie dich sehen«, stellte Gisli irgendwann fest und hockte sich wieder auf den Balken.

»Überrascht, ja!«, stieß Erik hervor. Ich hörte, wie er durch die Pfützen stapfte. »Da schicken sie ein Kind weg und wundern sich, wenn ein Mann zurückkehrt! Es war hartes Brot am Normannenhof, das kann ich dir sagen! Sie halten sich für die Krone der Schöpfung, diese Normannen, und sie fluchen auf die Barbaren, von denen sie doch alle abstammen. Aber ich habe mich durchgebissen, Gisli, aus eigener Kraft, ich habe es geschafft, ich bin Ritter des Herzogs der Normandie – ich habe an seiner Seite gekämpft, habe seinen Rücken mit meinem Leib geschützt, ich habe sein ganzes Wohlwollen! Ich habe gelernt, Entscheidungen für mich zu treffen, und ich will, verflucht noch mal, keine Angst haben müssen, nach Hause zu kommen, nur weil ich mir ein Weib genommen habe, das mir gefällt.«

Gisli ließ die Beine baumeln und klopfte die Schuhsohlen gegeneinander. »Und Svanhild?«

Erik blieb stehen. Jemand spuckte ausgiebig in eine Pfütze. »Svanhild.« Eins der Schweine grunzte im Schlaf. Der Mönch neben mir bewegte sich wieder, und ich sah, dass seine Augen weit geöffnet waren. Erik schnaubte. »Svanhild. Was soll mit ihr sein?«

»Geir Thordsson wird nicht gerade erbaut davon sein, dass du seine Tochter sitzen lässt.«

»Sitzen lassen! Ich hätte tot sein können nach all den Jahren!«

»Bist du aber nicht. Und Svanhild ist außer dir noch keinem versprochen, obwohl Thorleifs Sohn sein Interesse immer wieder angemeldet hat. Geir blieb standhaft, er ist fest davon überzeugt, dass du heimkehren wirst.« Etwas flog mit lautem Krachen gegen die Hauswand. Die Erschütterung fuhr durch meinen zu Stein gewordenen Körper. Wie viel Wahrheit kann ein Mensch ertragen?

»Du wirst Geir Thordsson Entschädigung leisten müssen, wenn du diese Fränkin als deine Frau nach Uppsala bringen willst. Und was willst du machen, wenn er die Heirat trotzdem einfordert?« Wieder flog ein Stein gegen die Wand.

»Verstehst du jetzt zum Henker endlich, was mich quält? Verflucht sei der Tag, an dem ich durch Lothringen ritt und in die Hände dieses Wahnsinnigen fiel! Seither ist alles... verkehrt, schlecht – der Weg, den ich gehen musste, die Frau, die ich mehr als alles auf der Welt liebe, das Kind, das ich gezeugt habe – alles schlecht, wenn ich nach Hause gehe! Wer soll das aushalten, beim Thor! Ich bin vor Heimweh fast gestorben, und jetzt kann ich nur daran denken, was sie sagen werden, wenn sie hören –«

»Erik«, unterbrach Gisli ihn. »Niemand wird etwas hören. Du willst diese Frau mitnehmen?«

»Ich gab ihr mein Wort. Sie hat mir das Leben gerettet und dabei alles verloren, was ein Mensch verlieren kann, Gisli, sie ist es wert, dass man Wort hält.«

»Zeig sie mir, Erik.«

Als niemand mehr etwas sagte, begriff ich, dass sie, betrunken, wie sie waren, im Begriff schienen, mein Lager aufzusuchen, und mühsam rappelte ich mich auf, um meinen zugigen Platz zu verlassen.

Ich hatte mich gerade neben dem Gast, der inzwischen meinen halben Strohsack okkupiert hatte, in die Decken gewickelt, als sich die Tür öffnete.

»Was tut dieser Kerl im Bett meiner Frau?« Erik hastete herbei.

»Was lässt du dein Weib auch mit lauter Kerlen in einem Raum?« Kaum gelang es Gisli, den Flüsterton zu halten. »Bist du von Sinnen, wie –«

»Schsch. Sie wissen es doch gar nicht.« Die Schritte kamen näher, nach all dem Alkohol erstaunlich vorsichtig, und schließlich schaukelte eine Laterne über mir. »Bitte weck sie nicht.« Bierdunst hüllte mich ein, als einer der Männer neben mir niederkniete.

»Du meinst, er weiß nicht, dass er neben einer schönen Frau schläft? O Yngling, wenn sie meine wäre –«

»Ist sie aber nicht, Kaufmann.«

»Hm. Aus gutem Hause kommt sie wohl …«

»Ihre Mutter war eine Montgomery.«

»Schau an, schau an, das ist doch gar nicht so schlecht. Diese Frau muss ein Löwenherz haben, wenn sie dir bis hierher gefolgt ist – es stinkt bestialisch, verflucht!« Er ging an ein paar murrenden Schläfern vorbei und trat ans Fenster. »Beim Thor, wo hast du diese Blume einquartiert, Erik Emundsson, gleich über dem Scheißhaus …«

Stille. Langsam kam er zurück und kniete wieder neben mir nieder. Und als ich dachte, ich könnte keinen Moment länger still liegen, zog er eine zerdrückte Locke lang und fing dann behutsam eine Träne ein, die sich von der Wimper gelöst hatte und verloren über meine Wange rollte.

Und ich wusste, dass Gisli Svensson wusste, dass ich wach war, dass ich bei ihnen gesessen hatte und dass meine Welt in Trümmern lag.

Eine Träne folgte der ersten, und noch eine, und Gislis Hand fing sie alle ein, ohne dass Erik es sah. Dann schaute er auf.

»Niemand außer uns weiß von diesem Gespräch, Erik Emundsson. Und so soll es auch bleiben, für alle Zeit, das schwöre ich dir. Und diese schöne *greifinna* werden wir in die Halle deiner Mutter bringen, mit allen Ehren, wie es sich gehört, und ich will der Ziehvater eures Sohnes sein. Nur Mut, mein Junge.« Und dann strich er mir sacht über die Wange und ließ seine Hand wie ein Versprechen kurz auf meiner Schulter ruhen.

Irgendwann in dieser Nacht kehrte Erik an mein Lager zurück. Ich lag immer noch wach, steif vor Schmerz, und lauschte seinen vorsichtigen Schritten. Er gürtete sein Schwert ab, von dem er sich niemals trennte, und legte es neben den Strohsack. Dann schob er meinen Bettgenossen behutsam von mir weg, um sich in die entstandene Lücke zu kauern. Leicht wie eine Feder lag seine Hand auf meinem Arm, wie um mich zu halten, zu behüten vor dem Volk, das mit uns die Kammer teilte. Seine Augen waren hellwach, nichts konnte der Schlaf ihnen anhaben. Und in dem Bewusstsein, für dieses Mal vor allen bösen Mächten und Gedanken beschützt zu sein, schlief ich ein und ließ die Lügen hinter mir.

»Herrin, schaut her! Wacht auf und schaut, was ich habe.« Hermanns Stimme, die zumeist ergatterte Leckereien ankündigte, erklang neben mir. Leckereien, in dieser Stadt? Ich bohrte das Gesicht in mein Fell.

»Wollt Ihr nicht wenigstens anschauen, was ich für Euch habe?«, schmeichelte die Stimme. Und wirklich, der Duft von frischer, heißer Milch zog mir in die Nase, von Eierkuchen mit Süßem …

»Wo hast du das her?« Ein Blick genügte. Erik war fort, nichts deutete auf seine nächtliche Anwesenheit hin, rein gar nichts auf das Treffen, das ich belauscht hatte – hatte ich es geträumt? Nein, ich wusste es noch. Erik war Christ, und daheim wartete eine Frau auf ihn.

Vor mir stand ein Tablett mit Schalen aus Alabaster, gefüllt mit allem, was ich liebte und so lange entbehren musste – und kein Fisch! Stattdessen eine Frucht, die ich nicht kannte, die aber einen betörenden Duft verströmte, und eine Karaffe blutroten Weines.

»Wo hast du das her, Hermann?«

Er lächelte geheimnisvoll. »Von jemandem, der Euch wohl will. Lasst es Euch schmecken, Herrin.«

Jemand, der mir wohl wollte. Eine weiche Stimme, kräftige Finger, aber zart wie Seide in meinem Gesicht – Gisli Svensson, der in einer Nacht aus mir eine Gräfin gemacht hatte und der Pate meines Sohnes werden wollte. »Wo ist der Herr?«

»Er hat ein Schiff gefunden und macht letzte Besorgungen für die Reise. Ich fürchte, es geht bald los, Herrin.« Beide dachten wir an die gefräßigen Wellen, die ein Schiff verschlingen konnten, und daran, dass das Meer vielleicht doch am Horizont zu Ende war …

Der Eierkuchen war süß und so weich, dass er mir über die Finger lief, genau wie ich es liebte. Hermann polsterte mir den Rücken aus und schob das Tablett näher.

»Wenn dieser Dachboden heute nicht geräumt worden wäre, hättet Ihr in die Unterkunft Eures edlen Spenders ziehen dürfen. Das hat er verfügt, als die Speisen gebracht wurden. Ihr kennt ihn wohl nicht?« Ich folgte seinen hungrigen Augen und schob ihm einen Teil meines Eierkuchens hin.

Dankbar stürzte sich der kleine Diener auf die unerwartete Gabe und vergaß darüber, dass ich ihm die Antwort schuldig blieb. Den restlichen Morgen verbrachte ich mit meinem Äußeren, kämmte das Haar, das doch niemand sah, kratzte in den Zähnen und massierte den Bauch, der nach der durchwachten Nacht wieder zuckte und tobte. Bald, dachte ich, bald, kleiner Mann, kann ich dich auf meinem Arm in den Schlaf wiegen. Bald. Aber noch nicht. Lass uns erst über das Wasser gehen, in das Land, wo Gisli Svensson auf uns Acht geben wird, ein

Land, wo es morgens heiße Milch gibt und wo es nirgends nach Latrine und ungewaschenen Männern stinkt...

Aber erst das Wasser.

Der Gedanke trieb mich endgültig von der Matratze. Hermann hatte sich zu den Pferden aufgemacht, und Erik blieb verschwunden. Ich überlegte, dass ich nicht stark genug war, um ihn zu sehen, ihn also auch nicht suchen sollte. Und so schlüpfte ich in meinen Zobelpelz aus Köln, zog die Kapuze hoch und stand bald darauf auf einem der Bohlenwege Schleswigs. Es roch nach frischem Holz und Werg, und gleichmäßiges Hämmern verriet, dass bald wieder ein Haus fertig gestellt sein würde. An beinahe jeder Ecke wurde hier gebaut, und täglich kamen Menschen an, die in dieser neuen, aufstrebenden Handelsstadt leben und arbeiten wollten.

Um mich herum wuselte der gleiche Verkehr wie in allen Städten, in denen ich gewesen war – Holzkarren mit Ochsengespannen, turmhoch mit Holz beladen, Pferdekarren, auf denen Fässer gegeneinander rumpelten, schreiende Fuhrleute, Peitschengeknalle, fluchende Händler, die mich anrempelten und kein Wort der Entschuldigung fanden. Fischhändlerinnen priesen mit kehlig-schriller Stimme ihre Ware an, Fische in allen Größen und Farben, Fische, die zum Himmel stanken, mit groben Köpfen und Zähnen, die ihnen wie aufgepflanzte Spieße aus den Mäulern herausragten, die Augen gebrochen, blicklos. Katzen strichen um die Tische herum, balancierten hungrig maunzend auf den Hinterbeinen in der Hoffnung, ein toter Fisch würde ihnen ins Maul wehen, und als tatsächlich ein Fischkopf zu Boden fiel, abgetrennt durch den Beilhieb der Händlerin, waren die, die am Boden gekauert und auf Beute gewartet hatten, schnell zur Stelle. Wie Ratten stoben sie heran, geduckt, die Schwänze wie von unsichtbaren Fäden waagrecht gehalten. Zwei schlugen bösartig fauchend mit den Pfoten aufeinander ein, schnelle, gemeine Schläge auf Augen und Nase – während eine dritte Katze die Beute wegschleppte.

Neben dem größten Fisch türmte sich ein Berg Muscheln, die im fahlen Licht grünlich-feucht schimmerten. Wenn die Fischfrau die Hände in den Berg stieß, klapperten die Muschelschalen wie Goldstücke, trotzdem wollte niemand davon kaufen.

Am Tischende versuchte ein kleiner Junge, einem hellroten Krebstier die Zange auszureißen.

Zwei andere Knaben drückten sich gegen die Hauswand, nahmen die Mutprobe kichernd und flüsternd in Augenschein. Der Junge riss und zerrte, doch so billig wollte der Krebs seinen Arm nicht verkaufen. Das erregte die Aufmerksamkeit der Katzen. Sie ließen ab von der Händlerin und scharten sich um die zerlumpten Hosenbeine – eine barmherzige Seele, die gleich Almosen verteilen würde. Als es zu lange dauerte, fing die erste an, ungeduldig zu schreien, was wiederum die Fischfrau auf den Plan rief. Ihr Kopf fuhr herum, Tücher und Bänder schwirrten wie Flügel, sie schwang ihr Beil durch die Luft, Rächerin des armen Krebses, dessen Zange traurig über den Tischrand baumelte, und keifend und kreischend jagte sie Kinder und Katzen zum Teufel. Das Letzte, was ich sah, war ein Fischschwanz, der zwischen den Lumpen eines Bettlers verschwand.

Eine Straße weiter hatten ausländische Kaufleute die Tür ihres Vorratshauses aufgezogen und luden Handelsgüter von einem Karren ab. Unter braunem Leinen leuchtete zitronengelbe Seide hervor, die wie ein Schmetterling über die Schulter des Händlers flatterte. Ein anderer prüfte gerade den Inhalt einer Schatulle, grub seine Finger in einen Haufen von silbernen Knöpfen, als er meinen Blick bemerkte. Er hielt mir die Schatulle hin, überschüttete mich mit einem Schwall fremder Laute und zog einladend die Planen von den Stoffballen. Mit den Händen fuhr ich an den Ballen entlang, ertastete erstklassige Ware, flandrische Webkunst, weich wie Samt, und der Duft von Färbemitteln und Lavendel stieg mir in die Nase.

Der Kaufmann suchte ein Tuch aus dem Durcheinander heraus und drapierte es mir um die Schultern. Mit Vögeln bestickte Seide fiel über meinen Busen, kostspielig wie eine ganze Mitgift, doch als ich bedauernd die Schultern hob, lachte er nur freundlich und nahm die Kostbarkeit wieder an sich.

Vor den Häusern saßen Kleinkinder zwischen Pfützen und Furchen, aßen Unrat und schmierten sich Matsch in die Haare, ohne dass es jemanden kümmerte – die wenigen Frauen, die ich zu Gesicht bekam, waren krumm von harter Arbeit und bleich vom schlechten Essen. Manche trugen Säuglinge auf dem Rücken, wenn sie aus den trutzig wirkenden Häusern auf den Bohlenweg traten, den Schweinen Küchenabfälle hinwarfen oder einen Stapel Holz auf die Arme luden. Ihre Gesichter waren unbewegt, wie der ewig graue Himmel über uns, der ihnen auferlegte, hier zu leben, der ihnen die Männer nahm und sie auf den Grund der See sinken ließ – ein Himmel, dem Gott sehr fern zu sein schien.

Keins der Gebäude, an denen ich vorbeigegangen war, hatte wie eine Kirche ausgesehen. Hatte Gott überhaupt den Weg bis hierher gefunden, oder waren diese Menschen alles Heiden? Von Gott verlassene und vergessene Menschen....

Eine Gerberin entleerte ihren Laugenbottich auf die Bohlen. Im letzten Moment konnte ich mich vor der beißenden Flüssigkeit in Sicherheit bringen. Unsere Blicke trafen sich – erschrocken, dann erleichtert. Sie kniff die Augen zusammen, tat einen Schritt auf mich zu. Grobe, blaurote Finger mit abgesplitterten Nägeln befühlten vorsichtig meinen Pelz, fuhren unter das Haarkleid, um die Qualität der Tierhaut zu ertasten. Anerkennend nickte die Frau und sagte etwas mit stark rollender Zunge. Ihre Arme waren tiefrot und übersät mit schwärenden Wunden, deren Ränder von Gerbflüssigkeit verfärbt waren. Als sie meinen Blick bemerkte, versteckte sie die Arme unter der Schürze und verschwand hinter der Bretterwand ihrer Werkstatt.

Das Haus der Gerberin lag am Wall, der die Stadt schützend umschloss und am Eingang von einem Bewaffneten bewacht wurde. Er würdigte mich keines Blickes, weil mein Weg mich aus der Stadt herausführte, vorbei an einer Schlange Menschen, die mit Handwagen, Fuhrwerken oder bepackten Pferden Einlass begehrten. Ich wandte mein Gesicht dem Wind zu und marschierte ihm entgegen.

Da lag es vor mir, das Wasser. Ein riesiger, grauer Teppich mit unzähligen kleinen Schaumkrönchen, die sich mir, vom steifen Wind getrieben, in raffiniertem Tanz entgegenreckten, eins nach dem anderen. Es roch nicht nach verfaultem Fisch, sondern nach Salz, das tief in die Lunge eindrang und meinen Körper von innen ausfüllte ... Nun, da ich das Wasser zum zweiten Mal sah, fand ich es nicht mehr so einschüchternd.

Und du willst uns tragen, dachte ich. Du willst uns und ein ganzes Schiff tragen, du Wasser. Ein Schiff, viele Leute, unsere Pferde und all die Gepäckstücke, die Erik in den letzten Monaten so emsig für mich zusammengestellt hatte. Ich wagte mich einen Schritt näher ans Wasser. Es krabbelte die Böschung hoch, glättete emsig, was in Unordnung war, und hinterließ eine feucht schimmernde Oberfläche, die sich der nächsten Welle erwartungsvoll entgegenwölbte. Und während der Wind an meinen Haaren zerrte, zog ich Stiefel und Strümpfe aus und grub die Füße in die nasse, schwere Erde, deren Kälte mir bis in die Knochen drang, sie biss und stach wie ein wildes Tier, aber ich zwang mich, das auszuhalten. Und die Wellen kamen angetanzt, angriffslustig wie alle ihre Vorgängerinnen, und begruben meine Füße bis zu den Knöcheln, stiegen an den Beinen hoch, über das Schienbein und die Wade und weiter empor, bis sie schließlich aufgaben und erschlafften. Ich sah ihnen zu, sah, wie sie einander abwechselten, wie sie sich gemeinsam stark machten, meine Beine zu erobern, mich am Ende zu sich zu holen. Meine Füße waren im Uferschlick versunken, verschwunden, ich war ein fußloses Wesen, mit dem Schlick verwachsen, würde hier stehen bis in Ewigkeit, bis mein Prinz kam und mich rettete ...

Zumindest die Sonne kam, um mir Gesellschaft zu leisten. Ich schleuderte Pelz und Kapuze ins hohe Gras und schüttelte meine Haare im Wind. Er nahm sie bereitwillig und zauste sie in alle Richtungen, und ich vergaß, wie lange ich sie nicht mehr hatte waschen können. Das kalte Wasser hatte meine Beine gefühllos gemacht. Ich hob die Tunika und schritt den Wellen entgegen.

Du, Wasser, willst mich tragen. Zeig mir erst, dass du mir nichts tust.

Es leckte an meinen Beinen. Mich schauderte unter der eiskalten Berührung, gleichzeitig hätte mich nichts auf der Welt bewegen können, die Kälte zu verlassen. Sie legte sich wie ein Schleier auf das Gemüt, dämpfte die Gedanken, wie es einst die Wunden an meinen Händen getan hatten, an die nur noch Narben erinnerten.

Ein Schiff wurde um die Biegung gerudert. Es ertönte ein Befehl, und wie die Beine eines Tausendfüßlers schwangen sechs – nein, acht Ruder nach vorne und verschwanden im Bootsinneren. Zwei Männer sprangen auf – einer von ihnen warf mir lachend eine Kusshand zu – und bückten sich in der Mitte des Schiffs über etwas, das wie ein dicker Lindwurm aussah. Gespannt beobachtete ich, wie sich der Wurm, am Mast hochgezogen, würdevoll zu einem rot gefärbten Segel entfaltete. Wind fuhr hinein, das Segel begrüßte ihn mit heftigem Rütteln, blähte sich bereitwillig, das Schiff nahm Fahrt auf, um hinter dem Horizont dem Meer zu begegnen. Als es kaum noch zu sehen war, winkte das Segel mir Lebewohl – *sieh her, wie einfach es ist! Hab keine Angst!*

Sanft schien die Sonne mir ins Gesicht. Das Segel war zu einem roten Punkt geworden und verschwunden. Ich tat noch ein paar Schritte vorwärts. Das Wasser schmeichelte die Schenkel entlang, kitzelte mich spielerisch, während alles, was unter der Wasseroberfläche verschwunden war, nicht mehr zu mir zu gehören schien. Beine – hatte ich einmal Beine gehabt? Füße?

Vielleicht war da jetzt ein Nixenschwanz, wenn ich nur mit der Hand danach suchte, vielleicht war ich schon verwandelt, weil mein Prinz nicht gekommen war, vielleicht zog es mich deshalb ins Wasser, tiefer und tiefer, wie damals im See, als ich den Kampf aufgegeben hatte, vielleicht spürte ich deswegen die Kälte nicht, die schon am Bauch angekommen war und die Tunika längst an sich gezogen hatte… Wellen zupften, stupsten, leckten von vorne, von hinten, von den Seiten, spielerisch wie Kätzchen, tippten mich an die Brust – *he du* –, gegen den Rücken, und trugen meine Arme über das Wasser wie zwei Königinnen in der Sänfte; sie gingen nicht unter, sosehr der Stoff sie auch zog.

Im nächsten Moment wurde ich aus der Umarmung der Wellen gerissen, es spritzte und platschte um mich herum, mein Gesicht wurde nass, Wasser rann mir in den Mund – igitt –, ich spuckte, schlickiges Wasser auf der Zunge, am Gaumen. Erde musste ich schlucken, während es in rasendem Tempo rückwärts auf den Strand zuging.

»Was – was tust du da, bei allen Göttern, was tust du, Alienor – beim Thor, was–«

Ich war keine Nixe. Ich hatte zwei Beine, und als die auf den Wind trafen, wurde mir bewusst, wie mörderisch kalt das Wasser war, durch das Erik mit mir ans Ufer stürmte. Ein paar Schritte noch über nassen Boden, die Böschung hinauf, weg vom Wasser, weit weg, dann knickten ihm die Beine weg, und er sank mit mir zu Boden, keuchend vor Anstrengung und Angst, und seine Arme quetschten mich wie schmiedeeiserne Klammern.

»Au, du tust mir weh!«

Er starrte mich an, sprachlos vor Entsetzen. Ganz langsam ließ er mich los, legte mich ins Gras und stand schwankend auf. Seine Gestalt verdunkelte die Sonne. Als er den Mund öffnete, kamen Fetzen der *lingua danica* heraus, Bruchstücke von Flüchen, Verwünschungen oder was auch immer, ich verstand kein

Wort davon, wollte es auch nicht, er hatte gelogen, mich angelogen – hatte mich aus dem Wasser geholt und mich angelogen, an der Nase herumgeführt.

Als er schließlich schwieg, schimpfte der Wind für ihn weiter, traktierte meine Haut mit peitschenden Gräsern und kalten Bissen. Die Sonne verbarg sich diskret hinter düsteren Wolken, als wollte sie bloß nicht Zeugin dieses Streits werden.

»Willst du denn nicht mit mir gehen, *kærra? Viltu leita bana, til að leita undan…?*« Er kniete neben mir nieder und zog seinen Dolch. »Wenn du mich verlassen willst, Alienor, dann töte mich zuerst. Ich kann nicht leben ohne dich.« Eiskalt berührte der Dolchgriff meine Finger. »Ich will nicht leben ohne dich.«

»Es ist den Christen verboten zu töten, das weißt du doch.« Meine Stimme klang barscher als beabsichtigt. Erik erstarrte. Der Dolch verschwand.

»Sich selbst zu töten ist ihnen noch viel mehr verboten, wenn sie nicht ewige Verdammnis riskieren wollen«, sagte er eisig. Dann stand er auf und warf das Messer in den Sand. »Verzeih, dass ich dich dabei gestört habe.« Ich rollte herum und bohrte die Nase zwischen die Grashalme. Die feuchte Erde schmatzte neben mir. Er ging fort.

In mir wuchs eine Leere heran, breitete sich aus wie eine böse Krankheit, von der Brust zu den Armen und den Beinen. Ich wollte weinen, hatte aber keine Tränen. Wo waren die Wellen, die mich davongetragen hatten, als wäre ich die Königin von Saba, wo die Sonne, die mich eben so liebevoll gewärmt hatte?

»Wenn du so liegen bleibst, holst du dir endgültig den Tod.« Erik zog mich auf den Rücken, wo der Pelz schon unter mir lag. Er hatte Hemd und Tunika ausgezogen und versuchte mich von den nassen Kleidern zu befreien, die hartnäckig an meiner Haut klebten. Als eine Windbö auf die nasse Haut traf, fuhr ich zähneklappernd zusammen. Die Leere verschwand.

»Zieh das an, *kærra*. Deine Lippen sind ganz blau…«

Kaum konnte ich seine Berührungen ertragen, die Art, wie er mir seine Sachen über den Kopf stülpte, im Rücken herunterzog, den Gürtel locker band und dann über meinen Bauch strich, unsicher und nervös, als täte er es zum ersten Mal – ich mochte ihn nicht ansehen und wusste doch ganz genau, wie blass sein Gesicht und wie dunkel seine Augen jetzt waren, da er mich ratlos betrachtete.

»Warum hast du mir nicht gesagt, dass du getauft bist!«

Keine Frage, eine Anschuldigung. Ich spürte sofort, wie er sich zurückzog.

»Woher weißt du das?« Der Wind gab ihm zur Antwort, wie unerheblich das war. Langsam drehte ich mich um. Sein Mantel, den er über mich gebreitet hatte, fiel mir von den Schultern. Erik saß neben mir, beide Hände im Gras vergraben, und starrte mich an. Seine Haut begehrte gegen die Kälte und erste Regentropfen auf, doch das schien er nicht zu spüren.

»Warum hast du's nicht gesagt?«, wiederholte ich.

»Weil es nicht wichtig war.«

»Nicht wichtig?« Ich fuhr hoch. »Du glaubst, es war nicht wichtig?«

»Es ist immer noch nicht wichtig.« Er hob den Kopf, begegnete meinem Blick. »Alienor, eine Kelle voll Wasser macht noch keinen Christen.«

Ich hieb meine Faust in den Boden. »Du hättest mich nicht belügen dürfen.«

»Belügen!« Seine Augen schleuderten Blitze, sprachen von wachsender Wut. »Sag du mir, was eine Lüge ist – dir vorzugaukeln, ich glaube an den Weißen Krist, nur weil sie mich mit Wasser bespritzten, oder dir diesen Tag ganz zu verheimlichen, weil er für mich keine Bedeutung hat?«

»Und was ist mit der Strafe, die sie mir auferlegten, weil ich Umgang mit einem Heiden hatte?«

»Einer von ihnen hat bereits dafür bezahlt! Glatzköpfige Schlangenbrut, sie durften dich nicht verurteilen –«

»Sie durften, weil ich dir geglaubt habe, weil ich überzeugt war, Unrecht getan zu haben!«

»Unrecht? Dass du das Lager mit mir geteilt hast, nennst du Unrecht? Warum bist du hier, wenn alles Unrecht war?«

Ich eilte hinter ihm her, verstellte ihm den Weg, atemlos, zitternd vor Zorn über seine verdammte Selbstgerechtigkeit. »Warum hast du's mir nicht gesagt?« Erik blieb stehen. Und dann griff er nach meinen Händen.

»Ich – ich hatte nicht den Mut, Alienor. Als die Zeit gekommen war, dir mein Leben zu Füßen zu legen, hatte ich keinen Mut mehr. Jeden Totschlag, jeden Frevel hätte ich dir gestehen können – aber nicht den Tag mit dieser Wasserkelle. Nach allem, was sie dir meinetwegen angetan hatten …«

»Lüg mich nicht an, Erik. Ich kann alles ertragen, nur keine Lügen.«

Erik kniete sich hin, um mir den Pelz um die Schultern zu legen. Der Wind hatte aufgefrischt und pfiff uns um die Ohren, während Regentropfen einen feuchten Schleier auf seine bloße Haut legten.

»War es Unrecht, bei mir gelegen zu haben?«

Ich sah in seine Augen, zwei Spiegel, die von jener Nacht erzählten, von der heiligen Stille in Naphtalis Garten und vom Schmerz der letzten Umarmung … Das Unrecht hatte seine Wurzeln an ganz anderer Stelle. »Nein, Erik. Nein.«

Und nur die Gräser wurden Zeugen des Versöhnungsaktes, den wir dort am Strand vollzogen, und der Regen, der irgendwann auf uns niederrauschte und sogar die Mäntel, unter die wir uns geflüchtet hatten, schwer und kalt machte.

»Halt mich noch ein bisschen warm.« Erik schlang den Arm um meinen Bauch und kroch noch ein Stück näher. »Du bist meine Feuerstelle.«

»Ich bin ja auch zwei.« Der Zweite protestierte gegen den Arm. Fasziniert befühlte Erik die Beulen, die sich auf meiner Bauchdecke abzeichneten.

»Er wird ungeduldig, Erik.« Ich lupfte den Mantel ein wenig und spähte hinaus in die nasse Welt. Regen und Grau, soweit das Auge reichte. »Wie lange müssen wir noch in dieser Stadt bleiben?«

»Noch genau einen Tag, *kærra.*« Seine Hand legte sich warm auf meine Wange. »Ich habe einen lieben Freund gefunden, der uns auf seinem Schiff nach Hause bringt. Er hat ein großes Handelsschiff, da wirst du es bequemer haben als auf den Booten, die ich mir bisher angesehen habe.«

Ein lieber Freund. Gisli Svensson, der heimlich meine Tränen aufgefangen hatte und der Pate meines Sohnes werden wollte. Plötzlich konnte ich es kaum noch erwarten aufzubrechen, meine Sachen zu packen, fort von hier, von Gestank, Unrat, Fischgeruch und schmutzigen Menschen, von Geschrei, Seemannszoten und Dirnengelächter...

Die langen Atemzüge verrieten mir, dass Erik eingenickt war. Unser Mantelzelt war erfüllt von seiner Gegenwart, sie drang mir wie feiner Nebel in die Poren wie zum Beweis, dass ich nicht träumte: Ich lag neben dem Mann, dem mein Herz gehörte. Und er hatte mir immer noch nicht die Wahrheit gesagt. Zu Hause wartete seit fünf Jahren eine Svanhild auf ihn.

Svanhild. War sie schön, schön wie ein Schwan? Reich? Und vielleicht auch noch gescheit? Konnte sie lesen, schreiben, rechnen, auf Lateinisch disputieren, und das mit einer glockenhellen Stimme, die den Vögeln das Singen vergällte, hatte sie blonde Locken, zarte Finger... aber da musste ich lachen. Adelheid von Jülich, Vaters zweite Frau, kam mir in den Sinn, jene wohlerzogene, blutjunge, engelsgleiche Dame, deren Ankunft auf Burg Sassenberg mir damals solche Angst gemacht hatte. Bei näherem Hinschauen hatte sie sich als verwöhnte Göre entpuppt, die es vorzog, sich von hübschen Dienerinnen in den Garten der Wollust entführen zu lassen, statt meinem Vater auf dem Ehebett zu Willen zu sein. Aber Svanhild, Svanhild war etwas anderes. Instinktiv spürte ich durch ihren Namen Gefahr auf mich zurollen.

»Woran denkst du?« Zwei Finger legten sich auf die Falte über meiner Nasenwurzel.

»An –« Ich war zu überrascht, um mir etwas auszudenken. »An Adelheid.« Die Finger glitten über meine Nase und klemmten sie ein.

»Du denkst in meiner Gegenwart an andere Frauen?« Damit hatte er sich auf den Ellbogen gestützt und legte Besitz ergreifend sein Bein über meine Schenkel.

»Besser, ich denke an sie als du.« Er lachte nicht, wie ich erwartet hatte. Stattdessen umschloss er mit beiden Händen mein Gesicht, und seine Stimme klang so rau wie vorhin, als er den Mantel über uns gebreitet hatte. »Was für Frauen? Es gibt keine anderen Frauen, *dróttning mína*...«

Hermann staunte nicht schlecht, als er das durchnässte Paar erblickte, das mit einem Regenschauer in die Herberge hereinwehte, niesend und lachend, Haare und Kleidung voller Erdkrümel. Zum ersten Mal schmeckte die Suppe nicht nach fauligem Wasser – vielleicht war sie durch die Kunde von unserer Abreise auch geläutert –, und ich hatte sogar Appetit auf das Brot, das mich sonst so anwiderte.
Morgen!

»Pass mit den Bündeln auf, du Trottel, oder du darfst eine Nase Wasser nehmen! Ich werd dir gleich helfen!« Ein Schrei ertönte, und Hermann kicherte schadenfroh. Frierend drückte ich mich noch näher an Eriks Rücken, als der, dessen Stimme so mächtig über den Anlegeplatz geklungen war, auf uns zustapfte und der Palisadenwand, die den Kai umgab, einen kräftigen Tritt verpasste.

»Dummes Pack, verfluchtes, lässt meine Pelze ins Wasser hängen! Überleg es dir gut, ob du Kaufmann werden willst, Erik, man hat es den lieben langen Tag mit Narren zu tun, und –« Er verstummte.

Unter buschigen, rötlichen Brauen blickten mir zwei wache

Augen entgegen, rotbraun glänzend wie polierte Karneole. Ein dichtes Netz aus Krähenfüßen umgab die Augenwinkel, feine weiße Striche, die mit dem nächsten Lächeln in der wettergegerbten Haut versinken würden. Sie versanken nicht, und auch die vollen Lippen, die sich vorwitzig aus dem rötlichen Bartgestrüpp heraushoben, bewegten sich kaum. Allein seine Wangen, rund wie kleine reife Äpfel, schienen noch ein wenig dunkler zu werden, als er die Hand hob und sie mir entgegenstreckte. Ein Windstoß fegte das rotblonde, kinnlange Haar aus seiner Kapuze und wirbelte es vor seinem Gesicht auf. Ungeduldig wischte er sich die Strähnen über den Kopf, und als seine Augen wieder sichtbar wurden, lag ein Lächeln in ihnen.

»*Kom heill ok sæll* – die Frau meines Freundes wohnt in meinem Herzen, möge sie sich in meiner Halle wohl fühlen.«

Ich tat einen Schritt auf ihn zu, legte meine Finger in die dargebotene Hand. »Dank dir, Gis-«

»Gisli nennt man mich«, unterbrach er mich, während sein Händedruck warnend fester wurde. »Gisli, Sohn des alten Sven aus Sigtuna, und ich heiße dich willkommen, Alinur Greifinna.« Er strahlte mich an. »Hast du je ein schöneres Schiff gesehen?« Damit zog er mich, ohne meine Hand loszulassen, neben sich und wandte sich dem Strand zu. »Der ›Windvogel‹ wird dich so sicher wie in einer Sänfte tragen, und in einer Woche, wenn die Götter es zulassen, werden wir das Bier in meiner Halle trinken.«

Erik trat zu uns. »Der Wind frischt auf. Wollt ihr heute noch aufbrechen?«

»Und ob! In dieser Jahreszeit soll man keinen Tag verschenken. Euer Gepäck ist bereits an Bord, nur deinem Pferd hat sich keiner meiner Männer nähern wollen – das musst du schon selber machen.« Gisli Svensson zwinkerte Erik zu. »Geh schon, ich werde deinen Schatz hüten wie meinen Augapfel. Geh nur.« Und Erik verschwand in der Menge, um Kári zu holen, das einzige Pferd, das wir behalten hatten und von dem er sich nicht trennen mochte.

»Bist du schon einmal auf einem Schiff gewesen?« Ich schüttelte den Kopf und verbiss mir die Bemerkung, dass ich nichts dagegen gehabt hätte, Eriks Heimat zu Fuß zu erreichen, wenn man mir nur dieses graue Wasser ersparen könnte. Als hätte er meine Angst gespürt, legte mir der Sohn des alten Sven den Arm um die Schultern und drückte mich kurz an sich. »Wir werden es dir so bequem wie möglich machen. Du sollt als Letzte an Bord gehen und in Sigtuna als Erste das Schiff verlassen.«

Die Kisten und Fässer, die vor dem Schiff gestanden hatten, waren verschwunden, der Reihe nach im flachen Bauch von Gisli Svenssons Schiff verstaut, und seine Leute eilten über die Planke an Bord auf ihre Plätze. Gisli überflog mit den Augen seine Mannschaft. Dann wandte er sich an die Menschenmenge hinter uns.

»Zwei Plätze habe ich noch – zwei Plätze! Wer will mit nach Sigtuna in die Nordlande? Zwei Plätze, Leute, zwei.«

Gleich fünf Leute drängten sich vor, ein bulliger Mann mit nur einem Auge, einer, der aussah wie ein Dieb, und ein Mönch im Reisegewand. Als Letztes sah ich ein junges Paar aus der Menge treten, beide in zerlumpten Umhängen und offensichtlich völlig erschöpft. Ängstlich schauten sie unter den Kapuzen hervor: Würden sie zurückbleiben, noch eine Nacht auf der Straße verbringen müssen?

»Gisli.« Ich berührte seinen Arm. Er unterbrach die Verhandlung mit dem Mönch, folgte meinem Blick. »Die beiden? Die können nicht zahlen, *augagaman.*«

»Ich kann für sie zahlen.«

Gisli studierte meine Züge, als wäre ich ein Pelz, dessen Wert es zu ermitteln galt. »Du scheinst stets zu wissen, was du willst, Mädchen«, sagte er schließlich.

Ohne seinem Blick auszuweichen zog ich meinen Beutel hervor. »Wie viel?«

»Drei Silberstücke für jeden.« Ich zählte ihm die Münzen in die Hand. Daraufhin winkte er das Paar heran. »An Bord, alle beide. Die Dame hat für euch bezahlt.« Die Frau sank vor mir auf die Knie und wollte nach meinem Mantel greifen, doch ihr Begleiter zog sie hastig in Richtung Schiff, da der Mönch Gislis Arm ergriff und bittend auf ihn einredete. Ich verstand, dass er dringend heimzureisen wünschte und dass er meine Silberstücke verdoppeln, verdreifachen könne, wenn man ihn nur mitnähme.

Gisli schüttelte den Kopf. »Wenn ich zwei Plätze sage, dann meine ich auch zwei. Verschwinde jetzt.« Das Gesicht des Mönchs hatte sich zu einer Grimasse verzogen. Böse schaute er an mir herunter und spuckte etwas von *»muliercula«* und *»concubina«*. Da packte Gisli den Mann am Kragen – *»Far í gramendr, eđla!«* – und beförderte ihn in die wartende Menge.

Die wich jedoch zurück, anstatt ihn aufzufangen, denn hinter ihnen kündigte sich durch Schnauben und hektisches Hufgetrappel Eriks Hengst an, und so fand sich der Mönch mit dem Hintern in einer Wasserlache wieder. Jemand erbarmte sich seiner und zog ihn aus dem Weg, bevor Kári ihn zertrampeln konnte.

Erik hatte seinem Hengst feste Stricke um den Kopf gebunden und redete leise auf das Tier ein. Einmal mehr bewunderte ich den wunderbaren Körperbau dieses Schlachtrosses, sein tiefschwarzes, glänzendes Fell und die Mähne, die in schäumenden Wellen an seinem mächtigen Hals herabwallte. Sein Schweif, stolz erhoben, peitschte wild um die Kruppe, traf Zuschauer im Gesicht und bewog andere, trotzdem näher zu treten.

Abschätzend setzte der Hengst einen Huf auf die Planke, scharrte, warf den Kopf zurück. Erik machte eine einladende Bewegung, den Strick locker in der Hand. Das Tier schlug mit dem Schweif, tat dann einen Schritt auf die Planke, noch einen und noch einen – nickte konzentriert mit dem edlen Kopf, die

Nüstern blähten sich, und Schritt für Schritt folgte das Tier seinem Herrn die Planke hinauf. Als die beiden an Káris Stellplatz angekommen waren, brach in der Menge Jubel aus.

»Er konnte es schon immer gut mit Pferden«, brummte Gisli neben mir. »Mit Pferden und mit Frauen, *hvelprinn þinn…*« Und wie versprochen, bot er mir seinen Arm und brachte mich als Letzte auf sein Schiff.

Hermann hatte derweil Erik geholfen, den Hengst mit Seilen so fest zu binden, dass er sich kaum noch bewegen konnte, doch Kári polterte mit den Hufen und brachte damit das ganze Schiff zum Schwanken. Die mitreisenden Schafe blökten unruhig, ein Hammel schaffte es, sich aus seiner Kiste zu befreien, und torkelte auf den Hengst zu, doch einer der Seeleute warf sich auf das Tier, bevor Schlimmeres passieren konnte. Sie berieten eine Weile, und dann holte Hermann mit bedenklicher Miene seine Kräutersammlung hervor. Und wie seinerzeit sein Herr, so wurde Kári nun mit Bilsenkraut und Mandragora so betäubt, dass er den Kopf hängen ließ und alles Weitere mit sich geschehen ließ.

Schweiß stand auf Eriks Stirn, als er zu uns herüberkam.

»Ich habe schon viele Pferde transportiert, aber noch nie solch eine Furie!«, lachte Gisli und schlug ihm auf die Schulter. »Wir sollten ihn bei Laune halten, bevor es einem meiner Leute einfällt, ihn über Bord zu werfen und Thor zu opfern!«

»Hermann wird bei ihm bleiben«, brummte Erik. »Sei froh, dass ich die anderen Gäule verkauft habe.«

»Solange du mir nur deine Frau lässt, will ich zufrieden sein. Sie hat gerade zwei Wildfremden die Überfahrt bezahlt und mir nicht einmal erklärt, warum.« Ich warf einen Blick auf die zwei Menschen, die sich neben den Schafen auf den ihnen zugewiesenen Platz kauerten und einander zu wärmen versuchten. Der Mantel der jungen Frau hatte sich verschoben und gab ein zerlumptes Nonnengewand preis. Als sie die Beine anzog, sah ich deutlich den sich wölbenden Leib.

»Sie – sie hatten es von allen am eiligsten.«

»Hm.« Gislis Miene verdüsterte sich, und dann nahm er mich am Arm und half mir zwei Stufen in den Ladebereich hinunter, wo zwischen Fässern und Kisten ein kleiner, mit Schaffell ausgelegter Verschlag gebaut worden war. »Hier kannst du schlafen, Mädchen. Und es wird besser für dich sein, wenn du diesen Platz nicht allzu oft verlässt – unter meinen Seeleuten gibt es Männer, die davon überzeugt sind, dass eine Frau an Bord Unglück bringt… und ich lasse gleich zwei mitfahren!« Er grinste. »Sieh einfach zu, dass du ihnen nicht über den Weg läufst. In ein paar Tagen sind wir in Sigtuna. Thorkell Adlerauge und ich« – er nickte zu dem zweiten Schiff, das zum Ablegen klarmachte – »werden nämlich, um die Reise abzukürzen, ohne Unterbrechung segeln. Du wirst mein Schiffchen fliegen sehen!«

Als ich mich umdrehte, war Gisli Svensson schon wieder verschwunden. Er hatte sich die Stufe hinaufgeschwungen, die den mittschiffs offen liegenden Laderaum vom Rest des Schiffes trennte, und strebte nun mit wiegenden Schritten auf seine Männer zu. Während die einen versuchten, die Ladeplanken so platzsparend wie möglich zu verstauen, lösten andere Ruder aus den Halterungen und legten sie bereit. Neun Männer zählte ich bei der Arbeit, mürrische Gesichter unter groben Wollkapuzen. Mit verhaltener Kraft hoben sie ihre Lasten, dass die Luft von dieser Kraft zu beben schien – genug, um einen Felsbrocken hochzuheben, genug, um einen Menschen zu erschlagen – genug aber auch, um dieses Schiff über das unendliche Meer zu rudern…

Ein Mann hatte sich auf die Palisaden am Hafen gekniet und betrachtete eingehend den Wasserspiegel. Zweifelnd schüttelte er schließlich den Kopf – das Schiff hatte sich mit dem Gewicht seiner Ladung zu sehr in den Uferschlamm der nagelneuen Hafenanlage gedrückt, es würde beim Ablegen Hilfe brauchen. Und so schälten sich auf sein Nicken hin ein paar Männer aus ihren Lumpen und stiegen in das eiskalte Wasser, um mit anzuschieben.

Hinter uns wurden die Taue von den Befestigungspfählen gelöst. Während sie eilig an Bord gezogen und ordentlich aufgerollt wurden, gab Gisli den Befehl abzulegen. Lange Staken glitten an der Bordwand herunter, stocherten im Ufergrund herum, warteten auf das Kommando, ebenso wie die Männer, die sich frierend von zwei Seiten gegen den Bug lehnten.

»Und... schiebt! Und... schiebt! Und... schiebt!« Umständlich kletterte ich auf eine der Warenkisten und zog mich an der Bordwand hoch. Im Wasser unter mir zitterten die Männer vor Anstrengung, und es schien mir schier unmöglich, dass sie mit ihren Schultern dieses Ungetüm auch nur einen Zoll bewegen sollten. Doch dann begann es zu rucken, Steine knirschten unter dem Rumpf – »Und... schiiiebt!« –, noch ein Rucken, und dann brüllte einer von ihnen auf. Das Schiff kippte ein wenig zur Seite und legte sich elegant auf das Wasser. Für einen Moment vermeinte ich zu schweben, spürte nichts mehr unter den Füßen. Aufgeregt reckte ich mich über die Bordwand und blickte in das erleichterte Gesicht eines Hafenkerls, der bis zur Brust im kalten Wasser stand und die Arme hochriss.

»Er ist flott!« – »Flott!« – »Er schwimmt!«

Der »Windvogel« wackelte jetzt ärgerlich. Jedes Mal, wenn die Staken der Seeleute sich vom Grund abstießen, gab es einen Ruck, der meinen unförmigen Bauch gegen die Reling stieß.

Je weiter wir uns von den Anlegeplätzen entfernten, desto sanfter wurden die Stöße, und schließlich war es nur noch ein leises Schaukeln, und das, was sich unter mir so leicht anfühlte, war tatsächlich das Wasser, das uns trug, als wögen wir nichts.

Die Männer hängten die Staken an die Bordwand und zogen die Riemen aus den Halterungen. Nach einem weiteren Kommando wurden sie ausgefahren, leicht wie Federn und ohne sich gegenseitig zu behindern, und verhielten in der Waagrechten über dem Wasser. Irgendwo zwischen den Seeleuten sah ich auch Erik auf einer Bank sitzen, die lange Riemenstange in den Händen. Zusammen mit den anderen drückte er nun den Rücken nach vorne und zog kraftvoll das schmale Riemenblatt durchs Wasser. Dann sah ich die Riemen wie ein Pfeilregen durch die Luft fliegen, bevor sie mit leisem Platschen wieder ins Wasser tauchten und uns vom Land wegbrachten. Die Menschen am Kai wurden immer kleiner, Schleswig, eben noch überwältigend laut, voll und geschäftig, schrumpfte zu einer Zwergenstadt mit windschiefen, halb fertigen Häusern und kleinen buckligen Männchen, die wütend umhersprangen und uns ihre Zoten hinterherbrüllten...

Ich lachte auf vor Wonne, ihnen endlich entronnen zu sein.

Das Schiff von Thorkell Adlerauge folgte uns mit einigem Abstand – es waren dies die letzten Schiffe, die die lange Reise nach Norden antraten, bevor Eis und Stürme die Ostsee unpassierbar machten.

2. KAPITEL

Wenn ich ihn schon anrufe, und er mir antwortet,
so glaube ich doch nicht, dass er meine Stimme höre.
Denn er fährt über mich mit Ungestüm und macht
mir der Wunden viel ohne Ursache.

(Hiob 9, 16-17)

Irgendwie hatte das Salzwasser seinen Weg in den Verschlag gefunden, in den ich mich, mein Bündel fest an mich geklammert, verkrochen hatte. Der Boden des Laderaums, von Gisli fürsorglich mit Häuten ausgelegt, schwamm, und mit dem nächsten Wellental schwappte das Wasser auch auf meinen erhöhten Platz zwischen den Kisten. Ich rollte mich noch mehr zusammen, versuchte tiefer in meinen Pelz zu kriechen, Trutzburg aus besseren Zeiten, in denen ich von nassen Höllen wie dieser nichts geahnt hatte... Der Pelz starrte vor Salz, und auch mein Gesicht spannte unter einer klebrigen Kruste. Sosehr ich auch wischte, überall war Salz, Ekel erregend intensiv und allgegenwärtig.

Den Sturm schien es wütend zu machen, wie tapfer der »Windvogel« seinen Angriffen standhielt, und so peitschte er mit jeder Bö die Wellen höher. Ein ganzes Heer von Dämonen umtanzte heulend die Bordwände auf der Suche nach Schwachstellen, überall hörte ich sie klopfen und kratzen und hämmern und bollern, hörte, wie sie fauchten und mit den Zähnen knirschten. Weit von mir entfernt, am Heck des Schiffes, schaukelte wild eine Laterne.

Ich hatte jedes Zeitgefühl verloren. Im Schlaf hatte der Sturm mich überrascht, doch wie lange lag das zurück? Hatte ich geschrien vor Angst, geweint? Wo war Erik? Scharf wie ein Messer durchfuhr mich die Idee, dass ich die Letzte an Bord sein könnte...

Vor mir zeichnete sich der Mastbaum schwarz gegen die Dunkelheit ab, einem mahnenden Finger Gottes gleich, dass wir Seiner Allmacht trotzten. Jemand hatte das Segel eilends zusammengerefft und mitsamt der Rahe mitschiffs befestigt. Aus dem Segelballen herausflatternde Fetzen kündeten vom wilden Kampf mit den Elementen. Die Wasserlache unter mir wurde immer größer, ein schäumender See, der mir längst auch in die Stiefel gelaufen war und nun nach meinen Beinen fingerte. Das Schöpfgerät, das man mir in den Laderaum geworfen hatte, war mir aus den Händen gefallen, ich hatte den Eimer für mich selbst gebraucht, wieder und wieder, bis mir die Eingeweide vom Würgen schmerzten.

Wimmernd nagte ich an meinem Daumen und schlug gleich darauf beide Hände vor den Mund. War es der widerliche Salzgeschmack oder die Tatsache, dass ich plötzlich das Gefühl hatte, kopfüber in einen Abgrund zu rasen... ich wurde gegen die Kaufmannskisten gepresst, einen Moment später brach der Verschlag über mir zusammen, erdrückt von einer Welle, die über die Bordwand in den Laderaum rollte. Der Hengst auf der anderen Seite des Segelballens schrie in Panik, Schafe blökten, kugelten trotz ihrer Fesseln durcheinander, als sich das Schiff, im Grund des Wellentales angekommen, zur anderen Seite neigte, um das Wasser wieder auszuspeien und Platz zu schaffen für die nächste Welle, der es entgegenrollte.

Keuchend kämpfte ich mich aus den Trümmern des Verschlags, schaute umher – wo sollte ich mich festhalten, wo in aller Welt –, als sich das Schiff ächzend noch weiter neigte und mich gegen die Bordwand und meinen Kopf gegen das Biteknie schleuderte. Gerade noch bekam ich den Querbalken zu fassen, kauerte mich in die Lücke zwischen Bite und Querbalken und entging so der Welle, die sich anschickte, den Laderaum zu verschlingen.

Als ich die Augen wieder öffnete, lag der Laderaum wieder zu meinen Füßen, überall schwimmende Kisten, brüllende Tiere, die Rahe rutschte gefährlich hin und her, die Nonne weinte haltlos, und das Schiff neigte sich der nächsten hungrigen Welle entgegen. »*Domine ad... ad... adiuvandum* – Heilige Mutter, hilf...« Der Eimer war nicht mehr da, und bevor ich mich nach etwas anderem umsehen konnte, schüttelte es mich erneut. Gleichzeitig endete der Ritt über einen Wellenkamm im Abgrund, und mein entsetzter Schrei verklang in den Wassermassen, die sich über uns ergossen, ohne dass ein Ende in Sicht war.

Erschöpft klammerte ich mich an den Querbalken.

Loslassen. Sich einfach davontragen lassen. Mit den Wassern davonschwimmen... doch wohin? Ohne nachzudenken, raffte ich mich auf und zog mich an der schon wieder schräg liegenden Bordwand hoch, rutschte an dem gewergten Holz ab, fing mich wieder, weil ich durch die Schieflage ohnehin fast auf dem Bauch lag – und dann hatte ich die Reling direkt vor der Nase. Ich rutschte weiter, vom Wahn getrieben, das Meer sehen zu müssen – wenn ich es gesehen hätte, würde ich verstehen, alles verstehen, vielleicht loslassen können...

»Bist du von Sinnen, Weib?«

Jemand warf sich auf mich, drückte mich mit aller Macht gegen die Planken, während die Wassermassen über uns hinwegrollten und das Schiff sich ihnen entzog wie eine keusche Jungfrau. Ein Arm schlang sich um meine Brust, und ich wurde von der Reling weggezerrt, hinunter in die Trümmer des Laderaums. Ein Tier trat nach mir. Kári schrie heiser, völlig erschöpft, als wieder Wasser über uns herjagte. Über mir schimmerte Licht.

War es vorbei?

»Schneller!« Eine Faust packte mich am Kragen und stieß mich zu Boden, hielt mich halb unter Wasser fest, bis sich der »Windvogel« wieder stabilisiert hatte, und drückte mich unter dem Segelballen hindurch auf die andere Seite der Rahe. Ich fiel über das Kielschwein, landete im Wasser, wild um mich schlagend, worauf mich die Faust erneut packte und noch ein Stück weiterschleifte. Das Nächste, was ich spürte, war ein Seil, das mir um den Körper geschlungen wurde. Es wurde festgezurrt, immer fester, bis es unter meinen Armen schnitt – Panik stieg in mir hoch. Wie damals, als man mich zur Wasserprobe zwang, wollte mir die Luft wegbleiben, die Lunge platzen, und mit Händen und Füßen wehrte ich mich gegen den, der mit dem Seil zugange war.

»Beim Thor, halt still!«, wurde ich angebrüllt und erkannte Gislis Stimme. »Damit du nicht über Bord gehst!« Er stieß mich hinter eine Kiste an der Bordwand und hielt mit seinem Körper die Gischt von mir fern. Irgendwo neben mir weinte wieder die Frau. Gisli hockte sich zu mir und rüttelte prüfend an dem Seil. »Keine Angst!« Statt einer Antwort spie ich ihm grüne Galle vor die Füße und rollte mich vor Schmerz zusammen. Da kroch er zu mir hinter die Kiste, nahm mich in die Arme und stand mit mir die nächste Welle durch.

»*Ave Maria, gratia plena …*«, schrie die Frauenstimme neben uns, »*Ave Maria*, vergib mir – vergib mir, gnädige Mutter!«

Eine Tonflasche wurde an meine Lippen gesetzt. »Trink!«

Starkbier. Kein Gerstensaft, das hier war reines Gift. Ich hustete los. Der Alkohol versengte mir den Mund, rann mir brennend die Speiseröhre hinab. »Schlucken! Danach wird dir besser!« Ich gehorchte. Feuer brannte ein Loch in meinen Bauch und nahm tatsächlich für den Moment die Übelkeit.

»Wie lange noch?« Ich packte seinen Arm. »Gisli, ich kann nicht mehr, ich –«

Er drückte mich an sich. »Ich weiß es nicht, *elskugi*. Die Männer wollen schon das Pferd opfern!« Kári …

»Wo ist Erik?«, weinte ich an seine Schulter. »Sag's mir, wo ist er, wo, sag's mir.«

»Erik ist vorne, wir versuchen das Steuerruder zu bergen!

Drei Mann sind verloren, er kann jetzt nicht weg! Du musst allein zurechtkommen, Mädchen.« Er strich mir die nassen Haare aus dem Gesicht. »Hier, nimm die Flasche und halt dich gut fest.« Damit erhob er sich und machte sich daran, die Kisten vor mir so zu verkeilen, dass ich in dem Loch festsaß und nicht hinausgeschleudert werden konnte. Aus einem Schatten wurden zwei – Erik?

»Ich werde ein Auge auf sie haben, Herr«, hörte ich durch das Tosen, »wir verdanken der edlen Frau unser Leben.« Eine Gestalt ließ sich neben meinen Kisten nieder und tastete nach mir. »Lasst uns beten, edle Frau, der Herr wird sich unser annehmen.«

Gisli verschwand, bevor das Wasser ihn fortreißen konnte. Die Frau hatte aufgehört zu schluchzen. Dunkel erinnerte ich mich an das zerlumpte Paar im Hafen, die zierliche, hochschwangere Nonne und ihren massigen Gefährten, dessen Pranke nun meine Hand gefunden hatte. »Lasst uns beten, Frau, und der Herr wird barmherzig sein.« Er räusperte sich und prustete, als ein Schwall Wasser ihn traf.

»Georg«, hörte ich es neben ihm jammern, »Georg«.

»*De profundis clamavi ad te, Domine! Domine, exaudi vocem meam. Fiant aures tuae intendentes in vocem deprecationis meae! Sie inquitates observaveris, Domine, Domine, quis sustinebit? Quia apud te propitiatio est, ut timeamus te. Sustinui te, Domine, sustinuit anima mea in verbo eius.*«

Mit tiefer Stimme leierte er die mir wohl bekannten Worte herunter, als wollte er den Sturm damit einlullen, ihn ermüden – leg dich zur Ruhe, gib auf, Wind, schlaft ein, ihr Wellen, und lasst ab vom Kampf… Erschöpft lehnte ich den Kopf gegen die Bordwand. Gislis Flasche lag hart auf meinem Bauch. Starkbiergift. Noch einen Schluck, und alles würde gut werden. Zwischen den Kisten ließ sich der Ritt auf den Wellen besser ertragen, wenn auch das Wasser jedes Mal gnadenlos über uns hereinbrach, hungrig, gierig, nimmermüde.

»Domine, firmamentum meum et refugium meum et liberator meus, Deus meus, adiutor meus et sperabo in eum, protector meus et cornu salutis meae et susceptor meus. Laudabilem invocabo Dominum…«

Unerbittlich hielten seine Worte und Gislis Seil mich fest, wenn die Wellen nach mir griffen. Bald wog die Flasche kaum noch etwas. Nichts wog mehr. Die Übelkeit ging dahin, und alles andere auch…

»Alienor!«

Nur undeutlich drang die Stimme zu mir vor. Doch um keinen Preis wollte ich die Augen öffnen, irgendetwas an diesem Körper verändern, der auf dem schmalen Grat zwischen Tod und Leben schwebte –

»Beim Thor, du bist ja völlig betrunken!«

Zwei Hände packten meinen Kopf und schüttelten ihn erbarmungslos. Ich blinzelte. Ein grauer Himmel wankte über mir und stürzte mit der nächsten brutalen Bewegung auf die Bordwand zu. Winselnd kniff ich die Augen zusammen.

»Alienor, hörst du mich?« Leichte Schläge trafen meine Wangen. Mit einer Bewegung, für die mein Kopf mich prompt mit Schmerzen strafte, versuchte ich, mich auf die Seite zu drehen, weg, lasst mich in Frieden – »Alienor. Mach sofort die Augen auf.« Diesmal schlug er härter zu, dass mir die Wangen brannten. Gequält öffnete ich die Augen, blickte in Eriks verärgertes Gesicht.

Erik? Ich war doch allein gewesen, nur ich und der Sturm und dieser Mann, der den Psalmen Gewalt angetan hatte… Das Seil um meinen Körper wurde gelockert und verschwand, gleich darauf wurden die Kisten von mir weggerückt.

»Du bist wirklich betrunken.« Fassungslos beugte er sich über mich. »Die Mannschaft kämpft ums Überleben, und mein Mädchen legt sich in die Ecke und hält Zwiesprache mit einer Kanne Bier!« Dazu fiel mir nichts ein. Warum hielt er nicht endlich dieses Schiff an, machte Schluss mit dem Geschwanke, holte mich auf festen Boden?

»... *ekki konaferđ*«, hörte ich ihn irgendwann leise sagen, und dann zog er mich in seine Arme und wiegte mich in einem Rhythmus, den ich kannte. Ein letztes Mal sah ich den Himmel ins Meer stürzen – na und?

Die seidene Borte hatte sich in bizarrer Weise um Káris Vorderbein geschlungen, doch dem Hengst war das gleichgültig. Erschöpft ließ er den Kopf hängen, ohne den Hafer, den Hermann ihm anbot, auch nur zu beschnuppern, und ich fühlte mich dem Tier mit einem Mal sehr verbunden. Gisli hockte auf einer Kiste und versuchte abzuschätzen, wie viele von den Stoffballen verdorben waren. Sein grimmiges Gesicht verriet, dass die Seidenborte da nicht ins Gewicht fiel. Fleißige Hände hatten den Laderaum leer geschöpft, und alle Kisten und Tonnen standen wieder da, wo man sie in Schleswig verstaut hatte.

Das Kind stemmte einen Fuß gegen die Rippen, als wollte es sich nach der langen Fahrt ein wenig recken. Ich rang nach Luft. Da strich eine Hand zärtlich über meine Stirn. Ich drehte den Kopf und blickte direkt in Eriks müde Augen.

»Na, *greifinna*, habt Ihr Euren Rausch ausgeschlafen?«

Rausch? Statt einer Antwort bohrte ich nur die Nase in seinen Pelz, denn für meinen Magen hatte der Sturm immer noch nicht aufgehört. Tatsächlich aber lag der »Windvogel« ruhig auf dem Wasser, ganz als streckte er nach dem harten Kampf mit den Elementen seine müden Glieder. Gisli kam zu uns herübergeklettert. Dicke Salzkrusten überzogen den vormals roten Bart, und rund um seine Augen hatten sich Gräben aufgetan, wo noch vor Tagen kleine Fältchen vom vielen Lachen gekündet hatten.

»Wenn du ein wenig isst, wirst du dich besser fühlen, Mädchen«, sagte er und hielt mir lockend ein eingewickeltes Päckchen vor die Nase. Eriks Umarmung gegen das Päckchen ... Der warme Duft nach Kaneel und Pfeffer brachte mich auf die Knie. Ich staunte über das Wunder, wieder Appetit fühlen zu können.

»Das Brot ist nass geworden und leider ungenießbar. Da habe ich die Warenkiste für Stenkil aufgemacht.«

Erik roch an dem Päckchen und grinste. »Hehe, immer noch so sinnenfroh, der alte Stenkil?«

Gisli nickte. »Du wirst staunen, wenn du ihn siehst.« Er half mir, den Inhalt herauszuschälen: Gewürzkuchen, so saftig, dass er mir fast in den Händen zerfiel.

»Aus Hamburg. Dort gibt es eine Bäckerin, deren Hände Wunder vollbringen, nicht nur in der Backstube ...« Vielsagend hob er die Brauen. »Jedenfalls liebt der König es, wenn man ihm Leckereien aus dem Ausland mitbringt.« Zufrieden sah er zu, wie wir das Kuchenstück miteinander teilten, im Pelz nach Krümeln des Königs suchten und uns sogar gegenseitig die Finger ableckten. Ein Schluck schales Wasser aus der Tonne rundete das Mahl ab, und ich machte mich daran, das Leinenstück zusammenzufalten, in das der Kuchen eingewickelt gewesen war, um den Geruch zu bewahren, vielleicht für Zeiten, wo es dann doch schimmelndes Brot geben würde.

Als ich das nächste Mal erwachte, schaukelte das Schiff immer noch sanft wie eine Wiege über das Wasser. Die Luft war kälter geworden und kitzelte meine Knochen. Mühsam versuchte ich mich zu recken. Hinter mir unterhielten die Männer sich leise.

»... haben Thorkell verloren«, sagte Gisli gerade. »Einar glaubt, dass wir östlich von Gotland sind. Der Sturm hat uns verdammt weit abgetrieben.« Besorgt schaute er in den Himmel. »Diese Flaute ist mir ein Rätsel. Wenn sie anhält, musst du mitrudern.«

Sie hielt an, nicht nur den Rest des Tages, sondern auch die folgende Nacht, und als ich am Morgen die Augen aufschlug und trotz der Kälte ein wenig Kraft zurückströmen spürte, da hörte ich immer noch das rhythmische Klatschen der Riemen.

Erik saß auf einer der Bänke, und auch der Mönch, der mit uns gebetet hatte, zog ein Riemenblatt durchs Wasser. Die Frau lag schlafend neben einer Kiste zusammengerollt.

Gisli und zwei seiner Männer hockten am Heck. Ich rappelte mich auf, kletterte steifbeinig aus dem Laderaum und ging an zwei Ruderern vorbei auf die drei zu.

»... und ich sage euch, wir sind heute langsamer als gestern.« Einer der Männer drehte sich um und wies auf den Boden. »Schaut, wie viele Knoten ich noch an Bord habe.«

Ich sah, wie er ein aufgerolltes Seil, in das in regelmäßigen Abständen Knoten eingearbeitet waren, geräuschlos ins Wasser ließ, Knoten um Knoten um Knoten, so gleichmäßig wie ein Wasserrad. Schweigend sahen die beiden anderen zu.

»Aber der Kurs – was ist mit dem Kurs? Halten wir wenigstens den?« Gislis Stimme vibrierte vor Ungeduld. Ich kauerte mich still auf ein Biteknie und konzentrierte mich auf die genuschelten Worte.

Der Steuermann wiegte den Kopf. »Schwer zu sagen.« Er starrte ins Wasser, wo ich ein weiteres Seil entdeckte, das das Schiff hinter sich herzog. Es lag ein wenig schräg hinter uns im ruhigen Meerwasser. Der dritte Mann beugte sich vor.

»Ich bin sicher, dass der Winkel zum Schiff gestern größer war. Er war –«

»Bin ich hier der Steuermann oder du?!« Eine Faust an der Schulter, Finger in den Haaren des anderen, eine Mütze fiel über Bord.

»Hehe, Männer, ruhig!«, fuhr Gisli dazwischen, als die beiden im Gerangel zu Boden stürzten und das ganze Schiff zu schwanken begann. Der eine angelte nach seiner Mütze, doch vergebens. Sie schaukelte ein wenig hin und her und schlich sich auf kleinen Wellen fort vom Schiff.

»Gib mir deine Mütze, Mann! Soll ich jetzt frieren?«

»Halt die Klappe, Gunnar. Du bekommst einen zweiten Schluck zum Ausgleich.« Der Schwarzbärtige zerrte sich zornig schnaufend die Kapuze über den salzverklebten Schopf. Ich spürte die wilde, nur mühsam unterdrückte Spannung zwischen den Männern, die der Himmel seit Tagen dazu verurteilte, still zu sitzen und den Wind abzuwarten – warten, warten … Mit gerunzelter Stirn wandte Gisli sich seinem Steuermann und dessen Seil im Wasser zu.

»Aber Einar, wenn der Winkel stimmt und wir tatsächlich östlich von Gotland sind, könnte es doch die richtige Richtung sein.«

Einar kratzte sich ausgiebig, ließ aber weiterhin unermüdlich Knoten zu Wasser. »Könnte, könnte. Wenn wir aber südöstlich von Gotland sind, verläuft die Strömung so« – er schlug mit dem Arm einen Halbkreis –, »und dann fahren wir im Kreis.«

»Und landen in Kurland, wenn uns nicht der nächste Sturm verschlingt«, murmelte Gunnar. Gisli trat erbost gegen einen Eimer. Ein Holzbrett fiel herunter, Stäbchen rollten vor meine Füße. Eine Art Sonnenuhr. In dieser Einöde, wo die Sonne niemals zu sehen war, benutzten sie eine Sonnenuhr zur Orientierung! Ich verbiss mir ein Lachen.

»Und was ist mit deinem Zauberstein? Was sagt der?« Einar schaute skeptisch drein und warf einen Blick in den Eimer. »Hm. Ich weiß nicht recht. Vielleicht ist der Stein nicht mächtig genug, er zeigt immer geradeaus.«

Gunnar spuckte aus. »Wir hätten ihn in einen vergoldeten Eimer legen sollen, ich sag's euch, der Zauber ist zu schwach! Vor die Hunde werden wir gehen, allesamt ersaufen –«

»Schweig!«, donnerte der Schiffsführer und sah sich verstohlen um. Wer hatte die unbedachten Worte gehört – jemand von der Mannschaft? Oder die Dämonen, die seit Tagen schon die Finger nach uns ausstreckten …? Wieder starrten die Männer schweigend auf das Wasser. Seit Stunden sah es gleich aus, undurchsichtig und düster. Bewegten wir uns überhaupt?

»Wenn der Stein aber Recht hat, rudern wir geradeaus auf die Ålandinseln zu.«

Gisli hustete. »Wäre mir auch recht, da gibt's wenigstens etwas zu essen …« Doch das würde ein Wunschtraum bleiben, denn das Wasser hatte den Horizont an sich gerissen. Es gab kein Vorne und kein Hinten mehr, kein Oben und kein Unten. Wir waren verloren im ewigen Grau. Erste Nebelschwaden zogen über die spiegelglatte See. Bange Blicke. Nicht beim Namen nennen, vielleicht zog der Nebel vorüber … Zähne knirschten, Fäuste knackten, Holzstückchen brachen entzwei. Die erzwungene Tatenlosigkeit war kaum zu ertragen.

Vorsichtig kroch ich auf den Eimer zu und spähte hinein. Er war halb mit Wasser gefüllt, und auf einem schwimmenden Holzstück lag der schwarze Zauberstein, viereckig und poliert. Sein Anblick jagte mir einen Schauder über den Rücken – waren es seine Kräfte, oder hatte ich nur den Eindruck, er sei so schwer, dass er das Schiff zum Kentern bringen könnte? War er so schwer, wie er sich anfühlte? Schwer und kalt … Ohne dass ich es wollte, steckte ich die Hand in den Eimer, berührte den Stein, dessen Eiseskälte sich sofort durch die Knochen fraß, den Atem lähmte –

»*Verđ á brottu, fordæđa!!*« Ein Schlag gegen die Brust, ich fiel hintenüber. »*þat lofađa ek þér eigi þarna!*« Ein bitterböses Männergesicht hing über mir, das sogleich von einer Faust weggerissen wurde. »He, lass das, Einar! Lass die Frau in Ruhe!« Gisli hielt seinen Steuermann immer noch fest, als ich mich hochrappelte, zitternd vor Angst vor diesem Mann und seinem verhexten Stein …

»Frauen auf dem Schiff – *fordæđur!* Sie haben uns dieses Wetter eingebrockt«, zeterte Einar außer sich vor Wut und fuchtelte mit den Armen, »den Sturm und das hier, sie haben uns die Flaute geschickt, uns in die Irre gelockt …«

Es polterte auf den Decksplanken, und dann hockte Erik neben mir. »Was ist passiert?«, fragte er atemlos. Ich schüttelte nur fassungslos den Kopf, während Einar weiterwetterte, man solle mich über Bord werfen, und die andere auch und den vierbeinigen Troll gleich dazu, dann würde auch Wind aufkommen und endlich die verdammten Wolken vertreiben …

Wortlos brachte Erik mich in den Laderaum zurück. Alle Ruderer hatten sich umgedreht und glotzten verdattert ihren wutschnaubenden Steuermann an, der kaum zu beruhigen war und sich erst nach einem kräftigen Schluck aus der Bierkanne wieder auf die Planken setzte und seinen trangetränkten Mantel enger um sich zog.

An diesem Abend entzündeten die Männer zum ersten Mal auf unserer Fahrt ein kleines Feuer aus Torfsstückchen in einem umgedrehten Schild. Um Einar nicht zu neuen Zornesausbrüchen zu reizen, hatte Gisli der jungen Frau, die sich schüchtern als Magdalena vorgestellt hatte, und mir im Feuer erhitzte Steine gebracht, mit denen wir uns zwischen den Kisten wärmen konnten, während die Männer in den Ruderpausen auf den Decksplanken nah am Feuer saßen und das schwammige Brot rösteten. Es gab für jeden eine Kelle heißen Met und für uns Frauen einen Extraschluck. Ein findiger Bursche hatte mit einer Schnur ein paar Fische gefangen. Gunnar verschlang seinen Teil auf der Stelle roh, andere versuchten sie zu braten und verbrannten sich die Finger, weil sie, gierig nach Wärme, die Hände zu nah über das Feuer hielten. Ihre Flüche über in die Glut gefallene Fischstücke schallten hohl über die glatt polierte Wasserwelt, deren Gefangene wir blieben.

Mit Messern ritzten sie die Küstenverläufe in die Planken und diskutierten, wo in aller Welt es uns hinverschlagen hatte. Wieder hörte ich von Gotland, von Kurland und den Ålandinseln, und von Dagey, der großen Insel, die zur Rechten lag und den Weg zu den Pelzhändlern von Ladoga wies. Es beunruhigte mich zutiefst, die Hilflosigkeit dieser Seeleute zu spüren, die sich auf dem Meer zu Hause fühlten und nun durch das bösartige Wetter völlig die Orientierung verloren hatten. Einer hackte verbissen sein Messer in die Reling. Der Nebel waberte, grinste und legte sich wieder zurecht.

Ich selber gestatte mir nicht, über die Reling hinauszudenken. Der Laderaum mit seinen feuchten Häuten war meine Welt, Kári, der inzwischen so erschöpft war, dass er sich auf seinem Anbindeplatz sogar hinlegte und den schweren Kopf auf einen Warenballen bettete, die Schafe zwischen den Kisten und Magdalena, die kleine Nonne aus dem Kloster von Hamburg. Nie sprach sie von den Gründen ihrer Reise, doch die Todsünde, die Georg und sie begangen hatten, hing wie ein drohendes Gewölk über ihren Köpfen. Magdalena war überzeugt, dass diese Sünde schuld an unserer verzweifelten Situation war, dass Gott sie damit strafte. Und als sie einmal darüber weinend eingeschlafen war, dachte ich darüber nach, wie viel Anteil an diesem Unglück ich wohl trug.

Da wir alle Furcht davor hatten, das Wetter könne sich wieder verschlechtern, konnte keine von uns lange schlafen, und wir versuchten, uns abzulenken, so gut es ging. Magdalena zeigte mir, wie man mit Plättchen webte, eine Technik, der ich mich immer verweigert hatte, weil das Fadengewirr zu viel Fingerfertigkeit von mir forderte und meine Geduld auf eine schwere Probe stellte. Doch hier hatten wir alle Zeit der Welt, und so tauschten wir unsere Wollvorräte aus und verbrachten Stunden damit, den feuchten Nebel mit bunt gemusterten Bändern aufzuhellen.

Hermann hatte unsere Fischstückchen in aller Heimlichkeit mit Brotmus in einer irdenen Schale gekocht und mit ein paar Krümeln Salz und zwei Pfefferkörnern aus seinem Medizinkasten einen Hauch Geschmack darangezaubert. Magdalena und ich stürzten uns wie halb verhungerte Kinder auf dieses heiße Mahl. Und ich sah, wie Gisli mir verstohlen zuzwinkerte.

Die Männer ruderten ohne Unterbrechung. Die Bewegung hielt den lauernden Wahnsinn auf Abstand und sorgte dafür, dass niemand erfror, doch als auch der nächste Tag weder Wind noch den kleinsten Strahl Sonne brachte, an dem man sich orientieren konnte, und die Männer immer gereizter wurden, entschloss der Kaufmann sich zum Äußersten. Der zahme Rabe, den ich mit Brotkrümeln gefüttert hatte, wurde an Deck gebracht, und die Männer besprachen, ob sie es wagen konnten, ihn fliegen zu lassen.

»Er kennt den Weg nach Hause«, erklärte Erik, der seine Ruderpause bei mir verbrachte. »Die Frage ist, ob er auch zurückkehrt, wie man es ihm beigebracht hat.«

»Du meinst, er kommt wie Noahs Taube zurück und bringt uns einen Ölzweig mit?« Ich betrachtete das schwarze Tier voller Zweifel. Vielleicht hatte ich einen Dämon verwöhnt, einen, der uns noch weiter in die Irre leitete?

»Von Flóki Vilgerðarsson wird berichtet, dass seine Raben ihm den Weg nach Island wiesen, als er sich auf dem Nordmeer verirrt hatte. Wenn Gislis Rabe zurückkommt, wissen wir wenigstens, in welche Richtung wir rudern müssen. Das ist mehr, als wir jetzt wissen.« Er rutschte ein wenig tiefer und legte den Kopf auf meine Schulter. Dunkle Ränder unter seinen Augen zeugten von Übermüdung. Ich fragte mich, wie lange die Männer ihre harte Ruderarbeit wohl noch durchhielten.

Gisli hatte seinen Raben aus dem Käfig genommen und strich ihm sanft über das Gefieder. Andächtig sahen wir zu, wie er den Vogel mit einem Stück Brot fütterte, ihm etwas zuflüsterte und schließlich wie ein Falkner den Arm hob. Der Rabe trat von einem Fuß auf den anderen, unschlüssig, ob er tatsächlich seinen Herrn verlassen und in die feuchte Unendlichkeit fliegen sollte, doch dann breitete er die Schwingen aus, machte einen Satz von Gislis Arm herunter und glitt still wie eine Nachtgestalt davon. Ein paar Flügelschläge lang sahen wir noch seinen schwarzen Körper, dann hatten ihn die Nebelschwaden verschluckt. Tränen schossen mir in die Augen. Ich hatte das Gefühl, dass er alle Hoffnung auf Rettung mitgenommen hatte …

Gisli räusperte sich. Ernst sah er von Mann zu Mann. »Nun ist er fort und wird das Land für uns suchen. Einer von uns hat ab jetzt die Augen in der Luft! Wer Púki zuerst sichtet und mir sagen kann, aus welcher Richtung er kam, soll diesen Ring von mir erhalten!« Und er schwenkte das Schmuckstück vor aller Augen. Eifrig nickten die Männer und begaben sich zurück an die Riemen, um weiter einfach geradeaus zu rudern, wie sie es stumpfsinnig seit Tagen taten. Nicht denken. Rudern. Vor – zurück. Vor – zurück.

Björn, ein junger Kerl, hatte seine Angelschnur wieder ins Wasser gehängt, das Schnurende zwischen den verschränkten Händen, und ich sah, wie er mit geschlossenen Augen betete. Björn war Christ. In seine Ruderstange war ein Kreuz geritzt und Runenzeichen, die Erik mir mit »*Guđ hialpi* – Gott helfe« übersetzt hatte. Dem Herrn gefiel es, eins seiner Gebete zu erhören, denn ein Fisch biss an. Triumphierend zog Björn ihn über die Reling.

Auf meine Gebete hörte der Herr schon lange nicht mehr. Missmutig schabte ich an dem Wachstäfelchen herum, mit dem Erik versuchte, mir seine heidnischen Schriftzeichen beizubringen. Ich zeichnete die *nauđr*-Rune, die »Not« bedeutete, nach, bis der Griffel den Grund des Wachses erreicht hatte. Warum sollte Gott auch auf mich hören, wo ich doch auf dem Weg ins Heidenland war, diese seltsame Sprache zu erlernen versuchte und Zeichen ins Wachs ritzte, die so böse Dinge wie Troll, Riese und Wunde bedeuteten...

Aber es gab ja auch ein Zeichen für Sonne. Ich kramte in meinem Gedächtnis. Sonne. Wärme. Blumen. Überfluss. Und ritzte die gezackte *sol*-Rune ins Wachs, *sol* für Sonne, *sol* für Wärme, für Blumen... Ich hielt inne, erschrocken über mein abergläubisches Tun.

Unruhig bewegte sich Erik neben mir. Ob er ahnte, wie beklommen mir zu Mute war, wenn ich an die Zukunft dachte? Wie sehr ich mich anstrengen musste, um das Genuschel seiner Landsleute zu verstehen, wie oft ich nach Worten rang, um mich verständlich zu machen? Als könnte er meine Gedanken hören, legte er behutsam seine Hand auf meinen Arm. Vielleicht machte ich mir tatsächlich zu viele Sorgen. Und so versuchte ich, mich wieder in die Wachstafel zu vertiefen. Wenn ich mir in dem fremden Land einen Platz erobern wollte, musste ich zuerst die widerspenstige Sprache zähmen.

Am nächsten Tag kam Wind auf. Er zierte sich ein wenig, aber dann ließ er sich doch herab, den Nebel fortzublasen. Zutiefst erleichtert klappten die Männer ihre Ruder weg und machten sich daran, das Segel hochzuziehen, um ihn einzufangen. Magdalena und ich duckten uns vor der mächtigen Rahe, die schwankend den Mast hinaufstieg, als wüsste sie nicht mehr, was sie dort oben sollte. Anfangs bauschte sich das Segel lustlos, die Reffbänder hingen schlaff in der Luft. Gisli und Einar zogen an Seilen und zerrten am Segel, bis es der Wind endlich zu fassen bekam. Er blies hinein und wurde bereitwillig von dem dunkelroten Tuch aufgenommen. Fasziniert beobachteten wir das Spiel der Seeleute mit ihrem Segel und vergaßen darüber fast die Brotfladen, die wir auf kleinen Eisenkellen über dem Feuerchen buken. Magdalena hatte am Morgen damit begonnen, Káris schimmelnden Hafer mit Steinen zu zermahlen und aus dem Mehl, vermischt mit Wasser und Tang, Brotfladen zu kneten, und die Männer nahmen diese Bereicherung zu ihrem Fisch dankbar an. Niemand sprach mehr davon, eine von uns über Bord zu werfen und irgendwelchen fremden Göttern zu opfern.

Der Rabe Púki kehrte an dem Tag zurück, an dem es Gott gefiel, die Wolken endgültig vom Himmel zu vertreiben, und wir zum dritten Mal rohen Fisch aßen, weil es nichts Brennbares mehr an Bord gab. Ich spürte meine Füße kaum noch. Magdalena und ich massierten sie uns zwar gegenseitig, doch wurden unsere Bewegungen von Tag zu Tag unkoordinierter und steifer.

Björn, der als Einziger fast die ganze Zeit in den Himmel

starrte, erblickte den Vogel zuerst. Sein Riemen war inzwischen mit Runenzeichen übersät. Vielleicht wartete er darauf, dass ihm die heilige Gottesmutter am Himmel erschien. Nun war es jedoch der Rabe, schwarz und heidnisch, und als er herankam, flogen die Wolken auseinander, und wir sahen, dass er von Nordwesten kam.

»Seht, der Rabe!« – »Púki!« – »Der Rabe ist zurück!« Jubelnd sprangen die Männer von ihren Bänken auf, umringten ihren Anführer und seinen Vogel und ließen beide hochleben. Der »Windvogel« bockte unter ihren Freudensprüngen. Einer kletterte sogar ein Stück den Mastbaum hoch und schrie seine Erleichterung dem Himmel entgegen. Der Mönch und die Nonne sanken auf die Knie und priesen Gott für seine Barmherzigkeit. Erik kam zu mir und schloss mich in die Arme.

»Ich hatte schon fast die Hoffnung aufgegeben«, flüsterte er mir zu. »Ich dachte, ich würde niemals nach Hause zurückkehren …«

»Können wir denn jetzt den Weg finden?« Ich konnte das Zittern in meiner Stimme kaum verhindern. Er nickte.

»Ja, *meyja*, jetzt finden wir ihn. Und wenn die Sonne uns erhalten bleibt, wird der Wind auffrischen, und dann sind wir bald daheim.« Daheim. Bilder von Feuerstellen, Speisekesseln und warmen Betten wanderten mir durch den Kopf. Dick geknüpfte Teppiche. Mein Webrahmen vor dem Feuer. Maias knochige Hände am Schürhaken, das Lied, das sie vor dem Zubettgehen zu singen pflegte – eine Welle von Heimweh presste mir den Hals zusammen, und die Erinnerung fuhr mir so schmerzhaft durch die Brust, dass ich aufschluchzen musste.

»Keine Angst, *meyja*. Hab keine Angst.« Er drückte meinen Kopf an seine Schulter. »Hab keine Angst. Ich liebe dich …«

Wir blieben ineinander versunken an eine Tonne gelehnt stehen, tranken uns satt an der Nähe des anderen und versuchten, uns gegenseitig Kraft zu schenken, die wir nicht hatten. Ich kannte seine Not, er wusste um mein Heimweh. Die Zukunft hatte unsere Vergangenheit verschlungen, wir konnten nicht mehr zurück. Und doch schien in jenen stillen Momenten alles so einfach – an Land gehen, ein neues Leben beginnen, eine starke Familie wachsen lassen …

»Herr.« Hermann stand hinter uns. »Herr, sie wollen Euer Pferd töten. Ihr müsst etwas tun, Herr.« Erik sah hoch. In der Tat hatten einige der Seeleute ihre Blicke begehrlich auf Kári gerichtet. Ob sie ihn nun aus Dankbarkeit den Göttern opfern oder als schuldigen Dämon über Bord werfen wollten, war schwer abzulesen. In jedem Fall aber bedeutete ein Tieropfer Fleisch für alle, denn die Götter würden nur den Kopf erhalten …

»Kein Gott der Welt ist es wert, mein Pferd zu bekommen«, knurrte er, reckte sich und ging auf die Männer zu.

»Du musst uns dein Pferd geben, Erik!«, rief Einar. »Wir wollen Thor ein großes Opfer darbringen, weil er uns aus dieser Not errettet hat.«

»Das Pferd wird ihn besänftigen und uns noch mehr Wind schicken«, bestätigte ein anderer. Gisli hielt stumme Zwiesprache mit seinem Freund. Man durfte die Mannschaft jetzt nicht vergrätzen, so kurz vor dem Ziel …

»Bedenkt, Leute, dass wir noch nicht daheim sind!« Erik straffte sich und machte noch einen Schritt auf die Männer zu. »Wenn die ersten Inseln des Mälar erreicht sind, wollen wir Thor ein Opfer darbringen, denn dann ist die Heimat zum Greifen nahe.«

»Aber er hat uns doch jetzt die Sonne geschickt«, gab Gunnar zu bedenken.

»Thor wird uns zürnen, wenn wir den Dank aufschieben«, pflichtete ein anderer ihm bei und schielte wieder nach dem Pferd.

»Und doch sind wir noch auf See, ohne dass Land in Sicht ist.« Ein Blick zu Gisli, der unmerklich nickte, dann holte Erik tief Luft. »Jeder von uns wird seine heutige Kelle Bier ins Meer gießen, und ihr sollt sehen, wie Thor uns die Segel blähen wird. Meine Kelle soll Thor als Erste haben.« Und er schob den Deckel des Bierfasses beiseite, tauchte die Holzkelle in das feurige Nass und goss den Inhalt mit einer schwungvollen Bewegung in die Wellen.

»Ganz der Sohn des alten Königs«, hörte ich Einar schließlich murmeln, und nicht nur er schaute bewundernd auf die mächtige Gestalt im dunklen Mantel. Ein Windstoß fegte die Kapuze herunter. Des Ynglings herumwirbelndes Haar wurde von der Sonne eingefangen und in Gold verwandelt. Ein Mann nach dem anderen erhob sich und folgte seinem Beispiel, und Kelle um Kelle Bier floss ins Meer. Magdalena und Georg hatten aufgehört zu beten. Stumm sahen sie der von Erik initiierten Zeremonie zu, und als die Reihe an Georg kam, stand auch er auf, segnete seine Kelle und brachte dem Allmächtigen ein Trankopfer dar.

»Und nun lasst uns nach Hause segeln!«, rief Gisli erleichtert. »An die Arbeit, Männer!«

Zwei hockten bereits an den Seilen und machten sich daran, dem Wind das Segel noch besser in die Arme zu spielen. Einar nahm das Steuerruder in die Hand, und vorne am Bug wurden die Peilstäbchen der Sonnenuhr auf das Brett gesteckt. Den Zauberstein, der die ganze Zeit im Recht gewesen war, hatte Gisli sorgsam weggepackt – jetzt verließ man sich lieber auf wohl erprobte Techniken. Und so stimmte es mich fast fröhlich, Gislis Kurskorrekturen zu lauschen, denn sie brachten uns dem Land Stunde um Stunde näher.

Die Luft wurde zusehends kälter. Gisli spendete Magdalena und mir Decken aus einer seiner Kisten, zusätzlich stapften wir stundenlang im Laderaum umher. Die Sehnsucht nach einem trockenen Bett und Essen – irgendetwas, kalt, verdorben, roh, egal, ich würde jede Krume nehmen – drohte mich zu überwältigen, sodass es mir kaum gelang, Magdalenas Psalmen nachzusprechen.

»… non est exaltatum cor meum, neque elati sunt oculi mei, neque ambulavi in magnis neque in mirabilibus super me. Vere pacatam et quietam feci animam meam …«

Ja, meine Seele war still geworden. Es war, als säße sie dort vorne neben Gisli und Erik am Bug, hungrig, ohne ein Wort, ohne einen Gedanken, still der Zukunft harrend, die sich hinter den Wassern am Horizont verbarg. Kein Steg und kein Balken, an dem sie Halt fände, und so gab sie sich dem Wellenspiel und dem ewig gleichmäßigen Gluckern am Bootsrumpf hin – wartend, frierend, lauschend.

Selbst das Kind schien zu lauschen, es berührte mich mit zarter Hand, statt wie sonst zu treten, und es versprach mir leise, sich noch ein wenig zu gedulden. Ich zog meine Decke höher und starrte auf die Bootsplanken.

In der letzten Nacht kam der Schnee. Ich erwachte, als Erik nach seiner Wache unter meine Decke kroch. Im Schein der Deckslaterne tanzten die weißen Flocken auf uns herab, bauschige kleine Knäuel, die sich sanft auf die Fellhärchen der Decken setzten, sich nur für einen Moment der Welt in ihrer Schönheit zeigten, bevor sie zu Wasser wurden. Es kamen mehr und immer mehr, sie saßen dicht an dicht, klammerten sich mit winzigen Ärmchen aneinander, verschmolzen miteinander wie Erik und ich unter der Decke in dieser stillen Winternacht…

»Ich hab so einen Hunger«, flüsterte er irgendwann.

»Worauf hast du Hunger?«, fragte ich. Er versuchte einen Arm hinter den Kopf zu legen, zog ihn jedoch zurück, weil es außerhalb der Decken zu kalt war. Ich rückte dichter an ihn heran. »Worauf denn?«

»Auf – auf Wildschwein. Ein fettes Stück, mit Wacholder gebraten und mit weißem Brot gestopft.« Ich hörte ihn schlucken. »Auf Gänsebraten mit Weinsauce, auf Gerstenbrei, auf Lorbeerblätter und weißes Brot.« Seine Stimme bebte. »Auf dich, Alienor. Ich habe Sehnsucht nach dir. Tag und Nacht, *kærra*, es zerreißt mich fast.« Bewegt stützte ich mich auf den Ellbogen und sah in sein Gesicht. Schneeflöckchen saßen auf seinen Brauen und hatten sich in den blonden Haaren verfangen, waren ihm ebenso ausgeliefert wie ich ... ich küsste die Schneeflocken von den Härchen und nestelte in meinem Almosenbeutel, um ihm das Kostbarste zu schenken, das ich zurzeit besaß.

»Hmm ...« Tief sog er den Duft des Kuchenstückchens ein, das ich ihm auf die Brust gelegt hatte und mit einer Hand aus dem Leinen wickelte. Das letzte Stück des königlichen Kuchens, von Gisli an meinen Schlafplatz geschmuggelt, wanderte in den Mund des Ynglingsohnes, und nach jedem Bissen siegelte ich seine Lippen mit meinem Mund und betete darum, dass wir nie mehr würden hungern müssen.

Am nächsten Morgen war alles auf dem Schiff von einer dicken Schicht Schnee bedeckt. Neben den Ruderbänken lagen kleine Schneewehen, deren Oberfläche Risse bekamen und schließlich zerbrachen, als die Schläfer darunter sich zu rühren begannen. Eilig schüttelten sie ihre Decken aus, um sich ans Navigieren zu machen – denn Schnee bedeutete, dass Land in unmittelbarer Nähe war! Gunnar und Björn rieben sich Gesicht und Arme mit der weißen Masse ab.

»He, morgen kannst du dich richtig waschen, Milchgesicht!«, lachte Gisli und klopfte sich den Schnee vom Mantel. »Und dann werden die Frauen von Sigtuna staunen, was für einen Mann wir aus dir gemacht haben!«

»Einen Mann? Das muss er uns in der Schwitzhütte erst zeigen, bevor wir ihn den Frauen überlassen.« Für diese Bemerkung bekam Gunnar den Mund voll Schnee. Gisli schlug sich vor Vergnügen auf die Schenkel. Einar stellte dem Schwarzhaarigen ein Bein, als dieser sich auf den Jungen stürzen wollte, und um ein Haar wäre es in eine handfeste Prügelei ausgeartet, wenn nicht der Ausguck die Stimme erhoben hätte: »Laaand in Sicht!!!«

Land!

Alle eilten wir an den Bug, Männer wie Frauen, brachten das Schiff durch unsere freudigen Schritte zum Schwanken, stützten uns auf die Reling, rutschten, drängelten, schoben, drückten Köpfe weg, wo war das Land, wo beim Thor war es?

»Dahinten!«, schrie Björn auf. »Seht, dahinten liegt die erste Insel!«

Und wie zur Bestätigung fuhr der Wind mit neuer Kraft in das Segel, das Schiff sprang den Wellen entgegen, eifrig, die letzten Meilen hinter sich zu bringen, bevor Schnee und Eis das Ostmeer für Monate verschlossen. Einar zog mit grimmiger Entschlossenheit an der Leine, ohne sich an den Rissen im Segeltuch zu stören, die der Wind gierig größer leckte – zum Flicken wäre den langen Winter über Zeit genug.

»Torsey«, sagte Gisli neben mir und kniff die Augen vor dem heranwirbelnden Schnee zusammen. »Es ist die Insel Torsey, seht ihr den Felsen? Wir sind auf dem richtigen Weg, Männer!«

Keiner rührte sich vom Fleck. Das Segel über uns knatterte wie zur Bestätigung: Land. Unser Land, Männer, wir haben es geschafft! Alle blieben sie stehen, als könnten sie es nicht fassen, endlich angekommen zu sein.

»Da! Seht dort, steuerbord! Ist das nicht –«

»Das ist Örney! Und dahinter, beim Thor, da liegt Máney.« Gunnars Stimme kippte vor Begeisterung um. Im Überschwang umarmte er Einar, mit dem er sich doch zwei Wochen lang gestritten hatte, und klopfte ihm auf den Rücken, dass es nur so dröhnte. Und es schien, als hätte nun selbst der Wind genug von dieser Irrfahrt, denn er frischte weiter auf und schob uns gefährlich nah an die kleinen Inseln heran, von denen immer mehr aus dem Wasser auftauchten.

Gisli kommandierte Männer ab, Segel und Steuerruder zu besetzen. Jeder Moment Tageslicht war nun kostbar, denn wenn der Wind hielt, würden wir es heute vielleicht noch bis Sigtuna schaffen. Nun, da das Ziel so nahe war, stand keinem der Seeleute mehr der Sinn nach einer weiteren Nacht auf diesem Schiff. Geschäftig rannten sie über die Planken, warfen zusammengekehrte Schneeberge über Bord und entwirrten Seile. Einar hatte ein Lied gemacht und sang es aus voller Brust in das Schneegestöber hinaus. Ich spitzte die Ohren und war sehr stolz auf mich, dass ich die Verse verstand:

»Flammenden Wassern entronnen,
Rans Klauen schrammten am Schiff,
kommt der Inseln Minnetrunk.
Gnädiger Windbezähmer ließ uns heimkehren,
zu trinken das Bier am Hüttengrund.
Stolz steht Wellentrotzer am Bug,
nie ward ein Schiff tapferer geführt!«

Gisli grinste ein wenig verlegen und packte seine Peilstäbchen in einen Beutel.

»Zu trinken das Bier am Hüttengrund!«, erklang es von hinten. »Zu trinken viel Bier am Hüüüttengrund!«, echote ein anderer. Und als der Kaufmann endlich das Bierfass öffnete, um die letzte Ration zu verteilen, da jubelten sie ihm von ihren Plätzen aus begeistert zu.

Erik hatte sich stumm auf eine Ruderbank zurückgezogen. Mit hungrigen Augen verschlang er eine Insel nach der anderen, begrüßte sie wie alte Freunde, Vorposten der heimatlichen Küste, die langsam durch die Schneeflocken hindurch sichtbar wurde. Schmolzen die Flocken auf seinen Wangen, oder waren es Tränen, die sie mitrissen – Bäche heißer Tränen, die sich in die Salzkruste auf seinem unbewegten Gesicht fraßen und langsam zum Kragen heruntertropften, um dort zwischen den Wollhaaren zu versinken … Ich sah, wie seine Unterlippe zitterte.

Fast ein Jahr war es her, dass wir uns zum ersten Mal begegnet waren. Damals war er dem Tod näher gewesen als dem Leben, und nur eine Laune meines Vaters hatte dafür gesorgt, dass er die Seiten wechseln konnte. Wie viele Tränen, wie viel Hass, aber auch wie viel Leidenschaft und Treue lagen zwischen Vaters Kerker auf der Eifelburg und dieser Ruderbank!

Er tastete nach mir, sicher, mich bei sich zu finden, und zog mich auf die Bank, damit ich diese Momente mit ihm durchlebte.

Das Land teilte sich vor uns wie ein großartiger Vorhang, es glättete das Wasser, fegte die Schaumkronen zum Meer hinaus und lud uns ein, näher zu treten. In der Landenge tauchte eine breite Holzpalisade aus dem Schneegestöber auf. Rufe wurden laut, ein Boot legte ab und wurde mit kraftvollen Ruderschlägen herangerudert. Einar lockerte die Halsleine, um unsere Fahrt zu verlangsamen. Gemeinsam sahen Erik und ich zu, wie zwei in dicke Pelze vermummte Männer zum »Windvogel« herüberkletterten. Sie sprachen eine Weile mit Gisli, sahen sich um, zählten die Leute an Bord und warfen einen Blick in den Laderaum. »Mut hast du, Gisli Svensson – nach dir wird wohl kein Seemann mehr das Ostmeer heraufkommen. Es ist hohe Zeit, der Winter steht vor der Tür. Wir wollen dich nicht länger aufhalten, sieh zu, dass du nach Hause kommst!« Die Wächter des Mälar klopften dem wagemutigen Schiffsführer auf die Schulter und machten sich mit ihrer Nussschale auf den Rückweg. Der »Windvogel« nahm wieder Fahrt auf. Ich beugte mich ein wenig über die Reling und schaute zurück. Die Palisade war im Winterdunst verschwunden – und die Gischt im Kielwasser, die unsere Reise seit Schleswig begleitet hatte, seltsamerweise auch. Erik drückte sich neben mich.

»Das liegt daran, dass unter uns kein Salzwasser mehr ist. Wir haben das Meer verlassen, *elskugi*, und der Mälar ist süß im Geschmack. Er kennt keine gischtige Wildheit.« Mälar also nannten die Seeleute das Wasser, das wir nun befuhren, einen Finger des Ostmeeres, der auf den Mittelpunkt des Svearreiches zeigte. Frohlockend schöpften sie das Wasser und gossen es sich in den Hals, und als die Trinkkelle zu mir kam, verstand ich ihre Freude: So frisch und prickelnd schmeckte das Wasser, dass es eine wahre Wohltat war nach all den Wochen brackigen, schalen Tonnenwassers!

Ruhig und von erhabener Schönheit glitten die beiden Küsten an uns vorbei, tiefschwarze, verschneite Wälder, immer wieder kleine Inseln und Boote, von denen Menschen herüberwinkten und das letzte Schiff des Jahres willkommen hießen.

Am Leben sein. Heimkommen. Das Kind machte einen Hüpfer. Heimkommen!

Der Tag ging in dichtem Schneegestöber zu Ende. Hier und da meinte ich sogar vereinzelte Eisschollen auf dem Wasser schwimmen zu sehen, die wie dünne Weihnachtskuchen zerbrachen, wenn einer der Riemen sie traf. Die Männer diskutierten heftig, ob sie so kurz vor dem Ziel noch ankern sollten.

»Es gibt viele, die ertrunken sind, weil sie nicht warten konnten,« gab Einar zu bedenken. »Der Mälar ist ein heimtückischer Hausherr …« Doch Gisli Svensson, der »Wellentrotzer«, sah, wie sehr es seine Männer nach Hause zog, und so stellte er sich selbst ans Ruder und manövrierte den »Windvogel« mutig durch Schnee und alle Untiefen auf die Heimatküste zu.

Im letzten Licht des Tages kam Sigtuna auf uns zu und begrüßte uns vom Kai mit goldenen Fackeln. Hatte Erik am Morgen still geweint, so sah ich hier mehr als ein Männerantlitz in Tränen. Erleichtert umarmten sie einander, und ihr Jubel war nun stiller, ehrlicher, dankbarer. Und als man die Lichter voneinander unterscheiden konnte, erhob sich der Ynglingsohn von seinem Platz, wies die Männer an, die Riemen einzuhaken, und dankte dem heidnischen Thor und allen anderen Göttern auf Erden für die glückliche Heimfahrt.

»Ihr gabt uns die Kraft, in größter Bedrängnis den Mut nicht sinken zu lassen, ihr gabt uns die Hoffnung auf die Heimkehr.« Er trat an die Reling neben die Wanten, wo ihn alle sehen konnten. Sein blasses Gesicht leuchtete im Schein der Deckslaterne.

»Hier sind wir nun alle, bis auf drei Mann, die Ran als Preis für sich verlangte – nehmt das von mir als Dank für die Rettung!«

In seiner Hand erschien ein Messer mit Elfenbeingriff, mein Dolch, mit dem ich ihm einst die Fesseln der Knechtschaft durchgeschnitten hatte. Und als die Waffe in hohem Bogen ins Wasser flog, ging ein Raunen durch die Mannschaft, und keiner sprach mehr davon, Kári opfern zu wollen. Alle schauten sie nach, was sie Kostbares für die Götter hatten. Münzen flogen dem Dolch hinterher, Bruchgold und ein Speer, und Björn warf den goldenen Ring über Bord, den er von Gisli für seine flinken Augen erhalten hatte. Magdalena und ich ließen die bunten Webbänder ins Wasser flattern, mit denen wir uns die lange Reise verkürzt hatten. Neckisch winkten sie uns Lebewohl, bevor sie in der Dunkelheit verschwanden.

Am Ufer wurde ein Feuer entzündet, um uns den Weg zum Kai zu weisen. Fackeln geisterten umher, man hörte Rufe und begeistertes Trommeln – die halbe Stadt schien auf den Beinen zu sein, um unser Schiff zu begrüßen.

»Backbord Ruder still! Steuerbord mehr, noch mehr – halt, zu viel, backbord ein Schlag gegensteuern, gut so, noch einen Schlag, und halt, und steuerbord weiter, weiter – und alle halt!« Geschickt dirigierte Gisli uns an den Anlegeplatz heran. Sein »Holt die Ruder ein!« kam ein wenig zu laut daher, das Glücksgefühl, Sigtuna lebend erreicht zu haben, schien selbst den Wellentrotzer zu überwältigen. Die letzten Meter trieben wir auf die Palisade zu. Seile wurden geworfen und an Holzklötzen vertäut, Menschen drängten sich am Kai, streckten helfend die Hände aus, ein Mann sprang an Bord und umarmte den Schiffsführer – Thorkell Adlerauge, der den Sturm an der Küste Ölands abgewartet hatte, hier seit Tagen auf seinen Freund Gisli wartete und fast die Hoffnung aufgegeben hatte.

Rasch wurde eine Planke über die Reling gelegt, unzählige Hände halfen im Fackelschein, Kisten und Tonnen herüberzutragen, während der Schnee jetzt wieder dichter wurde und sich als dicke Schicht auf die abgestellten Güter legte. Die beiden Schafe blökten vor Angst, als ein Mann sie über die Planke trieb. Drüben angekommen, blieben sie zitternd neben den Frachtgütern stehen.

Uns trugen sie an Land, Hermann, der zu schwach zum Helfen war, Magdalena, das Gesicht weinend in den Händen vergraben, und mich, und sie luden uns zwischen den Warenkisten ab, die auf dem Schiff unsere Welt gewesen waren. Erik und sein Hengst verließen als letzte Reisende den »Windvogel«. Trotz ihrer Erschöpfung schritten sie beide aufrecht über die Planke. Als sie den Kai betraten, wurde die Menge für einen Moment still.

»Der Sohn des alten Königs«, raunte schließlich einer. »Man hat ihn doch für tot gehalten.« – »Seht nur, was für ein stattlicher Mann aus ihm geworden ist!«, flüsterte es um uns herum, »Emunds Sohn, wer hätte das gedacht…« – »Wie ähnlich er seinem Vater ist.«

Und dann verstummten sie wieder, denn Erik hatte den Führstrick losgelassen und sank im zertretenen Schnee nieder, fuhr mit den Händen unter die kalte Masse, als suchte er den Boden darunter, und küsste die schwarze Erde seines Geburtslandes. Ich kniete neben ihm nieder, und er nahm meine Hand und hob sie an die Wange.

»Wir sind zu Hause«, flüsterte er. »Ohne dich hätte ich diese Erde nie wieder berührt…« Er sah mich an. Der Schein einer Fackel spiegelte sich im tiefen Blau seiner Augen wider. »Sei willkommen, du Licht meines Lebens – möge dieses Land all sein Heil über dich bringen, damit du hier glücklich wirst, Alienor.« Seine Worte fuhren mir ins Herz, dass es wehtat. Ich hing an seinen Augen, wollte ihm zurufen: »Du bist mein Heil, du allein«, doch ich brachte kein Wort hervor. Er drückte einen brennenden Kuss in meine Handinnenfläche. »*Kviđ ekki, elskugi.* Ich liebe dich…«

Kári stampfte drohend mit dem Huf, als einer der Männer

ihm zu nahe kam. Er rührte sich auch nicht von der Seite seines Herrn, als sie uns alle umringten, Erik aufhoben und zu seiner glücklichen Heimkehr beglückwünschten.

Das Haus des Kaufmanns lag direkt am Kai, doch die paar Schritte, die ich dorthin laufen musste, kosteten mich große Überwindung. Die Erde kam mir entgegen, ich schwankte und fiel taumelnd gegen den Mönch, der Magdalena stützte.

»Das Meer ist noch in Eurem Kopf, edle Frau«, dröhnte seine tiefe Stimme über mir, und er bewahrte mich davor umzukippen. Gisli kam herbeigeeilt und lud mich auf seine Arme. »Morgen lehren wir dich laufen, *augagaman*. Heute wollen wir dich auf Händen tragen.«

Wie eine Prozession begleiteten uns die Leute zum Haus, lachend, große Geschichten erzählend, als hätte es die Stürme und das angsterfüllte Warten nie gegeben. Erik ging dicht neben uns, das Pferd hinter sich herziehend, sprachlos vom Wirbel der Gefühle. Ein letztes Mal drehte ich mich um und sah über Gislis Schulter. Unser Schiff lag verlassen im Wasser. Das Begrüßungsfeuer flackerte ein wenig, und dann erlosch es.

Mitten in der Nacht erwachte ich, geplagt von einem dringenden Bedürfnis. Ich setzte mich auf. Um mich herum lagen Decken, Felle, mein Mantel, aus denen mir jemand ein Lager gebaut hatte. Schnarchen erfüllte das Haus, Luftströme aus Kehlen und Gedärmen hatten die Wärme des Raumes angedickt, dazu kam der Geruch nach Holzkohle und kaltem Fleisch. Mein Bett war eine lange, breite Bank, auf der an die zehn Menschen schliefen. Dicht neben mir lag Erik, der mich an die Wand geschoben hatte und mich mit seinem Körper im Schlaf bewachte. Ganz sanft strich ich über sein salzstarrendes Haar. Sie hatten ihn kaum in Ruhe lassen wollen, immer wieder hatten sie ihn aufgefordert, von seinen Abenteuern zu berichten, vom Normannenhof und von Rom und dem *mare nostrum*, und er war zu müde gewesen, um es ihnen abzuschlagen.

Das Bedürfnis, Unmengen an Bier loszuwerden, blieb. Vorsichtig kletterte ich über die Schlafenden hinweg und rutschte über die Kante auf einen eiskalten gestampften Lehmboden. Ich machte mir nicht die Mühe, meine eigenen Schuhe zu suchen, sondern schlüpfte in das nächstbeste Paar und stand auf. Die Wände schwankten. Das Meer war immer noch bei mir, es wollte mich nicht entlassen, und so setzte ich mich für einen Moment wieder hin.

Im Herdfeuer am Boden vor mir züngelten kleine Flammen. Ich gab ihnen mit einem Klumpen Torf neue Nahrung. Dafür gestatteten sie mir, den Raum, in dem wir uns befanden, näher zu betrachten.

Er war breit und hoch, und weit über mir erahnte ich einen spitzen Dachgiebel. Von irgendwoher kam ein Luftzug, der jedoch nur wenig gegen die Ausdünstungen der vielen Menschen ausrichten konnte. Über dem Herdfeuer hingen wie riesige Fledermäuse zwei Tierfelle, um die Funken abzuwehren. In der Mitte bildeten sie einen Rauchabzug, der zum Kamin hinaufführte. Vielleicht waren sie neu, denn es roch nach versengten Haaren. Von den Dachbalken baumelten geflochtene Zwiebelstränge und Kräuterbündel herab und knisterten geheimnisvoll. In meinen Ohren klang es wie ein Kehrvers auf die merkwürdigen Lieder, die die Männer vom Schiff am Abend gesungen – nein, gegrölt hatten: *»Dœtr Rans, dœtr Rans, dœtr Rans, dœtr Rans …«*, Zauberweisen, welche die Dämonen bannen sollten, die sie vom Meer mitgebracht hatten. Irgendwann hatten die vielen Köpfe, bunten Stützpfosten, Trinkbecher, Kräuterbüschel, Reisigbesen, Brotstücke, Geschenke begonnen, sich zu drehen, einen wilden Reigen zu tanzen, der Rauch war mir in den Kopf gestiegen, oder war es das Bier gewesen, oder der Met, den man immer wieder reichte, und dann war ich inmitten dieses Lärms neben Erik eingeschlafen.

Doch nun fühlte ich mich stark genug, um loszugehen und es mit diesem fremden Haus aufzunehmen. Vorsichtig schlich ich durch den Raum. Fiel über Trinkbecher, Schuhe, Kleiderbündel. Jemand grunzte im Schlaf, weiter hinten im Raum stöhnte eine Frau vor Wollust leise auf. Ich blieb stehen und hörte gedankenverloren zu, wie ihr Atem heftiger wurde, während sie sich im Dunkeln jemandem hingab. Als ihr Keuchen in Erfüllung verebbte, lief mir ein Schauder über den Rücken.

Zwei rot bemalte Stützpfosten bildeten eine Art Tür, durch die ich in den Vorraum gelangte, wo auf schmalen Tischen Essensreste standen. Jemand hatte die Schüsseln und Näpfe ordentlich zusammengestellt. Ich nahm im Halbdunkeln ein Stück Brot vom Tisch und kaute darauf herum. Hatte Gisli eine Hausfrau, die so wunderbares Brot backen konnte? War mir jemand vorgestellt worden? Gesichter zogen durch meine Erinnerung, Männer, Frauen, Knechte, ein paar Kinder, die über die Schlafbänke getobt waren …

Endlich hatte ich eine Außentür gefunden und stand gleich darauf bis zu den Knöcheln im Schnee. Hinter mir fiel die Tür zu. Zögernd tat ich ein paar Schritte – doch da war kein Abort, keine Latrine an der Hauswand. Ich trat noch einen Schritt zurück und ließ meinen Blick über das Haus wandern. Ein eisiger Halbmond brachte das schneebedeckte Dach über mir zum Erglänzen. Darunter wölbte sich eine erdverputzte Außenwand, die angenehmen Torfgeruch verströmte. Irgendwo schnaubte ein Pferd. Ich wandte mich in diese Richtung in der Hoffnung, dort auch den Abort zu finden. Schemenhaft erkannte ich rechts und links weitere Häuser, genauso groß und düster. Nächtliche Geräusche, Knacken, Knistern, Rascheln und Grunzen störten die Stille. Ich beschloss, mich gleich neben der Hauswand zu erleichtern, und während mein Wasser den Schnee zum Schmelzen brachte, versuchte ich, meine Gedanken zu ordnen.

Schritte näherten sich meinem Platz. Rasch zupfte ich meine Kleider zurecht und suchte Schutz an der Wand. Ein Mann bog um die Ecke und fuhr – »Jesus Maria!« – zu Tode erschrocken zusammen, als ich mich bewegte. Bruder Georg.

»Könnt Ihr auch nicht schlafen, edle Dame?« Seine Stimme klang müde. Ich schüttelte den Kopf und wollte mich schon zurückziehen, doch mit einer Handbewegung lud er mich ein, auf einer Bank unter dem lang gezogenen Dach Platz zu nehmen. Eine kleine Weile saßen wir dort, schweigend und verwirrt von all den neuen Eindrücken, und starrten in den schwarzen Nachthimmel, als könnte er uns Halt geben.

»Was werdet Ihr jetzt anfangen?«, fragte ich schließlich, neugierig auf das Schicksal der beiden geworden. Mehr als dass sie aus hamburgischen Klöstern kamen, hatten sie auf der Überfahrt nicht von sich preisgegeben.

»Der freundliche Herr Gisli hat vielleicht Arbeit für mich. Ich habe lesen und schreiben gelernt und könnte sein Kontor führen, oder was immer er verlangt.« Er faltete seine großen Hände auf den Knien und senkte den Kopf. »Der Allmächtige verweigert mir die Gnade, in diesem Lande missionieren zu dürfen. Ich bete täglich darum, doch Er hört mich nicht.«

Mich hört Er auch nicht, dachte ich resigniert.

»Magdalena könnte sich als Magd verdingen, wenn das Kind erst da ist«, sprach er weiter. »Sie kann kochen und einen Garten pflegen. Wir brauchen nicht viel – nur ein Dach über dem Kopf und etwas zu essen.«

»Sicher wird er etwas für euch tun können. Gisli Svensson hat ein gutes Herz.« Aufmunternd lächelte ich ihm zu und erhob mich, weil die Kälte hinterlistig durch den Pelz gekrochen kam.

»Meint Ihr? Er ist Heide«, hielt Georg mich zurück.

»Er ist getauft, Bruder Georg«, entgegnete ich. »Seine Seele ist auf dem rechten Weg, doch fürchtet sie die einzelnen Schritte. Ihr könntet hier ein gutes Werk vollbringen.« Als er darauf schwieg, ließ ich ihn mit seinen Gedanken allein.

Als gegen Mittag des folgenden Tages die letzten Gäste Gisli Svenssons Haus verlassen hatten, verwandelte es sich in einen Hort des Friedens. Außer mir hockte nur noch ein spindeldürrer alter Mann auf der Schlafbank, der seine nackten Füße dicht an die Glut hielt und unablässig auf Rindenstückchen herumkaute. Er würdigte mich keines Blickes. Magdalena lag wie am Abend zuvor still in der Ecke einer anderen Bank. Jemand kramte im Vorraum, Schüsseln krachten zu Boden, eine Frauenstimme jammerte, dann wurden Scherben zusammengefegt.

Jäh hob der Alte den Kopf. Er sprang auf, huschte flink wie ein Wiesel an den beiden Pfosten vorbei, und dann hörte ich, wie er mit seiner keckernden Altmännerstimme Schimpftiraden über die Ungeschickte abließ: »Blödes Weib ... wärst besser bei den Wilden geblieben ... kannst nicht mal kochen ... bist unfruchtbar wie ein Stock ... machst alles kaputt, was sollen wir mit dir anfangen ...« Die Tür ging auf.

»Lass sie in Frieden, Vater«, hörte ich Gislis ruhige Stimme. »Sie weiß, dass sie zu nichts taugt, sie will es ja so.« Die Frau weinte leise weiter.

Erik kam zu mir ans Feuer, verschwitzt und mit feuchtem Haar. »Wir waren in Gislis Schwitzhütte«, erzählte er, und nicht nur seine Augen strahlten vor Wärme. »Ich fühle mich wie neugeboren.«

Neugierig sah der Alte den Yngling an. »Hat die Hitze dir deinen Bart weggebrannt?«, fragte er mit glitzernden Äuglein und kicherte. »Oder trägst du ihn lieber in der Hose?«

Erik rollte mit den Augen. Bemerkungen wie diese hagelte es, seit wir das Land betreten hatten – ein Bartloser in Waffen passte nicht ins Bild der Leute. Da jedoch niemanden anging, wo sein Bart geblieben war, pflegte er mit Scherzen darüber hinwegzugehen und erzählte auch dem alten Sven von der neuesten Mode bei den Normannen.

»Manche färben sich sogar das Haupthaar wie ein Weib. Das würde dir gefallen!« Doch der Alte lachte nur wissend.

Erik wandte ihm den Rücken zu und griff nach meiner Hand. »Für dich ist ein Bad vorbereitet, *elskugi*, und Hermann hat neue Kleider ausgepackt. Komm, ich zeig dir den Weg!«

Die Schwitzhütte entpuppte sich als ein über einer Erdhöhle errichteter Holzverschlag außerhalb des Hauses, und als Erik die Eingangsklappe öffnete, wehte mir ein klebrig-heißer Luftzug entgegen. Zwei Stufen führten in das Loch unter die Erde, wo um einen Badezuber herum Sitzbänke an die Wand gebaut waren.

»Man erhitzt die Hütte von außen mit Feuer und heißen Steinen«, erklärte er mir, »und wenn es richtig heiß wird, kippen sie Wasser über die Steine. Und dann schwitzt man, dass einem das Wasser herunterläuft.« Wie in der Hölle, dachte ich. Heilige Jungfrau, ich bin in der Hölle gelandet...

»Gisli hat sich das bei den Isländern abgeguckt, und obwohl ihn halb Sigtuna wegen seiner Schwitzhütte auslacht, sind sie doch alle neidisch.« Er lachte verschmitzt und nahm mir den Mantel von den Schultern. Doch bevor er mir noch mehr ausziehen konnte, hatte sich die Magd zwischen uns geschoben und drückte ihn Richtung Tür. Sein enttäuschter Gesichtsausdruck ließ keinen Zweifel daran, dass er mir die Schwitzhütte lieber allein vorgeführt hätte.

Mochte diese Hütte nun ein Vorposten der Hölle sein oder nicht, aus dem Zuber dampfte es jedenfalls verführerisch, und so warf ich alle weiteren Bedenken über Bord, entkleidete mich und stieg, ohne auf die helfende Hand des Mädchens zu achten, in das heiße Wasser, um endlich Salz, Schmutz und die Erinnerungen an die schreckliche Schiffsreise abzuwaschen. Die Magd tat schweigend ihre Arbeit, unaufdringlich und geschickt, und ich genoss es heimlich, ein paar Stunden für mich zu sein, ohne an die fremde Sprache denken zu müssen, mit der ich mich so schwer tat.

Frisch geseift und massiert, das Haar geölt, entwirrt und in endlosen Bahnen glatt gezogen, verließ ich die Hütte, als die Sonne hinter den Bäumen verschwand.

»Hat sie dich gut bedient?«, fragte Gisli und polsterte meinen Platz mit einem weiteren Schaffell. Aufseufzend ließ ich mich nieder. Erik rückte näher und gab mir zu verstehen, dass er mich sicher noch ein wenig besser bedient hätte. Ich kniff ihn in die vorlaute Hand.

»Mich hat sie noch nie gut bedient.« Der dürre Alte spie ins Feuer und warf dem Mädchen einen verächtlichen Blick zu. »Noch nie. Sie taugt zu nichts. Nicht am Topf, nicht im Bett. Taugt nichts, nichts, überhaupt nichts …« Böse murmelnd nahm er sich ein neues Rindenstück. Gisli verdrehte die Augen.

»Mein Vater mag sie nicht.« Nachdenklich beobachtete er seine Dienerin, wie sie mit fahrigen Bewegungen das Feuer schürte. »Sie kann ja wirklich nicht viel. Und mein Bett wärmen will sie auch nicht. Vaters Bett – nun, das kann ich ja verstehen, aber bin ich denn so hässlich?« Nein, hässlich war er wirklich nicht. Ich kaute an meinen Nägeln.

»Wo hast du sie her?«, fragte Erik.

»Aus Ladoga. Sie begleitete mich, nachdem ihr Vater sich bei einer Lieferung Pelze zu meinen Ungunsten verrechnet hatte. Ich fand, sie sei ein guter Ersatz für zwanzig Zobelfelle.« Er zog die Nase hoch. »Nun, im Bett jedenfalls nicht.« Funken stoben jäh in die Höhe, weil das Mädchen ins Feuer gehustet hatte. Ich spürte ihre Wut auf die Männer, die sie geraubt hatten.

»Weißt du was, Alienor *augagaman*?« Der Kaufmann beugte sich vor und packte ihre Hand. »Ich gebe sie dir. Mit Nadel, Faden und Kamm kann sie immerhin umgehen – und du brauchst eine Dienerin. Nimm sie für deine Bequemlichkeit« – mit einem Schwung gingen seine rötlichen Brauen in die Luft – »und gib du mir dafür deinen Mönch.«

»Aber …« Hilfe suchend wandte ich mich an Erik, der das Mädchen versonnen anschaute.

»Spricht sie unsere Sprache?«

Gisli nickte. »Einer Frau wird sie vielleicht freudiger dienen. Beginnt euren Hausstand mit dieser Blume aus Ladoga!«

So zog an diesem Abend Bruder Georg, der mir doch nie gehört hatte, mit seiner Liebsten endgültig in Gislis Haus ein, und

Ringaile, das Mädchen aus Ladoga, legte ihr Bündel zu unserem Gepäck. Der alte Sven ließ sich fortan sein Bier von Magdalena kredenzen, und je weiter der Abend fortschritt, desto mehr belustigte ihn die Vorstellung, von einer gefallenen Braut Christi bedient zu werden.

Sigtuna bot sich uns dar wie ein Korb appetitlicher Äpfel, als wir am Morgen Gislis Haus verließen. In einer langen, ordentlichen Reihe säumten unzählige Häuser die Hauptstraße, eines prachtvoller als das andere. Hinter jedem größeren Haus standen in gerader Linie zwei oder drei kleinere, durch schmale Wege oder Flechtzäune voneinander getrennt. Ich fragte mich, wo man wohl das Vieh untergebracht haben mochte.

»Sigtuna ist ein Handelsplatz«, erklärte Gisli mir. »Die meisten Leute haben außerhalb der Stadt einen Hof, wo gewirtschaftet wird. Mein Landgut liegt nördlich von Sigtuna, und alles, was ich zum Leben brauche, lasse ich von dort kommen. Und wenn Vater mich zu sehr ärgert, setze ich ihn auf den nächsten Schlitten nach Snæholm.« Feixend sah er sich nach dem Alten um. Der hockte Rindenstückchen kauend auf der Bank vor dem Haus und träumte in der Wintersonne von besseren Tagen und willigen Frauen.

Ruhelos wanderten meine Augen umher. Es gab so viel zu sehen!

Über uns schwangen sich blau gefärbte Giebel, deren geschnitzte Enden am Dachfirst überkreuz liefen, in den klaren Himmel. Dicke Schneekissen bedeckten die Dächer und glänzten friedlich in der Sonne. Am Nachbarhaus waren Leute damit beschäftigt, die Türpfosten rot anzustreichen. Die Hausfrau kam herausgelaufen und beschwerte sich lautstark über die vielen roten Spritzer im Schnee, es gab Widerworte und Ohrfeigen. Ein paar Leute blieben vor dem Haus stehen und begutachteten das Farbwerk.

»Thorhilda, dein Sklave versteht sein Handwerk, er hat dir

ein gutes Rot angemischt«, meinte schließlich einer, der eine breite Pelzkappe auf dem Kopf trug.

»Das mag schon sein«, entgegnete Thorhilda und wischte sich die Hände an ihrem Überkleid ab. »Aber er ist schlampig, schau doch, wie es hier aussieht! Als ob ich ein Huhn geschlachtet hätte! Ich hab es satt – wenn Ulf Blaunase im Frühling wiederkommt, kann er ihn als Rudersklaven mitnehmen.« Schimpfend verschwand sie hinter der mächtigen Tür. Ihr Sklave wischte weiter mit dem Quast über den Türpfosten, als wäre nichts geschehen. Der andere hatte den Farbeimer abgesetzt und sprach leise mit den Zuschauern. Der Mann mit der Pelzkappe grinste.

»Wir kennen Thorhilda, Junge, und wir kennen Ulf Blaunase. Wenn du klug bist, strengst du dich an, damit du nicht auf sein Schiff musst. Dort soll es nämlich noch rauer zugehen, wie man hört. Und Rotznasen wie dich wirft er einfach über Bord.« Die anderen nickten lachend und drohten mit dem Finger.

Viel Volk hatte sich inzwischen auch vor Gislis Haus eingefunden. Zwei vornehm gekleidete Frauen versuchten, einen Blick durch die Tür zu werfen. »Die beiden hat mein Nachbar sich aus Miklagard mitgebracht«, raunte Gisli mir zu, »und sie bemühen sich nach Kräften, sein Gold bei mir im Warenlager loszuwerden.«

»He, Gisli, wann machst du deine *skemma* auf?«, rief einer über die Straße.

»Morgen, Ragnar, du musst dich noch gedulden. Heute will ich Erik Emundsson nach Hause geleiten.« Da drängten noch mehr Leute vor das Haus, und manche von ihnen betrachteten Erik mit einer Mischung aus Ehrfurcht und Skepsis. »Der Sohn des Alten«, hörte ich, »weit gereist« und »Wo hat er sich nur herumgetrieben?«, und neugierig steckten sie die Köpfe zusammen und drehten sich um, als hinter ihnen jemand leise »Erik Mjolkskeggi« höhnte. Ich reckte mich, doch war der

Sprecher unter all den braunen Kapuzen und Kappen nicht auszumachen.

Die Männer hatten inzwischen unser Gepäck auf einen Schlitten verladen, und auf weiche Kissen gebettet, verließ ich Sigtuna mit meiner neuen Dienerin.

Ich spürte seinen Blick auf mir ruhen. Eine ganze Weile schon ritt er neben dem Schlitten, zuammengesunken, die Hände vor sich in den Sattel gelegt. Das Gesicht wirkte angespannt und blasser als sonst. Bange Erwartung umgab seine schöne Gestalt. Die letzten Meilen einer langen Reise sind die schwersten. Nach Hause kommen, nach so vielen Jahren, als Mann, als Ritter eines Herzogs und doch der Ehre beraubt, was kein Mensch je erfahren durfte… wir sahen uns an. Das Herz wollte mir zerspringen vor Sehnsucht. Beinahe gleichzeitig streckten wir die Hände aus, und er zog mich aus dem Schlitten zu sich in den Sattel. Kári erschrak, ein Satz von ihm warf mich gegen Eriks Brust, das Kind beschwerte sich mit einem Fußtritt, doch ich nutzte die Gelegenheit, mit beiden Armen unter seinen Mantel zu fahren und mich mehr festzuhalten, als es nötig gewesen wäre. Erik ließ die Zügel fahren, trieb das Pferd voran und schlang die Arme um mich. Wie im Traum zogen die düsteren Tannen, davonspringenden Rehe und unter dicken Schneehauben schlummernden Felsen an mir vorüber. Vögel meldeten unsere Ankunft im Wald. Aufgeregt flatterten sie in den Wipfeln, und kleine Schneelawinen stürzten beinahe lautlos von Ast zu Ast. Unter den Tritten der Hufe knirschte es, Schlittenkufen fraßen sich genüsslich durch den harschen Schnee, hier und da schnaubte eines der Pferde, dazu leises Gemurmel von Hermann und Gisli. Káris weit ausgreifender Schritt gab den Takt zu dieser seltsamen Musik, und lange Zeit ließen wir uns davon tragen.

Dann hielt Kári an. Ich hob den Kopf aus meinem Nest aus Fell und Armen.

»Uppsala«, sagte Erik leise. »Da liegt es.« Er holte tief Luft. »Da vorne liegt Uppsala.« Tränen liefen ihm über die Wangen, und seine Augen schimmerten in tiefem Blau. Er blickte auf eine weite, von Wald befreite Ebene, aus der sich majestätisch drei verschneite Hügel erhoben. An die eine Seite dieser Hügel schmiegten sich Häuser und Hütten, unter der Schneelast fast begraben, eine kleine Stadt, die im weiteren Umkreis auch Gehöfte, Wiesen und Äcker um sich scharte. Inmitten dieser Stadt ragten an einer Stelle schlanke Bäume in den Himmel, dahinter blitzte es golden im Abendlicht. Ich kniff die Augen zusammen und glaubte, ein Dach erkennen zu können.

»In diesen Hügeln hat man vor vielen hundert Jahren Könige begraben.« Heiser klang die Stimme neben mir. »Aun, Egil und Adil werden sie genannt, und an ihren Grabmälern liegt das Herz des Reiches.« Er nahm meine Hand. Seine Finger waren eiskalt. »Alienor – ich kann nicht – ich – wie soll ich …«

Ich küsste den Rest fort aus seinem Mund. Was an Furcht und Zweifel übrig war, fiel in den Schnee. »*Gangi þér allt tirs ok tima, Yngling*. Zeig ihnen, wer du bist.« Diesmal lächelte er nicht über meine holpernde Aussprache, und als er mir in den Schlitten zurückhalf, lag ein wenig Zuversicht in seinem Blick.

Wir passierten einen schmalen, beinahe zugefrorenen Fluss. Leute blieben stehen, grüßten den Kaufmann und betrachteten voller Neugier den beladenen Schlitten.

»Na, Gisli Svensson, hast wohl gute Geschäfte gemacht! Wem willst du das alles verkaufen?«, scherzte einer.

»Die alte Königin wird's haben wollen«, gab Gisli zurück, »schließlich bringe ich ihren Sohn.«

Da verstummten sie und machten dem Reiter auf dem schwarzen Hengst ehrfurchtsvoll Platz, und ich sah, wie sie versuchten, sein Gesicht unter der Kapuze zu erkennen. Erik tat, als bemerkte er es nicht. Wir zogen weiter nach Westen, und im letzten Abendlicht kam hinter Bäumen ein großer Hof in Sicht.

Er zupfte den Mantel zurecht und schob die Kapuze vom Kopf. Wir waren angekommen.

Warmes Licht schien durch eine Luke im Dach und streckte einladend die Hand nach uns aus. Es roch nach in Kräutern Gebratenem. Der Hof und ein Weg zwischen den Häusern waren ordentlich vom Schnee freigekehrt. Hühner gackerten. Irgendwo sang eine Mädchenstimme ein trauriges Lied. Ein Hund kam um die Ecke geschossen, groß wie ein Wolf. Er verbellte uns und gebärdete sich dabei so wild, dass die Pferde zu tänzeln begannen.

»Deine Mutter fürchtete sich vor Dieben, seit sie feststellen musste, dass ihr *kanoki* nicht mit dem Messer umgehen will.« Gisli warf dem knurrenden Untier ein Stück Brot hin und stieg von seinem Zugpferd. »Doch leider ist dieser Wächter hier bestechlich.« Während der Hund sich über die Gabe hermachte, wurde die Haustür aufgezogen, und eine schlanke Frauengestalt erschien im Eingang.

»Still, Loki, sei still! Wer kommt so spät über den Fluss?« Neugierig reckte sie den Hals. »Ja Gisli ...«

»Sigrun Emundsdottir – ich – dich hatte ich hier nicht erwartet.« Dem Kaufmann versagte tatsächlich die Stimme. Heftig zog er an seinem Bart, und ich wunderte mich noch über seine offenkundige Verlegenheit, als ein Schwertgehänge neben mir klirrte. Erik war vom Pferd gestiegen. Die Frau trat aus dem Schatten der Eingangstür. Ohne den Kaufmann weiter zu beachten, kam sie näher, die Schritte wurden eiliger, sie stapfte vorwärts, Schnee stob hinter ihren Röcken hoch, und das Licht, das sie getragen hatte, fiel zu Boden und erlosch, als sie sich mit einem Schrei in Eriks ausgebreitete Arme warf. Er hob sie hoch und schwenkte sie im Kreis, dass ihre Kleider flatterten, ich hörte sie beide schluchzen und lachen und schniefen, und als sie das Gleichgewicht verloren und im Schnee landeten, ließ keiner von beiden den anderen los.

»Erik, mein Bruder«, stammelte sie, wischte sich mit einer

schnellen Bewegung Schnee und Haare aus dem Gesicht, um gleich wieder nach seiner Schulter zu greifen. »Ein Vogel hat von deiner Ankunft gezwitschert, Erik, heute Morgen schon, aber ich wollte ihm nicht glauben, er hat mich schon so oft geärgert, Erik, so viele, viele Male …«

Im Hauseingang war eine zweite Frau erschienen, und Gisli trat auf sie zu. »Sei gegrüßt, Gunhild Guđmundsdottir. Ich freue mich, dir deinen Sohn bringen zu dürfen, den wir alle für tot gehalten haben.«

Erik stand auf und half der jungen Frau auf die Füße. Ich sah, wie sie einander die Hände drückten, als müssten sie sich gegenseitig Mut spenden. Kaum wagte ich zu atmen, als er auf die alte Königin zuging.

Lange standen sie voreinander. Ungesagte Worte hingen in der Luft – *Gott hat dich wiedergebracht! – Wo warst du nur so lange? – Dem Himmel sei Dank für diese Heimkehr.* Und dann gab er sich einen Ruck und nahm die starre Gestalt vor sich in die Arme, sanft und ehrfurchsvoll, und ich hörte einen von ihnen schluchzen. Das Herz wollte mir überlaufen, und meine Augen standen voller Tränen über diesen Moment, der mir in diesem Leben nicht beschieden war, weil ich weder Heimat noch Eltern mehr hatte. Meine Heimat war der Mann mit den goldenen Haaren, ohne ihn war ich nicht mehr wert als die schweigsame Dienerin aus Ladoga, die mir mit unbeteiligtem Gesicht gegenübersaß. Eine Welle von Düsternis stieg in mir hoch.

»*Custodi me ut pupillam oculi, sub umbra alarum tuarum protege me …*«, murmelte ich und bekreuzigte mich dreimal, denn Erik hatte seine Mutter eingehakt und kam mit ihr auf den Schlitten zu. »*Custodi me, custodi me, custodi me.*«

»Mutter, ich möchte dir jemanden vorstellen.« Einladend hob er den Arm, und sein Blick rief mir Mut zu. Da blieb die alte Königin stehen und hob den Kopf. Ihr tief gefurchtes Gesicht glich einem Stein. Ein Windstoß bauschte ihr Kleid auf. Mich schauderte, als sie mir zum ersten Mal in die Augen sah. *Custodi me.*

»Man sagte mir bereits, dass du nicht allein gekommen bist.« Ich spürte, wie sorgfältig sie ihre Worte wählte. »Man sagte mir auch, mit wem du hergekommen bist. Du erwartest hoffentlich nicht, dass ich eine *friđla* in meinem Haus aufnehme.«

3. KAPITEL

Am guten Tag sei guter Dinge, und den bösen Tag nimm auch für gut: diesen schafft Gott neben jenem, dass der Mensch nicht wissen soll, was künftig ist.
(Prediger 7, 14)

Die leise Stimme kroch wie eine Natter an mein Ohr, wo sie ihr Gift verspritzte und mich bis in die Fingerspitzen lähmte. Oder war es der Wind, der zu mir gesprochen hatte?

Niemand sagte etwas. Selbst die Pferde schienen starr vor Entsetzen in ihrem Geschirr zu hängen, und der Hund hatte sich winselnd unter Sigruns Röcke verkrochen. Eriks Gesicht färbte sich dunkel. Ich spürte seinen Zorn, als richtete er sich gegen meine eigene Person. Wenn sie ihren Sohn kennt, schoss es mir durch den Kopf, hört sie auf damit, dann kommt sie her, reicht mir die Hand, heißt mich willkommen.

»Ich erwarte, dass du ihr dein Haus öffnest, wie du es mir öffnest, Mutter.« Er verschränkte die Arme, vermied es, mich anzusehen. »Ich erwarte –«

»Schweig!« Eine scharfe Handbewegung schnitt ihm das Wort ab. »Wie kannst du erwarten, dass ich Konkubinen empfange, wenn Geir Thordsson an meinem Feuer sitzt und darauf hofft, dass du endlich seine Tochter heimführst?«

»Das kläre ich!« Damit stampfte Erik auf das Haus zu und verschwand in der offenen Eingangstür. Gunhild hatte keinen Moment die Augen von mir gelassen. Ihr Blick zwang mich in die Knie, und unter dem Fellmantel kratzte ich mir die Arme blutig, um die Kraft zu finden, ihr standzuhalten. *Custodi me, custodi me, custodi me*, stammelte ich stumm, obwohl ich wusste, dass der Herr mich nicht hören wollte.

Von drinnen waren erregte Stimmen zu hören, jemand klopfte mit einem Stock auf den Boden, wie um seinen Worten Nachdruck zu verleihen. »Nein, Geir, nein, nein, nein«, hörte ich Erik beschwichtigend sagen. »Hör mich an. Du hast kein Recht –« Der andere wurde wieder laut, Blech schepperte auf den Boden. Gisli kam zum Schlitten, tat als hätte er zwischen den Bündeln zu kramen.

»Sei jetzt stark, *meyja*«, murmelte er und schob Gepäckstücke hin und her, um in meiner Nähe zu sein. Ringaile gähnte. Die alte Königin hatte sich nicht bewegt. Allein mit ihrem Blick bewachte sie mich, damit ich ihr Haus nicht doch durch eine Hintertür betrat, mich an ihrem Herdfeuer niederließ und es mir gar gemütlich machte. Ich war ihre Gefangene; wenn sie es wollte, würde ich auf diesem Hof erfrieren, während ihr der eisige Ostwind anscheinend nichts anhaben konnte, obwohl er durch ihre dünne Wolltunika fuhr.

Drinnen hatte das Geschrei aufgehört. Dann wurde die Tür aufgerissen.

»Wie du willst, Geir Thordsson«, stieß Erik hervor und verließ das Haus. Gunhild hob die dichten Brauen.

»Hast du meinen Gast verärgert?«, fragte sie. »Er ist nur deinetwegen gekommen.«

»Ich habe ihm erklärt, dass seine Tochter frei ist, weil ich bereits eine Ehefrau habe.«

»Ehefrau!« Hohn lachte mir aus ihrem faltigen Gesicht entgegen. »Ehefrau – du Narr! Dieses Weibchen ist deiner nicht würdig – erzähl mir nichts, ich weiß, wo sie herstammt, deine kleine Grafentochter.« Und endlich, endlich wandte sie den Blick ab von mir und drehte sich zu Erik um. »Niemals wird diese Frau mein Haus betreten.«

Der Schnee knirschte böse unter ihren Stiefeln, als sie uns verließ. Im Gehen warf sie noch über die Schulter: »Und Söhne wird sie dir auch nicht gebären. Komm wieder, wenn du anderen Sinnes bist.«

Krachend fiel die Tür ins Schloss.

Ich hatte die Augen geschlossen. Ganz still saß ich da, als könnte das den Fluch der Alten bremsen, von mir ablenken, ungeschehen machen, als könnte es vielleicht meine Seele retten. Und dann formte sich ein Wort, Dämonen flüsterten es mir zu, von allen Seiten kam es, vom Nachthimmel, vom Schnee, vom Wald – fort, fort, *fort!*

Zitternd kletterte ich aus dem Schlitten, fiel in den Schnee. Ich nahm kaum wahr, wie Gisli Erik das gezogene Schwert entriss, als dieser auf das Haus zustürmen wollte, blanke Wut und Mordlust im Gesicht, merkte kaum, wie Sigrun ihn am Mantel festhielt, bittend hinter ihm auf die Knie sank, um ihn zurückzuhalten – ich gehorchte allein dem Wort, stürzte vorwärts, stolperte, knickte um, stand wieder auf, hastete weiter, fort, fort…

Kurz vor dem Fluss holte Sigrun mich ein.

Sie fasste meine Hand und zwang mich, stehen zu bleiben. Schwer atmend sahen wir uns an. Schließlich sagte sie nur: »Komm« und führte mich durch die Dunkelheit zum Hof zurück, wo Erik auf einen Baumstumpf gesunken war und mit finsterer Miene das Haus seiner Mutter betrachtete.

»Ihr werdet bei mir wohnen.« Energisch stemmte sie die Fäuste in die Hüften. Es klang wie eine Kampfansage, und Gisli drehte sich erstaunt um. »Mein Haus liegt am See, wenn wir jetzt losfahren, schaffen wir es noch vor Mitternacht.« Sie half mir in den Schlitten, warf sich eine Decke über die Schultern und kletterte hinterher. Mürrisch machte Ringaile ihr Platz. Erik erwachte aus seiner Erstarrung.

»Sie – wie kann sie es wagen, wie kann sie glauben, ich –«

»Erik.« Sigrun langte über den Schlittenrand und packte ihn am Kragen. »Fahren wir los.«

Gisli reichte ihm das Schwert. »Verflucht, sie hat Recht, Erik. Hier frieren wir heute nur fest.« Damit schwang er sich auf den Braunen und wendete den Schlitten. Einmal noch drehte ich den Kopf und schaute nach der erhellten Luke im Dach. Das

Licht hatte nichts Einladendes mehr. Ich hoffte, nie wieder herkommen zu müssen.

Es war derselbe Schnee, durch den wir beinahe schwerelos glitten, doch schien mich auf dieser Fahrt jede Bodenwelle verletzen zu wollen. Mein Körper schmerzte, und das Kind drückte, als wollte es unbedingt noch heute Nacht hinaus in diese unfreundliche Welt. »Zu früh«, flüsterte ich ihm zu, während Tränen auf meinen Wangen gefroren, »zu früh, mein Lieb…« Ahnte es denn nicht, dass es keinen Platz für uns gab?

Wir erreichten Sigruns Hof mitten in der Nacht. Unsere Ankunft weckte ihre Leute, einen Knecht und zwei Mägde, und schlaftrunken machten sie sich daran, das Gepäck ins Haus zu schleppen. Ringaile fiel bei dem Versuch, ihnen zu helfen, über eine der Kisten. Der Knecht gab ihr einen Tritt, worauf sie den Packen, den sie getragen hatte, einfach fallen ließ und sich hinter meinen Rücken flüchtete. Die Magd kicherte hämisch. Sigrun warf ihr einen bösen Blick zu und kredenzte den von der anderen Magd gebrachten Met als Begrüßungstrunk.

»Wo ist dein Mann?«, fragte Erik und nahm einen tiefen Schluck.

»Tot«, gab sie zurück. »Er lebte nicht lange genug, um einen Sohn zu zeugen, dafür hat er mir ein Vermögen hinterlassen.« Ihr hartes Lachen verriet, dass sein Tod keine Lücke in ihr Leben gerissen hatte. Gisli drehte sich abrupt weg und kippte den Inhalt des Bechers auf einmal hinunter. Sie beachtete ihn nicht. »Seid willkommen auf Sigrunsborg. Mein Haus gehört euch, solange ihr wollt.« Dann hielt ich ihren kostbaren Glasbecher in den Händen. Der Met war stark und heiß und ließ die Kälte in meinem Inneren dahinschmelzen. Sein Duft, vermischt mit Waldhonig und Kaneel, umhüllte mich, schmeichelte meinem Gaumen und ließ mir für einen kurzen Moment die Illusion, ich sei daheim auf Burg Sassenberg. Als ich die Augen wieder aufschlug, zwinkerte die Hausherrin mir aufmunternd zu.

Sie geleitete uns hinein und half Erik, ein Lager auf der Bank für mich herzurichten. Kostbare Fellrollen und Decken flogen hin und her, um die lehmverputzte Wand zu polstern, und als ich mich in dieses wundervolle, mit Liebe bereitete Bett sinken ließ, liefen mir schon wieder Tränen über das Gesicht, diesmal vor Erleichterung.

Es gab eilends erwärmte Suppe und über dem Feuer gebackenes Fladenbrot, dazu für jeden einen hohen Krug leichtes Bier. Die Magd schürte das Feuer, bis es im ganzen Haus wohlig warm war. Einer nach dem anderen zog den Mantel aus und machte es sich bequem.

»Wie kann sie es nur wagen«, knurrte Erik zum hundertsten Male und warf seinen leeren Holzbecher zu Boden. »Wie kann sie –«

»Hör endlich auf damit!«, begehrte Gisli auf. »Hör auf, wie ein Weib zu jammern! Denk lieber nach, woher sie wissen konnte, dass du eine Frau mitbringst. Von mir hat sie es nicht!«

»Von wem, von wem – beim Thor, das könnte jeder vom Schiff sein!«

»Lass meine Leute aus dem Spiel!« Der Kaufmann sprang auf und packte seinen Freund am Kragen. Erik griff nach Gislis Gurgel und holte schnaubend mit der anderen Faust aus, zielte, Gisli duckte sich, der Hieb ging daneben, und dann verfehlte auch Gislis Faust Eriks Kiefer um Haaresbreite. Erneut holten sie aus, worauf Sigrun sich dazwischenwarf. Ihr Kopftuch rutschte herunter und entblößte weißblondes, in akkurater Flechte um den Kopf gelegtes Haar.

»Narren, die ihr seid!«, schrie sie die beiden an. »Den Schuldigen werdet ihr nie finden, und sein Neidingswerk hat er längst vollbracht.«

»Ich finde ihn, verlass dich drauf«, fauchte Erik. »Ungestraft wird er nicht davonkommen!«

»Auf meinem Schiff war er jedenfalls nicht!«, grollte Gisli und packte wieder fester zu. »Auf meinem Schiff sitzen keine Verräter, Yngling! Nimm das zurück.«

»Beim Thor, wenn ihr euch jetzt die Köpfe einschlagt, klopft er sich im Triumph auf die Schenkel! Seid vernünftig!« Keuchend ließen die beiden voneinander ab und setzten sich wieder. Asgerd, die jüngere der beiden Mägde, schenkte schweigend Bier nach.

»Sie – sie hat ja nicht gesagt, was genau sie weiß«, stotterte da Hermann in allerschlechtestem Nordisch. »Vielleicht hat man ihr nur den Namen der Herrin genannt?«

»Das erklärt ihren Ärger kaum, junger Mann.« Gisli beobachtete stirnrunzelnd Sigruns Dienstbotin, wie sie Essen in die Schalen füllte, Holz im Feuer nachlegte und im Bierbottich rührte. Trotz aller Geschäftigkeit waren ihre Ohren gespitzt. »Es hat wirklich keinen Sinn, sich hier den Kopf zu zerbrechen. Wenn der König zurückkehrt, solltest du ihn um Rat fragen. Und jetzt hätte ich gerne etwas Richtiges zu trinken, Hausfrau!«

Gedankenverloren spielte ich an meinem Brotstück herum. Mir schwante, dass allein ich den Verräter unserer Geschichte kannte, dass ich ihn gesehen, mit ihm in einem Raum genächtigt hatte. Blinkende Augen im Mondlicht, eine glatt rasierte Tonsur, die sich auf dem Strohsack von mir wegdrehte… der Mönch, der so dringend nach Sigtuna zu reisen hatte, dass er den dreifachen Preis hatte zahlen wollen, und anscheinend bei Thorkell Adlerauge untergekommen war. Doch war mir völlig unklar, was ich mit diesem Wissen anfangen sollte.

Hrut, der Knecht, fragte nach Eriks Pferd und vertrieb damit die düsteren Gedanken. Während man sich nun Kári zuwandte und der Frage, ob sein Winterfell für den Norden ausreichte, verkroch ich mich in die Decken und versuchte, die stärker werdenden Schmerzen wegzuatmen. »Nicht hier, heilige Jungfrau, sei gnädig – nicht hier…« Wo aber dann?

Sigrun setzte sich neben mich. Ihr Zopf hatte sich in der Hitze des Streits aus der Frisur gelöst und baumelte lässig über ihrer Brust. Heimlich bewunderte ich die ungewöhnliche Haarfarbe, brachte jedoch kein Wort hervor, weil der Schmerz mich in der Zange hatte.

»Hast du Wehen?«, fragte sie und legte ihre Rechte auf meinen gespannten Bauch. Ich nickte scheu. Da schob sie meine Kleider hoch und betrachtete den Bauch. Rechts zuckte es, ein Fuß beulte sich hervor, unruhig trat das Kind um sich.

Mit beiden Händen fuhr sie mir über den Bauch, suchte den richtigen Platz, und als sie ihn gefunden hatte, ließ sie die Hände dort ruhen. »Was …« Ich verstummte. Sie senkte den Kopf, und dann spürte ich, wie eine seltsame Wärme von ihren Fingern ausging, ein Vibrieren, das mich durchzog wie ein wohltuender Regen, das Kind zur Ruhe streichelte und die schmerzhafte Spannung löste. Allmählich konnte ich freier atmen. Ich sah auf die Hände, die das bewirkt hatten – und erschrak: Ihre linke Hand zählte nicht fünf, sondern sechs Finger! Ein funkelnder Rubinring schmückte den zusätzlichen Finger – ein Hexenfinger!

Sie bemerkte, was mich beunruhigte, und hob die Hand. »Oh«, meinte sie leichthin. »Es gibt Leute, die denken, ich hätte mit diesem Finger meinen Mann umgebracht.« Dann grinste sie schelmisch. »Wie hätte ich das machen sollen, er war ja nie zu Hause. Und eine ganze Schiffsbesatzung hat gesehen, wie er vor Gotland ertrank.« Damit zog sie meine Kleider zurecht und deckte mich zu. Und lag es nun an ihrem Hexenfinger oder daran, dass wir doch ein Zuhause gefunden hatten – zum ersten Mal nach langer Zeit schlief ich tief und traumlos.

Sigrun wurde meine Lehrmeisterin. Wie ein Schatten folgte ich ihr in jeden Winkel des langen Hauses, ließ mir erklären, wie die Belüftung durch die zweite Außentür funktionierte und warum es keine Fenster gab. Ich lernte, wer auf welcher Bank seinen Schlafplatz hatte, wo er herstammte und was seine Schwächen waren. Hrut, so warnte sie mich, dürfe niemals vom Met zu trinken bekommen. »Seine Augen werden groß wie Wagenräder, und dann tritt Schaum vor seinen Mund, und er fällt wie tot zu Boden!« Sie senkte die Stimme. »Der Geschorene sagt, dass er vom Teufel besessen ist. Aber Hrut ist gar kein Christ…«

Asgerd war getauft, betete aber wie selbstverständlich zu einer obszönen Mannsfigur um ein Kind von Hrut. Und wie jede andere Frau, deren Kinderwunsch übermächtig war, hängte sie sich Amulette unter das Hemd und salbte ihre Scham mit zerriebenen Kräutern, und manchmal hörte ich sie nachts weinen, wenn Hrut nicht stark genug zu ihr gekommen war.

Von ihr lernte ich, wie schwierig es war, Brotfladen direkt über dem Feuer zu backen, und mit den schweren Specksteinkesseln zu hantieren. Bis in den Schlaf verfolgten mich ihre missbilligenden Blicke, wenn wieder ein Fladen schwarz aus der Pfanne auftauchte, weil ich über einem Gespräch vergessen hatte, ihn zu wenden, und ich begann daran zu zweifeln, dass ich jemals selbst einem Haushalt vorgestanden hatte. War das wirklich schon so lange her?

»Ach, sicher hast du daheim vieles anders gemacht.« Sigrun griff nach der Adlerschwinge und fachte die Glut an. Ich nickte und dachte, ja, und andere haben vieles gemacht. Hier hatten wir drei Dienstboten, doch seit Erik wieder im Lande war, standen jeden Abend Menschen vor der Tür, begehrten Einlass, um den Yngling zu sehen, fraßen wie die Hunnen und soffen den Bierbottich leer, während sie Eriks Abenteuer lauschten, und meist schliefen sie auch noch bei uns, weil sie es nicht mehr aufs Pferd schafften.

Ich konnte die vielen Gesichter und Namen bald nicht mehr auseinander halten, und mein sprachliches Unvermögen war nicht gerade dazu angetan, das Vertrauen der Upplandmänner zu gewinnen. Dem merkwürdigsten Gast begegnete ich, als Sigrun mit Erik zu einem Bauern geritten war.

Es klopfte so wuchtig an die Tür, dass mir vor Schreck der

Napf aus den Händen fiel. Katla, die alte Magd, die mit mir im Haus geblieben war, rührte sich nicht auf ihrem warmen Platz, vielleicht schlief sie, vielleicht stellte sie sich tauber, als sie war – ich wurde nicht schlau aus der Alten. Ich erhob mich also und öffnete vorsichtig die Tür. Ein Mann stand draußen, klein, vornübergebeugt, auf dem Kopf eine riesige Pelzmütze aus Seehundfell und an seiner Seite ein Schwert, das so lang war, dass es hinter ihm am Boden entlangschleifte. Von zwei Augen war eines eine leere Höhle. Das andere, schwarz und stechend, musterte mich von Kopf bis Fuß, der Blick wanderte an meinem schwellenden Leib herunter und wieder zurück zu meinem Gesicht.

»Ich will zu Erik. Ist der da?«, nuschelte er.

»Der Herr ist nicht da«, antwortete ich und trat hastig einen Schritt zurück, denn aus seinem zahnlosen Mund schlug es mir faulig entgegen. »Du musst später wiederkommen.«

»Welcher Herr?« Der Kerl runzelte verärgert die Stirn. »Ich will zu Erik!«

»Orm?« Katla kam herbeigehumpelt. »Orm Bärenschulter? Sei gegrüßt, Orm Bärenschulter. Erik wird bald wieder hier sein, bald wieder, bald, warte doch auf ihn, warte auf ihn, bald wird er hier sein, bald, bald …« Brabbelnd zog sie ihn ins Haus und platzierte ihn neben dem Feuer. Verdutzt sah ich zu, wie sie ihm mit ihren gichtkrummen Händen eine Kelle warmes Bier reichte.

Orm Bärenschulter bewachte mit seinen Söhnen die große Straße nach Norden. Kein kriegerischer Finne kam an ihm vorbei. Dafür kassierte Orm von allen anderen Wegezoll und galt als mächtigster Mann nördlich von Uppland. Er wollte mit Erik über den Kauf einer Wiese reden, um die Straße besser kontrollieren zu können. Schweigend saß er auf der Bank, den halben Nachmittag, trank Bier und wartete. Und auch als Erik nach Hause kam, verlor der kleine Mann nicht viele Worte. Nach einer sparsamen Begrüßung zogen die beiden sich in eine Ecke des Hauses zurück, besprachen ihr Geschäft, und kurz darauf verließ Orm grußlos das Haus. »Er ist sehr zufrieden«, verkündete Erik und verrührte seine Grütze mit den Nusskernen. »Und er hat sich wirklich gefreut, mich zu sehen.«

Ich fragte mich, wie Orm Bärenschulter wohl sein mochte, wenn die Wut ihn packte.

Hermann bekam dicke Muskeln auf den Armen, denn er hatte nicht nur die Tiere zu versorgen, sondern musste auch jeden Tag die Wege zu den Grubenhäusern freischaufeln. Diese Häuser waren wenig mehr als kleine Erdlöcher mit Strohdach, die als Lager- und Arbeitsraum dienten. In einem der Häuser lagerten die Vorräte, in einem anderen die Tierfelle, die im Frühjahr gegerbt werden sollten, und der Flachs, den Sigrun und ihre Frauen wegen der zunehmenden Kälte jedoch im Haus verspannen. Es gab eine Werkstatthütte, wo Hrut sein Eisen und eine kleine Esse aufbewahrte, und ein Badehaus nahe bei der zweiten Tür. Eine Schwitzstube wie bei Gisli in Sigtuna fand ich zu meinem heimlichen Bedauern nicht, dafür einen Bottich aus Speckstein, der das Badewasser herrlich lange warm hielt.

An dem Tag, als ich die Grubenhäuser nicht mehr verwechselte, war ich so stolz auf mich, dass ich vor lauter Glück den Traneimer vor der Tür vergaß. Der Schnee fiel weiter wie seit Tagen, und als wir den Tran suchten, lag er unter einer dicken Eisschicht verborgen. Die Lampen blieben an diesem Abend dunkel. Hrut gefiel es, mich beim Schein des Feuers mit wilden Geschichten von längst verstorbenen Schwedenkönigen zu erschrecken.

»Die Söhne des göttlichen Yngve-Freyrs werden die Ynglinge genannt«, begann er launisch. »Ein tapferes Geschlecht.«

»In grauer Vorzeit lebten die Götter unter den Menschen«, klärte Sigrun mich auf. »Yngve-Freyr aber wurde in der Schlacht getötet, und auch Odin starb einen schweren Tod am Baum. Übrig blieb allein Freya, die über Schönheit und Liebe gebietet.« Sie machte eine rituelle Handbewegung und goss den

Rest ihres Bieres ins Feuer. Ich sollte diese kleine Opfergeste noch oft beobachten. »Freya leitete nach dem Tod der beiden Götter die Opfer, im Großen wie im Kleinen. Deshalb steht sie dem Haushalt vor.«

»Sie ist die Mutter aller Frauen«, flüsterte Asgerd andächtig und umschloss das Kreuz, das sie auf der Brust trug, mit den Fingern. Verwirrt sah ich von einer zur anderen.

»Tapfere Kämpfer waren die Ynglinge.« Hrut wollte nicht über Frauen reden, sondern von blutigen Schlachten erzählen. Energisch stocherte er im Feuer herum. »Wenn sie in den Krieg zogen, scharten sie viele Männer um sich und brachten Gold und Silber mit nach Hause. Damals war das Land der Svear reich und mächtig.«

»Hrut verschweigt uns lieber, dass König Fjölnir in einem Metfass ertrank«, unterbrach Sigrun ihn augenzwinkernd. »Und dass König Vanlandi von seiner finnischen Frau im Bett getötet wurde. Und dass König Agni in Finnland an seinem goldenen Halsband aufgehängt wurde...«

»Jajaja, macht mir nur meine schönen Geschichten kaputt.« Hrut trank seinen Becher in einem Zug leer. »Tapfere Könige waren es, große Kämpfer, von denen so mancher in der Schlacht den Tod fand. Dag der Kluge zum Beispiel. Man erzählt sich, dass er die Sprache der Vögel verstand. Eines Tages tötete ein Bauer aus Gotland seinen Lieblingsspatz. Darüber geriet Dag so sehr in Wut, dass er ein Heer zusammenstellte und die Insel Gotland überfiel. Sie wüteten dort wie die Berserker, um die Gotländer zu strafen... und Dag wurde im Kampf getötet. Man errichtete ihm zu Ehren einen großen Hügel.« Dankbar nahm er von Asgerd einen vollen Becher entgegen. »Oder die Könige Alrik und Eirik, die Söhne des Agni. Sie waren berühmte Reiter – ihre Pferde konnten es mit Odins achtbeinigem Ross aufnehmen! Schnell wie der Wind sausten sie durch die Lande mit flatternden Mähnen und fliegenden Schweifen, sie holten jeden Feind ein und erschlugen ihn, noch bevor er die Grenzen des Landes erreichte.«

»Man erzählt sich aber auch, dass Alrik und Eirik sich bei einem Wettkampf um das schnellere Pferd gegenseitig erschlagen haben.« Sigrun hatte ihren besonderen Spaß an den streitsüchtigen Ynglingkönigen. »Als man die Leichen der beiden fand, konnte man keine Waffen finden, kein Schwert und keine Axt: Mit den Trensen der Pferde hatten sie sich gegenseitig die Köpfe eingeschlagen! Oh, es gab noch ein Brüderpaar.« Sie grinste schelmisch. »Alf und Yngvi. Alf hatte eine Frau geheiratet, ein Mädchen, so schön wie der Morgen. Yngvi verliebte sich in Bera, und weil Alf ein müder, langweiliger Schlafbankhocker war, ging Bera lieber zu Yngvi und vergnügte sich mit ihm. Als Alf endlich merkte, dass seine Frau fremdging, war es zu spät. Er stellte Yngvi zur Rede, sie stritten sich, zogen die Waffen – und erschlugen sich gegenseitig. Tja, so ging es oft bei den Ynglingen …«

»Man sagt, dass wir dies König Visbur, Vanlandis Sohn, zu verdanken haben.« Nachdenklich sah Erik in die Runde. »Er verließ seine Familie wegen einer anderen Frau. Seine Ehefrau suchte in ihrem Gram ein Zauberweib auf, das einen schweren Zauber webte: Sie belegte das gesamte Geschlecht mit einem Fluch, dass fortan viel umrühmliches Sterben und Totschlag unter den Ynglingmännern sein sollte. Und so war es auch.« Er stand auf. »Es gibt heldenhaftere Geschichten als die der Ynglinge.» Gleich darauf klappte die Tür.

»In Augenblicken wie diesen ist mein Bruder froh, nur einer kleinen Nebenlinie des Geschlechts anzugehören«, flüsterte Sigrun und blinzelte mir zu. Hrut hatte sich mittlerweile finnischen Abenteuern zugewandt, doch die Geschichte von dem Fluch hing noch den ganzen Abend über dem Feuer …

Einer der Bauern brachte die Nachricht, der König sei in Uppsala eingetroffen und halte dort Hof. Erik wurde blass. Er ließ fallen, was er gerade in Händen hielt, und kam zu mir an den Webstuhl, wo ich seit dem Morgen damit beschäftigt war,

Lochsteine an die Kettfäden zu binden, um eine neue Arbeit beginnen zu können. Da der Webrahmen an die Wand gelehnt stand, musste ich mich für jeden Stein bücken. Diese Anstrengung und die Tatsache, dass ich Weben seit jeher hasste, machten die Arbeit nicht leichter.

»Alienor«, sagte er atemlos, »Alienor, es ist so weit.« Pustend erhob ich mich. »Morgen gehen wir zum König, und dann …« Er verstummte. Seine Augen waren dunkel und voller Ratlosigkeit, und ich begann zu ahnen, wie er sich fühlte.

Sigrun half mir beim Ankleiden. Sie hatte meinen ganzen Kleiderpacken über die Schlafbank verstreut und wühlte sich durch die Kleidungsstücke, die Erik in Köln für mich ausgesucht hatte.

»Das hier. Oder das? Nein, dieses hier, und als Unterkleid … ooh, was ist denn das hier? Allmächtige Freya, wie herrlich – das musst du anziehen! Schau!« Ein goldgelbes Unterkleid mit besticktem Rand flatterte durch die Luft. Lächelnd erinnerte ich mich, wie Erik den Kölner Tuchmeister bei der Anprobe hatte springen lassen, erinnerte mich an die Stofftürme um uns herum und an die beflissenen Gewandmeister, die mir ihre Kostbarkeiten zu Füßen gelegt hatten.

»Und dazu solltest du Grün tragen. Das hier! Nein, das ist zu kalt. Aber das hier, schau. Und dann – wo ist dein Schmuck? Ringaile, gib mir das rote Tuch.« Ringaile sah verständnislos drein, auch als Sigrun mit der Hand auf das gewünschte Teil deutete. Mit beiden Händen fuhr das Mädchen über die Stoffe, hob fragend irgendein Ende hoch.

»Ich glaube, deine Dienerin stellt sich so dumm, weil sie nichts sieht.« Sigrun nagte an ihrer Unterlippe. »Vielleicht hat sie deswegen den Kaufmann im Bett nicht empfangen wollen – sie hätte ihn gar nicht erkannt.« Sie kicherte vergnügt.

Während ich darüber nachdachte, dass Ringaile das wesentliche Teil des gut aussehenden Kaufmanns sicher bemerkt hatte, ihn aber aus einem nur ihr bekannten Grunde nicht hatte erkennen wollen, kramte Sigrun weiter in meinen Kleidern. »Gisli Svensson, altes Schlitzohr«, feixte sie. »Da schenkt er dir eine blinde Dienerin, ich werde ihm helfen! Dafür ist er dir was schuldig – so. Fertig.« Die Zusammenstellung der Kleider war perfekt und Ringailes Sehkraft für dieses Mal vergessen. Doch kannte ich Eriks Schwester inzwischen gut genug, um zu wissen, dass sie niemals etwas vergaß. Immerhin entpuppte sich das Mädchen aus Ladoga als Meisterin der Farbtiegel: Dicht vor mir sitzend, pinselte sie Kreide und arabischen Puder auf die Peitschennarbe, die quer durch mein Gesicht verlief und mich für immer an jene Nacht erinnern würde, in der ich mich entschloss, die Seiten zu wechseln und um Eriks Leben zu kämpfen…

Sigrun zeigte sich beeindruckt von Ringailes Farbkünsten und rührte neugierig in den Tiegeln herum. Zum Abschied drückte sie mich liebevoll. »Du siehst wunderschön aus, Alienor Greifinna«, flüsterte sie mir ins Ohr, »wie eine Königin. Stenkil wird dir zu Füßen liegen.« Das konnte ich mir beim besten Willen nicht vorstellen und wünschte mir sehnlichst, den Besuch hinter mich gebracht zu haben.

Die Halle des Königs lag auf einem Plateau oberhalb der Stadt und hatte tatsächlich ein goldgedecktes Dach. Die Schindeln glänzten beinahe unverschämt in der Sonne und kündeten von Macht und Reichtum des Bewohners. Gleich neben dem Haus erhoben sich die drei Grabhügel, die ich aus der Ferne gesehen hatte. Unterhalb des Areals befand sich ein kleiner, zugefrorener See, auf dem Kinder herumtollten. Viel Volk war an diesem sonnigen Wintertag unterwegs auf den Wegen zur Halle, zwischen den Häusern und auch unten in der Ebene, kleine, gegen die Kälte vermummte Figuren, die auf Pferden durch den tiefen Schnee pflügten oder sich zu Fuß auf den Weg gemacht hatten. Man hörte Gehämmer und Quietschen aus der Schmiede, Sägen und Geschepper, und irgendwo fluchte ein Handwerker über einen unzufriedenen Kunden.

Der Schlitten blieb am Rande eines kleinen Eschenhains stehen, der das Plateau begrenzte. Von hier aus betrachtet, wirkten die Hügel übermächtig. Weiß und von Fußtritten unberührt lagen sie da, die Gräber der toten Könige, von denen kein einziger im Bewusstsein der Uppländer vergessen war. Kein Baum, kein Strauch störte die Rundungen, die so ebenmäßig mit Schnee bedeckt waren, als hätte sie jemand mit der Hand glatt gestrichen, um den fremden Göttern Ehre zu erweisen. Das Herz hämmerte mir in der Brust. Sie waren hier, ich spürte es.

Ich schlang Erik beide Arme um den Hals, als er mir herunterhelfen wollte. Überrascht hielt er inne.

»Fürchtest du dich?«, fragte er leise. Seine Hände glitten auf meinen Rücken.

»Fürchtest du dich?«, fragte ich zurück und sah ihm in die Augen. Kleine Wolken, die den Himmel trübten, spiegelten sich in ihrem Blau – oder waren es die Wolken, die auf seinem Gemüt lasteten? Statt einer Antwort küsste er mich lange und hingebungsvoll. Warm schien die Sonne in mein Gesicht, erzählte von den nach Seide und Gewürzen duftenden Krämerbuden, in denen es viel versprechend blitzte, und von Straßen, die es auf dem Weg dorthin zu erkunden galt – mussten wir in das Haus mit den goldenen Schindeln?

Wir mussten. Seufzend löste er sich von mir. Ich vergrub eine Hand in seinem Haar, mit der anderen malte ich ihm dreimal die *fé*-Rune auf die Stirn. »Du hast mir mal gesagt, das bringt Glück«, flüsterte ich, bevor er fragen konnte. Er lächelte nur und hob mich mit einem letzten Kuss vom Schlitten herunter.

»Erik? Erik Emundsson? He, welche Überraschung! Hab schon gehört, dass du zurück bist. Lass dich anschauen …« Der Mann kam näher und umarmte Erik. »Stenkil wird erfreut sein, dich zu sehen – du warst doch auf dem Weg zu ihm? Komm, ich bring dich hinein! Erik, der Sohn des Alten, welche Freude …« Strahlend stapfte er voraus auf das breite Hallentor zu, wo zwei in dicke Wollmäntel verpackte Wächter sich frierend an ihren Speeren festhielten.

»Macht Platz für Emunds Sohn!« Der eine Wächter sprang zur Tür, glücklich, seinen kalten Gliedern Bewegung verschaffen zu können, und stieß sie mit einer großartigen Geste auf. Lautes Stimmengewirr, Gelächter und Geschirrgeklapper drangen nach draußen. Erik packte meine Hand fester. Gemeinsam schritten wir dem Lärm entgegen.

Des Königs Halle war breiter und größer als jedes Haus, das ich hier gesehen hatte. Rot bepinselte Deckenbalken hoben sich leuchtend von den blau gestrichenen, mit Ornamenten bemalten Wänden ab. Bärenköpfe blickten grimmig auf die Feiernden herab, mächtige Schaufelgeweihe schmückten die Balken ebenso wie Teppiche, reich verzierte Kriegsschilde und Felle von Tieren, die ich noch nie gesehen hatte. Auf dick gepolsterten Bänken, Schlafplätzen und Schemeln saßen prächtig gekleidete Leute, tranken Bier aus silbernen Bechern und schnitten Stücke von einem fett glänzenden Wildbraten in der Mitte eines Tisches ab. Mägde rannten mit Schüsseln und Kannen herum, und der erdige Duft nach frisch gebackenem Fladenbrot und Wurzelgemüse umwehte unsere Nasen, als zwei Knechte einen großen Kessel aus dem Kochhaus herüberschleppten.

Erik schnallte sein Schwert ab und legte es auf den Waffenhaufen neben der Tür. Diese alte Sitte war mir sehr angenehm, hatte ich doch in den vergangenen Wochen mehr als einmal erlebt, wie aufbrausend die Nordmänner in abendlicher Runde sein konnten. Kam es zu Handgreiflichkeiten, konnte man froh sein, wenn nur die Fäuste im Spiel waren.

Erst jetzt fiel mir auf, dass er zwei Schwerter mitgebracht hatte. Das zweite Schwert, die prachtvolle Arbeit eines Kölner Meisters, mit der er das Leben meines Vaters verschont hatte, hielt er wie eine Gabe in den Händen, als ein Mann vom Hochsitz herabstieg und auf uns zukam. Gespräche verstummten. Leute drehten sich um.

Ein Lächeln des Erkennens erhellte das bärtige Gesicht von Stenkil Ragnvaldsson, und mit dem letzten Schritt breitete er die Arme aus, dass der fellgefütterte Umhang in die Höhe flog. »Beim Odin, du warst noch ein Kind, als wir uns das letzte Mal sahen, Erik Emundsson!«, rief er und hieb Erik auf die Schulter, dass jener schwankte.

»Ein Kindskopf meinst du wohl, Vetter Stenkil.« Erik umarmte den König auf elegante Weise, wie er es wohl am fernen Normannenhofe gelernt haben mochte, und reichte ihm dann sein glänzendes Schwert. »Doch heute steht vor dir ein kampferprobter Ritter, der dir folgen möchte – nimm dies als Zeichen meiner Treue.« Das Schwertgehänge klirrte leise, als Stenkil die Waffe aus der Scheide zog und im Licht der Fackeln bewunderte. Immer mehr Köpfe drehten sich neugierig zu den beiden um.

»Ein wertvolles Geschenk bringst du da, Erik Emundsson. Sei willkommen in meinem Haus, willkommen an meiner Tafel. Ich freue mich wirklich, dich wieder zu sehen!« Der König drückte ihn erneut an sich. »Sicher hast du viele Geschichten zu erzählen – komm!« Und damit wollte er ihn zur Runde ziehen, doch Erik blieb stehen und sagte leise etwas. Ich war ein paar Schritte zurückgegangen und drückte mich in den Schatten der Eingangstür. Stenkil hatte mich trotzdem gesehen.

»Deine *friđla*, hörte ich? Hast du ihr ein Bäumchen gepflanzt?« Er kam auf mich zu. Sein Lächeln war offen und ohne Falschheit.

»Das ist die Frau, der ich mein Leben verdanke.« Erik legte mir den Arm um die Taille und zog mich ins Licht. »Du wirst verstehen, dass ich sie zu meinem Weib gemacht habe.«

»Hm.« Stenkil Ragnvaldsson stand nun vor mir, ein korpulenter Mann, dem die Liebe zum guten Essen ins Gesicht geschrieben stand, kurzatmig und nur wenig größer als ich. Kein Krieger. Er musste andere Qualitäten besitzen, dass ihm diese Menschen folgten.

»Versteht sie uns?« Sauber gekämmtes, feuerrotes Haar hing ihm bis auf die Schultern herab, Sommersprossen ließen die hellblauen Augen leuchten, kurze, kräftige Finger kraulten den üppigen Bart. Ich spürte sein Interesse.

»Du kennst die Pläne deiner Mutter?«, fragte er, ohne den Blick von mir zu wenden. Seine Finger zwirbelten das Barthaar zu dünnen Zöpfchen.

»Wir sind nicht einer Meinung ...«

»Wart ihr noch nie, Erik Edmundsson. Beim Thor, weißt du noch, wie du damals fast ihr Haus zertrümmert hast, als sie wollte, dass du –«

»Das ist lange her.« Erik zwang sich zur Ruhe. »Heute wird sie meine Wünsche respektieren müssen!« Des Königs Finger zerrten heftiger an den Bartsträhnen. Seine Augen waren schmal geworden.

»Es sind nicht nur die Wünsche deiner Mutter. Geir Thordsson hat sich viel von dieser Heirat versprochen. Eure Verbindungen nach Nidaros und in den Norden –«

»Inzwischen sind Jahre vergangen«, unterbrach Erik ihn unwirsch, »und mein Leben hat eine andere Wendung genommen. Dem muss Geir Rechnung tragen. Alienors Familie entstammt dem Normannenhof, wo man mich zum Ritter geschlagen hat.«

»Versteht sie wirklich nicht, was wir reden?« Stenkil war einen Schritt näher gekommen und betrachtete aufmerksam mein Gesicht. Warnend drückte Erik meine Hüfte. Ich hielt den Blick gesenkt. Der König roch nach Fleisch und einem Öl, mit dem die Vornehmen ihren Körper einzureiben pflegten. Seine Füße steckten in kalbsledernen, fellgefütterten Stiefeln, deren Spitzen keck nach oben ragten.

»Was willst du nun, dass ich für dich tue?« Viel sagend hob der König das Kölner Schwert in die Höhe. Wieder klirrten die Ketten, und ich erinnerte mich, dass es bei einem Geschenk nicht nur um Ehrerweisung, sondern auch um Verpflichtung ging.

»Ich möchte Geir für die entgangene Heirat entschädigen.«

»Hm. Will er dich vors Thing rufen?«

»Er hat damit gedroht.« Erik holte tief Luft. »Mir wäre lieber, du würdest zwischen uns vermitteln und einen Preis aushandeln.« Stenkil stutzte. Seine Brauen rutschten in die Höhe, und verblüfft über die Bitte spitzte er die Lippen. Einen kurzen Moment schien es, als wollte er etwas einwenden. Dann begann er langsam vor uns auf und ab zu wandern und wog dabei das Schwert in seinen Händen, als überlegte er, ob es diesen Gefallen denn auch wert war. Ich hatte jedoch das Gefühl, dass seine Entscheidung längst feststand. Schließlich lehnte er das Schwert gegen seinen Bauch und verschränkte die Arme vor der Brust. »Du willst deine *friđla* also behalten.« Mit einem Blick auf mich zupfte er erneut an seinem Bart. »Aber Svanhild ist Christin, sie wird keine Nebenfrau akzeptieren.«

»Svanhild ist frei, sich einen anderen Mann zu suchen.« Erik sah ihm fest in die Augen. »Wirst du bei Geir für mich sprechen?« Des Königs Finger waren in seinem Bart verschwunden, und das Haarknäuel wogte unter heftigem Kratzen hin und her.

»Erik, du weißt, Geir ist mein Jarl, und ich halte große Stücke auf ihn«, sagte er schließlich. »Doch hast du mir ein sehr wertvolles Geschenk gebracht, und ich will tun, worum du mich gebeten hast.« Wieder sah er mich an. »Ist sie es wert, dass sich Männer ihretwegen streiten?«

Das Schwert kippte zur Seite, ein langer, funkelnder Strahl, den Erik auffing, bevor er den Boden berührte. Halb kniend bot er die Schmiedearbeit ein zweites Mal dar, und seine Stimme setzte mein Herz in Brand. »Ja, mein König, das ist sie.«

Schweigend nahm Stenkil die Waffe und hakte sie in seinen Gürtel.

»Nun gut. Dann begrüße deine Halbschwester, bevor wir uns zurückziehen, sie hat lange auf dich warten müssen.« Aus dem Schatten hinter ihm löste sich eine Gestalt. Die Frau, die Erik weinend umarmte, trug ein weißes Kopftuch, was ihr hageres Gesicht unvorteilhaft betonte. Ihre schlanke Figur bebte vor Schluchzen, zwischendurch stammelte sie Bruchteile des Ave Maria in schlechtem Latein. Schließlich nahm der König ihren Arm.

»Nun ist's gut, Frau, du hast ihn ja wieder. Es gibt wichtige Dinge, die zu besprechen sind, lass ab von ihm.« Sie nickte ergeben und trocknete ihr Gesicht mit einem Leinentüchlein.

Erik ergriff meine Hand. »Guđny, darf ich dir die Frau an meiner Seite vorstellen – Alienor von Sassenberg.« Mit diesen kargen Worten schob er mich vor. Guđny hob die Brauen und sah fragend ihren Mann an. Und ich begriff, welche Ungeheuerlichkeit Erik gewagt hatte, denn am Feuer, wo die Frauen versammelt saßen, hatte sich gerade ein Mädchen erhoben. Schwarze Locken umringelten ein edel geschnittenes Gesicht, aus dem dunkle Augen Blitze schleuderten. Die Stickarbeit entglitt ihren Händen, als sie einen hastigen Schritt vorwärts machte. Ich sah, wie eine der Frauen sie am Rock packte, beschwichtigend auf sie einredete, wie allgemeine Unruhe am Herdfeuer entstand, und ich hörte, wie jemand einen Namen raunte. Das also war Svanhild, Geirs Tochter.

»Alinur von Sassenberg.« Langsam, als bereite mein fremdländischer Name ihr Mühe, sprach Guđny meinen Namen aus. Drückte es ihren Abscheu aus? Oder wollte sie ihn sich nur merken? Ich war mir nicht sicher, wagte deshalb nicht, den Anfang einer Begrüßung zu machen. Da beugte Stenkil sich zu seiner Frau und flüsterte ihr etwas ins Ohr. Ihr rätselhafter Blick glitt an meiner Gestalt herab, sie nahm den schwangeren Leib wahr und wohl auch meine Angst, nicht empfangen zu werden. Und dann trat die Königin der Svear auf mich zu, küsste mich auf die Wange und sagte mit rauer Stimme: »Willkommen an meinem Feuer, Alinur von Sassenberg.« Ihre schlanke, weiße Hand wies mir den Weg, während hinter mir ein langer Atemzug Eriks Erleichterung verriet. Wie auf ein geheimes Zeichen hin rückten die Frauen zusammen und machten neben Guđnys Sitz Platz für mich.

Svanhild hatte sich nicht gerührt. Einer Katze gleich, zum Sprung bereit, die Augen schmal vor Wut, stand sie da und rief: »Den Himmel hast du mir versprochen, Erik Emundsson, den Himmel und noch mehr –«

»Schweig!«, zischte die Königin. »Schweig und setz dich! Dies ist nicht dein Geschäft!« Als Svanhild nicht reagierte, zerrte ihre Nachbarin sie auf den Sitz und reichte ihr die Handarbeit vom Boden.

Eine Magd brachte Saft aus heißen Holunderbeeren, den man aus kunstvoll geformten Gläsern trank. »Bist du hungrig, Alinur von Sassenberg?« Guđny schob mir ihren Teller hin. Appetitliche Filetstückchen vom Reh und geröstete Brotkrumen lockten, doch mir war der Appetit vergangen. Svanhild, die mir gegenüberhockte, wandte keinen Moment den Blick von mir. Ich hatte das Gefühl, dass sie jeden Bissen, den ich zu mir nehmen würde, allein mit ihren Gedanken vergiften könnte. Zaghaft holte ich stattdessen die Plättchenwebarbeit hervor, die Sigrun mir in den Beutel geschoben hatte, und versuchte, die Fäden zu entwirren. Jede der Frauen hatte eine Arbeit auf dem Schoß liegen, und nachdem sie ihre Neugier an meiner Person gestillt hatten, wandten sie sich dem Gestichel und Geknüpfe wieder zu, tuschelten, kicherten und schlürften nebenher den köstlichen Holundersaft, der unablässig nachgefüllt wurde.

Meine Plättchen indes schienen sich gegen mich verschworen zu haben. Die Knäuel verschränkten sich, aus Knötchen wurden unentwirrbare Knoten, als gehorchten sie der schwarzhaarigen jungen Frau, die sich keine Mühe gab, ihre Feindseligkeit zu verbergen. Ich zupfte an Fäden, hier und dort, versuchte, das Muster zu retten, aber umsonst. Als das Mädchen mir Saft nachgoss, war die mühevolle Arbeit der letzten Abende verdorben. Zitternd krallte ich die Finger in die Knäuel, als Guđny mich ansprach.

»Erzähl uns ein wenig von dir«, bat sie und ließ die Decke sinken, an der sie arbeitete. Hatte sie das Durcheinander auf meinem Schoß bemerkt? »Erzähl uns von eurer Reise und von dem Sturm, Alinur von Sassenberg.« Ernst ruhten ihre grauen Augen auf meinem Gesicht, und auch die eine oder andere Frau hatte ihre Arbeit losgelassen.

»Ich … wir –« Heilige Gottesmutter, wo waren nur all die mühsam gelernten Worte? Der Teufel verwob das Knäuelgewirr in meine Gedanken, stopfte mir das Maul mit sinnlosen Silben aus allen Sprachen, die ich kannte, feixte hinter meinem Rücken über die verständnislosen Blicke der Zuhörerinnen und ergötzte sich an meiner wachsenden Verzweiflung.

»Wir … wir – *kom vi međ … međ* – wir kamen mit dem Schiff – *naves … mér var þungt*, so viele *empedementz* – ein *stormr sjávar*, wir wären ertrunken, *se Deu ploüst – var mjok þrongt at oss, var … var* –« Atemlos drehte ich mich zu Guđny um. »Bitte – *dróttning mína – je ne conterai hui mes …*«

Die Frau, die neben mir saß, legte ihre Hand auf meinen Arm. »Es wird noch viele Abende geben, an denen du uns Geschichten erzählen kannst, Alinur von Sassenberg. Beruhige dich und nimm von meinem Kuchen.« Eine andere bot mir lächelnd die Schüssel an, und ich nahm eins von den krümelnden Stücken.

Guđny lächelte nachsichtig. »Dann wollen wir von Ásdís eine Geschichte hören. Du hattest uns eine versprochen.« Ásdís, eine kleine, pausbäckige Frau, deren Zöpfe aus dem Kopftuch heraus bis auf den Boden hingen, legte ihre Knüpfarbeit beiseite und setzte sich zurecht. Während sie ihren Glasbecher leerte, sah ich, wie Stenkil mit Erik und einem grauhaarigen Mann nach draußen verschwand. Das musste Geir Thordsson gewesen sein, denn auch Svanhild hatte sich nach ihnen umgedreht. Ich lehnte mich ein wenig in den Kissen zurück und fuhr mit der Rechten über den hart gewordenen Bauch. Das Kind drückte nach unten, obwohl es noch nicht an der Zeit war. In mir keimte der Wunsch nach Aufbruch, fort aus Uppsala, fort von diesen Menschen, die ich kaum verstand und denen ich mich auch kaum verständlich machen konnte, fort von den uralten Familiengeschichten und offenen Rechnungen, nicht mehr reden müssen, nur schlafen und warten…

Svanhilds hasserfüllter Blick brachte mich in die Königshalle zurück. Du Dirne!, schrie sie lautlos, du hast ihn mir weggenommen! Eine Wehe raubte mir die Luft. Verstohlen senkte ich die Finger in das Schaffell unter mir und versuchte, die Wehe wegzuatmen, als ich plötzlich eine warme Hand auf meinem Arm spürte.

»Wenn du Beistand brauchst, lass mich rufen.« Schneeweiße Haare fielen ihr über die Schulter, als die Frau neben mir sich zu mir beugte. Mit der Hand fuhr sie über meinen Bauch und nickte. »Lass nach Vikulla, der Schwester des Königs, rufen.«

»Ich will euch eine Geschichte von König Harald erzählen.« Ásdís hatte ihren Becher abgesetzt und hockte auf der Kante der Schlafbank, damit alle sie verstehen konnten. Auch Vikulla setzte sich bequemer hin, ohne mich weiter zu beachten. »Eine Geschichte von Harald und einer schönen Frau.« Die Frauen raunten erfreut, denn von König Harald hörte man immer gern. »Einst war König Harald in Uppland unterwegs, und es war die Zeit des Julfestes. Er verbrachte den Tag bei Svási, einem reichen heidnischen Bauern aus dem Norden. Es wurde viel gegessen und getrunken und so manche wilde Geschichte am Feuer erzählt. Am Tag der Abreise rutschte Haralds hoch beladener Schlitten einen Abhang neben Svásis Haus herab, und als sie versuchten, ihn wieder aufzurichten, stand ein wunderschönes Mädchen neben dem Schlitten. Ihre Haut war so fein und weiß wie Elfenbein, ihre Augen leuchteten wie zwei Sterne am nächtlichen Firmament, und ihr langes, lockiges Haar fiel ihr wie ein schäumender Wasserfall über die Schultern.« Ásdís erzählte ihre Geschichte anders, als die Männer es am Feuer taten, und sie wusste ihre Zuhörerinnen mit ihren Schilderungen in den Bann zu schlagen, denn selbst Svanhild hing an ihren Lippen und schien mich vergessen zu haben. »Sie bot Harald

Met aus einem Becher an, und er trank davon und verliebte sich unsterblich in dieses schöne Mädchen. Und ich sage euch was – es war Svásis Tochter Snaefríđ. Und so hielt der König um Snaefríđs Hand an und heiratete sie noch am selben Tag, weil er keinen Moment mehr ohne sie sein mochte. Sie schenkte ihm vier stattliche, gesunde Söhne, Sigurđ Hrísi, Hálfdan Háleggr, Gudroeđ Ljómi und Rognvald Réttilbeini, von denen man viele tapfere Dinge gehört hat. Vernarrt war Harald in seine schöne Frau, so sehr, dass er sein Reich vernachlässigte und sich nicht mehr um die Regierungsgeschäfte kümmerte.«

Wie zwei Schwalben flogen ihre Hände durch die Luft und unterstrichen die dramatische Entwicklung. Ásdís war eine großartige Erzählerin. So lebhaft waren ihre Gesten, dass selbst ich sie beinahe mühelos verstehen konnte. Dankbar lehnte ich mich gegen das Kissen, das Vikulla mir in den Rücken geschoben hatte, und folgte gespannt der Geschichte.

»Und dann starb Snæfríđ. Der König war untröstlich und weinte Tag und Nacht bittere Tränen um sie. Und ich sage euch noch was – Snæfríđ blieb so schön, wie sie zu Lebzeiten gewesen war, sie lag in ihrem Bett und sah aus, als schliefe sie nur! Und so ist zu sagen, dass der König an ihrem Lager blieb, drei lange Winter lang, und er sah sie an, trauerte und weinte und vergaß darüber sein Reich. Man dachte schon, er würde wahnsinnig, und schickte einen Arzt zu ihm. Dieser Arzt, Thorleif Spáki, sprach zu Harald: ›Mein König, es ziemt sich wohl nicht, dass deine schöne Frau so lange in diesen alten Kleidern daliegt. Du solltest ihr neue Kleider anziehen lassen und sie auf feine Daunenkissen betten, um ihr die Ehre zu erweisen, die ihr gebührt.‹ Doch nun hört, was geschah – als man Snæfríđs Leichnam aus dem Bett bewegte, schlug ihnen ein solcher Gestank nach Verwesung entgegen, dass man keinen anderen Weg sah, als die Leiche sofort zu verbrennen. Und als die Flammen vom Scheiterhaufen emporloderten, da krochen Nattern und Kröten und widerwärtiges Gewürm aus dem Leichnam heraus.« Ekel machte sich auf den Gesichtern ringsrum breit, und auch mir lief es kalt den Rücken herauf. »Und da kam der König wieder zu Verstand, er betete zu Gott um Heil und Gnade, und er regierte fortan sein Reich, dass alle mit ihm zufrieden waren und noch lange Gutes von ihm zu berichten wussten.«

Begeistert klatschten die Frauen zu diesem Vortrag, man kredenzte Ásdís Holundersaft mit Met gemischt, den sie durstig trank, und Guđny überreichte ihr zum Dank eine Sticknadel aus ihrem Vorrat.

Die heißen Getränke wärmten mich von innen und brachten bleierne Müdigkeit mit sich. In Vikullas Kissen gekuschelt, dämmerte ich eine Weile vor mich hin. Die Frauen sprachen über Ásdís' Geschichte und ob Snæfríđ den König wohl mit Zauberkräften gewonnen hatte. Gesprächsfetzen drangen an mein Ohr – »Blind vor Liebe« – »Keine Christin« – »Heidnisch, denkt an die Würmer« – »Was haben Heiden mit Würmern zu tun?« Einige lachten über Vikullas Frage.

»Sie war Fremdländerin und hatte den Bauch voller Kröten.« Das war Svanhilds Stimme, die sich messerscharf in mein Bewusstsein schnitt. Als ich aufsah, war ihr Blick wieder auf mich gerichtet, eifersüchtig und böse. »Wer weiß, vielleicht hat diese Fremdländerin unter uns auch den Bauch voller –«

»Svanhild, du kannst gerne den Mägden helfen oder dich zu den Kindern setzen. Ich möchte solche Reden hier nicht hören.« Guđnys Stimme klang wie eine Ohrfeige. Die Zurechtgewiesene sank in sich zusammen und schwieg. Trotzdem bemerkte ich, wie manche mich unter gesenkten Lidern weiter beobachteten. Vielleicht hatte Geirs Tochter ja Recht? Eine Fremdländerin, von der niemand wusste, wo sie herkam, die vielleicht über zauberische Kräfte verfügte oder das Verderben brachte ... Tuschelten sie nun noch über mich, oder hatten sie schon wieder das Interesse verloren?

Vikulla knüpfte schmale Büschel Schafshaare in eine wollene Decke, flink und scheinbar ohne nachzudenken. Ich strich über das weiche Fell der Decke und musste plötzlich an mein Bett in Sassenberg denken, jene daunengepolsterte warme Zuflucht mit dem blauen Himmel, in der meine Schwester Emilia vor nicht ganz einem Jahr gestorben war. Heimweh packte mich an der Kehle. Der Schmerz schüttelte mich, molk bittere Tränen aus mir heraus. Am Feuer der Königin überwältigte mich eine wilde, unmäßige Trauer um das, was ich verloren und hinter mir gelassen hatte, machte mich inmitten der Runde zum einsamsten Menschen auf Gottes Erde, und niemand schien es zu bemerken.

Das Feuer vor uns flackerte. Die Tür war aufgeschwungen, Stenkil, Erik und Geir betraten die Halle. Ihren Gesichtern war nichts anzumerken. Gleichmütig setzten sie sich auf ihre Plätze und bedienten sich aus dem Bierfass. Svanhild sah unruhig herüber. Niemand beachtete sie. Ich wünschte mir, sie würde gehen – aber wahrscheinlich hegte sie von mir denselben Wunsch. Das Gesicht des Mädchens zeugte von Stolz und Herrschsucht, sie würde Erik nicht so einfach aufgeben, das spürte ich. Und der, der uns beiden diese Situation eingebrockt hatte, saß drüben beim König und ließ sich das Essen schmecken. Leiser Ärger machte sich in mir breit. Was hatte er sich nur gedacht? Wahrscheinlich gar nichts, wie so oft.

Das gedämpfte Murmeln in des Königs Runde wurde lauter, einer erzählte eine Geschichte, sie lachten und klopften sich auf die Schenkel, »... und dann tanzte sie über den Tisch des Königs und zeigte allen, was Hákon ihr geschenkt hatte.« Ihr Gelächter dröhnte mir in den Ohren. Das Kind war unruhig, kämpfte mit dem Wunsch, geboren zu werden.

»Herrin.» Jemand tippte mir auf die Schulter. Mühsam drehte ich mich in den Kissen um. Hermann hockte hinter mir auf der Schlafbank, einen silbernen Teller in der Hand. Ich war so glücklich, ihn zu sehen, dass mir schon wieder die Tränen übers Gesicht rollten – was war nur los mit mir?

»Der Herr möchte, dass Ihr etwas zu Euch nehmt.« Wie gut es tat, die Muttersprache zu hören, vertraute Klänge, die man verstand, ohne überlegen zu müssen ... Er reichte mir den Teller und nickte mir zu. Ein frisch gebackenes, mit Bratenfett bestrichenes Fladenbrot lag darauf. Der strenge Duft von Wildfleisch umschmeichelte meine Nase. Ich betastete den Rand, um zu sehen, wo sich das Brot am besten brechen ließ, und entdeckte die Rune, von einem Messer ins Brot geritzt. Fett lief in den Spalt und weichte die Ränder des Zeichens auf.

Wynja, die Rune des Glücks.

Fast gleichzeitig hoben wir die Köpfe, und unsere Blicke trafen sich über Dutzende von Menschen hinweg. Der Lärm zwischen uns schien zu verstummen, die drangvolle Enge verflog, ebenso der Geruch nach Essen und schweißigen Füßen, nach Bier, Honig und feuchter Wolle, das Kichern und Gickeln der Frauen, Scharren, Rascheln, kratzende Finger – ich hörte jedes Geräusch einzeln, bevor es verschwand. Übrig blieb seine Stimme. *Pone me ut signaculum super cor tuum ...*, rief sie mir stumm zu, während ein liebevolls Lächeln sein Gesicht aufleuchten ließ.

Der König hatte sein Versprechen gehalten und seinem Jarl ein Angebot unterbreitet. Und Geir Thordsson war darauf eingegangen, vielleicht weil die Summe hoch genug war, um in ein anderes Königshaus einzuheiraten, oder weil er sich die Gunst seines Königs nicht verscherzen wollte – die Art, wie er sein Bier hinuntergoss, ließ darauf schließen, dass er mit dem Verlauf der Unterredung nicht unzufrieden war.

Erik aber war frei. Frei, mich öffentlich sein Weib zu nennen, Mutter seiner Kinder, seine Hausfrau, die Schlüssel und Gewalt über seinen Besitz haben würde, wenn er sich im kommenden Frühjahr ein eigenes Heim baute. Seine Liebeserklärung flatterte wie eine weiße Taube durch den düsteren Raum, vorbei an grimmigen Männergesichtern und zähnefletschenden Bärenköpfen, sie glitt spielerisch über Schwertschneiden und tanzte über die Feuer, um es laut herauszusingen: Frei!

Vikulla hatte sie gesehen.

Sie sah das Brot auf meinem Schoß, das ich nicht mehr zu essen wagte, aus Angst, *wynja* zu zerstören. Sie drehte sich so zu mir, dass uns keine der Frauen sehen konnte, und griff nach dem handtellergroßen, silbernen Anhänger, der hinter dem Schal auf meiner Brust sichtbar wurde.

»Wo hast du den her?«

Ich zog den Schal auseinander, damit sie die Silberplatte im Dämmerlicht besser erkennen konnte. »Erik gab ihn mir.« Nach einer Nacht voll Traum und Albtraum, Tränen, Leidenschaft und größter Nähe, daheim in Naphtalis Garten, von dem außer uns niemand gewusst hatte. Bei der Erinnerung an diese Nacht bekam ich weiche Knie, und ich umklammerte die Kette, die mit einem Runenzauber sein Leben beschützte und die ich seither wie meinen Augapfel hütete.

Vikulla strich über die in das Silber eingelassenen Schriftzeichen. Ihr Finger fand auch die Stelle, an der die Lanze des Mechernichter Ritters abgeglitten war, die Erik tödlich hätte treffen sollen. Neugierig beugte sie sich über die Beule, hielt die Platte zum Feuer, um besser sehen zu können. Ihr weißes Haar schimmerte wie Mondlicht, und ihre Augen strahlten warm, als sie zu mir aufsah und meine Hand ergriff.

»Du musst ein starkes Herz haben, dass du es verstehst, das Schicksal des Ynglings zu wenden. Die Götter hatten seinen Tod beschlossen, doch die Zeichen haben sich geändert…«

Sacht nahm ich ihr den Anhänger aus der Hand. Ich verstand nicht, was sie meinte, wagte aber auch nicht zu fragen, denn sie starrte nun mit gerunzelter Stirn in die Glut, als läge die Antwort auf alle Fragen dort verborgen. Die Beule im Silber war durch das ständige Tragen zwischen Kleidungsstücken blank poliert, und die Runenzeichen waren undeutlich geworden. Neckte mich das flackernde Licht, oder hatte sich eine feine, zweite Schicht darübergeschoben? Eine *maðhr*-Rune glaubte ich neben dem Blutstropfen, der sich nicht wegwischen ließ, entziffern zu können, ein *tyr* und ein *fé* –

»*Hamingja þú*, bleibe allezeit bei ihm, Alinur Hjartaprydi …« War das ihre Stimme gewesen? Niemand hatte unser Zwiegespräch bemerkt, und Vikulla machte keine Anstalten, es fortzusetzen. Kopfschüttelnd zog ich den Schal fester.

»Thorgrím Málsnjalli hat ein Lied gemacht, das wollen wir nun hören!« Stenkil klopfte mit seinem Speisemesser auf die Hochsitzlehne. »Sperrt eure Ohren auf, denn es handelt von meinem Vetter Erik, der so lange Jahre in der Fremde gewesen ist!« Einige prosteten dem Sänger zu, der sich mit seiner Laute auf den Hocker setzte.

Auch die Frauen horchten auf, Stickarbeiten und Wollbündel ruhten zwischen den Fingern.

»Gut sieht er ja aus, der Sohn des Alten«, flüsterte Ásdís ihrer Nachbarin zu. Svanhild machte ein finsteres Gesicht. Ich versuchte, nicht in ihre Richtung zu sehen, um mich ihren zornigen Blicken nicht auszusetzen, und betete darum, ihr nach diesem Tag nie wieder begegnen zu müssen. Ausgerechnet dieses eine Gebet sollte Der, der mich vergessen hatte, erhören …

Der Sänger ließ prüfend die Finger über seine Leier gleiten. Er hatte eine schöne, tiefe Stimme und sang die Verse so deutlich, dass ich alles verstand.

»Wellen pflügte Gamles Sohn
von Ost nach West
an Herzogs Tafel.
Nicht wenig Tote bot sein Weg.
Herzogs Knappe, Ritter, Kriegsmann,
erschlug den Feind, wo er ihn fand,
floh nie den Kampf, Köpfe rollten,
ruhmreich kehrt zurück er,
Grafs Tochter im Gefolge,
wird fortan er
Erik Wilhelmsritter genannt.«

Sie applaudierten und ließen erst den Sänger, dann Erik hochleben, und beide bekamen vor Freude ein rotes Gesicht. Die Becher wurden neu gefüllt. Stenkil hob sein Trinkgefäß.

»Ein vortreffliches Lied für einen vortrefflichen Mann. Begrüßen wir Erik Wilhelmsritter in unseren Reihen!«

Tief in der Nacht, als auch der letzte Zecher schlafend auf seine Bank gefallen war, schlich ich mich zur Tür hinaus, um meine Notdurft zu verrichten. Ein eisiger Nachtwind fuhr suchend um die Halle herum, und als er mich gefunden hatte, machte er sich einen Spaß daraus, mein Kleid an allen Seiten gleichzeitig anzuheben. Ich duckte mich noch tiefer gegen die Stalltür.

»... und das nächste Mal trägst du dein Lied vor, nicht dieser langweilige Thorgrím!«

»Dazu müsste er erst mal eins dichten, der alte Ketil!« Ein lang gezogener Rülpser folgte.

»Ich haaabe bereits, ich habe ge – ge – erdichtet.« Kichern, Hicksen. Ich ordnete meine Röcke und wollte schon den Rückzug antreten, denn nach betrunkenen Nordleuten stand mir an diesem Tag wirklich nicht der Sinn.

»... Herzogs Schoßhund, Hofnarr, Bettvorleger – hehehe – floh den Feind, wo er ihn fand, floh den Kampf, wo Köpfe rollten, hihi ...« Der Sänger spuckte aus und lachte sich halb tot über seine albernen Schmähverse.

»Mach weiter, Ketil, los, sonst zeig ich dir –«

»Schon gut, schon gut. Köpfe rollten – rollten – hoppladihopp, und – ah! – bartlos kehrt er jetzt zurück, *frakkfrilla* im Gepäck, wird fortan er Erik Milchbart genannt!«

Ich machte, dass ich geräuschlos ins Haus kam. Offenbar begrüßten nicht alle Uppländer die Heimkehr des Emundsohnes ...

4. KAPITEL

Davon kommen Frauen, vielwissende,
Drei aus dem See dort unterm Wipfel.
Urd heißt die eine, die andere Werdandi:
Sie schnitten Stäbe; Skuld hieß die dritte.
Sie legten Lose, das Leben bestimmten sie
Den Menschenkindern, der Männer Schicksal.
(Völuspá 20)

Ich tauchte die Kelle tief in den Bottich und füllte den Becher mit braunem Gerstensaft. Stumm nahm der Bauer das Getränk entgegen. Sein Ellbogen war auf das Knie gestützt, das bärtige Kinn ruhte in der linken Hand, und trotzdem brachte er es noch fertig, mit seinen kurzen Fingern im Bart herumzuzupfen. Als er das Bier mit gleichmäßig langen Schlucken trank, tat er das, ohne die Hand vom Kinn zu nehmen. Ein kleines Rinnsal lief ihm am Mundwinkel vorbei in den Bart und tropfte durch die Haare herunter auf seinen Kittel, doch er schien es nicht zu bemerken. Ich wertete es als Zeichen seiner Niedergeschlagenheit und füllte ihm einfach den Becher ein fünftes Mal.

»Hast du denn nachgezählt, wie viele Tiere er dir gestohlen hat?« Erik saß ihm gegenüber an den Balken gelehnt. Die Wortkargheit des Mannes ärgerte ihn sichtlich.

»Drei. Oder vier.«

»Drei oder vier? Das musst du doch wissen!«

»Der Wolf ist ja auch da gewesen.«

»Der Wolf hat dir auch Tiere gerissen?«

»Der Wolf frisst sie auf.« Nun hob er endlich das Kinn aus der Hand und leckte sich mit roter Zunge Biertropfen aus dem Mundwinkel. Seine Augen begannen zu glitzern. »Der Wolf frisst sie, er nimmt ihnen nicht alles Heil, indem er ihnen die

Ohren abschneidet, und er stellt sie nicht auf seine Wiese, um sie zu schlachten, wenn er Hunger hat! Meine Frau hat Tiere auf Kjells Land entdeckt –«

»Eyvind, wenn du willst, dass ich dich auf dem Thing unterstütze, musst du schon richtige Beweise sammeln«, unterbrach Erik den Bauern ungeduldig. »Wenn du Viehdiebstahl anklagen willst, musst du auch wissen, was genau dir gestohlen worden ist. Also« – und damit stand er auf, um das Gespräch zu beenden – »geh nach Hause und überlege, welche Tiere du vermisst und welche der Wolf gefressen hat. Und dann können wir uns Leute suchen und die Klage für das Thing formulieren.« Brummelnd schlug der Mann sich seinen zerlumpten Umhang um die Schultern und schlurfte zur Tür hinaus.

Erik schob hinter ihm den Riegel vor und wandte sich langsam um. »Endlich«, sagte er. »Alle weg. Endlich.« Er streckte die Hand nach mir aus. Ich drehte mich einmal um mich selbst: Sigrun und Asgerd bei einer Nachbarin, Hrut und Hermann Holz suchen. Ringaile verschwunden, wie so oft. Katla schlief am Feuer. Wir waren allein.

In seine Arme geschmiegt, dachte ich darüber nach, wie selten das geschah. Sigruns Haus war so laut und geschäftig wie eine kleine Stadt, ständig klapperten Schüsseln und Töpfe, die Hühner liefen einem gackernd um die Beine, wenn es ihnen gelungen war, sich aus dem Stall davonzumachen, und die Steine am Webrahmen stießen wie geschwätzige Marktweiber gegeneinander, wenn Sigrun oder ich daran arbeiteten. Asgerd schimpfte über die Mäuse und warf mit Steinen nach den faulen Katzen. Hrut lärmte in der Schmiede, und wenn er wütend war, misshandelte er seinen Amboss so, dass man es weit über den See hörte. Ringaile sang mit kehliger Stimme Lieder, die keiner verstand, Besucher drängten sich auf den Bänken, und die Nächte waren erfüllt von Hruts Schnarchen oder von seinem Grunzen, wenn er Asgerds ausgefallenen Wünschen nachzukommen versuchte. Katla lebte in ihrer eigenen Welt. Bei Tag führte sie – wenn sie nicht schlief – bei allem, was sie tat, Selbstgespräche, und in der Nacht hörte man sie husten, Auswurf in die Schale spucken und Verwünschungen ausstoßen. Wenn ich dachte, sie läge endlich im Schlummer, stand sie wieder auf, geisterte grummelnd um das Feuer herum und holte sich einen neuen heißen Stein ins Bett. Weder Hermanns Schlaftrunk aus Baldrian und Melissenblättern noch ein Becher starkes Bier zeigten bei ihr Wirkung.

Oft hörte ich meinen Diener im Schlaf schluchzen. Dann huschte das Mädchen aus Ladoga wie ein Irrlicht durch den Raum, kroch neben ihn und streichelte seinen zuckenden Körper zur Ruhe. Bei Tage wechselten die beiden nie ein Wort – ich wusste, dass Hermann sich eigentlich vor den Feenaugen und den abergläubischen Praktiken der Pelzhändlerstochter fürchtete.

Erik war viel auf den umliegenden Höfen unterwegs, doch wenn er zu Hause schlief, lagen wir dicht nebeneinander unter den Felldecken, kicherten leise, wenn die Decke verrutschte oder Sigruns Katze auf der Suche nach einem warmen Schlafplatz über meinen Bauch lief, und neckten uns flüsternd, wer wohl zuerst in die Kälte hinausmüsste, um seine Blase zu entleeren, weil Ringaile den Topf mal wieder draußen vergessen hatte. Meist war ich das, und manchmal begleitete Erik mich, fachte die Glut in Hruts Schmiedefeuer an und bereitete mir im Grubenhaus zwischen Amboss, Pfeilrohlingen und Pflugschar ein heimliches Lager, von dem wir erst im Morgengrauen durchgefroren, aber glücklich in die warme Halle zurückkehrten.

»Müsstest du nicht Holz hacken?«

Er sah mir übertrieben tief in die Augen, während er mit mir auf die Bank zustrebte. »Ich dachte eher daran, dass wir uns jetzt in Luft auflösen könnten.« Damit zog er den Vorhang zu, den ich unter Sigruns belustigten Blicken vor unsere Schlafbank gehängt hatte, und setzte sich in die Ecke. Ich legte den Kopf auf seine Beine. Irgendwo gähnte Katla, zog ihre ewig verrotzte Nase hoch und schnarchte weiter. Erik lachte leise. »Ihre Nase tropfte schon, als ich noch ein kleiner Junge war«, flüsterte er. »Und damals war sie schon uralt. Was glaubst du, wie alt sie ist?«

»Zweihundert?« Er versuchte, mich in die Nase zu zwicken, doch ich wehrte seine Hand ab. »Gib zu, eigentlich ist sie ein Trollweib.«

Ich legte die Hände auf den Bauch. Seit ich Katla kannte, achtete ich darauf, dass sie mich nicht berührte, damit ihre gichtigen Hände keinen Zauber über mein Kind werfen konnten. Sie mochte mich nicht, sie verstand nicht, was ich sprach, und manchmal betrachtete sie meinen schwangeren Leib in einer Weise, dass es mir kalt den Rücken herablief. Ganz sicher war sie ein Trollweib...

Unter meinen Händen fuhrwerkte das Kind unruhig herum, trat mit den Beinen bald hierhin, bald dorthin. Erst wunderte ich mich, dann hatte ich auf einmal das Gefühl, als wollte es aus seinem Gefängnis ausbrechen, es raubte mir mit seinem Gezappel schier die Luft, und dann spürte ich sein Köpfchen in der Magengrube.

»Tut er dir weh?«, fragte Erik besorgt, als er mein schmerzverzerrtes Gesicht sah. »Ich werde ihm helfen –«

Ich schüttelte den Kopf, und da war auch schon alles vorbei. Es hatte sich nur gedreht. Bald wäre für solche Turnübungen kein Platz mehr da. In Sigruns Medizinbeutel gab es Beifußräucherwerk, mit dem man ein Kind dazu bringen konnte, sich in eine für die Geburt gute Lage zu drehen. Beifuß roch ziemlich unangenehm, doch sprachen die Frauen ihm starke Kräfte zu. Gleich heute Abend wollte ich sie bitten, eine Räucherschale anzuzünden, und vielleicht würde Hermann ein paar Psalmen für eine glückliche Geburt mit mir beten. Wie vermisste ich in diesem gottlosen Hause das regelmäßige Gebet, die segnenden Hände meines Beichtvaters, der unter Eriks Lanze sterbend zusammengebrochen war, wie vermisste ich die Weihrauchschwaden und den Duft geweihter Kerzen, deren Wachs sich weich in jede Falte schmiegte, wenn man es sich über die Finger laufen ließ, um Trauer oder Schmerz wegzubrennen …

Holz knackte im Feuer, in den Wänden scharrte ein Tier. Immer noch war ich hier nicht zu Hause. In Momenten wie diesem fühlte ich mich von den fremden Göttern und Geistern beobachtet, und versuchte ich doch einmal, Gott in meinen Gedanken zu finden, erstarb mir jedes Wort auf der Zunge, als hätte es nicht genug Luft zum Überleben.

Erik strich mit seinem Finger über meine dichten Brauen.

»Stenkil hätte dich gerne bei sich behalten. Er hat mich gefragt, wo man so was wie dich findet.«

Ich wischte die trüben Gedanken beiseite. »Was hast du ihm geantwortet?«

»›Die Götter haben mich zu ihr geführt‹, habe ich ihm gesagt.« Sein Finger war bei meinen Lippen angekommen. Ich wollte einwenden, dass wohl eher Gott mich zu ihm geführt hatte, als er an jenem Tage unten in Vaters Keller hatte sterben wollen, weil seine Götter ihn aufgegeben hatten, doch der Finger schloss die Widerworte weg, und dann vergaß ich sie, weil er leise zu singen begann.

»›Offen bekenn ich, der beides wohl kenne:
Der Mann ist dem Weibe wandelbar;
Wir reden am schönsten, wenn wir am schlechtesten denken:
So wird die Klügste geködert.‹«

Seine Stimme klang unbeschwert und frei von Last und Sorgen, als er mir die Verse vortrug. Ich drehte mich schwerfällig auf die Seite. »Hast du mich so geködert?«

Ernst sah er mich an. »Weißt du – ich habe sehr schlecht gedacht, Alienor. Ich habe an nichts anderes denken können, als daran, dass ich dich haben wollte, jeden verdammten Tag, den die Götter werden ließen.«

Ich küsste seine Finger und dachte, dass er in jenen Tagen nie schön geredet, mich aber dennoch mit Leib und Seele geködert hatte – und mein Herz klopfte heftig bei der Erinnerung, wie wir wochenlang umeinander herumgeschlichen waren, der stolze Diener und die ratlose Herrin, die sich von seiner Erscheinung erst hatte einschüchtern, dann betören lassen; wie flüchtige Blicke und zufällige Berührungen trotz böser Wortwechsel ein Band geflochten hatten, das neben der Wut meines Vaters sogar dem tödlichen Hass der Geistlichkeit widerstanden hatte...

»›Schmeichelnd soll reden und Geschenke bieten,
Wer des Mädchens Minne will,
Den Liebreiz loben der leuchtenden Jungfrau:
Wer wirbt, der gewinnt.‹«

Er hob die Brauen. »Das hab ich alles nicht gemacht – und du bist trotzdem bei mir.«

»Du kannst zaubern, Erik«, flüsterte ich bewegt. Da beugte er sich über mich und raunte mir ins Ohr:

»›Ein Zauberlied kann ich, will ich schöner Maid
In Lieb und Lust mich freuen,
Den Willen wandl ich der Weißarmigen,
Dass ganz ihr Sinn sich mir gesellt.
Ein weiteres kann ich,
dass schwerlich wieder die junge Maid mich meidet...‹«

Es war nicht nötig, meinen Willen zu wandeln. Ich bewies es ihm an diesem stillen Winternachmittag, während der Schnee draußen die Welt verpackte und die Dunkelheit wie ein böser Geist ums Haus schlich...

Als es erneut an der Tür klopfte, fuhren wir auseinander wie zwei Klosterschüler, die es mit der Hingabe zu wörtlich genommen hatten. »Wer zum Henker...?«

»Erik! Bist du daheim?«

Ich erstarrte. Erik richtete sich auf und suchte meinen Blick. *Kvid ekki.* Fürchte dich nicht. Mit allem hatte ich gerechnet, nur nicht damit, dass sie uns in Sigruns Haus aufsuchen würde. Was wollte sie hier? Würde sie mich wieder demütigen? Ich spürte ihre Herzenskälte durch die verriegelte Tür, zog wie zum Schutz davor die Knie an. *Custodi me, protege me, custodi me*… Erik legte seine Hand an meine Wange und küsste mich auf die Stirn. »*Kvid ekki, elskugi.*« Betont ruhig ordnete er seine Kleidung und zog den Vorhang hinter sich zu.

Gunhild Gudmundsdottir klopfte ein drittes Mal energisch an der Tür. Die hölzernen Riegel wurden weggeschoben, dann quietschte die Angel, die Hrut letzte Woche hätte schmieren sollen.

»Sei gegrüßt, Mutter. Tritt ein – und verzeih, dass außer mir niemand da ist, um dich zu begrüßen.« Durch einen Spalt im Vorhang sah ich, wie er der alten Königin den Umhang von den Schultern nahm und ihr einen Platz am Feuer polsterte. Ihr Diener ließ sich am anderen Ende der Bank nieder. Erik goss Met aus der Kanne, die ich gerne neben den Flammen stehen ließ, in Becher und reichte ihnen den heißen Minnetrunk. Schweigend tranken beide. Ich spürte, wie er nach Worten rang, um das Gespräch zu beginnen, um den richtigen ersten Satz zu sprechen. Sie nahm ihm die Bürde ab.

»Ich bin gekommen, dir den Frieden anzubieten, mein Sohn.« Eriks Fingerknöchel knackten. Vorsichtig kroch ich neben den Balken, wo der Vorhang endete. Die Felldecke trug noch Eriks Wärme, und trotzdem war mir kalt, als stünde ich nackt im Schnee. Ihre Stimme schien aus dem ewigen Eis zu kommen.

»Du bist allein?« Suchend sah sie sich um. Erik goss aus der Kanne nach.

»Sie ging, als du kamst«, sagte er schnell. »Der Flachs im Grubenhaus…« Gunhild drehte den Bronzebecher zwischen ihren Händen und starrte ins Feuer. Es interessierte sie ganz offensichtlich nicht, was ich trieb, wo ich war – ob ich noch lebte.

»Vermutlich hat man dir berichtet, dass auch ich bei Stenkil war. Ich weiß, dass du dich an ihn gewandt hast.« Sie räusperte sich und hob den Kopf. »Er akzeptiert deine … deine Verbindung, so unstandesgemäß sie auch ist. Das Mädchen scheint ihn betört zu haben.«

Ein kurzes, verächtliches Schnauben höhnte aus dem Becher, den sie gleich darauf leerte. »Nun, er ist der König, und sein Wort gilt, jetzt, da du sein Mann bist. Geir Thordsson ist verärgert, doch du scheinst ihm eine annehmbare Entschädigung geleistet zu haben, wie ich hörte. Aber Vetter Sigurđ Eisensäule ist nach Norwegen zurückgereist. Er wird dich wohl nicht mehr unterstützen, wenn es so weit ist, Erik.« Sie griff nach seiner Hand. »Erik, ich bitte dich.« Die schlanken Finger umklammerten sein Handgelenk. »Ist sie es wert? Ist diese Frau es wert, den Thron zu riskieren? Du bist ein Yngling, du hattest große Aufgaben vor dir.«

»Alienor ist die Mutter meiner Kinder, und sie wird meinen Schutz und meine Achtung genießen, solange ich lebe. Sie ist mein Weib, daran würde nicht einmal der König etwas ändern können.« Damit stand er auf. »Wenn du gekommen bist, um mit mir über Alienor zu reden, dann muss ich dich enttäuschen. Es gibt nichts zu bereden. Ich habe mich mit Stenkil geeinigt – wie du weißt, erfreut er sich bester Gesundheit – und mit Geir versöhnt. Es gibt nichts weiter zu reden.« Fast schon drohend verschränkte er die Arme vor der Brust. Vielleicht wollte er auch nur seine Fäuste mit den Oberarmen bändigen, denn ich hörte seine Gelenke wieder zornig knacken.

Gunhild schwieg. In der Glut knisterte es verlegen. Von der Katze aufgescheucht, rannte eines der Hühner gackernd durch das Haus. Katla fluchte im Schlaf vor sich hin, als ihr die Decke von der Schulter rutschte.

»Dein … dein Vater ist mir letzte Nacht im Traum erschienen.« Eriks Mutter hob den Kopf. Im Schein der Tranlampe wirkte ihr Gesicht noch älter. Ich versuchte mich an unsere erste Begegnung zu erinnern. Spitze Lippen, blau und schmal, faltige, kleine Ohren, von denen kostbare Schmuckstücke achtlos herabhingen, düstere Schatten unter wimpernlosen Augen, ein blutleerer Körper, der keine unnötige Bewegung ausführte – diese Frau machte auf mich den Eindruck, als trüge sie den Staub eines versunkenen Zeitalters in sich. Ich schluckte schwer. Wie war es möglich, dass ihre Kinder, Erik und Sigrun, vor Leben nur so sprühten?

»Er stand neben dem Thron, und die Halle war voll von Tapferen und Getreuen ...« Gunhild reckte sich. »Und ich hörte deinen Schritt, Erik. Sie drehten sich nach dir um und erhoben sich, Erik.« Ihre Wangen röteten sich wie im Fieber. »Und dein Vater sprach zu mir. Er sagte, du seist der wirklich Letzte dieses alten Blutes, und dass die Götter dieses Geschlecht zum Herrschen ausersehen hätten. Ich sah auf dem Thron den Ring der Ynglinge glänzen, aber ich sah auch Blut auf dem Boden in der Halle! Die – die Nornen warfen ihre Webfäden über den Hallenboden und zogen sie dann über den Thron, und dein Vater versuchte, die Fäden für dich zu erhaschen, doch sie entglitten ihm.« Gunhilds Stimme begann zu beben. »Du musst es selber tun, Erik. Erhalte den Menschen in Uppland das Geschlecht der Ynglinge –«

»Das habe ich bereits getan, Mutter«, unterbrach er sie trocken, mich damit aus den Blutvisionen zurückholend, die ihr Traum in mir ausgelöst hatte.

Ein seltsames Lächeln grub noch mehr Falten in ihr schmales Gesicht. Mich fröstelte. »Wenn das Frankenweib dir einen Sohn gebiert, soll sie in die Familie aufgenommen werden und ich will all meine Pläne aufgeben ...«

»Natürlich wird es ein Sohn!«, platzte Erik heraus.

Da legte sie kokett den Kopf zur Seite, und ihr Lächeln vertiefte sich. »Man kann nie wissen«, sagte sie langsam. Im selben Moment fuhr ein Stich durch meinen Körper, und fast genüsslich fraß sich die Schneide durch meinen Leib – sie hatte mein Kind verwünscht!

Sie will es nicht, sie hat es verwünscht... ich sank in die Kissen und hielt meinen Bauch mit beiden Händen fest, als könnte das die bösen Worte bannen, die wie Stechmücken um meinen Kopf sirrten. Verwünscht, sie hatte es verwünscht...

»Mein letzter und einziger Sohn, dein Vater sprach zu mir und trug mir auf, dir deine Erbteile zu überreichen. Gott der Allmächtige hat Seine Hand über dich gehalten und dich sicher heimgeleitet – Er allein weiß, wie dankbar ich dafür bin. Nun bist du zum Mann gereift, hast den Ritterschlag der christlichen Ritterschaft erhalten, bist ein Mann des Königs geworden. Du sollst ab heute die Waffen der Ynglinge tragen.«

Der Diener war bereits auf einen Wink der alten Königin hin nach draußen gegangen und schleifte schwer atmend zwei Kisten zur Tür herein. Der Wind pustete hinter ihm eine Ladung Schneeflocken ins Haus. Für einen Moment glitzerten sie lustig in den Haaren des Mannes, dann schüttelte er sie ab und stieß die Tür zu. Gunhild raffte ihr Kleid und schritt auf die Truhen zu. Mit einem großen Schlüssel öffnete sie die eine Truhe und entnahm ihr ein prachtvolles Schwertgehänge.

»So nimm denn aus meiner Hand die Waffen deines Vaters und erweise dich würdig, sie zu tragen.« Sie hängte ihm die Kette um und klinkte ein blank poliertes Schwert an seiner Seite ein. »Möge dieses Schwert dich allzeit begleiten und beschützen, wie es deinen Vater Emund, König Anund-Jakob und den großen König Olof beschützt hat.«

Andächtig fuhr Erik mit der Hand über den goldenen Schwertknauf. Seine Finger glitten daran herab und legten sich einer nach dem anderen um den mit Goldfäden umwickelten Griff. Ich sah, wie seine Hand sich spannte und dann mit mehr Kraft als nötig das Schwert aus der Scheide zog. Ich hielt die Luft an – auf dem meisterhaften Schliff der Klinge spazierte ein

Lichtkegel. Leicht wie eine Feder bewegte er sich bis an die kühn geformte Spitze, umrundete sie und wanderte wieder zurück, um aufs Neue loszufliegen, der Bewegung des Schwertführers gehorchend. Mein Herz schlug heftiger – was für eine wunderbare Waffe in der Hand eines der besten Krieger! Einen Moment lang tanzten beide durch den Raum, anmutig, kraftvoll und selbstvergessen, die Klinge sirrte funkelnd durch die Luft, der Krieger drehte sich mit ihr, und sein helles Haar schäumte im Übermut, dass sich jeder Dachbalken nach ihm umzuschauen schien.

Plötzlich sehnte ich mich danach, diese Waffe zu berühren. Mein eigenes Schwert, mit dem ich zum Leidwesen meines Vaters für eine Frau viel zu gut umzugehen wusste, lag unter meinen Kleidern in einer Nische neben meinem Schlafplatz verborgen. Doch die Zeiten der Kämpfe mit Schwert und Dolch sollten für mich vorbei sein, ich hatte einen Mann, der gelobt hatte, für mich bis zum letzten Blutstropfen zu kämpfen. Bei der Vorstellung, dass er das möglicherweise eines Tages würde tun müssen, krampfte sich mein Leib zusammen, und ich stopfte mir panisch die Faust in den Mund, um nicht loszuschreien und meine Anwesenheit zu verraten.

Gunhild hatte inzwischen weitere Dinge auf der Bank ausgebreitet. Eine Brünne aus Bronze, ein Kettenhemd und ein blank polierter Kriegshelm mit eckigem Nasenschutz lagen dort, und eben zog sie mit beiden Händen eine riesige Streitaxt aus der Truhe. Ehrfuchtsvoll nahm Erik sie entgegen.

»Er wusste wohl damit umzugehen«, sagte er nachdenklich und wog die Waffe in der Hand. »Ich verstehe mich besser auf den Schwertkampf.«

»Dann übe den Kampf mit der Axt, und sei deinem Vater ein würdiger Nachkomme.« Damit wies Gunhild auf die zweite Truhe. »In dieser Kiste ist der Schatz deines Vaters, dein Vermögen enthalten. Gehe sorgsam damit um, und sei nicht zu verschwenderisch, doch niemals knauserig. Ein guter Anführer gibt gerne und viel an die richtigen Leute.« Und dann sah ich die Frau, die meine Schwiegermutter war und nicht sein wollte, lächeln. Die harten Linien ihres Gesichtes verwischten, ihre dunkeln Augen glänzten in der Erinnerung vergangener Zeiten, und ich konnte mir plötzlich vorstellen, dass diese alte Frau an der Seite ihres Gatten einmal eine große und gütige Herrin gewesen war. Sehr aufrecht stand sie neben der Truhe, die Hüterin des Familienschatzes.

»Ich danke dir, Mutter. Ich verspreche dir, diese Dinge stolz zu tragen und besonnen zu verwenden –«

»Erik, mein Junge, hör mir zu«, unterbrach sie ihn und nahm seine Hände. »Mir bleibt auf Erden nicht mehr viel Zeit, und ich habe nur einen Wunsch: Lass die Wurzeln der Familie nicht verdorren! Ich könnte es nicht ertragen, wenn du eines Tages dieses Schwert vergraben müsstest, weil du keine Nachkommen hast.«

»Aber Mutter! Wir werden so viele Kinder haben, dass du wünschen wirst, es wären weniger!« Erik nahm sie lachend in die Arme.

»Lass es Söhne werden, die das ehrwürdige Blut weitertragen. Wie es dein Runenamulett ...« Suchend glitt ihre Hand über seine Brust. »Wo ist es? Wo ist dein Amulett? Erik, wo –«

Meine Finger umspielten den Anhänger, den ich seit dem Tag, an dem er ihn mir umgebunden hatte, nicht mehr abgelegt hatte. Er gehörte auf meine Brust, unter das Hemd, mit dem ich ihn polierte, wenn er anlief, und niemals würde ich ihn wieder aus der Hand geben.

»Wo ist es? Hast du es verloren, Erik?« Die gütige Herrin von Uppsala verschwand und machte Gunhild Guđmundsdottir mit den harten Augen Platz. »Sprich!«

»Du wirst es nicht verstehen, Mutter«, sagte Erik langsam. Sie trat einen Schritt von ihm zurück. »Alienor hütet das Amulett für mich, schon sehr lange. Sie –«

»Du Narr!«, fauchte sie, »du beschwörst dein Unglück selbst

herauf! Niemals trenne ein Mann sich von seinem Lebenszauber – du hast dein Leben aus der Hand gegeben! Sie trägt ein Hexenmal im Gesicht, diese Frau wird dein Untergang sein, ich weiß es …« Sie packte ihn am Ärmel. »Nimm ihn ihr wieder weg, hörst du! Du musst ihn tragen, du allein, Yngling! Hol ihn dir wieder …« Vor Erregung war ihre Stimme ganz heiser geworden, sie kam mir auf einmal vor wie eine Krähe, die an Eriks Hals hing und auf ihn einhackte. Ich kämpfte gegen den Drang, mein Versteck zu verlassen, sie von ihm wegzureißen und aus dem Haus zu werfen. Da krampfte sich mein Leib erneut zusammen. Wie eine Messerschneide schnitt der Schmerz durch ihn hindurch und warf mich auf die Seite. Die Bilder verschwammen. Am Feuer hatte Gunhild ihre Krähenschwingen ausgebreitet, ihre langen, beschwörend erhobenen Finger leuchteten gespenstisch im Dämmerlicht, näherten sich seinem Gesicht. Brüsk wandte er sich von ihr ab.

»Es ist bedauerlich, dass wir schon wieder im Streit voneinander scheiden, Mutter.« Ihr Blick ließ keinen Zweifel, wer an diesem Streit schuld war. Erik warf sich den Mantel über, griff nach seinem alten Schwert und nickte Gunhilds Diener zu. »Es hat stark geschneit, man sieht kaum die Hand vor Augen. Ich begleite euch ein Stück nach Hause.«

Klappernd ging die Tür, und dann verschluckte die drei die Dunkelheit. Ich war allein.

Die Anwesenheit der alten Königin lag wie schweres Räucherwerk in der Luft. Ich schürte das Feuer gegen die Schwüle, ließ ordentlich Funken gegen die Tierfelle sprühen, und als die Flammen sich über die neue Nahrung hermachten, erzählten sie mir knackend und schmatzend, dass sie das Haus von den bösen Gedanken der Alten nun reinigen würden.

Ich rieb mir den mittlerweile schmerzenden Rücken und beugte mich mit dem Metbecher über die geöffneten Truhen. Silbernes Tafelgeschirr, Ketten, Perlenschmuck und Goldmünzen lachten mir entgegen – der Familienschatz der Ynglinge, auf unzähligen Heerfahrten geraubt, erpresst und erschlichen, wenn man Hruts verwegenen Geschichten Glauben schenken durfte. Wild funkelte das Gold mich an – *nimm deine Finger weg*!« Stattdessen griff ich trotz der immer stärker werdenden Schmerzen nach dem Schwert, das Erik wieder in die Lederscheide zurückgeschoben und auf die Bank gelegt hatte.

Wie viel Blut mochte diese Klinge wohl schon getrunken haben? Wie vielen Händen schon gedient haben? Frauen schändenden, Kinder mordenden Ungeheuern, die auf Drachenschiffen herbeigesegelt kamen, Städte verwüsteten und ganze Gegenden entvölkerten und deren Schwerter unendliches Leid über das Land meiner Vorväter gebracht hatten... Hier war es so, dass die Leute nicht aus Angst, sondern vor Ehrfurcht erzitterten, wenn sie sich die Geschichten am Feuer erzählten und die alten Namen nannten. Vorsichtig strich ich über die Hülle und zog das riesige Schwert heraus. Ein leises Schaben, und dann lag es auf meinen Knien. Kundige Hände hatten die Klinge mit Zaubertieren geschmückt, langschwänzige Drachen und Schlangen, wie sie Erik auch auf seinen Armen trug. Sie ringelten sich dort unter den blonden Haaren um seine Handgelenke, schlafend und doch wachsam, und ich war vielleicht die Einzige, die wusste, dass sie manchmal lebendig wurden. Dann schlugen sie ihre großen, schwarz glänzenden Augen auf, und ihre schlanken Leiber schwänzelten um seine Arme, wie an jenem Abend in meines Vaters Stall, als ich vom drohenden Überfall auf unsere Burg erfuhr. Ich starrte auf das Schwert. Ein schmutziger, in Lumpen gekleideter Sklave hatte damals hinter mir gestanden, mir mit bebenden Händen den Fehmantel umgelegt, der ihn einst vor dem Kältetod bewahrt hatte. Ich spürte wieder seinen brennenden Blick im Nacken und den Druck seiner Hände auf meinen Schultern. Hass versengte seine Seele und Liebe sein Herz, seine wilden Gefühle machten die Schlangen lebendig, ließen sie züngelnd meine Haut berühren, um meinen ohnehin schwachen Willen zu untergraben. Sehnsüchtig schlang ich die Arme um meine Schultern. Hätte er mich damals nicht fortgeschickt, seine Macht über mich bereits ahnend, ich hätte mich dem Sklaven hingegeben, im Stall, auf dem kalten Boden zwischen Strohballen und Zaumzeug – und ihn nachher von Vater dafür töten lassen, weil ich die Schande nicht ertragen hätte.

Und nun war es so, dass ich meine Familie und mein Land für diesen Mann verlassen hatte und kaum atmen konnte, wenn er mich nur einen Tag allein ließ...

Ein Holzscheit rutschte vom Feuerstapel herunter. Ich bückte mich, das Schwert noch auf den Knien, um es mit dem Stochereisen zurückzuschieben. Der Schmerz traf mich wie ein Speer in den Rücken. Lange und durchdringend, qualvoll langsam bohrte er sich vorwärts, als wollte er mir beweisen, dass er jeden Teil meines Körpers erreichen könne, und stellte alles in den Schatten, was ich an Wehen bislang gehabt hatte. Ein verzweifeltes Stöhnen entwich meiner Kehle, obwohl ich doch hatte schweigen wollen – die Aura der Königin lag immer noch über dem Raum. In meiner Not umklammerte ich das Schwert der Ynglinge mit beiden Händen, beantwortete Schmerz mit Gegenschmerz, bis die Klinge mir die Haut zerschnitt, voller Hoffnung, dass die Pein mich noch einmal verlassen würde. Doch sie blieb. Sie verebbte und kehrte zurück, wie eine Welle an den Strand, und jedes Mal brachte sie etwas mehr von sich mit. Mit zusammengebissenen Zähnen kauerte ich über dem Feuer, kämpfte mit Brechreiz und Ohnmacht und begann zu begreifen, dass meine Stunde gekommen war. Und dann lief mir Wasser an den Beinen entlang, mit jeder Wehe ein kleiner, warmer Schwall, der meine Kleider durchnässte und auf dem Boden eine Pfütze bildete. Ich rutschte von der Bank auf die Knie. Das Schwert polterte zu Boden, Blut tropfte auf mein Kleid. Da rauschte die nächste Wehe heran und drückte meinen Mageninhalt heraus, der im Feuer zischend verdampfte. Ich schlug beide Hände vors Gesicht und heulte gepeinigt auf.

Ringaile fand mich irgendwann, nach schier unendlicher Zeit der Einsamkeit und Angst, doch auch sie konnte mir nicht helfen. Ich wehrte mich gegen ihre Hände, die mich vom Feuer wegziehen wollten, verschloss meine Ohren vor ihrem zauberischen Gemurmel, das alles noch viel schlimmer machen würde. Maia, wo war meine Maia, die mir doch versprochen hatte, mir beizustehen, deren Händen ich vertraute … Nun lag ich hier, allein unter Heiden und Zauberern, dazu verurteilt, einen langsamen, qualvollen Tod zu sterben –

»Domine, firmamentum meum et refugium meum …« Welcher Unsinn, auch Er hatte mich doch verlassen. Ich war allein, ganz allein. Schluchzend krümmte ich mich unter einer Wehe zusammen. Da breitete meine Dienerin vorsichtig eine Decke über mich und strich mir beruhigend über die Stirn. In meiner Not ließ ich die Berührung zu und verstand sogar, was sie zu mir sagte. *»Ekki blotna, greifinna, ekki kviđa, ekki kviđa …«*

Es raschelte. Ringaile hatte mich verlassen und Sigruns Kräutertruhe geöffnet. Aus kleinen Säckchen zog sie grobes Pulver hervor, schnüffelte blinzelnd daran herum und entzündete es schließlich in der Räucherschale. Was hatte sie vor? Angst packte mich erneut im Nacken, und ich wimmerte. Da kam das Mädchen zurück. *Ekki kviđa, ekki kviđa …«*

Aus der Räucherschale stieg der beruhigende Duft von Johanniskraut empor. Kein Hexenkraut. Nur Johanniskraut, das die Dämonen fern hielt und den Geist zähmte. Dankbar schloss ich die Augen. Ringaile deckte derweil mein Bett mit Stroh ein und mischte getrockneten Quendel, Labkraut, Johanniskraut, Ziest und Waldmeister unter die Halme. Zwischendurch kehrte sie immer wieder zu mir zurück und streichelte mir den Rücken, wenn mich die nächste Wehe belagerte. Doch tat sie sonst nichts, um meine Qualen zu lindern oder das Kind zu holen – ich wusste auch nicht, was zu tun war, und so mischte sich erneut nackte Angst unter die Schmerzen.

»*Quoniam tu accendis lucernam meam, Domine, Deus meus illuminat tenebras meas …*« Worte, in einem anderen Leben auswendig gelernt, im Chor mit der weichen Stimme meines Beichtvaters gesungen. »*Deus, qui praecinxit me virtute et posuit immaculatam viam meam …* O heilige Muttergottes!« Ringaile hielt mir den Spucknapf und wischte mir danach die Lippen ab. »O Maia, warum bist du nicht hier …« Mein ganzer Leib schrie um Hilfe, und niemand hörte mich –

»Freya sei uns gnädig!« Eine Tür klapperte in meine Angstträume hinein. »Komm schnell, Erik, schnell!« Sigrun sank neben mir auf den Boden, zog mir die Fäuste vom Gesicht. »Allmächtige Freya – du bist ja voller Blut, Alinur!«

»Alienor …« Die Wehe ebbte ab, und es gelang mir, die Lider zu heben. Erik beugte sich über mich. Sein Gesicht war ebenso weiß wie der Schnee auf seinen Schultern.

»Trag sie aufs Bett, rasch. Los, beweg dich, Mann.« Sigrun scheuchte ihn auf und nahm mir die Decke weg. »Und du, Mädchen, hol Wasser, einen großen Kessel, und koch es über dem Feuer. Asgerd, meine Kiste.« Ohne Widerspruch tat jeder, was Sigrun von ihm verlangte, und zum ersten Mal vielleicht war ich dankbar für ihre zupackende, ein wenig herrische Art, mit den Leuten umzugehen. Vorsichtig, als wäre ich aus Glas, hob Erik mich hoch, dann schwebte ich durch den Raum, und sein Atem blies mir ins Gesicht. »*Elskugi, ástin mín …*«

Auf dem Bett angekommen, nahm eine Wehe mich in Empfang, und als sie mich aus ihren Fängen entließ, saß Sigrun neben mir und betrachtete meine zerschnittenen Handflächen.

»Du willst also dein Kind mit blutigen Händen empfangen, *greifinna*. Ich hoffe, die Götter sind gnädig mit dir.« Düster griff sie in den Kräutersack und streute noch mehr Johanniskraut in die Räucherschale. Erik wischte mein blutverschmiertes Gesicht mit einem feuchten Tuch sauber. Dann bog er sanft meine Fäuste auf, tupfte über die Schnittwunden und verband sie mit getränkten Leinenbinden, die Asgerd ihm reichte.

»Ich hätte nicht gedacht, dass ausgerechnet du mein Schwert einweihen würdest…« Seine Stimme versagte.

Schweigend hatte Sigrun ihre Kräutersäckchen sortiert. Sie tauchte ihre Finger in ein Töpfchen mit Schmalz und verteilte mit dem Daumen um Zeige- und Mittelfinger, immer wieder rundherum, während sie mich betrachtete. Bald glänzten die Finger im Lampenschein. Sie zog den rechten Ärmel hoch, betastete mit der Linken den zuckenden Bauch und fuhr zu meinem Entsetzen unter meine Kleider, dorthin, wo bislang nur Erik Zutritt gehabt hatte.

Starr vor Schreck sah ich auf ihr konzentriertes Gesicht, spürte ihre schmalen Finger, wie sie in mir höher und höher glitten – sechs, sie hatte sechs Finger, sechs, nicht fünf, wie normale Menschen, sechs Finger – sechs –

»Gütige Freya.« Sigruns Blick wanderte suchend durch den Raum, bis sie Asgerd gefunden hatte. »Die Füße zuerst. Das Kind kommt mit den Füßen zuerst.«

»Das wird schwierig«, meinte Asgerd und hievte mit Ringaile den Kessel über das Feuer. Mehr sagte sie nicht. Sigrun klemmte sich die fettige Hand unter den Arm und kaute nachdenklich an den Nägeln. Erik hockte still hinter mir, doch ich spürte, was es ihn kostete, alles den Frauen überlassen zu müssen, weil hier kein Schwertarm und keine Faust, sondern uraltes Frauenwissen gefragt war.

»Du wirst hart arbeiten müssen, Mädchen«, sagte Sigrun schließlich und nahm meine Hand. »Sehr hart.«

»Vikulla«, wimmerte ich. »Vikulla – ruf mich, hat sie gesagt, ich komme und helfe dir –«

»Vikulla hat dir ihre Hilfe zugesagt?« Erstaunt hob sie die Brauen. Ich konnte gerade noch nicken, bevor ich bittere Galle erbrach. »Vikulla, hm…« Sie stülpte ihre Unterlippe nach vorne, zupfte daran herum, nickte schließlich und sah ihren Bruder an. »Worauf wartest du noch? Los, aufs Pferd, viel Zeit haben wir nicht mehr!«

Eriks Augen weiteten sich. »Ich – ich soll sie allein lassen?«

»Sie ist nicht allein, du Narr! Sie war eben allein, *du* hast sie allein gelassen.«

»Ein Grund mehr, es jetzt nicht zu tun!«

»Soll *ich* etwa in die Nacht hinausreiten?« Sigrun sprang vom Bett auf. »Willst du, dass ich mich aufmache –«

»Ich kann gehen«, erbot sich Hrut und griff nach dem Mantel.

»Nein, *er* geht. Der Vater geht die Hebamme holen. Immer.« Wie ein junger Stier senkte Sigrun den Kopf und fixierte ihren Bruder grimmig. »Er geht.«

Ein letzter Kuss, von bebenden Lippen auf meine Stirn gedrückt, und dann verschwand Erik von meiner Seite. Hinter ihm knallte die Tür, und der Hengst schrie wütend unter seinen treibenden Schenkeln auf. Ein spöttisches Lächeln umspielte Sigruns Mund.

»Manchmal braucht er einen saftigen Tritt, damit er sich bewegt. Sei mir nicht böse, Alinur.« Damit ließ sie sich neben mir nieder. »Ich wollte ihn hier aus dem Weg haben, er war schon blass genug um die Nase.« Sie lächelte mir aufmunternd zu. »Und nun wollen wir auf dein Kind warten.« Schwungvoll warf sie eine Hand voll Ebereschenfrüchte ins Feuer.

Es sollte die längste Nacht meines Lebens werden.

Sie saßen um das Feuer, wie jeden Abend, aßen Gerstenbrei mit Fleischstückchen, tranken von dem Bier, das wir letzte Woche gebraut hatten, und lauschten Hruts Geschichten.

»… und so kam König Hrolf Kraki zu seinem Namen: In jungen Jahren war er klein von Statur. Da trat eines Tages ein Junge, der Wögg hieß, vor seinen Hochsitz und sagte, er könne ja kaum glauben, dass der König, von dem man sich erzählte, er sei der größte Mann in den Nordländern, nun klein wie eine Stange vor ihm sitze. Da lachte Hrolf und sagte zu ihm: ›Wahrhaftig, du hast mir einen Namen gegeben, Junge! Eigentlich musst du mir dazu auch ein Geschenk geben, aber da du nichts hast, was für mich passend sein könnte, will ich dir etwas schenken.‹ Und er reichte ihm einen wertvollen Goldring von seinem Finger, und der Junge rief, nie habe er einen edelmütigeren Herrn gesehen, und er wolle dem Mann, der dem König einst Böses wolle, auf der Stelle die Axt in den Schädel hauen…«

Ich zog mir die Decke vors Gesicht. Der Essensgeruch verstärkte die Übelkeit, und den Aufguss aus Quendel, Linde und Beifuß erbrach ich gleich nach dem Trinken. Hin und wieder kam Sigrun an mein Lager, um eine Wehe mit mir durchzustehen oder das Kind zu betasten, doch sah ich an ihrem Gesicht, dass sie nicht zufrieden war.

»Stimmt etwas nicht?«, fragte ich bange und atmete weiter so, wie sie es mir erklärt hatte. Sie erneuerte das Räucherwerk, fügte Beifuß hinzu und bröselte dann eine Fingerspitze Bilsenkraut in meinen Metbecher. »Du musst Geduld haben. Die Pforte, durch die das Kind kommen wird, will sich noch nicht öffnen. Das hier wird deine Schmerzen etwas lindern.« Sie reichte mir den Becher. »Zwing dich, davon zu trinken, und versuch ein wenig zu schlafen, Mädchen.« Mitleidig sah sie mir beim Trinken zu. Die Gesichter verschwammen. Rauch zog wie ein Engel durch den Raum und machte meinen Körper leicht. Ich dämmerte dahin…

»…er wollte mich zwingen, auf sein Pferd zu steigen, aber ich habe lieber mein eigenes gesattelt. Dieses Tier ist eine Bestie, Sigrun, wie kannst du so was nur in deinem Stall dulden…« Schnee flog durch die Luft und rieselte zu Boden, als jemand seinen Mantel ausschlug. »Was für ein Wetter! Du da, häng das ans Feuer zum Trocknen.«

Ich kannte die Stimme.

»Wo ist sie denn? Ich dachte schon, der Yngling wolle mir beim Anziehen helfen, so ungeduldig stapfte er in meinem Haus herum …« Ein makelloses Gesicht mit einer Haut wie Elfenbein beugte sich über mich. Vikulla, die Schwester des Königs. Ich rieb mir das Gesicht. Ihre schwarzen Augen musterten mich prüfend. Und dann sah ich, dass sie anders gekleidet war, dass sie heute als jemand anderer zu mir gekommen war.

»Ich bin die Völva, und ich werde dir helfen, dein Kind zur Welt zu bringen.« Ihre Stimme klang nun dunkel und verhalten. Als sie sich bewegte, klirrte und klapperte es auf ihrer Brust, und ich bemerkte die vielen Amulette, Steine, Röllchen und magischen Federn, die sie an geknüpften Bändern und silbernen Ketten um den Hals trug. Ihr schneeweißes Haar floss heute ungebändigt über eine blutrot gefärbte Tunika, das Gesicht war umrahmt von einer Kappe aus Katzenfell, in deren Rand gravierte Steinchen eingenäht waren. Mein Herz begann zu klopfen. Diese Frau kannte ich nicht, und ich wollte sie nicht, ich wollte nicht angefasst werden von diesen Händen, die in Handschuhen aus Katzenfell steckten und sich gerade ungefragt meinem Bauch näherten –

»Nein – weg, geh weg – lass mich, Erbarmen«, keuchte ich entsetzt. »*Malefica*, lass ab von mir, Gott –« Auch Ringaile kniete nun neben meinem Lager, die andere heidnische Zauberin, ich war umgeben von Dämonen – nein, die alte Königin hatte sie geschickt, ihr Werk zu vollenden und das von ihr verhexte Kind zu töten, damit ihre Pläne in Erfüllung gingen. Hände hielten mich von allen Seiten fest, ich versuchte aufzustehen, wegzulaufen –

»Alienor, sei vernünftig, was tust du?« – »Wo willst du denn hin?« – »Alienor, sie kann dir helfen« –, und ich wehrte sie ab, schlug um mich, schrie: »*Malefica* – Teufel –«

Das weiße Gesicht verfinsterte sich. Meine Lunge schmerzte vom heftigen Atmen, doch war das nichts gegen die Wehe, die, von der Hexe geschickt, heranbrandete, mich nachdrücklich ins Meer der Pein schob und mir die Luft abschnürte. Vikulla packte meine Fäuste. Wie gehorsame Geister zogen die anderen

Hände sich zurück, bereit, dem Befehl ihrer Herrin zu gehorchen.

»Atme!«, befahl die Frau mit der Katzenfellkappe. »Atme gefälligst! Und nun hör mir zu: Du hast die Wahl. Entweder du lässt dir von mir helfen, oder du stirbst mitsamt deinem Kind. Entscheide dich!«

Entsetzt starrte ich sie an. Die Völva rührte sich nicht, kam mir keinen Schritt entgegen, das hatte sie nicht nötig. So viel begriff ich. Und so nickte ich ergeben, empfahl meine Seele der heiligen Jungfrau und begab mich in die Hände der heidnischen Priesterin, die keine Zeit mehr verlor.

Sie untersuchte mich, wie Sigrun es bereits getan hatte. Auf ein Wort hin reichte man ihr ihren Beutel, aus dem sie Säckchen, Steine und kleine Fläschchen hervorholte. Erik wollte sich neben meinen Kopf kauern, ich war so dankbar, seine Hand in meinem Gesicht zu spüren, doch sie scheuchte ihn auf, vertrieb ihn vom Bett und aus meiner Nähe. »Verschwinde, Yngling, ich kann dich hier nicht brauchen!« Allein Sigrun duldete sie bei sich, die ihr stumm die gewünschten Dinge reichte. Meine Wehen waren wieder stärker geworden. Das Beissholz, das Asgerd mir in den Mund geschoben hatte, wies bereits deutliche Spuren auf.

Vikulla schob meine Kleider hoch. Der Bauch zuckte und wogte mit den Wehen, und ich hatte plötzlich Angst, unter ihnen zu zerplatzen, obwohl ich wusste, dass es nur einen Weg für das Kind geben konnte, wollten wir beide am Leben bleiben …

Starker Beifußgeruch drang mir in die Nase. Ich würgte panisch, und er verschwand. Vikulla begann, meinen Bauch mit einem nach Rosen und Johanniskraut duftenden Öl zu massieren, und murmelte dazu magische Verse vor sich hin. Ein kleines Kohlebecken war aufgestellt worden, in das Sigrun in verschiedenen Abständen Kräuter und Ebereschenfrüchte streute. Wieder warteten wir, endlos lange.

Sie hieß mich aufstehen, umherlaufen. Einmal durch das ganze Haus, an den Schlafenden vorbei, um das Feuer herum. Das Kind quälte mich, ohne dem erlösenden Ausgang einen Zollbreit näher zu kommen. Weiter herumlaufen, hinlegen. Aufstehen. Um das Feuer herumlaufen. Hinsetzen. Aufguss von Eisenkraut trinken, der die Wehen weiter verstärkte. Hinlegen. Aufstehen, um das Feuer laufen, weiterlaufen, weiter, weiter … Ich schleppte mich dahin, stürzte in der Nacht irgendwann beinahe in die Glut, an der schlaflos nur noch Erik saß und mich auffing.

»*In dolore paries filios*« – Gott war so grausam! Ich hatte keine Kraft mehr, weiter darüber nachzudenken, konnte nicht einmal mehr ein Ave Maria beginnen …

Gemeinsam brachten sie mich wieder ins Bett, und diesmal durfte Erik bei mir bleiben. Die Völva nahm Kohle aus dem Becken und zeichnete eine glühend heiße Geburtsrune auf meinen Bauch und in die vom Blut fast schwarzen Handflächen. Sigrun verbrannte Wacholderbeeren und Rainfarn im Kohlebecken, verrührte die Asche mit Öl und rieb mich damit zwischen den Beinen ein. Mit tiefer Stimme rief die Völva die Disen um Hilfe und beschwor die Göttin Freya, mir jetzt beizustehen.

»*Bjarga skaltu kunna, ef þú bjarga vilt, og leysa barn frá konum …*« Der Rauch zog suchend durch den Raum. Ich kniff die Augen zusammen.

»*Hjalpi þér hollar vættir, Frigg og Freyja og fleiri goð …*«

Ich war zu schwach, mich dagegen zu wehren – sie hätte Satan persönlich anrufen können, ich hätte sie gewähren lassen. Da blitzte eine Stichflamme aus dem Kohlebecken auf, erzeugt von einer Hand voll Hexenmehl aus Sigruns Hand. Vikullas Stimme wurde lauter und voller, sie füllte mein Gehör bis in den letzten Winkel aus, während der Beifußgeruch sich wie klebriger Nebel auf meine Sinne legte.

»*… hjalpi þér hollar vættir …*«

Die folgenden Wehen zogen einen roten Schleier vor meine

Augen, und mein Kopf drohte zu bersten. Jemand stöhnte tief und qualvoll. Die Gewalt des Schmerzes drückte mich an die Wand. Ich hatte ihm nichts mehr entgegenzusetzen. Auf seinen Wogen zu liegen war nicht leichter, doch für mehr reichte es nicht.

»So geht es nicht. Du musst dich mehr anstrengen, Mädchen!« Die ärgerliche Stimme der Völva drang an mein Bewusstsein, und zwei unbarmherzige Finger kniffen mich in die Wange.

»...kann nicht mehr...« Jede Silbe eine zu viel, jeder Atemzug eine Tortur.

»Sie ist am Ende, kannst du denn nichts tun?« Erik übersetzte den Hauch, den ich mit Mühe herausbrachte. »Große Völva, bitte –« Seine angsterfüllte Stimme beunruhigte mich noch mehr als die unablässigen Schmerzwellen, die mich in immer kürzeren Abständen durchliefen, doch ich konnte ihm nichts geben, nicht einmal einen aufmunternden Händedruck. Mir war, als stünde ich kurz davor, diesen schmerzgepeinigten Körper zu verlassen und mir selbst von außen zuzuschauen. Welche Erleichterung, einfach zu gehen, mich selbst hinter mir zu lassen...

Doch seltsam, durch den Aufruhr in mir hindurch spürte ich auch Vikullas Finger in mir hochkriechen, auf der Suche nach jener Pforte und nach dem Kind.

»Deinen Gürtel, Yngling.« Ihre Stimme war heiser geworden. »Leg ihr deinen Gürtel um den Bauch. Sie schafft es sonst nicht.« Sigrun bohrte eine Hand unter meinen Rücken und zog das Gürtelende heraus. Sie schoben es durch die Schnalle. Ich öffnete die Augen, erkannte die heidnische Zauberin durch einen roten Schleier. »Zieh ihn langsam enger, Yngling, und ich werde die magischen Sprüche aufsagen.«

»Nein – nein – nein – nicht – nicht – nicht – nicht –« Zwei Schläge ins Gesicht brachten mich zum Schweigen.

»Auch wenn du eine Christenfrau bist, kann ich von dir verlangen, dass du mich meine Arbeit machen lässt«, zischte die Völva, und in ihren Augen loderte kaltes Feuer. »Bei allen Göttern – der Yngling hätte ein anderes Weib verdient!«

Der rote Schleier vor meinen Augen zerriss. Ich sah die Blicke der Frauen, Asgerd, Sigrun, Vikulla. Nicht tapfer genug. Nicht tapfer genug, um seine Frau zu sein. Ich rappelte mich hoch, stemmte mich gegen seine Brust und griff nach seinen Armen. Die hielten den Gürtel, der oberhalb meines Leibes enger wurde.

»Zieh langsam, Yngling, zieh. Und du press gefälligst!«

»Þér vinn ek þat er ek vinn, ástin mín…« Seine Stimme in meinem Ohr bebte zwar, doch sie war die rettende Kelle Wasser in der Vorhölle. Ich trank davon und schöpfte neue Kraft. Die Wehe kam, ich warf mich mutig auf sie, ließ sie durch meinen Körper gleiten, und als sie umdrehte, gelang es mir, das Kind ein Stück weit aus mir hinauszuschieben. Erik zog den Gürtel enger, Zoll für Zoll, und sein Körper so dicht an meinem gab mir Kraft, mit der nächsten Wehe zu versuchen, was ich gerade gelernt hatte. Ich ließ sie herein, ergab mich ihr und schob ihr das Kind in die Hände. Die Völva hockte dicht bei mir, eine Hand auf dem Gürtel, die andere an der Pforte, und beschwor unablässig Freya, die Göttin der Gebärenden, doch ich würde es auch ohne die Katzengöttin schaffen und hielt meine Augen verschlossen, konzentrierte mich allein auf die Wogen, die mein Kind hinausspülen würden – ich musste es nur hergeben. Sie jagten mich durch Blitze, Eissturm und Springflut, unbarmherzig und ohne Pause, und sie bekamen, was sie wollten. Stück für Stück schob ich ihnen das Kind näher, und als es meinen Körper mit den Füßen zuerst verließ, hielten sie ihr Versprechen und ließen ab von mir –

»Ha, gut gefallen!« Sigruns Stimme klang hell wie eine Glocke in der Osternacht. Vikulla schwieg. Ein dünnes Quäken, ein Meckern, dann ein Schrei, erbost über das frostige Willkommen auf Erden. Ich riss die Augen auf. Der Bauch vor mir war verschwunden, zwischen den Beinen lag etwas –

»Ach.«

Die Hände der Zauberin hatten das rote Bündel herumgedreht. Es hatte gerade seine Stimme entdeckt und ruderte dazu wild mit den Ärmchen. Mein Kind.

»Gib es mir, bitte gib es mir –« Ich verstummte, erschreckt durch Vikullas Gesichtsaudruck. Es lebte doch, hatte Arme und Beine und eine Stimme so laut, dass der König davon wach werden würde – warum gab sie es mir nicht? Stattdessen hantierte sie mit Seidenfäden, schlang sie an zwei Stellen um die knotige Nabelschnur und schnitt das Kind von mir los.

»Du kannst es erst haben, wenn« – sie sah nun Erik an, mit Unwetter im Blick – »wenn er es angenommen hat.« Und langsam legte sie das Kind auf den Fußboden. Erik lehnte mich gegen die Kissen und stand auf, ohne die Augen von der Zauberin zu lassen.

»Es ist ein Mädchen, Yngling.«

Die Posaunen von Jericho dröhnten in meinen Ohren, Mauern stürzten ein und drohten, die Freude über mein Erstgeborenes unter sich zu begraben. Ein Mädchen. Kein Sohn. Du hast verloren, Alienor von Sassenberg.

»Heilige Maria Muttergottes, hilf mir – sie hat es verhext – sie war es, sie hat es verhext...«

Niemand hörte mir zu, alle sahen auf Erik, der sich der Stelle näherte, auf der das Kind schreiend zappelte. Sein blasses Gesicht bekam Farbe, seine Augen leuchteten auf. Er kniete nieder und legte seine sehnigen Hände um das Bündel. Die langen Finger, die allein für den Waffendienst gemacht schienen, strichen beinahe ungläubig über die zarte Kinderhaut. Sigrun rückte einen Schemel heran. Er beugte sich vor und hob es hoch, langsam und ein wenig ängstlich, weil es doch so zerbrechlich war. Als er es ans Licht hielt, veränderte sich sein Gesichtsausdruck: fassungslos, im Innersten berührt, betrachtete er das schleim- und blutverschmierte Etwas in seinen Händen, ein verzerrtes Gesichtchen, das zunehmend nur aus offenem Mund zu bestehen schien, um die Welt anzuklagen, die es auf kalten Boden legte statt an die Brust der Mutter, wo es schließlich hingehörte.

»Ein Wunder. Bei allen Göttern« – eine Träne lief ihm über das Gesicht –, »ich habe eine Tochter!« Damit legte er sie so vorsichtig auf seine Knie, als wäre sie aus Glas, und strahlte. Und es war, als fiel eine seltsame Anspannung von den Frauen ab, die ich nicht verstand – weil man mir nicht gesagt hatte, dass sie das Kind ausgesetzt hätten, wenn Erik es nicht angenommen hätte. Doch war er weit davon entfernt. Sein blondes Haar hatte sich aus dem Haarband gelöst und verdeckte sein Gesicht, und ich sah, wie immer mehr Tränen auf das Kind fielen, während er mit unendlicher Vorsicht die winzigen Fäuste hielt, die sich der grausamen Welt entgegenreckten. »Eine Tochter«, flüsterte er, *»meine Tochter…«*

Richtig echte Freude war es trotzdem nicht, was ich bei den Frauen spürte, wussten sie doch alle um die Bedingung, die Gunhild ihrem Sohn gestellt hatte. Nun musste man das Beste daraus machen – und weggeben konnte man das kleine Mädchen immer noch. Sigrun riss sich als Erste zusammen und nahm ihm das Kind von den Knien.

»Süß ist sie ja. Und schöne Augen hat sie auch.« Mit geübten Griffen wischte sie den kleinen Körper sauber. »Aber sieh nur, Vikulla, was sie auf dem Kopf trägt!« Die Völva untersuchte das Kind und zog dann ein gelbliches Stück Haut von den spärlichen Haaren. Sie breitete das Hautstück auf ihrer Handfläche aus. »Freya straft meine Gedanken Lügen«, murmelte sie und suchte Eriks Blick. »Dein Kind, Yngling, wird von den Göttern besonders geliebt. Es trägt seine *barnsfylgja* auf dem Kopf. So war es bei dir und bei deinem Vater, wie man sich erzählt.« Andächtig legte sie das Hautstück auf einen silbernen Teller. »Ich will ihr noch heute die Runen lesen, obwohl sie ein Mädchen ist. Die Götter haben Pläne mit diesem Kind.«

»Einen Namen, Erik, du musst ihr einen Namen geben«, drängte Sigrun. Er nahm das Kind wieder in seine Hände und betrachtete es eine Weile. Dann hob er den Kopf.

»Der Schnee hat dich gebracht, mein kleines Mädchen. Und weil du so schön wie eine Schneeflocke bist, sollst du Snædís heißen.« Er strahlte. »Snædís Eriksdottir. Ein schöner Name.« Die Frauen nickten. Asgerd reichte ihm eine Kelle angewärmtes Wasser, und ich musste zusehen, wie er sein Kind wem auch immer mit diesem Namen weihte.

Snædís Eriksdottir meldete sich hierauf erneut lautstark zu Wort, sei es, weil ihr der Name ebenso wenig gefiel wie mir, oder weil sie Hunger hatte. Vielleicht hatte sie mich auch weinen hören, weil mich während dieser Wasserweihe niemand beachtete und man mir mein Kind nicht gab. Sie beruhigte sich augenblicklich, als Sigrun sie mir an die Brust legte. Mit weit geöffnetem Mund suchte sie nach der Milchquelle, eine winzige Zunge fuhr über die Haut, fand die Brustwarze, die kleinen Lippen umschlossen sie zielsicher, es zog ein wenig, und dann hörte man nur noch Schmatzen, Glucksen und angestrengtes Atmen, und selbst Vikulla begriff, dass die kleine Snædís diesen Platz freiwillig vorerst nicht mehr verlassen würde. Beinahe ungläubig fuhr ich mit den Händen über den kleinen Körper, den ich so lange in mir getragen hatte, ohne ihn zu kennen – über den schmalen Rücken, die rundlichen Beine und das Händchen, das sich besitzergreifend gegen meine Brust drückte. Schmerzen und Todesangst zogen mit ein paar Rauchschwaden durch den Rauchabzug, hinaus in die ferne Nacht. Es war vorbei.

Liebevoll tupfte Erik mir die Tränen aus dem Gesicht.

»*Glaðr – ek er glaðr um hjartaroetr.* Hast du dir je vorstellen können, wie es sein würde, sie in den Händen zu halten? Unser Kind… o Alienor« – er verbarg sein Gesicht für einen Moment in meinem Haar –, »das ist es, was die Christen Wunder nennen, so fühlt es sich also an, und du hast es wahr gemacht, *elskugi*«.

Wachsam betrachtete ich das kleine Wunder an meiner Brust, das eigentlich ein Junge hätte sein sollen und das nun die Pläne der alten Königin durcheinander geworfen hatte. Ich würde es nicht nur vor ihr, sondern auch vor den heidnischen Praktiken der Völva schützen müssen, denn ich hatte entdeckt, was noch keine der Frauen gesehen hatte: Snædís besaß wie Sigrun an der rechten Hand einen sechsten Finger. Ich verschloss mich jeglicher Überlegung, was wohl der Grund dafür sein konnte. Strafe für mich – Hexenkünste der alten Königin – einerlei, sie war meine Tochter, und ich würde sie lehren, den verräterischen Finger vor der Welt zu verbergen.

Sigrun hatte aus getrockneten Maßliebchen, Potentilla und Rainfarn einen bitter schmeckenden Aufguss bereitet und flößte ihn mir Löffel für Löffel ein, während die Völva auf die Nachgeburt wartete. Am Feuer siedete bereits ein Topf Met mit Alchemillablättern, von dem sie mir in den nächsten Tagen zu trinken geben würden. Doch wer konnte nach solch einem Erlebnis an morgen denken? Ich fühlte mich erschöpft und gleichzeitig hell wach. Keine Handbewegung der Frauen entging mir, nicht die Anordnung der Kräutersäckchen neben dem Kohlebecken und auch nicht, dass Asgerd der Freya heimlich ein Dankopfer, vielleicht gepaart mit der Bitte um ein eigenes Kind, ins Feuer legte. Zischend verbrannte der Honig und hinterließ ein bittersüßes Versprechen für das Frühjahr.

Eine kleine Wehe spülte die Nachgeburt ans Licht. Das Stroh unter mir wurde warm und feucht, als ein Schwall Blut hindurchsickerte. Sigrun rieb die äußere Pforte mit Johanniskrautöl ein und stopfte mir trockenes Moos zwischen die Beine. Sie hielt mit ihrem emsigen Tun erst inne, als ihr auffiel, dass Vikulla über dem Mutterkuchen hockte und sich nicht mehr bewegte. Tiefe Furchen zogen sich über die Stirn der Völva; Linien, die vorhin noch nicht da gewesen waren, ließen ihr Gesicht um Jahre gealtert erscheinen.

»Was hat sie?«, flüsterte ich Erik in meiner Muttersprache

zu. Sigrun runzelte die Stirn. Sie mochte es nicht, wenn ich auf Deutsch zu ihm sprach. »Ich weiß nicht«, flüsterte er zurück und ordnete zum wiederholten Male die Decke, die er über Snædís und mich gebreitet hatte. Ich tastete nach seiner Hand, da er jede Gelegenheit nutzte, mich zu berühren und mir damit sein Glück mitzuteilen.

»Ich muss es tun. Jetzt und hier.« Vikulla hob langsam den Kopf. »Es duldet keinen Aufschub. Die Zeichen schreien danach – ich muss die Götter befragen! Noch heute Nacht.«

Sigruns Augen wurden groß. »Du willst –«

»Ich werde einen *seiđ* machen. Und du wirst die *varđlokkur* für mich singen. Das Kind trägt Zeichen, die meinen Geist verwirren.« Sie wiederholte: »Es duldet keinen Aufschub.«

»Was will sie – was tut sie – was –« Unruhig versuchte ich mich aufzurappeln, aber eine besonders schmerzhafte Nachwehe warf mich zurück in die Kissen. Blut lief an den Moosstücken vorbei. Keine der Frauen hatte Zeit für mich. »Schsch, *kærra*. Sie tut es für das Kind. Hab keine Angst…«

Sigrun hatte Schemel und Kästen fortgeräumt. Aus frischer Asche entstand auf dem Boden ein Kreis, groß genug, dass eine Person darin Platz fand. Vikulla schritt murmelnd den Kreis ab, legte Dinge vor der Aschespur nieder, bestimmte mit ihnen die Himmelsrichtungen. Eine Kerze, eine Vogelfeder, ein paar Salzkörner, etwas Wasser. Das Murmeln bedrängte mich, ihre Worte suchten meine Ohren: »Dies sei die Grenze – außer Liebe nichts, und nichts als die Wahrheit.« Wacholderbeeren, Mistelblätter, Weizenkörner, eine Schale Wein. »Dies sei die Grenze. Dies sei die Grenze, außer Liebe nichts.« Im Kohlebecken brannte wieder Beifuß und weckte leise Erinnerungen an den Geburtsschmerz. Snædís kämpfte schnaufend mit einer Brustwarze, und ich vergaß augenblicklich wieder alles, was vor ihrer Existenz gewesen war…

»…nichts als die Wahrheit, nichts als Liebe…«

Die Völva hatte den prachtvollen blauen Mantel angelegt, den sie bei ihrer Ankunft getragen hatte, und den silbernen Stab in die Hand genommen. Hrut, den sie aus dem Bett geholt hatte, gähnte verstohlen. Asgerd knuffte ihn in die Seite und setzte sich zu mir auf die Bettkante.

»Noch nie habe ich erlebt, dass sie nach einer Geburt die Götter befragte«, flüsterte sie mir zu. »Dein Kind hat sie sehr unruhig gemacht.«

»Gott sei mir gnädig – Asgerd, was passiert denn jetzt?« Ich packte sie am Arm. »Sag mir, was wird sie tun? Ich will nicht, dass sie zaubert, ich will das nicht, hörst du? Ich will nicht.«

»Das ist kein Zauber. Sie wird Urđs Netz ausbreiten und Skuld über die Zukunft deines Kindes befragen. Hör einfach zu.« Urđs Netz. Nervös zupfte ich an der Decke, unter der ich plötzlich zu ersticken drohte. Ich wollte keine fremden Götter im Haus, wollte keinen Zauber für mein Kind. Warum konnte keiner mit mir beten und Snædís wenigstens segnen? Ungefragt rollten mir wieder die Tränen über das Gesicht. Natürlich hatte ich von den Nornen gehört, die das Schicksal der Menschen bestimmten. Urđ herrschte über die Vergangenheit und war die Mächtigste von den dreien, weil ihre Hände auch die Fäden der Zukunft hielten. Skuld saß ihr gegenüber und bestimmte die Zukunft, während Verdandi über das Jetzt gebot. Es war eine Sünde, die Zukunft zu befragen. Gott ließ sich nicht in die Karten schauen, es war sündhaft, es nur zu versuchen...

»Ich will, dass sie geht, Erik«, murmelte ich, »hörst du? Ich will, dass sie mich in Ruhe lässt, sie soll gehen mit all ihren Geistern –«

»Sie wird tun, wozu sie hergekommen ist.« Leise strich er mir über den Kopf. »Aber ich verspreche dir, geweihtes Wasser für Snædís zu holen. Gleich morgen, *kærra*.« Er beugte sich über mich. »Dein Gott ist hier und beschützt dich. Du musst keine Angst haben. Sie tut nichts Böses.«

Da war ich mir nicht sicher. Aus einem Beutel fielen Steine

mit eingeritzten Runen. Ich sah, wie Vikulla *þurs, maðhr* und *ur* aussortierte und die *sól*-Rune zur Hand nahm. Sie verteilte sie auf die Himmelsrichtungen. »*Maðhr* ist die Sippenrune, sie steht für den Fortbestand der Familie«, erklärte Asgerd, die sich in derlei Zauberdingen offenbar auch auskannte, und reichte mir einen Becher mit gesüßtem Alchemillatrunk, wie um mich mit dem Zauberwerk zu versöhnen, das vor meinen Augen entstand. »*Ur* ist die Rune, aus der alles Gute entsteht, und *þurs* ist die stärkste Rune, in der Gutes und Böses vereint sind. Und das Glückshäubchen, das dein Kind auf dem Kopf trug, ist ein gutes Zeichen: ihre *barnsfylgja*, ihr guter Geist, ist durch das Eihäutchen mit ihr zur Welt gekommen und wird besonders auf sie Acht geben. Du siehst, du musst keine Angst haben, Alinur.«

Fylgja, der gute Geist. Vor langer Zeit hatte mir jemand davon erzählt, hatte erklärt, dass *fylgja* eine Art Schutzgeist sei, den der Mensch erst am Ende seines Lebens zu sehen bekommt, und dass er manchen Menschen als Tier erscheint. Erik hatte seine *fylgja* gesehen, als er mit dem Tode rang – er hatte mich dafür gehalten. Nachdenklich betrachtete ich das fast kahle Köpfchen meiner Tochter. Sie würde ein höheres Wesen brauchen, das sie in diesem unwirtlichen Land beschützte, und da Gott sich von mir abgewandt hatte, war es vielleicht gut, wenn es in Snædís Leben eine *fylgja* gab…

Vikulla kam zu mir. Sanft strich sie Snædís über den Kopf. »Wenn du mein Tun schon nicht akzeptierst, dann störe mich nun wenigstens nicht. Was ich tue, das tue ich für dein Kind. Nicht für dich, Alinur Hjartaprydi. Also wirst du mich gewähren lassen. Ich weiß, dass du eine kluge und starke Frau bist.« Ihr Finger fuhr langsam an der Narbe entlang, die mein Gesicht in zwei Hälften teilte. »Du hast es bereits mehrfach bewiesen.« Sie stockte, als wollte sie noch etwas sagen. Dann nickte sie nur und verließ mich, um sich in den Kreis zu setzen. Der Teller mit der Nachgeburt und der Eihaut standen dort ebenso wie ein Becher Bier, in den Sigrun Kräuter hineingestreut hatte. Vikullas Gesicht schwebte geisterhaft weiß über dem blauen Mantel. Ich wagte keinen Widerspruch mehr, als Asgerd, Hrut, Erik und Ringaile mich verließen und rings um den Kreis Platz nahmen. Der Becher machte die Runde, jeder trank einen Schluck. Die Völva strich sich mit sparsamen Bewegungen eine Salbe auf Wangen und Stirn und reichte danach den Tiegel Eriks Schwester. Die hockte auf dem Schemel, eine Trommel auf den Knien. Auch sie salbte sich Stirn und Arme. Sie hatte ihr Haar gelöst, sodass es ihr in strahlenden Wellen über die Schultern fiel und mit jeder Bewegung mitwippte. Lange saßen sie still da.

Dann begann die Trommel zu sprechen.

Pamm. Pamm. Pamm. Pammpadamm.

Die Trommelstöße fuhren mir in den Magen. Jeder Ton hallte in der Trommel wieder, kroch behände zum Dachstuhl hinauf und sah von dort auf uns alle nieder. Eine schier endlose Reihe von Schlägen folgte dem ersten, setzte sich daneben, sah hinab. Becher schwankten. Pamm. Die Feder im Osten des Kreises wehte hoch. Pamm. Schlag folgte auf Schlag, Schlag auf Schlag, das Tempo stieg. Schützend legte ich die Decke über Snædís. Sigruns Augen wirkten wie mit Wachs versiegelt, als sie sich vorbeugte und einen Trommelwirbel begann –

Pammpammpammpadamm. Pammpadamm, padadadamm, padadadamm – ihre Hände flogen über die gespannte Tierhaut, flatternd wie zwei Vögel, schneller und schneller, berührten die Tierhaut kaum und entlockten ihr doch Töne für ein Lied, das in unbändigem Rhythmus wogte, einem Rhythmus, der Sigrun auf dem Schemel herumwarf – ihr Haar peitschte die Luft, den Händen hinterher – oder jagten diese die Strähnen und gewannen den Wettstreit triumphierend, schneller und immer schneller, und dann erhob Sigrun die Stimme, die Trommel erfasste sie, spielte gewandt mit den kehligen Lauten und ließ ein Lied erklingen, das meinen ganzen Körper zum Beben brachte, obwohl ich seine Sprache nicht verstand.

Es war ein starkes Lied mit einer wilden Melodie, ich konnte mich ihr nicht entziehen, vergaß zu schlucken und beinahe auch zu atmen, ich schwankte auf dem Bett hin und her wie die anderen, die eintönig summend und mit geschlossenen Augen auf dem Boden saßen. Das Lied regnete in dicken Tropfen auf uns herab, es kühlte und erhitzte uns gleichzeitig, dann begann es an uns emporzuklimmen, kratzte an unserer Seele und begehrte nachdrücklich Einlass. Wie ein ungezähmtes Pferd sprang es herum, warf alle Gedanken durcheinander, ließ die Seele vibrieren, der Ton der Trommel füllte uns aus bis in den letzten Winkel, wir vergaßen, wer wir waren und wohin wir wollten –

»Herrin, Herrin.« Ein harter Gegenstand drückte gegen meine Finger. Ich schlug die Augen auf. Die Welt vor mir wirkte irgendwie verzerrt – hatte der Dachbalken immer schon diese merkwürdige Form gehabt? »Herrin…« Hermann war im Schatten der Wände neben mich gekrochen und hatte mir das Kruzifix, an dem er in den letzten Wochen geschnitzt hatte, in die Hände geschoben. »Herrin«, flüsterte er aufgeregt. »Zieht Eure Decke vors Gesicht und schützt Euch gegen den Zauber! Sie verbrennen Bilsenkraut und Teufelsbeeren im Feuer – es wird Euch erfassen und närrisch machen! Seht, wie toll die Ynglingtochter bereits ist.«

In der Tat – Sigrun, die gleich neben dem Kohlebecken saß, hatte starre Augen bekommen und riss sich gerade das Tuch von den Schultern. Ihre Hände bearbeiteten die Trommel wie einen Hackklotz, ihre Haare schleuderten Schweißtropfen durch die Luft, den spitzen Schreien hinterher, die ihr Lied inzwischen rhythmisch unterbrachen. Mein Herz klopfte wild – waren es die Drogen oder der Zauber, den die beiden Frauen über uns geworfen hatten? Was es auch war, es hatte mich gefunden und gab mich nur widerwillig wieder frei. Fassungslos sah ich mit an, wie Sigrun wie eine Besessene an der Trommel arbeitete, wie ihre Füße im Rhythmus der immer schneller werdenden Schreie stampften – dann ein anderer Schrei, Asgerd taumelte mit weit aufgerissenen Augen auf den Kreis zu, breitete die Arme aus und flog schreiend wie ein Nachtwesen zu Boden, wo sie keuchend liegen blieb. Niemand sah nach ihr, man ließ sie ihre Reise machen, von der sie vielleicht nachher berichten würde, man folgte Sigruns Lied, das von Urkräften und mächtigen Gottheiten erzählte …

Vikulla hatte die Augen aufgeschlagen. Weiß glühende Feuerräder drehten sich zwischen den Wimpern – ich musste blinzeln –, und gelber Rauch drang aus ihren Nasenlöchern. Ihre Hände bewegten sich über der Nachgeburt, mit ausgestreckten, bis ins Endglied gespannten Fingern, sechs oder sieben an jeder Hand, und dann hörte man ihre Stimme, wie sie mit tiefen Lauten Sigruns Lied begleitete und es machtvoll gegen die lauernde Unterwelt abstützte. Jedes Haar ihrer Katzenfellkappe stand gesträubt, bereit, Befehle von der Meisterin zu empfangen, und dann flogen die Runensteine in die Luft, fielen klappernd zu Boden, Vikulla hob jeden einzelnen mit einem Schrei auf und legte ihn auf die Nachgeburt, über der sie so lange gegrübelt hatte. Sie zog ein Ritualmesser aus dem Gürtel und fing an, Zeichen in ein bereitgelegtes Stück Holz zu ritzen, Rune für Rune, eine jede begleitet von Lauten, die sich zu einem der Trommel entgegengesetzten Rhythmus fügten. Die silberne Klinge sang über dem Holzstück ihr eigenes Lied, voller Strenge und keinen Widerspruch duldend. Mit jedem Strich, den sie der Völva zu ritzen befahl, wurde deren Gesicht ein Stück älter und die Falten tiefer. Man konnte förmlich sehen, wie die Vision an ihrer Lebenskraft zehrte.

Und dann erloschen die Feuerräder. Das Messer fiel ihr aus der Hand, und sie sackte vornüber. Sigruns letzter Schrei hallte wider, als sie über der Trommel zusammensank. Stille dröhnte in meinen Ohren. Nur das Feuer knackte und knisterte, wenn es sich eins von den geweihten Birkenzweiglein holte.

»Teufelswerk, alles Teufelswerk«, murmelte Hermann neben mir. »Seid Ihr wohlauf, Herrin? Allmächtiger, so etwas hat nicht einmal der selige Meister veranstaltet ...«

»Ein bisschen übel ist mir.« Ich versuchte, mich in den Kissen zu drehen, ohne Snædís zu wecken, die trotz des Lärms an meiner Brust satt und zufrieden eingeschlafen war. Von den Teilnehmern des *seið* bewegte sich keiner, es schien, als wären sie alle in einen tiefen Schlaf gefallen. »Was glaubst du – sind die Geister noch hier?«

Hermann schnupperte und sah sich vorsichtig um. Der schwere Geruch des Räucherwerks lag mir wie ein Gewicht auf der Brust und behinderte das Atmen.

»Es – es kann wohl nicht schaden, wenn wir die Tür öffnen und ein Ave Maria beten«, meinte er schließlich und rutschte vom Bett. Vorsichtig schlich er an dem magischen Kreis vorbei, in dem die Völva immer noch unbeweglich hockte, auf die Tür zu und schob den Riegel zurück. Er öffnete sie einen Spaltweit. Kalter Wind blies Schneeflocken herein und ließ sie fröhlich zu Boden tanzen. Ich sehnte mich plötzlich so sehr nach frischer, kühler Luft, dass ich dachte, sterben zu müssen, wenn ich noch einen Moment länger liegen blieb, und so schob ich die Decke beiseite und versuchte, Snædís fest im Arm, aufzustehen.

Ein wenig drehte sich die Welt, die Stille dröhnte lauter und schwieg dann. »Lasst Euch helfen, Herrin.« Gleich darauf stand mein kleiner Diener neben mir, nahm mir das Kind aus dem Arm und wickelte es in die Decke. Dann reichte er mir seinen anderen Arm, und ich stand auf.

Blut schoss aus mir heraus. Warm und klebrig lief es mir an den Beinen herunter, obwohl ich das Moosbündel mit einer Hand fest hielt. Egal, ich musste zur Tür, jetzt. Hermann brachte mich hin, an den Schlafenden vorbei.

Die Nacht lugte herein, neugierig, was wir trieben. Ich begrüßte sie ohne Angst, denn sie würde die finsteren Sveargeister mit sich nehmen. Hermann übergab mir das Deckenbündel.

Und dann sanken wir gemeinsam auf die Knie und schenkten der Nacht voller Inbrunst einen Psalm in der Hoffnung, der Allmächtige möge uns Gehör schenken:

»*Diligam te, Domine, fortitudo mea. Domine, firmamentum meum et refugium meum et liberator meus, Deus meus, adiutor meus et sperabo in eum, protector meus et cornu salutis meae et susceptor meus. Laudabilem invocabo Dominum et ab inimicis meis salvus ero. Circumdederunt me fluctus mortis, et torrentes Belial conturbaverunt me, funes inferni circumdederunt me, praeoccupaverunt me laquei mortis … Misit de summo et accepit me et assumpsit me de aquis multis, eripuit me de inimicis meis fortissimis et ab his, qui oderunt me …*«

Ich sah auf das schlafende Kind. »*Quoniam tu accendis lucernam meam, Domine, Deus meus illuminat tenebras meas.* Segne dieses Licht, meine kleine Tochter, halte gnädig Deine Hand über sie …«

»… und über ihre Mutter, Sonne meines Lebens –« Eriks Hände umschlossen meine Schultern. Die Stimme hatte den Rauch des *seið* noch nicht ganz hinter sich gelassen, doch seine Augen blickten dunkel und klar in die Schneenacht hinaus.

»Beschütze sie beide vor allen bösen Geistern und vor den Versuchungen des Teufels. Beschütze sie vor Krankheit und Sorge, vor Hunger und Angst und Einsamkeit. Ich will versuchen, dir, Gott, dabei zu helfen!« Er trat noch einen Schritt näher an mich heran und umfasste mein Gesicht wie ein Versprechen.

Und Gott war da, war die ganze Zeit da gewesen. Während ich in den Wehen lag, hatte Er in Seiner Barmherzigkeit die alte Katla zu sich gerufen. Und nun hieß Er die Winternacht, Eriks Wunsch zu erfüllen und alle bösen Geister mitzunehmen, damit ich an der Seite meiner Familie endlich von den Strapazen ausruhen konnte.

5. KAPITEL

Denn er verletzt und verbindet,
er zerschlägt und seine Hand heilt.
(Hiob 5, 18)

Snædís war erst vierzehn Tage bei uns, doch konnte ich mir schon bald nicht mehr vorstellen, wie es ohne sie gewesen war. Ein paar Tage lang bangten die Frauen, ob sie überleben würde, weil sie so klein war und meine Milch nicht laufen wollte, obwohl die ehemals so unscheinbare Brust fast platzte. Asgerd überlegte schon, wen sie als Amme herholen sollte. Orm Bärenschulters Tochter? Aber die war ja so hässlich, dass Snædís am Ende von ihrer Milch einen Buckel oder Schielaugen bekam. Oder Astrid, die Sklavin von Eyvinds Hof, die unlängst ihr Kind verloren hatte? Andererseits hätte Hildigunn von Björnsborg keinen so weiten Weg – Sigrun schalt sie eine Närrin und nahm Erik zuliebe den Kampf mit meiner unwilligen Brust auf.

Sie massierte sie mit Alchemilla-Tautropfen und kochte mir Aufgüsse von Fenchel, Himbeerblättern und Maßliebchen. Als die rechte Brust rot anschwoll und Snædís vor Hunger zu schreien begann, kühlte sie mit Schneebandagen und begann zu meinem Erstaunen damit, die Milch aus der schmerzenden Brust herauszustreichen. Asgerd mühte sich währenddessen, das Kind mit verdünnter Ziegenmilch zu beruhigen. Snædís schäumte blasige Spucke, spie Nuckelfinger und Ziegenmilch wieder aus und schrie noch lauter. Hrut verdrehte die Augen und verließ das Haus in Richtung Schmiede, wohin Erik vor dem Geschrei bereits geflüchtet war.

An meiner Angst, das Kind nicht ernähren zu können, ließ ich niemanden teilhaben und ertrug auch die peinvollen Prozeduren und das Fieber, das mich zusätzlich schwächte, ohne einen Klagelaut. Die Bemerkung der Zauberin, ich sei für den Yngling nicht gut genug, hatte sich wie eine giftige Zecke in meinen Nacken gesetzt. Bei jedem geringschätzigen Blick, bei jedem genervten Seufzen biss sie nur noch fester zu…

Vikulla war noch in derselben Nacht fortgeritten, ohne zu mir gesprochen zu haben. Auf ihre Anweisung hin hatte Erik die Nachgeburt und das Eihäutchen bei Tagesanbruch zwischen den Wurzeln der Eberesche vergraben, die mit ihren Zweigen den Hauseingang schützte. Schweißgebadet war er von diesem Werk zurückgekehrt, hatte die glühende Hacke in die Ecke gestellt und eine ganze Kanne Bier ausgetrunken. Katla würde auf ihren Platz in der zu Stein gefrorenen Erde warten müssen. Man hatte ihren Leichnam am Morgen nach dem *seid* gefunden, zusammengekrümmt zwischen verschmutzten Decken liegend. Hrut hatte naserümpfend versucht, ihre Gliedmaßen zu strecken, doch die Totenstarre war schon zu weit fortgeschritten, und da sie ihr nicht die Knochen brechen wollten, entschieden sie, die Alte so, wie sie war, neben einem der Grubenhäuser in einen Schneehügel zu legen und sie im Frühling mit Steinen und Erde zu bedecken. Es hatte eine lautstarke Diskussion gegeben, ob man einen Teil der Wand herausbrechen sollte, um die Leiche aus dem Haus zu schaffen, weil es doch Unglück brachte, einen Toten durch die Tür zu tragen. Erik hatte sich durchgesetzt – es könne nicht angehen, mitten im Winter Löcher ins Haus zu brechen, nur weil man an Geister glaubt, und dann hatte er das alte Weiblein mit Hrut zusammen durch die Haustür ins Freie gebracht, während ihnen die Frauen mit schreckensstarren Augen hinterhersahen und die Götter um Schutz anriefen. Ich hatte keine besondere Meinung dazu – man hatte mich sowieso nicht gefragt –, aber da für mich das ganze Haus voller Geister und Dämonen hing, spielte eine böse Katla mehr oder weniger keine Rolle. Als ich das vor mich hin gemurmelt hatte, war Sigrun in befreites Gelächter ausgebrochen.

Nun schlief Ringaile auf dem Platz der Alten und war Hermann damit um eine Bettstatt näher gerückt. Doch Katlas grantiger Geist schien ihr ehemaliges Lager tatsächlich noch nicht verlassen zu haben, denn in der Nacht hörte ich die Pelzhändlerstochter flehende Beschwörungen murmeln und ein Schutzamulett nach dem anderen an den Balken aufhängen. Es war nur eine Frage der Zeit, wann sie in Hermanns Bett umziehen würde, um endlich Schlaf und vielleicht ein bisschen Glück zu finden.

Sigrun war hinausgegangen, um frischen Schnee für die Bandagen zu holen. Ich nutzte ihre Abwesenheit und griff nach dem Weihwasserkrug, den Erik mir am Tag nach Snædís' Geburt aus Sigtuna geholt hatte und den ich wie einen kostbaren Schatz neben meinem Kopfkissen verwahrte. Und so, wie ich heimlich Snædís' kleinen Körper damit eingerieben hatte, um sie vor all den bösen Geistern zu schützen, die die Völva hinterlistig mit der Asche der verbrannten Birkenzweige zurückgelassen hatte, so ließ ich nun Tropfen für Tropfen davon über meine schmerzenden Brüste laufen. »*Inhabitabo in tabernaculo tuo in saecula, protegar in velamento alarum tuarum.*« Wie von selbst kamen jene Psalmworte aus meinem Mund, die ich daheim unzählige Male gesprochen hatte in der Hoffnung auf Vergebung für eine Sünde, die ich doch gar nicht begangen hatte.

»Siehst du, es schwillt schon ab.« Sigruns kühle Hände betasteten den empfindlichen Körperteil. »Sehr schön. Ich werde noch einmal bandagieren. Und dann sollst du ein klein wenig Salbei mit der Alchemilla trinken, und bald wird deine Tochter satt und zufrieden lächeln.« Kaum vorstellbar, dass sich deren Gesicht, krebsrot und vom Schreien verschwollen, jemals zurückverwandeln würde. Verstohlen schob ich den Weihwasserkrug unter mein Bett und dankte dem Herrn für seine Gnade. Als die Milch endlich dünnflüssiger aus der Brustwarze kam und zur allgemeinen Erheiterung sogar wie eine Fontäne durch die Halle spritzte, legten sie mir das japsende und strampelnde

Kind an. Es schmeckte die Milch, kämpfte noch ein wenig mit Schluckauf – und Ruhe kehrte ein. Erik gab sich keine Mühe, seine Erleichterung zu verbergen, als er ins Haus zurückkehrte und entspannte Frauen und ein gutes Essen auf dem Feuer vorfand.

Von dem *seið* sprach außer Asgerd niemand. Die hatte, als sie in Trance zuckend auf dem Boden lag, die Geburt eines eigenen Kindes erlebt und war sich nun sicher, bald guter Hoffnung zu sein – von welchem Mann auch immer. Immerhin hatte sie der Göttin ein kostspieliges Opfer dargebracht, und in der Nacht hörte ich, wie sie davon sprach, während Hrut sich keuchend auf ihr abrackerte. »Es war ein gutes Opfer, ich spürte ja, wie die Göttin es annahm – oooch Hrut, ist das alles, was – oooch – was dein Vater dir vererbt hat? Mmmmh – Mein Gott, wo soll das enden, mein Gott, Hrut, so wird das nie was, nie, Hrut, nie, zu wenig, zu weeenig, Hrut – Hrut, zu weeeenig – Hrut, oooach …« Ihre Stimme erstarb in einem lustvollen Seufzer, und ich dachte schon schmunzelnd, nun hat er es endlich mal geschafft, als sie sich erneut zu Wort meldete, um stöhnend und heiß wie eine Hündin sein Unvermögen zu geißeln. Die Decken wogten wild hin und her, ein weißes Bein reckte sich fordernd gegen die Decke, und als Hrut schließlich von ihr heruntergleitt und beinahe im Feuer landete, da teilte sie ihm atemlos mit, dass sie diese Tändeleien leid sei und sich einen richtigen Mann suchen würde, einen Bullen von Mann mit einem Stock wie ein Hengst, der sie nachts ungesattelt durch lodernde Flammenmeere reiten und ihren nach Empfängnis schreienden Leib endlich füllen würde …

Das Letzte, was ich von Hrut in dieser Nacht hörte, war, wie er neben dem Herdfeuer den halben Bierbottich leer soff.

»Fühlst du dich gesund genug, mich auf eine kleine Reise zu begleiten?«, fragte Erik mich einige Tage später, als er von der Jagd heimkehrte. Sein blondes Haar hing ihm zerzaust über die pelzbedeckten Schultern und roch nach Wild und Schneewind. Ich lehnte mich gegen ihn. Tief sog ich den mir so wohl bekannten Jagdgeruch ein und wünschte mir für einen winzigen Moment absolute Freiheit…

Das Klappern am Webrahmen hielt inne. Sigrun drehte sich um. »Reisen? Wo willst du mit ihr denn hinreisen?«

»Willst du das Kind etwa mitnehmen?« Ungläubig schlich Asgerd näher.

Erik sah mich an und seufzte leise. Komm mit, sprachen seine Augen zu mir, egal, was sie sagen. Versprich mir, dass du mit mir kommst…

Auf der Stelle ergab ich mich dem Blau dieser Augen. Bis ans Ende der Welt, Herr meines Herzens, antwortete ich ihm. Wann gehen wir? Er fasste mich unter dem Arm und wandte sich seiner Schwester zu.

»Morgen fahren wir nach Sigtuna. Ich habe Wichtiges mit Stenkil zu bereden, und der Gehörnte aus Skara feiert das Geburtsfest des Weißen Krist. Ist das kein Grund, nach Sigtuna zu reisen?«

Brummend suchte Sigrun ein neues Knäuel aus dem Vorrat. Asgerd blieb neben dem Feuer stehen und sah mich beinahe feindselig an. Ich wusste, wie sehr es sie verdross, dass ich noch nicht wieder an meine tägliche Arbeit gegangen war. Fast krank vor Eifersucht auf meinen Kindersegen, gönnte sie mir weder den Mittagsschlaf noch den zweiten Becher Sauermilch, den Sigrun mir zugeteilt hatte, damit ich wieder auf die Beine kam. Wahrscheinlich war sie auch neidisch auf meine blutigen Moosbinden, die ich jeden Morgen hinter dem Haus verbrannte, damit die Wölfe nicht nach dem Neugeborenen suchten. Und nun sollte ich sogar mit dem Yngling auf Reisen gehen. Ich beschloss, in Zukunft ein wenig mehr auf ihre flinken, kräuterkundigen Hände zu achten…

»Was für eine Idee, so kurz nach der Geburt schon zu reisen! Warum willst du nicht ein wenig warten?«

»Das Fest des Weißen Krist ist morgen, Sigrun.«

»Aber –«

Morgen. Still legte ich den Kopf an seine Brust und weinte. So viele Tage lebte ich nun schon in diesem Haus, hatte kaum bemerkt, wie das Jahr von der Dunkelheit ringsum verschluckt worden war. Der Neubeginn des Kirchenjahres mit seinen adventlichen Festen, das Warten auf den großen Tag, die Aufregungen um neue Schuhe für die Dienstboten, vergorene Mandelmilch und faule Mägde, die den Festputz lieber neben dem Kamin abhielten, jenes freudige Summen und Klingen, vorbei an den strengen Ohren der Priester, die nicht ruhten, ihre Schäfchen an Fasten und peinvolle Buße zu erinnern, und die allgegenwärtige, tiefe Dankbarkeit für den Erlöser, die jeder einzelne Mensch in sich trug – nichts von all dem geschah in diesem kalten, düsteren Land. Die Menschen um mich herum lebten auf eine seltsam sorglose Art in den Tag hinein, scherten sich allein um Nahrung, Vieh und persönliches Wohlergehen, und Gott schien in meinem kleinen Universum auf Sigrunsborg keinen Platz zu haben.

Inmitten der Heiden und Zauberer hatten Hermann und ich das Weihnachtsfest vergessen.

Ich hörte kaum, wie Sigrun mit Erik stritt, ich sei noch zu schwach, ich könne das Haus nicht verlassen und das arme Kind noch viel weniger, und er könne ja wohl nicht im Ernst daran denken, dieses blinde Hunnenweib mitzunehmen. Erik hatte den Arm um meine Schultern gelegt und wehrte all ihre Einwände ab. Sie fochten erbittert, doch entpuppte sich sein Dickkopf als der stärkere, und er trug den Sieg davon.

Am nächsten Morgen schirrte Hrut den kräftigen Fuchs vor den Schlitten, den Asgerd mit Fellen und Decken wie eine Schlafstelle ausgepolstert hatte. Ringaile und ich nahmen mit dem Kind Platz, während Erik sich in Káris Sattel schwang. Sigrun stand mit finsterem Gesicht in der Tür.

»Komm doch mit«, schlug Erik vor und legte die Zügel über

Káris Mähne. Dankbar dehnte der Hengst den Hals. »Der Kaufmann hat sicher noch einen Schlafplatz für dich.« Zu meiner Verwunderung färbten sich da die Wangen von Sigrun Emundsdottir zartrot, und hastig wandte sie sich ab, um im Haus zu verschwinden. Schmunzelnd gab Erik den Befehl zum Aufbruch.

Eine beinahe wilde Freude befiel mich, als die ersten Häuser von Sigtuna auftauchten. Herauskommen aus der Eintönigkeit, Menschen sehen – und Gisli sehen. Ich vermisste Eriks Freund, der mich die ersten Tage im Norden so liebevoll begleitet hatte.

Pferde und Schlitten kamen uns entgegen, Leute grüßten, in der Ferne sah ich Menschen über den zugefrorenen See gleiten – im Winter gab es dort Wege, die das Reisen abkürzten, doch Erik hatte den herkömmlichen Weg nach Sigtuna gewählt, den Arm des Mälar hinauf und an der anderen Seite wieder hinab, weil weder er noch Hermann die Eiswege kannten und sie Angst hatten, sich zwischen den vielen Inseln im Mälar zu verirren. Ich betrachtete ihn von der Seite. Vielleicht auch, weil er von der lange vermissten Landschaft nicht genug bekommen konnte. Er würde noch viel Zeit brauchen, sich wieder einzuleben …

Je näher wir der kleinen Kirche von Sigtuna kamen, desto aufgeregter wurde ich. Ihr kleines Kreuz am Dachfirst reckte sich trutzig in den Himmel. Eine Glocke läutete blechern durch die Winterluft. Asgerd hatte von dieser Glocke erzählt, des Priesters ganzer Stolz. Jemand hatte sie von einer Fahrt mitgebracht, wahrscheinlich nachdem er sie in einer anderen Kirche geraubt hatte, und Gott strafte die diebischen Heiden nun mit ihrem Missklang. Nicht einmal rhythmisch ließ man sie schwingen, es klang eher so, als hätten sie einen webenden Gaul an das Glockenseil gebunden. Es gab nicht viele Menschen, die den Weg zur Kirche einschlugen, denn für die Heiden war sie nur ein Haus unter vielen, und die Christen aus dem Reiche Miklagards feierten ihr Weihnachtsfest um Epiphanias herum.

Ringaile war aufgewacht und nahm von mir das Kind in Empfang, um es warm zu halten. Erik half mir aus dem Schlitten. Während wir schweigend auf die Kirche zugingen, ordnete er sein Schwertgehänge unter dem Mantel. Ich biss mir auf die Zunge. Immer noch hegte ich die kindlich-naive Vorstellung, dass Waffen in Gottes Nähe nichts zu suchen hatten, doch hielt ich den Mund, denn ich hatte beobachtet, dass man hier im Norden seine Waffen nur in der Halle des Königs abzulegen pflegte.

Neben der verzierten Holztür blieb ich stehen. Nach ein paar Schritten bemerkte Erik, dass er allein ging, und drehte sich um. »Wo bleibst du, *elskugi*? Sie haben ja schon angefangen. Komm!«

»*Kyrie eleison! Christe eleison!*«, schallte es nach draußen.

Ich schüttelte den Kopf. Was für eine Idee, dass ich die Kirche betrat, eine Wöchnerin, die erst in drei Wochen ausgesegnet werden konnte! Da kam er schon angehastet und packte mich am Arm. »Worauf wartest du, Alienor? Und wo ist das Kind?«

»Im Schlitten bei Ringaile. Erik, ich kann nicht hinein, ich darf noch nicht. Gott will Kindbetterinnen nicht sehen.«

»Was will er nicht?«

Durch die offene Tür sah ich, wie sich drinnen Leute nach dem Lärm umsahen. »Ich bin noch nicht ausgesegnet, Erik, ich bin unrein und darf hier nicht hinein.«

»Ich bringe dich zu deinem Gott, und du darfst ihn nicht sehen?« Mit einem Riesenschritt war er am Schlitten, riss Ringaile das Kind aus den Armen und packte mich an der Hand. »Das soll er mir gefälligst selber sagen!«

»*Christe eleison –*«

»Erik, bitte, du darfst nicht – bitte lass mich – ich …« Das Kyrie des Priesters erstarb, als Erik mit mir an den Leuten vorbeistürmte, direkt auf den Altar zu.

»Herrin! Gott sei Euch gnädig…«, hörte ich Hermann hinter uns weinen.

Der Priester senkte die ausgestreckten Arme und hob den Kopf. Kühl musterte er uns. »Was ist dein Begehr, Mann, dass du die heilige Messe störst?« Seine Worte trugen schwer am deutschen Akzent – das musste Bischof Adalbert aus Bremen sein, der berühmte Mann, der nach den Mönchen Ansgar und Rimbert nun ein weiteres Mal versuchte, die Heiden zu missionieren, und der im Süden dem Bistum Skara und im hohen Norden der Kirche von Sigtuna vorstand. Ich starb beinahe vor Scham…

»Meine Frau möchte die Messe hören und behauptet, sie sei unrein, weil sie ein Kind geboren hat.« Auch Erik hatte bemerkt, dass er einen Deutschen vor sich hatte, und wechselte ohne Mühe in die Sprache seiner Peiniger.

»Da hat deine Frau Recht, guter Mann. Sie muss die vorgeschriebene Zeit von sechzig Tagen vor der Tür stehen bleiben und kann von dort aus den Gebeten folgen.«

»*Skalli*, ich bringe sie nicht den weiten Weg, damit sie vor deiner Tür steht und erfriert!«, knurrte Erik. »Du wirst tun, was nötig ist, und dann wird sie für ihre Gebete in der ersten Reihe Platz nehmen.«

»Ich kann das nicht tun, Mann. Du hast dir eine Christenfrau von deinen Reisen mitgebracht, nun musst du auch ihre Gebräuche achten.« Der bischöfliche Blick glitt prüfend an mir herunter – Sklavin, Edelfrau oder gar geraubtes königliches Blut? Er schien den Yngling nicht zu kennen und wusste nicht, wie er mir gegenübertreten sollte. Hinter uns wurden die Leute unruhig. Erik reckte sich ein wenig. Sein Gespür für Situationen wie diese ließ ihn königlicher denn je aussehen. Der Mantel flog zur Seite, seine Rechte glitt hinunter zum Schwert der Ynglinge und legte sich drohend um den Griff.

»Segne sie aus, Bischof. Und dann gib unserem Kind den Wassersegen. Tu es jetzt, und dein Gott wird zufrieden mit dir sein.« Sie musterten sich gegenseitig, kampflustig der eine, frostig der andere. Beinahe konnte ich Adalberts Gedanken lesen – ein Streit in der Kirche, am Tag des Christfestes, ein verweigerter Taufsegen, eine verbitterte Christin, die sich von der heiligen Kirche abwandte, und verlorene Seelen, noch mehr verlorene Seelen, wenn sich das Vorkommnis herumsprach…

Vorsichtig sah ich mich um. Das Kyrie war vergessen, und die Andacht, wenn sie denn je existiert hatte, auch. Mit glitzernden Augen wohnte die Gemeinde dem Streit am Altar bei. »Jag ihn zum Teufel, Bischof!« – »Schämst du dich nicht, den Yngling zurückzuweisen?« – »Schmeiß die *frakka* raus, was will sie hier…«, hörte ich sie tuscheln, Gürtel klirrten, eine Schwertscheide flüsterte…

»Gott ist mein Zeuge, dass ich das nicht freiwillig tue, aber du sollst deinen Willen haben.« Adalbert beugte sich vor. »Ich erkenne dich jetzt wieder – du bist der Mann, der vor ein paar Tagen mein Weihwasser aus dieser Kirche gestohlen hat.« Der Krug!

»Sollte ich es etwa mit den Händen wegtragen? Du kannst deinen Topf wiederhaben!«

Damit griff Erik in sein Bündel und zog die reich verzierte Deckelkanne heraus, die unter meinem Bett gestanden hatte. »Nimm ihn und fang an. Ich habe nicht ewig Zeit.«

Adalbert nahm den Krug in Empfang. Mit dem Ärmel wischte er über den Deckel, als könnte das den Makel heidnischer Berührung ungeschehen machen. Ich dachte an den angeblich geschändeten Reliquienschrein der heiligen Ursula, die abgerissene Klosterkirche von Sankt Leonhard und an Hunderte von sinnlosen Bußpsalmen und sank vor dem Bischof in die Knie.

»Ehrwürdiger Vater – der Yngling ist getauft«, flüsterte ich.

Adalbert bückte sich zu mir herab. »Was sagst du, Frau?«

»Er ist getauft und hat nichts beschmutzt, er – es geschah auf meinen Wunsch hin, Vater.«

»Þarfleysu-tal!« Unsanft zog Erik mich von den Knien hoch. »Ich kann für mich selber sprechen! Der Krug war nicht gestohlen, sondern geliehen, nun hast du ihn wieder und kannst dir neues heiliges Wasser machen. Fang jetzt endlich an, bevor die Leute nach Hause gehen!«

Adalbert sah den Mann an meiner Seite lange an. »Gott möge dir Frieden für deine verwundete Seele schenken«, murmelte er, »ich vermag es nicht.« Dann hob er die Arme segnend zu meinem Kopf. *»In nomine patris et filii et spiritu sancti …«* Gehorsam kniete ich wieder vor ihm nieder und schloss die Augen über dem lateinischen Gebet, das mich weit vor der Zeit von meiner Unreinheit lossprach und mir die Teilnahme an der heiligen Messe gestattete. Als die Reihe an Snædís kam, öffnete sie ihre wunderschönen blauen Augen und sah mich verwundert an.

»Wie soll das Kind genannt werden?«, fragte der Bischof, die Hand schon im Weihwasser.

»Snædís.« Erik kam mir zuvor. »Snædís ist ihr Name.«

»Snæ-dís?« Adalbert kniff stirnrunzelnd die Augen zusammen und sah zu mir herüber. Wir nickten beide. »Snædís also.« Weihwasser spritzte über den Lehmboden, Snædís' Mund wurde groß und größer, als das kalte Wasser auf ihre Haut traf, und durch das wütende Gebrüll hörte ich, wie Adalbert eine weitere Seele für den Allmächtigen einfing: *»In nomine … et filii … sancti … ego te baptiso …* Snædís Maria Innocentia – Gott schütze dich, mein Kind. Amen.« Er ließ seine große Hand auf dem Köpfchen liegen. Snædís gluckste noch ein paarmal und verstummte.

»Und du, junger Mann?« Sichtlich versöhnt mit der solchermaßen besänftigten heidnischen Welt, wandte sich der Bischof an Erik. »Möchtest auch du den Segen des Allmächtigen, des ewigen und einzigen Gottes, der die Menschen nach dem Tode errettet und zum ewigen Leben ins Paradies führet? Möchtest du –«

»Mehr als das, was du für uns getan hast, wollte ich nicht«, unterbrach Erik ihn. »Man hat mich bereits im Normannenlande in das heilige Wasser getaucht.«

»So nimm trotzdem meinen Segen an, es kostet dich ja nichts, mein Sohn.« Und der Bischof hob die Hände, sorgsam bemüht, den heidnischen Christen vor sich nicht zu berühren, und sprach die Segensworte. Erik sah ihm dabei fest in die Augen, als suchte er Gottes Antlitz im ruhigen Grau des bischöflichen Blickes. Vielleicht hatte er ein Stück davon gefunden, denn als Adalbert geendet hatte, sprach er kein Wort mehr, nickte nur unmerklich seinen Dank und verließ mit mir den Altarraum.

Die Leute rutschten bereitwillig zusammen, als wir zu der Sitzbank kamen. Neugierig beugten sie sich vor, betrachteten mich und das Kind und strichen Erik über Arme und Rücken, und immer wieder hörte ich, wie sie gerührt seinen Namen flüsterten. Snædís schmatzte vor sich hin und fingerte an den Seidenbändern, die meine Pelzkappe verknoteten.

»Da gaudiorum praemia, da gratiarum munera …« Adalbert hatte Mühe, mit seinem Gesang die raschelnde Neugier seiner Zuhörer zu übertönen. Die Frau neben mir sah dem Kind schon eine ganze Weile zu. Plötzlich nahm sie ein Messer aus dem Gürtel, griff an ihren Mantel und schnitt einen der goldenen Knöpfe ab. Und anstatt ihn in den Spendenkorb zu werfen, legte sie ihn Snædís auf die Brust. »Möge er der Kleinen Glück bringen«, flüsterte sie mir durch den Gesang des Priesters hindurch zu und lächelte schüchtern.

Ich erfuhr nie, wer die Frau gewesen war, die der Tochter des Ynglings ein solch kostbares Geschenk gemacht hatte, denn der Knopf war aus einer normannischen Goldmünze gefertigt und sicher so wertvoll wie ein ganzes Schaf.

»… dissolve litis vincula, adstringe pacis foedera!«

Als die Messe vorüber war, wies Erik Hermann an, unseren Schlitten zur Halle des Königs zu bringen. Mir legte er den Mantel enger um die Schultern und hakte mich zum Spaziergang unter. Schweigend stapften wir nebeneinander durch die verschneiten Straßen Sigtunas. Mein Herz war so voll Dankbarkeit und Freude, dass ich kaum Luft bekam. Nach den vielen Wochen der Düsternis hatte ich tatsächlich Trost im Gebet und im Segen des Bischofs gefunden, und selbst die wenigen Lieder, die er gesungen hatte, waren eine Freude für meine durstigen Ohren gewesen.

Erik führte mich auf eine kleine Anhöhe oberhalb der Stadt. Die Häuser und der zugefrorene Hafen von Sigtuna lagen vor uns ausgebreitet wie auf einem bestickten Tuch, beleuchtet von Lichtern und Feuern und belebt von bunten Gestalten, die im bereits wieder verlöschenden Tageslicht ihrer Arbeit nachgingen. Wie Glühwürmchen zogen Fackeln über das Eis und verschwanden mit ihren Trägern hinter den Biegungen des kurvenreichen Mälarufers.

Er zog mich neben sich auf einen Felsblock und tastete nach meiner Hand. »Danke«, flüsterte ich. »Danke, dass du mich zur Kirche gebracht hast…«

»Ich muss dir etwas sagen, ehe wir zum König gehen und – und ich vielleicht heute nicht mehr die Zeit finde…« Ich saß ganz still. Das vergangene Jahr hatte mich gelehrt, wie töricht es war, wichtige Dinge auf den nächsten Tag zu verschieben. Für so manches Wort gab es nur eine Gelegenheit, ehe einen das Schicksal unerbittlich mit sich riss. Erik räusperte sich verlegen.

»Es – es ist nun ein Jahr her, dass wir uns begegnet sind – und ich kann mein Glück immer noch nicht fassen, dass du neben mir sitzt. Alienor, ich weiß, was du zurückgelassen hast, und ahne, wie wenig ich dir dafür geben kann. Aber du sollst wissen, was auch geschieht, mein Herz gehört dir. Das tat es vom ersten Tag an.«

Er sah mich an, und die Wärme, die in seinen Augen lag, umhüllte mich wie ein schützender Mantel. Für einen langen Moment gab es keine Schneekälte und kein Heimweh, und meine Seele räkelte sich entspannt auf dem sonnendurchfluteten Platz, den seine Worte mir bereitet hatten. »Denke daran, wenn unsere Tage düsterer werden sollten: Ich liebe dich mehr als alles auf der Welt – mehr als mein Leben.«

»Wo du hingehst, da will auch ich hingehen«, flüsterte ich. Er legte den Arm um mich und lehnte seinen Kopf gegen meinen. Ein Wort, ein Herz. Wir waren eins.

Es machte keinen Unterschied, wo der König Hof hielt. Vielleicht war die Halle in Sigtuna ein wenig kleiner als das Haus in Uppsala, doch hatte man sie ebenso prachtvoll mit Pelzen, Teppichen und Waffen herausgeputzt. Hier saßen ebenfalls wichtige Leute mit Stenkil am Feuer, um Geschäfte mit ihm zu bereden, Verträge zu diskutieren oder einfach dem Bier zuzusprechen. Manche erkannte ich sogar wieder – es waren dieselben Männer, die des öfteren Erik aufsuchten. Halldor, der Wolfstöter vom Mälar, saß bei ihnen und Gardar Glófaxi mit den leuchtenden weißblonden Haaren. Er hatte schon zweimal um Sigrun gefreit und war beide Male von ihr abgewiesen worden. Der Grund dafür saß neben ihm, das ging mir in dem Moment auf, als ich sein windgegerbtes Gesicht wieder sah: Gisli, der weit gereiste Sohn des alten Sven, dessen rotes Haar wie eine Feuerwolke um seinen Kopf wogte, als er sich vor Lachen auf die Schenkel klopfte. Mein Herz schlug ihm entgegen, und ich hätte mein Abendessen dafür gegeben, ihn begrüßen zu dürfen. Es reichte jedoch nur für ein strahlendes Lächeln und ein Winken, denn kaum hatten wir die Halle betreten, als eine riesige Faust Erik am Kragen packte und ihn zu sich umdrehte. Erschrocken duckte ich mich gegen den Pfosten.

»Du Hund, dass du dich hertraust!« Der Mann stand mit dem Rücken zu mir; ich sah das breite Kreuz, über das sich die ein wenig zu kurze Tunika spannte, die langen, muskulösen Beine, die sich wie zum Kampf in den Boden bohrten…

»Lass mich in Frieden«, brummte Erik und riss sich mit einer unwirschen Bewegung los.

»Frieden? Du willst Frieden? Du hast mir die Frau weggenommen!«

»Hab ich nicht.«

»Hast du wohl! Immer wieder habe ich um sie gefreit, doch es hieß, die sei nichts für mich. Die sei für den Yngling – ah, verflucht, wie oft hab ich mir das anhören müssen! Und dann – dann kommt er ein halbes Leben später wieder, wo alle gedacht haben, dass er längst bei Hel sitzt, und verschmäht die Blume des Mälar wegen einer trächtigen Frankenhure!« Sein schwarzes Haar flog mir fast ins Gesicht. Ich duckte mich am Pfosten vorbei in Richtung Teppich und sah gerade noch, wie Erik ausholte und dem Schwarzen mit der Faust ins Gesicht hieb. Der ließ sich nicht lange bitten und schlug zurück – ein Segen auf den Befehl, alle Waffen bei der Tür abzugeben!

»Thorleifs Sohn«, raunte jemand hinter mir. »Er hatte sich Hoffnungen auf Svanhild gemacht…« Verstohlen schoben sich die Leute näher, um das Spektakel mit anzusehen. Kiefer krachten, Knochen knackten, die Männer stöhnten, während sie erbittert um Svanhild Geirsdottir rangen, die doch frei war, sich einen Mann zu suchen…

»Aufhören! Sofort aufhören! In meiner Halle wird nicht geprügelt – entweder, ihr geht hinaus, oder es ist Schluss mit dem Streit!« Wie ein Kugelblitz fuhr Stenkil zwischen die Kontrahenten und verteilte Fausthiebe, dass die beiden sich die Backen hielten und klein beigaben. »Na warte, du verfluchter –«

»Pack dich am eigenen Schwanz.« Erik klopfte sich den Schmutz vom Mantel und warf den Kopf in den Nacken. »Niemand gibt dir das Recht –«

»Ah – und du nimmst es dir einfach! Ich –«

Stenkil riss einen Schild von der Wand und warf ihn auf den

Boden, wo er sich scheppernd drehte. »In meiner Halle gibt es keinen Holmgang wegen einer Frau! Setzt euch endlich hin oder haut ab, alle beide!« Die Erregung flaute ein wenig ab. Ich spürte die Wut in Erik weiterkochen, doch war er klug genug, sich im Zaum zu halten, um seine Geschäfte mit Stenkil nicht zu gefährden. Der andere aber verließ polternd die Halle und ließ das Tor hinter sich zukrachen. Am Frauenfeuer war man auf mich aufmerksam geworden, und Gudny eilte mit ausgestreckten Armen auf mich zu.

»Alinur – Alinur, welche Freude! Komm, setz dich zu uns und zeig uns dein Kind, komm!«

Und wie beim ersten Mal rückten die Frauen am Feuer bereitwillig zusammen, damit ich neben der Königin Platz nehmen konnte. Ringaile hockte sich hinter mir auf die Schlafbank und packte Snædís aus der Pelztasche, die sie aus Schneehasenfellen genäht hatte, um das Kind bequemer tragen zu können, während ich versuchte, Erik zwischen den Männern auszumachen. »Was für ein entzückendes Kind, sieh nur, sie lächelt sogar schon – und so hübsche Ohren!« Snædís ging von Schoß zu Schoß, die Älteren gaben weise Kommentare, wie ähnlich die Kleine Emunds Sohn sähe, die Jüngeren sahen neidisch auf ihre dichten langen Wimpern, die sie nicht von mir geerbt hatte, und auch Gudny, der sie am Ende auf die Seidentunika sabberte, bestätigte, dass sie Erik wie aus dem Gesicht geschnitten sei. Sehnsüchtig betrachtete sie die kleine Gestalt in ihren Armen. Ihre beiden Söhne, Ingi und Halsten, waren zur Erziehung an den Hof des dänischen Königs gebracht worden, und zwei Mädchen wuchsen in einem Kloster bei Skara auf, weil ihre zarte Gesundheit das Herumreisen nicht gestattete. Ich wusste, wie sehr Gudny ihre Kinder vermisste.

»Auch wenn du Erik keinen Sohn geboren hast, wie seine Mutter es erwartet hatte, so musst du doch um deine Stellung nicht mehr fürchten, Alinur von Sassenberg«, sagte sie plötzlich. Einige der Frauen sahen von ihrer Arbeit hoch.

»*Je vos pri* – ich – wie meinst du das?«, stotterte ich verwirrt, in Gedanken immer noch bei der Auseinandersetzung von eben. Um ein Haar wäre die Situation in einen Kampf ausgeartet, allein des Königs beherztes Eingreifen hatte einen Holmgang vor der Tür verhindert. Gütige Maria …

»Bist du so blind wie deine Magd, *þyðversk mær*, oder tust du nur so?« Die fremde Stimme klang mehr als feindselig.

»Hallgerd!«, fuhr Guðny die Frau mit den strähnigen roten Haaren an, die mir direkt gegenübersaß und mich mit ihren Blicken zu erdolchen versuchte. Ich blickte in die Runde. Und ich verstand, was ich hatte sehen sollen: Svanhild, die Tochter des Jarls, fehlte zwischen den Frauen. Noch ehe ich fragen konnte, wo sie denn sei, drehte sich die Frau neben mir um.

»Svanhild Geirsdottir ist beim letzten Neumond an einem Fieber gestorben.« Vikullas tiefe Stimme verklang in meinen Ohren. Für einen Moment hatte ich das Gefühl, ganz allein in der Halle zu sitzen, fern von allen Geräuschen und Gefühlen. Auge in Auge mit der Gefahr … welcher Gefahr? Ich schluckte. Da war etwas. Der Kampf von eben. »Blume vom Mälar« hatte der Mann sie genannt. Svanhild, die Versprochene, die Sitzengelassene. Die schönste und klügste Frau im ganzen Umkreis, Liebling des Jarls, Liebling der Götter, Geliebte eines schwarzhaarigen Hünen, eine zweite Sigrid Storråda hätte sie werden können … »Du warst es – du!«

Hektisch sah ich in die Runde. Wer hatte geflüstert? Oder spielte meine Einbildung mir nur einen bösen Streich?

»Man erzählt sich, dass sie mit feuchten Haaren Holz suchen war.« Guðnys versöhnende Stimme passte nicht zum Spiel. »Man sagt …« – »Den bösen Blick hast du, *frilla*.« – »Man sagt, sie habe sich verlaufen und sei einem Troll begegnet.« – »Troll, dass ich nicht lache!« Die Königin sah scharf in ihre Frauenrunde. Wer wagte es, sie zu unterbrechen, wer ließ hier seine Feindseligkeit so offen flackern? Die Stimme schwieg. Hallgerd misshandelte im Schoß ihre Knüpfarbeit.

»Es geschah in der Nacht deiner Niederkunft, Frankenmädchen.« Vikulla goss sich einen Becher Bier ein. Sie verschwieg, dass der Jarl sie in derselben Nacht verzweifelt gesucht hatte, dass er gehofft hatte, die Völva könne seine Tochter aus den Fieberkrämpfen zurückholen und heilen.

»Sie starb bei Sonnenaufgang, versehen mit den Tröstungen der heiligen Kirche.« Guđny räusperte sich. Sie gab mir Snædís so abrupt zurück, als hätte die etwas damit zu tun.

»*Frilla*, verfluchte, du hast sie auf dem Gewissen, du!« Die Stimme flüsterte weiter, und niemand hinderte sie daran. Das Brummen aus der Männerrunde drang zu uns herüber, Topfgeklapper, draußen starb schreiend ein Huhn. Ásdís erzählte von der Messe und ihrer Begegnung mit dem deutschen Bischof.

»...hatte vorgeschlagen, ein Altartuch für seine Kirche zu weben, und ich sagte...« – »Du verfluchte – hast den bösen Blick...« Sie verglichen Farben auf ihren Gewändern und hielten Stoffstücke nebeneinander. »...Wolle spenden, und dafür besonders schöne Farben, wenn...« – »Dein von Dämonen zerfressenes Gesicht...« War ich denn die Einzige, die es hörte?

Nervös an der Peitschennarbe auf meiner Wange herumfingernd, sah ich in die Runde. Svanhilds plötzlicher Tod und die Feindseligkeit von eben hingen wie ein stinkendes Fischnetz über mir. Ich war nicht schuld, nicht schuld, nein – oder war ich es doch? Die getauften Frauen entwarfen ein Muster in der Asche und lachten zusammen mit den Heidinnen über zu krumm geratenen Kreuze. »...hässliches Weib, die Trolle sollen dich holen...« Eine tröstete ihren kleinen Jungen, der sich am Feuer verbrannt hatte. Zwei junge Frauen verglichen ihre Kleiderbroschen. »Da hab ich ja viel zu viel bezahlt!« – »Das wirst du büßen, *frilla*...« – »Du solltest ihn zur Rede stellen.« – »Büßen sollst du...«

Snædís fing an zu jammern. Flüchtig sah die Königin zu mir herüber. »Büßen...« Obwohl auch eine andere Frau ihr Kind stillte, brachte ich es nicht über mich, vor der Stimme meine Brust zu entblößen. Was, wenn sie mir die Milch verhexte, sie gar zum Versiegen brachte? Was, wenn sie mir Svanhilds Fieber an den Hals wünschte? Mit einer gemurmelten Entschuldigung packte ich die Kleine mitsamt ihrer Decke und hastete auf den Ausgang zu, fort von den Frauen, die mir immer feindseliger vorkamen, obwohl sie doch nur über Belanglosigkeiten sprachen, und fort von dieser unheimlichen Stimme…

Draußen holte ich tief Luft. Eine dicke, lehmverputzte Wand lag zwischen ihr und mir, hier würde sie mir nichts anhaben können. Snædís schrie inzwischen ohrenbetäubend, erbost über die Verzögerung ihrer Mahlzeit. Wohin – wohin mit ihr? Ich hockte mich schließlich in den Stall, dem einzigen Ort, wo gerade niemand herumlungerte, und knotete meine Kleider auf. Ohne dass ich es wollte, liefen mir die Tränen über das Gesicht, vor Erleichterung, aber auch Trauer und Einsamkeit, und am Ende war es dann Selbstmitleid, das mich hemmungslos schluchzen ließ.

Vikulla fand mich in diesem jämmerlichen Zustand, worauf ich mich noch mehr schämte. Doch diesmal kam kein Wort der Rüge. »Ich dachte mir schon, dass du es da drinnen nicht lange aushältst«, sagte sie und zog sich einen Schemel heran. Mit ihren ernsten schwarzen Augen betrachtete sie mich mitfühlend, und ich spürte, wie sie vorsichtig in meinen Gedanken herumsortierte. »Svanhild ist am Fieber gestorben.« Gewandt spielten ihre Finger mit dem Federamulett, das an einer langen silbernen Kette zwischen ihren Kleiderbroschen hing. »Sie ist in der Nacht gestorben, als ich bei dir war, das ist wahr. Und wahr ist auch, dass sie drei Tage zuvor Holz suchen ging. Aber sie ging nicht allein. Gütige Freya – Thorleifs Sohn gebärdet sich wie ein Kater, dem man die Milch weggetrunken hat, dabei könnte er wirklich jede haben. Vielleicht war auch er schon mit Svanhild Holz suchen.« Die Völva beugte sich vor. »Ach, Unsinn. Ich möchte, dass du das weißt, damit du dich nicht grämst: Du hast mit dem Tod der Jarlstochter nichts zu tun, Alinur Hjartapryði. Du tust solches Neidingswerk nicht.«

»Aber wer gibt mir die Schuld? Wer flüstert, ich hätte – ich wäre –«

Vikulla machte eine abwertende Handbewegung. »Hallgerd ist eine Mutter, die den Tod ihrer Tochter nicht verwinden kann. Wenn sie wüsste, dass ihr Töchterchen an jenem Tag mit dem Neffen ihres Verwalters auf ›Holzsuche‹ war… Vergiss, was sie gesagt hat, vergiss es, Alinur.« Aus ihrem Beutel zog sie die geknüpfte Decke hervor, die sie wohl heute fertig gestellt hatte, und deckte Snædís und mich damit zu.

»Ich habe viele gute und wärmende Gedanken hineingeknüpft. Möge sie dich immer vor Kälte und bösen Geistern schützen.« Liebevoll fuhr ihre Hand über die Wollbüschel, die aus dem Gewebe herauslugten. »Eigentlich wollte ich zu dir nach Sigrunsborg kommen, doch nun sehen wir uns hier, in Stenkils Stall.« Sie lächelte entschuldigend. »Nicht gerade passend. Aber ungestört, immerhin.« Das Lächeln verschwand. »Was ich dir zu sagen habe, Alinur Hjartapryði, ist nicht für fremde Ohren bestimmt. Und auch du wirst es von mir nur einmal hören.« Sie senkte den Kopf und schwieg eine Weile. Ich wickelte Snædís, die an der Brust eingeschlafen war, in ihre Felltasche und bettete sie auf meinen Schoß.

»Der *seiđ* hat mich sehr viel Kraft gekostet. Aber er war wichtig – ich habe an dem Abend gespürt, dass die Götter mir etwas sagen wollten.« Vikullas Stimme klang so müde, als trüge sie immer noch daran. »Sie zeigten mir Blut. Viel Blut…«

Schon wieder Blut. Die Visionen des alten Juden daheim auf Vaters Burg fielen mir ein. Auch er hatte schreckliche Bilder gesehen und sie nicht einordnen können. Unruhig fuhr ich mir mit allen zehn Fingern durch die Haare. Würde ich denn niemals Ruhe und Frieden finden?

»Du musst gut auf dieses Kind achten.« Vikullas Stimme holte mich zurück. »Hörst du? Die Götter haben Pläne mit deiner Tochter. Du musst sie stark machen für das Leben – sie wird all ihre Kraft brauchen. Ich habe Wasser in den Runen gesehen, Wasser und viel Blut. Ich habe gesehen, wie sie einem Mann über das Wasser folgte, so wie du es getan hast.«

Die Augen der Völva wurden schmal, und ich fühlte eine seltsame Schwäche in mir aufsteigen. »Ich habe ein fernes Land voll heißem Sand gesehen, dort sah ich sie, Snædís, ich sah sie für ihren Glauben kämpfen …«

»Was hast du noch gesehen, Vikulla? Wird sie dort sterben? Sag es mir«, hauchte ich, starr vor Furcht. Ihre Vision überwältigte mich, brachte die leise Stimme zum Schweigen, die da warnte, es hieße Gott versuchen, wenn man in die Zukunft schaut …

»Das kann ich dir nicht sagen, Alinur.« Da lächelte sie plötzlich. »Sie ist deine Tochter. Alles ist möglich.« Verständnislos sah ich sie an. Vikulla rutschte von ihrem Schemel herunter zu mir ins Stroh und strich unerwartet zärtlich über Snædís' Wangen. »Ich muss dir etwas erzählen, Alinur.« Sie zog die Beine an und lehnte den Kopf gegen die Lehmwand.

»Gunhild bat mich im vergangenen Winter in tiefster Verzweiflung, Erik zu suchen. Im *seiđ* befragte ich die Runen – und ich sah seinen Tod. Ich sah ihn sterben, unter Qualen und ohne sein Schwert in der Hand, und ich sah, wie er in Hels Abgrund gezogen wurde. Und mit Odins Töchtern weinte ich sehr um ihn … Doch dann trat etwas dazwischen, eine neue Kraft, die ich nicht verstand und die sich ungefragt einmischte – sie ängstigte mich so sehr, dass ich den *seiđ* abbrechen ließ. Ein paar Tage später befragte ich die Steine wieder – und da lebte er. Und ich wusste, dass ich ihn wiedersehen würde.« Atemlos drehte sie sich zu mir. »Du warst es! Du bist dazwischengetreten, du hast sein Schicksal in andere Bahnen gelenkt! Ich habe so viel nachgedacht und die Götter wieder und wieder gefragt – Alinur, ich glaube, dass du diejenige bist, die von den Göttern dazu ausersehen wurde, dem erstorbenen Geschlecht der Ynglinge neue Kraft zu geben. Allein durch deinen unbeugsamen Willen hast du den Letzten des Geschlechts am Leben erhalten, hast ihn hierher gebracht. Und nun ist da dieses Kind –«

»Ein Mädchen, Vikulla. Sie ist nur ein Mädchen«, gab ich zu bedenken und dachte an die alte Königin.

»Aber das muss es sein – das muss das Geheimnis sein, das ich so viele Jahre nicht lüften konnte: Die Ynglinge werden durch ihre Frauen weiterleben!« Ich starrte sie an. Snædís die Erbin dieses uralten Geschlechtes von Totschlägern? Das konnten doch nur Männer sein – allein Männer konnten einen Stammbaum stark machen und Blut und Kraft an die nächste Generation weitergeben. Wie kam die Schwester des Königs auf solch verwegene Gedanken? Doch Vikulla schien nicht im Geringsten von ihrem Einfall schockiert, im Gegenteil, sie lächelte heiter vor sich hin und spielte mit den winzigen Fingern der Erbin Yngve-Freyrs…

»Sag mir, was mit meiner Tochter geschehen wird«, beharrte ich.

»Ich kann es dir nicht sagen. Ich kann nicht mal mehr sagen, was mit Erik geschehen wird. In seinen Zeichen floss wieder Blut, so viel Blut, alles war rot, das ganze Land…« Ihr Lächeln erstarb. Sie verstummte und starrte ins Stroh. Ich krallte meine Finger in den Fellmantel, um die Übelkeit zu bekämpfen, die ganz plötzlich in mir hochstieg. Was ihre schwarzen Augen sahen, war die Wahrheit – die Zukunft – diese Frau hatte das zweite Gesicht, sie schüchterte mich mit ihren Bildern ein, sie war mir unheimlich, ich spürte fast körperlich, dass sie die teuflische Gabe wirklich besaß!

»Ich sah ihn wieder daliegen – Schmerzen – Leid –«, keuchte sie, »doch ich konnte nicht sehen, ob er tot war, ich konnte es nicht sehen, Alinur.« Ich fing an zu zittern, zog die Beine an den Leib, um mein Kind vor ihren Trugbildern zu schützen. Dennoch…

»Und – ich? Was wird aus mir?«

»Ich weiß es nicht, Alinur.« Sie nahm meine Hand und wärmte sie an ihrer Brust. »Die Runen schweigen, wann immer ich sie zu deiner Person befrage.«

Sünde, schrie es in mir, Sünde, Gott allein weiß um die Zukunft, allein Er, der Allmächtige, der Anfang und Ende bedeutet, der die Erde erschuf und am Jüngsten Tage vernichten und alle guten Menschen vielleicht verschonen wird, einzig Er und niemand sonst, versuche Ihn nicht –

»Warum, Vikulla – warum?«

»Ich bin mir nicht sicher, Mädchen.« Wir saßen eine Weile schweigend nebeneinander. Langsam wurde ich ruhiger. Unbeirrt hielt sie meine Hand, als könnte sie durch sie in mich hineinlauschen und hören, wann der Zeitpunkt gekommen war weiterzusprechen. Eins der Pferde schaute neugierig zu uns herüber, während es seine Äpfel ins Stroh fallen ließ. Stenkils Runde hatte anscheinend zu feiern begonnen, denn die Stimmen in der Halle wurden zusehends lauter und ausgelassener, und eine Flöte kreischte ein wildes Lied. Der Streit mit dem Schwarzhaarigen war vergessen. Niemand dort würde mich vermissen.

»Weißt du, was ich denke?« Vikulla kauerte sich dichter neben mich, um sich vor der hereinziehenden Kälte zu schützen. »Ich glaube, dass du die neue *hamingja* der Ynglinge bist. Ihr neuer guter Geist, die Seele dieser alten, müden Sippe. Du hast die Macht, durch deinen Willen und deine Liebe ihr von den Göttern vorgezeichnetes Schicksal zu verändern – und darum schweigen die Steine, wenn ich sie zu dir befrage.« Die Erregung über ihre Entdeckung hatte rosa Schatten auf ihre blassen Wangen gezaubert. »Du hast Erik vor dem Tode bewahrt, obwohl die Götter ihn bereits auf den Weg nach Walhall geschickt hatten. Und nun« – versonnen starrte sie vor sich hin – »nun verstehe ich auch die Runen, die ich ihm bei seiner Geburt ritzte. Du trägst sie unter deinem Hemd. Lege sie niemals ab, hörst du? Niemals, niemals, solange du lebst.«

»Was sagen die Zeichen? Auf seinem Kopf, was bedeuten sie?«, flüsterte ich heiser, begierig, endlich hinter das Geheimnis zu kommen, das sein blondes Haar vor den Blicken verbarg. Ich hatte die Zeichen gesehen, damals, als sie ihn rasiert und verstümmelt vor mich gebracht hatten, und ich hatte damals schon ihre fremde Magie gespürt. Die Stimme, die mich vor dem frevlerischen Aberglauben warnen sollte, war endgültig verstummt. »Was?«

»Das sind Schutzrunen. Ich versuchte, dem Kind so viel Schutz mitzugeben, wie ich konnte.« Sie lächelte. »Und sie waren gut ausgesucht, denn immerhin haben sie ihn zu dir geführt.«

»Und das Amulett?« Ich zog es unter meinem Hemd hervor und wischte mit dem Ärmel über die Platte, wie ich es jeden Morgen tat, bevor ich die Tunika und das wollene Überkleid anzog. Die Beule, die der todbringende Lanzenstoß in die Silberplatte gebohrt hatte, hatte den Schriftzeichen wie durch ein Wunder nichts anhaben können. Vikulla nahm die Platte voller Ehrfurcht in die Hand. Sie atmete tief ein und aus, bevor sie die Stimme erhob.

»Blóđ konungs
berr vatniđ
deyr sálin,
seggrinn međ henni,
þegar blóđug jörd
bjargar nýtt líf
ok gróa lauf
af grafnu sverđi.«

Dunkel und unheimlich war die Stimme. Ich verstand jedes Wort, nicht mit dem Kopf, aber mit meiner Seele, und ich begann mich zu fürchten vor der schrecklichen Allmacht dieser Worte…

»Freya sei mir gnädig – endlich weiß ich es: Die Ynglinge werden nicht sterben. Alles liegt in deiner Hand, Alinur Hjartaprydi, du hast die Macht, den Lauf der Dinge zu ändern – zum Guten, aber, Alinur, auch zum Schlechten. Vergiss das nie.« Ihr Gesicht kam meinem immer näher. »Du bist die Hüterin des künftigen Königs, vergiss auch das nicht. Und nun schlafe – schlafe und vergiss.«

Die schwarzen Augen verwandelten sich in glänzende Edelsteine, schwarze Diamanten, deren Sterne gleißend funkelten, dass ich die Augen vor ihnen verschließen musste, müde, so müde geworden – »Schlafen wirst du, Alinur Hjartaprydi, schlafen und Kraft sammeln, schlafen und vergessen, bis zu dem Tag, den die Götter vorgesehen haben.« Das Schwarz der Augen zog mich in die Tiefe hinab, weit hinab – »schlafen, schlafen und vergessen« – hinab in die Unendlichkeit, wo Friede herrschte – »schlafe« –, Friede für meine aufgewühlte Seele, Friede …

»Alienor. *Elskugi*, wach auf. Da sind wir beim König zu Gast, und mein Mädchen legt sich in den Stall … Alienor. *Meyja.*« Seine Stimme war ganz nah an meinem Ohr, so nah, wie ich es aus den Nächten kannte, und ich wartete darauf, dass Erik mich ins Ohrläppchen biss, wie er es dann gerne tat, doch nichts geschah. Ich öffnete die Augen. Vom Feiern hatte er ein rotes Gesicht, aber er sah tatsächlich besorgt aus.

»Warum liegst du hier? Ich hab dich überall gesucht, Snædís wies mir dann den Weg.« Die lag bequem in seinem Arm und spielte brabbelnd mit einer seiner goldenen Haarsträhnen, die der Zopf nicht zu bändigen vermochte. Die Kanten seines bestickten Hemdes hingen ihm unordentlich über die Seidenweste und gaben den Blick frei auf einen Teil der Brandwunde, die seine verschwitzte Brust verunstaltete. Ich rutschte an seine Schulter und versenkte meine Hand unter dem Hemd. Und wünschte mir einmal mehr eine magische Vollmondstunde herbei, in der der eingesengte Doppeladler durch meinen Kuss zu einem Vögelchen zusammenschrumpfen und verschwinden würde …

»Ich hab dich gesucht, Alienor, überall.« Er roch nach Bier und Met und allem Möglichen, und seine Zunge schien ihm nicht wie sonst zu gehorchen. Neben mir spürte ich die Hitze eingewickelter Steine, die unter der Decke eine wohlige Wärme verbreitet hatten. Verschmust kuschelte ich mich an ihn.

»Wer war der Mann, der dich angegriffen hat?«

»Der? Ach, das war Thorleifs Sohn. Der steigt jeder Frau hinterher und hatte sich wohl in den Kopf gesetzt, Svanhild nach Dagholm in seine Hütte zu holen. Leider kam er zu spät – sie starb am Fieber, und er gibt mir die Schuld daran. Narr, jämmerlicher …«

»Aber er –«

»Stenkil hat ihn rausgeworfen.« Sein Kuss brachte die Halle in den stillen Stall. Ich musste leise lachen. Seine Zärtlichkeit schmeckte heute nach Bier. Trotzdem trank ich weiter davon.

»Vikulla war bei dir, nicht wahr?« Aus Snædís' Windeln zog er ein silbernes Schmuckstück hervor, eine dünne Platte, kleiner als die, die ich trug, aber ebenso kunstvoll gearbeitet. Runenzauber für mein kleines Mädchen, entstanden in einer Nacht voller heidnischer Mächte … ich unterdrückte den Impuls, ihm das Ding aus der Hand zu reißen und wegzuwerfen, so weit ich konnte, fort mit dem Hexenkram –

»Was hat sie dir gesagt?«

Angestrengt dachte ich nach. Was hatte sie gesagt? Dann nahm ich doch die Silberplatte in die Hand, die die Völva dem Säugling zwischen die Windeln geschoben hatte. Die Zeichen standen stumm nebeneinander, ein *logr*, ein *björkan* …

»Ich soll gut auf sie aufpassen«, murmelte ich. »Ynglingseele – und von Liebe und Wasser …«

Verwirrt schüttelte ich den Kopf. Wo war es, was sie mir gesagt hatte? Es war wichtig, das wusste ich noch. Wichtig. Lebenswichtig.

»Sie – ich kann mich nicht erinnern, Erik. Sie hat so viel gesagt, sie hat mich ganz durcheinander gebracht!«

»Schsch…« Er rückte dichter neben mich und reichte mir Snædís, die wieder erste Laute des Hungers von sich gab. »Sollten wir nicht in die Halle zurückkehren? Man vermisst dich schon.« Gleichwohl sah er neugierig zu, wie der kleine Mund die Milchquelle fand, gierig verschlang und augenblicklich mit nichts anderem als Saugen beschäftigt war. Ihr leises Schmatzen übertönte für uns beide jedes andere Geräusch im Stall und draußen in der Welt. Ich las in seinen Augen, wie sehr er diese stillen Momente vermisste, spürte einen Anflug von Furcht, dies alles vielleicht verlieren zu müssen, mich zu verlieren und noch viel mehr…

»Lass uns hier bleiben, Erik. Ich erinnere mich bestimmt noch an etwas.« Beinahe erleichtert über meinen Wunsch, legte er seinen schweren Kopf in meinen Schoß neben das Kind, umfing mich mit dem freien Arm und ließ mich mit meinen Gedanken im Wachen allein. Sein gleichmäßiger Atem verriet, dass er Ruhe gefunden hatte. Mein Herz flatterte wild. Meine Liebe – mein Leben –

Snædís rülpste zwischen den Hemdzipfeln. Sie tat es dem Königssohn nach und schlummerte weg, den Bauch voller Milch, das kindliche Gemüt in tiefstem Frieden.

Mich floh der Schlaf, wie so oft.

Ich grübelte und wühlte in meinem Gedächtnis. Wasser. Erbin – wovon? Welches Wasser – und Blut? Allmächtiger… Die Nacht, düstere Freundin, die meine Gedanken so gerne wach hielt, konnte mir diesmal nicht weiterhelfen. Die Erinnerung an das, was die Völva mich hatte wissen lassen, würde so schnell nicht wiederkommen. Ihr schwarzer Blick hatte sie in einen Winkel meines Kopfes gedrückt und hielt sie dort für unbestimmte Zeit fest.

Natürlich gab es am nächsten Morgen Gerede, dass ich die Nacht nicht in der Königshalle verbracht hatte, mich nicht entschuldigt hatte. Gisli erlöste mich von den vorwurfsvollen Blicken, indem er mich endlich in die Arme schloss und überschwänglich begrüßte. Geistesgegenwärtig rettete Erik das Kind vor dem Erstickungstod und versuchte, nicht allzu grimmig dreinzuschauen, als ich an der Brust seines Freundes lachend nach Luft schnappte.

»Kommst du mit zum Hafen, *augagaman*?« Wir setzten uns kurz, um jeder eine Schale Gerstenbrei zu uns zu nehmen. Stenkil rutschte näher, den Bart voller Milchtropfen. Guđny versuchte vergeblich, sie wegzuwischen.

»Ich hörte, meine Schwester hat dich gestern entführt? Was wollte sie von dir? Lass das, Weib, du störst – was wollte sie von dir?«

»Das Kind. Sie wollte das Kind sehen«, murmelte ich und trank von dem Bier, das mir eine Frau kredenzte. Obwohl es von leichter Brauweise war, fuhr es mir in die Glieder, heftete mir Bleigewichte an Arme und Beine und benebelte meinen Kopf wie eine ganze Kanne Met. Kaum ein Paternoster lang im Haus des Königs, hatte ich schon wieder genug von den neugierigen Blicken, dem Getuschel und den abgestandenen Gerüchen vom nächtlichen Fest. Zum Glück ließen sie bald ab von mir. Wir verabredeten, uns am Nachmittag in Gislis Haus zu treffen, wo wir die nächste Nacht verbringen sollten. Gisli lud mich nochmals ein, in den Hafen zu kommen, wo er auf seinem festgefrorenen Schiff zu tun hatte, doch ich lehnte ab. Die Sonne und der klare blaue Winterhimmel lockten mich, Sigtuna zu entdecken, und nachdem Erik Hermann und Ringaile eingeschärft hatte, auf mich Acht zu geben, weil er ihnen sonst diverse Körperteile abschneiden und noch Schlimmeres antun würde, verließ ich mit den beiden das Haus in der Seitenstraße.

Ich machte einen kleinen Luftsprung, als wir auf die Hauptstraße zugingen. Wie anders war doch das Leben in einer Stadt, wie abwechslungsreich und bunt – nicht zu vergleichen mit den endlosen grauen Tagen daheim auf Burg Sassenberg, wo ich kaum Veranlassung gehabt hatte, die schützenden Mauern zu verlassen. Alle waren sie ja zu uns gekommen, die Jäger, die Bauern, die Händler, um der Familie des Freigrafen zu bringen, was sie zum Leben brauchte. Wenn mein Vater im Gefolge des Königs reiste, war die Eintönigkeit für mich Daheimgebliebene beinahe unerträglich geworden. Trotz des Heimwehs, das mich immer wieder schmerzhaft befiel, war ich doch froh, diese Langeweile hinter mir gelassen zu haben.

Anders als bei meinem ersten Besuch in Sigtuna waren diesmal viele Hauseingänge von Laternen beleuchtet. Ich hatte verstanden, dass die meisten Menschen hier nur wohnten, wenn der König in seinem Haus Hof hielt. Dennoch gab es Händler und Kaufleute, die hier ihre Warenhäuser unterhielten. Einige machten Halt auf ihrer Reise von Nord nach Süd, zum Beispiel schlitzäugige Samen in bunt bestickten Kleidern aus Rentierleder, manche kamen über das große Wasser von Ladoga und aus den Gebieten des Danapris, um hier Waren aus Miklagard und Samarkand anzubieten. In Erwartung des großen Neunjahresfestes Anfang Februar hatte sich bereits allerlei Händlervolk in Sigtuna versammelt. Noch ein paar Tage, dann würden sie nach Uppsala ziehen und zwischen den Hügeln der Königshalle ihre Buden aufbauen. So hatte Erik es mir erklärt. Ein großer Markt und das Frühjahrsthing rahmten das Opferfest der Svear ein und würden auch die Menschen anziehen, denen die alten Götter gleichgültig geworden waren. Doch einstweilen ließen sich hier noch gute Geschäfte machen. Prächtig gekleidete Frauen mit Dienerinnen im Schlepp flanierten an den Holzständen vorbei, feilschten um Zugaben und Preisnachlässe, während ihre Männer Geldbeutel wie Axt parat hielten, um gebührend auf den Preis antworten zu können.

Von den einfachsten Gebrauchsgegenständen – Töpfe aus Ton, Kupfer oder Speckstein, Eimer oder geschnitzte Löffel –

reichte das Angebot bis zu den erlesenen Dingen, die die Fernhändler in ihren nach Räucherwerk duftenden Truhen bereithielten. In feinste Tuche gekleidet, umhüllt von glänzenden Pelzen, tanzten sie um ihre Stände herum wie der Hahn um seine Hühner, schrien lauter, als ich es in Köln erlebt hatte, und versuchten das Volk zum Erwerb ihrer Kostbarkeiten zu animieren. Da gab es seidenweiche Fellstücke aus Feh, Elchkalb, Eisbär und Hermelin, kunstvoll gearbeitete Lederwesten mit Stickerei und Fellbesatz, dazu Kämme, Nadeln und Schmuck aus allem nur erdenklichen, ja völlig fremdartigen Material...

»Walross«, übersetzte Ringaile mir das Wort, das der Bärtige mit der grünen Kopfbedeckung immer wieder benutzte, während er auf den Haarschmuck in der Alabasterschatulle deutete.

»Was ist das – Walross?«, fragte ich beide. Das Mädchen zuckte mit den Achseln. Der Kaufmann kam um seinen Stand herum, grinste breit und malte schwatzend mit seinem Fuß einen Lindwurm in den Schnee. Als er jedoch riesige Wildschweinhauer an das Maul setzte, ging es mit mir durch, und ich lachte so laut, dass sich die Leute umdrehten. »So ein Tier gibt es nie und nimmer!« Da griff er in seinen Wagen und förderte einen der eben gezeichneten Zähne zu Tage, dick wie ein Arm und länger als eine Elle, und zeigte mir anhand des Zahnes, dass das Untier, dem es einst gehört hatte, wohl so groß wie ich gewesen sein musste. Wild gestikulierend demonstrierte er, wie man solch einen Leviathan erlegte und welche Gefahren der Jäger dabei auf sich nahm, bis sein Speer aus geschliffenem Knochen schließlich tief in den Säcken voller Eiderdaunen steckte.

Zutiefst beeindruckt kaufte ich von seinen – zugegebenermaßen teuren – Kämmen und nahm auch fünf Ellen gedrehtes Seil aus der Haut des seltsamen Tieres. Angeblich war es das beste Seil, das es gab, wie der Händler am Nachbarwagen bestätigte.

Ein paar Stände weiter bot ein Waffenschmied Schwerter und Messer aus Lothringen feil. Von meinem Vater wusste ich, dass die Aachener Waffen zu den besten gehörten, die es im deutschen Reich zu kaufen gab. Meiner Dienerin liefen fast die Augen über, als sie mit ansehen musste, wie ich die blinkenden Klingen auf dem Leder herumschob und mich schließlich für einen handlangen Dolch mit exzellent geschliffener doppelter Schneide entschied. Der Händler sprach Deutsch und staunte nicht schlecht, als ich zu handeln begann.

»Herrin, Herrin, man schaut bereits nach Euch.« Hermanns warnende Stimme vermochte mich nicht von meinem Geschäft abzubringen.

»Wenn ich dir so viel dafür geben soll, kannst du noch ein ganzes Schwert drauflegen! Nein, diese Goldstücke, und keines mehr.«

»Das ist zu wenig, gute Frau! Du solltest deinen Mann Waffen kaufen lassen, der weiß besser, was sie kosten.«

»Dummes Geschwätz – ich weiß sehr gut, was ein Messer kosten darf! Dann lege ich noch eine Münze drauf, und du gibst mir diese Messerscheide da hinten – die mit dem blauen Muster.«

»Die wurde von Samenfrauen in monatelanger Handarbeit gefertigt, die kann ich doch nicht herschenken!«

»Du sollst sie mir ja auch nicht schenken, ich bezahle sie mit dieser Münze.« Ich strahlte ihn an, ganz in meinem Element. »Das ist nicht zu wenig.«

»Das kann ich nicht tun.«

»Du kannst mir kein Messer verkaufen?«

»Du willst mich betrügen, Frau.«

»Ich habe dir einen guten Preis für dein Messer geboten, ist das etwa Betrug?« Ein paar Leute kamen näher, kramten in seinen Waffen herum, spitzten die Ohren. »Also – willst du nun dieses Messer verkaufen? Ich biete dir einen wirklich guten Preis.«

Verheißungsvoll glänzten die Münzen auf meiner Handfläche. Und siehe da, die Münzen verschwanden eine nach der anderen in seiner Geldkatze. »Also gut, Frau. Du sollst dein Messer haben.« Er verzog das Gesicht und reckte den Hals. »Du sprichst, wie die Eifelleute es tun.«

»Ich kommen von den Eifelleuten, guter Mann.« Triumphierend nahm ich mein neues Messer samt Futteral in Empfang. Ein paar der Umstehenden schauten finster zu, wie ich es unter den Umhang an den Gürtel steckte. »Und ich verrate dir noch was: Ich kann mit diesen Dingern sogar umgehen. Einen schönen Tag noch.«

»Soll ich das dem Herrn Erik erzählen oder lieber schweigen?«, fragte Hermann, als wir uns an den Leuten vorbeizwängten, die das offenbar so günstige Angebot des Deutschen nun näher in Augenschein nahmen.

Ich lachte so fröhlich wie schon lange nicht mehr. »Er wird es sowieso erfahren, Hermann. Und wenn schon…« Liebevoll streichelte ich die samtweiche Lederscheide an meiner Hüfte. Ein guter Nachfolger für meinen Elfenbeindolch, der auf dem Boden des Mälar ruhte, einem Gott geopfert, der sich keinen Deut um unser Überleben auf hoher See geschert hatte.

An einer Garküche gab es faden Gerstenbrei und Bier. Leute saßen vor der Bude auf Bänken und wärmten ihre Gesichter in der Wintersonne. Wir hockten uns dazu. Im Schatten von Hermanns Rücken stillte ich Snædís und schaufelte gleichzeitig den Brei in mich hinein. Was für ein herrlicher Tag hinter mir lag.

Vielleicht war er mir vergönnt gewesen, um mich gegen die kommenden Ereignisse zu wappnen.

»Gisli?« Ich klopfte ein zweites Mal an die blau bemalte Tür. Eine geschickte Hand hatte Drachen in das Holz geritzt, und eins der Untiere sah mich so grimmig an, dass ich einen Schritt rückwärts tat.

»S-s-sicher dürfen wir eintreten und auf ihn w-w-warten.«

Hermann klapperte vor Kälte bereits mit den Zähnen, und auch Ringailes Nase hatte eine bläuliche Färbung angenommen.

»Aber der alte Mann … er muss doch daheim sein!« Alle drei hatten wir nur noch das Bedürfnis, unsere müden, kalten Füße an ein Feuer zu halten und den von all den Eindrücken schwirrenden Kopf zur Ruhe zu betten. Ich klopfte ein weiteres Mal, dann lehnte ich mich vorsichtig gegen die Tür. Der Drache schwieg. Und die Tür war nicht verriegelt. Ich schob sie einen Spalt auf und lugte hindurch. Es war dunkel in der Halle. Feuer wisperte vor sich hin, irgendwo hustete der alte Sven blasigen Schleim heraus und spuckte ihn auf den Boden. Ich erinnerte mich, wie sehr ich mich vor Gislis Vater ekelte, aber mehr noch fürchtete jedermann seine scharfe, böse Zunge. In seiner Gesellschaft auf die Männer warten?

»Georg? Bruder Georg …« Ich schob mich durch den Spalt. Es roch nicht gut in Gislis Halle. Ich rümpfte die Nase und schnupperte. Stickig war die Luft. Ich roch Angst, Tränen. Schweiß. Schmerz. Etwas regte sich in mir. Das war der süßlichschwere Geruch einer Geburt und – von Blut.

Kleider raschelten. Dann hörte ich Gemurmel aus der Ecke. *»… benedicta tu in mulieribus … ora pro nobis peccatoribus …«*

»Bruder Georg?«

»… in hora mortis nostrae. Ave Maria gratia plena …« Ich ging der Stimme nach. Der Geruch von frischem Blut wurde stärker. Ein leises Jammern, Schmatzen, Hecheln.

»Georg«, hauchte eine Frauenstimme.

»Schsch … da kommt die deutsche Dame.«

Fast wäre ich über die beiden gefallen. Aus dem Nichts tauchte der mächtige Körper des Mönchs vor mir auf. »Seid Ihr es, Frau Alienor? Allmächtiger …« Seine Stimme beunruhigte mich – was war hier geschehen? Allmählich gewöhnten sich meine Augen an das schummrige Licht. In der hintersten Ecke der großen Halle, dort, wo Gisli seine Warenkisten und Tonnen verstaute, lag Magdalena auf Stroh gebettet, neben ihr ein fast verlöschender Kerzenstummel. Sie hatte ihr Kind im Dunkeln geboren.

Ich winkte Hermann, mit der Laterne heranzukommen.

»Bitte, kein Licht, edle Dame, bitte.« Georgs Stimme klang wie die eines kleinen Jungen, der etwas Schreckliches verbrochen hatte, und dann hockte er sich wieder neben ihr Lager.

»*Ave Maria gratia plena … benedicta tu …* o Magdalena!« In einigem Abstand stellte Hermann die Laterne auf den Boden, und ich sah, warum Georg die ehemalige Nonne mit solch flehender Stimme der Gottesmutter empfahl: Sie lag in ihrem Blut, bleich und stumm, die Hände auf der Brust gefaltet, während das Blut zwischen ihren Beinen lief und lief und lief.

»Um Himmels willen! Licht, Hermann!« Ich stürzte neben sie und schob die zerlumpten Gewänder hoch. Die zerfetzte Nachgeburt zwischen ihren Beinen war kaum zu erkennen, dafür umso mehr blutiges Stroh und Moos, sicher ein ganzer Arm voll, durchtränkt von hellrotem Lebenssaft, der wie ein kleiner Strom unaufhaltsam aus ihr herausrann und das Leben mit sich nahm. Der Mantel fiel mir wie von selbst von den Schultern, ich rollte die Ärmel hoch – Heilige Jungfrau, steh uns bei, man muss es aufhalten –, und so tauchte ich zwischen ihre schlaffen Beine, drückte nasses Moos vor die Pforte, wieder und wieder, aber es war sinnlos. Das Blut lief vorbei, oben, unten, an den Seiten und mir über die Hände, ganz so, als wollte es sich über mein ohnmächtiges Tun lustig machen, es tropfte mir von den Handgelenken, rann in warmen Bahnen über meine Unterarme –

»Hermann, die Völva, du musst die Völva holen, schnell!« Das Herz klopfte mir bis zum Hals. Wie viel Blut hatte ein Mensch zu verlieren, wie viel, Herrgott? »Hol sie her, verflucht, und schnell!«

Da griff eine bleiche Hand nach meinem Kleid. »Keine heidnischen Zauberer. Ich will – lasst mich – *venefica* – keine *vene-*

fica, Alienor, bitte keine…« Ihre Stimme war wie ein Hauch im Sturm, und als ich mich über sie beugte, spürte ich, wie auch der Tod seine Hände nach ihr ausstreckte.

»Magdalena.« Zitternd streichelte ich ihr kaltes Gesicht. »Magdalena, sie kann dir helfen…« Ich raffte Lumpen zusammen, kehrte das blutige Moos weg, nahm erneut den Kampf gegen den leise rinnenden Blutstrom auf, versuchte, mich ihm in den Weg zu werfen, um ihn aufzuhalten, ihm Einhalt zu gebieten.

Jemand zog ihr Kleid über das tödliche Schlachtfeld. Georg schüttelte den Kopf. Tränen glänzten in seinen Augen. Er faltete die Hände, drückte seine bebenden Lippen gegen die Zeigefinger, als könnte ihm das Kraft geben für das Einzige, was er für sie noch tun konnte.

»Subvenite sancti Dei, occurite angeli Domini, suscipientes animam eius, offerentes eam in conspectu altissimi…«

»Amen«, flüsterte Hermann hinter mir.

Magdalena bewegte sich. Sie versuchte den Kopf zu heben und tastete nach Georgs Hand. Den brechenden Blick auf ihren Geliebten gerichtet, flüsterte sie: »Sing… sing für mich, wie du es im… Kloster für mich getan hast… sing für mich, Georg…«

Und so nahm er ihre Hand, hielt sie wie eine kostbare Gabe zwischen seinen Pranken und sang mit von Verzweiflung gequetschter, aber warmer Stimme für sie beide den Psalm von Hoffnung und Trost. *»Dominus pascit me, et nihil mihi deerit: in pascuis virentibus me collocavit, super aquas quietis eduxit me, animam meam refecit…«*

Sie starb, ohne den Blick von ihm zu wenden. Allein die still gewordene Brust verriet ihren Tod. Mit Georgs schöner Stimme ging sie dahin wie ein Lufthauch, und das Blut lief und lief…

»Pater, in manus tuas commendo spiritum suum.« Georg sackte über ihr zusammen.

Mich schmerzten die Knie, auf denen ich die ganze Zeit gehockt hatte, doch schaffte ich es nicht, mich zu bewegen. Sie war tot. Mir hätte das Gleiche passieren können, doch ich lebte. Meine Sünde war viel schlimmer gewesen als ihre, doch ich hatte nicht dafür büßen müssen. Noch nicht. Mit unsicheren Fingern drückte ich ihre einst so klaren Augen zu.

»Herrin.« Hermann war um das Gebärlager herumgekrochen und raschelte im Stroh. »Herrin. Das Kind. Hier liegt das Kind.« Mit einem unbeholfen zusammengeschnürten Bündel kam er zurück, und wieder hörte ich das leise Jammern, das mich hereingelockt hatte. Das Kind lebte und war gesund. Und als hätte es, kaum eine Stunde auf der Welt, schon begriffen, was geschehen war, schrie es nicht, sondern wartete mit bangem Gesichtsausdruck darauf, was das Schicksal mit ihm vorhatte. Bruder Georg bewegte sich nicht. Wir säuberten das Kleine, ein Mädchen, von Blut und Schmutz, und dann gab ich ihm die Brust, weil anderes nicht zu tun war und weil ich das Gefühl hatte, es Magdalena schuldig zu sein.

»Und wer soll mir jetzt mein Essen kochen?«

Unbemerkt war der alte Sven herangehumpelt, seine Decke wie einen Krönungsmantel hinter sich herschleifend. Er reckte den faltigen Hals und blinzelte ins Laternenlicht. »Ist sie hin?« Er trat noch einen Schritt näher. »Hm. Versteh einer diese Christen. Da peitscht sie sich selber, Nacht für Nacht, und weint und flennt, und nun ist sie hin, vom Kinderkriegen, und kein Weißer Krist hat ihr geholfen. Wer kocht mir jetzt mein Essen?«

Sein säuerlicher Altmännergeruch stülpte sich wie eine alles erstickende Glocke über uns. Die näselnde, zahnlose Sprache, kaum zu verstehen, aber penetrant laut, weil er selbst fast taub war, quälte meinen Verstand. Von allein würde er nicht weggehen …

Ringaile nahm es todesmutig auf sich, Sven zu seiner Schlafbank zurückzubringen, damit die Seele der Verstorbenen sich in Frieden auf den Weg machen konnte. Schweigend erduldete sie, dass seine Hand schon nach drei Schritten zwischen ihren

Hinterbacken verschwand. Mit seltsam verkniffenem Gesicht öffnete Hermann die Tür. Er kam nicht zu mir zurück, sondern kauerte sich auf eine der leeren Schlafbänke, um über das Mädchen vom Ladogasee zu wachen.

Was sonst gab es zu tun? Der Herr über Leben und Tod band uns die Hände in Trauer – wer ein Gebet wusste, sprach es, wer wie ich nichts als Schweigen in sich hatte, der schwieg.

Mit Magdalenas Kind an der Brust sah ich zu, wie der Wind hereinfuhr, wie Strohhalme hochwirbelten und Mantelenden wehten – ein seltsames Theater in der schweren Stille, die uns umgab, aber vielleicht war es auch die Seele der Toten, die uns damit ein letztes Lebewohl zuwinkte, bevor sie durch die Türöffnung in den klaren, blauen Nachthimmel stieg. Ich nagte an meinen Lippen, bis sie bluteten. Kein Wort, kein Gedanke, nichts war in mir. Gott? Tränen liefen mir ungefragt über die Wangen. Welcher Gott ...

Lange saßen wir da, jeder allein mit seinem eigenen Entsetzen und seiner Trauer, unfähig, Trost zu spenden oder gar Trost zu finden.

Das kleine Mädchen hingegen lag zufrieden schlafend an meiner Brust. Wulstige Augenlider und eine steile Falte über der zierlichen Nase verrieten, was für einen schweren Weg sie hinter sich hatte.

»Bruder Georg«, sagte ich leise auf Deutsch und knotete meine Kleider zu. »Georg.« Da hob er den Kopf von ihrer still gewordenen Brust. Aus verquollenen Augen, in denen auch die letzte Träne verdampft war, schaute er sich ratlos um. »Georg, was wird mit dem Kind?«

Er sah mich an, sah das Kind, doch ich spürte, dass er Magdalena noch nicht verlassen konnte, und so ging ich zu ihm und gab ihm seine Tochter. Unbeholfen nahm er den kleinen Körper in die Arme, dem er auf die Welt geholfen hatte, und die Erinnerung an die schrecklichen Momente, die für Magdalena der Anfang vom Ende gewesen waren, stand ihm deutlich ins Gesicht geschrieben. Er wollte das Kind nicht und wollte es doch. Es hatte sie das Leben gekostet und war doch Teil von ihr – alles, was ihm blieb.

Seine Finger tauchten in das fast leere Weihwassergefäß neben dem Leichnam und malten ein feuchtes Kreuz auf den Kinderkopf. »Ich taufe dich auf den Namen Angelica Alba …«

Da wusste ich, dass er weiterleben wollte und dass dieses Kind bei ihm bleiben würde. Angelica Alba. Der heiter stimmende Engel. Dankbar drückte ich seinen Arm.

»Wenn Ihr keine Amme nehmen wollt, müsst Ihr eine Milchziege besorgen und ihr die Milch mit Wasser verdünnt eingeben«, sagte ich leise. »Solange ich da bin, will ich sie versorgen.«

Er nickte stumm. Ich sah, dass meine Worte nicht bis zu ihm vorgedrungen waren.

Es war schon Furcht, die mich beschlich, als ich mich wenig später durch den frischen Schnee zur Kirche vorarbeitete. Meine Laterne schwankte leise im Wind, und ihr flackerndes Licht malte zusammen mit Wolken von Schneeflocken Figuren auf die Hauswände. Der Schattenmann mit der Sense, der mich seit letztem Winter verfolgte, wanderte geduckt hinter ihnen her. In der kurzen Zeit, die ich im Norden weilte, hatte er bereits reiche Ernte gehalten …

Ich zog die Kapuze so weit über den Kopf, dass mir nur der Blick geradeaus blieb, und konzentrierte mich auf das Holzhaus am Ende der schmalen Straße. Dorthin würde er mir nicht folgen. Es zog mich so stark in das Haus Gottes, dass ich es kaum fertig gebracht hatte, Hermann in meine Pläne einzuweihen. Er war aufgeregt um mich herumgetanzt – »Zu gefährlich, allein auf die Straße zu gehen, der Herr wird mich schlagen, wenn er es erfährt!« – und hatte nach besten Kräften versucht, mich am Aufbruch zu hindern. Doch hatte ich mich so bedrängt gefühlt von den Totengeistern, von der schlechten Luft und der unermesslichen Trauer, die wie eine steinerne Decke über uns lag und das Atmen zur Qual machte, dass ich einfach fortmusste. Die Kinder waren versorgt und bei Ringaile in Obhut – ich musste gehen. Weinend vor Angst war Hermann an der Türe zurückgeblieben.

Ich wusste nicht genau, was ich in der Kirche wollte. Vielleicht war es die Erinnerung an den Frieden, den ich früher im Gebet gefunden hatte, oder vielleicht suchte ich einfach nur die Stille, unbehelligt vom Gemurmel fremder Götter, die mir hier allgegenwärtig schienen. Ich löschte die Laterne und huschte lautlos in die dunkle Kirche.

Das hölzerne Haus Gottes war leer. Jemand hatte die grob gezimmerte Bank geradegerückt und am Altar eine Kerze entzündet. Das kleine Licht wies mir den Weg durch das Dunkel, über unebenen, nackten Lehmboden. Ich kauerte mich in eine Bankecke, zog Mantel und Kapuze enger um mich und lehnte mich an die kalte Bretterwand.

Schwer vorstellbar, dass Gott sich hierher verirrt haben sollte. Lange saß ich dort in der Dunkelheit, reglos wartend, ohne zu wissen, worauf. Aber irgendwann kam dann mit dem Kerzenlicht scheu wie ein kleines Tier Frieden in mein Herz, rollte sich dort zusammen und füllte es mit zärtlicher Weichheit bis in den letzten Winkel aus. Ich senkte meinen Blick in den goldenen Schimmer. Vergrub die Hände unter den Achseln und ließ meine Gedanken auf dem kleinen Licht davonschwimmen. Über das Meer nach Hause, in die Kapelle neben dem Bergfried, auf die Vater so stolz gewesen war. Dort stand eine Gebetsbank, die bequemer war als die, auf der ich jetzt saß, eine mit rotem Polster und weicher Kniebank und Schnitzereien an der Armlehne. Mein Platz über viele Jahre, bis hin zu dem Tag, an dem Erik zurückgekommen war, um mich zu fragen, ob ich mit ihm gehen würde… Tränen rollten mir über die Wangen. Energisch wischte ich sie weg. Warum war ich hier? Mich in schmerzvollen Erinnerungen zu suhlen, sinnlos über Verlorengegangenes zu grübeln – nein. Ich faltete die Hände, um dem

Herrn zwei Frauen anzuempfehlen, deren Tod mich beschäftigte: Svanhild, Eriks versprochene Braut, und Magdalena, die unglückliche kleine Nonne aus Hamburg. Und ein bisschen wollte ich auch für mich selber beten, wo ich doch –

»Wie schön, dass du kommen konntest, mein Sohn.« Ich fuhr zusammen. Ich war nicht mehr allein in der Kirche – und die Stimme kannte ich …

»Ihr ruft, Ehrwürdiger Vater, und da bin ich, Euch zu dienen.« Eine zweite Stimme, leise und lockend, und sie antwortete beinahe akzentfrei in meiner Muttersprache. Vorsichtig schob ich meine Kapuze hinter das Ohr und sah mich um. Wo saßen sie?

»Wir wollen gemeinsam beten zu unserem Herrn, der uns aufgetragen hat, Seelen zu erretten …« Die heiligen Sätze wurden auseinander gerissen vom Wind, der wie ein spielendes Kind um das Haus hüpfte. Ich hingegen drückte mich still wie in glücklicheren Tagen beim Versteckspiel auf der Burg in meine Ecke, mit ihr verwachsen, damit mich niemand sah. Wieder einmal war das Gebet vergessen, vergessen die Frauen und alles andere, vertrieben durch *curiositas*, meine unstillbare, verfluchte Neugier … Angestrengt versuchte ich, das Gemurmel durch die Dunkelheit zu verfolgen, an den Schatten der Bänke entlang. Die Kerze auf dem Altar flackerte – da, ein Schatten, der sich erhob, an der Wand groß und mächtig wurde, Geschöpf Gottes oder Geist?

Sie saßen ein paar Bankreihen vor mir, und weil sie vom Vordereingang gekommen waren, hatten sie mich nicht bemerkt. Was sie auch zu besprechen haben mochten – ich entschied mich dafür, unsichtbar zu bleiben.

»Ihr habt eine Botschaft für mich, Ehrwürdiger Vater?«

»Mehr als das, mein Sohn.« Holz ächzte, als sich jemand von der Kniebank erhob und in den Sitz zurückfiel. »An diesem Christfeste hat der Allmächtige mir die unermessliche Gnade zuteil werden lassen und zu mir gesprochen.«

»Gott hat zu Euch gesprochen? O Ehrwürdiger – lasst mich an dem Licht teilhaben, das Euch erleuchtet …« Die leise Stimme kroch am Boden vor Ehrfurcht. Ich stopfte mir die Faust in den Mund, um nicht zu kichern. Messweingeschwängerte Visionen vom Allmächtigen und Seiner geflügelten Entourage kannte ich von meinem Sassenberger Beichtvater – Friede seiner unschuldigen Seele – zur Genüge. Hier war wohl wieder einer, der die Finger nicht vom Weinkrug lassen konnte.

»Der Herr gab mir zu verstehen, mein Sohn, dass die Zeit gekommen ist, die schwarzen Teufel zu stürzen. Er will die Gottlosigkeit nicht länger mit ansehen. Wir sollen die Schafe heimführen.« Kalt kroch es mir da den Rücken hoch. Ich hatte die Stimme Adalberts von Bremen erkannt, und ich ahnte, was der Erzbischof mit diesen geheimnisvollen Worten meinte.

»Vater, Ehrwürdiger Vater«, hauchte der andere, »Vater, mich schwindelt, lasst mich Licht holen.« Und damit stolperte er aus der Bank, huschte nach vorne und nahm die Kerze vom Altar, um sie mit einem Tropfen Wachs auf seine Bank zu kleben. »Lasst mich Euch anschauen, damit der Schwindel vergeht. Der Herr will –«

»Er will, dass wir Seinen Willen erfüllen, Bruder Benno, und Er will, dass wir es diesen Winter tun.«

»Diesen Winter … Ehrwürdiger Vater, was schwebt Euch da vor?«

»Ich bin nur der Diener des Herrn, mein Sohn. Und der Herr sprach zu mir: Lass noch vor den Blutfesten die reinigende Kraft des Feuers über das Land fahren! Die Götzen werden nicht freiwillig zum Feuer kommen, also muss die heilige Flamme sie finden und reinwaschen!«

»Ihr wollt – Ihr wollt den Tempel abbrennen, Vater, Ihr wollt Feuer legen an den Heidentempel?« Die zweite Gestalt sank vor dem Bischof in die Knie. »Ihr wollt den Heidentempel –«

»Den Hort des Bösen! Dort stehen die Götzen, frech und aufrecht.« Adalberts Stimme war kaum wiederzuerkennen. »Dorthin muss das heilige Feuer gebracht werden, Benno, noch vor den Blutfesten!«

»Aber Vater, Ehrwürdiger Vater, meint Ihr nicht, dass eine solche Tat die Heiden noch wütender stimmen wird? Bedenkt, wie es anderen Männern vor uns gegangen ist, denkt an den Ehrwürdigen Vater von Strängnäs.«

»Wenn sie ihr Götzenhaus in Flammen vorfinden, werden sie glauben, dass es die mächtige Hand Gottes war – wenn wir es ihnen mit aller Kraft predigen, die uns Gott schenken wird! Wir werden zu ihnen sprechen, wie wir es niemals vorher taten, Gott der Allmächtige wird uns leiten und schützen, wird uns die Kraft geben, Seinen Willen zu erfüllen, um sie auf den rechten Weg zu führen. Wenn der Heidentempel gefallen ist, werden die Heiden des Nordens Christi Kreuz dankbar küssen, glaube mir!«

»Welch verwegener Plan, Ehrwürdiger Vater ...«

»Nicht verwegen. Nur ein kleiner Auftrag, den der Allmächtige mir gab. Und du, Bruder Benno, wurdest ausersehen, diesen Auftrag auszuführen.« Des Erzbischofs Stimme umschmeichelte die geduckte Gestalt seines Zuhörers wie süßer Wein den Gaumen. Fast schmeckte ich ihn auch, den Wein Christi ...

»Ich bin ausersehen, Vater, ich?« Der Ausersehene beugte sich ungläubig über die Kerze. Für einen Moment sah ich ein kantiges Gesicht, das mir bekannt vorkam. »Ich, Ehrwürdiger Vater? Beim heiligen Antonius ...« Und dann fiel er auf die Knie und küsste den Gewandsaum des Bremers.

»Ich bin nicht würdig, Gottes Knecht zu sein, Ehrwürdiger Vater – ich habe sündige Gedanken!« Tränen erstickten seine Stimme.

»Was für sündige Gedanken? An dir ist kein Fehl, mein Sohn, das offenbarte mir der Allmächtige. Doch sprich, was meinst du für Gedanken?« Fast gierig streichelte die Stimme den Knienden, kitzelte geschickt die Beichte aus ihm heraus.

»Ich – meine – Rachegelüste treiben mich um, Vater. Es treibt mich so stark, meine tote Schwester zu rächen! Die Frau mit dem Hexenmal im Gesicht, die Kebse des Ehrlosen, dieses entlaufenen Sklaven vom Geschlecht der Ynglinge – sie war es, sie hat Svanhild auf dem Gewissen, weil sie ihn für sich allein haben wollte! Sie muss bestraft werden, bestraft!«

Ich fasste mir an den Hals. Es fühlte sich an, als hätte jemand einen Eimer heißes Blut über mir ausgeleert.

»Die Frau ist unschuldig, Bruder Benno.« Beschwichtigend legte Adalbert die Hand auf die Schulter des erregten Bruders. »Ich sah es in ihren Augen. Sie trägt ein Mal, das ist wahr. Aber ihre Augen sind gut, das musst du mir glauben. Das Licht Gottes leuchtet in diesen Augen, auch wenn sie gesündigt haben mag. Was hast du noch zu beichten?«

»Meine Gedanken sind unkeusch.« Bruder Benno knirschte vor unterdrücktem Zorn mit den Zähnen. »Unkeusch und sündig. Ich träume, sie zu züchtigen, nackend auf dem Tische, mit der Peitsche ihr weißes Fleisch zu zerreißen, träume von Blut auf ihren Brüsten, und ich – ich höre sie schreien – schreien, wenn ich schließlich meinen – meinen zuckenden –«

»*Ego te absolvo*, Bruder Benno«, unterbrach der Bremer die wüsten Sündenträume seines geistlichen Dieners, »ich spreche dich frei von deinen Sünden und mache dich zum Werkzeug des Herrn – trage das Feuer, das in dir brennt, zusammen mit der Fackel in den Götzentempel, und der Herr wird sein Wohlgefallen an dir haben!«

»O Vater«, keuchte Benno, noch nicht ganz von seinen Träumen erlöst, »welche Gnade wird mir zuteil, Vater!«

»In der Tat. Halte dich nun bereit, Bruder Benno. In der Nacht zu Epiphanias, heute in einer Woche, soll es geschehen, noch bevor das Händlervolk seine Buden zwischen den Königshügeln errichtet. Der Tempel wird verwaist sein. Kleide dich dunkel, und verwende viel Zunder, damit das Feuer sich rasch ausbreitet. Ich werde auch dort sein und für das Gelingen des Auftrags beten. Und nun geh in deine Kammer und erwarte die Stunde mit Fasten und Beten, mein Sohn. Der Herr ist mit dir.«

Benno brach die Kerze aus ihrem Wachsbett und verließ die Bank, um das Licht zum Altar zurückzutragen. Warm beschien es das Gesicht des Geschorenen, der in der Herberge von Schleswig am offenen Fenster neben mir wach gelegen und gehorcht hatte.

6. KAPITEL

Wirf dein Anliegen auf den Herrn, der wird dich versorgen, und wird die Gerechten in Ewigkeit nicht wanken lassen.
(Psalm 55, 23)

Ein Windstoß ließ die Kerze flackern. Grob geschmiedete Türangeln quietschten, dumpf fiel das Türblatt auf den Rahmen, ein Riegel schnarrte.

Wieder sah ich zur Kerze hin. Sie brannte ruhig, als wäre nichts gewesen, als wären sie und ich die ganze Zeit allein gewesen. Als hätten wir uns nur Geschichten erzählt, wie ich es früher mit meiner Schwester getan hatte.

Diese Geschichte jedoch war Wirklichkeit. Sie wollten einen Tempel abbrennen und die Heiden gewaltsam von Gottes Allmacht überzeugen! Ich hatte nicht die leiseste Ahnung, welchen Tempel sie meinten, doch was immer sie verbrennen wollten, es wäre in diesem Land eine Ungeheuerlichkeit. Oder etwa nicht? Und wenn der Plan des Bischofs aufginge, seine Überzeugungskraft ausreichte? Wenn sie tatsächlich glaubten, der starke Christengott habe ihn angezündet und die alten Götter besiegt?

Ich warf mich vor dem hölzernen Altartisch auf den Boden, streckte mich der Kälte entgegen, wartete auf Antwort, auf einen Hinweis in meinen Gedanken, der mir Rat sein könnte. Doch Gott schwieg wieder einmal und ließ mich frieren.

Da wurde die Kirchentür aufgerissen. Die kleine Kerze erschrak und erlosch. Starr lag ich am Boden, lauschte auf die Schritte. Mantelrascheln, noch ein Schritt, ein Schwert wurde gezogen.

»Dummkopf, hier ist niemand«, flüsterte ein Mann. »Sie wird doch nicht im Dunkeln hier sitzen und –«

»Aber sie war hier!« Erik. Warum nur konnte ich mich nicht rühren, warum konnte ich plötzlich keinen Finger bewegen, um aufzustehen? Seine Anwesenheit erfüllte das Haus mit Unruhe, Tatendurst. Was würde er sagen, wenn ich ihm von den Plänen der Christen berichtete? Ich konnte nicht, ich war noch nicht fertig mit Nachdenken, wusste doch selber nicht, was ich mit dem Gehörten anfangen sollte!

»Sie ist hier, Gisli.« Schritte kamen näher. Ich spürte, wie er nach mir suchte, so wie ein Tier die Witterung aufnahm, sich von seiner Nase leiten ließ.

»Unsinn! Niemand ist hier, und deine Frau schon gar nicht. Das Licht ist aus, die Geschorenen sitzen daheim bei ihren Frauen und lassen sich den Hintern kraulen. Du solltest dein Bier mit Wasser verdünnen, wie es die Alten tun, damit sie nicht von der Bank kippen. Komm.« Wieder quietschte die Tür. Aber Erik war noch da. Er stand da, vielleicht fünf Schritte von mir entfernt und atmete unregelmäßig. Und dann hörte ich ihn murmeln: »Warum tust du das, *elskugi*, warum nur?« Ein leises Schleifen, als die Schwertscheide in ihre Lederhülle abtauchte. Dann schleppende Schritte, die sich entfernten, Türklappen, Stille.

Ich vergrub meinen Kopf in den Armen, verdrängte die Störung. Die heilige Flamme, die die beiden Priester erfasst hatte, lockte erneut. Dem Allmächtigen den Weg bereiten. Licht in das Dunkel des Nordens tragen, endlich Licht und einen Sinn. Feuer legen – Götzen stürzen – und Erik, meine heidnischen Freunde, die mich so liebevoll aufgenommen hatten und von meinem Gott und seiner Güte nichts wissen wollten. Kleine Opferstätten im Wald, Brotkrümel unter Bäumen, eine obszön geschnitzte Freyrfigur am Pfosten neben Sigruns Kochtisch, das Odinsauge über der Tür, um die Einwohner des Hauses zu schützen, allabendliche Opfergaben an Freya, als deren Töchter die Frauen sich alle sahen, die Milch, bei Schneesturm vor die Tür gestellt, um Thor und seine Geister zu besänftigen…

Ich kauerte mich in meinem Mantel zusammen und kniff die Augen zu. Wie Schneeflocken im Sturm tanzten die Gedanken durch meinen Kopf, wild und orientierungslos, trieben schnatternd über einem Feuer, das sie alle mit langen Fingern einfing und wegschmolz…

Zähneklappernd wachte ich auf. Hatte ich etwa geschlafen in dieser Kirche? Ich setzte mich auf, bewegte vorsichtig die steifen Glieder. In meinem Kopf herrschte Ruhe, verdächtige Ruhe. Doch die Ratlosigkeit war immer noch da, saß unbeweglich in der Ecke und wartete.

Meine Brust schmerzte. Sie war so prall mit Milch gefüllt, dass es sich anfühlte, als wollte sie gleich platzen. Und zu Hause schrien zwei hungrige Kinder. Müde stand ich auf und schleppte mich an den Bänken vorbei zur Tür. Bevor ich sie aufstieß, drehte ich mich noch einmal um. Die Dunkelheit hing wie ein schwarzes Spinnennetz über dem Raum. Kichernde Dämonen krochen aus den Ecken und balancierten behände über die Fäden. Mich schauderte. Ich Närrin. Gott war nicht hier, war es nie gewesen.

Als sie nach mir greifen wollten, floh ich zur Tür hinaus. Ein eisiger Sturm kam von Osten her und gefror mir die Luft in der Lunge. Er ohrfeigte mich mit harten Schneekörnern – was hatte ein Mensch um diese Zeit auch draußen zu suchen? Hustend zog ich mir die Kapuze über die Wangen – und fuhr zu Tode erschrocken zusammen, als der Eisberg neben der Tür zum Leben erwachte und sich langsam aufrichtete!

»Komm«, sagte er, »lass uns endlich gehen.« Das Schwertgehänge quietschte leise, als unter seinen Händen Schneekaskaden vom Mantel stürzten. Sein Gesicht war grau vor Müdigkeit. Und ohne weiter in mich zu dringen, mein Verhalten zu erforschen oder gar zu verurteilen, nahm Erik meine Hand und brachte mich durch das Schneegestöber sicher zu Gislis Haus, wo die Schwüle von Magdalenas Sterben immer noch schwer über den Schlafenden lag.

Am nächsten Tag reisten wir ab. Alle Angelegenheiten waren zu Eriks Zufriedenheit geregelt, und schon bald würde man sich beim großen Fest in Uppsala sehen. Ich blieb stumm, als sie Treffpunkte und Feuerplätze verabredeten. Das Geheimnis der Priester saß in meinem Kopf wie ein eiserner Kreuznagel...

Ringaile und mir war es am Morgen gelungen, Alba verdünnte Ziegenmilch einzuflößen. Das Kind nahm die Milch ohne den kleinsten Widerstand, ganz als wüsste es, dass es sonst verhungern müsste. Ich hatte Bruder Georg angeboten, das Kind mitzunehmen und für ihn aufzuziehen, doch er mochte sich nicht von ihm trennen. Eine heidnische Amme lehnte er grundweg ab, lieber hörte er sich das keifende Gemecker des alten Sven an, dessen Milch die Kleine nun wegtrank. Gisli verdrehte die Augen und gelobte allen, sich umgehend nach einer zweiten Milchziege umzuschauen.

Magdalena lag neben dem Haus in einem Grab aus Eis, das die Männer ihr geschaufelt hatten – auch Georg würde seine Tote erst im Frühjahr beisetzen können. Mit versteinertem Gesicht sah er auf den Platz, wo sie von ihm gegangen war, während ich ihm half, Alba mit einem langen Tuch auf seiner Brust festzubinden, damit er seiner Arbeit in Gislis Warenlager nachgehen konnte. Sven schwenkte einen Becher Starkbier und bleckte seinen zahnlosen Kiefer. »Von Tag zu Tag versteh ich sie weniger, diese Christenleute«, nuschelte er höhnisch, »die Weiber peitschen sich zu Tode, und die Männer binden sich die Kinder auf den Bauch! Beim Thor, was für ein Volk!« Ich drückte Georgs Arm und strich ein letztes Mal über Albas flaumige Härchen. Sie würde diese Männerwirtschaft nicht lange überleben, dessen war ich mir sicher.

Ringaile saß mit Snædís in der Felltasche schon im Schlitten, als ich zur Tür hinaustrat. Hinter dem Schlitten stand ein Pferd angebunden, das ich nicht kannte. Ich schluckte. Aber bei Gott, es war einen Blick wert – trotz des grauen Wintertages schimmerte sein Fell auf wundersame Weise golden. Tief schwarz und üppig fiel die Mähne über einen mächtigen Hals, Eisklümpchen hingen in den Haaren wie Glasperlen auf einem Faden. Als es mich bemerkte, drehte es kurz den Kopf, knickte dann mit dem anderen Hinterbein ein und ließ gelangweilt die Unterlippe hängen.

»Den haben wir gestern gekauft.« Gisli kam um den Schlitten herum. »Erik wollte dir lieber ein *baggi* kaufen, weißt du, so einen Gaul mit rasierter Mähne, der so klein ist wie die norwegischen Männer.« Er lachte fröhlich über den unschmeichelhaften Vergleich, den ich hier in Svearland schon des Öfteren gehört hatte. »Aber ich hab ihm klar gemacht, dass du einen großen Mann hast und auch ein großes Pferd brauchst.«

Erik legte die Zügel in meine Hände. »Er heißt Sindri. Er wurde in den Wäldern des Nordens gezogen, und er soll dich erinnern … an …« Verlegen trat er mit der Fußspitze im Schnee herum. Ich wusste schon. An Weihnachten vor einem Jahr. An Sassenberg. An wilden Honig, an blitzende Forellen in Waldbächen und sonnendurchflutete Lichtungen – an die Freiheit, die mir an seiner Seite für eine kurze, wunderbare Zeit vergönnt gewesen war. Das Herz hüpfte mir in der Brust, und ich griff nach seinem Arm, sprachlos vor Rührung. Er verstand mich trotzdem.

Sindri sah nicht gerade aus, als könnte er Funken versprühen, wie es sein Name suggerierte, doch seine warmen, bernsteinfarbenen Augen nahmen mich sofort gefangen. Mein Vater hatte mir einst beigebracht, worauf bei einem Pferd zu achten sei. Der doppelte Fellwirbel auf Sindris Stirn und die Wirbel auf der Brust zwischen den mächtigen Schultern versprachen einen verlässlichen, schlauen Begleiter. Ich war sicher, dass sie mit diesem Pferd eine gute Wahl getroffen hatten. Überdies erschien es mir ein Privileg, nicht mehr im Schlitten frieren zu müssen, und so schwang ich mich mit gerafften Kleidern in den Sattel und erkannte in mir für einen kleinen Moment die unbändige Grafentochter wieder, die ich einmal gewesen war.

Gisli zupfte meinen Rock über die Wollbeinlinge und fragte lächelnd: »Geht es dir gut, Alinur von Sassenberg?«

»Du kennst mich nicht, Gisli Svensson«, strahlte ich ihn an, »sonst würdest du das jetzt nicht fragen!«

»Du kennst sie wirklich nicht.« Eriks Augen leuchteten vor Stolz, während er den Sattelgurt nachzog. Ich mochte eigensinnig und schweigsam sein und in Gunhilds Augen nicht die richtige Frau für einen Yngling – aber ich war die Seine.

Ein bisschen wehmütig war mir schon zu Mute, als die letzten Häuser von Sigtuna hinter den Bäumen verschwanden. Ringaile sang eine ihrer traurigen Weisen. Ich dachte, wie schön es doch wäre, immer in der kleinen Stadt am Mälar leben zu können. Erik ritt voraus, um den Weg im tiefen Schnee zu finden, doch umkreiste er in regelmäßigen Abständen seine kleine Reisegruppe wie ein Hütehund seine Schafherde. Ich spürte immer wieder, wie er Anlauf nahm, um herauszufinden, was ich in der Kirche getrieben hatte. Und wie er es jedes Mal doch unterließ. Er hatte kein Recht, mich zu fragen. Sigtunas Kirche war ein Ort, der mir gehörte, jetzt mehr denn je, wo ich ihr Geheimnis kannte. Es reiste mit mir, es saß auf meinen Schultern und drückte es mit jedem Schritt schwerer in den Sattel. Die langen, federnden Bewegungen Sindris warfen es hin und her, doch auch in den schweigsamen Stunden unserer Heimreise kam ich zu keinem Ergebnis, wie ich mit diesem Geheimnis umgehen sollte.

Vielleicht war es ganz gut, dass es unterwegs wieder zu schneien begann und wir uns darauf konzentrieren mussten, den Weg im Schneegestöber nicht zu verlieren. Ein paarmal waren wir gezwungen, abzusteigen und Schutz unter den Bäumen zu suchen, wenn der Nordostwind gar zu bösartig zubiss. An ein Feuer war nicht zu denken. Wir rückten unter den Ästen dicht zusammen und deckten Felle über uns, bis die schlimmsten Sturmböen vorüber waren. Es gab für jeden etwas

Brot und Trockenfisch – vor dem ich mich nach den ersten Bissen schon ekelte, ihn aber, weil nichts anderes da war, mit langen Zähnen zerkaute. Hinter meinem Fell sah ich, wie Erik verstohlen den von mir verschmähten Fischrest mit ein paar Brotkrümeln auf ein Tannenreisig legte und die Gabe unter einem Baum platzierte. Es gab keine Götter. Aber wenn doch einer da war, hätte er vielleicht Mitleid mit uns... Die hilflose Tat verriet seine Furcht, wir könnten alle miteinander erfrieren.

Snædís' Hungergebrüll schlug schnell in verzweifeltes Wimmern um. Es war nicht möglich, sie in den Fellen warm genug zu halten, und so band Ringaile sie mir nach dem Stillen auf die nackte Brust, während Erik und Hermann mit gezückten Waffen nach dem Wolfsrudel Ausschau hielten, das uns seit Sigtuna unermüdlich verfolgte. Manchmal konnte ich im Licht der Laterne gelb glitzernde Augenpaare erkennen, doch achteten sie darauf, Abstand zu unserer Gruppe zu halten. Vielleicht waren sie auch nicht hungrig genug. Ihr Heulen aber begleitete uns bis vor die Tür von Sigrunsborg, und selbst Erik murmelte dort mit steifen, blauen Lippen, solch eine Fahrt habe er in seinem Leben noch nicht durchgemacht.

Nur die Vorstellung von einem heißen, mit Kräutern versetzten Bad in Sigruns Badehaus ließ mich die letzten Schritte zum Haus in Haltung und Würde hinter mich bringen – wenn wir gleich anfingen, Wasser zu erhitzen, könnte das Bad bald fertig sein, vielleicht zwei Bottiche, damit es schneller ging...

Erik trieben wohl ähnliche Wunschträume. Sie zerstoben jäh, als er den Schlitten neben dem Grubenhaus bemerkte. Und er war wohl auch zu erschöpft, um mich vorzuwarnen, denn als wir das Haus betraten, erhob sich Gunhild Guđmundsdottir von ihrem Platz am Feuer.

»Sei gegrüßt, mein Sohn. Ich bin gekommen, mein Enkelkind zu sehen.«

Asgerd eilte herbei und half mir, die eisstarrenden Kleider auszuziehen. Ihr hämischer Blick verriet, dass sie mir den kalten Ausflug mit all seinen Auswirkungen gönnte. Die alte Königin nahm das Kind entgegen, ohne mir ein Begrüßungswort zu schenken.

»Wie schön, dass du Alienor und mich besuchst, Mutter.« Erik gab sich keine Mühe, seinen Ärger über ihr Verhalten zu verbergen. »Dein Sinneswandel freut mich.«

In Windeseile hatte ich mich fertig umgezogen und setzte mich so ans Feuer, dass ich mein Kind im Blick hatte. Gunhild befingerte Arme und Beine und fuhr mit der Hand zwischen die Windeln.

»Das Kind ist zu mager. Du musst es besser füttern. Ist deine Milch nicht ausreichend? Du musst –«

»Ihre Milch ist gut, Mutter.« Sigruns Stimme klang beschwichtigend. »Und das Kind kam zu früh.«

»Es ist viel zu mager. Sie muss eine gute Amme –«

Ich stand auf, stieg trotz der langen Röcke direkt über das Herdfeuer und holte mir Snædís aus ihren Händen. Der Geruch von angesengtem Stoff kroch durch den Raum, doch ich bemerkte es nicht, weil mein Herz so laut klopfte, dass es mir in den Ohren dröhnte. Die Zeit war gekommen, den Mund aufzumachen. Jetzt. Die fremde Sprache lag mit einem Mal klar wie ein Buch vor mir ausgebreitet, alle Worte, die ich je gelernt hatte, standen wie Krieger in einer Reihe, bereit, mir zu dienen. Die verdammte Fessel, die mir seit Wochen den Mund zugebunden hatte, riss mit einem lauten Knall.

»Dieses Kind – mein Kind – wird bestmöglich ernährt und gepflegt. Es hat ein gutes Zuhause, es hat Eltern, die es lieben, und das Allerwenigste, was es braucht, sind die Ratschläge einer alten Frau, die es nicht als Sippenmitglied anerkennen will, weil es einer unstandesgemäßen Verbindung entstammt. Da du aber nichts, gar nichts über Erik und mich weißt, hast du kein Recht –«

»Ich weiß genug, Mädchen, ich weiß, wer –« Sie hatte sich schnell gefangen und wollte zurückschlagen, doch ich ließ ihr nicht die Zeit. Sie würde mich nicht mehr unterbrechen, nie mehr!

»Nichts weißt du. Ohne mich wäre dein Sohn tot, verrottet in einem Kerker, und du hättest dein Sippenschwert in den Sumpf werfen können. Nein, Gunhild, du wirst dieses Kind erst wieder anfassen, wenn du seine Mutter anerkennst!«

Fassungslos starrte sie mich an. Sigrun feixte hinter dem Rücken ihrer Mutter. Erik hingegen schien nicht sicher zu sein, auf welche Seite er sich schlagen sollte, und das machte mich so unglaublich zornig, dass ich vor lauter Zittern nicht merkte, wie die Flammen meinen Rocksaum hochkrochen und sich leckend nach fetterer Beute umsahen.

Gunhilds Augen rundeten sich. »Du – du –«

»Dies ist nicht mein Haus, aber bei Gott, wenn es mein Haus wäre –«

»Alienor! *Varask*, verflucht –« Mit einem Riesensatz sprang Erik über die Feuerstelle, stieß mich aus den Flammen und drosch wie von Sinnen auf den Rock, der an einer Seite inzwischen lichterloh brannte. Ringaile pflückte mir das Kind aus den Händen, und dann ergoss sich der Inhalt des Wasserkübels, von Asgerd und Hermann zusammen gehoben, über meine Kleider, löschte das Feuer und ließ einen scharfen Brandgeruch zurück.

Erik stolperte rückwärts und sank mit entsetztem Blick auf die Bank. *»Meyja …«*

Die alte Königin hatte sich nicht von der Stelle gerührt. Sie sah mich unverwandt an, und ihre zusammengekniffenen Augen glitzerten. Sie hätte mich brennen lassen, dessen war ich mir sicher.

Wir wechselten an diesem Abend kein Wort mehr miteinander. Ich saß mit den anderen am Feuer, aß und trank mit ihnen, doch ich verschloss meine Ohren vor ihren Gesprächen. Die Sprache, die mir eben noch so kraftvoll gedient hatte, wandte sich von mir ab und wurde wieder zur Fremden, ich hörte nichts als Gemurmel, aus dem mein erschöpfter Geist nicht einmal mehr Namen aussortieren konnte. Sie hätten genauso gut Persisch sprechen können… Erik schob mich irgendwann in meine Schlafecke und deckte mich zu. Ich hörte, wie er Worte der Entschuldigung flüsterte. Ich verschloss mich auch diesen. Sein Verhalten war nicht zu entschuldigen.

Gunhild rüstete sich schon zur Abreise, als ich am folgenden Morgen mit verquollenen Augen und Schmerzen an der Wade aus meinem Winkel kroch. Ihr Diener hatte angeschirrt und nahm einen letzten, tiefen Schluck aus dem Bierbecher, während er mir ungeniert zusah, wie ich meine Kleidung untersuchte. Das Kleid war zerrissen und stank nach Feuer, der Wollbeinling wies ein Brandloch auf. Fluchend schlich ich zur Truhe und wühlte darin herum. Ich brauchte eine Ewigkeit, bis ich Kleidungsstücke zutage gefördert hatte, die zueinander passten. Mit tauben Fingern kämpfte ich mit den Broschen, die das Oberkleid zusammenhielten, und zupfte übellaunig an der Tunika herum. Sie saß um die Brust herum zu eng, es zwickte an den Seiten, außerdem lief mir schon wieder Milch aus der Brust und tränkte den Stoff.

Jemand räusperte sich hinter mir. Ich fuhr herum.

Gunhild Guđmundsdottir stand neben dem Pfosten, den Reisemantel in der Hand. Um ihren Mund lag derselbe hochmütige Zug wie gestern, als sie mir das Kind genommen hatte, doch in ihren Augen las ich eine neue Art von Interesse, die mich stutzig machte. Was wollte sie noch von mir?

»Es wird ein großes Fest geben, wenn ihr im Sommer Hochzeit haltet«, sagte sie und ordnete den Mantel. »Bis dahin möchte ich mein Enkelkind recht oft besuchen kommen.« Und dann streifte sie das edelsteinbesetzte Kreuz, das ihre Brust schmückte, über den Kopf und reichte es mir. »Nimm das als Zeichen meines – meines guten Willens, Alinur von Sassenberg. Nimm es für den Spross der Ynglinge, den Gott uns gesund erhalten möge.«

Zögernd nahm ich die Kette entgegen. Ihr Blick war hart, als sie mit einem Nicken von mir schied. Sie wollte ihre Enkelin besuchen. Sie würde jedes Mal herkommen, um die Enkelin zu sehen, und mich weiterhin nicht in ihrem Haus begrüßen. Wie schlau von ihr. Mit der Kette glaubte sie, sich das Recht erkauft zu haben, Snædís zu sehen. Starr vor Wut sah ich zu, wie sie den Abschiedstrunk nahm, ihre Tochter umarmte und Sigrunsborg verließ. Erik fand mich, immer noch neben der geöffneten Truhe stehend, das Kreuz in der Hand.

»Alienor, du hast sie –«

»Muss ich das Ding tragen?«, unterbrach ich ihn und ließ die Kette herausfordernd auf meiner Handfläche tanzen.

»Nur wenn du willst.«

»Ich will nicht.«

»Dann leg es in die Truhe und vergiss nicht, dass es dort liegt.« Er trat näher und hob mein Gesicht. »Alienor, du bist ihr durch dieses Geschenk für alle Zeiten zum Frieden verpflichtet. Sie kann das einfordern.« Ganz nah stand er vor mir. Sein Mantel roch nach frischem Schnee, Holz und nassem Leder. »Vielleicht wirst du ihren Frieden eines Tages brauchen, *elskugi.*« Und dann legte er die Arme um mich und strich mir über den Rücken. »Du hast sie gestern Abend beeindruckt«, flüsterte er. »Und mich auch. Ich bin froh, dass du deine Stimme wiedergefunden hast...«

Ich bohrte meine Nase in den nach Freiheit duftenden Mantel und versuchte, den Kloß im Hals hinunterzuschlucken.

Sanft löste er sich von mir. »Erlaubst du mir, sie ein Stück zu begleiten?« Ich nickte resigniert.

Als er fort war, hatte das Schweigen mich wieder.

Der von den Priestern vereinbarte Termin rückte unaufhaltsam näher. Ich versuchte, durch Fasten Gott auf mich aufmerksam zu machen, doch das bewirkte nur, dass meine Milch weniger wurde und Snædís allen mit ihrem Hungergeheul auf die Nerven ging. Sigrun stellte mich zur Rede, warf mir an den Kopf, was für eine unglaubliche Närrin ich doch sei, und zwang mich zu essen. Ich dachte, ich müsse an den Bissen ersticken.

Am Tag vor Epiphanias hatten wir uns später als üblich erhoben, nachdem der vergangene Abend überaus turbulent gewesen war. Da die Gäste noch in der Nacht heimgekehrt waren, brauchten wir kein großes Frühmahl anzurichten. Hrut schnarchte immer noch zwischen den Fellen. Erik versuchte, seine wirren Haare so zu striegeln, dass die Kopfschmerzen, die er immer noch vom ungezügelten Trinken bekam, nicht noch schlimmer wurden. Ein Kessel schepperte zu Boden.

»He«, fauchte er, »könnt ihr nicht aufpassen …«

Asgerd kam um den Pfosten herum, den Kochlöffel in der Hand. »Lass du mich meine Arbeit machen! Wenn's dich stört, dann sauf nicht so viel, oder hilf mir!« Sie war am Morgen in einer kleinen Blutlache erwacht und wusste, dass sie wieder nicht guter Hoffnung sein konnte, und entsprechend schlecht war ihre Laune. Ich hatte daraufhin meinen Plan aufgegeben, das Haus mit Kräutern einzuräuchern, wie es am Erscheinungsfest daheim Sitte war. Das Bündel aus Beifuß, Baldrian und Eichenblättern lag seit Tagen bereit, doch mir stand nicht der Sinn danach, mich mit einer Frau, die außerhalb des Hauses keinen Schritt ohne Amulett und Beschwörungsformeln tat, schon wieder über Aberglauben und Dummheit herumzustreiten.

»Ich sauf so viel, wie es mir passt«, brummte Erik. »Weck du lieber deinen Liebsten, es muss Holz gehackt werden.« Das tat sie nicht, sondern schlich stattdessen um meinen Platz herum und versuchte zu kontrollieren, wie viel von meinem Gerstenbrei ich gegessen hatte, um es Sigrun berichten zu können, die im Stall die Ziegen molk. Meine schwelende Wut – gepaart mit wachsender Ratlosigkeit und Schlafmangel – entzündete sich an ihrem feindseligen Blick: Ich kippte den Inhalt meiner Schale in die Glut, wo sie laut zischend verdampfte, und sprang von der Bank hoch.

»*Eigi hendir svá, frakka!*«, bellte sie los und packte mich am Ärmel. Ich riss mich los.

»*Flagđ-kona!*«, warf ich ihr das einzige Schimpfwort an den Kopf, das ich kannte.

»Hehehe, *frakka*, pass auf, was du sagst!«, war das Letzte, was ich von ihr hörte, als ich die Haustür hinter mir zuschlug und zum See hinunterlief.

Niemand kam, um mich zu suchen. Ich knautschte mein Kopftuch und scharrte Löcher in den Schnee. Mein Geheimnis drohte, mich zu überwältigen. Feuer im Tempel. Feuer im Tempel!

Wie würde er reagieren? Er würde seine Götter schützen – wie ich den meinen, wenn Seinem Haus Vernichtung drohte. Würde ich? Hätte ich den Mut? Sag es ihm! Nein, sag es ihm nicht, lass es geschehen, es ist der Wille Gottes! Aufgewühlt rannte ich am Seeufer entlang, raufte mir die Haare und stammelte Gebetsfetzen: »*Me festina – adhaesit pavimento anima mea*, verflucht, Gott hilf mir, *Domine ad adiuvandum*, Allmächtiger…«

Was sollte ich tun, wie mit dem Wissen umgehen, das schleichend meinen Seelenfrieden zerstörte? Gott musste mir zuhören. Ich kletterte auf eine Anhöhe und kniete im Schnee nieder. Die Worte des Paternosters streichelten schließlich meine verwirrten Sinne wie eine väterliche Hand, und ich wurde etwas ruhiger.

»Und nun Ewiger Vater, hilf mir! Sag mir, was ich tun soll, sag es mir! Ich weiß nicht, was richtig ist…« Ich ließ die Hände in den Schnee fallen. Was maßte ich mir auch wieder einmal an – niemandem außer Gott stand es zu, die Entscheidung eines Bischofs zu beurteilen! Und doch, wer konnte von sich sagen, stets ohne Fehl zu handeln? Seit den Tagen von Abt Fulko war mein Vertrauen in die Geistlichkeit mehrfach erschüttert worden. »Hilf mir, sag mir, was ich tun soll! Heilige Jungfrau, willst

Du wirklich, dass der Tempel brennt, dass die Götzen vom Feuer vernichtet werden, willst Du –« Eine eisenharte Hand packte mich an der Schulter und riss mich herum.

»Was hast du da gerade gesagt?« Ich rappelte mich aus der Schneewehe hoch, schnaufend und spuckend. »Was hast du von Feuer gesagt, was – was?« Erik kniete nun über mir und schüttelte mich wild. »Was hast du gesagt, Alienor?« Mit der freien Hand wischte ich mir den Schnee aus dem Gesicht und schob mich gleichzeitig tiefer in den Schneehaufen hinein. Eine Welle von Trotz stieg in mir hoch. Wie kam er dazu, heimlich meinen Gebeten zu lauschen?

»Nichts. Ich habe nichts gesagt.« Oder war das der Weg? Hatte Gott ihn hergeschickt? Ich spürte, wie er sich bemühte, seine maßlose Ungeduld zu zügeln.

»Welches Feuer für die Götzen meinst du, Alienor?« Er ließ mich los und hockte sich vor mich hin. »Was hast du damals in der Kirche getan, Alienor?« Auch er hatte es also nicht vergessen. Ich blickte in seine klaren blauen Augen und erkannte den Weg, den ich gehen musste. In seine Hände sollte ich es legen, um es zu einem guten Ende zu bringen.

»Sie wollen den Tempel von Uppsala niederbrennen.«

Sein Gesicht versteinerte.

»Was?«

»Den Tempel. Sie wollen Feuer an den Tempel legen.«

»Was für einen Tempel? Es gibt in Uppsala keinen – ihr Götter...« Er starrte mich an. Alle Farbe wich aus seinen Wangen, ließ sie grau und leblos zurück. Unter mir schmolz der Schnee weg. Ich fing an zu zittern.

»Was meinst du, Erik? Was?«

Erik packte meine Handgelenke. Seine Augen glühten vor Erregung. »Wann wollen sie das Feuer legen? Wann, Alienor? Bitte sag es mir, bitte!«

Ich sah ihn fest an. »In der Epiphaniasnacht werden sie es tun. Das ist heute Nacht.« Die Worte hallten wider in der kleinen Bucht. *Heute Nacht. Heute Nacht…* Er war ein paar Schritte aufs Eis gegangen. Kleine Wölkchen stiegen auf und verrieten, wie heftig er atmete. Würde ich nun den Heiden in ihm kennen lernen, den Götzenanbeter, der die Statuen mit seinem Blut verteidigen würde? Was wusste ich denn schon von ihm? Ich kroch aus meiner Schneehöhle, um ihm mutiger gegenübertreten zu können. War Gottes Weg der richtige?

Erik kam zurückgestampft, blass vor Erregung. »Törichte Glatzköpfe, Narren, die sie sind!«, keuchte er. »Begreifen Sie denn nicht, dass es so nicht geht? Niemand hier wird ihnen glauben, niemand! Eher werden sie mit Schweinen und Ziegen gemeinsam bluten, wie die anderen vor ihnen!«

»Aber sie wollen doch den rechten Glauben bringen…« Meine Worte klangen so blöde, dass ich mich beinahe schämte. Da legte er mir die Hände auf die Schultern. »Alienor, es geht hier nicht darum, wer an welche Götter glaubt. Deine Priester wollen das Haus des Svearkönigs niederbrennen!«

Verständnislos starrte ich ihn an. »Des Svearkönigs? Stenkils Haus ist doch kein Tempel.«

»Es ist kein Tempel.« Er holte tief Luft, als er seine Finger in meine Schultern krallte. »Wenn wir uns in ein paar Wochen zum großen Opferfest zusammenfinden, wird diese Königshalle der Mittelpunkt des Svearreiches sein.« Seine Augen näherten sich meinem Gesicht. »Mit ihrem Feuer stürzen die Geschorenen nicht die alten Götter, sondern Stenkil Ragnvaldsson, den König der Svear, der für die Zeit der Opfer auch ihr oberster Priester sein wird!« Brutal knetete er mit Daumen und Zeigefinger seine Augenhöhlen. »Es muss verhindert werden, beim Thor, es wird einen Aufstand geben.«

»Sie wollen dem Volk predigen, Erik. Sie wollen predigen, der Allmächtige habe das Feuer geschickt. Vielleicht wird man ihnen glauben.« Ich selbst wusste nicht mehr, was ich glauben sollte. Etwas Neues hatte sich davor geschoben. Ich roch Blut, ganz nah.

»Man wird ihnen nicht glauben.« Seine Augäpfel hatten sich rötlich verfärbt und glänzten wie im Fieber. »Man wird stattdessen den König verjagen. Wenn seine Halle mit den Opferfiguren brennt, dann glauben die Leute, dass der König sein Heil verloren hat – und er wird dafür mit dem Leben bezahlen müssen! Beim Thor – ein Feuer an den Königshügeln kann auf das ganze Land übergreifen!«

»Das ganze Land? Wie …«

»Alienor, die Stimmung im Volk ist aufgeheizt. Das Neunjahresopfer steht vor der Tür, wo man um Frieden und Fruchtbarkeit bitten will. Die Menschen sind nicht gut auf Fremde zu sprechen, die ihnen das große Fest verderben wollen. Haben die Gehörnten etwa den Tod von Bischof Eskil von Strängnäs vergessen? Das ist lange her, doch« – er holte tief Luft – »wenn die Königshalle brennt, wird wieder Christenblut fließen.«

Seine Worte erschütterten mich bis ins Mark. Stumm hockte ich mich in den Schnee. Ich spürte, dass er Recht hatte.

»Du trägst es schon lange mit dir herum, nicht wahr?« Er setzte sich neben mich und strich mir über den Rücken. »Sicher wird der Weiße Krist eines Tages seine Anhänger im Norden finden. Doch mit Eile und Zwang wird er das nicht erreichen, glaub mir. Die Menschen hier wollen selber entscheiden, an wen sie ihre Gebete richten.« Ich dachte an Sigrun und Vikulla und erkannte, dass der Plan des Bremers zum Scheitern verurteilt war. Nie würden diese Frauen seinen heuchlerischen Worten Glauben schenken, und wenn Feuer das halbe Land verzehren würde! Schnee knirschte neben mir.

»Wo willst du hin, Erik?«

»Den König suchen und ihn warnen. Und sehen, was ich noch verhindern kann!«

Hastig stand ich von meinem kalten Sitzplatz auf. »Ich komme mit!«

»Das fehlte mir noch …« Mit langen Schritten kam er zurück und packte mich an den Armen. »Bleib zu Hause, was auch geschieht. Schließt euch ein und lasst niemanden herein. Sie wissen doch, dass du aus dem Land der Fremden kommst! Alienor – tu wenigstens einmal, was ich dir sage!« Ein wilder Kuss, dann war er fort, verschwunden hinter den Bäumen, um Kári zu satteln und in die beginnende Dämmerung hineinzureiten, und der Wind nahm seinen Tatendurst mit sich.

Als ich ins Haus kam, wunderte man sich immer noch über seinen plötzlichen Aufbruch.

»Wenigstens Holz hätte er noch reinholen können«, maulte Sigrun gerade mit einem verächtlichen Blick auf Hrut, der sich nach einer wilden Nacht zwischen Asgerds Beinen den Rücken verrenkt hatte und seit dem Morgen mit einem heißen Stein jammernd zwischen seinen Fellen lag.

»Tja, wenn der König ruft …« Asgerd dehnte ihre Worte voller Spott und pappte einen neuen Teigklumpen auf die eiserne Backscheibe im Feuer.

»Der König? Es war kein Bote da, der ihn hätte rufen können.«

Und dann sahen sie beide mich an, als wüsste ich den Grund. Doch ich stellte mich dumm, stillte mein mittlerweile quengelndes Kind, bis es beinahe platzte, und machte mich dann daran, in der Kleidertruhe das Unterste zuoberst zu kehren.

»Was suchst du?« Asgerds lange Neugiernase erschien an meiner Schulter. Meine Rechte hatte die Männerhose bereits ertastet. Mit einem Ruck zog ich sie aus dem Kleiderhaufen heraus und schlüpfte in Windeseile in Hose, Hemd und Kurztunika.

»Das – das ist nicht dein Ernst.« Sigruns Hände fielen in den Schoß, als ich angekleidet aus dem Schatten heraustrat und mein Kurzschwert am Gürtel befestigte. »Was willst du in diesem Aufzug? Trägt man das am Hof des Salierkaisers?« Lachend sah sie Asgerd an, die fassungslos den Kopf schüttelte. »Ich kenne keine Frau, die so herumläuft, Alinur – wen willst du damit belustigen?«

Mit zusammengebissenen Zähnen warf ich mir das Reisefell über die Schultern. »Ich reite Erik hinterher. Gebt auf mein Kind Acht.«

Sigruns Lachen zerstob über dem Feuer. »*Was* willst du?«

»Ich muss – ich muss ihm nach, jetzt gleich.«

An der Tür hielt sie mich fest. Ihre Augen hatten jede Freundlichkeit und Wärme verloren. »Hör zu, Frau, was ich dir jetzt sage: Ich weiß zwar nicht, wo mein Bruder so eilig hingeritten ist und was er vorhat, aber ich weiß ganz sicher, dass er kein stillendes Weib an seiner Seite nötig hat, um seine Pläne auszuführen!« Ihr Griff schmerzte. »Du gibst ihn der Lächerlichkeit preis, wenn du ihm folgst!« Erregt zerrte sie mich von der Tür weg. »Glaub mir«, zischte sie, »es ist mir wirklich gleichgültig, was die Leute von dir denken, *frakka*, aber ich verbiete dir, aus meinem Bruder einen Schwächling zu machen!«

Ich riss mich von ihr los. Ihre Worte verletzten mich mehr als das Skandalgezetere daheim auf Sassenberg. Doch ich hatte es einmal geschafft, meinen eigenen Weg zu gehen – ich würde es wieder schaffen. Vertrauensvoll schmiegte sich der Schwertgriff in meine Hand, als ich an ihr vorbei durch die Tür ging.

Niemand folgte mir, niemand half mir, das Pferd aus dem Verschlag zu holen und zu satteln. Schwarz und abweisend lag Sigrunsborg auf der Lichtung, und hinter dem Grubenhaus rührte die alte Katla sich in ihrer Eishöhle. *Lächerlich! Du machst den Yngling lächerlich! Rabenmutter!*, keifte sie mir hinterher. Ich trieb Sindri im Galopp auf den Reiseweg nach Uppsala und ließ die Stimmen hinter mir.

Irgendwann schnaubte das Pferd leise und blieb stehen. Vorsichtig hob ich die Fackel, die ich zum Schutz gegen die Raunachtgeister mitgenommen hatte, obwohl der Vollmond am wolkenlosen Himmel den Pfad ausreichend beleuchtete. Wo waren sie, die sich mir in den Weg stellen wollten? Es knackte in den Bäumen, ein Tier schrie. Etwas flatterte, Schnee fiel vom Baum. Äste schnellten zurück, von der Last befreit, dann wieder Stille. Fast hörte ich, wie die herabsinkenden Flocken den Boden berührten. Ein paar gelbe Augen blinzelten träge am Wegesrand. Ich beugte mich über den Pferdehals. Káris Spur, eben noch deutlich in der Mitte des Weges sichtbar, war verschwunden. Eine Windbö fuhr durch den Wald, rüttelte an Ästen, wirbelte den frischen Schnee auf – und weckte sie, die Geister der Epiphaniasnacht. Hektisch drehte ich den Kopf. Die Spur war weg, Bäume, wo ich auch hinsah, Bäume und kein Weg – die Geister hatten uns in die Irre geleitet, hatten sich zwischen den Wipfeln und im Unterholz erhoben und Schnee fallen lassen, wo sonst keiner lag. Sie neckten mich, schütteten mir eisige Flocken in den Nacken und Schneelawinen über die Hände, sie pusteten in die Fackel, dass sie unsicher zu flackern begann –

Sindri gab ein leises Geräusch von sich. *Sieh nur. Dort drüben.* Ich umklammerte seine langen Mähnenhaare und drückte mich tiefer in den Sattel. *Siehst du ihn, neben der Tanne?*

»*Domine, ad adiuvandum*«, murmelte ich verstört. *Schsch… Sei ganz leise. Er wartet auf uns.* Etwas Schwarzes flatterte dicht an meinem Gesicht vorbei. Fast kippte ich hintenüber, die Fackel fiel in den Schnee und verlosch zischend. »O Gott, verflucht!« Nun hatte ich nichts mehr, was mich in dieser Zaubernacht, in der sogar die Tiere eine Stimme hatten, noch schützen konnte. *Er weiß den Weg.* Sindris Worte waren nur ein Hauch in meinem Ohr, doch sie holten mich aus der Erstarrung und flößten mir genug Mut ein, um den Kopf zu heben.

Vor uns auf dem schmalen Weg stand ein riesiges vierbeiniges Wesen. Der Ast, an dem es geknabbert hatte, schaukelte leicht und verlor Schnee, von jedem Zweig ein bisschen, bevor er im Maul des Wesens verschwand. Hoch wie ein Schicksalsberg türmte es sich vor uns auf und schien zu überlegen, ob es uns passieren lassen sollte oder nicht. Die Geister blieben respektvoll im Unterholz sitzen. Mit flinken, runden Kaubewegungen zermalmte es das Zweiglein und probierte dann mit einer erstaunlich beweglichen Oberlippe, wie weich das nächste war, ohne den Blick von uns zu lassen. Eine mächtige Krone schwebte über seinem Kopf, doch trug das Wesen sie mit Würde und Majestät. Ich wagte es nicht, abzusteigen und die Fackel aus dem Schnee aufzuheben. Sindri brummte unterdrückt. Und dann setzte der Kronenträger sich schaukelnd in Bewegung, zog seine unendlich langen Beine grazil durch den tiefen Schnee und schickte sich an, zwischen den Bäumen zu verschwinden.

Sindri folgte ihm, ohne auf meinen Befehl zu warten. *Er weiß den Weg.* Die Geister blieben flüsternd zurück. Kein Laut störte die Nacht, allein das dumpfe Knirschen der Hufe und Sindris Schnaufen bewiesen mir, dass ich nicht träumte. Wie ein Schatten glitt unser Führer zwischen den Bäumen hindurch, und die Äste wichen vor ihm zurück, als wagten sie nicht, seine Krone zu berühren. Der Mond beobachtete uns auf unserem Weg und war zufrieden. Ich versank in der Stille. Gab den Willen auf, etwas zu unternehmen, Entscheidungen treffen zu wollen. Mein Körper verlor sich in der wiegenden Bewegung Sindris, die mich wie eine sanfte, kreisende Melodie liebkoste und alle Schwere von mir nahm. Hatte ich einen Plan gehabt? Einen Plan…

Und dann hatten wir den verzauberten Wald hinter uns gelassen. Uppsalas Ebene lag vor uns, wo sich drei Königshügel stolz in den hellen Nachthimmel reckten. Der Elch blieb stehen. Das Mondlicht umschmeichelte seine grau samtene Krone, als er den Kopf zu uns drehte und uns mit schimmernden Augen ansah. *Weiter kann ich nicht mit euch gehen.* Und er senkte den Kopf wie zum Gruße und schritt hinunter zum Flussufer, wo er zwischen den Büschen verschwand.

Sindri schüttelte seine schwere Mähne und riss mir dabei fast die Zügel aus der Hand. *Keine Zeit zu verlieren.* Ich erwachte wie aus tiefem Schlaf. Einer Daunendecke gleich schmiegte sich der unberührte Schnee an die Erde, verschluckte alle Geräusche und verbarg die Spuren unseres Führers. Hatte ich das alles nur geträumt? Das Pferd schwieg und wartete.

Weit vor uns bellte ein Hund. Uppsala! Noch sah man kein Feuer an den Hügeln brennen – wir kamen nicht zu spät. Die Upplandebene schlief bereits nach einem kurzen, kalten Wintertag. Hier und da sah man Fackeln vor den Haustüren brennen, doch die Menschen saßen drinnen am Herdfeuer, aßen und scherzten miteinander, liebten sich oder schnarchten bereits.

Ich hatte keine rechte Vorstellung, was ich an der Königshalle sollte. Einzig ein dummes Gefühl hatte mich in diese verzauberte Nacht hinausgetrieben, ein Gefühl, Erik könnte in Gefahr sein. Das war auch der Grund, warum ich mich den Königshügeln von hinten näherte. Eine seltsame Spannung lag über den schneebedeckten Erhebungen, ganz als erwachten die toten Könige in ihren Gräbern, um ihrem in Bedrängnis geratenen Nachfolger zur Hilfe zu eilen.

Am Rande des Wäldchens, das sich an das Plateau schmiegte, stieg ich aus dem Sattel. Mein Weg führte durch diesen Wald, den sie den Götterhain nannten, und hier konnte Sindri mich nicht weiter begleiten. Ich band ihn an einem Baum fest, tastete nach meinen Waffen und arbeitete mich durch den tiefen Schnee in den Wald hinein. Dicht beieinander stehende Eiben, die von den Heiden so verehrten Bäume der Götter, behinderten die Sicht, und so versuchte ich, einfach geradeaus zu gehen, um diesen düsteren Wald zu durchqueren.

Obwohl schon zweimal Gast des Königs, war ich hier noch nie gewesen. Inmitten eines Waldstücks, so groß wie unsere Burgwiese, befand sich eine Allee aus hoch gewachsenen Eschen. Sie standen einander in zwei langen Reihen gegenüber, und ihre mächtigen Äste streckten sich über den Weg, stark genug, in wenigen Wochen die blutigen Opfer zu tragen. Schaudernd erinnerte ich mich, was Erik mir vor langer Zeit über das

Neunjahresopfer erzählt hatte. Tiere wurden den Göttern zu Ehren geopfert und aufgehängt, und in Zeiten der Not auch Menschen, um mit deren Blut die zürnenden Götter zu besänftigen.

Aus dem Nichts frischte der Wind auf. Direkt über mir klirrte und sirrte es. Ich stolperte rückwärts gegen den Baum. Kein Pfeil, wie ich zuerst glaubte, nein, eine Windharfe, bestehend aus dünnen Eisenstäbchen, die im Wind schaukelten und sich gegenseitig anschrien, als gierten sie schon nach Opferblut. Das Geräusch bohrte sich mir durch den Kopf bis in die Zähne – und gleich darauf ging ich unter einer Ladung Schnee fast zu Boden. Der Götterhain lebte, er versuchte mich loszuwerden, ich fühlte, wie dürre Spinnenfinger von den Ästen herunterhangelten und sich in meinen Haaren verfingen! Die Krallen von Freyas Katzen? Oder die Seelen der Geopferten …

Mit zusammengebissenen Zähnen achtete ich darauf, unter den Bäumen zu bleiben, und schlich um die Allee herum. So vorsichtig ich meine Füße auch setzte – der Schnee machte sich einen Spaß daraus, laut zu knirschen. Doch dann bemerkte ich, dass es nicht nur meine Schritte waren: Hinter einer dicken Esche traten drei Gestalten hervor. Verstohlen blickten sie sich um und sahen gleich darauf in meine Richtung. Ich konnte mich gerade noch hinter einen Busch stürzen.

»Ein Tier, Bruder Benno«, raunte der eine.

»Es gibt kein Leben in diesem von Gott verfluchten Wald! Lasst uns umkehren, Ehrwürdiger Vater.«

»Heute ist die Nacht der Erscheinung. Heute Nacht soll es sein. *Deus cum nobis*! Auf, mein Sohn!« Geduckt huschten sie durch die Allee in Richtung Halle. Ich blieb unter den Bäumen, zog meinen Dolch und folgte ihnen. Die Windharfen zerrten an meinen Nerven. Hörten sie es etwa nicht? An einen Baumstamm gelehnt, hielt ich inne, um Atem zu schöpfen.

Da fuhr mir eine Hand aus der Dunkelheit ins Gesicht, hielt mir eisern den Mund zu und riss mich rückwärts zu Boden. Der

Schnee fing mich lautlos auf. Ohne die Hand wegzunehmen, erschien eine Gestalt über mir, hob die Faust – und hielt inne, denn mein Dolch bohrte sich durch den Mantel gegen die Brust, bereit, bei der nächsten Bewegung zuzustechen. Erst töten, dann fragen – wie oft hatte ich das hier gehört. Dass ich es dennoch nicht tat, hätte mich an einem anderen Ort das Leben kosten können.

»Nimm das Ding aus meinem Pelz, bevor es dir Leid tut, *fífla*!«, zischte Erik, ohne seinen Griff zu lockern. Ich versuchte zu sprechen, doch er quetschte mir so den Kiefer, dass nichts als Spucke zwischen seinen Fingern hindurchdrang. »Was beim Thor tust du hier? Ich hätte es mir denken müssen...« Und dann nahm er endlich die Hand weg und entriss mir den Dolch. Keuchend wischte ich mir über das Gesicht. »Also? Was willst du hier, Alienor?«

Ich biss mir auf die Lippen. Man sagt einem Krieger vor dem Kampf nicht, dass man Angst um ihn hat. Doch es lag mir nicht, darauf zu warten, ob er ganz oder in Stücken heimkehrte...

»Was tust du denn hier?«, fragte ich deshalb herausfordernd und rutschte ein Stück von ihm weg.

»Schrei nicht so rum!«, fauchte er. »Ich beobachte die Halle, schon seit einer Ewigkeit. Stenkil ist auf der anderen Seite des Waldes. Bist du sicher, dass es heute Nacht passieren soll?«

»Aber sie sind doch schon hier! Hast du sie denn nicht gesehen?«

Natürlich nicht, denn er hatte ja mir aufgelauert. Verärgert reichte er mir die Hand und half mir beim Aufstehen. »Du gehst zurück, jetzt gleich.«

»Nein.«

Er schüttelte mich. »Du bist närrisch!« Er trat einen Schritt zurück, sah sich um, sah mich an und erkannte im Mondlicht meinen unmöglichen Aufzug. Ich hörte förmlich, wie seine Gedanken Salto schlugen: Was, wenn man mich so sähe, die Frau des Ynglings, Ausländerin, römische Christin im Götterhain – und stöhnte leise auf. »Hat Sigrun nicht versucht, dich aufzuhalten?« Ich schüttelte kleinlaut den Kopf, ihre verletzenden Worte noch im Ohr.

»Alienor, das hier ist kein Spiel. Du –«

»Ich will auch nicht spielen. Ich weiß, wo sie hingegangen sind.« Er sah mich mit einem seltsamen Ausdruck an. Seine Nähe war berauschend, ich konnte den Blick nicht von ihm wenden... Für einen Moment umfing der Wald uns mit zärtlichen Armen, sperrte Sigrun, den Skandal und sogar das Kind aus und raunte uns ein Lied von Zweisamkeit und Bewährung zu. Ich hörte, wie sein Atem kürzer ging, spürte sein Verlangen, mein Herz schwang sich ihm jubelnd entgegen –

»Also gut.« Rau klang die leise Stimme. »Aber kein Wort. Und keinen Schritt ohne mich. Schwöre mir. Schwöre.« Ich machte einen Schritt auf ihn zu, reckte mich und küsste ihn. Da riss er mich an sich, die Hand, die in meinen Haaren wühlte, machte mich schwach und schwächer. Eng umschlungen taumelten wir gegen den nächsten Baum, der meinen Rücken sanft auffing und ihm schon ein Lager bereiten wollte...

Die Windharfe über uns klirrte ärgerlich. Erik löste sich von mir und zog mir mit bebenden Händen die Kapuze über den Kopf. Ich sah seinen brennenden Blick und schluckte – und begriff endlich, warum Frauen im Kampf und in Abenteuern nichts zu suchen haben.

Im Dickicht des Waldes waren wir nur zwei körperlose Schatten, die durch den Schnee schlichen und an der letzten Baumreihe anhielten. Ein wohl bekannter Duft drang da in meine Nase, rauchig und kostbar, vertraut – ein Geruch aus meiner Jugend.

»Weihrauch!«, flüsterte ich Erik zu, der vorsichtig die Zweige der Eiben auseinander bog. Am Waldrand stand der Erzbischof, brachte zusammen mit zwei knienden Gestalten für ein gutes Gelingen sein Rauchopfer dar und sang vom Einzug in das Heiligtum. »*Domine est terra et plenitudo eius, orbis terrarum et qui habitant in eo. Quia ipse super maria fundavit eum et super flumina firmavit eum. Quis ascendet in montem Domini, aut quis stabit in loco sancto eius? Innocens manibus et mundo corde …*«

Einen Moment lang zweifelte ich an unserem Vorhaben, die Mönche aufzuhalten. Gott war mit ihnen, wie konnten wir uns ihnen da in den Weg stellen?

Erik bewegte sich neben mir.

»Was hast du vor?« Ich tastete nach seiner Hand, die sich warm und zuversichtlich um meine Finger legte.

»Du bleibst hier und wartest auf mich. Keinen Schritt, hörst du? Ich werde auf die andere Seite gehen und Stenkil suchen.« Damit schlüpfte er wie ein Schatten von mir weg, und nur die wippenden Äste verrieten, dass er neben mir gehockt hatte.

Scheu sah ich mich um. Da war noch etwas. Jemand beobachtete mich. Im Gebüsch, hinter Schneeverwehungen … ich spürte die Anwesenheit von etwas Erhabenem, eine Spannung, die mir Schauer den Rücken hinunterjagte – wieder sah ich mich um, fingerte an meinen Waffen herum. Tannenzweige zitterten, Geisteraugen blitzten im Dunkel. Die Nachtluft vibrierte im Epiphaniasrausch. Schritte. Die Könige? Hatten sie sich erhoben, um dem Bedrängten zu Hilfe zu eilen? Schnee knirschte. Ich drückte mich gegen eine Birke und hielt den Atem an. Ihre Zweige umfingen mich schützend, verbargen mich vor allzu gierigen Blicken.

»*… attolitte portae, capita vestra, et elevamini, portae aeternales et introibit rex gloriae!*« Ich beugte mich vor. Der Bischof segnete die Männer. Dann erhob sich der eine, ergriff ein Bündel Stroh und strebte auf das lange Gebäude auf dem Plateau zu. Die anderen beteten mit monotonen Stimmen weiter. Leise klirrten die Ketten des Weihrauchgefäßes. Der mit dem Stroh war verschwunden. Ich wurde nervös. Wo blieb Erik? Die betenden Stimmen schwollen an, von heiligem Eifer beseelt. Ich legte die Arme um den Baum und zwang mich zur Ruhe. Sicher war er in der Nähe, würde den richtigen Moment abwarten, um dann mit einer Streitmacht zwischen den Bäumen hervorzubrechen... Augenblicke zerrannen wie kleine Ewigkeiten. Freyas Baum und alle Wesen um mich herum warteten atemlos und starr: Er würde kommen, gleich würde er kommen – und dann roch ich es.

Wohl bekannt, stechend und tief in die Furchen meiner Erinnerung eingegraben, damit ich es nie vergaß – Feuer. Es brannte. Er hatte die Halle angezündet!

Ich zögerte keinen Moment länger, ignorierte, was man mir eingeschärft hatte, und verließ den Schutz des Götterhains. Der Schnee lag tief und klebrig, er pappte mir an den Kleidern und unter den Sohlen und gab sich alle Mühe, mich zu behindern. Ich ruderte mit den Armen, als würde mir das helfen, schneller voranzukommen – »Heda! Wer da? Bleib stehen, Kreatur des Teufels!« Die Stimme des Betenden überschlug sich fast vor Aufregung – sie hatten mich entdeckt! Über die Schulter sah ich, wie der eine sich an die Verfolgung machte. »Teufel! *Recede, diabolo*, die Flammen sollen dich mit verzehren!« Ich stürzte vorwärts, um die Ecke der Halle herum, fiel über einen Erdhügel in den Schnee und blieb für einen Moment keuchend liegen. Dann sah ich hoch. Kalt schien das Mondlicht auf die für das Opferfest vorbereitete Königshalle: Man hatte die lange Wand zum Teil herausgebrochen und das neu entstandene breite Portal mit blutroten Balken geschmückt. Stroh raschelte, es roch jetzt durchdringend nach Feuer. Wo blieben sie nur? Ich rappelte mich hoch und lief auf den Eingang zu.

Ein Mann stand in der Halle und verteilte Stroh auf dem Boden. In den Ecken loderten bereits Flammen die Wände hoch.

»Nein!«, schrie ich. »Tu's nicht, lass ab davon!« Er drehte den Kopf, zeigte sein rußgeschwärztes Gesicht, erstaunt, ungläubig. Bruder Benno, der Mann aus der Kirche von Sigtuna. Der heimliche Zuhörer aus Schleswig. Svanhilds leidenschaftlicher Bruder. Ich nahm alle Kraft zusammen und rannte auf ihn zu, wollte ihn umrennen, ihm den brennenden Strohwisch aus der Hand schlagen, den Feuerstein wegtreten – und rannte gegen eine Wand aus Stein. Unter der zerlumpten Kutte verbarg sich ein gestählter Körper mit der Kraft eines Bären. Ein Mann der Tat, kein verweichlichter Gebetstuhlhocker. Seine Faust griff nach meiner Felljacke, knochige Finger zerrissen den Stoff darunter, während die andere Hand das brennende Stroh fallen ließ.

»Du Teufel wirst mich nicht daran hindern, das Werk des mächtigen Christengottes zu vollbringen«, zischte er heiser. Die Flammen in der Ecke waren bereits mannshoch, und nach einem Augenblick des Zögerns machte er Anstalten, mich in diese Flammen hineinzustoßen. Sein Zögern jedoch gab mir Zeit, das Schwert zu ziehen. Ein leises Schleifen, dann hielt ich es in der Hand, und die Klinge blitzte munter im Licht. Sie überbrückte den Abstand zwischen uns, und ich dachte, dass ich ihn damit vielleicht würde in Schach halten können, bis sie kamen …

»Lass mich los, Mönch!« Ich kniff die Augen vor dem beißenden Rauch zusammen und machte ein paar vorsichtige Schritte um ihn herum, bis ich das Portal im Blick hatte. Meine Kaltblütigkeit erstaunte mich – diesmal würde ich zustechen, diesmal ganz sicher! Er verharrte einen Moment, die Faust an meinem Kragen. Lärm drang von draußen in die Halle, Männergeschrei – endlich waren sie da! »Euer Treiben ist vorbei, gib auf! Der König steht vor der Tür!«, rief ich triumphierend. »Gib auf, Mann!«

»Vollenden will ich! Und dich werde ich mitnehmen!« Und schon hielt er ebenfalls eine Waffe in der Hand, hervorgezaubert aus den Falten seiner Kutte. Ich wich zurück. Mein Herz klopfte wild. Wohin, wohin bloß? Der Ausgang schien Meilen entfernt, überall Feuer, Rauch, der die Sicht behinderte – ich hustete würgend. Der Mönch machte keine Anstalten, sein

Schwert zu bewegen. Seine Augen legten mir unsichtbare Fesseln an, ich konnte keinen Schritt tun, weil er es nicht erlaubte, während er das brennende Strohbüschel mit dem Fuß in eine weitere Ecke trat. Das Feuer leckte am Pfosten, sprang ungeduldig um ihn herum und begann zu fressen.

»Lass ab, du hast verloren«, hustete ich. In Bennos Augen tanzte der Wahnsinn. Seine Schwertspitze berührte meinen Hals, eine falsche Bewegung – da beugte er sich vor und schob mit der anderen Hand meine Kapuze herunter. Eine rachsüchtige Grimasse verzerrte sein Gesicht. »Du! Zauberisches, verruchtes Weib … Nie würde ich der Hure des Ynglings erlauben, Hand an mich zu legen – stirb und fahr zur Hölle!« Und sein Schwert fuhr durch die Luft, um mir den Kopf abzutrennen, doch ich warf mich zu Boden, ließ meine Waffe fallen und kroch flink wie eine Katze hinter einen Sockel. Seine Klinge donnerte gegen Holz. Sein Wutschrei zitterte in der Luft. Keuchend sah ich hoch. Der Qualm riss auf und gab den Blick frei auf drei Statuen, die über dem Sockel schwebten, goldschimmernd und schweißbedeckt und ärgerlich zitternd, weil das Schwert des Mönchs tief in die linke Statue eingedrungen war! Die neigte sich der mittleren Gestalt zu, schwankte gefährlich, behielt jedoch wie durch ein Wunder das Gleichgewicht. Benno fluchte wie von Sinnen. Er setzte den Fuß auf den Sockel und versuchte, sein Schwert aus der Kerbe zu ziehen. Ich kroch um den Sockel herum, sah für einen Moment in das grimmige Antlitz Thors, des Donnerers, dessen Arm die Klinge festhielt – *Du wagst es, Elender …* Benno hatte mich zwischen den Statuen erblickt. Er ließ sein Schwert in der Götterstatue stecken, hob meines vom Boden auf und kam mir von der anderen Seite entgegen, um mir hinter den Standbildern den Weg abzuschneiden. Ich machte kehrt, hetzte wieder am Donnerer vorbei auf den Ausgang zu, während hinter mir Holzsandalen über den Boden klapperten, näher und näher kamen –

»Alienor – *varask*!«, brüllte da jemand vom Eingang. Ich

stolperte, rappelte mich auf, fühlte die Faust schon im Nacken, das Schwert in meinem Rücken – »Runter!« – und warf mich erneut zu Boden, als ein unheimliches Sausen über mir erklang. Durch die Luft schoss eine Streitaxt, Stiel und Klinge drehten sich wie ein Rädchen rasend schnell, sie pfiff ein Lied vom Tod, als sie über mich hinwegschoss, und dann flog der rechte Arm des Mönchs mitsamt seinem Schwert durch die Luft. Blut spritzte, der Gottesmann stieß einen mörderischen Schrei aus, die Wucht des Schlages warf ihn rückwärts gegen die Statue des Donnerers, der bebend vor Zorn über seine Verwundung zu wackeln begann, grummelnd schwankte und dann gegen alle Regeln der Natur nach vorne kippte.

Jemand raste an mir vorbei und fing die Statue auf, bevor sie am Boden zerbersten konnte.

»Hol Hilfe, schnell!«, knirschte Erik unter der tonnenschweren Last. Bruder Benno lag eingeklemmt zwischen Thors Kopf und seinem eigenen Schwert, das ihn wie durch ein Wunder nicht mit dem Griff aufgespießt hatte. Blut floss unter dem Donnerer in eine Erdkuhle. Der Mönch rührte sich nicht. Zögernd tat ich ein paar Schritte rückwärts. Zuckte da die verbliebene Hand? Nein, er lag regungslos, wie tot. »Mach schon, hol Hilfe!« Ich stolperte weiter, zum Türbalken. Ein kurzer Blick über die Schulter nach draußen – ein Mann lag gefesselt am Boden, ein zweiter wand sich fluchend unter seinen Bezwingern. Stenkils ruhige Stimme drang durch das Stimmengewirr. Es war geschafft. Alles war gut.

»Kommt hierher, schnell!« Einer rannte mit erhobenem Schwert auf die Halle zu. Erleichtert tat ich einen Schritt vom Türbalken weg, als ich plötzlich sah, wie sich unter Thors mächtigem Leib doch etwas bewegte, wie eine Faust sich reckte, eine Messerspitze aufblinkte, von unten blitzschnell zustach – »Nimm das für Svanhild und stirb mit mir, Verdammter!« Erik stöhnte gequält auf, aber da kam ihm Stenkils Mann auch schon zu Hilfe und holte den Donnerer aus seinen Armen.

Ich wollte losstürzen, doch von hinten rannte mich ein weiterer Mann fast um, ein korpulenter Riese, die Axt in beiden Händen und blanke Mordlust im Gesicht. Mit Triumphgeheul schwang er über dem Mönch die Waffe und ließ sie niederfahren. Entsetzt hielt ich die Luft an. Er verfehlte Bennos Kopf um ein Haar, zog fluchend die Klinge zum nächsten, furchtbaren Hieb aus dem Boden –

»Nein!«, entfuhr es mir. Der Mann drehte sich um, suchte stirnrunzelnd nach dem Störenfried, der sein Tun behinderte.

»Töte ihn nicht, Trond«, sagte da eine tiefe Stimme hinter mir. Ich fuhr herum. Im Eingang stand Stenkil, der König der Svear, in der Kleidung eines Kriegers, das lange Schwert in der Rechten. »So so, Eriks Knecht, wie?«, brummte er. Ich schloss die Augen. Großer Gott – er hatte mich erkannt, natürlich. Ich war verloren, ich vorlaute dumme Gans.

Als ich die Augen wieder öffnete, weil nichts geschah, weil ich noch lebte und auch niemand schallend lachte, stand er immer noch vor mir, und seine neugierigen Augen wanderten über meine so seltsam verkleidete Gestalt. Einzig seine vollen Lippen deuteten ein amüsiertes Lächeln an. »Geh, Knecht, und schau nach deinem Herrn, mir scheint, er könnte Hilfe brauchen.« Und ohne mich weiter zu beachten, schritt er an mir vorbei, um seine beschädigte Halle in Augenschein zu nehmen.

Einer seiner Begleiter hatte Erik aus der Nähe des Feuers gezogen, bevor er sich daran machte, die Brände auszutreten. Erik stand mühsam auf, in einer Hand das blutige Messer, und hinkte zu den Statuen, wo sich die Männer mit gezückten Waffen um den Brandstifter versammelt hatten. Ich wagte nicht, Stenkils Aufforderung nachzukommen und näher zu treten, obwohl ich wusste, dass Erik verwundet war – wenn mich noch jemand erkannte! Immerhin konnte er noch böse scherzen.

»Da haben wir das Opferfest wohl vorverlegt... das Blut eines erlegten Tölpels ziert bereits den Göttersockel!« Verstohlen drückte er seine Linke gegen die Seite.

»Und was für ein Wurf, Erik Emundsson – nun hat der Tölpel keine Schwerthand mehr«, lachte Trond, der immer noch seine Axt schlagbereit hielt. »Vor allem kann er nicht mehr beten.«

Erik wechselte das Standbein. Ich sah, wie ihm der Schweiß die Wange hinunterlief. »Warum zum Henker hab ich ihn verfehlt? Sein verdammter Kopf sollte es sein, nicht die Gebetshand!«

»Mit der Streitaxt musst du noch ein wenig üben, Erik. Doch um einen Knecht zu schützen war der Wurf gut genug.«

Der Verletzte schlug die Augen auf. »Büßen sollst du dafür, Yngling, auf ewig schmoren!«

»Beim großen Thor – das ist ja Geirs Sohn!«, rief der Riese. Sie entzündeten eine Fackel und leuchteten dem jammernden Schwerverletzten ins Gesicht. »Er lebt.«

»Na, wer weiß, wie lange noch, sieh nur, das ganze Blut.«

»Vielleicht hilft ihm sein Gott?« Das war Stenkils nachdenkliche Stimme. »Nun, wer auch immer. Wir werden ihn zu seinem Vater bringen. Mag der entscheiden, was mit ihm zu tun sei. Und wenn er überlebt, wollen wir ihn vors Thing stellen, gleich vor die erste Gesetzesversammlung zum großen Fest. Die Leute sollen alle sehen, wie mit solchen Verbrechern verfahren wird.«

Ein junger Kämpfer kniete daraufhin neben Benno nieder und band den immer noch stark blutenden Arm mit flinken Bewegungen mit einem Lederriemen ab. Mit einem an der Fackel glühend gemachten Messer brannte er den Stumpf aus. Benno kreischte auf wie ein wildes Tier, während zwei Mann ihn festhielten, und versank in gnädiger Ohnmacht.

»Wir hätten ihn gleich erledigen sollen«, murrte Trond und wischte mit dem Ärmel über die Axtschneide, die so gerne das Blut des Mönchs getrunken hätte. »Wir hätten sie –«

»Er muss rechtmäßig verurteilt werden«, widersprach Stenkil energisch. »Wir können diesen feigen Anschlag doch nicht verheimlichen! Nein, Trond, Geirs Sohn muss für seine Tat vor Gericht gestellt werden.« Die anderen murmelten ihre Zustimmung und lobten einstimmig das Heil ihres Königs, durch das der Brand verhindert worden war.

Heftig atmend kam jemand auf die Halle zugeschlurft. Ich drehte mich um – die beiden anderen Gefangenen wurden eben hereingebracht. Adalbert von Bremen trug schwer an der Schmach seiner Fesseln und schleppte sich nur mühsam vorwärts. Der zweite Mönch war bis zu den Knien verschnürt wie ein Paket. Adalbert blieb neben mir im Türrahmen stehen.

»Es erstaunt mich nicht, dich hier zu treffen, Frankenmädchen. Mir träumte von weiblichem Verrat…« Seine Stimme klang müde, kaum wollten ihm die deutschen Worte über die Lippen. Ich fühlte Ärger in mir hochsteigen.

»Ihr habt eine seltsame Auffassung von Verrat, Ehrwürdiger Vater!«, zischte ich. »Glaubt Ihr wirklich, dass die Asche dieser Halle ein Feld für Christi Samen wäre? Ihr habt einen rechtmäßigen König stürzen wollen!«

Der Bischof hob den Kopf und versuchte, mir in die Augen zu sehen. »Gott hat dieses Feld erwählt, es steht uns nicht an, Seine Wahl in Frage zu stellen. Doch lag kein Segen auf dieser Nacht«, sagte er resigniert. »Es liegt kein Segen auf mir, auf meiner Mission – Gott sei mir gnädig…« Der Bewaffnete stieß ihn an mir vorbei in die Runde des Königs.

Ich riss den Blick von der Gruppe los und zwang mich, endlich die Statuen zu betrachten, deretwegen ich leichtsinnigerweise mein Leben aufs Spiel gesetzt hatte. Ihr Anblick versöhnte mich nicht gerade. Wie wartende Raubtiere hockten sie auf ihren Sockeln und stellten protzend ihre Hässlichkeit zur Schau. Thor, der den Priester hatte erschlagen wollen und dank Eriks Schnelligkeit unversehrt geblieben war, bleckte rachsüchtig die Zähne. Seine klobige Faust umfasste Mjölnir, den mächtigen Wurfhammer, der, von einem Zwerg findig geschmiedet, niemals sein Ziel verfehlte und stets in Thors Faust zurückkehrte. Schimmerndes Blattgold umschmeichelte die athletischen Schultern des Donnerers. Megingjarð, der Gürtel, der ihm unendliche Kraft verlieh, hob sich dunkel gegen das Gold ab. Geschickte Hände hatten die roten Beifußstengel, aus denen der Gürtel geflochten war, so gezupft, dass die stacheligen Blätter frisch in alle Richtungen zeigten, obwohl sie getrocknet waren. Des Priesters Schwert steckte immer noch tief in seiner Seite. Er würde es nur gegen ein Opfer hergeben... Odin, der Einäugige, der dem Norden die Runen und die Poesie geschenkt hatte, schien ihn darin zu bestärken. Sein allsehendes Auge blickte finster über die Versammlung, als dächte es drüber nach, wie die Frevler zu bestrafen wären. Ich sah es für einen schrecklichen Moment auch auf mir ruhen... Freyr schließlich, der Gott der Fruchtbarkeit, hockte außen, geschmückt mit Kornähren und Apfelringen, und stellte arrogant sein mächtiges Glied zur Schau. Ich hielt mich am Türpfosten fest. Die Statuen machten mich schwach. Ich hatte mein Seelenheil für sie riskiert und spürte nun statt Erleichterung oder Dankbarkeit nur überwältigenden Vernichtungswillen von ihnen ausgehen. Kaum vorstellbar, dass das Schicksal dieses freundlichen Königs mit ihnen verbunden sein sollte! Ihre Bosheit trieb mich schließlich sogar aus der Halle.

Sie brachten die gefangenen Mönche für den Rest der Nacht in dem halb fertigen Gebäude neben der Halle unter. Guðny hatte sich sehnlichst eine eigene Kapelle gewünscht, und um seine Königin wegen des bevorstehenden Opferfestes zu besänftigen, hatte Stenkil mit dem Bau gleich nach dem Julfest begonnen. »Ist es nicht eine Ehre für einen *skalli*, in einer zukünftigen Kirche gefangen zu liegen?«, lachte einer, als sie zurückkamen. Bischof Adalbert, der den König begleiten sollte, machte ein finsteres Gesicht.

»Lass es Guðny lieber nicht wissen, sonst lässt sie das Haus gleich wieder abreißen.« Stenkil schob sein Schwert in die Scheide und wandte sich an Erik. »Sei mein Gast, Vetter, und lass mich deine Wunden pflegen.« Doch der schüttelte nur den Kopf.

»Meine – mein Knecht versteht sich vortrefflich darauf, und es ist nicht weit bis Sigrunsborg. Wir werden gleich losreiten.«

Des Königs Blick drang durch das Dunkel meiner Kapuze. Er zog den jungen Mann, der Bennos Arm verbunden hatte, in die Runde. »Schau, das ist der Knecht von Erik Emundsson, der das Gespräch der Geschorenen belauscht hat. Ein *goðr drengr*, mutig und tapfer. Merk dir sein Gesicht, Ingi.« Ich hob den Kopf und sah in die hellen, freundlichen Augen von Ingi Stenkilsson, dem älteren Sohn des Königs, der, vom Hof des Dänenkönigs zurückgekehrt, seinem Vater in dieser Nacht zu Hilfe geeilt war.

»Hab Dank für deine Hilfe, Mann«, sagte Ingi, ohne mir anerkennend auf die Schulter zu hauen, wie er es bei einem Knecht getan hätte. »Es mag der Tag kommen, an dem die Statuen für immer im Feuer des wahren Glaubens vergehen, doch ich wünsche mir, dass unser Volk dann dieses Feuer entzündet, um den Weißen Krist willkommen zu heißen.«

Im Fortgehen hörte ich, wie Stenkil versonnen murmelte: »Dieser Tag ist vielleicht nicht so fern, wie du denkst.«

Die Nacht hielt immer noch fest ihre Hände über der Erde, als wir uns schweigend und müde auf den Heimweg machten. Andächtige Stille hing über dem Götterhain. Geister und Könige ebneten uns einen Pfad, bogen Zweige zur Seite und verneigten sich vor uns, als wir den Hain verließen, unsere Pferde losbanden und aufstiegen. Allein zwei Raben waren bereits wach und zogen schnarrend ihre Kreise über uns. Vielleicht hatte Thor sie entsandt, um uns auf unserem Weg zu begleiten…

7. KAPITEL

Ich sah Balder, dem blutenden Gotte,
Odins Sohne, Unheil drohen.
Gewachsen war über die Wiesen hoch
Der zarte, zierliche Zweig der Mistel.
(Völuspá 36)

Sigrun war schon wach, als wir uns zur Tür hereinschlichen. Sie verschwendete kein Wort an mich und bot mir auch nicht an, einen der Männer zu wecken, damit der die Pferde versorgte. Und so blieb es mir überlassen, die beiden Tiere abzusatteln und im Unterstand mit Futter zu versehen. Der Weg zum See, wo wir unser Wasser holten, schien diesmal unendlich weit zu sein, und auch der Trampelpfad lag nicht mehr da, wo er gestern noch gewesen war. Die letzten Geister dieser verzauberten Epiphaniasnacht kicherten voller Häme hinter meinem Rücken, als ich mit dem Holzeimer über einen aus dem Nichts aufragenden Baumstumpf stolperte. Schwer atmend kam ich mit halb gefülltem Eimer im Stall an. Sindri schnaubte beruhigend. *Kein Grund zur Aufregung. Es ist vollbracht.* Ich sank auf den Melkschemel, der verwaist an der Hüttenwand lehnte, weil die Kuh vergangene Woche eingegangen war, und starrte vor mich hin.

Ja. Es war vollbracht. Der Brand gelöscht, des Königs Heil bewahrt, ein Aufruhr verhindert. Doch wo blieb das Gefühl der Erleichterung? Ich war so müde…

Ein paar frühe Vögel begleiteten mich zwitschernd zum Haus. *Rabenmutter!* schnarrte mir die alte Katla aus ihrem Schneehügel hinterher. *Wirst schon sehen, was du von deinem Ausflug hast! Schämen solltest du dich, fremdländisches Weib, schämen…*

»Wenn er es überlebt, wird er sich vor dem Thing eine Verteidigungsrede ausdenken können. Ich rechne mit dem Schlimmsten für ihn.« Erik zog sich gerade das Hemd über den Kopf und lehnte sich an einen gepolsterten Balken. In zierlichen Wölkchen rauchte Johanniskraut aus einer goldenen Schale, im Feuer brannten Wacholder und Salbeiblätter. Sigrun hatte ihren magischen Wundzirkel aufgebaut, Tiegel und Schalen um sich geschart und brachte mit einer Hand voll getrockneter Beeren Freya ein letztes Opfer dar. Wortlos streckte Erik die Hand aus und zog mich neben sich. Da krähte Snædís aus Ringailes Bett los, als hätte sie gehört, dass ich nach Hause gekommen war. Sigrun sah hoch. Ihr finsterer Blick trieb mich zu meinem Kind, und aus sicherer Entfernung sah ich Eriks Schwester beim Verbinden zu, während Snædís glucksend und leise stöhnend trank.

Erik wandte die Augen nicht von mir. Auch als Sigrun Stofffetzen aus der Wunde fischte, zuckte er mit keiner Wimper, sondern gab mir mit seinen Blicken zu verstehen, dass er nach dieser Nacht endgültig alle Störenfriede zum Teufel wünschte... Ich versuchte, ein Lächeln für ihn an Sigruns grimmigem Gesicht vorbeizuschmuggeln, doch natürlich bemerkte sie unsere stumme Zwiesprache sofort.

»Halt doch still, verflucht!«

Er hatte sich keinen Zoll weit bewegt. Ich sah, wie sich seine Brust unter einem tonlosen Seufzer hob und wieder senkte. Trotzdem wagte er es noch, mir einen letzten verstohlenen Kuss durch den Raum zu schicken, und schloss dann die Augen vor Sigruns schlechter Laune.

Das Messer des Mönchs hätte Erik töten können, wenn Thors breiter Körper ihn nicht geschützt hätte. So war die Waffe an den Rippen abgeglitten und unterhalb des Schultergürtels eingedrungen. Sigrun streute eine gute Portion Schafgarbe in den Wein und reinigte mit sauberen Tüchern die verletzte Brust von den Blutspuren. Als der eingebrannte Adler unter den Krusten zum Vorschein kam, fielen ihre Hände herab. Fassungslos glitt ihr Blick über dieses Fanal von Ehrverlust und Unterwerfung, dann herüber zu mir. »*Þýbarn*«, zischte sie böse, »was hast du ihm angetan?«

Erik schlug die Augen auf. Bevor sie mit ihren Anschuldigungen die anderen aufwecken konnte, packte er sie an den Handgelenken. »Still jetzt«, sagte er leise, »und kein Wort mehr. Ihr verdanke ich mein Leben, für meine verlorene Ehre kann sie nichts. Kein Wort zu irgendjemandem, hörst du?« Ihr böses Brummeln ließ vermuten, dass sie mir nach dem unziemlichen Ausflug nach Uppsala alles nur erdenklich Schändliche unter der Sonne zutraute, doch er ließ nicht zu, dass sie sich darüber verbreitete. »Mach weiter«, knurrte er. Mit einer heftigen Bewegung warf sie daraufhin den Leinenbausch ins Feuer und schob die Tiegel näher.

Sigrun verwendete zerdrückte Knoblauchzehen, die sie über Gisli aus meiner Heimat bezog. Diesem Brei mischte sie Honig, getrockneten Eibisch, Potentilla und Gundermann zu und legte Erik mit flinken Fingern einen Verband an, der auch bei Bewegung nicht verrutschen würde. Ich staunte immer wieder über ihr enormes Wissen und den Ruf, den sie sich als Pflanzenkundige in der Gegend erworben hatte. Ihr plötzlicher Anflug von Feindseligkeit verletzte mich zwar, doch gestand ich ihr zu, dass Erik mit seiner Verletzung bei ihr in guten Händen war.

Nach wenigen Tagen, in denen sie auch immer wieder Eisenkraut angewendet hatte, das Wundermittel gegen Kampfwunden, schloss sich die Stichwunde wie ein schlafendes Auge, und nur eine tiefrote Narbe in Form einer Mondsichel erinnerte noch an den nächtlichen Kampf in der Königshalle. Niemand verlor ein Wort über unseren Ausflug, keine der Frauen machte sich die Mühe, mich zu fragen, was in aller Welt mich bloß bewogen hatte, Erik zu folgen – und als er sich bald darauf wieder auf sein Pferd schwang und Sigrunsborg verließ, um am ersten Frühjahrsthing in Uppsala teilzunehmen, fragte ich mich allen Ernstes, ob ich alles vielleicht nur geträumt hatte …

Die fahle Sonne tauchte hinter den Hügeln weg. Wieder war ein kurzer Tag zu Ende gegangen, hatte der Unendlichkeit einer langen, kalten Nacht Platz gemacht. An manchen Tagen, wenn der Schnee unablässig fiel und den Himmel verdunkelte, schien die Sonne uns ganz zu vergessen. Dann kam es mir vor, als ginge eine Nacht in die andere über. Traurigkeit schnürte mir die Kehle zu, ohne dass ich einen Grund dafür nennen konnte. Manchmal half Sigruns starker Met gegen diese Traurigkeit, doch diesmal hatte ich davon nur einen dröhnenden Kopf und ein noch schwereres Herz bekommen. Erik war nun schon seit Tagen unterwegs. Ein paar Vögel schwangen sich in die Luft, um dem Licht hinterherzufliegen. Wie gerne wäre ich mitgeflogen …

Mein schweres Herz. Wann hatte es die Leichtigkeit verloren, mit der ich daheim in Sassenberg noch jedem neuen Tag hatte begegnen können? Tage, die mir trotz der vielen schweren Arbeit rückblickend vorkamen wie bunte Schmetterlinge, weil mir immer wieder kleine Fluchten gelungen waren – in den Wald, an den Bach, wo das Wasser einladend geglitzert hatte, auf die Burgwiesen zwischen herumtobenden Junghengsten, oder zu stillen, müßigen Momenten in Mutters Gärtchen. Und ganz gleich, wo ich mich herumgetrieben hatte – die Menschen von Sassenberg hatten mich, wenn auch nicht immer wohlwollend, gewähren lassen, denn ich war ja die Tochter des Freigrafen.

Als Erik in mein Leben getreten war, hatte er der Leichtigkeit einen neuen Namen gegeben. Ich hatte ja keine Vorstellung davon gehabt, wie wild ein Herz klopfen kann, wenn es fliegen will! Wie eng die Brust wird, wenn es seine Flügel ausbreitet. Und wie schwerelos ein Körper werden kann, wenn allein ein Kuss ihn über den Boden trägt …

Gefangen in Erinnerungen, drehte ich den Eimer um, den ich eigentlich mit Wasser hatte füllen wollen, und setzte mich darauf. Spielerisch schüttelte eine Tanne mir ein paar Schneeflocken ins Gesicht. Mein flatterndes Herz. Ich lächelte. In mir regte sich ein unbändiges Bedürfnis, durch den Schnee zu tollen, zu rennen, bis die Lunge schmerzte, Schnee von seiner Hand im Gesicht zu spüren, seine Hand in meinem Haar – *seine Hand…*

Auf Sigrunsburg gab es keine Fluchten, die den Alltag versüßten, und ich war keine Grafentochter, sondern eine Fremde, deren Tun stets argwöhnisch beobachtet wurde. *Genau! Wen kümmert's, was mit dir ist?* Katlas keifige Stimme wehte den Hohlweg herunter. Da zog ich die Schultern ein und barg mein Gesicht in den Händen. Das Flattern in mir erstarb. Wenn Erik fortritt, nahm er alle Leichtigkeit mit sich. Für mich blieben Schwermut und die ewige Düsternis.

Leise regte sich da der See im Eisloch. *Was grämst du dich?*, fragte er verwundert plätschernd. *Er kommt doch immer wieder.* Ja, dachte ich, das tut er wohl. Jede seiner Reisen hatte eine Wiederkehr, und dann hörte ich auch Namen und Ereignisse, geflüsterte Gerüchte bei den Frauen am Feuer, besorgte Gesichter oder lautes Gelächter, wenn es wieder einmal etwas Haarsträubendes zu erzählen gab. Von irgendeinem Dänen, dessen Verlangen so überhand genommen hatte, dass sein finnisches Weib ihn eine ganze Nacht vor die Tür gesetzt hatte. Doch die Kälte, so ging die Mär, habe seinem übereifrigen Körperteil nichts anhaben können – da sei er eben am nächsten Morgen über sie hergefallen und habe ihr ein Kind gemacht. Oder von einem, der seit einigen Wochen nächtlichen Besuch von einem Trollweib bekam und seitdem mit purpurroten Augen in die Welt schaute.

Da sich niemand die Mühe machte, den vielen Namen ein Gesicht und eine Bedeutung zu verleihen, hatte ich allen Mut zusammengenommen und Sigrun gefragt, was Erik nur bei all diesen Leuten suchte.

»Es gibt viele Menschen, die ihn kennen lernen möchten«, hatte Sigrun mir geantwortet. »Sie legen Wert auf seine Meinung, und auch auf sein Urteil. Weißt du« – und da hatten ihre Augen fast stolz gestrahlt –, »als Vater noch lebte, waren wir eine vornehme, einflussreiche Familie. Erik möchte, dass das wieder so wird.«

Und das bedeutete eben, dass ich allein zu Hause hockte. Ich wischte mir eine verstohlene Träne von der Wange.

Irgendwo heulte ein Wolf. Ich schrak hoch – wieder einmal hatte ich die Zeit vergessen, sie an meinem Lieblingsplatz am See verträumt. Die Dunkelheit hatte sich herangeschlichen und all ihre Geschöpfe mitgebracht. *»Domine – ad adiuvandum –«*, murmelte ich, obwohl ich doch längst wusste, dass Gott die nordische Nacht mied. *»Ad adiuvandum me festina –«*

Als ich mich mit den gefüllten Wassereimern vom See heraufmühte, kam Kári schnaubend den Waldweg entlanggestürmt. »Alienor!« Erik sprang aus dem Sattel, steckte die Fackel in die Zaunhalterung und schlug den Mantel zurück, um besser laufen zu können. *»Elskugi …«* Die Eimer kippten um, das Wasser umsonst geschleppt – egal. Er war zurück, endlich – endlich. Ich flog an seine Brust, weinend vor Erleichterung, ihn wiederzusehen. Sein Kuss verriet mir, dass selbst ihm diesmal die Zeit lang geworden war.

»Ich – ich hab einen Bärenhunger!« Mit zarten Fingern wischte er meine Tränen weg und fegte dann das Kopftuch herunter, um seine Hände in meinem ungeflochtenen Haar zu vergraben. Unter seiner Tunika trommelte sein Herz einen Wirbel von Erwartung und Freude. Das meine antwortete ihm. Der Welt den Rücken kehren, Sigrunsborg, meinen verdammten Pflichten …

Ich schüttelte den Kopf, machte mich los und ergriff die leeren Eimer. »Asgerd wird mir den Kopf abreißen, wenn ich ohne Wasser komme …« Immerhin hatte sich ihre Feindseligkeit ein wenig gelegt, seit ich Snædís vermehrt in Ringailes Obhut gab und im Haushalt wieder richtig mitarbeitete. Er nahm mir die Eimer aus der Hand.

»Seit wann schleppt meine Frau Wasser? Gibt es keine Männer mehr auf Sigrunsborg?«

»Hermann hat sich die Hände in der Schmiede verbrannt, und Hrut – also Hrut hat immer noch starke Schmerzen im Rücken. Er kann kaum gehen.« Dass der überwältigende Fortpflanzungswunsch seiner Gefährtin ihm auch nachts keine Ruhe ließ, wusste sowieso jeder im Haus.

Erik grinste. »Bleib hier, ich bin gleich zurück.« Ich sah ihm nach, wie er mit kraftvollen Sprüngen zum See hinuntereilte, die Eimer im Eisloch füllte und gleich darauf wieder neben mir stand.

»Asgerd wird es dem Wasser ansehen, dass du es geholt hast.«

»Asgerd wird den nächsten Eimer selber holen.« Heftig stellte er die Eimer ab. »Komm her, Gräfin.« Mein Herz fing wieder an zu klopfen. So hatte er mich lange nicht genannt.

»Der König hat mir ein Stück Land geschenkt. Im Sommer will ich dir dort ein Haus bauen, und dann sollst du den Namen Asgerd verdammt noch mal vergessen.« Er packte mich und schwang mich in hohem Bogen über die Eimer. »Die Kuh kannst du meinetwegen Asgerd nennen.«

»Lieber nicht, sonst gibt sie saure Milch«, lachte ich und legte ihm die Arme um den Hals. Seine Hände ließen mich immer noch über dem Boden schweben, unsere Nasenspitzen berührten sich, und beim Blick in seine märchenhaft blauen Augen vermeinte ich, den duftenden Sommer bereits zu riechen, den Tag mit Händen fassen zu können, an dem ich Sigrunsborg und seine launischen Bewohner verlassen durfte …

»Ein Haus?«, fragte ich leise. »Du willst mir wirklich ein Haus bauen?« Er nickte. Seine Schritte wurden ausladender, und er packte mich fester, während er begann, im Kreis zu gehen und seinen Spuren im Schnee zu folgen.

»Ein Haus mit hohem First, mit eigenen Dienstleuten und Sklaven, die tun, was du ihnen befiehlst.« Er zwinkerte mir schelmisch zu. »Und mit einer Schlafbank, die so lang ist, dass du jede Nacht an einem anderen Platz schlafen kannst. Und eine Feuerstelle, über die ein ganzes Wildschwein für unsere Gäste auf den Bratspieß passt. Und einen Badezuber –«

»Und einen Badezubersklaven«, unterbrach ich ihn lachend. »Einen Badezubersklaven, der mir zu Diensten ist, wann immer ich will.«

»*Den* bekommst du nicht.« Seine Hände schafften es irgendwie, mich in die Seite zu zwicken, und ich wand mich juchzend und fast hysterisch lachend in seinen Armen, dass er taumelte und rückwärts über einen der Findlinge kippte.

»Gefangen!« Mit meinem Gewicht drückte ich ihn gegen den Findling. »Her mit meinem Badezubersklaven, sonst –« Er verschloss mir den Mund und küsste mir den Sklaven endgültig aus dem Hirn. »Keinen außer mir«, murmelte er. In seinen Augen spiegelte sich der Himmel, sein Gesicht sah so verletzlich aus... Ganz sanft strich ich über seine Stirn und hauchte wie ein Versprechen einen Kuss auf seine eisverzierten Brauen.

»Keinen außer dir«, flüsterte ich zurück. Er lächelte mich glücklich an. Wir schafften es, uns von dem Felsblock hochzurappeln, ohne einander loszulassen.

»Ich liebe dich, Erik.«

»Mich oder das Haus, das ich dir bauen werde?«, neckte er mich.

»Was tust du, wenn ich jetzt das Falsche sage?«, fragte ich und verschränkte vorsichtshalber meine Beine hinter seinen Hüften, um nicht im Schnee zu landen. Eine Rocknaht krachte ärgerlich.

»Nun...«

Hinter den kahlen Sträuchern steckte Asgerd den Kopf zur Tür heraus. »Ist da wer? Hallo? Alinur – bist du das? Was – hier steht ja ein herrenloses Pferd...«

Leise lachend drehte sich Erik mit mir. »Willst du etwa hineingehen?« Seine Augen glommen lockend auf. Übermütig warf ich den Kopf in den Nacken, hörte die Sterne kichern über den wilden Reigen, den Erik sie tanzen ließ. Mit ihnen tanzen, bis die Sonne hinter den Hügeln aufging…

Ich kämpfte gegen den Wunsch, ihm unter die Bäume zu folgen, und rutschte langsam an ihm herunter. »Du musst Kári retten. Sonst schlachtet sie ihn, weil er im Weg steht.«

Sie schlachtete stattdessen eins der Hühner, und die Brutalität, mit der sie dem toten Tier die Federn ausrupfte, wollte schon meine Hoffnung auf einen geselligen Abend zunichte machen. Osvif Petursson vom Nachbarhof Tungholm war mit seinem Sohn vorbeigekommen, um Heilkräuter für sein sieches Weib einzutauschen, und nahm Eriks Einladung zum Gastmahl gerne an, obwohl Asgerd lamentierte, es sei nicht genug Brot für alle da. Überglücklich, meinen Liebsten bei mir zu wissen, half ich ihr, den Brotteig zu verlängern, und übernahm die ungeliebte Aufgabe, die Fladen über dem Feuer zu backen, weil ich dadurch neben ihm sitzen konnte.

Ein bisschen Abendsonne hatten wir uns mitgebracht, und Erik ließ sich auch durch die giftigen Blicke der Köchin nicht davon abhalten, seine Hand auf meine Schulter zu legen und mit dem Daumen über meinen Hals zu fahren.

Blut spritzte über den Boden, und es knackte laut, als Asgerd dem Huhn Kopf und Füße abhackte. Mit harschen Schnitten durchtrennte ihr Messer die Haut, zersäbelte die zarten Knochen von Brustkorb und Rücken und zerfetzte die Schenkel in kleine Teile. Leber und Nieren flogen in den Kessel, das Gedärm legte sie zum Trocknen beiseite, und dann sah ich, wie sie wieder einmal das Herz des Tieres roh verschlang, statt es mit uns zu teilen. Neid und Eifersucht würzten diese Suppe, die sie uns aus zerstoßener Gerste, vertrockneten Karotten und dem Hühnerfleisch bereitete, und auch der letzte Käse aus dem Grubenhaus roch so schlecht wie ihre heutige Laune.

Erik tat, als bemerkte er nichts von allem. Freundlich lobte er Sigruns Bier und die gute Qualität des Stoffes, den sie gerade vom Webrahmen herunterholte, wiegte Snædís auf dem Schoß und erzählte vom ersten Thing des Jahres, wo nicht nur die erste verhandelte Untat, sondern auch das Urteil Aufsehen erregt hatten.

»Natürlich hatte es sich herumgesprochen, dass er versucht hatte, Stenkils Haus anzuzünden – trotzdem waren die Leute fassungslos, als die Geschichte vorgetragen wurde. Der dritte Mönch, den wir vor der Halle überwältigt hatten, ist geflohen – man munkelt, er habe sich nach dem Süden gewendet. Und Geirs Sohn gab eine armselige Vorstellung. Außer ein paar Mönchen hatte er niemanden gefunden, der für ihn sprechen wollte.« Erik nahm einen tiefen Schluck Bier. »Adalbert, der Gehörnte aus Bremen, war gar nicht erst zum Thing erschienen.« Er wechselte einen kurzen Blick mit mir. Wir beiden wussten, dass der Bischof unter Stenkils Schutz stand und dass seine Verwicklung in die Brandgeschichte aus politischen Gründen ebenso wenig publik gemacht werden sollte wie die Tatsache, dass der Anschlag von einer ausländischen Christin verraten worden war. Stenkil hatte die Hoffnung auf eine friedliche Missionierung des Upplandes noch nicht aufgegeben, und er war fest entschlossen, es geschickter anzufangen als seine Vorgänger Anund Björksson und Olof Skötkonung.

»Nun, die Beratung dauerte beinahe zwei Tage. Es gab viel Streit unter den Männern, vor allem, weil einige von ihnen Christen sind –«

»Wozu verurteilten sie ihn?«, unterbrach Sigrun, die sich nicht im Mindesten dafür interessierte, was die Christen über einen solchen Frevel dachten. »Ist er tot – erhängt? Im Mulathing ertränkt? Sag schon, spann mich nicht auf die Folter!«

»Sie stritten allein einen halben Tag darüber, ob er als Sohn des Volkes oder als ausländischer Priester zu verurteilen sei.«

»Priester! Phhh! Natürlich ist er einer von uns!« Hrut stopfte sich ächzend einen heißen Stein unter sein Fell. »Sein Vater ist schließlich Jarl!«

»Viele waren da anderer Meinung, weil er als junger Mann schon nach Hamburg gegangen ist und sich freiwillig in den Dienst des Weißen Krist gestellt hat. Aber schließlich einigten sie sich, ihn weiterhin als einen der Unsrigen zu behandeln.« Mir lief es kalt über den Rücken, als ich Eriks Blick sah. Benno war nicht tot. »Sie schoren ihm das Haar und verurteilten ihn, als Neiding die Gemeinschaft zu verlassen.«

»Ein Neiding«, flüsterte Sigrun mit heiserer Stimme, »ein lebender Toter, beim Thor.« Sie strich ihren Stoff langsam glatt, bevor sie ihn zusammenfaltete. Von ihren Händen ging etwas Beschwörendes aus, und der sechste Finger ragte in die Luft wie ein kleiner Zauberstab.

»Welcher Fluch – sag schon, wie lautete der Fluch des Ältesten?«, fragte sie gierig. Asgerd ließ den Löffel in der Suppe stecken und rückte näher. Erik richtete den Blick ins Feuer.

»Mit diesen Worten schickten sie Benno, den Sohn von Geir, in die ewige Nacht«, begann er mit leiser Stimme. »›Ob du zu Fuße übers Feld schreitest oder Segel hisst auf der See, stets soll der Hass der Götter, die du verleugnest, dir folgen, auf dass du ihre Macht fürchten lernst, und überall sollst du sehen, dass die Elemente sich auf ihr Geheiß deinen Zielen widersetzen. Auf dem Lande soll dein Fuß straucheln, auf der See sollst du herumgetrieben werden, ein immer währender Sturm soll um dich heulen, wo du auch gehst, und nie soll das Eis unter deinen Segeln tauen. Kein Dach soll dir Schutz gewähren, und verkriechst du dich unter eines, so soll es im Sturm einstürzen. Alles soll welken und sich beklagen, dass dein Atem es berührt hat. Du sollst gemieden werden wie ein Aussätziger – keine Seuche sei stinkender als du!‹«

Eine lange Weile war es still im Haus, selbst Snædís hatte aufgehört zu plappern. Der Fluch hing wie eine schwarze Wolke über dem Raum, schwärzer als der Rauchfang und die verrußten Dachbalken über dem Feuer. Beklemmend. Bedrohlich.

»So muss es sein«, murmelte Sigrun befriedigt und strich ein letztes Mal über ihren Stoff. Erik schwieg dazu und starrte ins Feuer, das unbeeindruckt ein Holzstück nach dem anderen verschlang. Schließlich brach er das Schweigen.

»Sie sagten mir, dass es lange her ist, seit das Uppsalathing einem Mann die Ehre nahm.«

Osvif kratzte sich bedeutsam nickend am Hals. »Das war in dem Jahr, als der Wolfstöter vom Mälar zu seinem Namen kam. Es war nicht der Wolf, dem er zuerst den räudigen Kopf abschlug …«

»Und er verlor beinahe das Leben bei diesem Kampf«, ergänzte Sigrun. »Der Neiding hat um sich geschlagen wie eine verletzte Bestie, bevor Halldor ihn endlich niedermachen konnte. Ich habe viele Opfer in Freyas Feuer geworfen, damit der Wolfstöter sich vom Krankenlager erheben konnte.«

Ich rettete einen Brotfladen aus dem Kochfeuer und rieb mir die versengten Finger. Asgerd bedachte mich dafür mit einem verächtlichen Blick. Erneut rührte sie im Kessel und prüfte an einem schönen Stück Fleisch, ob die Suppe gar war. Ich ahnte, warum Hruts Frau trotz des strengen Winters so wohlgenährt aussah …

»Was wird er jetzt tun?«, fragte ich schüchtern.

Erik sah mich lange an, bevor er antwortete. »Einen Menschen zum Neiding zu verurteilen ist das Schlimmste, was man ihm antun kann. Mit diesem Urteil wird er aus der gesamten Gemeinschaft der Menschen ausgeschlossen. Niemand wird ihn mehr aufnehmen, keiner wird ihn speisen oder auch nur das Wort an ihn richten. Du kannst ihn wirklich mit einem Wolf in der Wildnis vergleichen: Die Menschen fürchten und jagen ihn, wenn sie ihn sehen, und sie verfluchen ihn und seine Nachkommen. Alles Heil wird ihn verlassen, im Kampf, im Erwerb, im Fortkommen – alles ist hin. Alles, was dieser Mann anfasst, zerbröckelt. Tod geht von seinen Händen aus.«

Während diese schrecklichen Worte noch in der Luft zitterten, fiel mir die Geschichte von dem Isländer ein, die er mir daheim auf Sassenberg erzählt hatte. Jener Gisli, der in eine Mordgeschichte getrieben worden war, über den das Thing ein ähnliches Urteil gefällt hatte und er sich mehr als zehn Jahre in der Wildnis versteckt gehalten hatte. Seine Frau hatte ihm geholfen, hatte ihn verborgen und mit Nahrung versorgt – und am Ende durch eine Unachtsamkeit seinen Verfolgern ausgeliefert.

»Aber was ist mit seiner Familie?« Ich sah, dass er wusste, welche Geschichte mir durch den Kopf ging.

»Bruder Benno, Geirs Sohn, hat keine Familie mehr. Geir hat sich von ihm losgesagt.« Mit einem langen Zug trank er den Becher leer. »Und selbst wenn die Familie für ihn kämpfen würde – seine Ehre könnte sie doch nicht wiederherstellen. Niemand kann das. Obwohl sich schon ganze Sippen bei dem Versuch gegenseitig ausgerottet haben.« Osvif nickte wissend. »Nein, Geir hat das Urteil akzeptiert. Aber ich sah, wie er sich grämte, als er sich den Sohn aus dem Herzen riss...«

»Ein Neiding ist ein schlechter Mensch«, meldete Sigrun sich zu Wort. »Er ist feige und boshaft. Und er tut alles, was ein tapferer Mann niemals tun würde: Eide brechen, Wehrlose und Frauen töten, wie ein blutgieriger Wolf im Dunkeln meucheln, jeden Frieden brechen.« Ihre Augen glitzerten, als sie mich ansah. »Wünsche dir nie, einem Neiding zu begegnen, denn dann schwebst du in Lebensgefahr!«

Sigruns Worte über den Neiding und sein Schicksal gingen mir noch lange durch den Kopf. Er schien mir etwas vollkommen anderes zu sein als die Räuberbanden, die es auch bei uns zuhauf gab und denen man in den Wäldern ein unsicheres, aber lustiges Leben nachsagte.

Ein Neiding starb beinahe vor Einsamkeit und konnte es doch nicht. Ein lebender Toter, den man für seine Tat so sehr verachtete, dass man nicht einmal Teile seines Körpers als Wiedergutmachung akzeptierte, wie es sonst üblich war. Kein Finger, kein Arm, nicht einmal sein Lebensatem konnte die begangene Tat sühnen. Ausgeschlossen von der Gemeinschaft der anderen, von ihrem Lachen, von der Liebe und selbst von ihrem Hass, wurde er zu einem Stück nutzlosem Leben, wurde sich selbst zur Last und fand vielleicht niemanden, der ihn davon erlöste. Ich presste die Finger gegeneinander.

Welch düsteres, von Gott verlassenes Land.

Ein paar Tage später stellte ich meinen Korb mit Reisig in den Schnee und setzte mich auf meinen Lieblingsfelsen am Ufer. Snædís in meinem Brusttuch schmatzte zufrieden im Schlaf. Seit die Frauen mich nicht mehr so aufdringlich beobachteten, gab es für sie auch genug gute Milch. Ich lachte vor mich hin. Manche Dinge im Leben waren so verblüffend einfach ...

Friedlich lag das blasse Wintersonnenlicht über dem zugefrorenen See. Niemand rief mich zur Arbeit oder mahnte mich zu mehr Eile. Sigrun war mit Asgerd und Hrut nach Uppsala gefahren in der Hoffnung, Vikulla könne etwas für Hruts schmerzenden Rücken tun. Seit er krank darniederlag, mussten wir Frauen seine Arbeit mittun, und das stieß vor allem Asgerd sauer auf. Ich wünschte ihnen von Herzen Heil und Gelingen für die Fahrt und freute mich heimlich auf die Tage. Erik war in einer dringenden Angelegenheit nach Adelsö geritten, würde aber heute oder morgen zurückkehren, und dann hatten wir vielleicht endlich ein paar ungestörte Stunden ohne neugierige Blicke oder dummes Geschwätz. Ich setzte den Fuß auf einen Felsabsatz, stützte den Ellbogen auf das Knie und legte das Kinn in die Handfläche. Wie kam es nur, dass ich mich hier dem seltsamen Wechselbad von Ruhe und Geschäftigkeit so ausgeliefert fühlte? Daheim hatte ich es genossen, hatte mich nach jedem lautstarken Fest auf eine stille Stunde im Frauenturm gefreut, aber genauso die lärmende Heimkehr von Vater und seinem Gefolge herbeigesehnt. Das Leben bestand aus der Abwechslung von Stille und Sturm, und ich hatte das gemocht. Doch hier – hier hieß die Ruhe Einsamkeit und war weitaus schwerer zu ertragen, weil sie sich auch in Gesellschaft der anderen nicht verteiben ließ. Ich kannte die Menschen nicht, über die die Frauen lachten, ich konnte ihren Scherzen nicht folgen, und auch von ihren Geschichten verstand ich manchmal nur die Hälfte. Zu sehr damit beschäftigt, alles von mir Verlangte richtig zu machen, verpasste ich es, ihre Gemeinschaft zu teilen, und blieb außen vor, ausgeschlossen wie meine halb blinde Dienerin.

Die hatte immerhin Hermann, mit dem sie heute ausgezogen war, um Holz zu sammeln. Vielleicht war es eher so, dass er das Holz sammelte und sie ihm ihre traurigen Lieder vorsang, weil sie ja doch nur über das Reisig fiel, statt es aufzuheben, und vielleicht tranken sie irgendwo unter einem Baum von dem Bier, das Ringaile in Sindris Kiepe geschmuggelt hatte, und brachten am Ende so wenig Holz nach Hause, dass Asgerd ihnen am liebsten das Essen verweigern würde ... wehmütig hatte ich ihnen nachgesehen und mich meiner Sehnsucht nach Erik hingegeben.

Hatte das Haus, das er mir an einem Seitenarm des Fyrisá bauen wollte, in Gedanken eingerichtet und so wohnlich gemacht, dass er alles daran setzen würde, jeden Abend zu mir zurückzukehren. Kostbare Felle auf den Bänken, weiche, geknüpfte Teppiche an den Wänden und gutes Essen im Kessel, denn mein Garten, den ich anlegen wollte, würde trotz der ewigen Dunkelheit von der Sonne verwöhnt sein und mir reiche Frucht- und Gemüseernte eintragen. Und es gäbe keine zänkische Asgerd, die die besten Bissen stets selber veschlang. An meinen Fingern zählte ich ab, was ich alles pflanzen wollte – Zwiebel, Pastinaken, Mohrrüben ...

Am Haus schlug der Hund an. Ich tastete nach meinem Dolch, um mich, wenn nötig, verteidigen zu können. Immerhin war ich mutterseelenallein auf Sigrunsborg. Das, was mir vorhin noch so verlockend und erstrebenswert erschienen war, kam mir nun doch ziemlich leichtsinnig vor.

»Hier finde ich dich, *augagaman*! Sei gegrüßt, schöne Fränkin.« Mit einer kleinen Schneelawine kam Gisli den Hang heruntergerutscht, um den Weg abzukürzen. Prustend blieb er neben mir liegen und bürstete sich mit beiden Händen den Schnee von den Kleidern.

»Was sitzt du hier so traurig am Wasser? Wo sind die anderen? Und wo ist Erik?« Ich reichte ihm die Hand zum Aufstehen und musste wider Willen lachen. Hatte meine Welt eben noch grau und traurig ausgesehen? Der Kaufmann aus Sigtuna, heute in einen prachtvollen Fuchspelz mit purpurrotem Futter gekleidet, brachte Farbe in diese Trostlosigkeit. Er rückte die verrutschte Fellmütze wieder gerade und hockte sich dicht neben mich auf den Fels. Wieder einmal war ich fasziniert von dem Duftwasser, mit dem er sich zu parfümieren pflegte. Es erinnerte mich an Meister Naphtalis maurischen Diener, der stets in einer Wolke von Wohlgerüchen herumgeschlichen war. Gisli bemerkte mein Schnuppern und lehnte sich noch weiter zu mir herüber.

»Gefällt es dir? Ich habe es von einem Händler aus Bagdad, den ich in Miklagard traf. Man erzählt sich, dass alle Mauren so riechen. Den Frauen gefällt es. Vielleicht hilft es auch gegen Stechmücken. Ich werde das im Sommer ausprobieren!« Er strich sich grinsend das rote Haar aus dem Gesicht und legte den Arm um mich. »Komm, *augagaman*, lass uns zusammen einen großen Minnebecher leeren. Du siehst aus, als könntest du Gesellschaft und Abwechslung gebrauchen.«

Nickend hakte ich mich bei ihm unter, und wir gingen langsam zum Haus zurück. Dort schürte ich das Feuer mit den Reisigbündeln, stellte Bier bereit und eine Kanne Met ins Feuer und buk uns in der Glut süße Fladen, während er Snædís in seinen Armen wiegte.

Und irgendwie – ich holte tief und befreit Luft – fühlte ich mich zum ersten Mal nach langer Zeit wieder als Hausherrin, die einen ehrenwerten Besucher hereinbat und bewirtete. Auch wenn Sigrun sich bemühte, es mich nicht spüren zu lassen – ich war nur Gast in ihrem Haus, mir gehörte kein Schlüssel und keine Nadel, ich konnte über kein einziges Körnchen Salz verfügen. Asgerd hingegen schien ihre Freude daran zu haben, ungeliebte Aufgaben auf mich abzuwälzen und auch noch zu nörgeln, wenn es ihr nicht schnell genug ging, weil ich mich nicht wehren konnte.

Heute Abend jedoch konnte ich schalten und walten, wie es mir gefiel und ohne mich rechtfertigen zu müssen. Und so holte ich mutig Sigruns Spezereienvorrat aus der Truhe und kramte nach einem Gewürz, das den Met noch schmackhafter machen würde.

»Wie geht es dem Kind deines Dieners?«

Er sah hoch. »Georgs Kind? Da er es sich nur selten von der Brust bindet, wird es ihm wohl gut gehen. Mein Vater jedenfalls schimpft nicht mehr den ganzen Tag, das ist ein gutes Zeichen. Obwohl er sich die Milch mit dem Kind teilen muss – ich konnte noch keine Milchziege kaufen. Aber auf dem großen Markt werden wir vielleicht eine finden. Du kommst doch auch?«

Ich rührte in der Metkanne und rieb etwas Kaneel hinein. »Ich weiß nicht, ob Erik mich mitnimmt. Er spricht nicht über das Fest – niemand spricht darüber, wenn ich dabei bin.« Und doch spürte ich das Neunjahresfest nahen wie einen Nebel, der vom Bergkamm herunterfließt. Überall traf man flüsternd Verabredungen, raunte sich am abendlichen Feuer Zahlen von Opfertieren zu, und Sigrun schnitt Kerben in den Pfosten, um die verbleibenden Tage zu zählen. Spannung und Vorfreude erfüllten die Luft und sparten nur mich aus, obwohl ich doch mittendrin saß...

»Sie wollen dich sicher nicht ängstigen. Erik hat in die Opferkasse eingezahlt, damit du zu Hause bleiben kannst –«

»Wirst du hingehen?«, unterbrach ich ihn.

»Aber sicher! Alle gehen hin, außer den Christen natürlich.« Er stopfte sich den Rest des Fladens in den Mund und spülte ihn mit Bier herunter. Ich erinnerte mich an das Gespräch, das ich in Schleswig belauscht hatte: Gisli hatte das weiße Taufhemd getragen. Ihn hinderte es anscheinend nicht daran, dem heidnischen Fest beizuwohnen.

Auch Erik war getauft und würde dabei sein. Stenkils Frau baute eine Kirche, der König selber schien dem neuen Glauben mehr als zugetan – und würde als Oberpriester die Zeremonien leiten. Ich verstand das alles überhaupt nicht.

»Erzähl mir – was tut man da? Was geht dort vor sich, dass die Christen so viel Angst haben?«

»Ich weiß nicht, warum sie Angst haben. Bei einem *blót* sitzt man beisammen, bringt den Göttern Opfer für Fruchtbarkeit und gute Ernten und dass einen das Heil nicht verlässt, man trinkt zusammen…« Ratlos hob er die Schultern. »Der Weiße Krist mag es wohl nicht, wenn man fröhlich ist, so sagen manche. Das *blót*, das man ihm zu Ehren feiere, sei sehr ernst, sagen sie, und dass man kein Fleisch essen dürfe und seine Frau nicht beschlafen.«

»Und die Geschichten von den – den Opfern? Den Toten?«, lenkte ich vorsichtig ab und schenkte ihm nach. Fröhlich feiern und sich zeremoniell betrinken, das konnten sie hier wahrhaftig…

»Tote? Was für Tote?« Stirnrunzelnd sah er mich an. Ich wurde rot.

»Man – in meiner Heimat erzählt man sich, dass – dass – nun, dass Menschen geopfert werden…«, stotterte ich und vermied den Blickkontakt. Er war nicht Erik. Er verstand nicht, er war wirklich ein Heide, einer von ihnen…

Als er schwieg, sah ich ihn doch an. Nachdenklich ruhte sein Blick auf mir. »Soso, das erzählt man sich also im Reich von Kaiser Heinrich. Und in solch ein Land folgst du meinem Freund…« Er streckte die Hand aus und strich beinahe zärtlich über die Narbe, die sich hellrosa durch mein Gesicht schlängelte. »Alinur Hjartaprydi. So nennt man dich am Hochsitz des

Königs, und nur wenige wissen, dass auch Stenkil einen Grund hat, dich für deinen Mut zu bewundern.« Seine linke Braue zuckte. »Selbst der alte Drachen Gunhild kennt diesen Namen. Sie wollte alles wissen.«

Meine Neugier ging mit mir durch. »Wann hast du sie getroffen?«

»Gestern war ich bei ihr. Habe ihr eine Auswahl an Seidenstoffen dagelassen. Sie hasst es, den großen Uppsalamarkt zu besuchen. Sie hockt lieber mit ihrem *kanoki* am Feuer, betet Litaneien und horcht ihre Besucher aus …« Er nahm sich noch einen Fladen. »Aber um deinen Wissensdurst zu befriedigen, will ich dir etwas erzählen: Das letzte große Opferfest liegt jetzt neun Jahre zurück. Damals waren Erik und ich noch Kinder – er durfte nicht hin, weil Gunhild es ihm verboten hatte, obwohl sein eigener Vater die Zeremonie leitete, und ich bekam in jenen Tagen den Hintern von meinem Vater versohlt, weil ich ein Segel nicht richtig befestigt hatte und wir deshab beinahe die Fahrrinne von Roskilde verpassten. Als ich im Mai von dieser Fahrt zurückkam, erzählte man viel von dem großartigen Fest und dass eine Menge Heiraten und andere Geschäfte verabredet worden waren, aber nichts von Menschenopfern.« Er drehte den Becher in seinen Händen. »Soweit ich weiß, starb der letzte Mensch zur Zeit König Olofs. Oder war es noch früher? Ein Geschorener aus Strängnäs, Eskil, der versucht hatte, die Feierlichkeiten zu stören.« Bier schwappte über den Rand. »Die Götter mögen kein Menschenblut. Sie sind wie wir und trinken lieber Bier zu fettem Braten.«

»Glaubst du wirklich?«, fragte ich.

Er lachte leise. »Mach es wie alle anderen: Komm zum Markt und genieß den Tag. Meine Bude steht dir zum Ausruhen jederzeit zur Verfügung. Über alles andere brauchst du dir keine Gedanken zu machen.«

Gisli schirrte sein Pferd erst an, als Ringaile und Hermann von der Holzsuche zurückkamen, lange nach Einbruch der Dunkelheit. Ich konnte ihn jedoch nicht dazu bewegen, die Nacht auf Sigrunsborg zu verbringen. »Mein Schimmel kennt den Weg nach Uppsala. Und wenn die Geister mich ärgern wollen, dann sollen sie nur kommen« – er fletschte im Spaß die Zähne – »denn sie kennen meinen Vater, den alten Sven nicht: Ich bin ein Meister darin, mich zu streiten!«

»Aber Sigrun würde sich vielleicht freuen.«

Da fiel sein Gesicht zusammen wie ein welker Blumenstrauß. »Sigrun Emundsdottir weiß nie, ob sie lachen oder weinen soll, wenn sie mich sieht. Es reicht, wenn wir uns beim Opferfest am Feuer gegenübersitzen…«

»Verzeiht, Herrin.« Hermann trat aus dem Stall, wo er Sindri versorgt hatte, und vermied es, mich anzusehen. »Verzeiht, wir – wir haben uns verirrt…«

»Hauptsache, ihr seid nicht erfroren. Ihr habt nicht einmal blaue Nasen.«

Sichtlich erleichtert, nicht weiter über Sigrun sprechen zu müssen, trug Gisli die Kiepe mit dem Feuerholz an uns vorbei ins Haus und kniff auf dem Rückweg seiner ehemaligen Dienerin in den Hintern. »Solange der hier nicht blau ist…« Dann zerrte er einen zweiten Mantel vom Wagen und warf ihn sich über die Schultern. »Auch wenn mein Herz von deiner Gesellschaft noch warm ist, *augagaman*, so könnte die Heimfahrt doch ungemütlich werden«, lächelte er und betrachtete den Kälte verheißenden Nachthimmel über uns.

»Ringaile hat dir einen heißen Stein in den Schlitten gelegt.« Ich trat auf Gisli zu. »Und wenn du Erik sehen solltest, dann sag ihm… sag ihm, dass ich – dass ich auf ihn warte.« Was so leichthin klingen sollte, war plötzlich bitterernst. Meine Stimme gehorchte mir nicht und schwankte. Mit fahrigen Bewegungen band ich den Riemen an seinem Pelzmantel zu. Da nahm er mich einfach in die Arme. »Wenn ich ihn sehe, werde ich ihn mit Stöcken und Fäusten hierher prügeln und ihm klar machen, dass man eine Frau wie dich nicht alleine lässt.«

Dann zog er fort, die Laterne am Schlitten ein geisterhaft schaukelnder Punkt in der Nacht. Er nahm allen Frohsinn mit sich.

Es wurde ein stiller Abend auf Sigrunsborg. Keiner von uns hatte Lust, Geschichten von Sassenberg zu erzählen. Sie würden doch nur das Heimweh wecken und sich wie ein schwerer Schleier auf die Seele legen. Stattdessen nutzte ich die Abwesenheit der Frauen und badete mein Kind in einem Färbebottich am Feuer. Ringaile versuchte, den Flachs, den Sigrun und ich vor einigen Tagen im Grubenhaus geschlagen hatten, zu verlesen. Ihre Nase hing direkt über dem Flachshaufen, und ihre Lieder schwebten wie kleine Vögel über unseren Köpfen, und heute waren sie nicht so traurig wie sonst. Ich tat so, als bemerkte ich keinen der leidenschaftlichen Blicke, die Hermann ihr zuwarf, und dachte bei mir, dass dieser Tag, so langweilig er auch begonnen hatte, sich für uns alle doch noch gelohnt hatte.

Als Snædís satt und zufrieden zwischen den Fellen schlummerte, tunkten wir unser Brot in die wässrige Suppe, die vom Vortag übrig geblieben war, und teilten uns eine Kanne Bier. Hermann zeigte mir die Pfeilspitzen, die er aus Mistelzweigen geschnitzt hatte. »Sie verfehlen niemals ihr Ziel«, erzählte er mit geheimnisvoller Stimme. »Und das kam so: Baldr, Odins schöner Sohn, wurde von Freya so sehr verehrt, dass sie allen Pflanzen im Wald befahl, ihm nichts anzuhaben. Doch sie vergaß die Mistel, weil sie hoch in den Bäumen hängt, wo man sie nicht sehen kann. Loki baute daraus einen Pfeil, und hinterlistig, wie er ist, ließ er den blinden Hönir damit schießen – und der traf Baldr genau ins Herz! Freya war so verzweifelt, dass sie sich auf den Weg zu Hel machte, um zu fragen, wie sie Baldr wiederhaben könne.« Bedeutungsvoll sah er uns beide an. »Und es ist zu sagen, dass Hel unter einer Bedingung bereit war,

Baldr herzugeben: Alle Götter sollten eine Träne um ihn weinen. Loki aber weinte nicht, und so blieb der schöne Baldr bei Hel…«

Ein Schauder lief mir über den Rücken. Ich dankte Hermann für seine Geschichte. Hrut war ihm ein guter Lehrmeister im Geschichtenerzählen, doch mochte ich die Abenteuer der Götter nicht. Sie endeten fast alle mit Untergang und Tod – als ob dieses düstere Land keine freudigen Ereignisse hervorbringen könnte.

Ringaile gähnte, und so bereiteten wir uns auf die Nachtruhe vor. Das Mädchen fürchtete sich davor, des Nachts vor die Tür zu gehen, und verrichtete ihre Notdurft in den Nachttopf. Dann sah ich, wie sie verstohlen ihre Decken auf Hermanns Schlafbank schob. Ich tat meinen letzten Gang nach draußen, um dabei noch einmal die Sterne anzuschauen, die mir jeden Abend aufmunternd zuzwinkerten. Aber vielleicht war es auch nur die Erinnerung an eine andere Zeit, die sie so lebendig für mich machten. *Als ob diese Sterne einen Gedanken an dich verschwenden*, knurrte Katla aus ihrem Grab herüber. *Da wird noch viel Schnee fallen, bevor das irgendjemand hier tut!* Ihre böse Rede und der plötzlich auffrischende eisige Wind trieben mich ins Haus.

Der Riegel quietschte immer noch beim Zuschieben. Ich rüttelte prüfend an der Tür, als es von außen klopfte. Ein Besucher, mitten in der Nacht? Hermann kam um das Feuer herum, das Schüreisen in der Hand. »Wer kann das sein, Herrin?«, fragte er. Es klopfte wieder, diesmal zaghafter. Ich stellte mich dicht an die Tür.

»Wer ist da?« Es raschelte und kratzte, eine Hand fuhr von außen suchend über das Holz.

»Ein Bedürftiger, halb erfroren und verhungert. Seid Ihr Christenmenschen, so seid barmherzig und lasst mich ein…« Zähne klapperten vernehmlich. Hermann und ich wechselten einen Blick. »Wir können ihn nicht erfrieren lassen«, meinte er schließlich mit unsicherer Stimme. Ringaile kam herbei und brachte uns Licht. Ich nickte. Also gut. Ich zog den Riegel wieder weg und öffnete die Tür. Boshaft kroch uns die Nachtluft um die Beine. Auf der Schwelle hockte eine zusammengesunkene, in Lumpen gekleidete Gestalt, zitternd und keuchend, die Arme fest um den Leib gelegt, wie um sich das letzte bisschen Wärme zu erhalten.

»Ein Platz am Feuer, nur für diese Nacht, hab Erbarmen, gute Frau…«, nuschelte es aus der übergroßen Kapuze.

Ich machte eine einladende Geste. »Tritt ein und sei unser Gast.« Ringaile murmelte etwas. Sie versuchte, das Gesicht des Fremden zu beleuchten, als er an uns vorbeihumpelte, doch es gelang ihr nicht. Fauliger Eitergeruch drang an meine Nase. Ich schloss die Tür. Unser Besucher sackte am Feuer zusammen. Eine blau gefrorene Hand kam aus den Lumpen und zog den zerfetzten Mantel enger um die Schultern, deren Knochen sich unter dem Stoff scharf abzeichneten. Der Gestank umgab ihn wie eine klebrige Wolke, und so fragte ich ihn aus sicherer Entfernung: »Bist du verletzt? Brauchst du Hilfe?«

»Nicht der Rede wert, gute Frau.« Die Hand winkte ab, ohne dass der Gast den Kopf hob. »Nur ein Stück Brot und einen Platz für die Nacht, und Gott soll deine Güte segnen…« Ringaile bewegte sich nicht. Sie starrte den Fremden an und murmelte unablässig Beschwörungen, doch da sie das auch tat, wenn Nachbarn vorbeischauten, maß ich dem keine Bedeutung zu und griff in den Kasten, wo die Brotfladen lagerten.

»Wo kommst du her, so spät in der Nacht?«

»Hab… mich verlaufen… fremd hier… auf dem Weg nach Süden…« Kaum verständlich drangen die Worte aus dem Lumpenhaufen, während der Bierbecher sich leerte und auch Brot und Trockenfisch gierig verschlungen wurden.

»Bei Tageslicht wirst du den Weg wiederfinden.« Ich goss den Becher wieder voll und versuchte dabei, einen Blick unter die Kapuze zu erhaschen. Kurz sah ich die Augäpfel geisterhaft aufschimmern, dann wandte sich der Mann ab. »Ist der Hausherr nicht daheim?« Erstaunt hob ich die Brauen. Wen meinte er? Aber da er, seinem Akzent nach zu urteilen, nicht aus dem Mälargebiet kam, wusste er wohl auch nicht, dass auf Sigrunsborg eine Herrin dem Hof vorstand. »Hermann kann dir morgen den Weg zeigen.« Ich zählte die Fladen im Kasten und entschied, einen könne er noch essen. Die Hand, die das Brot entgegennahm, war von der Wärme am Feuer inzwischen puterrot und voller Frostblasen. Doch da er keine Hilfe in Anspruch nehmen wollte, bot ich sie auch nicht noch einmal an. Wir suchten ein paar alte Felle heraus und wiesen ihm einen Platz auf der Gästeschlafbank zu.

Er stöhnte leise, als er sich darauf niederließ und umständlich die Felle um sich schlug. Von meinem Lager aus sah ich, wie er sich murmelnd zusammenrollte. Vielleicht war es ein Gebet oder ein Wort des Dankes, weil er vor dem Kältetod bewahrt worden war. Bald darauf kamen seine Atemzüge regelmäßig und tief und bewiesen, dass er eingeschlafen war. Ich stützte den Kopf auf den Ellbogen und versenkte mich in die Glut des Herdplatzes. Mich selbst floh der Schlaf wieder einmal, obwohl mir Vikullas mit Schutzzaubern verwobene Decke die Schultern wärmte. Der Einzige, der mir Geborgenheit und Frieden geben konnte, lag nicht neben mir, und so schickte ich meine Gedanken zu ihm, wo auch immer er sein mochte.

Das große Fest ging mir im Kopf herum, und all die Geheimnisse, die damit verbunden waren. Würde ich die Götterstatuen wiedersehen, die ich vor dem Feuer bewahrt hatte? Jene goldfarbenen, ungeschlachten Gestalten, hinter denen ich Schutz vor dem wahnsinnigen Mönch gesucht hatte und deren zerstörerische Macht sogar vor dem Haus und im Wald noch zu spüren gewesen war? Nur wenige Christen hatten die Statuen je zu Gesicht bekommen – manche hatte bei ihrem Anblick der Schlag getroffen, so erzählte man sich. Dass sie nachdrücklich die Hand nach einem ausstreckten, hatte ja auch ich gespürt. Nirgendwo schien der Weiße Krist den Menschen so fern zu sein wie in der Königshalle von Uppsala …

Ich fragte mich, wo Asgerd das Fest wohl verbringen würde. Wahrscheinlich würde sie etwas beten, was einem Paternoster nahe kam, das silberne Kreuz unter ihr Hemd stecken und sich ein Feuer zwischen Königshalle und Guđnys neugebauter Kirche suchen in der Hoffnung, so die Aufmerksamkeit sämtlicher ihr bekannter Götter auf ihren Schoß zu ziehen. Grinsend massierte ich mein steifes Handgelenk. Und je näher man dem König war, desto reichlicher fiel das Essen aus …

Ich muss wohl doch irgendwann eingeschlafen sein.

Der Atem ging schwer und unregelmäßig und ganz in meiner Nähe. Halb im Traum und schon halb wach rekelte mein Geist sich, auf den Lidern lastete die kurze Nacht und zu wenig Schlaf. Ein wenig angeekelt versuchte ich, den schalen Geschmack im Mund hinunterzuschlucken. Der Geruch, der mich umgab, süßlich faul und muffig, war nicht zu deuten, und bei dem kurzen Versuch, ihm auf die Spur zu kommen, fing der Schlaf mich auch schon wieder ein. Wie von selbst sank mein Kopf auf die andere Schulter. Die Wirklichkeit verflüchtigte sich auf dem Weg zurück in die Traumwelt – bis ich die Hand an meinen Haaren spürte. Eine Locke fiel mir ins Gesicht, bebende Finger krochen zwischen den Strähnen entlang, ließen sie verstohlen an den Ohren knistern und rauschen, bahnten sich den Weg in die Tiefe auf der Suche nach schlafwarmer Haut – mit einem Schlag war ich wach.

Jemand stand an meinem Bett und verdeckte mit seiner Gestalt das vom Balken hängende Tranlicht, das wir in der Nacht stets brennen ließen.

Meine Gedanken jagten im Kreis. In den vom Schlaf noch tauben Fingerspitzen prickelte es, als machten sich Ameisen auf den Weg, die Arme zu erklimmen, das ganze Bett zu erobern. Wer war eingedrungen? Wo war Hermann, wo Ringaile? Wer stand da wortlos an meinem Lager? Meine Brust drohte unter wildem Herzklopfen zu zerspringen, im Hals wurde es mir eng. Der kalte Schweiß brach mir aus. Ich brachte es nicht fertig, mich zu bewegen.

Die nächtliche Stille im Haus wurde durchbrochen vom pfeifenden Atem unseres übel riechenden Gastes, denn er war es, der sich über mein Lager beugte und die Hand tiefer in mein Haar schob. Was hatte er im Sinn, was wollte er? War er wach oder ein Schlafwandler, ein Nachtmahr oder eine wandernde Seele, die nachts keine Ruhe fand und die man gewähren lassen musste?

Ich presste die Kiefer aufeinander, um mich nicht durch Zähneklappern zu verraten, und drückte unter der Decke Snædís' Fellsack von mir weg an die Wand. Wie durch ein Wunder blieb das Kind still. Die Finger des Fremden waren auf der Kopfhaut angelangt, ihr Beben vibrierte in meinem Kopf. Es jagte mir einen Schauder über den Rücken, als die Hand feucht vor Erregung langsam zu meinem Hals herabglitt, sich Wirbel für Wirbel zu meiner Schulter heruntertastete, wo sie sich provozierend drehte und mit abgebrochenen Nägeln über das Schlüsselbein strich, um an meiner Kehle zu verharren. Der Nachtmahr war wirklich und hellwach.

»*Miserere mei*«, flüsterte eine heisere Stimme, »*miserere*... ich habe von dir geträumt, *soror diaboli*...« Ein leises, fast irres Lachen schüttelte die Gestalt, dann drückte sie einen Finger auf meinen Kehlkopf. »Geträumt von dir, *muliercula*, geträumt, wie ich dir die Haut vom Rücken peitsche, geträumt von deinem schmutzigen Blut...« Ich versuchte verzweifelt, mich gegen den schmerzhaften Druck auf den Kehlkopf zu wehren. Der Dolch – wo war mein Dolch! Er lag unter dem Kopfkissen, ich konnte seinen Griff mit dem Hinterkopf erspüren. Nah bei mir, so nah! Und doch unerreichbar. Ich fühlte, wie mir das Blut zu Kopf stieg, röchelte: »Was – was willst du von mir? Lass ab« – ich würgte keuchend –, »lass ab – wie vergiltst du mir die Gastfreundschaft, wie …« Meine Hände wollte ich befreien, die eisenharte Hand abwehren, doch hingen sie in den Decken fest, weil er sich mit seinem ganzen Gewicht auf mich geworfen hatte. Seine Hand verließ den Kehlkopf und strich ungeschickt über mein Gesicht. Ich spürte, wie er die lange Narbe betastete.

»Der Teufel selbst hat dich gezeichnet, nicht wahr? Du warst ihm zu Willen, und zum Dank dafür hat er dich so leidenschaftlich geküsst, dass es jeder sehen kann. Das habe ich gleich gewusst, als ich dich sah, Weib …« Seine Hand glitt herab, quetschte wie zur Strafe meine milchschwellende Brust und legte sich gleich darauf fast zärtlich um meinen Hals. Die Finger suchten die pulsierenden Adern dort, senkten sich in die Haut, drückten erst leicht, dann immer stärker, dass ich dachte, mir platzt der Kopf –

»Wenn du schreist, Fränkin, dann töte ich dich, vergiss das nicht. Ich habe zwar nur noch eine Hand, doch die weiß ich zu benutzen. Die andere hast du auf dem Gewissen, Fränkin.«

»Was – was willst du – heilige Jungfrau, lass ab von mir –« Die Decke umgab mich wie eine riesige Fessel, unmöglich, mich von ihr zu befreien.

»Du nimmst den Namen der Jungfrau in den Mund? Du? Warte, Weib.« Er robbte über mich, bis sein Atem mein Gesicht streifte. Durch die Decken hindurch fühlte ich seinen mageren Leib und das erregte, harte Geschlecht. Ich erstarrte, als die düstere Kapuze direkt vor mir auftauchte. »Du wagst es, den Namen der göttlichen Jungfrau zu beschmutzen?« Ein Augenpaar glitzerte aus der Kapuze heraus. »Du hast das Recht, ihren Namen zu nennen, an dem Tag verwirkt, da du im Tempel aufgetaucht bist!«

»Was meinst du – lass ab, bitte –« Verzweifelt würgte ich, hustete unter der eisernen Faust – hörte mich denn keiner? Doch wenn man mit einer Frau wie Asgerd zusammenlebte, lernte man, auch bei Lärm zu schlafen.

Er legte sich auf mir zurecht, als wollte er mich beschlafen. Durchdringender Eitergeruch wallte über mein Gesicht.

»Seit dem Tag, da du im Tempel aufgetaucht bist«, wiederholte er, »und deine Hand gegen Gottes Werk erhoben hast, die gerechte Sache Christi verraten und dich auf die Seite der heidnischen Götzen gestellt hast, seit jenem Tage suche ich dich.« Und dann spülte seine Wut deutsche Worte hervor, deren hasserfüllter Tonfall mich erschaudern ließ. »Du hast es verdorben mit deinem bösen Blick – alles hast du verdorben! Mein Leben, Svanhilds Leben – du trägst Unglück in die Welt!« Er versuchte, den Speichel seiner erregten Rede herunterzuschlucken, und verschluckte sich fast dabei. »Streiter Christi zu sein gelang mir nicht, nun mache ich eben den Rächer. Du weißt, wer ich bin, Fränkin?«

»Nein«, flüsterte ich, als könnte die armselige Lüge den Alb von meiner Brust wegzaubern.

Er lachte leise. »Dann erkenne mich, bevor du zur Hölle fährst, Hexe.«

Ungelenk schob er sich mit dem Armstumpf die Kapuze vom Kopf. Ich lag ganz still, jeglicher Widerstand in mir war erstorben, obwohl er sich bereits an der Decke zu schaffen machte.

Ich hatte einem Neiding meine Tür geöffnet.

»Es wäre besser für dich, wenn du deine Drecksfinger von ihr nehmen würdest.« Bissig blitzte eine Schwertspitze im Dämmerlicht auf, bevor sie sich zwischen die Schulterblätter des Mönchs bohrte. »Und es wäre besser für dich gewesen, wenn du niemals hergekommen wärst, *skalli.*« Eriks Stimme bebte vor unterdrücktem Zorn. Ich schloss die Augen, schwach vor Todesangst und Erleichterung – er war nach Hause gekommen, mitten in der Nacht. Allmächtiger...

Benno lag regungslos auf mir, hatte meine Gurgel jedoch wieder hart gepackt. Vergeltungssüchtige Dämonen umflatterten uns, deren spitze, grelle Schreie mir in den Ohren schmerzten. *Ein Neiding – törichtes Weib – ein Neiding – törichtes Weib –* »Was wirst du tun, Yngling, wenn ich liegen bleibe?«, fragte der Mönch mit dumpfer Stimme, wohl erkennend, dass sein Ende gekommen war. »Wirst du sie mit erschlagen und dich endlich freimachen von aller Schmach?«

»Schweig!«, bellte Erik. »Auf dem Thing hast du dein Recht auf Worte verwirkt, und deine Drohungen sind wertlos!«

Benno drückte seinen stinkenden Stumpf auf mein Gesicht. Triumphierend tanzten die Dämonen. *Törichtes Weib* – Panisch strampelnd, versuchte ich, den Kopf wegzudrehen, fühlte dennoch, wie mir Eiter über Mund und Wangen schmierte, wie feuchter Stoff meine Nase zudrückte – ich brauchte Luft – doch den Mund öffnen bedeutete, den Verletzten schmecken, ich würgte, versuchte aufs Neue, den Mann von mir wegzuschieben – zwecklos. Er lag auf mir wie eine Grabplatte, fesselte mich an sich mit Vikullas Decke. Gleichzeitig spürte ich Eriks Unsicherheit – wie gefährdet war ich, gab es ein Messer an meiner Kehle? Als die Schwertspitze drängend seine Haut durchschnitt, stöhnte der Mönch leise und fast zufrieden auf.

»Dein Hurenweib soll mir ein weiches Sterbepolster sein.« Sein gesunder Arm schlang sich um meinen Kopf und krallte sich in die Haare. Verzweifelt kämpfte ich gegen seine Last und die erstickenden Lumpen auf meinem Gesicht an. »Und wenn du sie mit mir in Stücke gehauen hast, soll sie Svanhild auf ewig als Sklavin dienen –« Das Schwert flog durch die Luft und klirrte zu Boden. Erik verlor die Nerven, ergriff den Mann mit beiden Händen an Hals und Bein und schleuderte ihn von mir herunter auf den Boden. »Dein Sterbepolster soll das Eis des Mälar sein, *skalli*, und Raben deine Totenklage singen. Verschone mein Haus mit deinem vom Thing verfluchten Kadaver –«

»*Dein* Haus, ha! Nichts hast du, nichts besitzt du außer deiner *frilla*, und selbst die ist ja gestohlen!«

Erik packte den Strampelnden an dessen mittlerweile lang gewachsenen Haaren und schleifte ihn zur Tür. »*Ek skall fenna pik!*«

»Nichts«, wiederholte der keuchend, »nichts bist du, und nichts hast du! Verlachen werden sie dich und das Strohfeuer deiner geilen Lenden, Erik Mjolkskeggi – verlachen, dafür habe ich gesorgt! Nie sollst du Frieden finden, keinen Tag, das schwor ich am Totenbett meiner Schwester, nie mehr soll dein –« Die Tür wurde aufgetreten, Bennos höhnende Stimme wurde immer leiser, war jedoch weiter verständlich, während Erik ihn schweigend durch den Schnee schleifte.

Am ganzen Leibe zitternd, stürzte ich zur Tür. Neuschneeschwere Böen gaben sich alle Mühe, an mir vorbei in das Haus zu stürmen, die dicken Flocken saugten sich an meinem Hemd fest und versuchten, mich beiseite zu drücken. Unter den nackten Füßen spürte ich den gefrorenen Boden nicht mehr.

Am Zaun, außerhalb des Schutzkreises, den Sigrun mit dem Holunderstab um ihren Hof gezogen hatte, entdeckte ich die beiden im schummrigen Licht der Hoflaterne. Der Mönch rappelte sich eben auf die Knie und sah zu der düsteren Gestalt auf, die schweigend vor ihm stand.

»Verflucht sei der Tag, an dem dein Fuß diese Erde wieder betrat. *Ætt yđur mun illa fara*, verdammter Yngling.« Dann begann er zu beten, die gesunde Hand auf der Brust, und seine Worte klangen klar und fest. »*Domine, dilexi habitaculum domus tuae et locum habitationis gloriae tuae. Ne colligas cum impiis animam meam et cum viris sanguinem vitam meam, in quorum manibus inquitates sunt …*«

Erik rührte sich eine Weile nicht vom Fleck, fast als wartete er ab, ob der Weiße Krist sich einmischen würde. Ich klammerte mich an den Türrahmen. »*Ego autem in innocentia mea ingressus sum, redime me et miserere mei … pes meus stetit in directo …*«, wehten die Gebetsfetzen zu mir herüber. Der Himmel schwieg und hielt für den Moment sogar die weißen

Trauerflocken zurück. Und dann trat Erik einen Schritt zurück, riss seine Streitaxt aus dem Riemen, schwang sie durch die Luft und hieb ihre Schneide dem Neiding, der einmal Sohn des Jarls gewesen war, in den Schädel. Das Gebet verstummte. Ohne einen weiteren Laut kippte der Kniende vornüber in den Schnee. Und ein schwarzer Rabe flatterte aus den Baumwipfeln, kreiste um den Toten und flog schließlich krächzend in die Nacht, um den Heidengöttern zu berichten.

Tröstend wurde ein Mantel auf meine Schultern gelegt, und Hermann drückte sich neben mich auf die Schwelle. »Was – Herrin, Jesus Maria, um Gottes willen …«, stotterte er fassungslos. »Wie konnte das – heilige Jungfrau, und wir haben geschlafen …«

Ich drehte mich wortlos um und sank Schutz suchend an die Schulter meines Dieners. Der Himmel holte tief Luft, öffnete seine Schleusen und schickte Schnee herab, um den Toten zuzudecken, wie Erik es angekündigt hatte. Flocke um Flocke setzte sich auf das dunkle Lumpenbündel und entzog es unseren Blicken. Krähen hätten den Leichnam des Neidings fressen sollen, doch würden sie nichts davon mehr vorfinden, wenn der Tag erwachte. Stattdessen würde ein zweiter, eisiger Grabhügel auf Sigrunsborg entstehen und die Erinnerung an diese Nacht wachhalten. Kälte griff an mein Herz.

Erik wartete mit gesenktem Kopf, die blutige Axt in der Hand, bis die Schneedecke auf dem Leichnam vollkommen war. Schließlich kam er zum Haus zurück, schneebedeckt wie der Erschlagene, sein Blick seltsam leer. Die Axt fiel zu Boden. Ich flog seinen Armen entgegen, landete hart an seiner Brust, schmeckte Schnee, nasse Wolle, roch alten Qualm und seinen Angstschweiß, fühlte sein Herz hinter dem Wollzeug immer noch rasen – was, wenn er zu spät gekommen wäre, oder gar nicht, wenn ich nicht wach geworden wäre, das Kind nicht versteckt hätte?

»Ich hätte es wissen müssen«, murmelte er in mein Haar und

nahm mich so fest in die Arme, dass meine Rippen knackten, »ich Narr, ich hätte wissen müssen, dass er nach Rache giert, dass er uns suchen würde…«

Hermann schürte das Feuer und stellte eine Kanne Met in die Glut. Ringaile machte sich an Sigruns Kräuterkasten zu schaffen. Mit beschwörender Stimme Zaubersprüche flüsternd, rührte sie in der Räucherschale herum und trug die Rauchfahne durch das Haus, um das Feuer herum, an den Schlafbänken vorbei, und ich verstand, dass sie die Halle von Sigrunsborg vom Bösen des Neidings reinigte. Begierig sog ich den stechenden Geruch von Johanniskraut und Wacholder ein und schickte ein Stoßgebet zur Heiligen Jungfrau, dass sie mich auf wundersame Weise wieder einmal vor dem Schlimmsten bewahrt hatte.

Snædís lag unversehrt und satt auf Eriks Knien und sah ihn verzückt an, wie sie es immer tat, wenn er sich mit ihr beschäftigte.

»Wieso hast du ihn hereingelassen?«, fragte Erik schon zum zweiten Mal. Er lehnte den Kopf an den Balken und suchte meinen Blick. Überstandenes Entsetzen und eine tiefe Erschöpfung las ich darin, und die Sehnsucht, bei mir zu schlafen und für Tage von niemandem gestört zu werden. Wo in aller Welt war er nur gewesen?

»Mutter hat es sich zur Aufgabe gemacht, die Sitzordnung an den Feuern zu organisieren, obwohl sie gar nicht dabei sein wird«, begann er von selber zu erzählen. Aus den Augenwinkeln sah ich, wie Hermann und Ringaile enger zusammenrückten und sich ein Brot teilten. »Sie hat das Haus voller Gäste, sogar ihr Vetter Sigurđ Eisensäule ist wiedergekommen, und Leute aus dem Süden und von den Schären – alles irgendwie Familie. Es war keine gute Idee, bei ihr zu klopfen, als ich von Adelsö zurückkam… all das Gerede und die dummen Geschichten, und wie es denn mit Geir gelaufen sei, vor und nach dem Urteil …« Müde schloss er die Augen, sprach aber weiter: »Aber nun stand ich eben in der Tür und musste bleiben. Dieser *hyrningr* Adalbert von Bremen war auch da, Mutter beherbergt ihn jetzt. Stenkil hat ihm untersagt, Uppsala während der Festtage zu betreten. Er hat auf mich eingeredet wie ein Besessener, vom Paradies und was sie bei ihrem Vorhaben falsch gemacht haben.« Er grinste plötzlich böse. »Vetter Sigurđ hätte ihn beinahe hinausgeworfen.«

»Warum hört ihr ihm nicht zu?« Ich erschrak über meine eigenen Worte.

»Weil sein Gerede niemanden interessiert.« Seine Augen warnten mich davor, einen religiösen Disput zu beginnen. »Weil dies unser Fest ist, mit unseren Zeremonien und unseren Geschäften – und weil die Menschen, die an die alten Götter glauben, auch nicht in das Haus des Weißen Krist gehen, Kerzen umstoßen, das Dach zertrümmern und den Geschorenen töten! Der *skalli* von Skara mag hier leben, wie es ihm beliebt, aber er soll die Leute in ihrer Vorfreude auf das große Fest in Ruhe lassen.« Verärgert stürzte er sein Bier hinunter. »Wir wollen unseren König nicht opfern für einen Gott, der nicht besser oder schlechter als die alten Götter ist! Niemand kann einen Beweis dafür antreten – und darum tun die Geschorenen besser daran, meine Leute in Ruhe zu lassen.«

Damit drehte er sich auf seiner Schlafbank um und zog sich die Decke über die Schultern. Der Ärger schwebte wie eine dicke Rauchwolke über seinem Lager. Als auch wir anderen uns zur Ruhe legten, wagte ich nicht, ihm zu nahe zu kommen. Sehnsucht nach ihm quälte mich, doch sein Rücken war wie eine abweisende Wand. Unruhig schob ich mich auf der Bettkante herum. Die Aufregung saß mir noch in allen Knochen, obwohl diese Nacht doch schon fast um war. Es kicherte und flüsterte in den Ecken, die Glut blinzelte höhnisch, die Decken rochen nach Benno – trotz des Räucherns war das ganze Haus immer noch erfüllt von der Anwesenheit des toten Neidings …

Endlose, verfluchte Nacht. Schließlich hockte ich doch wieder auf der Bettkante, darüber grübelnd, wohin ich mit meiner Schlaflosigkeit gehen sollte. Da legte sich ein breiter Arm um meine Hüfte, und gleich darauf erhob sich Erik hinter mir.

»Mir sind zu viele Mönche in diesem Bett«, knurrte er und nahm den zweiten Arm zu Hilfe. »Entweder sie gehen – oder ich.«

Ich drehte mich errötend zu ihm um. Ließ mir das Hemd von ihm über den Kopf ziehen, vergaß Geschorene, Gott und Vaterland …

8. KAPITEL

Er wird dich verbergen vor der Geißel der Zunge, dass du dich nicht fürchtest vor dem Verderben, wenn es kommt.
(Hiob, 5,21)

Und dann kam der Tag der Abreise.

Die Herdglut wurde zwischen Steinen gefesselt, damit sie vor sich hin glimmen konnte, und das Haus sorgfältig verschlossen. Hühner und Schafe wurden in die Ställe gesperrt und mit Futter für drei Tage versehen, denn dann sollten Hermann und ich spätestens zurück sein.

»Sicher wird es dir so lieber sein«, meinte Erik und drückte die Holzstangen zur Seite, aus denen die Bude von Sigrunsborg entstehen würde, um Planen, Decken und Bündel im Schlitten zu versenken. Die Bude würde Verkaufsstand für Sigruns Kräutermischungen und Liebestränke sowie Schlafgelegenheit für uns alle sein, und wir sollten es darin so bequem wie möglich haben. Ein Schaf und zwei junge Hähne als Opfergaben, ein Wasserfass, Kisten mit Brotfladen, Nüssen, Beeren und Kräutersäckchen, allerlei Geschenke für Freunde, Gefolgsleute, vielleicht auch für Gegner, Sigruns Trommel, und dann war der Schlitten voll.

Sindri spannten sie neben Sigruns Fuchs, und beide Pferde mussten sich mächtig ins Zeug legen, um diesen schwer beladenen Schlitten durch den pappigen Februarschnee zu ziehen. Diesmal hieß es, den Weg nach Uppsala zu Fuß hinter sich zu bringen. Allein auf Káris Rücken war Platz zum Verschnaufen, und wir Frauen wechselten uns ab, obwohl Asgerd sich anfangs weigerte, den schwarzen Teufel zu besteigen.

»Da träumst du jede Nacht von einem schwarzen Hengst –

und nun steht er vor dir, und du traust dich nicht!« Erik lachte laut. »Und dabei sollst du doch auf ihm reiten und nicht umgekehrt …«

»Schweig, verdammter Yngling, und hilf mir lieber hinauf!«, zischte Asgerd und schürzte schon die Röcke, damit das Mädchen aus Ladoga den begehrten Platz nicht etwa vor ihr einnahm.

Der Himmel versuchte uns die Reise leicht zu machen: Er schickte uns zumindest stundenweise etwas Sonne und hielt den kalten Nordostwind im Zaum, der seit Tagen das Land verwüstete. Vielleicht waren es auch die Brotkrumen, die Sigrun den Schneegeistern in regelmäßigen Abständen hinwarf, die uns die Gewalten vom Leib hielten.

»Wenn du so weitermachst, werden wir in Uppsala ankommen und kein Brot mehr haben«, meinte Erik und fing geschickt einen der Krümel auf.

»Dafür kommen wir wenigstens an. Andere schaffen es nicht«, entgegnete Sigrun. »Du wirst so satt werden, dass du nicht mehr aufs Pferd steigen kannst, Bruder.«

»Wird es – wird es wirklich so viel zu essen geben?«, fragte ich schüchtern und wich einem Baumstamm aus, der über den Weg gefallen war.

»Unmengen.« Asgerds Augen blitzten vor Vorfreude. »Denk nur – wenn jeder etwas für das Opfer mitbringt und der König eine ganze Herde schlachten lässt! Das letzte Mal sprachen die Leute noch Jahre davon!«

»Der gierige Schlemmer, vergisst er sich selbst,
isst sich Lebensleid an.«

Hrut erhob mahnend den Zeigefinger, wie jedes Mal, wenn er aus seinem Lieblingsgedicht vortrug.

»Herden wissen, wann es zur Heimkehr Zeit
Und gehn dann vom Gras.
Der Unkluge kennt allein nicht
Seines Magens Maß.«

Auch Hermann kannte das Gedicht und räusperte sich nachdrücklich.

»Kleb nicht am Becher, trinke Bier mit Maß,
Sprich gut oder schweig.
Niemand … niemand wird es ein Laster nennen,
Wenn du früh zur Ruhe fährst.«

»Mancher« – Asgerd senkte die Stimme und beugte sich vom Pferderücken, damit wir sie trotzdem verstanden – »mancher fährt beim *blót* zur ewigen Ruhe! Alte Männer fallen um und liegen zwei Tage stumm mit rinnendem Speichel da, bevor Hel sie zu sich holt. Die Waffen sind schwatzhaft in diesen Nächten – die Mäuler auch, und« – ihre Stimme wurde zu einem Raunen – »und man erzählt sich von einem *blót*, wo der Bäcker das rote Feuer ins Brot gebacken hat, und alle, die davon gegessen haben, sanken nach wilden Tänzen tot zu Boden!«

Die Geschichte vom schlechten Korn, das den Essern wilden Tanz und anschließenden Tod brachte, kannte ich auch von zu Hause, und sie hatte mir immer schon Angst eingejagt. Wie viel Böses würde es hier noch geben?

Der Mond war fast voll, als wir nach langer Wanderung aus dem Wald heraustraten. Ich erkannte die Ebene von Uppsala nicht wieder: Das gesamte Land unterhalb der Hügel war schwarz von Zelten und Buden, so weit das Auge sehen konnte, Tausende von Feuern flackerten wie Irrlichter in der Dunkelheit und erzählten von der Erleichterung, endlich angekommen zu sein, und dem Glück, Freunde und Verwandte wiederzutreffen, alte Geschichten neu zu erzählen und echte Neuigkeiten aus allen Winkeln des Landes auszutauschen.

In den künstlichen Gassen zwischen den Buden wuselten unzählige Menschen mit Fackeln und Laternen umher, lachend, singend, schreiend zogen in Gruppen hinauf zur Königshalle, die strahlend wie ein Stern, von Feuern hell erleuchtet, auf dem Plateau auf ihre große Stunde zu warten schien. Das goldene Dach glänzte im Licht der vielen Feuer, erwartungsvoll wie eine

Braut. *Kommt her zu mir, kommt alle her!*, schien es in die Dunkelheit zu rufen – und alle waren gekommen.

»Das halbe Svearreich ist dort unten versammelt«, sagte Erik leise. Ich drückte mich näher an ihn heran. »Manche von ihnen waren Wochen unterwegs, und viele von ihnen erleben dieses Fest nur einmal in ihrem Leben.« Ich spürte auch seine Aufregung wachsen. Gleichzeitig schwebte ein kleiner Schatten über meine Seele. Würde es für Erik ein zweites Mal geben …?

Der Weg durch die bevölkerte Ebene schien fast so weit zu sein wie die ganze Reise, jedenfalls kam es mir so vor, weil die Gassen und Zelte kein Ende nehmen wollten und die Halle kaum näher rückte. Erik entzog mich dem Gewühl, indem er mich vor sich aufs Pferd setzte und den Weg zu den Marktbuden unterhalb der Hügel einschlug.

»*Kom heill og sæll!* Seid willkommen auf dem größten Fest des Nordens!« Ein rotblonder Schopf tauchte neben Kári auf, und eine blau gefrorene Hand griff nach meinem Arm, um mich vom Pferd zu ziehen.

»He, lass das –«

»Aber *augagaman*, ich warte doch schon den ganzen Tag auf euch!« Und dann lag ich auch schon in Gisli Svenssons nach Zitronenöl duftenden Armen. Erik ließ die Hand von der Waffe fahren, als er den Freund erkannte, und packte ihn am Kragen. »Niemand raubt mir ungeschoren die Frau!«

»Wenn du sie dir rauben lässt?«, lachte Gisli, ohne mich loszulassen. Erik sprang vom Pferd und begrüßte ihn herzlich, während er mit einer Hand weiter versuchte, mich von ihm wegzuziehen.

»Der Platz neben meiner Bude ist für euch reserviert.« Fest lag der Arm des Kaufmanns um meine Hüfte. »Und ein gutes Essen wartet schon am Feuer – Bruder Georg hat mir nämlich seine verborgenen Talente enthüllt! Meine liebe Alinur, dieser *kanoki* ist das beste Geschäft meines Lebens – ein Magier! Er kann schreiben, lesen und auf dem Pergament rechnen, er kann Verse in seltsamen Sprachen hersagen, er kann singen, dass selbst meinem alten Vater die Tränen in die Augen treten, und« – jetzt strahlte er übers ganze Gesicht – »er kann kochen! Beim Thor, ich werde noch so dick und unbeweglich, dass mich keine Frau mehr freundlich ansieht!« Zu dieser Befürchtung bestand jedoch kein Anlass, Gisli war trotz des guten Essens einer der schönsten Männer, die ich je gesehen hatte.

Schnaubend und prustend hielten die beiden Zugpferde am bezeichneten Platz an. Sigrun kam stirnrunzelnd hinter dem Schlitten hervor.

»Was denn – hier? Das ist viel zu eng, niemand wird meinen Stand finden!«

»Es ist mir eine Ehre und Freude, dir als dein Nachbar beim Errichten deiner Bude behilflich sein zu dürfen, Sigrun Emundsdottir.« Gisli verbeugte sich förmlich vor der weißblonden Frau, die nun die Arme sinken ließ und bei seinem Anblick tiefrot anlief.

»Ich kann meine Bude selber bauen, Gisli Svensson«, erwiderte sie schnippisch mit nicht ganz fester Stimme. »Sag mir lieber, wo ich die Pferde unterstellen kann!«

»Mein Haus ist dein Haus, Sigrun Emundsdottir, wenn du nur willst.« Gislis Gesicht war ernst geworden, und etwas in seinem Blick zerriss mir fast das Herz. »Und beim Thor – das weißt du auch.« Abrupt wandte sie sich ab, um im Wagen zu kramen. Hinter Bündeln und Stangen hörte ich sie schnaufen und murmeln.

»Verdammte Närrin«, knurrte Erik.

Gisli misshandelte heftig atmend seinen Bart. Schließlich hob er den Kopf. »Lasst uns anfangen«, sagte er tonlos und machte sich daran, Hermann beim Ausschirren der Pferde zu helfen. Der Glanz um ihn herum war erloschen.

Obwohl wir Frauen eingeladen waren, uns in Gislis Behausung aufzuwärmen, sah ich doch lieber zu, wie die Bude der Emundstochter in der Zeit eines Rosenkranzes errichtet und behaglich gemacht wurde. Die bemalten Zeltplanen wurden miteinander verschnürt, die Lücken von innen zugehängt. Den Boden legte man mit Tannenzweigen und Matten aus, darauf wurden all die Felle und Decken gehäuft, die den Schlitten so schwer gemacht hatten.

»Hier wirst du es warm haben, *kærra.*« Erik trat zu mir und legte mir den Arm um die Schultern. »So eine Bude kann ein richtig gemütlicher Ort sein.« Zuversichtlich lehnte ich den Kopf an seine Brust und beobachtete, wie Sigrun um Gislis Zelteingang herumstrich, als traute sie sich nicht einzutreten. Zwischen den beiden herrschte eine Spannung, die ich beinahe körperlich spürte und die nach Erlösung schrie. Warum behandelte sie den Kaufmann so und wurde doch jedes Mal rot, wenn er sie ansah? War es das bevorstehende Fest, das die Leute närrisch machte? Denn auch Erik war unruhig. Seine Atemlosigkeit rührte nicht allein vom Zeltbauen. Es musste dieses Fest sein, das über ihnen allen lag und das auch mich immer mehr in seinen Bann zog.

Gislis Bude barst schier vor Besuchern, und spät am Abend schob auch Stenkil seinen massigen Leib durch die Zeltöffnung, um sich mit zwei Gefolgsleuten am Feuer niederzulassen. Sein rotes Haar leuchtete wie eine Fackel, während er gut gelaunt erzählte, wie die Vorbereitungen in der angesengten Königshalle im letzten Moment hatten beendet werden können. »...denn dann ging ihnen die rote Farbe für die Balken aus! Beim Thor, sie haben beinahe in jedem Haus nachgefragt. Hjörleif Petursson fand schließlich einen ganzen Eimer und schenkte ihn her. Der arme Gunnar, ihn traf beinahe der Schlag...«

Die edelsteinbesetzten Ketten klirrten beim Lachen auf seinem vom Essen gewölbten Leib, verschwanden hinter seidenen Tüchern und tauchten wieder auf, als er sich vorbeugte und mit ringgeschmückten Händen einen gefüllten Becher entgegennahm. Ich ließ meine Blicke an ihm herumwandern, an seiner farbenfrohen Kleidung, an seinem Schmuck, hemmungslos, weil das alle taten, und biss mir auf die Lippen. Nie hatte ich den König der Svear prachtvoller erlebt!

Besonders sein breiter Halsring erregte meine Aufmerksamkeit, und als er das bemerkte, nahm er ihn ab und zeigte ihn mir.

»Na, *greifinna*, hast du so was Schönes schon mal gesehen, dort, wo du herkommst?«, fragte er lächelnd und ergötzte sich wie ein Kind daran, wie mir die Augen übergingen. Eine breite Manschette aus purem Gold, die aus Hunderten von aneinander gesetzten, filigran gefertigten Goldröllchen bestand, unterbrochen von geschliffenen Scheiben, auf denen das Bildnis eines Ebers zu erkennen war. Andächtig strich ich über das kostbare Stück.

»Wunderschön...« Er drehte den Schmuck in seinen fleischigen Händen. Für einen Moment hatte man uns beide vergessen, doch spürte ich Eriks Blick auf mir ruhen.

»Diesen Ring gibt es, seit die Ynglinge existieren«, sagte der König leise. »Und das ist eine verdammt lange Zeit. Ihre Wurzeln liegen in den Grabhügeln, die du dort sehen kannst. Erik und ich, wir sind nur das schwache Echo dieses großartigen Geschlechts, und viele – besonders die, die uns übel wollen – geben es schon für erloschen. Doch solange dieser Ring im Lande weilt, wird es Ynglinge im Svearreich geben.«

Seine Worte ließen in mir ein fernes Echo ertönen. Ynglinge – Ynglinge im Svearland – ich schloss die Augen. Leise Worte, ein Stall – die Völva – Ynglinge werden nicht aussterben. Das Echo wurde leiser und verging. Sie hatte damals schon dafür gesorgt, dass es mir so bald nicht wieder einfallen würde...

»Eigentlich müsste auch der König fasten«, brummte da Sigrun, die sich neben mich gesetzt hatte. »Vikulla sitzt seit Tagen im Wald und bereitet sich auf die Zeremonien vor. Und er hier...« Er hier, der König der Svear, schlang gerade ein riesiges, mit Gerstenbrei bestrichenes Brot hinunter und spülte mit einer ganzen Kanne Bier nach.

»Warum tut er es nicht?«, wagte ich zu fragen. Sie lachte leise und ein bisschen verächtlich. »Er sagt, er hätte eine bessere Verbindung zu den Göttern, wenn er satt ist.« Ihre Handarbeit sank in den Schoß. »Vielleicht ist das ja so. Alles, was Stenkil in den letzten Jahren anging, ist heilvoll und gut zu Ende gegangen. Vielleicht ziehen die Götter wirklich einen satten König vor. Guđny jedenfalls ist ein satter Stenkil lieber.«

Vielleicht hatte Stenkil auch nur irgendwann begonnen, sich mit dem Gott seiner Ehefrau anzufreunden. Vielleicht war es der Allmächtige selbst, der dem König der Svear die glückliche Hand führte... Doch ich hütete mich, diesen unglaublichen Verdacht laut auszusprechen.

»Wo ist Guđny eigentlich?«

»Bei meiner Mutter«, gab sie gleichmütig zu. »Sie zieht es vor, Uppsala während der Feierlichkeiten den Rücken zu kehren.« Mit flinken Fingern nähte sie einen letzten Schwung Stoffbeutelchen, in denen sie morgen ihre Kräutermischungen verkaufen würde.

»Stört das denn niemanden?«

Erstaunt sah sie hoch. »Was soll stören? Dass Guđny nicht da ist?« Sie lachte gutmütig. »Ich glaube, es würde eher stören, wenn sie dabeisitzen und böse dreinschauen oder laut ihre Gebete singen würde. Nein, im Ernst – solange nur der König mit all seinem Heil den Zeremonien vorsteht, ist es den Leuten egal, wer kommt und wer lieber zu Hause bleibt, weil er sich zum Weißen Krist bekennt. Und die, die lieber Weihrauch verbrennen, zahlen halt eine Steuer in unsere Opferkasse.«

Auch für mich hatte Erik diese Steuer entrichtet, damit ich daheim bleiben konnte.

Ich nippte an meinem Bier. Und ganz allmählich keimte ein Gedanke in mir auf, eine ungeheuerliche Idee...

Die Größe des Disathingmarktes überstieg alle meine Vorstellungen. Zwei Tage lang schoben wir uns mit unzähligen

Menschen durch die schmalen Gassen von Stand zu Stand, wo Händler und Menschen aus allen Teilen des Svearlandes ihre Waren feilboten, wir hockten in Garküchen, aßen Dinge, die wir noch niemals zuvor gesehen oder geschmeckt hatten, und lauschten Unterhaltungen in fremden Dialekten.

Immer wieder wurden wir angehalten von Leuten, die Erik von früher kannten oder gehört hatten, dass er aus dem Ausland zurückgekehrt war, und wir mussten hinein in eine Bude zum Begrüßungstrunk. Dann wurden Neuigkeiten ausgetauscht, dass mir der Kopf schwirrte, und bald konnte ich die Gesichter und Namen der Häuptlinge und Familienoberhäupter nicht mehr auseinander halten. Um mich wirbelten Pelzkappen, rote und schwarze Bärte mit eingeflochtenen Glasperlen, ringgeschmückte Kriegerpranken, juwelenbehängte Frauen mit phantasievoll bemalten Gesichtern, und ich saß in ihrer Mitte und verstand kaum ein Wort. Die Frauen boten mir Honigwein aus edlen Glasbechern an oder halfen beim Windelwechseln, konnten mit meiner Schweigsamkeit aber wenig anfangen.

Und Waffen sah ich, überall Waffen, Schwerter, Speere und Äxte mit reich verzierten Schneiden und blanken Griffen. Messer in kostbar bestickten Lederscheiden wurden wie Kleinode herumgereicht. Die Schilde lehnten innen an den Zeltwänden, von Kämpfen verbeult und wieder gerade geklopft, verziert mit Runensprüchen und Edelsteinen, im Rückteil speckige, schweißgetränkte Ledergriffe, welche die Kehrseite des Kampfes spiegelten und von Angst, Wut und tödlichen Verwundungen erzählten …

Hinter den Buden war der Schnee gelb vom Urin der Krieger, mancherorts stank es wie in einem Kuhstall. Abfälle türmten sich in freigeschaufelten Gruben, hier und da saß einer auf einem Haufen und verrichtete im Windschatten der Bude sein Geschäft. Rasch merkten wir, dass man besser am Vordereingang der Buden blieb.

Die Bude eines Tuchhändlers quoll über von Stoffen aus aller Herren Länder.

Erik wühlte sogleich mit beiden Händen in einer Kiste, zog Tücher, Bänder und Schals heraus und drapierte mir einen golddurchwirkten Baldikinschal um die Schultern. »Wunderschön«, murmelte er. Ich schluckte. Der Stoff war einer Fürstin würdig! »Du bist wunderschön!« Und vor lauter Verzückung bemerkte er gar nicht, dass ihn der Händler beim Bezahlen kräftig übers Ohr haute.

Während Erik an dem Schal herumzupfte und zu überlegen schien, wie eine passende Gewandnadel wohl auszusehen habe, entdeckte ich ein paar Buden weiter den König, der sich heftig mit einem Waffenschmied stritt.

»Warum ist Stenkil nicht auf der Thingversammlung?«, fragte ich neugierig.

Erik zog mich bereits unternehmungslustig zur Bude eines Schmuckhändlers. »Der König hat mit den Gesetzen nichts zu tun«, sagte er beiläufig, in der Hand bereits die erste Nadel. »Viel zu klobig. Hast du nichts Kostbareres für mein Weib?« Der Händler errötete und tauchte ab ins Wirrwarr seines Warenlagers. »Bring mir alles, was du hast!«

»Warum hat er nichts damit zu tun?«, insistierte ich. Erik wandte sich mir zu, ein wenig fassungslos, dass ich mich mehr für die politischen Zusammenhänge zu interessieren schien als für die Warenpracht, die er mir zu Füßen legen wollte.

»In diesem Land macht das Thing die Gesetze, die gewählten Vertreter der freien Bauern. Das ist anders als auf dem Kontinent.« Sein Blick verriet, dass er dies für eine erschöpfende Auskunft hielt. Ungeduldig klopfte er gegen den Balken der Bude. »Heda, *snápr*, musst du deine Waren erst von zu Hause holen?«

Der Händler kam mit einer goldenen, sehr filigran gearbeiteten Gewandnadel zurück. »Die hatte ich eigentlich für die Königin –«, stotterte er verlegen, »eigentlich, also –«

»Gib her.« Eriks Augen funkelten, als er mir das Schmuckstück ansteckte. »Hier ist meine Königin, ihr allein gebührt solcher Schmuck.«

Die Leute drehten sich um, als sie die vermessene Bemerkung hörten, doch Erik warf großzügig Münzen auf den Tisch und führte mich schon wieder in die Budengasse.

Mit der glänzenden Nadel am Mantel und dem strahlenden Ritter neben mir fühlte ich mich tatsächlich wie eine Königin, und so manch bewundernder Blick streifte uns. Eriks Heiterkeit erfüllte mich mit Glück. Trotzdem ließ mir die Sache mit dem König keine Ruhe.

»Erik.« Ich zupfte an seinem Ärmel. »Warum folgen sie dem König, wenn er keine Gesetze macht?«

Da hielt er an und drehte sich zu mir um. Es war mir ernst mit der Frage, das sah er wohl. Und so bekam ich meine Antwort.

»Weil er…« Eriks Augen begannen zu leuchten, wie stets, wenn er von Stenkil sprach. »Weil er das Heil hat, *elskugi*. Weil er ein guter Mann ist, tapfer, großzügig und besonnen. So einem Mann folgt man freiwillig in den Tod, wenn es sein muss.« Zärtlich strich er mir über die Wange. »Darum ist er König.« Ehrfurcht schwang in seiner Stimme.

Und während wir weiter Arm in Arm an den Ständen vorbeibummelten, dachte ich darüber nach, wie geehrt ich mich fühlen sollte, dass dieser Mann am Vorabend so einfach das Wort an mich gerichtet hatte.

»Dísathingmarkt – warum heißt es so?«, fragte ich, als wir uns vor einer Garküche auf einer wackeligen Bank niederließen. Es tat gut, an der frischen Luft zu sitzen.

»Der Markt ist Freya geweiht, die auch Dísa genannt wird. Sie liebt Schmuck und Gold und Tand.« Mehr war aus ihm nicht herauszubekommen, die fetttriefende Paste schien wichtiger. Ich kramte in meinem Gedächtnis nach Geschichten über

Freya, die prunksüchtige Göttin der Liebe, von der man erzählte, dass sie mit beinahe jedem männlichen Wesen im Götterreich Asgard im Bett gewesen sei. Ich biss mir auf die Lippen. Sogar Zwergen soll sie zu Willen gewesen sein, um an ein goldenes Halsband zu kommen. Eine göttliche Hure, die in einem Wagen fuhr, der von Katzen gezogen wurde. Ihre Tränen sollen sich in Gold verwandelt haben, und in ihrem Haus verwöhnte sie getötete Krieger. Frauen wie Sigrun und Vikulla verehrten sie, hatten sie sogar bei der Geburt meines Kindes um Hilfe angerufen, und Asgerd hatte ihr den halben Honigvorrat geopfert, um schwanger zu werden, obwohl sie die Taufe empfangen hatte. Wieder war ich an einem Punkt angekommen, wo ich nicht weiterwusste. Das Göttergedränge, in das sich der Christengott scheinbar kampflos einzufügen schien, verwirrte mich zusehends. Für so manchen Menschen in diesem kalten Lande war Er tatsächlich einer unter vielen – wie konnte sich der Allmächtige damit nur zufrieden geben?

Snædís fing an zu meckern. Ich schaukelte sie eine Weile, doch das war es nicht, was sie wollte, und so knüpfte ich mein Hemd auf und legte sie an. Erik war vollauf mit seiner Pastete beschäftigt. Ich hatte den Verdacht, dass er von all den Minnebechern ziemlich betrunken war. Die Trinksitten seiner Landsleute stellten für ihn immer noch eine Herausforderung dar, denn wer zu früh von der Bank fiel, wurde ausgelacht.

»Ein hübsches Kind, ein hübsches Kind, das kleine Ynglingmädchen, so hübsch, so schön …« Eine uralte, runzelige Frau hatte vor mir angehalten und streckte ihre zerknitterte Hand nach Snædís aus. Meinen erschreckten Blick quittierte sie mit einem zahnlosen Lächeln. Ein blaues und ein schneeweißes Auge drangen in meine Gedanken, während ihr Gewand aus Lumpen, Fetzen, Federn und Fellteilen im aufkommenden Abendwind flatterte. »Ein hübsches Kindchen, musst gut aufpassen, musst sie beschützen, Dämonen sind ihr auf den Fersen, wollen das Ynglingblut auslöschen …«

Ich hielt die Luft an. Als ich die Augen wieder öffnete, war sie fort. Ein Rest von Beifußgeruch lag in der Luft.

Erik zog mich an sich.

»Komm«, sagte er mit schwerer Zunge. »Komm, gehen wir.« Er hatte die Waldfrau gar nicht gesehen.

Sie ging mir noch im Kopf herum, als sich Erik und Gisli bald darauf rüsteten, die schon seit letzter Nacht brennenden Feuer an der Königshalle aufzusuchen. Sigrun war mit ihren Dienern schon lange im Getümmel verschwunden. Erik legte die Arme um mich. »Wirst du ohne mich schlafen können?«, murmelte er wie jedes Mal, wenn er mich verließ, und bohrte seine Nase in mein sorgfältig geflochtenes Haar.

»Kein Auge werde ich zutun, das weißt du doch«, flüsterte ich und lachte leise. Der Alkohol umgab ihn wie eine fette Regenwolke.

»Es ist nur ein Fest, nur ein Fest«, murmelte er wieder. Seine Arme zogen mich näher. Er hatte mir nicht zugehört. Ich lauschte in ihn hinein und spürte seine Angst. »Nur ein Fest…«

»Wovor fürchtest du dich?«, wisperte ich.

Er erstarrte. »Ein Krieger fürchtet sich nie!«, lallte er undeutlich und packte mich fester. »Nie…« Schweigend blieben wir neben dem Zelteingang stehen, ein schattenhaftes Zweierwesen in der Nacht. Die Leute, die an uns vorüberzogen, schienen uns nicht zu bemerken. »Ich habe so übel geträumt letzte Nacht«, hörte ich ihn irgendwann mit klarer Stimme sagen. »Ein Traum voll böser Gesichter…«

Sacht wischte ich über seine verschwitzte Stirn. Und dann malte ich ihm Zeichen über seine Brauen, die ich längst glaubte vergessen zu haben – beschützende Zeichen aus einem anderen Leben, fern von diesem kalten Ort, und die warme Stimme Naphtalis flüsterte mir die Zauberworte zu: *Ateh Gibor le-Olam', Ateh Gibor le-Olam', Ateh Gibor…*«

Er ging und ließ die bösen Traumgeister bei mir zurück.

Mit Einbruch der Nacht begannen die Trommeln zu sprechen.

Sigrun hatte uns einen Schlaftrunk zurückgelassen, bevor sie ging, doch keiner von uns rührte ihn an. Wir hockten um die Glut herum, Hermann, Ringaile und ich, jeder in eigene Gedanken versunken. Die Trommeln dröhnten über die Ebene, sie ließen den Boden unter uns erzittern und gruben sich wie eine Faust in den Magen. Hermann und Ringaile verkrochen sich in ihre Decken, um den Lärm miteinander zu vergessen. Doch mein Entschluss stand fest. Ich würde die Nacht nicht in diesem Zelt verbringen.

Und so stillte ich Snædís ausgiebig, wechselte ihre Windeln und packte sie warm auf meine Brust. Ich hüllte mich in den warmen Wollmantel mit Kapuze und steckte das Messer in den Kleidergürtel. Etwas Asche nahm meinem Gesicht den Schimmer – so würde ich in der Menge nicht weiter auffallen. Denn mein Weg sollte mich zu den Feuern der Götter führen.

Die Buden lagen weitgehend verlassen da. Hier und da weinte ein Kind, Pferde schnaubten, ein Huhn kreischte unter dem Messer. Wer hier bleiben musste, hatte triftige Gründe. Wie eine Übeltäterin stahl ich mich an den Eingängen vorbei, still hoffend, dass mir niemand begegnete, mich ansprach oder aufhielt. In der Luft lag ein dumpfes Raunen, ein brummender, tiefer Dauerton, der direkt aus den Hügeln zu kommen schien – die Könige hatten zum Fest geladen und sangen das Lied der Erde. Es jagte mir einen kalten Schauer über den Rücken. Furchtsam schlang ich meine Arme um das Kind – was tat ich Wahnsinnige eigentlich hier, was suchte ich?

Dunkel hoben sich die Hügel vor dem mondhellen Nachthimmel ab. Es flirrte und rauschte in der Luft, Spannung kitzelte mein Gesicht, und immer wieder hob ich den Blick zu den Hügeln neben mir. Würden sie sich etwa öffnen? Würden die geheimnisvollen Könige, deren Gegenwart ich schon einmal so stark gespürt hatte, heraustreten und ihrem Volk erscheinen?

»Dummes Zeug«, schalt ich mich selber und hastete weiter.

Tote Könige, uralte Geschichte, Geisterglaube. »*... custodi me ... protege me ...*« So oft ich die Worte wiederholte, sie hatten keine Bedeutung, denn ich wusste längst, dass ich allein in die heidnische Nacht unterwegs war.

Ein Wahn und wilde, düstere Neugier trieben mich vorwärts, um den Hügel herum.

Die Ebene von Uppsala war ein einziges Feuerfest, ein Heer aus Lichtpunkten in der Nacht, und den Lichtern entsprang ein Ton, der in den Himmel stieg und dort an die Türen der Götter pochte. Sahen sie herab, sahen sie die vielen Menschen, die gekommen waren? Oder verklang der Ton dort oben im Leeren, allenfalls ein misstönendes Echo im Ohr des Allmächtigen?

Dieselbe düstere Neugier, die mich im Zelt nicht hatte schlafen lassen, hetzte mich nun weiter, trieb mich von Feuer zu Feuer, ein Schatten in der Menge, der sich an dem seltsamen Ton entlanghangelte, auf die Halle zu, die hell erleuchtet das Plateau krönte.

Geduckt schlich ich vorwärts, zwischen Feuerplätzen hindurch, dicht an Menschen vorbei, stumm grüßend und doch nirgends verweilend. Niemand erkannte mich, niemand lud mich ein, vielleicht machte Gottes schützende Hand mich auch unsichtbar. Kannen voller Starkbier und brodelnde Töpfe wurden an mir vorbei weitergereicht, der Duft nahm mich gefangen, ließ mich eins werden mit den Menschen und dem geheimnisvollen Laut, der tausendfach ihren Kehlen entsprang: »*Thor! Odin! Freyr!*«

Das Stampfen der Trommeln wurde mächtiger, bis der Boden unter meinen Füßen zu beben schien. Sie gaben dem Götterruf ein Fundament, einen Rhythmus, an dem sich die Feiernden festhalten konnten, wenngleich sie zwischendurch auch tranken, erzählten und ausgelassen lachten. Gesprächsfetzen flogen durch die Luft, Anekdoten, halbe Geschichten und einzelne Worte drangen an mein Ohr. Ich war wie ein Zugvogel, der von oben auf unzählige Svearleben herabblickte und keines richtig erkennen konnte.

»...hat er mich betrogen, der Hund...« – »Das dritte Kind schon tot...« – »Da hab ich ihm einfach den Kopf abgeschlagen!« – »...Vater auf dem Weg nach Ænglandi.« – »...um ein Haar das ganze Schiff verloren!« Ein Mann lief aufgeregt zwischen den Feuern herum.

»Habt ihr schon gehört? Ein Kaufmann aus Dänemark kam am Abend hier an und brachte Neuigkeiten – der Normannenherzog hat Ænglandi erobert! Der englische König ist tot, die Dänen aus Ænglandi vertrieben!« Ein Schauer lief mir über den Rücken: Das war wie eine Nachricht von zu Hause, obwohl ich nie am Normannenhofe gewesen war – doch ich wusste meine familiären Wurzeln dort...

»Ænglandi erobert!« – »Wilhelm von der Normandie ist König!« – »...den Dänen den Arsch versohlt!« Die Nachricht sprang wie ein Irrlicht von Feuer zu Feuer, wurde hin- und hergewendet und ausgeschmückt. Dann kamen neue Becher, die man herumschwenkte, die Trommel mahnte, und sie sangen wieder: *»Thor! Odin! Freyr!«*

»Gütige Freya, gütige Freya! Mach mich fruchtbar – mach mir einen fruchtbaren Leib, mach mich zur Mutter, schenk mir deinen Segen...«

Diese Geschichte kannte ich doch. Ich vergaß den Normannenherzog und drehte mich um. Auf halber Höhe vor der Königshalle, dort, wo die Feuer so dicht beieinander lagen, dass man kaum an den Sitzenden vorbeikam, tanzte eine Frau mit aufgelöstem Haar ekstatisch um die Feuerstelle herum. Weiß schimmerte ihr nackter Oberkörper durch die Flammen, Opferblut lief ihr in Strömen über Brüste und Rücken und tropfte in das Tuch, das sie sich um die Hüften gebunden hatte. Ein silbernes Kreuz tanzte blutverschmiert zwischen den Brüsten der Asgerd von Sigrunsborg.

Die Priesterin, die sie aus einer Opferschale mit dem Blut besprengt hatte, sang mit dunkler Stimme eine Beschwörungsformel und ging dann zum nächsten Feuer. Asgerd tanzte weiter, und als sie mit ihren Füßen in die Glut trat, hinderte auch Hrut sie nicht daran. Der trank Becher um Becher und röhrte im Takt der Trommel den Götterschrei in den Nachthimmel. Nachbarn und Freunde des Hauses erkannte ich, manche still in sich gekehrt, andere fröhlich, viele betrunken. Gisli fehlte, Erik auch.

Mein Herz geriet aus dem Takt. Wo war er, wo war der, den meine Seele doch die ganze Zeit gesucht hatte, ohne recht zu wissen, warum...

Ich schwebte wie ein Geist an den Feuern vorbei auf die Halle zu. An den Pfosten des Hauses standen die Trommeln, große Fässer mit dünn gespannter Haut und reich verzierten Ketten. Frauen hielten die Schlägel in Händen und schlugen den Takt, der mir nun durch Mark und Bein fuhr und sich auch meines Herzschlags bemächtigte. Die Luft roch streng nach Schweiß und Räucherwerk, kehlige Stimmen sandten die geheimnisvollen Formeln der *varđlokkur* hinaus in die Nacht, weißblondes Haar peitschte zu einem Trommelwirbel durch die Luft – Sigruns Stimme wurde lauter, erhob sich über die anderen, modulierte, erzählte, lachte und schrie, während die Magie der Worte ihren Körper wie in jener Nacht, da ich sie zum ersten Mal gehört hatte, zum Glühen brachte. Allein der Trommeltakt der anderen schien ihre Ekstase zu begrenzen, schien zu verhindern, dass Sigrun Emundsdottir wie ein weißer Rabe ihre Schwingen ausbreitete und zu den Göttern davonflog – und ich war wieder unfähig, mich der Trommel und ihrem Anblick zu entziehen. Vikullas Worte huschten durch meine zerfaserten Gedanken: »Sie ist die beste *seiđ*-Sängerin.«

Dann warf Sigrun plötzlich die Schlägel hinter sich und stand wankend auf. Ihre schlanke Gestalt schien zu leuchten, und während die anderen Frauen für sie weitertrommelten, schritt sie wie auf Wolken an den rot gefärbten Hallenpfosten vorbei auf eine Männergestalt im Schatten der Feuer zu. Sie ergriff seine Hand, drehte ihn um, und ohne ein Wort gingen die beiden auf den Götterhain zu und verschwanden zwischen den Eiben. Wie verzaubert sah ich ihnen nach…

Eine tiefe Stimme mischte sich in die Trommelwirbel. Ich fuhr herum. Da versuchte neben mir jemand, mich zum Feuer herunterzuziehen. »Setz dich, Frau, setz dich und leere auf das Opfer diesen Becher mit mir!« Ich schüttelte den Kopf und schob mich im Gedränge weiter an die goldschimmernde Halle heran. Mein Kopf war leer, Sigrun vergessen, mein Körper bis in den letzten Winkel erfüllt von den Trommeln. Ich war ja nicht mehr Herrin meiner selbst – machtvoll und gebietend lenkte der heidnische Rhythmus meine Schritte und führte meinen Blick zu den Zeremonien in der Halle. Vikulla selbst war es, die Völva und Schwester des Königs, die mit ihrer dunklen Stimme das Opfertier hereingeleitete.

Ein mit Tannenreisig und Strohschmuck bekränzter Ochse trat mit glasigen Augen vor den Oberpriester, um sein Blut den durstigen Göttern zu überlassen. Vikulla sang fast liebevoll sein Totenlied, der Ochse schloss die Augen, und ein blitzendes Ritualmesser zog sich durch die dargebotene Kehle. Als der Ochse in die Knie brach, entfalteten die Trommelwirbel sich zu einem Gewitter, während der König, der das Messer meisterhaft geführt hatte, sich nun neben das sterbende Tier kniete und dessen Blutgabe in einer goldenen Schale auffing. *»Thor! Odin! Freyr!«*, wogte es aus der Menge. Stenkils Gesicht war bleich, sein Blick konzentriert. Wen auch immer dieser schwergewichtige König in diesem Moment als Gottheit verehrte, er tat es mit großer Ernsthaftigkeit und Anteilnahme. Und ich verstand endlich, warum die Svear diesem Mann folgten.

Als die Schale bis zum Rand gefüllt war, nahm er ein kunstvoll geknüpftes Bündel aus Rosshaaren aus Vikullas Händen, tauchte es in das schaumige, warme Blut und bespritzte damit die Statuen der drei Götter. Das Blut von vorangegangenen Opfern hing schon an ihren Leibern, geronnen und getrocknet, doch ihre nimmersatten Fratzen schrien hungrig auf. Blutstropfen flogen durch die Luft, ich sah, wie die Münder sich öffneten, Zungen das süße Nass von den wulstigen Lippen leckten, nach mehr gierten. »*Thor! Odin! Freyr!*«

Dem Ochsen hatte man währenddessen den Kopf abgetrennt. Vikulla kränzte das Haupt mit rituellem Ährenschmuck und überreichte es zwei Männern mit einer Trage, die damit zum Götterhain zogen. Das Opfertier selber wurde nun gehäutet und in einem der großen Kessel zum Verzehr gekocht. Ich kämpfte gegen Wellen von Übelkeit an. Der widerwärtig süße Geruch von Blut, vermischt mit Räucherwerk, Alkoholdunst und Kochqualm fuhr mir ins Gedärm. In der Halle setzten sich die Leute nieder, aßen Opferfleisch und tranken mit stechend riechenden Kräutern versetztes Bier, ebenso die Feiernden am Fuße der Halle – bis die Götter nach dem nächsten Opfer riefen.

Ein dichter Ring von Feuerstellen umschloss die Königshalle. Es kostete mich große Anstrengung, ihn zu durchbrechen und den Waldrand zu erreichen. Ich kam nicht weiter als bis zu den Eiben und musste dort den tobenden Eingeweiden nachgeben. Der Heidenbaum war mir liebevolle Stütze und streichelte mich mit seinen Zweigen, während ich meine Tränen wegwischte und den Mund mit Schnee säuberte. Welch wohltuende Ruhe hier herrschte!

Obwohl das Zentrum der Feierlichkeiten gleich nebenan lag, schien den Götterhain ein Vorhang der Stille zu umgeben. Die Trommeltöne wehten aufdringlich heran und prallten von ihm ab. Innerhalb des Waldes galt ein anderes Gesetz. Dankbar trat ich hinter diesen Vorhang und lehnte mich an den Baum, um in meinen Mantel zu lugen. Snædís war wach. Aufmerksam blickten ihre klaren Augen mich an, ruhig und ohne Furcht. Vielleicht spürte dieses Kind noch mehr von der seltsamen Geborgenheit, die diesen Wald mit warmem Duft erfüllte…

Ein gleißender Vollmond gab sich alle Mühe, durch die

Baumwipfel hindurchzuscheinen. *Curiositas*, meine schlimmste Untugend, die schon meinen Beichtvater zur Verzweiflung getrieben hatte, erwachte wieder. Beherzt gab ich dem Verlangen nach, noch mehr Bäume zwischen mich und den ekstatischen Lärm zu bringen, und drang tiefer in den Götterwald ein. Wie damals klirrten Windharfen in der Nachtluft, doch war ihr Lied heute melodischer. Stimmen begleiteten sie, Gemurmel, ein Lachen. Gänsehaut wuchs mir im Nacken. Sie waren hier, in ihrem Wald, natürlich! Doch sosehr ich auch umherspähte, ich konnte keinen der Hügelkönige entdecken...

Dann lag die Allee vor mir. Unbarmherzig schien der Mond auf den blutigen Schmuck, den man dort aufgehängt hatte: die ährenbekränzten Köpfe der Opfertiere – Schaf, Ochse, Pferd, Ziege. Schwarz schimmernde Raben, die in Nächten wie diesen niemals schliefen, saßen auf den Köpfen und pickten an ihnen herum, während letzte Blutstropfen unter ihnen den Schnee rot färbten.

Ich warf ein Stück Brot in den Schnee, um wen auch immer für mein frevlerisches Eindringen zu besänftigen, und wandte der Allee schnell den Rücken zu.

»... und werde meine Frau, Sigrun, versprich es mir in dieser Nacht!« Ganz nah war die bebende Stimme zu hören. Erschrocken huschte ich hinter einen Busch, entdeckte zu spät, dass die beiden dahinter in einer Senke lagen.

»Warum sollte ich, Gisli?« Tränen erstickten die Stimme der Emundstochter. »Warum sollte ich es wieder tun und dann Monat um Monat warten, nur um zu hören, dass ich wieder allein sein werde? Ich kann nicht, Gisli, ich kann es nicht noch einmal...«

»Sei nicht so hart, Sigrun *elskugi*.« Unfähig, meine Neugier zu bezähmen, bog ich einen Zweig herunter. Sie lag in seinen Armen wie ein Kind, das Ritualgewand schneeverklebt, und liebkoste seinen roten Bart. Ich sah nur ihren Hinterkopf, doch ihr Gesicht musste tränenverwüstet sein, denn mit zarten Fingern wischte er ihr über die Wangen und trocknete sie an ihrem offen liegenden Haar. »Du gehörst zu mir, seit so vielen Jahren schon …«

»Ich kann nicht, Gisli, ich bin keine Kaufmannsbraut.«

»Du bist meine Braut.«

Da legte sie ihm die Arme um den Hals. »Heute Nacht. Die Götter segnen diese Nacht, Gisli.«

»Mögen sie dich segnen, damit du mich nie vergisst, Sigrun Emundsdottir.« Seine Augen waren feucht und voller Zärtlichkeit, als er auf sie hinabblickte. Für einen Moment wanderten sie über den platt gedrückten Schnee hinauf zu dem Busch, hinter dem ich saß, und sie formten die Worte *Geh jetzt*, als hätte er von Beginn an gewusst, dass ich bei ihnen war.

Die Waldgeister halfen mir, mich geräuschlos zu entfernen.

Was ich gesehen hatte, saß mir wie eine Faust im Magen. Die Sehnsucht nach Erik drohte mir die Beine zu lähmen. Wo war er, warum hatte ich ihn noch nicht gefunden? Hielten sie ihn von mir fern? Schluchzend hastete ich vorwärts. Doch dafür hatte der Wald kein Verständnis, jetzt schlugen seine Zweige nach mir, Äste legten sich mir in den Weg und brachten mich zum Stolpern, und die Windharfen jagten mich schrill kreischend davon. *Was hast du hier zu suchen – er gehört uns in dieser Nacht! Geh und sieh dich nicht um, Fremde!* Selbst der Mond hatte es sich anders überlegt und entzog mir sein Licht. *Verschwinde!* Ich irrte zwischen den Bäumen umher, und am Ende war einer der Hügelkönige so freundlich, mir die Zweige der Eiben auseinander zu biegen, damit ich den Weg nach draußen fand. Kurz darauf näherte ich mich schwer atmend wieder den Feuern der Sigrunsborger.

»Benno schwor ihm Rache!«, hörte ich da neben mir. »Er hat kein Recht, an des Königs Tafel zu sitzen, ehrlos, wie er ist!« – »Man sagt, er trägt den Sklavenbrand!« – »Benno hat ihn gesehen!« – »Einen Bart trägt er jedenfalls nicht, deshalb nennt man ihn ja auch Erik Mjolkskeggi, ha!« – »Mach uns ein Lied auf den Milchbart-Yngling, Ketil!«

Der angesprochene Dichter fuhr sich mit der Hand durch das fettige graue Haar. »Ich habe euch doch schon ein Lied gemacht – ein gutes Lied! ›Weiber pflügte Gamles Sohn, von Ost nach West, und ohne Bart... Herzogs Schoßhund, Hofnarr, Bettvorleger –‹«

Sie unterbrachen ihn unwillig. »Das kennen wir – mach uns ein neues!«

»Warum wollt ihr denn unbedingt eins vom Yngling hören? Ich könnte auch Gunnar Hvítarm hochnehmen, oder –«

»Weil der Yngling es verdient«, knurrte da der schwarzhaarige Hüne direkt vor mir. »Er hat die Blume des Mälar, die Tochter meines Freundes Geir Thordsson verstoßen und vergnügt sich schon wieder mit einer anderen.« Thorleifs Sohn hatte nichts vergessen. Erbittert hieb er sein Messer vor sich in den Boden. »Mach ein Lied vom Yngling!«

»Also gut.« Der Diener schien keine Lust zu haben, sich mit den Mächtigen des Mälar anzulegen. Einer knuffte ihn aufmunternd in die Seite.

»Fang an, Ketil, fang schon an, dichte uns was Neues vom Milchbart!« Becherränder stießen prostend zusammen. Um uns herum kam der Ruf aus Tausenden von Kehlen: *»Thor! Odin! Freyr!«*

»Erik. Na, auf Erik selber reimt sich nichts –«

»Du wirst keinen Spottvers auf den Namen Erik reimen, Ketil Eyvindsson!« Die glänzend schwarze Mähne flog herum, ein Messer tanzte drohend vor Ketils Nase. »Erik ist der Name der Tapferen – bei Gamles Sohn hat die Mutter sich einfach geirrt, das weiß doch jeder!«

»Recht hast du, Krieger von Dagholm – so ist es. Heil über dein schönes schwarzes Haar und über deine Nachkommen ...« Dem Verseschmied versagte die Stimme, denn ein blonder Hüne hatte ihn am Ohr gepackt.

»He, Skalde, pass auf, was du sagst!« Der Blonde lachte anzüglich. »Was ist mit meinen Kindern? Im Gegensatz zu meinem Bruder mit den schönen Haaren hier hat mein fruchtbares Weib nämlich schon geworfen und wird es wieder tun.« Er zog wild an Ketils Ohr. »Wünschst du mir etwa kein Heil, Skalde?«

»Heil über – über die beiden Söhne des Thorleif, über – über ihr schönes Haar, über alle Männer von – von Dagholm, und über ihre Nachkommen und ihr Vieh und ihr Korn und ihre Felder und Wiesen …«, stotterte der Dichter und versuchte, sein Ohr aus der Faust des Kriegers zu befreien.

»O Ketil, fang an mit deinen Liedern!« Der mit den schwarzen Haaren boxte den Blonden in die Seite. »Lass ihn los, Hakon, er soll endlich für uns singen.« Unwirsch brummelnd ließ Hakon los und schüttete sich einen Becher Bier in den Schlund. Ketil rieb sich das brennende Ohr. Er trank ebenfalls einen Becher und setzte sich zurecht.

Ich hatte seine Stimme wiedererkannt, und auch den Spottvers, den er gelallt hatte. Eine unsichtbare Schlinge legte sich um meine Füße und zwang mich, an diesem Feuer zu verweilen. Und Gott schwang Seine Peitsche.

»*Frakkfrilla* sitzt in ihrer Halle – Gamles Sohn hängt in der Falle –«

»Ist ja gar nicht ihre Halle, Ketil!«

»Halt's Maul, Hakon, sonst stopf ich's dir!« – »Weiter, Ketil, weitergedichtet!« Becher klirrten, der Skalde räusperte sich. Mein Gesicht war zu Stein geworden.

»Wie ist es hiermit: Der Holden zarte Füßlein küsst er, mit dem Schwerte kämpfen müsst' er …« Ketil wurde über seinen Versen richtig eifrig und wach. Er bekam einen Lachkrampf, sprach aber japsend weiter: »Schwert gehorcht ihm nicht – armer kleiner Wicht!« Sie wieherten vor Lachen und prusteten Bier ins Feuer.

»Oder – oder dies hier: Lachen tut sie nicht, starr ist ihr Gesicht, stumm ist ihre Zunge – Jungejungejunge!« Ketil fiel seinem Nachbarn vor Lachen auf die Knie. »Man kann es auch umdrehen: Stumm ist ihr Gesicht – starr ist ihre Zunge! Starr, beim Thor, was für ein zärtliches Weibchen – starr ...«

»Na, wenn ich nicht irre, pflanzt er im Moment ja auch Geirs Ziehtochter ein Bäumchen –«

»Wohl geraten, wohl geraten. Die zumindest hat eine muntere Zunge!« Darauf trank Ketil und kippte den Rest ins Feuer. »Auf die willige Zunge der Ziehtochter –«

»Bruder Benno hat von einem Adler erzählt. Mach uns was mit dem Adler, Ketil!«

Rülpsend richtete sich der Dichter auf. »Adler? Oh, der Adler. Ja, was reimt sich auf Adler ... Er trägt ein feines Tierchen, doch vorn, nicht auf den Nierchen –« Die Luft ging dem Dichter wieder aus, wiehernd klopfte er sich auf die Schenkel. »Nein, diesen hier: Er – er trägt vorn einen Adler, den Kuss von *frillas* Vater –«

»Noch eine Zunge! Und wer leckte hier wen? Doch wohl der Wilhelmsritter den Franken!«

»Das, liebe Freunde, weiß man nicht. Zieht ihm die Hose aus und seht nach, wie blank poliert sein Ynglingarsch ist –«

»Den Adler soll er uns zeigen, und seinen Arsch, und die ganze Geschichte erzählen«, sagte da eine Stimme bissig, doch sie hörten sie nicht. Noch nicht.

Die Schlinge löste sich von meinen Füßen, ich stolperte davon, die Augen starr auf meinen Weg gerichtet, im Kopf das Echo der Schmähverse. Die Trommel gab sich Mühe, mich wieder einzufangen, doch es gelang ihr nicht. Ich war taub geworden, allein die Beine gehorchten mir noch. Am Feuer der Sigrunsborger hatten sich neue Besucher eingefunden.

Asgerd und Hrut waren verschwunden, dafür glomm ein dunkelblonder Schopf im Feuerschein auf. Und Gottes Peitsche sauste zum zweiten Male durch die Luft.

Haselnussbraunes Haar floss über seine Schultern, zartweiße Mädchenbrüste rieben sich an seiner Brust. Sie hockte mit hoch gerafften Röcken zwischen seinen Beinen und genoss, was er ihr zu geben hatte. Die anderen am Feuer kümmerte das nicht, sie tranken, sangen unanständige Lieder von Freyr und seiner Fruchtbarkeit. Er lallte leise und selbstvergessen mit, während die Frau in seinem Schoß ihre nackten Arme in den Nachthimmel streckte und die Götter an ihrer Wollust teilhaben ließ. *»Thor! Odin! Freyr!«*

Atme. Atme, damit dein Herz weiterklopft. Atme, damit die Beine dich vorwärtstragen.

Ich hörte den Atem, der mich am Leben hielt, Zug um Zug. Der mir erlaubte, mich hinzuhocken, das schreiende Kind zu stillen, weiterzugehen. Schritt für Schritt.

Feuer, Menschen. Feuer, Menschen. Menschen, Menschen.

Lachend goss der Mond Licht über die Hügel. *Dort entlang, Närrin.* Er lockte mich in Schneewehen, wo ich bis zur Hüfte versank und atmen musste, um mich freizukämpfen, und er geleitete mich feixend an stinkenden Aborten vorbei, statt mir den Trampelpfad zwischen den Zelten zu zeigen.

Das Gelächter dröhnte in meinen Ohren, und selbst die Hügelkönige lächelten mitleidig, als ich endlich unsere Buden wiedergefunden hatte. *Was grämst du dich, Fränkin? Diese Nacht ist nicht für dich gemacht, was läufst du ihm auch hinterher?*

Immerhin waren sie so freundlich, Sindri festzuhalten, während ich ihm mit zitternden Händen das Zaumzeug über den Kopf zog. Sattel gab es keinen, ein umgeschnalltes Fell musste genügen. Sie halfen mir auf den Pferderücken – *geh fort von hier, Fränkin, dies ist nicht dein Platz* – und sahen mir nach, wie Sindri wie von Furien getrieben Uppsalas Hügel hinter sich ließ und nach Westen hin auf die Wälder zurannte.

Ich ergab mich der sanften, schaukelnden Bewegung und ließ ihn am durchhängenden Zügel durch den Schnee stürmen, wohin auch immer es ihn zog. *Nach Hause – nach Hause – nach Hause*, schnaufte er. »Lauf nach Hause«, flüsterte ich und vergrub, ihm blind vertrauend, die Hände in seiner dichten schwarzen Mähne. Seine Körperwärme hielt mich am Leben. Irgendwann drehten die beiden Raben ab, die uns mit klagendem Krächzen ein langes Stück begleitet hatten, und flogen zum Heidenfest zurück. Sindris Schritt wurde ruhiger und erlaubte mir, vor mich hin zu dämmern. Waldwesen blickten uns neugierig hinterher, doch man ließ uns in Ruhe ziehen. Unbehelligt erreichten wir Sigrunsborg, das düster und unbewohnt auf der Lichtung lag.

Was willst du hier, kreischte die Katla, *niemand hat dich gerufen!*

»*Flagđ-kona!*«, spuckte ich müde in die Richtung ihres Eishügels und rutschte von Sindris Rücken. Der Eishügel des Mönchs glitzerte grünlich, aber er schwieg.

Den Stall aufschließen. Füttern, tränken. Das Pferd beobachtete mich, wie ich auch den anderen Tieren Futter hinwarf. *Zu Hause.* Die kreisende Bewegung seines Unterkiefers, das Mahlgeräusch von Korn zwischen den Zähnen, sein zufriedenes Schnauben ließen mich schließlich durchatmen. *Du bist zu Hause.*

Am liebsten wäre ich bei ihm geblieben. Doch es zog mich in mein Bett, und das Kind brauchte frische Kleider, Milch.

Das Haus gab sich ungastlich. Der Riegel klemmte, das Schloss knirschte, die Glut drinnen war erloschen. Ich warf drei Krüge um, bevor ich im vierten den Feuerstein fand. Feuermachen ist Frauensache, und man braucht Ruhe dazu. Ich war heute Nacht niemand und alles andere als ruhig. Die Tranlampe war mir als Einzige freundlich gesonnen und nahm den Funken an. Snædís kreischte wütend aus ihrem Fellbündel. So lange hatte sie brav ausgehalten, doch nun ging ihr alles viel zu langsam.

Hunger hatte sie, die Windeln waren nass, ihr war kalt.

Es scheint zu den Urgeheimnissen der Frau zu gehören, dass sie ihre Arbeit auch dann noch verrichten kann, wenn das Herz zu Stein geworden ist. Verwundert sah ich mir zu, wie ich das

Kind versorgte, irgendwo ein beruhigendes Liedchen aus dem Gedächtnis kramte, Feuer machte. Das Schlaflager richtete. Einen heißen Stein zwischen die Decken legte. Die Kleider ordentlich über die Truhe hängte. Den Riegel vorschob.

Zwecklos. Die Erinnerung stieg zu mir ins Bett und sorgte dafür, dass ich keinen Schlaf fand.

9. KAPITEL

Viel erfuhr ich, viel versucht ich,
Befrug der Wesen viel.
Wie kommt eine Sonne an den klaren Himmel,
Wenn diese Fenrir fraß?

(Vafthrúdhnismál 46)

Jemand schlich um das Haus herum. Ganz deutlich waren die Schritte im knirschenden Schnee zu hören. Etwas polterte gegen die Hauswand – Fluchen, Stille.

Ich setzte mich auf. Auch Snædís war wach und schaute aufmerksam umher.

Mein Dolch. Diesmal lag er unter dem Kopfkissen. Ich zog ihn hervor und legte ihn neben das Kind.

Die Tranlampe flackerte unruhig. Wie lange noch bis zum Morgen? Endlose nordische Nacht, wie ich sie hasste… Ich legte mich wieder hin, die Augen weit geöffnet. Mein Wollhemd, das ich zur allgemeinen Erheiterung beim Schlafen anbehielt, weil ich trotz aller Felle und Decken stets fror, schien mich heute würgen zu wollen, so stramm lag es am Körper. Das Herz schlug mir bis zum Hals und dröhnte mir in den Ohren – wo waren die Geräusche von eben? All meine Glieder waren aufs Äußerste gespannt und hätten mir doch nicht gehorcht, wenn ich hätte laufen wollen. Ich wagte kaum zu atmen.

Es rüttelte an der Tür. Ich schluckte mühsam. Der Riegel – hatte ich ihn vorgeschoben? Wieder rüttelte es. »*Þrífisk*«, lallte es draußen. »Versammss…«

Dann ein ohrenbetäubendes Krachen – aus Angel und Schloss gerissen, flog die Haustür zu Boden, und die Gestalt, die sie mit aller Macht eingetreten hatte, kugelte über die Schwelle.

»Ich sseigs euch, verss … verssammss –« Schwankend erhob sie sich, die Arme wie ein Vogel ausgebreitet, zog Rotz durch die Nase und spie aus. »Sseigs euch allen, all-llen – mach euch fess … fessich, alle fessich –«

Ganz langsam kroch ich über das Bett, schob Snædís in ihrem Fellsack an das Fußende und streifte mir den wollenen Überwurf über den Kopf. Der Besucher stand rülpsend auf der kaputten Tür und versuchte sich zu orientieren. Unsäglicher Alkoholdunst ging von ihm aus, verpestete die Luft. Der Dolchgriff schmiegte sich in meine Hand. Für einen Moment gab ich mich der schwachsinnigen Hoffnung hin, er möge, trunken, wie er war, niemanden finden und wieder dahin gehen, woher er gekommen war …

Er tat es nicht, denn er wusste auch im Suff noch, wo er war und wen er suchte. Er wankte vorwärts, stapfte halb durch die Feuerstelle, verteilte Glutklumpen auf dem Lehmboden und steuerte geradewegs auf meine Bettstatt zu. Ich drückte das Messer an meine Brust, versuchte zu erkennen, was da auf mich zukam. Zerfetzte, verschmierte Kleidung, durchdringend nach Mist und altem Blut stinkend, herabhängende Stoffteile, die eine ebenso verschmierte Brust entblößten, auf der höhnisch ein Adler durch den Schmutz blinzelte, auf dass ihn ein jeder erkennen möge.

Erik stolperte gegen den Pfosten, trat wütend einen Kessel durch die Halle. »*Custodi me, protege me, custodi me*«, murmelte ich tonlos. Betrunkene trugen bisweilen den Teufel spazieren, das hatte ich daheim gelernt. Dieser trug ihn in sich.

Sein Gesicht war schmutzverkrustet, die Haare standen fast schwarz in alle Richtungen ab. Eine Fratze aus dem Vorhof der Hölle, gekommen, um Gericht zu halten.

Einzig der Talgleuchter stand noch zwischen uns. Erik griff danach und schwankte mit dem Licht hin und her. Talg tropfte auf Bettfelle und Boden und machte das Licht klein und unsicher. Er rülpste, spie aus.

»Was … was willst du hier?« Gott, wo war meine Stimme geblieben? Er war doch nur betrunken … nur? Nein, es war nicht nur Trunkenheit, die er mitgebracht hatte. Düstere Schatten krochen da aus seinen zerlumpten Kleidern, machten sich vor meinem Bett breit und knurrten geifernd wie Bluthunde.

»Du bisss … du bissschuld! Du alleinbsschuld!«, fauchten sie, und ihre Blicke schlugen wilde Funken. »Sch-schuld an … anallem! *Þrífisk* – verflll-verfluchte – du hasss – du hasses alln erssählt – allls – alls kaputtchemacht.« Waghalsig schwankte das Licht zur Seite. Sein Gesicht lag dahinter im Schatten, doch roch ich es, wenn er den Mund öffnete. »Alls – ich bin vernichses – alls ssuende … beim Tssor, alls ssuende, allls …« Ein hartes Schluchzen wehte herüber, der Leuchter kippte, und das Licht tropfte endgültig zu Boden und verlosch. Die Laterne neben ihm erlaubte mir endlich, sein Gesicht anzuschauen. Schmutz und Alkohol hatten es zu einer Maske erstarren lassen, Tränen zogen Bahnen durch den Schmutz und zeigten neue Linien abgrundtiefer Seelenqual. Ich schluckte. Doch bevor ich etwas sagen konnte, lallte er bereits weiter: »Hassusie lachen gehört? Biss hier – biss – un biss ssum verfluchssen Sassenberg! Ehrlos binnich, jetss hassu wassu wolltess, Gräfin von Ss … Ssassenberg – verlachss hamssie mich –«

Und dann schepperte der Leuchter zu Boden. Erik wankte zum Bett. Mit dem Handrücken wischte er sich sehr konzentriert heraustropfende Spucke über dieses seltsam steife Gesicht. Besah sich den verschmierten Handrücken. Spie erneut aus, diesmal auf mein Bett, und schüttelte die Hand, als könnte er damit die widerliche Mischung aus Blut, Speichel und Dreck loswerden.

Tausend Gedanken schossen mir durch den Kopf. Was wollte er, wo kam er her, wie kam er her, waren noch mehr da draußen – was sollte ich mit ihm tun – was tun, *was tun*? Alkohol. Vater! Mutter hatte seine Trunkenheit mit Zetern und Schreien abgewehrt und es stets geschafft, dass er sich klein wie ein Hündchen in eine Ecke verdrückte.

»Verschwinde! Geh und schlaf deinen Rausch aus!«, herrschte ich ihn an und beobachtete gespannt die Veränderung in seinem Gesicht. Doch Erik war nicht mein Vater. Seine Züge verfinsterten sich noch mehr.

»Sch-schreimich nichan! Du hass mich vernichses – jetss bessahl dafür!« Und damit stürzte er sich mit erstaunlicher Sicherheit auf mich, schlug mir mit der Faust das gegen ihn erhobene Messer einfach aus der Hand und warf mich auf die Decken. »Bessahl jetss, verfluchsse –« Der Gestank, den er verströmte, raubte mir die Luft. Wie ein Jaucheberg kniete er über mir und schien auf einmal mehr als zwei Arme zu besitzen – stahlharte Hände zerrten an meinem Hemd, schlugen auf mich ein, trafen Kopf, Hals, Brust, ich wehrte mich wie von Sinnen, versuchte, die Schläge abzufangen, mich unter ihm wegzuwinden, mein Gesicht zu schützen, aber er traf es trotzdem. Keuchend und wortlos rangen wir miteinander, und als er sich brüllend wie ein Tier auf mich fallen ließ, gab mir sein Körper klar zu verstehen, wonach ihn gelüstete. »Verfllluchsse, ich ich ssseig dir – sseig dir, wassu biss…« Stoff krachte, zerriss. Ich fühlte ihn jetzt ganz nah, fühlte den männlichen Triumph, fast am Ziel zu sein, während seine Fäuste erregt an meinen Haaren zerrten. Snædís begann zu weinen, irgendwo am Fußende, Meilen entfernt von diesem Schlachtfeld.

Panisch fingerte ich an ihm herum, suchte Waffen, er trug doch Waffen, wo waren sie, ich musste ihn in Schach halten, wo war die Axt, wo Messer, Schwert – die Hose fiel. Sabbernd und keuchend drückte er mich in die Kissen, und die einzige Waffe, die er offen trug, suchte ihren Weg, mich zu durchbohren – meine Ehre in den Schmutz zu stoßen. Hass stieg in mir auf, warf sich der Waffe in den Weg. Sie zuckte unwillig, bohrte sich in meinen Bauch, verhedderte sich im Hemd. Er krallte sich in meinen Arm, schrie mir ins Ohr: »Bessahl – bessahl, verfllluchse –«

Da biss ich zu. Grub meine Zähne in seine Schulter, schmeckte Blut. Wutschnaubend bäumte er sich auf, um sich für den ersten Stoß Schwung zu verleihen, doch bevor er in mich eindringen konnte, schlug ich meine Klaue in sein Gemächte. Sein Schmerzensschrei peitschte durch die Halle, gellte bis in den Wald, und den winzigen Moment der Erstarrung nutzte ich, um mich aus seiner Umklammerung zu winden. »Brennn sollssu dafür, Hexsse, isschlag dich totss –« Sein Arm angelte bereits wieder nach mir, als ich weinend durch die Felle robbte, mein Kind am Fußende zu suchen. Ich riss die schreiende Snædís hoch, raffte meinen wollenen Umhang und Vikullas Decke um mich, sprang auf den Boden in die Stiefel und entrann seiner Faust um Haaresbreite.

»Ssu entkommss mir nich, Weib, warte, warte – aaahhh –« Über die Schulter sah ich, wie er sich mit schmerzverzerrtem Gesicht aus den Fellen wälzte, und rannte um mein Leben, durch die zerstörte Tür hinaus in die Dunkelheit.

»Warte, Weib, wo läuffssu hin – ich kriegssich doch!« Das Gatter stand offen, und ich wandte mich nach rechts, den freigeschaufelten Hohlweg zum See hinunter, wo es entlang des Trampelpfades bei den Findlingen Verstecke gäbe, ganz sicher, ich musste nur suchen. Das schreiende Kind an mich gedrückt, hastete ich vorwärts. Sein Keuchen klang durch die Nacht. Er folgte mir wie ein dunkler Racheschatten, torkelnd zwar, doch unbeirrt meine Spur aufnehmend. Eine Biegung hoch, dann lag der See vor uns. Wohin jetzt? Ein Blick über die Schulter zeigte, dass Erik wüst schimpfend den Weg herunterkam.

Kurz entschlossen warf ich mich hinter einen der Felsbrocken in Ufernähe. Mein Atem rasselte, war sicher bis Uppsala zu hören. Schnee klebte an meinem Wollhemd – es würde nicht lange dauern, bis es gefror. Schon jetzt zitterte ich vor Kälte. Wie lange konnte man das aushalten? Das Kind, wie lange konnte das Kind in der Kälte … Snædís hatte aufgehört zu weinen. Verwundert sah sie mich aus dunklen, blanken Augen an. Was tun wir hier, schien sie zu fragen. Ich drückte sie zärtlich an mich und schlug Vikullas Decke über ihren Kopf.

»Sei ganz still, Kleines, ganz still«, wisperte ich.

»Komm her, W – Weib, kommund hol – hol dir deine Strafe ab – wo ssum Henker… wo ssum – ssum… wo verssseckssu dich –« Da war er. Ich sank noch tiefer in den Schnee, verschmolz mit ihm, sah gerade noch, wie er strauchelte und umkippte.

»So eine Sch – schsch… verflluchss – Alinur!«, brüllte er auf. Snædís wimmerte.

»Psst, ganz leise, *kærra*, ganz, ganz leise.« Zitternd küsste ich ihre kalte Wange. Erik krabbelte im Schnee herum wie ein auf den Rücken gefallener Käfer. Endlich stand er wieder.

»Du biss schuld, alls schuld, alls alls alls schuld – dswegen schla… schlagichdich totss! Hassu gehörtss? Totss! Dss hamsie gesags ssollich tun, hamsie gesags…« Snædís öffnete den Mund zum Schrei, und der erste Laut gellte gegen den Wind. Erik drehte den Kopf und lauschte, doch hörte er nichts weiter, denn ich hielt unserer Tochter weinend den Mund zu und liebkoste zugleich ihre kalten Händchen. »Still, Kleine, still, still…«

Geh schon. Verschwinde. Geh. Snædís wehrte sich unter meiner Hand. Wieder lauschte er. Der Wind war mein Verbündeter, rauschte emsig in den Bäumen und trug von überall Rascheln, Kichern und Klappern an sein Ohr. Snædís' zweiter Schrei war fast stimmlos vor Empörung, und sie rang hinter meiner Hand nach Luft, um ihrem Zorn Nachdruck zu verleihen – Gott, sie würde mir ersticken, wenn er nicht endlich wegging!

»Wo bissu?«, schrie er und stolperte zum See los, stemmte sich gegen den auffrischenden Wind, wütend um sich schlagend, und ich sah sein Haar flattern. Erleichtert lockerte ich meinen Griff in Snædís' Gesicht. Da schrie sie mir sogleich ihren ganzen Groll entgegen. Ich sackte zusammen und dachte, nun wird er uns entdecken…

Niemand kam. Das schreiende Kind an mich gedrückt, lugte

ich um meinen Felsblock herum. Versuchte er, mich zu überlisten? Wartete er hinter einem anderen Felsen, um über mich herzufallen? Die Stille war gespenstisch. Sogar der Wind hielt den Atem an und schien darauf zu warten, was nun geschehen würde. Irgendwo heulte ein Wolf dem Nachthimmel zu. Das altbekannte Geräusch jagte mir einen Schauder über den Rücken ... Vor wem sollte ich mich heute Nacht mehr fürchten?

Vorsichtig stand ich auf und schob mich an dem Felsen vorbei. Der Hohlweg lag verlassen vor mir und mündete weiter unten im See, wo Hermann vor Tagen ein Loch ins Eis gehackt hatte. Es war noch nicht wieder zugefroren, weil die Tiere des Waldes dort ebenfalls ihren Durst löschten, man hörte das Wasser bis hierher leise gluckern. Und dann blieb mein Blick an etwas Schwarzem hängen – lang hingestreckt und regungslos lag es im Schnee. Mein Herz hämmerte. Da lag Erik – warum rührte er sich nicht, warum hörte ich kein Lallen, keinen Schrei oder Fluch?

Er war am Ufer gestolpert und mit dem Kopf just in Hermanns Wasserloch gerutscht. Ich schlich näher, wagte mich bis an seine Füße heran. Sein Kopf lag im Wasser. Wie eine Wolke hing der Gestank nach Alkohol und Exkrementen über ihm. Vorsichtig stieß ich ihn mit dem Fuß an und erwartete mit bangem Herzen, dass er sich wie ein Wassergeist erheben und auf mich stürzen würde – nichts. Mir war schlecht vor Angst. Er würde ertrinken, wenn ich ihn so liegen ließ.

Snædís hatte aufgehört zu weinen. Vielleicht hatte sie keine Kraft mehr, vielleicht aber hatte sie auch den Wolf entdeckt, der auf dem Eis lauerte und uns nicht aus den Augen ließ. Sein Geheul war verstummt. Er hatte Beute entdeckt, und da er hungrig war, würde er nicht eher gehen, bis er einen von uns gerissen hatte. Ich duckte mich neben Erik.

Grau und unheimlich hockte der einsame Wolf einen Steinwurf von uns entfernt, den mageren Körper hechelnd gegen das

Eis gedrückt. Das Blut an Eriks Kleidung musste ihn angelockt haben. Seine gelben Augen funkelten gierig im Mondlicht. Er wartete.

Ich saß wie erstarrt. Da, er bewegte sich. Auf dem Bauch rutschend kroch er näher, und sein leises Knurren ging mir durch Mark und Bein. »*Domine ad adiuvandum …*«, murmelte ich. Eriks Körper zuckte, sein Kopf tanzte im Wasser, Blasen sprudelten hoch. *Lass ihn verrecken*, flüsterte da mir eine Stimme ins Ohr. *Er wollte dir Gewalt antun, hier hast du deine Rache! Lass ihn doch verrecken …* Erik würgte, und seine Rechte krallte sich Hilfe suchend ins Eis.

»*Domine –*«

Du hast die Macht, das Schicksal zu verändern – Hüterin des künftigen Königs, meldete sich da eine andere Stimme zu Wort, *Hüterin, du hast kein Recht, ihn sterben zu lassen!* Zwei schwarze Augen funkelten mich durch die Dunkelheit an. *Du hast kein Recht!*

Es gurgelte wieder im Wasser. Mir war übel. Die Stimmen traktierten mich, dann schwiegen sie. Nur die gelben Augen funkelten weiter.

Und dann hatte ich plötzlich keine Angst mehr vor dem Betrunkenen und seinen Fäusten. Ich band Snædís mit dem Umhang auf meiner Brust fest und packte Erik am Kragen, um ihn aus dem Wasserloch herauszuhieven. Ich zog aus Leibeskräften – Muttergottes, war er schwer! – und wälzte ihn über die scharfe Eiskante auf die Seite. Durch die heftige Bewegung knackte das Eis unter uns bedenklich. Wir mussten weg hier, herunter vom Eis, bevor es brach, und weg von dem Wolf … Erik zuckte wieder, stöhnte qualvoll auf, und dann ergossen sich in einem Schwall die Opfergaben von Uppsala zu meinen Füßen – Unmengen von dunklem, saurem Brei fraßen sich dampfend durch das Eis, trotz der Kälte widerlich stinkend. Der Graue jaulte hungrig auf.

Entschlossen packte ich Erik an seinen langen Beinen und

versuchte ihn an Land zu ziehen. Das Kind fing wieder an zu schreien. Es zappelte wie von Sinnen in dem Tuch herum – lieber Gott, wenn es sich löste, wenn es fiel …

Und der Wolf kam näher, Stück für Stück, als wüsste er genau, dass ich ihn doch nicht davon abhalten konnte, seinen Magen zu füllen.

»Verschwinde!«, schrie ich, raffte Schnee zusammen und feuerte den Eisball in seine Richtung. Ein wütendes Bellen – doch er blieb hocken, die Zähne zu einem Grinsen gefletscht. Snædís' Gebrüll schmerzte mir in den Ohren, ich begann zu fluchen wie ein Landstreicher, während ich Erik Schritt für Schritt durch den pappigen Schnee schleifte. »Verfluchter Mist, verdammte Teufelsbrut – zum Henker mit dir, gottverdammter Yngling, die Pocken auf dein Gesicht – Herrgott, mach mich stark, ich kann nicht mehr, geh doch zum Teufel, verflucht, ich kann nicht mehr –«

Neben dem Felsbrocken brach ich mit weichen Knien zusammen. Hinter mir zog sich der Hohlweg wie ein endloser Schlauch in die Dunkelheit – nie würde ich es dort hoch schaffen! Und der graue Schatten hatte den Rand des Sees erreicht. Wieder hörte ich ihn gierig schmatzen … was tun – was tun? Ins Haus laufen, einen Speer holen, ihn vertreiben, erlegen? Oder war er nur die Vorhut eines ganzen Rudels? Sein hungriges Knurren verkündete, dass er in jedem Fall schneller wäre, dass er sich auf den Bewusstlosen stürzen würde, sobald ich ihm nur den Rücken zuwandte – dass er keinen Moment länger zögern würde.

Pause machen. Nur eine kleine Pause machen, eine winzige Pause. Luft holen, ausruhen. Nur ganz kurz. Keuchend richtete ich mich auf und brach Tannenzweige ab, um mich gegen den Schnee zu schützen, der an einigen Stellen mein Hemd bereits durchdrungen hatte. Snædís wimmerte nur noch vor sich hin. Eriks Gesicht schimmerte bläulich. Erfrierungen breiteten sich vom Nasenrücken her über die Wangen aus. Sanft wischte ich mit dem Ärmel über seine Züge, die mir eben noch fremd und dämonisch vorgekommen waren. Jetzt erkannte ich sie wieder, die fein geschwungenen Augenbrauen, die edlen Wangenknochen und die schmale, ein wenig zu klein geratene Nase, über die meine Mägde daheim so gerne gespottet hatten. Und hinter den von feinen Äderchen durchzogenen Lidern saßen die Augen, die mein Herz immer noch zum Singen brachten – ich schluchzte auf.

Was für ein Albtraum hatte mich heimgesucht! Wie hatte es nur geschehen können, dass wir nun hier hilflos im Schnee lagen, ohne Worte füreinander zu finden! Allein in der Dunkelheit, verfolgt von einem blutrünstigen Nachtgeschöpf, hinter dessen gelben Augen sich die Seele eines rachsüchtigen Neidings verbergen konnte – Bruder Benno? Die Leute erzählten so viele schreckliche Geschichten von den einsamen Wölfen, die umhergingen und eine Spur des Todes hinter sich herzogen…

Jetzt war er weder zu sehen noch zu hören. Doch ich spürte seine Gegenwart und dass er uns nicht verlassen hatte. »*Domine ad adiuvandum me festina…*« Es gelang mir nicht, ein richtiges Gebet über die Lippen zu bringen – Gottes Zorn hing wie eine Geißel über mir, wie sollte ich ihn da noch um Hilfe bitten?

Das Gefühl der Einsamkeit wurde so körperlich, dass meine Glieder schmerzten. Mit meinen Tannenzweigen kroch ich dichter zu Erik und legte seinen Kopf in meinen Schoß. Obwohl ich erbärmlich fror, zog ich mir Vikullas Decke halb von den Schultern und breitete sie über seine entblößte Brust in der Hoffnung, die Schutzzauber mögen wenigstens diesmal helfen.

Das Einzige, was ich dem Kind geben konnte, war Milch, und es nahm sie dankbar, weil sie wärmte und beruhigte. Ich schlug das Tuch über ihren Kopf und sah mich um. Wo war der Graue jetzt? Sein lauerndes Schnüffeln war ganz nah, ich konnte seine strengen Ausdünstungen riechen. Aber noch konnte ich nicht weiter – noch ein bisschen Pause machen, nur ein bisschen ... der Mann neben mir lag wie tot da. Zögernd streckte ich die Hand aus und fuhr unter sein Hemd über die nasse, kalte Haut und die blutbefleckte Narbe. Sein Herz schlug leise und regelmäßig.

Gut. Ich sah auf. *Gut so.*

Es dauerte verdammt lange.

Mit den Gedanken bei ihm und meinen Erinnerungen glitt ich hinüber in eine andere Welt, wo der Tod schon darauf wartete, sein kaltes, weißes Gewand über mich zu werfen. Sanft lockte er: *Komm näher, komm an meine Brust und wärme dich.* Aus halb offenen Augen sah ich ihn im Schnee den Willkommensreigen tanzen, und ich wusste, mein Körper gehörte schon nicht mehr mir. Allein mein Geist schwebte noch über dem Felsen, als könnte er sich nicht lösen von dieser kleinen Gruppe, die dem weiß Gewandeten für diesmal ausgeliefert zu sein schien. Oder war es der Zauber in Vikullas Decke? Er hielt mich fest, ließ mich nicht gehen, als ich mich nach Ruhe sehnte, und sorgte dafür, dass ich sah und hörte, obwohl ich schon auf der Reise war.

Der Wolf wähnte sich am Ziel. Vorsichtig schob er sich um den Felsen herum, doch keiner der Menschen bewegte sich. Es würde ein leichtes Spiel werden und ein Festmahl für seinen nach Fleisch schreienden Magen!

Als er schließlich in seiner Gier jede Vorsicht fahren ließ, knurrend an Eriks Hose riss, kam dieser zu sich. Ich sah, wie seine Augen sich weiteten. Seine Hand fuhr in den Gürtel, zog ein verborgenes Messer heraus, und dann schnellte sein Oberkörper mit einer blitzartigen Bewegung herum. Die Waffe traf von unten ins Herz des Todesboten, während gleichzeitig sein Genick unter Eriks Faust zerknickte wie ein Strohhalm. Er starb so still, wie er gekommen war. Fassungslos sah ich mit an, wie das Blut an den Felsen spritzte, während Erik das Messer wieder und wieder in den Kadaver stieß, stumm keuchend, bis er endlich ermattet neben seinem zerhackten Opfer innehielt. Ich spürte seine unerträglichen Kopfschmerzen, die Übelkeit, die immer noch in jeder Faser seines Leibes saß, und eine Erschöpfung, die mit Worten nicht zu beschreiben war. Die Welt drehte sich, der Mond tanzte kichernd im Kreis, einzig der Felsblock, an dem er kniete, schien ihm Halt zu geben, und so klammerte er sich mit den blutigen Händen daran fest, bis das Drehen ein wenig nachließ.

Der Geruch des Wolfskadavers war Ekel erregend, er musste würgen, sein ganzer Leib schmerzte, doch war es nichts als grüne Galle, was er in den Schnee speien konnte. Wilde Flüche murmelnd, wischte er sich über das Gesicht, mischte Blut mit Schnee – ah, kühl, wie gut das tat – und stutzte.

Die Frau, aus deren Schoß er sich erhoben hatte, lehnte halb am Felsen. Eisklümpchen hingen von ihren offenen Strähnen herab und glänzten wie Perlen im Mondlicht. Ihre Augen waren halb geöffnet und sahen auf unheimliche Weise durch ihn hindurch. Tot? Und doch spürte er ihre Nähe…

Wieder fuhr er sich über das Gesicht. Sie schaute unverwandt in seine Richtung. Das Zwitschern und Rascheln der Windgeister verstummte, neugierig beugten sie sich aus den Baumwipfeln, um zu sehen, was der Mensch dort unten als Nächstes tun würde. Schreien? Fluchen? Nichts davon tat er, stattdessen kroch er näher, streckte die zittrige Hand aus, versuchte, die Frau mit den Glasaugen zu berühren – und schaffte es nicht. Sie gestattete es ihm nicht. Er würgte wieder, jetzt von Entsetzen geschüttelt, und sackte zusammen. Da bewegte sich etwas an ihrer Brust, die Decke fiel in den Schnee, und ein wollenes Käppchen kam zum Vorschein. Was in aller Welt…

Verzerrte Bilder stiegen in den Nachthimmel empor. Sie waren ihm aus Uppsala gefolgt, garstige Erinnerungen, die ihn drohend umringten und wie auf unsichtbaren Befehl über ihn herfielen.

Bierkannen, unzählige Bierkannen, Töpfe von halb garem Fleisch – wer ist Freyrs Sohn? Der Yngling hat den Längsten! Die Brüste von Geirs Ziehtochter direkt vor seinen Augen, steinharte Brustwarzen in seinem Mund – seht Erik Mjolkskeggi! –, ihre Lustschreie vor dem wirbelnden Feuer – seiner Gräfin muss er die Stiefel lecken – zeig uns deine rote Zunge, Yngling!

Seine Fingernägel zogen eine rote Spur durch das verwüstete Gesicht, rauften die Haare.

»Aufhören!«, brüllte er. »Aufhören!« Doch es fing gerade erst an. Triumphierend heulten die Bilder auf.

Männer am Feuer – ein wilder Tanz – Stenkil und er, Erik, halb nackend am Feuer – zeig uns den Kuss des deutschen Grafen, zeig uns, wo seine Tochter dich entehrte – was will der am Feuer von ehrbaren Männern! – Fort! Scher dich fort, Erik Mjolkskeggi, geh deiner Gräfin weiter den Hintern küssen, sie ist an allem schuld – an allem schuld – das deutsche Weib ist an allem schuld – frag sie, wo deine Ehre geblieben ist – ein Ritt mit den Dämonen, Stürze vom Pferd, Kári, der stets gewartet hatte – sie ist schuld – ein Haus, ein Bett – schuld, sie ist schuld – und *Nebel, blutiger Nebel…*

»Ihr Götter, habt Mitleid!«

Selbst der Mond schrak zusammen bei diesem Schrei, der die Baumwipfel erbeben ließ und die Windgeister herabschüttelte. Erik rutschte an den leblosen Frauenkörper heran, griff nach Armen, Beinen, alles war kalt, schneebedeckt – lebt sie, atmet sie noch, atmet das Kind – Alienor, *Alienor*!

Er versuchte aufzustehen. Der Felsen fing ihn gnädig auf, als er strauchelte, und auch die sauren Gallespritzer ertrug er klaglos. Erik sah an sich herunter. Spürte zerfetzte Kleider, Schmutz – darunter Kälte, die seine Haut auffraß, das Rauschen vom Alkohol und Gelächter in den Ohren, und Trommeln und Schläge – Erik Mjolkskeggi – Erik Mjolkskeggi –

»Gütige Freya, welch ein Unglück«, stammelte er und fiel

wieder auf die Knie. Auch der Schnee fing ihn liebevoll auf, umgarnte ihn – *bleib doch bei mir* –, aber diesmal hatte er einen Plan. »Ins Haus, ihr Götter, helft mir ins Haus…« Er fuhr mit den Armen unter den Frauenkörper, berührte mit seinem Mund den Kinderkopf. »Arggrach«, machte Snædís, die ihn als Einzige zu erkennen schien und zufrieden war, dass er endlich etwas tat, »Sasabrra…« Und so startete er den Kraftakt, begleitet vom aufmunternden Brabbeln des Säuglings, packte zu – schwer, ihr Götter, so schwer! – setzte den einen Fuß auf, dann den anderen, tat noch einen Schritt, arbeitete sich Stück für Stück auf das Haus zu, auch wenn sich die Welt lustig über ihn machte, feixend herumhüpfte, statt stillzustehen…

Sein Angstschweiß lag in der Luft und all der Gestank, den er vom Fest mitgebracht hatte, und ich hörte sein angestrengtes Keuchen. Sein Herz schlug wie eine Kriegstrommel, in seinen Augen lag wilde Furcht, als er sich gegen die aufkeimende Erinnerung an die letzten Stunden stemmte – eine Willensanstrengung, die ihm gleichzeitig die Kraft verlieh, Schritt für Schritt den Hohlweg hinaufzustolpern. Der Weg zum Haus schien so endlos wie diese verfluchte Nacht. Irgendwann stand Kári an seiner Seite. Aufmunternd berührte er seinen Herrn mit dem weichen Maul, während der sich durch den Schnee kämpfte. Schritt für Schritt. Um die Kurve. Halb in der Schneewehe versunken, vornübergekippt. Der schmale Frauenkörper schien in seinen Armen festgewachsen. Nicht loslassen. Nie mehr. Mit einer Riesenanstrengung rappelte er sich hoch. Schritt für Schritt. Durch das Gatter. Die Tränen in seinem Gesicht gefroren zu Eis. Auf den Eingang zu. Gerade drauf zu, egal, wie es um ihn herum schaukelte. Am Pfosten taumelte er, stolperte über die kaputte Tür, fing sich im letzten Moment.

Eisige Luft beherrschte das leere Haus. Das Feuer war ausgegangen. Niemand da. Niemand da? Keuchend wankte er zum Bett, sank halb hinein und zwang sich, die Arme von seiner Last zu lösen.

»Gabagrrrr…« Snædís hatte einen Hemdzipfel gefunden und lutschte zufrieden daran herum. Erik hing schwankend auf der Bettkante. Mühsam richtete er sich auf. Was jetzt?

Feuer. Wärme musste her. Wo gab es Wärme? Er drehte sich um, fiel über die erloschene Feuerstelle, suchte mit tauben Fingern nach dem Feuerstein, fand ihn nicht. Wie von Sinnen begann er alles zu durchwühlen, warf Töpfe, Schüsseln und Haushaltsgeräte durcheinander, stieg über Scherben und fand den Stein schließlich in dem Keramiknapf neben der Haustür, wo er stets aufbewahrt wurde. Er tappte zurück, fummelte in den Spänen, fluchte, weil ein Windstoß ihm dazwischenfuhr, und hieb mit der Faust in das Häufchen. »Nur ein Funken, beim Thor!«, knurrte er böse.

Der rachsüchtige Thor ließ ihn lange auf den verdammten Funken warten, doch als er endlich übersprang, entzündete sich das Kienspanhäufchen auf der erkalteten Asche. Irgendwie gelang es ihm sogar, die Tür an ihren Platz zu heben, damit der Wind sein armseliges Feuer nicht gleich wieder ausblies. Und dann musste er sich wieder hinhocken, weil er nicht mehr konnte, weil ihm die Knie wegsackten. Snædís quiekte, als er sich mit tauben Fingern daranmachte, der Frau das nasse Hemd herunterzureißen.

»Still, Kleine, sei doch still«, flüsterte er mühsam. Da quiekte sie nur noch lauter. Seine Faust ballte sich – und entspannte sich wieder, als eine kalte Frauenhand auf seinem Handgelenk lag.

Die Steine im Feuer waren erwärmt. Stöhnend schleppte er sie zum Bett und schob sie zwischen die Felle, unter die er die reglose Frau gelegt hatte. Kalt, so kalt war dieser Körper, beim Thor, wie kalt. Er kniete nieder und versuchte, die Gliedmaßen zu massieren, unbeholfen und steif wie ein alter Mann.

Schließlich brach er schluchzend zusammen. Niemand verstand, was er stammelte, doch die Rachegeister hatten ein Einsehen und zogen sich in die düsteren Abgründe zurück, aus denen sie gekrochen waren. Ein Hemd flog zu Boden, eine zerrissene Hose hinterher, und dann legte er sich keusch wie ein Eremit neben die leblose Gestalt, um sie mit seinem eigenen Körper zu wärmen und ins Leben zurückzuholen.

»Erik? Bist du da? Alienor?«

»Sein Pferd – dahinten steht sein Pferd, er muss ja hier sein!«, raunte eine zweite Stimme. Wer immer da gekommen war, er wurde von Kári mit freundlichem Wiehern begrüßt. »Sieh nur, der Hengst trägt noch das Zaumzeug. Braver Junge – jetzt bist du frei.«

»Die Stalltür ist verschlossen!«

»Er muss doch hier irgendwo sein.« Die Stimmen näherten sich dem Haus. Eine Faust bollerte gegen die wackelige Tür. »Erik? Bist du daheim?«

Mein Körper hatte sich bereits in ein Stück glühendes Eisen verwandelt, als der Besuch vor der Tür stand. Es war meinem Geist jedoch noch nicht vergönnt, ganz zu ihm zurückzukehren. Erik bewegte sich schwerfällig. Seine Tränen waren auf meiner Haut verdampft, und er schien kaum zu begreifen, wo er war.

»Erik! Bei den Mauern Asgards – was ist hier los?« Sie rüttelten an der Tür, die von innen verkeilt war, weil Schloss und Angeln seit dieser Nacht ihren Dienst verweigerten. Erik zuckte zusammen.

»Aufhören!«, schrie er auf und fiel aus dem Bett.

»Erik! Gütige Freya, er ist da drin!« Sigruns Stimme überschlug sich. »Mach – nun mach schon, mach die Tür auf!« Das Bollern wurde lauter und heftiger, jemand warf sich gegen das Türblatt, dann ein Schrei, der Keil flog durch das Haus, worauf noch mehr Schüsseln zerbrachen. Glutstücke tanzten wie Glühwürmchen durch die Luft, und die Tür knallte wie beim ersten Mal zu Boden.

Snædís, die fest in ihrem Fellsack geschlafen hatte, brüllte erschrocken los. Ihr kleiner Kopf wurde vor Anstrengung krebsrot, sie drohte am Schrei fast zu ersticken, doch keine liebevolle Hand beruhigte sie, kein Kuss, kein Wort nahm ihr den Schrecken, und so holte sie erneut Luft und schrie der Welt ihre Angst entgegen. Erik schien es nicht mehr zu hören, obwohl er danebensaß. Er hatte sich, am Boden hockend, das Hemd übergestreift und zog sich nun am Balken hoch. Auf bloßen Füßen wankte er durch die Glut des Herdfeuers und stellte sich seiner Schwester, die auf dem Türblatt erschien, in den Weg.

»Geht! Geht weg, wenn ihr am Leben hängt!« Erstarrt blieb sie stehen.

Gisli steckte den Kopf durch die Türöffnung. »Beim Thor, Erik, was –«

»Lasst mich – geht!« Wieder hob er die Arme, um die beiden mit diesen mageren Worten aus dem Haus zu treiben. Mehr brachte er nicht hervor. »Ich bin verflucht – fort mit euch! Fort!« Voller Entsetzen sah Sigrun an der verwahrlosten Erscheinung herunter. Hinter ihm Scherben, Trümmer, Zeichen eines Kampfes, das brüllende Kind.

»Was hast du mit ihnen gemacht?« Ihre Augen zogen sich zusammen, und wutentbrannt stürzte sie sich auf ihn, trommelte ihm mit den Fäusten auf die Brust. »Was hast du mit Alienor gemacht, du versoffener, elender Unhold – was – hast – du –«

Erik fing ihre Arme ein. »Geh, hab ich gesagt«, sagte er mit leiser, drohender Stimme. »Ich habe mein Heil verspielt – lasst mich allein.« Er schluckte mühsam. »Niemand kann mir noch helfen, Frau, niemand. Alles ist verloren – alles.«

Sigrun fegte die düsteren Wolken beiseite, die ihn umgaben, und riss sich los. »Was hast du mit ihr getan, Verfluchter?«

»Sie ist hier, Sigrun, sie liegt hier, gleich neben dem Feuer!« Gisli hatte sich ins Haus vorgetastet und die Betten durchsucht. Ich spürte seine wohltuende Ausstrahlung, als er neben mir auf die Felle sank. Seine kühle Hand drang durch die Hitze zu mir durch, ich wollte sie ergreifen, mich festklammern, doch mein Körper gehorchte mir nicht.

Gleich darauf hockte Sigrun neben ihm. »Sie brennt im Fieber – gütige Freya! Rasch, hol Schnee! Und Leinenwickel! Und meine Kräuterkiste.« Sie zog Snædís mitsamt ihrer Felltasche aus dem Bett und nahm sie auf den Arm. »Wenigstens das Kind hat eine Stimme…«

Sigruns vertrauter Geruch, ihr leises Summen bewirkten tatsächlich, dass das Geschrei der Kleinen endlich nachließ.

Erik stand noch so da, wie sie ihn verlassen hatte, als ihre Befehle durch den Raum schossen. Kerzen begannen zu flackern, ein Wasserkessel stand im Feuer, die Tür hing provisorisch in den Angeln. Der Kaufmann aus Sigtuna erfüllte umgehend jeden ihrer Wünsche, ohne sich daran zu stören, dass er die Arbeit einer Dienstmagd verrichtete. Manchmal allerdings streifte seine Hand im Vorbeigehen Eriks Gestalt.

»Lindenblüte, Engelwurz, Weidenrinde…«, murmelte sie und zog ein Säckchen nach dem anderen aus ihrer Kräuterkiste. »Freya, hilf mir – welches Kraut ist hier richtig?« Gisli setzte einen Eimer mit Schnee neben ihr ab und reichte ihr ein Knäuel Verbandleinen aus ihrem Wundkasten. Sein Blick glitt liebevoll über ihr zerzaustes weißblondes Haar, doch er hütete sich, die Hand danach auszustrecken. Ich spürte die Trauer, die sein Herz umgab…

»Was soll ich noch tun, Sigrun Emundsdottir?«, fragte er stattdessen leise.

»Kümmere dich um diesen da. Halt ihn mir vom Hals«, brummte sie und untersuchte ein Säckchen mit Gundermann auf seinen Inhalt hin. Snædís hatte erschöpft ihr Köpfchen an Sigruns Schulter gelehnt. Ihr Schluckauf war neben dem Knacken des Feuerholzes das einzige Geräusch in der stillen Halle. Gisli stand auf.

Er schob sich an den Schlafbänken vorbei, bemüht, den Heilkreis, den Sigrun aus Zweigen und Kräutern gezogen hatte, nicht zu verletzen, und umrundete das Herdfeuer. Schweigend nahm er die zusammengesunkene Gestalt seines Freundes in die

Arme. Ein lang gezogenes, qualvolles Aufschluchzen war alles, was sie von Erik in dieser Nacht hörten. Sie stellten keine Fragen mehr. Das Schicksal hatte den Yngling auf hinterlistige Weise herausgefordert, und er hatte den Kampf verloren. Es gab nichts weiter zu fragen.

Die Nacht des Opferfestes weilte noch unter dem Giebel von Sigrunsborg, als es draußen schon tagte. Schwarze Wolken hingen tief über dem Wald und kündeten von schlechtem Wetter. Die Sonne versuchte gar nicht erst, das Grau zu durchdringen.

Schweißgebadet hockte die Hausherrin in ihrem Heilkreis und maß ihre Kräfte mit denen des Fiebers, das mich verzehrte. Im Kohlebecken rauschten Beifuß und Eichenblätter, Gerstenkörner und Holunderzweige brannten im Herdfeuer. Salbeiblätter klebten mit einer Paste aus Speichel und Muttermilch auf meinen hochroten Wangen, Schneewickel kühlten meine Waden. Immer wieder wusch sie meinen Leib mit Eiswasser ab und erneuerte jedes Mal die Schutzrunen, die sie mir mit Holunderasche auf die Haut gemalt hatte. Löffelweise flößte sie mir Aufguss aus Weidenrinde ein, schob mir die Rindenstückchen ins wirre Haar und murmelte dazu Beschwörungsformeln.

Die kühlen Wickel zogen meinen umherirrenden Geist auf das Lager herunter. »Sigrun«, flüsterte ich mühsam und tastete nach ihrer von Asche schwarzen Hand. »Sigrun…« Dann schwappte wieder eine Hitzewelle über mich und hieß den Geist, sich zu entfernen. Gisli, der herbeigeeilt kam, fand mich so vor, wie ich die ganze Zeit gelegen hatte – hochrot, dampfend und still.

Irgendwann kam der Tod vorbeigeweht. Ein eisiger Wind ließ mich erschauern, und dann begann ich zu zittern, so stark, dass Sigruns Zauberblätter herunterfielen und die Aschezeichen von meinen Händen verschmiert wurden. Die Zähne klapperten mir vor Kälte. Da lockte der Tod mit Gewändern aus Feuer. *Lass ab vom Kampf*, sang er zärtlich. *Komm und leg dich zur Ruhe …*

Sie ließen mich nicht.

Sigruns Zauber wurde so mächtig, dass er in der Abenddämmerung einen Sturm entfesselte, der wütend am Dachfirst rüttelte. Wir konnten hören, wie ihre Geister da draußen gegen die Fiebergeister kämpften.

Erik rührte sich nicht. Er sprach nicht, aß nicht und trank nicht. Er saß da und hielt das Kind, das sie ihm nur wegnahmen, um es an meine Brust zu legen. Als dort die Milch versiegte, verdünnte Sigrun Ziegenmilch mit warmem Wasser und flößte sie Snædís ein. Die Kleine begann zu jammern und zu schreien, Erik aber hielt sie mit unbewegtem Gesicht, als wäre er in jener Nacht taub geworden.

Das Opferfest war zu Ende gegangen. Menschen schauten in Sigrunsborg vorbei, Nachbarn, Freunde, die von unerhörten Vorkommnissen auf dem Fest gehört hatten und nun neugierig hören wollten, was sich wirklich zugetragen hatte. Doch es gab keine Neuigkeiten, stattdessen flatterten Gerüchte von Ohr zu Ohr: Gedemütigt worden sei er – er habe sich ausziehen müssen – habe Geirs Ziehtochter geschwängert – alles sei ein einziges Komplott …

Erik schwieg.

Das Haus füllte sich wie in besten Zeiten, nur dass der Anlass nicht fröhlich war. Die Dienstboten kehrten mit dem Schlitten zurück, Hermann und Ringaile schweigend, Asgerd plappernd und energiegeladen. Hruts Gesicht war muffig wie immer, als er mit Hermann den Schlitten entlud. Sigruns Magd übernahm sofort das Kommando am Kochfeuer, schlachtete Schneehasen und pulte schrumpelige Erbsen, ohne sich groß um das Krankenlager zu kümmern. Das Leben musste weitergehen, der Tod war allgegenwärtig, und die Ausländerin war ihr sowieso herzlich gleichgültig.

Gunhild reiste mit ihrem Diener an. Sie nahm ihr quengelndes Enkelkind auf den Arm und strich mir prüfend über die Stirn.

»*Skamt get ek eptir hennar æfi.* Du musst eine Amme holen«, sagte sie zu Erik. »Sonst verlierst du auch das Kind.« Ihr Gesichtsausdruck verriet, dass es Schlimmeres gab. Da holte er Snædís ohne ein Wort zurück und versuchte es erneut mit Ziegenmilch und Honigwasser. Finster sah die alte Königin ihm dabei zu. »Es wäre das Beste für alle«, murmelte sie vor sich hin. »Das Beste, wahrhaftig…«

Am Abend klopfte hoher Besuch an die Tür. Sigrun, die sich gerade mit übermächtigem Gesicht am Eingang die Beine vertrat, öffnete. Stenkil Ragnvaldsson füllte sogleich den Türrahmen aus.

»Wo ist Erik?«, fragte er mit ernstem Gesicht. »Lasst mich zu ihm.« Hinter ihm traten Guđny und der Erzbischof von Skara ein, ein Diener trug das Gepäck. Asgerd sprang vom Feuer auf. Sie wollte schon laut losjammern, als sie jedoch die vornehmen Gäste erkannte, begann sie aufgeregt herumzuwuseln.

Die Fieberhitze hatte schon am Morgen ein wenig nachgelassen und meinem Geist signalisiert, dass es Zeit war, in den Körper zurückzukehren. Sigrun hatte es als Erste bemerkt, aber Stillschweigen bewahrt, um mich vor der kraftzehrenden Fürsorge der anderen zu bewahren. »Ruh dich aus«, hatte sie mir zugeflüstert. Als der König das Haus betrat, schaffte ich es, mich ein wenig auf die Seite zu drehen, um meinen erwachten Blick unbemerkt durch den Raum schweifen zu lassen.

Stenkil hatte sich auf der Schlafbank hinter mir niedergelassen, wo Erik nun schon seit Tagen saß und seinen Platz kaum verließ. »Schlimme Dinge haben sich zugetragen, Erik Emundsson«, brummte er und schlürfte ungeniert heißen Met. »Wir müssen sie bereden.«

»Es gibt nichts zu reden.« Eriks Stimme klang nach dem tagelangen Schweigen brüchig und heiser. »Nichts.«

»Willst du dein Leben etwa als Amme beenden?«, fragte Stenkil sarkastisch.

»Nicht einmal dazu tauge ich.« Immerhin schrie Snædís nicht mehr, wenn sie das ungeliebte Ziegenmilchgemisch aus einer Kälberblase trinken musste. Die Frauen hatten es aufgegeben, Erik Ratschläge zu geben, und ließen das seltsame Paar gewähren.

Stenkil schlug sich auf die Knie. »Erik, du bist einer meiner besten Männer. Du bist tapfer und ein guter Kämpfer, man nennt dich nicht umsonst den Wilhelmsritter. Was ist dran an den verfluchten Geschichten, die man am Feuer der Dagholmer erzählt hat und die für solchen Aufruhr gesorgt haben?«

»Mit den Dagholmern habe ich nichts zu schaffen, das weiß jeder, der mich kennt. Dir, mein König, habe ich alles erzählt, was du über mich wissen musst. Drei Menschen kennen die ganze Wahrheit.«

»Und woher kommen dann diese bösen Gerüchte? Du hättest dem Deutschen den Hintern geküsst, hättest seinen Nachttopf geleert und wärst ihm und seinen Männern zu Willen gewesen? Woher stammen diese unglaublichen Geschichten, Erik? Drei Menschen, sagst du?« Stenkils Stimme wurde lauter. »Willst du etwa andeuten, die *greifinna* hätte geredet …?« Erik schwieg und bohrte mir damit den vergifteten Pflock, der seit Tagen in meinem Herzen saß, noch tiefer ins Fleisch. Die Rache des toten Mönchs von Sigtuna heerte weiter.

»Das – das kann ich mir nicht vorstellen.« Stenkil stand auf und setzte sich wieder. »Nein. Nein, das kann ich mir nicht vorstellen. Es muss einen weiteren Mitwisser geben.«

»Bitte geh.«

Stenkil leerte seinen Krug in einem Zug und holte tief Luft. Man spürte, wie er um Fassung rang. »Erik, ich will akzeptieren, dass dein Kopf in tiefer Trauer und Sorge um deine Frau solch irres Zeug gebiert. Allein die Zeit wird die endgültige Wahrheit ans Licht bringen. Die Götter mögen euch bis dahin behüten … Doch wisse, Erik: Du bist und bleibst ein Mann des Königs und sollst in seiner Runde willkommen sein.« Wieder stand er auf. »Ich liebe dich wie einen Sohn, Erik Wilhelmsritter, und ich will dein Schwert weiterhin an meiner Seite wissen.«

Die Gespräche ringsum verstummten. Stenkil verließ die Bank und setzte sich zu den anderen ans Feuer.

»Der Yngling hat seinen Platz an meinem Feuer«, verkündete er laut. »Mein Heil ist auch sein Heil, und sein Feind soll der meine sein.« Er hob den gefüllten Becher. »Was gibt es zu essen, Hausfrau?« Stumm verwies Sigrun ihn an Asgerd am Kupferkessel. Er aß den Schneehasen mit Erbsenbrei fast ganz alleine und leerte auch den Brotkasten mit großem Appetit. Asgerd murrte nicht einmal, als sie den Grund des Bierbottichs sehen konnte – dem König hatte ihr Essen gemundet! Da gab sie auf Sigruns Geheiß sogar ihr gehütetes Honigkonfekt frei und freute sich, als Stenkil eine der begehrten Leckereien im Feuer der Freya opferte. »Möge sie diese Runde segnen«, sprach er mit ernster Stimme.

Man trank weiter und unterhielt sich über dies und das und wie großartig doch ansonsten das Uppsalafest gewesen sei. Auch die Nachricht von der Eroberung Englands wurde wieder diskutiert und dass der Dänenkönig sich diesmal eine richtig blutige Nase geholt hatte. Doch so richtig freuen mochte sich niemand darüber, wusste doch keiner, was von diesem Herzog aus Caen weiter zu erwarten war. »Erik Emundsson weiß es sicher«, murmelte einer, »schließlich kämpfte er an seiner Seite.«

»Ja, aber er schweigt lieber.«

»Vielleicht hält ein Dämon seine Zunge fest?«, mutmaßte ein Nachbar.

»Dann sollte die Völva seine Zunge lösen. Man sollte die Völva holen …«

Stenkil schüttelte bedauernd den Kopf. Er habe ja auch vorgehabt, die heilkundige Frau mitzubringen, um mir am Krankenbett beizustehen, doch seine Schwester war am letzten Abend des Festes zusammengebrochen und kämpfte nun selbst mit einem Erschöpfungsfieber.

»Freyr fing sie auf«, erzählte er bekümmert, »und die letzte Schale Blut floss über den Boden.« Jemand in der Runde holte erschrocken Luft. Opferblut auf dem Boden – war das ein Zeichen? Stenkil schüttelte den Kopf. »All die Zeremonien zu leiten, das war zu viel für sie, doch sie wollte es so. Sie sprach immerzu davon, dass sie es den Göttern zum Abschied schuldig sei. Ich verstehe nicht, was sie damit meint…«

Die Völva krank, das Opferblut vergossen! Eine Nachbarin, die mit ihrem Sohn gekommen war, fing an zu weinen. Bestimmt zürnten die Götter – doch worüber nur? Die Leute tuschelten und überlegten, wie die Zeichen zu deuten seien. Schließlich brachte Stenkil der Freya ein weiteres Opfer dar und bat um Genesung der Priesterin. Für die Fiebernde auf Sigrunsborg betete niemand. Aber es ahnte ja auch niemand, welch furchtbarem Umstand ich mein Fieber zu verdanken hatte…

Einzig Sigrun bemerkte die Tränen, die an diesem Abend über mein Gesicht liefen, und sie erriet, wer sie verursacht hatte. Zärtlich wischte sie mir mit einem weißen Tuch über die vom Fieber wunden Wangen. »Er weiß nicht, was er sagt«, flüsterte sie, »und vielleicht weiß er auch nicht, wie sehr er dich liebt.«

Am Abend, als sich das bis zum letzten Schlafplatz gefüllte Haus zur Ruhe legte, kam Adalbert von Bremen zu mir. Er hatte sich die ganze Zeit mit Guđny im Hintergrund gehalten, kaum gesprochen und wenig gegessen. Er stand immer noch unter Stenkils persönlichem Schutz und wollte morgen von Sigrunsborg aus nach Skara aufbrechen. Seine Mission in Uppsala war für dieses Mal beendet – gescheitert.

Vorsichtig setzte der Bremer sich auf die Bettkante und betrachtete mich. Als ich die Augen aufschlug, lächelte er milde. »Ich reise ab, mein Kind. Wir sehen uns vielleicht nicht wieder in diesem Leben. Vielleicht möchtest du beichten und den Segen des Allmächtigen erlangen?«

Ich erschrak. Sah auch er mich schon dem Tod geweiht? Ich fühlte mich doch ein winziges Stück besser als am Morgen.

»Wenn dein Herz schwer ist, Kind, gib es in meine Hände.« Sie lagen locker gefaltet in seinem Schoß, und sie flößten mir Zuversicht ein, obwohl sie faltig und voller Gichtknoten waren. Sie erinnerten mich an Meister Naphtali, an seine große Güte und Herzenswärme. Beichte. Vielleicht war das ein Weg.

»Vater, ich... ich habe schwer gesündigt.« Ich schluckte mühsam. Adalbert schlug ein Kreuzzeichen über mir, um alle Dämonen vor der Beichte in die Flucht zu schlagen.

»Ich – ich habe die Heidengötter besucht, Ehrwürdiger Vater, ich konnte nicht anders«, flüsterte ich und rang nach Luft. Gott, war das anstrengend – wo war all meine Kraft geblieben?

Adalbert hob die Brauen. »Willst du mir etwa sagen, dass du auf dem Fest warst?«

»Ja, Ehrwürdiger Vater«, hauchte ich.

»Es ist den Christen verboten, heidnischen Riten beizuwohnen – wie konntest du nur daran denken?« Sein Gesicht glich einer Maske. Oder bildete ich mir das nur ein?

»Es trieb mich, Ehrwürdiger Vater.« Mühsam schluckte ich. »Ich habe sie gesehen, die Menschen an den Feuern und im Wald, und die – die blutigen Figuren, alles habe ich gesehen.«

Irgendwo im Haus hielt jemand entsetzt die Luft an. Ich achtete nicht darauf, denn Adalbert legte seinen Finger unter mein Kinn und hob es an.

»Deine Neugier trieb dich, nicht wahr? Elendes Weiberlaster. Du wolltest sehen, ob es sich gelohnt hat, die Figuren vor dem Feuer zu beschützen, war es so?« Er senkte die Stimme noch mehr, und ich begriff, dass er damals an der Königshalle verstanden hatte, dass er wusste, wer schuld an seiner Niederlage gegen die Heiden war. Wie tief musste sein Groll gegen mich sitzen! Doch war davon nichts zu spüren. Heute Abend kam Adalbert von Bremen als Priester und väterlicher Freund zu mir.

»Ich wollte – wollte …« Die Augen fielen mir zu.

»Gott hat dich beschützt, indem er dich sicher nach Hause geleitete. Und Gott hat dich gestraft mit dem Feuer, das in deinem Körper wütet. Er ist ein gerechter Herr, kranke Fränkin, aber er ist allezeit bei dir, auch wenn du denkst, Er habe dich verlassen.« Die leise Stimme sprach trotz der schrecklichen Enthüllung voller Liebe zu mir.

»Er hört mich nicht …«

»Er hört alle, die ihn anrufen, liebes Kind. Vertrau auf Ihn, und Er wird dir Stütze und Halt sein in Zeiten der Not. Alienor von Sassenberg, du hast den Teufel gesucht, und du hast ihm ins Gesicht gesehen – möge der Allmächtige, Ewige Gott deine Seele schützen und dir Kraft schenken, ihm zu widerstehen.« Er schlug ein weiteres Kreuzzeichen über mir. »*Ego te absolvo, in nomine patris et filii et spiritu sancti.* Deine Sünden seien dir vergeben. Welchen Psalm soll ich für dich beten, Fränkin?«

Ich spürte, wie mir die Sinne wieder schwanden. »*De profundis*, Ehrwürdiger Vater. Bitte bleibt noch …« Da ergriff er meine Hände und hielt sie fest, und die vertrauten Worte streichelten und wiegten mich zärtlich. »*De profundis clamavi ad te, Domine! Domine, exaudi vocem meam! Fiant aures tuae intendentes in vocem deprecationes meae …*«

Das Fieber ging in dieser Nacht von mir und hinterließ eine bleischwere Schwäche. Ich fühlte mich ausgedörrt wie eine Pflanze im August. Der Wasserkrug stand neben dem Bett, doch ich schaffte es nicht einmal, den Arm danach auszustrecken. Außerdem saß wieder jemand auf meiner Bettkante. Er schien zu wissen, wonach es mich verlangte, denn er tauchte den Leinenbausch in das kalte Wasser, drückte ihn sanft auf meinen aufgesprungenen Lippen aus und betupfte danach meine Stirn.

Die Schwäche ließ meinen Körper erbeben. Da breitete er Vikullas Decke über mich. Verstohlen schob er ein Holzstück zwischen die Falten, bevor er sie um meine Schultern herum feststopfte. Und dann hörte ich die Psalmworte wieder, flüsternd und flehend, während Erik von der Bettkante auf die Knie rutschte.

»*De profundis clamavi ad te, Domine! Domine, exaudi vocem mea … meam! Fiant auri – aures tuae intendentes in vocem decatio – deprecationes meae … quia – quia apud te prop – propitatio est … sustinuit anima mea in verbo eius …*«

Ich erwachte, als die Hühner im Stall erbost gackerten. Vom tiefen, traumlosen Schlaf erfrischt, fühlte ich meine Lebensgeister zurückströmen und hob den Kopf. Sigrun schob sich gerade durch die Tür, in der Hand die zwei Eier, die sie den Hühnern genommen hatte. Leise hantierte sie am Feuer, öffnete ihren Medizinkasten und schloss ihn wieder und bereitete das Frühmahl vor, denn die Köchin lag zwischen Hruts Beinen und schnarchte.

Als ich mich auf die Seite drehte, fiel ein Holzstückchen von meiner Brust. Mit steifen Fingern suchte ich zwischen den Fellen danach und zog es schließlich aus meinem Hemd heraus. Ein poliertes Stück Eibenholz von der Sorte, die Sigrun für ihre Beschwörungszauber und Liebesformeln verwendete und die Nachbarn und Fremde gerne bei ihr kauften. Auch dieses Holzstück trug eine Runeninschrift.

»*Kaun, ur – björk*, nein, *þurs. Guđ*«, entzifferte ich mühsam die geritzten Zeichen. »*Guđ*, Gott. *Hakal, iss, ass, laugr … hialpi.*« Sie saßen so dicht aufeinander, dass man sie kaum voneinander unterscheiden konnte, und ich musste ziemlich in meinem Gedächtnis kramen, wie die einzelnen Zeichen hießen. »*Sol, ass, kaun, ur – sagu?* Nein, *salu.*«

Das Holzstück fiel auf Vikullas Decke. *Guđ hialpi salu.* Gott helfe meiner Seele.

Erik hockte zusammengekauert vor meinem Bett auf dem Boden und schlief. Sein wirres Haar hatte lange weder Kamm noch Wasser gesehen und fiel ihm ungebändigt und verfilzt über die breiten Schultern. Eine tiefe Furche zog sich bis zur Nasenwurzel herunter, die Wangenknochen zeichneten sich unter der bleichen Haut ab, und graue Schatten unter den Augen ließen ihn älter aussehen, als er tatsächlich war. Mit dem Kopf lehnte er an Snædís, die satt und sauber in ihrer Felltasche neben mir lag. Ein kleines Strampeln von ihr würde ihn wecken. Vorsichtig zog ich sie näher zu mir und zwang mich, weiter dieses von Dämonen verwüstete Gesicht anzuschauen. Es schien Jahre her, dass ich seine blauen Augen gesehen und sein Lachen gehört hatte.

Guđ hialpi salu. Wer von uns beiden hatte Seine Hilfe dringender nötig? Waren unsere Seelen nach allem, was geschehen war, überhaupt noch zu retten? Mein Herz krampfte sich zusammen, und ich wollte schon die Hand ausstrecken, um die Schatten aus seinem Gesicht zu vertreiben. Doch kurz bevor sie seine zerfurchte Stirn erreichten, krümmten sich meine Finger wie von selbst zur Faust – ich konnte ihn nicht berühren. Tränen rannen mir über die Wangen. Ich wollte es doch, wollte die Furche glätten, das Geschehene ungeschehen machen, vergessen – alles vergessen –

Es ging nicht, ich würde es nie vergessen, das erkannte ich hier. Nichts würde sein wie vorher. Fassungslos presste ich die Faust gegen meinen Mund. Heilige, allergütigste Gottesmutter, in welchen Abgrund hatte das Leben Erik und mich geschleudert?

Wild peitschten die Gefühle meine Sinne, kämpften gegen die Erinnerung, und weil ich zu schwach war zum Nachdenken, weinte ich einfach weiter und drehte mich von ihm weg.

»Guten Morgen«, flüsterte da eine Stimme am Fußende.

Sigrun hielt einen dampfenden Becher in der Hand und kroch zu mir. Mitleidig wischte sie meine Tränen weg. »Vikulla hat heute Nacht zu mir gesprochen und mir gesagt, dass ich dir diesen Tee zu trinken geben soll. Sie liegt zwar selber krank da, doch hat sie dich im Blick, Alinur.« Sie reichte mir den Becher. »Ein Aufguss aus Mistel und Ginster. Das wird dir helfen, schnell auf die Beine zu kommen.« Im Tausch für den Becher hielt ich ihr das Runenholz hin. Sie las die Inschrift und sah dann lange auf den blonden Schopf ihres schlafenden Bruders.

»*Heill eru horfinn honom*«, murmelte sie düster. »Ich weiß nicht, was in jener Nacht geschehen ist, Alinur. Und ich weiß auch nicht, welche Dämonen seine Seele verwüsten … Ich bin so machtlos.« Ihr schönes Antlitz war von tiefer Trauer erfüllt.

Als ich das nächste Mal erwachte, fühlte ich mich merklich gestärkt und verspürte sogar ein wenig Hunger. Die Gäste hatten Sigrunsborg bereits verlassen. Ringaile und Hermann räumten Scherben, Schmutz und andere Hinterlassenschaften der Leute fort und ordneten die Bänke. Asgerd und Sigrun wendeten am Feuer Brotfladen.

»Es wird eng, das habe ich gleich gewusst«, sagte Asgerd gerade. »Zwei Esser mehr über den Winter, und dann Stenkils Appetit …«

»Der König isst immer viel.« Und es brachte Sigrun nicht aus der Ruhe.

»Er hat uns die Vorräte der ganzen Woche weggegessen!«

»Aber Getreide ist doch noch da. Der Hafer von den Pferden –«

»Ich wollt's dir nicht sagen. Ein Sack davon ist schwarz geworden. Jemand muss ihn verhext haben, Sigrun. Jemand hat in den Sack geschaut und das Amulett weggenommen. Sie war allein hier, Sigrun.«

»Unsinn! Was redest du, Weib!« Sigrun sprang auf und rannte einmal um das Feuer herum. »So ein Unsinn! Eher hat die alte Katla alles verhext, weil ihr sie zur Tür hinausgetragen habt! Zur Tür hinaus! Hat man je solchen Leichtsinn gehört! Warum habt ihr nicht ein Stück der Südwand herausgenommen, wie es kluge Leute tun? Ich will, dass Hrut sie vergräbt, sobald es taut, hörst du?« Heftig atmend setzte sie sich wieder. »Niemand soll in meinem Haus hungern. Niemand. Wir werden den jungen Ochsen schlachten und sein Heu den Pferden statt Hafer füttern. Vom Pferdehafer werden wir Brot backen, und Gisli wird mir Gerste für das Bier besorgen ...«

»Schick deinen Bruder auf die Jagd«, unterbrach Asgerd ihre Herrin. »Vielleicht findet er dort seine Sprache wieder. Er soll uns einen saftigen Elch bringen!«

Diesen Rat befolgte die Emundstochter, und Erik ging sofort darauf ein, als wäre er froh, Sigrunsborg für eine Weile den Rücken kehren zu können. Er gürtete sein Reisefell, nahm Axt, Schlingen, Pfeil und Bogen und verschwand in den Wäldern des Mälar. Keiner der Männer wollte ihn begleiten, obwohl die Jagd zu zweit leichter und ungefährlicher gewesen wäre. Sie alle fürchteten sich vor seinem düsteren Schweigen ... Und so stellte er verbissen, stumm und einsam wie ein Wolf dem Wild nach, erlegte Hase um Hase und erschien am Abend des dritten Tages tatsächlich mit einem toten Elch, den er einen offenbar ziemlich weiten Weg am Seil hinter sich hergeschleift hatte. Er sah aus wie ein Troll, schmutzig, zerzaust und verschwitzt. Die Stelle an seiner Schulter, an der das Zugseil gelegen hatte, war bis auf die Haut durchgescheuert und blutig. Doch sein Blick war nicht mehr ganz so verbissen wie vor drei Tagen. Sigrun reichte ihm den Minnebecher und schickte ihn danach ins Badehaus, wo sie den Kessel bereits angeheizt hatte.

Sie begannen sofort mit dem Zerlegen. Im Licht der Pechfackeln wurde den Tieren das Fell abgezogen und zum Trocknen aufgehängt. Hermann und Hrut zerteilten die Tiere, nahmen sie aus und schnitten das Fleisch in Stücke, die man zum Räuchern und Trocknen aufhängen konnte. Die Herzen und Lungen kassierte Sigrun für mich, bevor Asgerd sie verschlingen konnte. Sie arbeiteten die halbe Nacht, und als ich am Morgen mit unsicheren Schritten vor die Tür trat, um zum ersten Mal seit vielen Tagen meine Notdurft an der frischen Luft zu verrichten, verriet nur der blutige Schnee vor dem Haus, dass hier ein nächtliches Schlachtfest stattgefunden hatte. Hermann rückte ihm bereits mit der Schaufel zu Leibe, um keine Raubtiere anzulocken.

»Jetzt gibt es wieder richtiges Essen, Herrin«, meinte er mit froher Stimme und ließ den Schnee in die Büsche fliegen. »Das Räucherhaus hängt voll, und im Salzbottich liegt ein guter Vorrat.« Ich spürte deutlich seine Erleichterung.

Über dem Feuer köchelte ein dicker Brei aus Hafer und Fleisch, gewürzt mit Tannenspitzen und wildem Thymian. Ich war stolz, einen halben Napf davon essen zu können, und freute mich über meinen erwachenden Appetit. Sigrun lächelte mir aufmunternd zu, während sie Beifußkrümel im Kohlebecken räucherte, um die Fiebergeister endgültig zu vertreiben. Und bereitwillig half sie mir, ein zweites Wollkleid überzuziehen, denn es drängte mich in die kalte, klare Winterluft. Jedes Gefühl der Feindschaft, das ich bei ihr einmal zu spüren geglaubt hatte, schien verflogen. Mit sanften Fingern zog sie den Gürtel fest.

»Du bist dünn geworden, Alinur von Sassenberg«, meinte sie leise. »Wird Zeit, dass der Sommer kommt.« Gab es so etwas wie Sommer in dieser verschneiten Eiswüste? Lächelnd deutete sie zum Horizont.

Die Sonne hatte sich schon auf den Weg gemacht, den blauen Winterhimmel zu erklimmen. Vielleicht würde ihre Kraft wirklich ausreichen, den Schnee wegzutauen. Vielleicht… Jetzt gab sie sich zumindest Mühe, die weiße Masse auf Ästen und Büschen und auf der Erde glänzen zu lassen. Friedlich lag der See im Morgenlicht. Ich war ein bisschen unsicher, ob ich es bis zum Ufer schaffen würde, jeder Schritt war mühsam. Doch irgendetwas zog mich den Hohlweg hinunter, an den Holunderbüschen vorbei zu den Findlingen und der Stelle, wo Hermann das Loch ins Eis gehackt hatte.

Jemand hatte die Spuren beseitigt. Nichts erinnerte an das, was hier vor vielen Tagen geschehen war. Das Seewasser schmatzte leise vor sich hin. Vorsichtig ging ich in die Hocke und tauchte den Finger ins Wasser. Es griff nach mir, wie es nach Eriks Kopf gegriffen hatte – ich sah ihn wieder hier liegen, blutverschmiert und leblos, beinahe ertrinkend, mein Herz klopfte wieder, ein Ring schloss sich um meinen Hals, als wäre das erst gestern gewesen …

Lange hockte ich dort am See. Die Sonne ließ nicht zu, dass die Tränen auf meinen Wangen gefroren, und sie mühte sich auch redlich, den Eisklotz aufzutauen, der in meiner Brust saß. Und das Wasser lief und lief und heilte ein wenig die Wunden. »Ich hätte gar nicht mit herkommen dürfen«, flüsterte ich zum See. »Nie hätte ich dieses Land betreten dürfen, ich Närrin …«

Ein Vogel flog auf, Schnee fiel von Tannenzweig zu Tannenzweig. Irgendwo hörte ich Snædís lachen. Mein kleines Mädchen … Ich drehte mich um.

Weiter oben, auf einem der Findlinge, die ich so gerne zum Nachdenken und Träumen besuchte, saß Erik mit dem Kind auf den Knien. Seine Finger spielten mit ihm, während er mich ansah, wie er mich vermutlich die ganze Zeit über angesehen hatte. Selbst auf die Entfernung waren ihm Leid und Erschöpfung deutlich anzusehen.

Der Vogel kreiste über mir und flog dann geradewegs in die Sonne.

Und langsam machte ich mich auf den Weg zu ihm, stieg den Hügel hoch, umrundete die Findlinge und den Beerenstrauch, bis ich neben ihm stand. Vielleicht hundert Schritte, doch ein ewig langer Weg von mir zu ihm, über tosende Wildbäche der Furcht, quer durch den Misstrauenssumpf, durch die Schlucht des Vergessens hoch auf den schmalen Steg des Verzeihens, wo viele abstürzen. Für mich wackelte der Steg, doch er hielt. Und als ich da stand, außer Atem und schwach in den Knien, und wir uns nach langer Zeit wieder in die Augen sahen, da dankte ich meinem Gott, dass Er den Steg für mich gehalten hatte. Es war immerhin ein Anfang.

Wortlos streckte Erik irgendwann die Hand aus, um mir auf den Stein zu helfen. Und während er mich kraftvoll hochzog, tat mein Herz so weh… Es würde Zeit brauchen, diese Wunden zu heilen, viel Zeit. Ob uns diese Zeit vergönnt war? Und vielleicht blieb mir ja die Furcht vor der dunklen, unberechenbaren Seite seines Wesens – wie ihm die Verzweiflung über seine durch meine Familie besudelte Ehre geblieben war.

Stumm saßen wir nebeneinander, bis die Märzsonne aufgab und hinter einer Wolke verschwand. Snædís war in Eriks Armen eingeschlafen. Ihr rotes Näschen lugte vorwitzig aus der Felltasche heraus, und er drückte sie vorsichtig näher an seinen Pelz, damit ihr Gesichtchen nicht erfror. Schmerzlich war ich mir seiner Nähe bewusst, ich spürte seine Bewegungen, glaubte sogar, sein Herz klopfen zu hören.

Doch die Opfernacht hatte zwischen uns eine Wand wachsen lassen, durchsichtig und so fein wie aus Alabaster. Wir hörten und wir sahen uns. Ein kleiner Finger hätte genügt, um sie einzureißen.

Ich konnte es nicht.

10. KAPITEL

Einen Saal seh ich heller als die Sonne,
Mit Gold bedeckt auf Gimles Höhn:
Da werden bewährte Leute wohnen
Und ohne Ende der Ehren genießen.
(Völuspá 63)

Erzähl uns eine Geschichte«, bat Sigrun den alten Sänger, der sich bei uns am Feuer niedergelassen hatte. Es war zwar erst Mittag, doch draußen tobte ein arger Schneesturm, der die Bäume zur Erde niederzwang und die dunklen Flecken, die das Tauwetter der letzten Tage in den Schnee gefressen hatte, wieder mit einer dicken weißen Schicht zudeckte. Mir hatte er gierig das bestickte Kopftuch von den Haaren gerissen, als ich mich aus dem Stall ins Haus hinüberrettete.

»Eine Geschichte. Eine Geschichte willst du hören, so so ...« Thorgrím Málsnjalli zog die Unterlippe zwischen die beiden ihm verbliebenen Zähne und spielte mit seinem dünnen Bart. Fasziniert beobachtete ich, wie er die Lippen spitzte und entspannte, spitzte und entspannte, einem seltsamen Vogel gleich, der sich nicht entscheiden kann, wie er den Wurm packt. Der Wurm war in diesem Fall sein leerer Becher, vielleicht aber auch die von Asgerd abgezählten Brotfladen, nach denen ihn gelüstete. Ich entschied mich, seinen Becher zu füllen, denn das Bier hatte diesmal ich gebraut. Der Vogelmund verzog sich zu einem zufriedenen Grinsen.

»Eine schöne Geschichte.« Sigrun zog ihr Wolltuch enger. Ich fragte mich, ob sie das seltsame Gefühl teilte, das mich schon am Morgen befallen hatte, denn ihr Gesicht war blass und sorgenvoll. »Eine Geschichte von Liebe und Kampf.«

»Phhh…«, machte Hrut in der Ecke. Er reparierte den Henkel des Melkeimers und tat so, als hätte er Asgerds verquollene Augen nicht bemerkt. Die hatte schon in aller Frühe ihr blutiges Bettstroh verbrannt und hockte nun niedergeschlagen auf der Bank, einen Becher mit Alchemillatee in den Händen. Mitleidig betrachtete ich die dunkle, kleine Frau, die mir immer so unsympathisch gewesen war. All die Gebete, die Tänze und das Opferblut – umsonst. Sie hatte wieder nicht empfangen und würde es vielleicht niemals tun.

Der Sturm rüttelte am Haus wie ein wildes Tier. Böen heulten um die Ecken und stießen böse Drohungen gegen die Bewohner aus. Was war es nur, was diesen Tag so anders als all die vorangegangenen machte…

»Ein Mann hieß Helgi«, erhob der Sänger die Stimme. »Er lebte in einem Fjord auf Island – ich habe vergessen, wo, aber die Leute nannten ihn einen großen Kämpfer. Einst traf er ein Schwanenmädchen am Strand, und als er ihr Hemd berührte, das sie zum Trocknen ausgelegt hatte, da entbrannte sie in heftiger Liebe zu ihm und zog mit ihm auf seinen Hof.

Kara hieß das Schwanenmädchen, und ihre Schönheit rührte selbst das härteste Herz. Doch war sie nicht nur wunderschön, sondern sie konnte Zauberweisen singen, wie sie kein Mensch je gehört hatte… so starke Zauberlieder, dass dem Angreifer die Waffe aus der Hand fiel und er vor Helgi niederkniete und um Gnade winselte. So war es auch an jenem Tage, da Helgi oben auf der Klippe mit Börkr kämpfte. Sie kreuzten die Klingen, wie man es selten sah, und Kara flog in ihrem Schwanenhemd über den beiden und sang ihre Zauberweisen. Dem Börkr erlahmten die Arme. Es sah nicht gut für ihn aus. Aber hört, was geschah.« Thorgrim machte eine bedeutungsvolle Pause und trank von seinem Bier. Hrut hatte den Eimer weggestellt. Selbst Asgerd war näher gerückt.

»Man dachte schon, der Kampf sei entschieden und Börkr mache sich auf den Weg zur Kriegerhalle Odins… da flog Kara einen kühnen Bogen über den Kämpfern und sang ihr mächtiges Lied. Helgis Schwert sauste zugleich durch die Luft, dem Börkr den Tod zu bringen – doch traf es stattdessen Kara, die tödlich verwundet zur Erde fiel und in Helgis Armen ihr Leben aushauchte. Und da verließ den Helgi all sein Glück: Sein Schiff zerschellte an der Küste, das Haus ging in Flammen auf, und Börkr schwang sein Schwert zum letzten Hieb und schickte Helgi der gemordeten Kara hinterher …«

»Was für ein dummer Kerl«, brach Hrut schließlich das Schweigen. »Frauen haben im Kampf einfach nichts zu suchen.«

»Aber wenn sie dem Kämpfer doch Glück bringen?«, wandte Osvif Petursson ein, der wieder einmal von Tungholm herübergekommen war, um Heilkräuter für sein Weib zu holen. »Karas Zaubergesänge waren ja wohl nicht so übel.«

»Frauen verdrehen einem den Kopf, und dann fehlt einem der Sinn für den rechten Hieb.« Hrut stützte beide Hände auf die Oberschenkel, um seine breiten Schultern besser zur Geltung zu bringen.

»Na, das sagt der Richtige«, höhnte Sigrun. »Erzähl uns von deinem letzten Kampf mit den Eisschollen, Hrut *brunnvaka*!« Der solcherart Gefoppte verzog sein errötendes Gesicht zu einer wilden Grimasse. »Jeder Mann ist zum Krieger geboren, Sigrun Emundsdottir!«

Und manche Frau hat das Herz eines Kriegers, auch wenn man es ihr nicht ansieht.

Ich drehte den Knopf. Erik saß an den Pfosten gelehnt. Er hatte ein Bein untergeschlagen, die schlafende Snædís in die Kuhle seines Knies gelegt, und sah mich an. Niemand konnte sich erinnern, wann seine Stimme zum letzten Mal erklungen war. Ich hingegen war mir sicher, sie gerade gehört zu haben. Und ich spürte, dass er an jenen Tag in der Höhle bei Sassenberg dachte, wo ich ihm in größter Bedrängnis das Schwert aus der Hand gerissen und mich einem höchst ungleichen Kampf gestellt hatte, um unser beider Leben zu retten …

Ich wandte mich ab, damit er meine Tränen nicht sah. Eine Geschichte aus einem anderen Leben. Wie war es nur möglich, dass die Erinnerung daran verblasste? Wie viele Tage lebten wir nun schon nebeneinander, ohne das furchtbare Schweigen brechen zu können? Erik arbeitete hart wie ein Bauer, er ging weiterhin auf die Jagd, um uns vor dem Hunger zu bewahren, er hackte Holz, reparierte trotz Schnee und Stürmen Zäune und verbrachte viel Zeit in Hruts Schmiedehütte, wo er seine Waffen schliff und Pfeilspitzen goss. Trotz seines Fleißes hatten alle das Gefühl, mit einem Gespenst zusammenzuleben. Asgerd bekreuzigte sich sogar, wenn er neben ihr auftauchte, Sigrun sah ihm mit feuchten Augen hinterher. Das Geheimnis jener Opfernacht war so schrecklich, dass niemand es wagte, daran zu rühren.

Der König hatte ihm zwar die Hand zum Frieden gereicht, doch Erik schien immer noch nicht in der Lage, sie zu ergreifen.

Die Dachbalken ächzten unter den Windböen. Asgerd schlug Kreuzzeichen und murmelte Gebete zu wem auch immer. Sigrun verteilte Gerstengrütze unter den Gästen. Jeder erhielt eine eigene Schale und einen geschnitzten, mit Runen verzierten Löffel. Die Leute plauderten über die zwei Bären, die bei Tungholm gesehen worden waren, einen Totschlag am Südufer des Mälar und wohin der Gehörnte von Skara wohl seine Schritte gelenkt haben mochte. Ob er wirklich im Süden angekommen war?

Dankbar nahmen sie das einfache Essen entgegen, das zumindest den Bauch wärmte. In dieser Jahreszeit, wo überall die Vorräte zur Neige gingen, hatte niemand mehr Festmähler anzubieten. Neben Osvif mit seinem Sohn und dem alten Sänger hatten wir heute den schmalen Ingjald zu Gast, den die Leute Ingjald Freyrsgođi nannten, obwohl er gar kein Godenamt bekleidete. Der Junge war vielmehr nicht ganz richtig im Kopf, er zog, oft in Begleitung von fahrenden Sängern, von Hof zu Hof und wurde überall freundlich aufgenommen und verpflegt, weil er selbst kein Heim hatte. Er verstand sich aufs Fallenstellen und vergalt die Gastfreundschaft mit gefangenen Schneehühnern und Kaninchen. Manchmal schnitzte er auch wunderliche Gegenstände, für die niemand Verwendung hatte. An einem Band um den Hals trug er eine seiner Schnitzarbeiten, eine Art Freyrsamulett, das ihm wohl seinen Namen eingetragen hatte. Ich beobachtete, wie er sich mit dem Oberkörper wiegte und dabei vorsichtig den Löffel in die Grütze tauchte. Trotz seiner Verrücktheit wohnte eine sonnige Seele in dem Jungen, man hörte ihn stets lachen oder Lieder singen, die kein Mensch je gehört hatte.

An diesem stürmischen Tag jedoch war er auffallend still, und die, die ihn besser kannten, nahmen es als übles Vorzeichen, als er urplötzlich seinen Napf zu Boden fallen ließ, in Tränen ausbrach, sich sein Freyrsamulett vom Hals riss und in das Herdfeuer warf.

Sigrun starrte das brennende Amulett an. »*Mun þó endi einn leystr vera um þá ógiptu ...*« Ihre Augen weiteten sich, kleine Flammen tanzten unter den dichten Wimpern, und alle Farbe wich aus ihrem Gesicht. Ich wollte sie schon ansprechen, aus ihrer Vision zurückholen, bevor sie wie schon einmal entkräftet von der Bank fiel, als es draußen klopfte.

Es hörte sich königlich und fordernd an. Ich sah in die Runde. Sie trösteten den schluchzenden Narren, hoben den Napf auf, wischten die Grütze weg. Der Sänger murmelte düster vor sich hin. Sigrun hingegen ertrank in Bildern, ihr entsetzter Blick verhieß Schlimmstes. Wieder klopfte es, so laut, als stünde Thor selbst vor der Tür. Niemand schien es zu hören. Oder war es allein für mich bestimmt? War es eine verspätete Abrechnung der Götter für meinen unerlaubten Besuch bei den Feuern? Ich schluckte die Furcht hinunter, die sich meiner auf hinterhältige Weise bemächtigen wollte, stand auf und öffnete die Haustür von Sigrunsborg.

»Sei mir gegrüßt, Alinur von Sassenberg.« Halldor, der Wolfstöter vom Mälar stand draußen, ein Diener hielt zwei Pferde mit flatternden Mähnen. Trotz der Erleichterung, ihm und nicht dem rachsüchtigen Holzgott gegenüberzustehen, fing mein Herz an zu pochen. Halldor, der Vertraute des Königs, Freund der Ynglingfamilie, Widersacher des Jarls...

»Willst – willst du nicht eintreten«, stotterte ich und zog die Tür noch ein Stück weiter auf. Missbilligend klatschten die Windgeister mir eine Ladung Schnee ins Gesicht. Ich spuckte erbost zurück und suchte Schutz neben dem Türpfosten. »Komm ans Feuer und wärm dich auf.«

»Ich bin nicht gekommen, um eure Gastfreundschaft zu beanspruchen, liebe Alinur«, erwiderte er förmlich. »Ist Erik Emundsson daheim?«

»Was willst du von mir, Halldor Wolfstöter?« Unbemerkt war Erik neben mich getreten und hielt die Tür fest, die der Wind mir aus der Hand zu reißen versuchte.

»Der König liegt im Sterben, Erik.« Halldor trat näher. »Er hat den Gehörnten zurückholen lassen – und er möchte dich noch einmal sehen.«

Erik wurde bleich. »Was sagst du da – im Sterben?«

»Ihm bleibt nicht mehr viel Zeit, Erik. Sattle dein Pferd. Sie« – er nickte zu mir hin – »soll ich auch mitbringen. Die *greifinna*.«

Hinter uns war es still geworden. Ingjald Freyrsgođi starrte sein im Feuer liegendes Amulett an. Es war bläulich verfärbt, aber es verbrannte nicht. Dann stieß Asgerd einen spitzen Schrei aus. Sigrun war gegen den Balken gefallen. Aus ihren Nasenlöchern quollen dicke Ströme von Blut und ließen ihr blasses Gesicht noch weißer erscheinen. Noch voll im Banne der Vision steckend, flüsterte sie wirres Zeug – und ich fühlte mich in meinen düsteren Ahnungen bestätigt. Mit zitternden Händen bat ich den Boten des Königs ins Haus.

Es wurde ein hastiger Aufbruch. Der Sturm hatte zum Glück

etwas nachgelassen und erlaubte es Hermann, die Pferde zu satteln und anzuschirren. Sigrun erholte sich erstaunlich schnell. Sie wusch ihr Gesicht mit Schnee sauber, wechselte die blutverschmierte Kleidung und bestand darauf, uns zu begleiten.

»Bist du sicher?«, fragte ich zweifelnd. Sie kippte ein rasch zusammengebrautes Kräutergemisch hinunter und holte tief Luft.

»Ganz sicher.« In ihren Augen stand zu lesen, dass sie mehr wusste als wir alle zusammen. Ihre Wortkargheit allerdings beunruhigte mich noch mehr.

Unentschlossen wühlte ich in der Kleidertruhe. Ringaile stand da und wartete, was ich ihr zum Rollen in die Arme legen würde. Die warmen Sachen – das Fellüberkleid, die Wolltunika, meine grüne Lieblingstunika, aber die war ja zerrissen und nicht geflickt. »Verflucht!«, zischte ich und warf sie zurück in das Durcheinander, das ich in kürzester Zeit in meiner Truhe angerichtet hatte. Die Hosen aber …

»Alienor.« Erik tauchte aus dem Dunkel auf. »Wir – du solltest – ich –« Er räusperte sich. »Pack ein, was dir teuer ist, *meyja*. Wir – wir werden vielleicht nicht hierher zurückkehren …« Ich starrte ihn an, denn er hatte es in meiner Muttersprache gesagt, doch er hatte sich bereits umgedreht und verließ das Haus.

Die Männer verstauten das Gepäck, halfen Sigrun, Ringaile und mir in den Schlitten und steckten Laternen für die Reise an. Snædís beschwerte sich über die drangvolle Enge unter meinem Mantel und gab erst Ruhe, als ich den Gürtel lockerte. Man tauschte ein paar leise Worte mit den Zurückbleibenden, die Hausherrin gab ihren Dienern letzte Anweisungen, und dann klappte die Haustür zu. Der auffrischende Wind fegte uns von der Lichtung. Ich verließ Sigrunsborg, ohne einen Blick zurückzuwerfen.

Es wurde die stillste Reise meines Lebens. Wir legten die Strecke nach Uppsala in größter Eile zurück, und außer den aufmunternden Rufen, die Hermann den Pferden zuwarf, sprach niemand ein Wort. Der Bote des Königs ritt einhändig, in der anderen hielt er die Streitaxt, fast als erwartete er, aufgehalten zu werden. Doch niemand stellte sich uns in den Weg. Noch nicht. Sigrun hockte in sich gekehrt in einer Ecke des Schlittens und ließ den Blick immer wieder über die dunkle Gestalt ihres Bruders wandern. Unter dem Umhang rang ich die Hände. Was bei allen Heiligen mochte sie im Feuer gesehen haben …

Als wir den Wald verließen und die Ebene von Uppsala erreichten, kletterte ich aus dem Schlitten auf den Rücken meines angeschirrten Pferdes, weil ich die Kälte nicht mehr aushielt. Das Tageslicht war hinter den Wäldern verschwunden. Wieder regierte eine Nacht mit Sturm und Schneetreiben, das erbarmungslos alle Kleiderschichten durchdrang. Ich vergrub die Hände in Sindris dichter, schwarzer Mähne und sank tief in seinen breiten Rücken. Da schnaubte es neben mir. Von Erik vorangetrieben, kämpfte sich Kári durch den Schnee neben die Zugpferde.

»Letzte Nacht ist eine *spádisa* an meinem Lager erschienen«, sagte er ohne Einleitung und ohne mich anzusehen. »Sie war mit einem Schwert gegürtet und hielt eine Spindel in der Hand. Der Faden, den sie spann, hing herab, und« – er suchte nach Worten – »und sie wickelte ihn nicht auf. Der Faden hing in einen Bottich, der vor ihr stand. Sie zeigte mir den Bottich – er war bis zum Rand mit Blut gefüllt. Und dann zog sie das Schwert und stieß den Bottich damit um.« Kári senkte leise schnaubend den Kopf, als hätte er den schrecklichen Traum verstanden. »Es floss durch den Raum, unaufhaltsam, und es ergoss sich über die Menschen, die Häuser, über das ganze Land …« Seine Stimme versagte.

Ich sah starr geradeaus. Das ungute Gefühl, das mich seit dem frühen Morgen umtrieb, drückte mir fast die Luft ab. Der Herr stehe uns allen bei …

»Versprich mir, bei meiner Mutter Schutz zu suchen.« Nun sah er mir in die Augen, fast flehend, und im Licht der Fackel sah sein Gesicht so blass aus. »Versprich mir, zu ihr zu gehen. Sie hat immer noch Macht und Verbindungen... versprich es mir, Alienor.«

Diesmal wich ich seinem Blick nicht aus. Seine Sorge um mich und das Kind rüttelte an dem Panzer, mit dem ich mich seit Wochen vor jeglichen Gefühlen schützte. Und so nickte ich. Versprochen.

Die Pferde jagten in schnellem Pass über den platt getrampelten Weg zu den Königshügeln. Halldor verlor keine Zeit. Er hatte die Axt weggesteckt und drosch mit einem Zweig auf sein Pferd ein. Am Fuß der Hügel huschten plötzlich Schatten durch die Dunkelheit. Halldors Rappe stieg vor Schreck, und der Bote fiel in den Schnee. Sein Diener konnte sich auf dem durchgehenden Fuchs im Sattel halten und verschwand in der Dunkelheit.

»Wer begehrt Einlass nach Uppsala?«, rief eine Stimme hinter den Felsblöcken.

Eine andere kicherte: »Wir lassen hier nur ehrenwerte Männer durch, müsst ihr wissen!«

Halldor rappelte sich auf. »Wer wagt es, des Königs Halle mit dummen Sprüchen zu belagern?«, schrie er wütend und griff nach den Zügeln seines herumtanzenden Pferdes.

»Wir belagern sie nicht, lieber Junge, wir schützen sie.« Und eine mächtige Gestalt trat hinter den Felsen hervor. »Wir schützen sie vor Ehrlosen, Hosenscheißern und Weiberhelden, verstehst du? Und wir denken, dass Erik Brúnaflekki die Halle des Königs besser nicht betreten sollte. Wir denken, dass für gebrannte Arschlecker dort kein Platz ist –«

Geräuschlos zog Erik sein Schwert. »Und wer will mich daran hindern?«, fragte er heiser in die Dunkelheit hinein. »Ein Feigling, der sich wie ein Weib hinter Steinen verbirgt und seine jämmerliche Stimme vorschickt?«

»Wir sind die Wächter der Stadt, wir säubern sie nur von Ungeziefer und Neidingen«, knurrte der Mann am Felsen und ließ seine Waffe von einer Hand in die andere springen. Immer mehr Gestalten traten hinter den Steinen hervor. Weiß blitzten die Zähne im Fackelschein, Axtschneiden glänzten hungrig. Der König lag im Sterben – und seine Gegner trommelten zum Totentanz.

Erik stieg langsam vom Pferd und drückte mir Káris Zügel in die Hand. »Wenn mir etwas zustößt, nimm das Kind und reite, so schnell du kannst«, sagte er leise. Ein Windhauch, oder war es doch seine Hand an meiner Wange? Ich griff danach, aber da war er schon fort. Mir klopfte das Herz bis zum Hals.

»Der König hat nach mir rufen lassen, und ich folge seinem Ruf«, hörte ich seine ruhige Stimme. Der Schatten spuckte verächtlich in den Schnee.

»Verdien ihn dir, Yngling!«

Danach gab es keine Worte mehr. Hakon von Dagholm – denn er war der selbst ernannte Wächter Uppsalas – stürzte sich wie ein wilder Stier auf Erik. Gleich beim ersten Aufeinandertreffen verhakten sich die Schwerter an den Griffen, die Männer rangen erbittert Brust an Brust, keuchend, fluchend, spuckend, bis Erik sich unter Hakon hinwegduckte und frei hinter ihm stand. Hakon brüllte vor Wut über die Finte und wirbelte herum. Diesmal prallten die Waffen richtig aufeinander, Streich auf Streich, das metallische Geräusch erfüllte die unheimliche Nacht. Schreie in der Luft, Blut im Schnee, die Fackeln der anderen Wächter schwankten nervös, Schwertklingen fuhren auf den Gegner hernieder, schlugen Funken, wenn sie den Felsen trafen …

Sie umtanzten einander wie Raubtiere, jeder lauerte auf den tödlichen Hieb. Der Lärm weckte die Stadt. Immer mehr Menschen kamen aus den umliegenden Häusern an den Königshügel, und vielleicht bewahrte das Erik davor, von Hakons gierig lauernden Gefolgsleuten hinterrücks überwältigt zu werden. So beließen sie es bei dem Zweikampf, der lange unentschieden zwischen den Felsen an König Auns Hügel hin und her tobte.

»Na, Yngling, mir will scheinen, dass die Nornen deinen Namen gerufen haben!«, schrie Hakon irgendwann und holte aus zu einem furchtbaren letzten Hieb.

»*Herfjotur!* Gütige Götter...« Sigrun neben mir hielt entsetzt den Atem an – der Dagholmer wagte es mit dieser Formel, Eriks Tod heraufzubeschwören! Wie viele Kämpfer hatte daraufhin eine geradezu dämonische Lähmung befallen, bevor sie den Todesstoß empfingen! Sie krallte ihre Finger in meinen Arm – *bete, bete zu deinem Gott, bete um Kraft, Christin, meine Götter hören nicht.*

Meiner war schon lange gleichgültig. Ich zerrte an dem Kreuz, das auf meiner Brust hing. Höhnisch bohrten sich die Enden in meine Handflächen. Erik stand da, sah die Klinge herabsausen, die sein Leben beenden wollte, und wirkte auf einmal kraftlos, mutlos, dem Aufgeben nahe. Ich schlug mit den Fäusten gegen meinen Panzer, schrie ihm zu: *Kämpfe – stirb nicht – komm zurück!*, und da riss er den Schwertarm hoch und parierte mit einer Schnelligkeit den tödlichen Hieb, wie es nur ein Wilhelmsritter gelernt haben konnte. Und gleich darauf stürzte er sich brüllend auf Hakon, drosch wie ein Berserker auf ihn ein und trieb ihn Schritt für Schritt unbarmherzig auf die Felsblöcke zu! Weißer Schaum trat ihm vor den Mund, sein mächtiges Kriegsgebrüll fuhr wie ein Sturm über die Gegner, und die Leute erhoben ihre Stimmen, feuerten ihn an, jubelten, trampelten im Schnee. »Der Yngling!« – »Seht seine Kraft!« – »Thor selber führt diesem Mann die Hand!«

Hakon lag mit dem Rücken auf dem Felsen, Eriks Klinge wie ein Richterschwert an seiner Kehle. »Töte mich, Yngling, es wird dir nichts nützen! Du kannst deinem Schicksal nicht entgehen«, röchelte er und versuchte ein letztes Grinsen. »Es wird dir nichts nützen...«

»Zumindest wirst du mich nicht mehr aufhalten«, unterbrach Erik ihn atemlos. Dann flog die Klinge durch die Luft und trennte Hakons Kopf von seinen Schultern.

Das Schwert saß immer noch wie angewachsen in Eriks Faust, als er zurücktaumelte und Halldor beinahe in die Arme sank. Der hielt ihn auch noch fest, als die Leute herbeigelaufen kamen, um die Leiche zu betrachten, das Ynglingschwert und den Mann, der es bei Nacht und Schneetreiben fertig gebracht hatte, den gefürchteten und stets tödlichen Schicksalsfluch von sich abzuwenden und stattdessen Thorleifs Sohn Hakon von Dagholm zu besiegen. Sie umringten ihn, klopften ihm auf die Schultern. – »Der Sohn seines Vaters!« – »Welch ein Kampf, Erik Emundsson, welch ein Mut!« – »Der König wird stolz auf dich sein!« – und ließen den völlig Erschöpften hochleben. Vergessen waren alle dummen Geschichten und Lieder – so schien es.

Er hob den Kopf, das helle Haar schimmerte im Fackelschein. Über die Köpfe der Menschen hinweg trafen sich unsere Blicke, nur einen Moment lang – *Du lebst! – Bist du unversehrt?* –, dann trennten uns wollbemützte Köpfe und im Jubel erhobene Schilde.

Hinter den Felsen legten die Dagholmer ihren Toten auf eine Decke und berieten, was sie nun tun sollten. Da der Yngling sich offensichtlich der Unterstützung der Uppländer sicher sein konnte, zogen sie es vor, das Weite zu suchen und die Zeit als Ratgeberin zu nutzen.

»Herrin.« Hermanns leise Stimme ließ mich wieder zu mir kommen. Und erstaunt sah ich zu, wie er mir behutsam das Schwert aus der Hand nahm, das ich wohl aus meinem Bündel gezogen haben musste, als der Kampf am ärgsten getobt hatte. »Es ist vorbei, Herrin. Ihr müsst nie wieder kämpfen.«

An der Königshalle von Uppsala nahm man uns Pferde und Schlitten ab und lud das Gepäck herunter. Die große rote Tür öffnete sich für uns wie von selbst. Dicht nebeneinander, doch ohne uns zu berühren, traten wir ein. Im Inneren der Halle waren unzählige Menschen versammelt. Statt des festlichen Durcheinanders, das hier sonst immer geherrscht hatte, empfing uns heute wohl geordnete Traueratmosphäre; die Leute saßen gedrängt auf den Bänken und murmelten leise miteinander. Der muffig klamme Geruch von Krankheit und Fieber lag in der Luft und drückte auf die Brust. Über dem Rauch des Herdfeuers kräuselten sich Weihrauchschwaden, und ich hörte die Wortfetzen eines Paternosters.

Neben mir raschelten die Amulette der Völva. Vikulla war um den Pfosten getreten und griff nach meiner Hand. Sie trug heute wieder die Tracht der Freyapriesterin. Weich und kühl schmiegte sich der Katzenfellhandschuh um meine Finger. Die Krankheit nach dem Opferfest hatte die Frau noch hagerer werden lassen. Unter der weißen Fellkappe stachen ihre Augen tiefschwarz und brennend vor Sorge aus dem blassen Gesicht hervor. Doch ihre Stimme war unverändert klar und ruhig.

»Dank sei den Göttern, dass ihr endlich da seid. Ihm bleibt nicht mehr viel Zeit.« Ohne weitere Fragen führte sie uns an das Lager ihres Bruders, wo die Königin neben Adalbert von Bremen und Gunhild Gudmundsdottir kniete. Auch Ingi, Stenkils Sohn, erkannte ich im Dämmerlicht. Halsten, der jüngere Sohn, war wohl immer noch in Dänemark. Die rund um das Lager aufgebauten Kerzen und Tranlampen warfen ein gespenstisches Licht auf den König, der ohne den üblichen Goldschmuck im weißen Hemd der Täuflinge aufgebahrt lag. Seine Hände ruhten gefaltet auf einem grotesk aufgeblähten Leib. Das rote Haar umfloss sorgfältig gekämmt die breiten Schultern. Allein sein Antlitz verriet den nahenden Tod: Um die eingesunkenen Augen waren ihm düstere Schattenmünder gewachsen, die darauf warteten, das nur noch schwach flackernde Lebensflämmchen auszublasen. Wie faltiges Pergament überzog bräunlich gelbe Haut das eingefallene Gesicht, von den Lippen, hinter denen einst Unmengen von Braten und Bier verschwunden waren, war nichts als eine trockene Hautfalte übrig geblieben.

Des Königs Hände jedoch waren immer noch die Pranken, die ich kannte, lange, kräftige Finger mit abgekauten Nägeln, bemuskelte, riesige Handflächen, die nach dem Griff einer Waffe zu lechzen schienen … und ihn doch nie wieder ergreifen würden: Stenkil Ragnvaldsson würde in den Armen Christi sterben, denn auf der Stirn erkannte ich ein im Kerzenschein fett glänzendes Kreuz aus Chrisam.

»*Subvenite sancti Dei, occurrite angeli Domini, suscipientes animam eius …*« Die Stimme des Erzbischofs wollte nicht so recht laut werden, als fürchtete er, anwesende Heiden mit seinen Sterbegebeten gegen sich aufzubringen. Doch niemand störte sich an den Gebeten, schließlich war es des Königs eigener Wunsch gewesen, auf dem Sterbebett den Taufsegen des Weißen Krist zu empfangen.

»Ist er tot?«, fragte ich flüsternd Vikulla, die bei mir geblieben war. »Sind wir doch zu spät gekommen?«

Sie schüttelte den Kopf. »Nein. Aber Hel sitzt bereits an seinem Bett.« Ich kratzte meine Arme, bis es wehtat. Allein der Gedanke, die nordische Totengöttin könnte nahe sein, ließ mein Herz aus dem Takt geraten. Unsinn, es gab keine Götter, keine Hel, und es gab keinen Tod ohne Gottes barmherzige Hand.

Wieder sah ich zu dem Lager hin. Der Weihrauch aus des Erzbischofs Räuchergefäß räkelte sich träge in der Luft. »*… offerentes eam in conspectu altissimi …*« Adalbert schwang das Gefäß. Blechern rasselten die Ketten, eine neue Wolke entfuhr den Löchern des Messingbehälters. Sie suchte ein wenig, reckte sich nach hier und nach dort und gesellte sich dann zu den ruhenden Schwaden. Der Kranke stöhnte im Fieber. Da streckte sich die Wolke wie ein langer Arm, aus dem schlanke Finger herauswuchsen, zwei, drei, fünf, sechs, und einer lockte – *komm, komm zu mir, krankes Wesen* –

»Er liegt seit drei Tagen.« Ich fuhr zusammen, schluckte. Hels Finger hatten sich über den Raum verteilt und warteten geduldig. Vikulla seufzte.

»Anfangs hatte er schreckliche Schmerzen, und seine Augen waren so gelb wie die einer Raubkatze. Die Leute bekamen Angst vor ihrem König. Ich sagte ihnen, dass er krank sei vom vielen Essen, doch niemand glaubte mir.« Ihre Schultern sanken noch ein wenig mehr zusammen. »Ich versuchte es mit Löwenzahn und Löffelkraut, probierte das stärkste Rezept, das ich weiß, doch es half alles nichts. Sein Leib wuchs und wurde heiß und rot, und das Fieber und die Schmerzen wurden so stark, dass er zu schreien begann. Guđny warf mich hinaus. Sie nannte mich eine *túnriđa* und dass ich alles nur noch schlimmer mache.« Müde strich sie sich über die hohe Stirn. »Er ließ mich wieder holen. Doch da war der Gehörnte schon da und packte seine Zauberdinge aus, Kerzen und Wasser und Öl. Er zerstörte meinen Heilkreis und warf meine Runenhölzer ins Feuer. Am liebsten hätte er mich wohl hinterhergeworfen.« Sie lachte bitter. »Doch weil niemand die Kräuter so gut kennt wie Vikulla Kattskinnsglófi, gestatteten sie mir, des Königs Schmerzen zu lindern – mehr nicht.«

Erik war neben dem Bett auf die Knie gesunken. Durch das Klappern des Schwertes geweckt, schlug Stenkil die Augen auf. Ein mattes Lächeln glitt über sein ausgemergeltes Gesicht.

»Erik Emundsson. Endlich. Alle haben gehört, dass ich dich rufen ließ.« Er befeuchtete sich die trockenen Lippen und schluckte mühsam. »Mehr konnte ich nicht für dich tun.«

»Du hast genug getan, mein König. Ruh dich aus.« Seltsam berührt lauschte ich Eriks Stimme, in der so viel Liebe für diesen kranken Mann lag. Das gelöste Haar fiel nach vorne und verbarg sein zerschrammtes Gesicht.

Stenkil hob die Hand. »Ich sehe, dass dich jemand aufhalten wollte?« Ein Anflug von Schalk zuckte um seine faltigen Mundwinkel.

»Niemand hält mich auf.«

Des Königs Lächeln verstärkte sich. »Gut so, mein Junge. Gut so.« Wieder fuhr er sich mit der Zunge über die trockenen

Lippen. Vikulla huschte an seine Seite und zog ihr Tablett mit den Heilmitteln heran.

»Wag es, du –« Guđny sprang auf die Füße und wollte sie daran hindern, doch Eriks Hand hielt die Königin auf ihrem Platz. Die Völva beachtete sie nicht. Sie tränkte ein Moosschwämmchen in einem Aufgussbecher und drückte es mehrere Male auf des Königs Lippen aus. Dankbar schloss Stenkil für einen Moment die Augen.

»Niemand soll dich aufhalten, Erik Emundsson.« Seine Stimme klang etwas kraftvoller und erinnerte fast an früher. »Du bist zum Herrschen geboren. Enttäusche die Erwartungen deiner Leute nicht.«

»Ich kann doch nicht –«

»Wunden verheilen, Erik«, unterbrach Stenkil ihn. »Und verblassende Narben erinnern dich stets daran, was du einst aushalten konntest. Das macht dich stark, stärker als alle anderen, denk daran.« Ich drehte mich um und schlug die Hände vors Gesicht, damit niemand sah, was seine Worte in mir anrichteten. Nein, nie würde die Erinnerung an erlittene Qualen verblassen, bei keinem von uns ...

Dann stand Vikulla neben mir. »Er will dich sehen, Frankenmädchen. Trockne deine Tränen, wenn sie nicht für ihn bestimmt sind.« In ihren schwarzen Augen las ich, dass sie alles wusste, dass sie gesehen hatte, was meinen Seelenfrieden zerstört und Erik gebrochen hatte – und dass sie uns nicht zu helfen vermochte. »Geh und nimm Abschied vom König.«

Erik machte mir Platz an Stenkils Lager. Seine Nähe war mir sehr bewusst, doch unendliche Meilen lagen zwischen uns ... Da fühlte ich Gunhilds harten Blick auf mir ruhen. *Lass ab von meinem Sohn, frakkfrilla!* Allmächtiger, welche Kreise hatten die schrecklichen Spottverse vom Opferfest denn noch gezogen?

»Ich möchte dir etwas geben, *greifinna*.« Auf sein Zeichen hin reichte Vikulla ihm einen in ein Tuch eingeschlagenen Gegenstand. Mit zittrigen Händen zog er das Tuch weg, und

Guđny hielt entsetzt die Luft an. Der wunderbare Halsring der Ynglinge lag in seiner Hand und schimmerte überirdisch wie ein Märchen im Kerzenschein. »Du sollst ihn bewahren für eure Kinder, *greifinna*. Du hast dich würdig erwiesen.« Er rang nach Luft und verzog das Gesicht im neu aufflackernden Schmerz. »Nimm diesen Ring und den Dank eines Königs, Alinur Hjartaprуđi.«

Ich konnte ihm keine Antwort darauf geben, weil der Kloß in meinem Hals zu dick war, doch ich schlug ein Kreuzzeichen und küsste unter Tränen seine fieberheiße Hand.

Er ließ es zu und lächelte Erik schwach zu. »Da liegt der Krieger nun wie ein altes Weib, statt zu kämpfen, und wartet darauf, dass ihn jemand holen kommt.«

»Ein Ehrenplatz an Odins Tafel wird dir trotzdem zuteil werden, mein König.«

Brüsk stand Adalbert von Skara auf und schnitt Erik das Wort ab. »Dieses Haus kennt keine Heidengötter mehr! Durch die Taufe bist du ein Kind des Allmächtigen und wirst die Herrlichkeit Gottes schauen. *Subvenite sancti Dei, occurite angeli Domini …*« Die weiße Hand über dem Lager des Svearkönigs bewegte sich wieder, ohne dass der Bischof sein Gefäß berührt hatte. Sie senkte sich herab, strich mit sechs sanften Fingern über sein grau werdendes Gesicht und machte sich bereit, seine Seele in Empfang zu nehmen. »*… suscipientes animam eius …*«

Stenkils Kopf sank zur Seite. Der friedlich auf mich gerichtete brechende Blick verriet, dass dem Sterbenden alle Götter gleich sind.

Am Vorabend der Bestattung hatten Diener und Freiwillige die Königshalle leer geräumt. Andächtig und stumm hatten sie sich daran gemacht, ihren schweren letzten Dienst zu verrichten, der sie immer wieder am Leichnam des Königs vorbeiführte. Ich stand still in der Tür und sah ihnen zu. Das Herdfeuer, an dem wir so oft gesessen hatten, war nach den Tagen des Abschiednehmens endgültig gelöscht worden. Es roch nach erkaltetem Räucherwerk und Holzkohle. Der klebrige Dunst von Krankheit und Angst hatte sich verzogen und eisiger Schneeluft Platz gemacht.

Man hatte das Täuflingsgewand des Königs gegen einen mit kostbarem Pelz verzierten Mantel vertauscht, in seiner Rechten ruhte sein Schwert. In den vergangenen Tagen war sein mächtiger Körper zusammengefallen, doch seltsam, sein Geist schien immer noch in der Halle zu weilen, fast als könnte er sich nicht trennen... Vikulla saß bei ihm und kränzte sein verhülltes Haupt unter Guđnys giftigen Blicken mit Ähren und Tannenzweigen, die Freyr geweiht waren, so wie sie es seinerzeit mit den Opfertieren gemacht hatte.

Die Königin ließ derweil seine letzte Ruhestätte vorbereiten. Teppiche und Felle wurden abgehängt und eingesammelt, Waffen, Schilde und die majestätischen Geweihe von den Balken geholt. Frauen verpackten Becher, Schüsseln und goldene Löffel in Truhen und legten die kostbaren Stoffe und Kleider, die der König nicht an seine Anhänger verschenkt hatte, zu Stapeln zusammen. Man munkelte, sie habe vor, den gesamten Besitz einem Kloster zu übergeben. Nicht wenige fanden es unmöglich, ja skandalös, dass der König ohne Grabbeigaben zu den Göttern gehen sollte. Doch die sonst so stille Guđny duldete in diesen Tagen keinen Widerspruch. Eine fast unheimliche Energie ging von ihr aus, während sie ihre Kommandos gab. Die Leute begannen, den mächtigen Gott zu fürchten, der hinter ihr stand und ihr diese Kraft verlieh.

Gefährliche Spannung kam auf, als die Götterfiguren hinter dem Vorhang auftauchten. Blutverschmiert vom letzten Fest und grimmig funkelten sie ihre Entdeckerin an: *Wage es ja nicht, Hand an uns zu legen!* Guđny war taub für diese Stimmen. Sie entriss ihrem Diener die Axt und wollte sich auf die Statuen stürzen, um sie endlich, endlich in Stücke zu hauen. Alle Anwesenden hielten den Atem an, wie konnte sie nur –

»Nein!«, schrien Vikulla und ich zur gleichen Zeit. Guđny fuhr herum. Ihr Kopftuch löste sich. Die dunkelblonden Locken, die sie wie eine Nonne stets verborgen hatte, flogen ihr um die schmalen Schultern. Ein heiliges Feuer brannte in ihren Augen und färbte ihre Wangen rosarot – sie war in diesem Augenblick so stark und schön, wie ich sie nie zuvor gesehen hatte! »Nein!«, flüsterte ich wieder.

»Misch du dich nicht ein, Mädchen«, fauchte sie und hob wieder die Axt, um ihr Zerstörungswerk zu beginnen. Da löste Erik sich aus dem Schatten hinter mir, trat neben sie und entriss ihr die Waffe, bevor sie Thors Schädel treffen konnte.

»Er hätte es nicht gewünscht«, sagte er mit bewegter Stimme.

»Sie müssen fort, ich will sie hier nicht haben!« Guđny versuchte die Axt wieder an sich zu bringen, doch Erik streckte sie nach hinten weg. Ich sprang geistesgegenwärtig hinzu und packte das Axtblatt. Gleich darauf nahm er seine Halbschwester in die Arme. »Sie gehören hierher, Guđny«, sagte er eindringlich. »In diese Halle, wo sie seit Menschengedenken stehen. Du kannst sie nicht herausholen, du darfst sie nicht zerstören. Lass sie mit dem König ziehen.« Guđny kämpfte mit den Fäusten gegen ihn, schlug erbittert gegen seine Brust. Dann erschlafften ihre Arme, und sie begann zu weinen.

Vikulla verließ die Halle. Vielleicht war sie die Erste, die wirklich begriff, dass mit Stenkils Tod eine Zeitenwende eingeläutet worden war. Anders als seine Vorgänger, die versucht hatten, den neuen Glauben aus dem Süden gegen den fest in alten Traditionen verankerten Volkswillen durchzusetzen und zum Teil dafür mit dem Leben bezahlt hatten, bereitete Stenkil den Boden für Gottes Botschaft auf seine Weise. Mit der Taufe auf dem Sterbelager hatte er den Menschen ein Zeichen gesetzt, das im Feuer der Königshalle über das ganze Land leuchten würde. Stenkil nahm die alten Traditionen mit sich und machte damit den Menschen Platz und Mut für einen Neuanfang.

Ich sah die Völva erst zur Bestattung drei Tage später wieder.

Wir standen in der Morgendämmerung vor der Königshalle von Uppsala. Die Hügel und die Anhöhe vor dem Plateau waren schwarz von prächtig gekleideten Menschen, die gekommen waren, um ihren König in die Ewigkeit zu verabschieden. Trommeln dröhnten monoton über die Ebene und riefen auch den Letzten aus der warmen Hütte. Rund um die Halle warfen Feuer ihr Licht auf die mit Zweigen geschmückten Wände. Die Kirche nebenan ragte mit ihren erst halb fertigen Wänden und dem unvollendeten Dachstuhl wie ein abgebrochener Zahn in den Himmel. Durch ihre Fensterlücken aber schimmerte verheißungsvoll das Licht ungezählter Kerzen. Adalbert hatte das Gotteshaus vor der Zeit geweiht, um dem Schwerkranken den Abschied durch die Nähe Gottes erträglicher zu machen. Gottes Nähe jedoch hatte Stenkil weder helfen noch trösten können.

Wie nicht anders zu erwarten war, hatte mich die Königin nicht in ihre Reihen gebeten, und so stand ich mit meinen Dienern abseits und wurde Zeugin, wie Gisli Svensson samt seinem Diener das Plateau von Uppsala erreichte. Er sprang vom Pferd und warf die Zügel Bruder Georg zu, der sich wegen des auf die Brust gebundenen Kindes etwas unbeholfen mühte, die beiden stampfenden Pferde gleichzeitig festzuhalten. Alba lebte also noch. Ich winkte dem Mönch durch die Bäume hindurch zu. Er lächelte, als er mich erkannte.

Gisli stapfte unterdessen durch den Schnee auf Erik zu. Er begrüßte ihn nur knapp und zog ihn hinter einen der Bäume, um berunruhigende Neuigkeiten aus Sigtuna loszuwerden.

»Hast du's schon gehört?«

»Was soll ich gehört haben?« Eriks Stimme klang immer noch fremd in meinen Ohren – oder lag es daran, dass ich sie so lange nicht gehört hatte? Ich ließ mich hinreißen, ihrem Klang und dem Gespräch zu lauschen.

»Die Dagholmer rüsten sich. Sie sind oben bei Hestarbrekka gesehen worden. Das ist nicht weit vom Haus deiner Mutter, Erik. Man erzählt sich, du habest Hakon eine Lektion erteilt?«

Erik lehnte den Kopf gegen dem Baumstamm. »Wer sich mir derart in den Weg stellt, muss damit rechnen.«

»Thorleifs Sohn hat Rache für seinen toten Bruder geschworen, Erik.«

»So. Hat er das?« Erik seufzte.

Der Kaufmann machte einen Schritt auf ihn zu. »Man sagt, der Jarl habe sich auf seine Seite geschlagen. Du sollst seine Ziehtochter geschwängert haben...«

»Die Ziehtochter.« Jetzt bebte seine Stimme vor unterdrückter Wut. »Diese Ziehtochter hob am Opferfeuer die Röcke und hätte vor lauter Geilheit auch ihren eigenen Vater bestiegen! Geir sollte lieber fragen, wessen Schoß sie noch besucht hat!«

»Man sagt außerdem, er könne seine toten Kinder nicht vergessen.«

Da packte Erik ihn am Kragen. »Benno Geirsson hat sein Unglück selbst verschuldet – es gibt nichts, was man mir vorwerfen kann! Ich habe für Svanhild bezahlt und meinen Frieden mit dem Jarl gemacht.«

»Er aber nicht mit dir! Beim Thor, Erik, was bist du für ein Narr! Was willst du jetzt tun?« Gisli riss sich die Kappe vom Kopf und schüttelte seine rote Mähne. »Was ist nur aus dir geworden, Erik Wilhelmsritter?«

Erik ließ ihn stehen.

»Menschen von Uppland!« Guđny, die Frau des verstorbenen Svearkönigs, richtete zum ersten und wohl auch zum letzten Male das Wort an die Freien und Tapferen, die gekommen waren. »Es war der letzte und sehnliche Wunsch eures Königs, im Feuer in die Herrlichkeit des Weißen Krist einzugehen! So lasst uns ihn bestatten wie die großen alten Könige unseres Landes! Mögen die Flammen hoch in den Himmel steigen und seinen Namen in unsere Erinnerung brennen, damit wir nicht vergessen, was für ein guter König er uns gewesen ist!« Sie hob die Arme.

An den Ecken der Königshalle traten vornehm gekleidete Männer an die Feuer und tauchten Pechfackeln in die Flammen. Gemeinsam schritten sie in die Halle, wo der weihwasserbesprengte Tote auf einen Holzstoß gebettet lag, und entzündeten die vier Ecken von Stenkils letztem Lager. Obwohl ihnen die Flammen schon hinterhergierten, kamen sie gemessenen Schrittes wieder heraus und machten sich nun daran, Feuer an die Ecken der Königshalle von Uppsala zu legen. Ein Raunen ging durch die Menge. Die Trommeln wurden lauter. Ihr Stampfen bohrte sich stoßweise und beunruhigend in die Eingeweide, doch man gab sich gerne der Erschütterung hin, denn sie übertönten den eigenen Herzschlag und gestattete dem Blick, in die Flammen einzutauchen, die langsam die Wände emporleckten ... »*Thor! Odin! Freyr!*«

Dann ein Aufschrei: »Die Halle brennt! Feuer in der Königshalle!« Am Fuß des Hügels wurde es unruhig. Leute liefen aufgeregt umher, riefen nach Wasser, während Männer der Königin sie zu beschwichtigen versuchten. Erste Rangeleien entstanden, Waffengeklirr war zu hören. Die, die nicht darauf vorbereitet gewesen waren, mussten fassungslos mit ansehen, wie die ehrwürdige Halle der Upplandkönige hinter einem Vorhang aus Feuer verschwand.

Die Flammen hatten währenddessen das goldene Dach der Halle erreicht und drohten durch den aufkommenden Nordwind auch auf den halb fertigen Kirchenbau überzuspringen. »Die Kirche! Jesus – die Kirche!«, schrie eine Frau ganz in meiner Nähe. Aufgeregt schob ich mich nach vorne. Guđny stand auf ihrem mit Teppich ausgelegten Platz und schien die Ruhe selbst. Mit leuchtenden Augen verfolgte sie, wie das Feuer immer höher in den Morgenhimmel stieg, ihre Lippen formten Worte, vielleicht ein Gebet, vielleicht hielt sie auch letzte Zwiesprache mit ihrem toten Gemahl, dem dieser furiose Abschied sicher gefallen hätte ...

Widerwillig musste ich dieser blassen Frau Anerkennung zollen. Sie hatte es nicht nur geschafft, dass dieser König als Christ in die Chroniken einging, sondern durch die Art seiner Bestattung gleichzeitig das verloren geglaubte Werk des Adalbert von Skara vollendet: Die Halle von Uppsala, Symbol von heidnischem Königtum und blutgierigem Götzenglauben, würde im reinigenden Feuer Gottes vergehen und Platz machen für eine Kirche, die sich aus ihrer Asche erheben und ein neues, von Gott gesegnetes Königreich begründen würde.

Immer mehr Frauen aus Guđnys Gefolge fielen auf die Knie, riefen: »Die Kirche! Allmächtiger, die Kirche brennt!«, und wirklich, an dem offenen Dachstuhl züngelten bereits erste Flammen. Da trat eine weiß gekleidete Gestalt durch die Öffnung, wo sich einmal das Portal erheben sollte, und hob die Arme.

»*Afferte Domino gloriam et potentiam, afferte Domino gloriam nominis eius, adorate Dominum in splendor sancto!*«, wehte die Stimme des Erzbischofs von Skara herüber. »*Vox Domini super aquas, Deus maiestatis intonuit, Dominus super aquas multas! Vox Domini in virtute ...*«

Widerborstig drückte der Nordwind das Feuer in seine Richtung, gierig fingerten die gelben Zungen nach dem jungfräulichen Holz des Kirchengebäudes und dem weißen Gewand des Priesters. Adalberts Stimme schwoll an.

»*Vox Domini confringentis cedros, et confringet Dominus cedros Libani, et saltare faciet, tamquam vitulum ... Vox Domini intercidentis flammam ignis, vox Domini concutientis desertum et concutiet Dominus desertum Cades ...*«

Die Flammen wichen zurück. Wie von Zauberhand verlosch das Glimmen im angesengten Kirchendachstuhl, obwohl die Königshalle inzwischen lichterloh brannte. Plötzlich war mir, als sähe ich ein Gesicht in den Flammen der Halle, eine schmerzverzerrte Fratze, der schmelzendes Gold wie Tränen über die kantigen Wangen lief. *Was tut ihr Uns an, ihr Unglücklichen, wartet nur, Unsere Rache wird furchtbar sein ...*

Aufgeregt blickte ich mich um. Sah denn niemand außer mir den Heidengott verbrennen, hörte niemand seine Flüche?

Alle starrten sie den Priester an. Adalbert rührte sich nicht von der Stelle. »*Dominus super diluvium habitat, et sedebit Dominus rex in aeternum.*« Allein mit der Kraft seines Gebetes hielt er das Feuer in Schach und verhinderte, dass seine heidnische Zerstörungswut die neue Kirche mit verzehrte. Als ich wieder in die Flammen schaute, war Thors Gesicht verschwunden.

Ich faltete die Hände und versuchte, ein Gebet für die Seele des toten Königs zu sprechen. »*Pater noster…*« Nichts. Wieder dieses Schweigen.

Herr, Allmächtiger… wo bist Du? Wo hast Du mich bloß hingeführt? Erinnerungen anderer Art wurden wach, Bilder von einem brennenden Gotteshaus daheim, von einer Hand, die mich voller Zuversicht ins Feuer zog, weil das der einzige Fluchtweg war… Erik stand reglos bei den Frauen der Familie. Teilte er meine Erinnerungen? Oder war er mit seinen Gedanken wieder an einem Ort, wohin ihm niemand folgen konnte? Tiefe Hoffnungslosigkeit drückte mir das Herz ab. Da drehte er den Kopf und sah mir in die Augen, als hätte er gewusst, wo ich stand. Die Trauer in seinem Blick war grenzenlos.

Hinter mir raschelte es, und ich fuhr herum. Vikulla trat zu mir, einen Korb im Arm. Kaum jemand sah sich nach ihr um. Ihre Gestalt wirkte so zerbrechlich, als wäre sie aus Glas. Schneeflocken schmückten ihre Katzenfellhaube, eine vergängliche Krone aus Eis, die das Feuer des Herrn scheute. Auch jetzt wollte sie sich Ihm nicht nähern.

»Magst du mich begleiten, Alinur Hjartapryđi?« Ihre Stimme klang brüchig. Erik hatte sich dem Feuer wieder zugewandt. Ich nickte, ohne weiter nachzudenken, und so streckte sie die Hand nach mir aus und zog mich von der Menge fort. Niemand sah sich nach mir um. Niemand würde mich vermissen.

Unbeachtet von den Menschen wanderten wir um die Königshügel herum, der aufgehenden Sonne entgegen. Kein Uppländer hatte es gewagt, sich während der Zeremonie hier aufzuhalten oder gar einen Platz mit besserer Sicht zu ergattern. Rein und unberührt bedeckte der Schnee die drei Gräber. Zwischen den Hügeln jedoch herrschte eine seltsam andächtige Stille. Die Könige schienen auf etwas zu warten.

Wir erreichten das zugefrorene Mulathing, wo in alten Zeiten Menschen geopfert worden waren, und lenkten unsere Schritte zum äußeren Rand des Götterhains auf der anderen Seite des Plateaus. Wie eine Wächterin breitete hier eine einzelne Eibe ihre Zweige über den schneebedeckten Boden. Vikulla blieb stehen. Jemand hatte ein tiefes Loch in diesen Boden gehackt.

Ein Mann, der Kleidung nach ein Sklave, trat hinter dem Baum hervor. Er öffnete den Mund und stieß eine Reihe von seltsamen Tönen hervor, wie es Menschen tun, denen die Zunge herausgeschnitten worden war. Vikulla jedoch schien ihn zu verstehen. Sie nickte zufrieden, legte ein Goldstück in seine schmutzige Hand und winkte ihm zu verschwinden. Als wir allein waren, kniete sie im Schnee nieder, um ein Bündel aus ihrem Korb zu heben. Sie schlug die kostbaren Tücher auseinander.

Auf besticktem Seidentüchern lagen runde, aus feinstem Silber gearbeitete Opferschalen, die durch dünne Ketten miteinander verbunden waren. Ein Meister seiner Zunft hatte Ornamente in die Außenseite des Materials getrieben und die Schalen so blank poliert, dass sie im fahlen Frühjahrssonnenlicht geheimnisvoll schimmerten. Schlanke Runen waren auf eines der Zierbänder geritzt. *Ur – iss, kaun – ur… Vikulla* konnte ich gerade noch entziffern, bevor die Völva zärtlich über ihr Opfergeschirr strich.

»Keine Hand außer der meinen soll diese Schalen je berühren«, sagte sie leise. »Die Opferfeste sind vorbei. Der König ist tot, sie haben mich von seinem Lager verjagt und die Götterstatuen verbrannt. Es wird niemals wieder Blut in diese Schalen fließen…« Ihr Gesicht war so weiß wie der Schnee, als sie sich vorbeugte und ihre Schalen sorgfältig in das Loch bettete, eine neben der anderen, bis sie wie Schwestern zum ewigen Schlaf dort lagen. Dann deckte sie das seidene Tuch darüber und zog Handschuhe und Kappe aus. Ein Amulett nach dem anderen, Runenhölzchen, Federn, Perlenschnüre, Knochenstückchen und Münzen fielen mitsamt ihren weichen Ziegenlederschnüren in das samtige Katzenfell. Ich biss mir auf die Lippen. Was tat sie da – und warum wollte sie mich als Zeugin dabeihaben? Warum tat sie es?

»Vikulla!« Allein mein Flüstern hielt sie seltsamerweise davon ab, die Hinterlassenschaft der Völva im Loch verschwinden zu lassen. Zusammengesunken hockte sie über dem Häufchen.

»Was denkst du, Fränkin?« Die Frage zerstob im Rauschen des Götterhaines, doch ich hatte sie vernommen.

»Ich denke…« Langsam kniete ich neben ihr nieder. »Ich denke, kein Priester der Welt und kein Gott kann eine weise Frau davon abhalten, weise zu sein.«

Darauf sagte sie lange nichts.

Über uns schob sich die Sonne durch die Wolken und gab sich alle Mühe, wenigstens unsere Köpfe zu wärmen. Sie warf einen letzten Strahl auf das Silbergeschirr und ließ es blinken. Im Hain sang eine Windharfe ihr Abschiedslied. Und dann hörte ich einen der alten Hügelkönige seufzen, dass es gut so sei, wie es war. *Niemand kann den Lauf der Dinge aufhalten.* Vielleicht hatte Vikulla ihn auch gehört.

Mit langsamen Bewegungen stülpte sie sich die Kappe über das weiße Haar, legte ihre Amulette wieder an und machte sich daran, mit bloßen Händen gefrorene Erdklumpen in das Loch zu schaufeln. Ein paarmal hörte man die Silberketten unwillig rasseln, wenn ein Steinchen eine Schale traf, dann war es ruhig. Vikulla wischte sich die Hände an ihrem Mantel sauber und zog die Handschuhe wieder an.

»Die Götter achten dich, Alinur Hjartapyrđi, weil du sie achtest. Sie werden dich halten, wenn der Sturm kommt … und ein Sturm wird kommen.« Sie runzelte die Stirn und schien in ihrem Gedächtnis zu kramen. »Ein Sturm … ich kann seine Wut schon fühlen. Du musst gut auf das kleine Mädchen Acht geben, hörst du?« Ihre Augen kamen näher. Der Blick brannte, wurde schmerzhaft, doch es gelang mir nicht, mich ihm zu entziehen. »Schütze sie vor dem Sturm, Alinur. Und schütze ihn.« Und dann strich sie mir eine wohlriechende Paste auf die Stirn.

»Was ist mit Erik?« Die Paste duftete, sie roch nach – nach – oh, was war das nur, meine Zunge wurde so schwer …

Vikulla wich zurück. Wenigstens hatte ich den Eindruck, denn ich konnte sie nicht mehr klar sehen, obwohl ich mir die Augen rieb und knetete, um den seltsamen Schleier, der sich davor ausbreitete, zu entfernen …

»Erik.« Ich blinzelte. Etwas zog sich wie ein weicher Helm über meinen Kopf. Ich versuchte die Hand nach der Frau mit den Katzenfellhandschuhen auszustrecken. »Erik.« Zitterte ihre Stimme?

»Das Schicksal ist ihm dicht auf den Fersen. Aber sein Lebensfaden liegt in deiner Hand, Alinur.« Vikulla verschmolz mit dem Schnee, die Konturen ihrer schmalen Figur waren kaum noch zu erkennen. Doch wirklich, ich vermeinte Tränen in ihrer Stimme zu hören. »Gib Acht, was du damit tust, Alinur – und nun schlaf ein – schlaf ein – *schlaf.*«

»Alienor!« Zwei Hände packten mich an den Schultern und schüttelten mich. Ich schlug die Augen auf. Eriks Gesicht war ganz nah vor mir, sein Blick dunkel vor Unruhe. Abrupt ließ er mich los – es war das erste Mal seit jener unseligen Nacht, dass er mich berührt hatte, dass wir überhaupt miteinander allein waren.

»Was – was in aller Welt tust du hier? Wir haben dich überall gesucht, beim Thor.«

Thor war tot, verbrannt mit dem König. Oder etwa nicht? Ich rappelte mich hoch. Die Tannenzweige, auf denen ich gelegen hatte, ließen hinterlistig ihre Nadeln in meiner Kleidung stecken. Mit klammen Fingern pflückte ich sie einzeln aus der Wolle. Mein Kopf fühlte sich an wie ein Metfass, dick, schwer und unglaublich benebelt…

»Was tust du hier – wo sind die anderen? Wo ist Snædís?« Seine Stimme war voller Ungeduld – oder war es Angst? Ich hatte irgendwie verlernt, ihren Klang zu deuten.

»Vikulla hat – hat – hat –«, stotterte ich und rettete mich nach langer Zeit wieder einmal in meine Muttersprache. »Sie bat mich, sie zu begleiten. Sie hat etwas getan… etwas vergraben…« Ich sah mich um. Der Baum, unter dem ich lag, war eine Fichte.

»Alienor. Niemand außer dir ist hier gewesen.« Er stand auf und drehte sich um. Ich sah, wie seine Fingerknöchel weiß wurden. Weil mir nichts anderes einfiel, stopfte ich mir eine Hand voll Schnee in den Mund, um wenigstens den ekligen Geschmack loszuwerden. Hatte ich überhaupt Met getrunken? Hm… Und während ich mit der Zunge den Eisklumpen hin und her schob, sah ich, was er meinte: Der Schnee um meinen Platz herum war unberührt, wie frisch vom Himmel gefallen bedeckte er den Boden. Außer seiner Spur keine Fußspuren, keine Erdreste, kein Hinweis auf ein zugeschüttetes Loch.

»Die Königin ist abgereist«, sprach er unvermittelt weiter. »Die Leute wurden unruhig – mir gefällt die Stimmung nicht.« Er kam wieder zu mir. »Wir sollten Uppsala verlassen, jetzt gleich.« Ich nickte stumm und krabbelte auf die Knie, steif wie eine Greisin. Er stand bloß da und half mir nicht.

»Hier steckt ihr! Beim Thor, die halbe Stadt ist in Aufruhr, und ihr turtelt hier unter den Bäumen!« Gisli kam auf seinem schnellen Schimmel angeschossen. Noch mit den letzten Passschritten sprang er ab und rannte auf uns zu. »Einige Männer haben sich der Kisten bemächtigt, die Guđny dem Kloster schenken wollte, den Gehörnten haben sie vom Pferd gerissen und nackt ausgezogen, er konnte sich gerade noch in den Schlitten der Königin retten.« Erik und ich wechselten einen Blick. Beinahe gleichzeitig versuchten wir, uns ein Lachen zu verkneifen – ein pudelnackter Gottesmann zu Füßen der nonnenhaften Guđny! Das hätte Stenkil gefallen! Eriks Augen blitzten vor Spott, und für diesen winzigen Augenblick, in dem wir unsere Gedanken teilten, war es so wie früher.

»Als sie die Kirche in Brand stecken wollten, kamen Christen herbeigerannt, und nun tobt der Streit rund um den Hügel, und die Dagholmer sind auch schon am Waldrand gesehen worden.« Gisli packte seinen Freund am Arm. »Ich habe mit Sigrun und deinem Diener einen Treffpunkt verabredet. Bring deine Leute weg von hier!« Mit der anderen Hand half er mir hoch. »Rasch, aufs Pferd!«

Aufruhr. Nackter Bischof. Ich schüttelte probeweise den Kopf. Nach diesem merkwürdigen Schlaf, aus dem Erik mich gerissen hatte, kam ich mir etwas langsam vor, doch hatte ich das Gefühl, für Gisli eine Sache richtig stellen zu müssen. »Wir haben nicht geturtelt, Gisli.«

Er runzelte die Stirn. »Was? Was habt ihr dann an diesem unwirtlichen Platz getan?«

»Wir –« Ich rieb mir die Augen und wankte auf den Schimmel zu.

»Wir haben gestritten«, kam Erik mir zu Hilfe. Erneut wechselten wir einen Blick. *Ich liebe dich.*

»Gestritten.« Gisli sah von einem zum anderen. Ich war rot geworden. Er glaubte uns kein Wort.

»Wie viel hast du getrunken?«, flüsterte Erik mir zu, als er mir auf das Pferd half. Ich schüttelte heftig den Kopf, kippte durch den Schwindel gegen ihn und musste einen zweiten Anlauf nehmen.

»Nicht – nichts getrunken, ehrlich ...« Doch neben der Übelkeit klaffte da eine Lücke in meiner Erinnerung, wie beinahe jedes Mal, wenn ich der Völva begegnet war. Was trieb sie für ein Spiel mit mir?

Aus irgendeinem Grund blieb er auf unserem Weg zu den Königshügeln, wo die anderen mit dem Kind auf uns warteten, die ganze Zeit neben mir. Er sprach nicht, er sah mich nicht an. Doch es fühlte sich so an, als würde er mich auf seinen Armen tragen.

Hermann hatte uns zuerst entdeckt. Er kam hinter den Büschen hervor und wedelte mit den Armen. »Sie fanden es besser, sich zu verstecken«, erklärte Gisli atemlos. »Als ich losritt, war die Situation kaum noch zu überblicken.«

Das war sie jetzt erst recht nicht mehr. Von den Häusern der Handwerkersiedlung gellten Wutschreie und wüste Beschimpfungen. Bis hierher hörte man Waffengeklirr, irgendwo ging ein Haus in Flammen auf. Jammernde Menschen rannten an uns vorbei, alte Leute, Frauen mit Kindern und Bündeln unter dem Arm, die sich vor der wütenden Menge im Wald und auf umliegenden Gehöften in Sicherheit bringen wollten. Die feierliche Atmosphäre der Bestattung war unerklärlicherweise in Gewalttätigkeit und Wut umgeschlagen, und es war nicht abzusehen, gegen wen die Stimmung sich als Nächstes richten würde.

»Urplötzlich ging es los! Die Halle brannte noch, da fingen Leute an zu schreien und zogen ihre Waffen.« Man konnte Hermann ansehen, wie bestürzt er immer noch war. »Sie versuchten, Feuer an die Kirche zu legen, obwohl der Bischof sie bewachte. Da kamen Getaufte herbeigelaufen und hinderten sie daran – und im Nu war der schönste Kampf im Gange! Herr Jesus – was für ein Gemetzel! Wir sind sofort hinter die Hügel geflüchtet ...« Hinter seinem Rücken tastete er nach Ringailes Hand. In seinen Augen saß eine Furcht, die ich noch nie bei ihm gesehen hatte.

Snædís hockte in Ringailes Felltasche und strahlte mich an. Gerührt nahm ich meine Tochter auf den Arm. Ich sehnte mich so sehr nach ein bisschen Frieden und einem Zuhause für uns beide …

»Gott sei mit Euch, Alienor Greifinna.« Bruder Georg schob sich an den Pferden vorbei. »Traurigen Umständen verdanken wir unser Wiedersehen – ich hoffe, Ihr seid wohlauf?«

Ich nickte und versuchte, einen Blick auf das Bündel an seiner Brust zu erhaschen. Da lächelte er wehmütig und legte die Hand auf Albas Köpfchen. »Sie ist meine ganze Freude, glaubt mir. Jeden Morgen danke ich Gott, dass sie bei mir ist.« Dann nestelte er in seinem Umhang. »Ihr werdet einen langen Weg vor Euch haben.« Ein Päckchen kam zum Vorschein. »Darf ich Euch meinen Mundvorrat schenken? Ihr verdient es nicht zu hungern …« Bewegt nahm ich das Geschenk entgegen und auch seinen Segen, während hinter uns immer noch aufgeregt erzählt wurde. »Gott schütze Euch und die Euren, Alienor Greifinna.« Mit einem letzten Kreuzzeichen über Snædís' Kopf entfernte er sich von mir, und ich vermisste sogleich seine warmherzige Nähe.

»Einige versuchten, die Königin zu verfolgen«, erzählte Sigrun gerade, während sie sich vom Pferd hangelte. »Ihr Götter, was muss Guđny für eine Angst gehabt haben!«

»Der Allmächtige hat sie vor dem Schlimmsten bewahrt.« Gunhild ordnete die Decken, mit denen sie sich im Schlitten eingehüllt hatte. »Und der Allmächtige wird sie und den Ehrwürdigen Vater sicher nach Skara geleiten.«

»Gewiss, gewiss«, nickte ein bleichgesichtiger Mönch mit blauen Lippen, der sich neben der alten Königin im Schlitten duckte. *»In nomine patris et filii –«*

»Wo sind unsere Leute jetzt? Halldor und die Männer von Tungholm?«, fragte Erik knapp.

»Sie verteidigen die Brandstätte oben am Hügel.« Gisli legte ihm die Hand auf die Schulter. »Bring du erst deine Familie in Sicherheit, dann komm wieder. Nehmt mein Pferd mit, dann seid ihr schneller.« Man konnte Erik ansehen, dass er sich am liebsten sofort zum Hügel begeben hätte, doch Gisli duldete keine Widerrede. Er half Sigrun in den Sattel seines Schimmelhengstes.

»Wenn ich hier fertig bin, Sigrun Emundsdottir, komme ich ihn mir wieder holen«, sagte er, und ich glaubte gesehen zu haben, wie seine Hand einen Moment länger als nötig auf ihrem Knie verweilte und sie es zuließ.

Auch diese kurze Reise war von Schweigen geprägt. Hatte ich nur geträumt, dass Uppsala in Flammen aufging? Blau und unschuldig lag der Himmel über uns. Von den Geistern, die mich sonst im Wald bedrängten, ließ sich heute kein einziger sehen, ich hörte sie nicht einmal kichern. Sie versteckten sich hinter den Bäumen und warteten.

Die Pferde schnaubten friedlich, sie liefen ihr Tempo, ohne dass wir sie antreiben mussten. Gunhild saß starr im Schlitten, die Hände gefaltet. Das Mönchlein, das sie Pater Berengar nannte und das offenbar ihr Haus*kanoki* war, leierte Psalmworte vor sich hin und wiegte seinen schmächtigen Oberkörper, als suchte er einen Weg, sich mit Hilfe der Psalmen in den Schlaf zu singen. Die knotige, bläulich verfärbte Nase ließ mich erahnen, dass ihm das besser mit Messwein gelang. Gunhilds Mund glich einer Mörtelritze zwischen zwei Steinen.

Vielleicht hatte sie es geahnt.

Als wir über die Holzbrücke ritten, lag deutlicher Brandgeruch in der Luft. Niemand sagte ein Wort. Erik galoppierte los. Wir anderen folgten ihm langsamer, denn der Schlitten holperte über Schneeverwehungen und herabgefallene Äste und drohte mehrfach umzukippen. Der Brandgeruch nahm zu. Sigrun trieb den Schimmel an und verschwand, eine Abkürzung nehmend, zwischen den Bäumen. Und dann teilte sich der Wald.

Er gab den Blick frei auf die Lichtung, wo vor Tagen noch der Hof der alten Königin gestanden hatte. Ein schwarzer, immer noch rauchender Schuttberg ragte aus dem Schnee auf, kohlegeschwängerter Rauch brannte in Augen und Nase. Hausrat, Kleider, Töpfe und was sie sonst nicht mitschleppen mochten, hatten die Brandschatzer zertrampelt, zerschlagen und um die Ruine herum verstreut. Dazwischen lagen der tote Hund und die misshandelte Leiche von Gunhilds jüngster Sklavin. Alle anderen Dienstboten waren Gunhild zur Bestattung gefolgt – ihr Glück.

Fassungslos blieb Erik vor dem Mädchenkörper stehen. Arme und Beine waren in unmögliche Richtungen verdreht und gebrochen, die Kleider zerfetzt, der Körper von Schlägen blutüberströmt. Deutlich vernahm ich den Geruch von verbranntem Fleisch – im Todeskampf hatte sie die Hand um ein kokelndes Holzstück geklammert. Sie war mit ihrem eigenen Zopf erdrosselt worden.

Ich rutschte aus dem Schlitten, schleppte mich zu den Bäumen und erbrach mich in den Schnee. Der Gestank, gepaart mit düstersten Vorahnungen, ließ mich taumeln – *ein Sturm – Schicksalsfäden – pass auf* – schwer lehnte ich mich an einen Baum.

Sigrun stocherte weinend in den rauchenden Trümmern in der Hoffnung, das Feuer habe etwas verschont. Irgendetwas ...

Wind kam auf und trieb den Rauch zu uns herüber. Gunhild hatte sich im Schlitten erhoben. Ihre magere Gestalt glich einem Schiffsmast, an dem die letzten Fetzen eines Segels flatterten und den der Sturm doch nicht zu brechen vermochte. Keine Träne sah ich in ihrem Gesicht, keine Regung, keine Spur des Entsetzens. Allein das Schluchzen ihrer Tochter zerriss die Stille, und die alte Königin runzelte die Stirn, als missfiele ihr genau das.

In den Baumwipfeln über mir brachte ein Rabe krächzend Vogelstimmen zum Verstummen. Der Wind raunte zwischen den Tannen, dass er die Täter kenne, dass er alles gesehen habe ...

Mit schleppenden Bewegungen deckte Erik ein Tuch über die Tote und den treuen Hund und suchte dann nach Steinen, um die beiden nach uralter Sitte zu begraben. Hermann glitt vom Schlitten und half ihm, während der Mönch hinterherhinkte und das tat, was man von einem Priester erwartete. Gunhild schwieg immer noch. Heimlich beobachtete ich sie.

Der Blick der alten Königin wich nicht von den rauchenden Trümmern. Heimatlos war sie jetzt, mittellos wie ich – wo um Gottes willen nahm sie die Kraft her, so grimmig dreinzublicken? Woher den Lebenswillen, woher den Rachedurst, den ich in ihr aufflackern spürte? Ich schlang meinen Arm um den Baum und kämpfte gegen neu aufkommende Übelkeit.

Als der Steinhügel errichtet war, kam Erik zum Schlitten zurück.

»Das galt mir, Mutter«, sagte er heiser. Der Eiswind zerrte wild an ihrem Kleid, als wollte er eine Reaktion erzwingen. Sie hob den Finger.

»Das galt den Ynglingen, mein Lieber.« Ihre Stimme war fest und hart. »Ich erwarte, dass du auf dem Thing Ordnung schaffst.« Eriks Augen wurden schmal, und ich begann zu erahnen, wohin der Rauch dieses verbrannten Hofes deutete: Mit der Attacke an den Königshügeln, diesem Überfall in Gunhilds Abwesenheit hatte jemand gezielt eine Fehde angezettelt, womöglich um den Ausgang der Thingversammlung, die den neuen König bestimmen würde, zu beeinflussen? Die Spottgeschichte auf den Yngling, die üblen Verleumdungen während des Opferfestes, eine angeblich geschwängerte Ziehtochter des Jarls – wer außer Geir Thordsson und den Dagholmern mochte hier noch die Finger im Spiel haben?

Sigrun kam durch den Schnee gestapft. Ein Messer lag in ihrer Hand, das sie schweigend ihrer Mutter reichte. Der goldene Griff war vom Feuer geschwärzt, doch Gunhild steckte es ungesäubert in ihren Gürtel. Der Ruß an ihrem Kleid sollte mich noch tagelang an diesen Moment erinnern. Erik wischte sich den Schweiß von der Stirn und nahm einen tiefen Schluck aus Ringailes Bierkanne.

»Wir gehen nach Sigrunsborg!«, sagte Sigrun dumpf.

»Dort suchen sie als Erstes. Sei froh, wenn sie dein Haus verschonen.« Gierig trank er die Kanne leer. »Beim Thor, wir müssen weg vom Mälar.«

»Holtsmúli. Thordís wird uns aufnehmen«, unterbrach Gunhild ihren Sohn.

Der runzelte die Stirn. »Holtsmúli? Das ist eine ganze Tagesreise von hier.«

»Wir reiten nach Holtsmúli«, entschied Gunhild Guđmundsdottir und streckte die Hand aus, damit er ihr vom Schlitten half.

»Mutter wurde auf Holtsmúli geboren, Thordís ist ihre Schwester«, flüsterte Sigrun mir zu. »Der Hof liegt nicht weit vom Reich des norwegischen Königs. Als Kinder waren wir oft bei ihr dort oben …«

Die alte Königin klopfte die Falten aus ihrem Mantel und schlug die pelzbesetzte Kapuze hoch. Kurz streifte mich ihr Blick, die ich frierend neben dem Schlitten stand. Ich erinnerte mich, wie sie mir den Zutritt zu ihrem Hof verweigert hatte. Diesmal äußerte sie nichts dergleichen und lud mich damit – wenn auch nicht sehr freundlich – ein, nach Holtsmúli mitzukommen. Gunhild Guđmundsdottir war nicht arm, und heimatlos war sie auch nicht. Ich dagegen würde es für immer bleiben.

Die Männer schirrten die Pferde aus und schoben den Schlitten ins Unterholz, wo man ihn später abholen konnte. Ringaile schlich am Rand der Lichtung entlang und versuchte, zwischen die Bäume zu sehen. »*Opt er í holti heyrandi*«, hörte ich sie murmeln. Dann spie sie dreimal ins Gebüsch und vertrieb mit Bewegungen, die ich schon oft bei ihr beobachtet hatte, böse Geister, Späher und Mordbuben. Ich lugte über ihre Schulter. Ob sich Dagholmer so vertreiben ließen? Sie sah mich furchtsam an. Bekräftigend spuckte ich ebenfalls in die Büsche. Die Geister kicherten. Erbost trat ich nach ihnen und wandte mich ab.

»Du kannst nicht alles mitnehmen, Mutter. So viel können die Pferde nicht tragen –«

»Ich kann doch meine Mäntel nicht hier lassen – wo denkst du hin?« Gunhild riss den Fehumhang, den Sigrun ihr eben aus der Hand genommen hatte, an sich. »Und diesen hier brauche ich auch, der Winter ist so kalt.«

»Und all diese Hemden? Du hast die halbe Truhe mit nach Uppsala genommen! Wir müssen das sortieren!« Energisch begann Sigrun zwischen den feinen Leinenhemden im Schlitten zu wühlen. Gunhild wurde bleich. Das verbrannte Haus schien für sie nicht mehr zu existieren, jetzt kämpfte sie um jedes Hemd und jeden Stofffetzen.

»Du kannst mir nicht meine Kleider nehmen, das darfst du nicht, ich friere doch, siehst du das denn nicht!« Ihre Stimme wurde lauter und fast hysterisch, die Augen schwarz vor Panik. »Die Kleider sind alles, was ich noch habe …« Das Letzte kam als verzweifeltes Flüstern. Ein bisschen boshaft dachte ich: Wie schön, dass sie doch Gefühle hat. Ich reckte den Hals und trat neben sie.

»Wir können deine Mäntel und Hemden anziehen, Gunhild Guđmundsdottir. Dann gehen sie mit auf die Reise, ohne dass das Packpferd sie tragen muss.« Und damit zog ich eines ihrer Hemden über mein Kleid und warf mir den Fehmantel über meinen Umhang. Sigrun und Ringaile taten es mir nach. Gunhild starrte mich an. »Ja«, sagte sie nur, und es klang irgendwie dankbar.

Erik belud Kári mit unserem restlichen Gepäck. Sein grimmiger Gesichtsausdruck verriet, dass es für alle Beteiligten eine anstrengende Reise werden würde. Dann verteilte er uns auf die Pferde. Niemand wagte es, seine Anweisungen zu kritisieren. Hermann bestieg mit Ringaile den Fuchs, Gunhild kletterte auf Sindris Rücken hinter ihren *kanoki*, der dank der Aussicht auf einen beschwerlichen Ritt schon ganz blass um die Nase war. Ich wickelte die meckernde Snædís in ihre Felltasche und packte die Bänder aus, als Erik auf mich zutrat. Zögernd streckte er die Hände nach dem Kind aus.

»Auf dem Gepäckpferd habe ich mehr Platz für sie«, sagte er mit rauer Stimme. Und so schob ich seinen Mantel und die Wolltunika auseinander und half ihm, das kleine Mädchen auf seine Brust zu binden. Meine Hände gehorchten mir kaum, als ich die Bänder um seine Schultern schlang, seine warme Haut unter dem Flachshemd spürte. Sehnsucht drückte mir die Kehle zu, fast atemlos kreuzte ich die Bänder in seinem Rücken. Meine Hände erkannten alles wieder, jedes Stück von ihm, jede tiefe Narbe, jeden Muskelstrang, die Schulterblätter, die schmalen Hüften – da traf mich ein Flügelschlag der Opfernacht brutal ins Gesicht. Ich schluchzte auf.

Mit steinerner Miene nahm er mir die Enden zum Knoten ab. Ich spürte seinen Atem auf meinem Gesicht. Das Herz wollte mir zerspringen vor Schmerz.

Sigrun half mir hinter sich auf den Rücken des Schimmels, und wir verließen die Lichtung, so schnell wir konnten.

11. KAPITEL

Schweigsam und besonnen sei des Königs Sohn
Und kühn im Kampf.
Heiter und wohlgemut erweise sich jeder
Bis zum Todestag.

(Hávamál 15)

Keuchend kämpften sich die Pferde durch den tiefen Schnee. Nach einer kurzen und eisigen Nacht im Wald hatte Erik uns noch vor Tagesanbruch aufgescheucht, und sein finsterer Gesichtsausdruck verriet, dass ihm die Reise trotzdem zu langsam ging. Snædís war endlich an seiner Brust eingeschlafen. Die dünne Suppe, die Ringaile ihr aus unseren Brotresten und Bruder Georgs Mundvorrat zubereitet hatte, war überhaupt nicht nach ihrem Geschmack gewesen, und ihr unzufriedenes Geschrei hatte an unseren ohnehin schon angespannten Nerven gezerrt. Erik hatte sie mir schließlich vom Arm genommen und war mit ihr zwischen den Bäumen verschwunden, wo ich ihn leise singen hörte. Gunhilds verächtliches Lächeln ging mir nicht aus dem Kopf. *Nicht einmal dein Kind kannst du versorgen, frakka …*

Sindri schnaubte verärgert. Er war hungrig, und der *kanoki*, der wie ein nasser Sack auf seiner Schulter hing, störte ihn beim Vorwärtsgehen. Vielleicht waren es auch die im Rhythmus seiner Schritte hervorgestoßenen Gebetsfetzen, die aus der Kutte drangen. Unwillig schüttelte der Goldfarbene seinen Kopf und kletterte dann doch hinter Kári die Anhöhe hinauf. Von dort aus bot sich uns dasselbe Bild wie gestern – Schnee, Waldhügel und noch mal Schnee, so weit das Auge reichte.

Bedrückt lehnte ich den Kopf auf Sigruns Rücken. Sie strich

tröstend über meinen Arm. Zu Beginn hatte ich noch versucht, mir den Weg zu merken, den wir nach Westen eingeschlagen hatten, doch irgendwann hatten alle Kreuzungen gleich ausgesehen. Mit jeder Stunde, die wir uns auf den Pferderücken vorwärts kämpften, getrieben von der Furcht vor Verfolgung, verschwamm alles in einem Nebel aus Gliederschmerzen, Kälte und Hunger – knurrender, fauchender Hunger, der sich in den Eingeweiden festbiss, die Knie weich machte und den Willen lähmte. Der bohrende Schmerz erreichte schließlich den Kopf, und jeder Schritt des Schimmels trieb ihn tiefer hinein. Es kostete mich große Anstrengung, überhaupt die Augen offen zu halten.

Die Wurzeln, die Sigrun uns zum Kauen gab, halfen nicht. Als Ringaile vor Erschöpfung vom Pferd fiel, banden wir sie an Hermanns Gürtel fest. Sigrun murmelte Beschwörungen gegen den pappigen Schnee, der sich in unseren Kleidern festsetzte und die Pferde rutschen ließ. Nur Gunhild hielt sich aufrecht hinter ihrem Priester und verfolgte aufmerksam unseren Weg. Immer wieder rief sie Erik an, wenn ihr ein Weg leichter erschien oder eine Abkürzung einfiel. Die Schwäche, die sie am Vortag gezeigt hatte, war dem altbekannten Hochmut gewichen, und sie führte das Kommando, wie wir es von ihr gewohnt waren. Sigrun seufzte leise.

Die fahle Sonne stand im Zenit, als wir endlich unser Ziel erreichten. Holtsmúli lag oberhalb eines sanften Tales, beschützt von mächtigen Bäumen und einer uralten Palisade. Ein von Holzsammlern oder Jägern getretener Pfad schlängelte sich auf die Anhöhe zu, wo man uns nun entdeckte. Zwei Männer hatten dort einen Baum gefällt und waren dabei, ihn zu zerlegen, als der eine seine Axt fallen ließ und aufgeregt zum Pfad hinunterdeutete.

Thordís Guðmundsdottir empfing uns freudestrahlend auf der Schwelle ihres Hauses. »Seit Wochen hatten wir keine Besucher mehr – und dann mein Erik, den ich so lange nicht gesehen habe! Beim Thor, was bist du für ein stattlicher Mann geworden!« Gerührt schloss er die kleine, rundliche Frau, die Gunhild nicht im Mindesten ähnlich sah, in die Arme.

»Leider ist es kein freudiger Anlass, der uns dein Haus aufsuchen lässt.« Gunhild küsste ihre Schwester ein wenig steif auf die Wange. »Das meinige brannten sie nieder, als wir beim Totenmahl für den König waren.«

Thordís wurde blass. »Der König ist tot? Stenkil Ragnvaldsson? Gütige Freya, welch ein Unglück …«

Gunhild runzelte die Stirn. »Stenkil empfing die Taufe auf dem Sterbebett und starb mit dem Frieden des Allmächtigen.«

»Das Begräbnis des Svearkönigs endete in Gewalt, Thordís Guđmundsdottir«, unterbrach Erik seine Mutter. »Noch immer toben Kämpfe um die Königshügel – es bedarf aller guten Krieger, um den Streit vor dem Thing zu beenden. Deshalb muss ich gleich wieder fort, und ich bitte dich von Herzen, lass meine Familie bei dir Schutz suchen, bis ich zurück bin.« Er band sich das Kind von der Brust und legte es mir in die Arme. »Alienor, meine Frau, und Snædís, unsere Tochter.« Das Schnauben hinter uns konnte nur von Gunhild stammen. Urplötzlich keimte in mir Wut auf diese unversöhnliche alte Frau auf, und ich warf ihren Mantel, den ich die ganze Zeit für sie getragen hatte, achtlos über einen Holzstoß. *Frakkfrilla* – unausgesprochen schwebte es in der Luft. Gott, wie ich sie hasste …

Thordís riskierte denn auch einen kurzen Blick in die Augen ihrer Schwester, bevor sie Eriks Gesicht mit ihren braun gebrannten Fingern umfasste. »Für die Familie meines Erik soll stets und immer Platz in meinem Haus sein. Seid alle willkommen auf Holtsmúli!«

Ohne dass ich es wollte, liefen mir Tränen übers Gesicht, als Thordís mich an ihren Busen drückte und entzückt das Ynglingmädchen an sich nahm. Sie bot mir ein Zuhause voller Wärme und fragte nicht, wer ich war und woher ich kam.

»Was für eine süße Kleine, sieh nur, wie sie Erik ähnlich sieht, seine Augen und die Nase.« Ich verkniff mir die Bemerkung, dass Snædís meine Stupsnase geerbt hatte und mir in ihrem dickschädeligen Wesen auch sonst sehr ähnlich war. Sollten wir wirklich länger hier verweilen, würde Gunhild mich schon noch kennen lernen!

Die knurrte gerade irgendwas von Hunger und erfrorenen Füßen und dass ein Sohn dem erlöschenden Geschlecht weiß Gott besser getan hätte, doch außer den beiden Sklaven ihrer Schwester achtete niemand auf ihre Worte. Eine Magd trat aus der Haustür und bot den Neuankömmlingen heißen Met an, wie es Sitte war. Hocherfreut scharten sie sich um das Tablett mit den Bechern – auch in meinen Stiefeln steckten Eisklumpen, die sich nach Wärme sehnten, aber es gelang mir nicht, mich in Bewegung zu setzen, denn Erik hatte sich in Káris Sattel geschwungen, nachdem Hermann das Pferd getränkt hatte. Ungeduldig tänzelte der schwarze Hengst auf der Stelle, als spürte er die Not und Ungeduld seines Reiters, mit dem Schwert in der Hand endlich nach Uppsala zurückzukehren. Ich stolperte einen Schritt zurück. Von mahnendem Zügel in die Schranken verwiesen, stand das Tier wie angewurzelt. Da entdeckte die Sonne Eriks Gesicht. Sie strich über seine Brauen und ließ das Blau seiner Augen märchenhaft erstrahlen. Für einen köstlich langen Moment verlor ich mich darin, vergaß, wo ich war, was uns entzweit hatte …

Kári senkte seinen mächtigen Kopf zu mir herab. Samtweich berührte seine Nüster mein Gesicht. Sein warmer Atem streifte zärtlich meine Wange und ließ die Wimpern flattern. Ich fuhr mit beiden Händen unter seine schwere Mähne, liebkoste den kräftigen, verschwitzten Hals, und das Schlachtross stand wie ein stiller Mittler zwischen uns und schnaubte leise.

Der Sattel knarzte. Erik beugte sich vor, streckte die Hand nach mir aus. *Ein Wort zu mir, nur ein Wort von dir, ein einziges nur …* Meine Linke immer noch in Káris Mähne vergraben, sah ich zu ihm auf. Unsere Fingerspitzen berührten sich, ein heißer Strahl fuhr von ihnen direkt in mein Herz und setzte es in Brand – *geh nicht*!

Es knisterte in der Luft. Feine Risse durchzogen die Alabasterwand und versprachen einen Lufthauch in meinem Gefängnis. Ich gierte nach Luft – *geh nicht*!

Da hob das Pferd den Kopf. Fast erschrocken zog er da die Hand zurück, hob sie zum Gruße, der Blick bis zuletzt intensiv auf meinem Gesicht verweilend, als wollte er sich jede Einzelheit einprägen. Dann gab er dem Pferd die Sporen und preschte davon. Meine Hände griffen ins Leere. Tränen schossen mir in die Augen. Der schwarze Schatten des Hengstes verschwand am Ende des Tales wie ein Geist zwischen den Bäumen, und nur zertrampelter Schnee zeugte davon, dass hier noch vor wenigen Augenblicken jemand gewesen war… Ein Schwall wilder Verzweiflung überrollte mich, das Gefühl, zu spät gekommen zu sein, etwas verpasst zu haben.

»Wann kommst du wieder?«, fragte ich den Wald. Monoton rauschte der Wind in den Bäumen und weigerte sich, mir eine Antwort zu geben. Stattdessen riss er mir das Tuch von den Schultern und zauste mir die geflochtenen Haare, als wollte er mir sagen, dass die Zeiten noch härter werden würden.

Die vielen unerwarteten Gäste fielen Thordís Guđmundsdottir zur Last, was kein Wunder war nach diesem langen, ungewöhnlich harten Winter, wo jedermanns Vorräte gefährlich zusammengeschmolzen waren. Doch die kleine Hausfrau ließ sich ihre Sorgen nicht anmerken. Sie schickte ihre beiden finnischen Sklaven nun täglich zum Fallenstellen und sammelte selber vertrocknetes Laub und Rindenstücke, die sie klein schnitt und den Tieren unter das Stroh mischte, denn Heu und gar Hafer gab es schon lange nicht mehr. Ringaile und ich pflügten im Wald die Schneedecke um und suchten nach Eicheln, Kastanien und Bucheckern, die die Eichhörnchen übrig gelassen hatten.

Viel fanden wir nicht, doch genug, um das Mehl in der Vorratstruhe zu strecken und die dünnen Kaninchenfleischsuppen zu bereichern, mit denen uns Kolbrún, die Magd, täglich speiste.

Trotz der heftigen Schmerzen, die das Rheuma ihr den ganzen Winter hindurch bescherte, wuselte Thordís unablässig herum, las sogar einzelne Getreidekörner vom Boden auf und versuchte es ihren Gästen so bequem wie möglich zu machen. Von Gunhild hörten wir in diesen Tagen wenig. In ihren Mantel gehüllt, saß sie am Feuer, starrte in die Flammen und schien nur langsam zu begreifen, dass ihr Heim bei Hestarbrekka tatsächlich für immer zerstört war. Jetzt hatte ich kein Mitleid mehr mit ihr.

Sie schwieg auch, wenn Thordís am Feuer von früher erzählte und Geschichten vom alten Guđmund zum Besten gab. Er war ein enger Freund und Waffenbruder des Svearkönigs Olof Skötkonung gewesen und hatte diesem, wiewohl schon verheiratet, das Mädchen Edla zugeführt. Edla entstammte einer fast vergessenen Nebenlinie der Ynglinge und gebar dem Svearkönig Emund, Eriks Vater, der nach dem Tod seines Halbbruders Anund den Hochsitz von Uppsala bestieg.

»Einer großen Liebe ist es zu verdanken, dass die Ynglinge noch einmal zum Leben erweckt wurden«, erzählte Thordís und stellte den Mörser beiseite, in dem sie Gerstenkörner zum Bierbrauen zerstampfte. »Edla starb in Olofs Armen, und er versprach ihr, ihren Bastard anzuerkennen, damit dieser König werden konnte. Leider musste Emund viele Jahre darauf warten, denn die Götter hielten in allen Kämpfen die Hand über seinen Halbbruder Anund. Der führte große Kriege gegen die Dänen und war bekannt dafür, dass er die Häuser von Gesetzesbrechern gnadenlos niederbrannte.«

»Vater stand ihm da aber in nichts nach«, meinte Sigrun spöttisch. »Der schlug auch zu, wenn es ihn richtig dünkte.« Mit geschickten Fingern zerbröselte sie Brotreste und dickte damit die Wassersuppe an, die es heute Abend gab, weil alle Fallen leer gewesen waren.

»Nun, der hatte in vielen Dingen wirklich seine eigene Meinung. Am wenigsten aber konnte er es leiden, wenn Geschorene sich in seine Angelegenheiten einmischten. Eines Tages hatte er es satt und vertrieb sie alle – außer jenem Osmund, einem *hyrningr*, der von Miklagard kam und den Lehren der Ostkirche anhing. Oh, was hat man ihn dafür verteufelt … die Geschorenen nannten ihn gar Emund den Schlimmen!« Gunhilds Mund verkniff sich eigenartig, als die Rede auf ihren verstorbenen Mann und sein schändliches Verhalten kam. Erik und Sigrun, so schien es, waren keiner Verbindung entsprungen, die einer Geschichte am Feuer würdig war …

»Sie sind alle Dickköpfe in dieser Familie.« Thordís reichte mir einen Napf mit schleimiger Wassersuppe. »Und nun warten wir darauf, dass der jüngste Dickkopf zu uns zurückkommt.«

Der aber ließ auf sich warten.

Ich hatte es freiwillig übernommen, die Tiere im Stall zu versorgen – nicht nur, weil mir diese Aufgabe erlaubte, das enge Haus zu verlassen, sondern auch, weil ich jedes Mal einen Blick über das Tal werfen konnte. Doch er kam nicht.

»Wir müssen uns in Geduld fassen, liebes Kind.« Ich fuhr herum. Thordís stand hinter mir und lächelte. »Man lernt das irgendwann, weißt du? Als ich so jung war wie du, bin ich auch jeden Tag dutzende Male hinausgelaufen und habe nachgesehen, ob mein Mann nach Hause kommt.« Sie hob die Brauen, und ich verstand, dass er eines Tages nicht mehr zurückgekehrt war. »Sie brachten mir seinen Leichnam, immerhin, und wir setzten ihn mit all seinen Waffen auf dem Hügel bei. Sein Geist wacht nun über meine Bienen – komm, ich zeig's dir.«

Hinter der Palisade in einem Gärtchen mit Hollerbüschen und Beerensträuchern hockten die Klotzbeuten neben dem Grabhügel wie alte Weiblein dicht beieinander und warteten auf den Sommer. »Hörst du ihre Ungeduld?« Ich legte mein Ohr an einen der abgesägten Baumstämme, wo die Bienen in einem dicken Knäuel aufeinander hingen und wie ich ungeduldig die Zeit totschlugen …

»Die Zeidelwirtschaft hat mir das Leben gerettet – sonst wäre ich hier oben glatt verhungert. Doch Honig kaufen die Leute immer, und die Kerzen, die ich aus dem Wachs ziehe, mögen besonders die Geschorenen. Wenn du willst, zeig ich dir, wie man das macht.« Sie zwinkerte mir zu. »Sie wollen von allem nur das Beste, und immer ist es für den Allmächtigen. Ein kostspieliges Vergnügen ist so ein *kanoki* …«

Das war nicht die erste böse Bemerkung gegen Priester. Ich hatte herausgefunden, dass Thordís eine Getaufte war, die wieder den alten Göttern opferte. Gunhild missbilligte das zutiefst, doch ihre Schwester ließ sich nicht davon abbringen. »Deinen Gott interessieren die Berge nicht und wie schwer es ist, hier zu überleben«, war alles, was sie dazu zu sagen hatte.

»Was meint Ihr, Pater Berengar – ist Gott hier in den Bergen?«, fragte ich den schmächtigen Pater eines Nachmittags, als er sich schüchtern neben mir auf der Bank niederließ, um ein wenig die Sonne zu genießen. Erschrocken sah er mich an.

»Wie meint Ihr das? Gott ist im Himmel, in der ewigen Herrlichkeit.«

»Und die anderen Götter?«

»Es gibt keine anderen Götter, Gräfin!«, antwortete er entrüstet.

»Sie sagen, es gibt sie. Vielleicht sind sie auch dort …«

»Was redet Ihr für ketzerisches Zeug?«

»Woher wissen wir denn, was dort oben ist?«, fragte ich kampflustig. »Niemand ist je dort gewesen.«

»Es gibt nur einen Gott, den Allmächtigen, den Ewigen – und all Seine Barmherzigkeit komme über Eure verwirrte Seele, Gräfin!« Er schlug ein Kreuzzeichen über mir, unsicher, was er denken sollte. »Disputieren steht einer Frau nicht zu, das solltet Ihr wissen!«

»Und wenn sie es trotzdem tut?«, neckte ich ihn, doch diese Art von Humor war nicht die seine, denn er wurde bleich.

»Dann holt sie der Teufel«, flüsterte er finster.

»Ich bin aber immer noch da, Pater Berengar.« Ihm zu Gefallen bekreuzigte ich mich und verschwieg ihm, dass ich einmal nahe daran gewesen war, für meine Neugier und Frechheit mit dem Leben zu bezahlen. Er sah mich trotzdem so an, als erwartete er jeden Moment den Leibhaftigen hinter meinem Rücken. Doch selbst der hatte das Interesse an mir verloren...

Die Frage nach Gottes Anwesenheit ließ mir jedoch keine Ruhe, und der Pater vergaß darüber, dass ich eine Frau war. »Einst saß ich am Sterbebett eines Ritters. Er starb unter meinen Händen weg, er ging von mir, ohne dass ich ihn halten konnte...« Versonnen starrte ich auf meine vernarbten Hände. Die Scherze waren mir vergangen. Pater Berengar saß ganz still und wartete, dass ich weitersprach. »Doch dann kam er zurück. Sein Herz begann wieder zu klopfen, die Wangen färbten sich rosa, und sein Körper regte sich. Er schlug die Augen auf...« Und ich spürte seine fiebrige Haut unter meinen Fingern, als wäre es gestern gewesen.

»Und?« Berengar schluckte mühsam. »Was hat er gesehen, Euer Ritter? Hat er Gott geschaut?«

Ich zögerte einen Moment und sah dem Pater dann in die Augen. »Nichts. Nichts hat er gesehen. Und niemand hat auf ihn gewartet, Pater, niemand. Kein Gott und kein Götze.«

»Teufelswerk!«, stieß der Priester neben mir hervor.

»Vielleicht ist Gott nur da, wenn wir Ihn auch erwarten?«, fragte ich vorsichtig.

»Gott ist doch keine *machina*, die man bei Gebrauch hinzuzieht!«, erwiderte er entrüstet.

»Er ist aber nicht da, wenn man Ihn braucht.« Ich starrte vor mich hin.

Da legte mir der *kanoki* mitleidig seine Hand auf den Arm.

»Vielleicht betet Ihr nicht stark genug um Seinen Beistand, wenn Ihr Ihn braucht?«

»Pater, meist hat man keine Zeit zum Beten, wenn man Gott dringend braucht«, sagte ich müde. »Wie soll ich beten, wenn ich fliehen muss oder um mein Leben kämpfen soll?«

Pater Berengar bekreuzigte erst sich, dann schlug er ein Kreuzzeichen über meinem Kopf. »Euer Leben ist in Seiner Hand, Gräfin. In Zeiten der Not beschützt der Allmächtige Euch auch ohne Gebet. Denkt daran, was Christus seinen Jüngern sagte von den Lilien auf dem Felde. Gott lässt sie wachsen, und so wird er auch Euch immerdar beschützen…«

»Das tut er eben nicht«, brummte ich düster. »Ich muss für mich selber sorgen.« Da sagte der Pater nichts mehr, aber aus den Augenwinkeln sah ich, wie er die Hände faltete und ein Gebet für meine verlorene Seele flüsterte.

Auch als die Sonne endgültig die Schneewolken vertrieb und uns mit ihrer Wärme einen Vorgeschmack auf den Frühling bescherte, blieb die Düsternis in meinem Gemüt. Das Tal lag einsam da, der Wald sprach mit sich selber, und ich saß zwischen den Leuten von Holtsmúli, konnte nichts essen und musste mir immer häufiger die Augen wischen.

Sindri grub sein weiches Maul in meine Ellenbeuge – vielleicht verbarg sich dort eine Hand voll Hafer? Bevor er versuchsweise zubeißen konnte, zog ich seinen Kopf am Schopf herum und deutete auf das Blättermahl, das es abermals auch für meinen goldfarbenen Freund gab. Sigruns Fuchs stillte bereits seinen Hunger, und auch die Kühe von Holtsmúli hatten ihre Mäuler in die Tröge getaucht. Klapperdürr, wie sie waren, würden wir sie aus dem Stall heraustragen müssen, wenn die Zeit des Wiesengrasens gekommen war, weil sie schon jetzt vor Schwäche kaum noch laufen konnten.

Draußen wieherte ein Pferd, schrill und wütend vor Hunger. Sindri warf brummend den Kopf hoch. »Thordís Guðmundsdottir! Bist du daheim?« Mein Herz begann zu klopfen. Ich ließ die Blätter aus der Trage fallen und tat den Schritt, der mich von der Stalltür trennte. Zwei Reiter waren auf Holtsmúli angekommen, und ein schwer beladenes Packpferd senkte hinter ihnen erschöpft die Nase in den Schnee. Gisli sprang von seinem Gaul und begann, das Packpferd abzuladen, bevor es unter der Last zusammenbrach. Da ging die Tür auf, der Hof füllte sich mit plappernden Menschen, die Sklaven schleppten Säcke ins Haus, Hermann erhaschte Zügel und Kopfstücke, und eine dankbare Thordís umarmte den Kaufmann, der tatsächlich daran gedacht hatte, Getreide und andere dringend notwendige Vorräte nach Holtsmúli mitzubringen.

Der andere Reiter war nicht abgestiegen. Lackschwarz glänzte das Fell seines Hengstes in der Frühjahrssonne, und die edle Zaumverzierung, die der verstorbene König Erik einst geschenkt hatte, blitzte im Licht. Eriks Kapuze war herabgeglitten und entblößte schäumende Wellen von blondem Haar, in die die Sonne sich voller Übermut hineinstürzte. Obwohl ich regungslos in der Stalltür stehen geblieben war, wandte er den Kopf als Erstes dorthin, so wie er vom ersten Tag an stets gewusst hatte, wo ich zu finden war. Die blauen Augen strahlten vor Freude, und ein beinahe schüchternes Lächeln umspielte seine Lippen. Er schlug den Mantel zur Seite, um abzusteigen. Seine Kleider waren zerrissen, das Blut auf der Schwertscheide noch nicht ganz getrocknet, und ein notdürftiger Verband an der Schulter starrte vor Schmutz. Die Sonne umschmeichelte ihn trotzdem wie eine Geliebte und heilte seine Wunden mit Wärme und Stolz.

In meiner Brust schmerzte es so sehr, dass ich kaum atmen konnte. War es Furcht, war es Freude, bange Erwartung oder alles zusammen? Er stieg ab und ging auf mich zu. Die Trage, die ich mir unter den Arm geklemmt hatte, fiel in den Schnee, eine Lage Blätter segelte davon. *Zurück, zurück, er ist zurück*, sang mein Herz und wusste doch nicht, was es ihm sagen sollte.

»Geht es dir gut?« Ich nickte stumm. Seine Augen glommen auf, und wieder warf er mir sein Lächeln zu. Daran hielt ich mich fest, ein dünnes Seil der Liebe, doch es hielt. Kampf, Hunger, Einsamkeit, Angst, Schmerzen, alles war wie weggewischt. Die Last auf unseren Seelen war plötzlich federleicht geworden, der nächste Windhauch würde sie mit sich nehmen und uns endlich frei machen …

Da ging er vor mir in die Knie und las die Blätter einzeln auf, wohl wissend, wie viel Mühe es gekostet hatte, sie im Wald zu sammeln. Die Sonne war mit ihm zum Stall gekommen und ließ Kobolde auf seinem Haar tanzen. Impulsiv streckte ich die Hand nach ihnen aus, obwohl es mir doch noch nie gelungen war, einen von ihnen zu fangen. Auch diesmal narrten sie mich, kitzelten mich in den Kniekehlen und machten, dass ich neben ihn sank. Meine Finger fuhren durch den Schnee, ohne auch nur eine der dort versunkenen Waldfrüchte zu finden. Stattdessen fand ich ihn.

Und weil es dann doch Wichtigeres als verdorrte Eicheln gab, ließ er meine Hand nicht fahren, sondern lud mich ein, ihm zu folgen, und wir setzten uns auf die Bank am Haus, wo ich so viele Stunden auf ihn gewartet hatte. Das Willkommensgetöse hinter uns verklang, die anderen waren ins Haus gegangen und schürten das Herdfeuer, um die Gäste zu bewirten. Und wenn sie um uns herumgetanzt wären – mir genügte es, neben ihm zu sitzen, nicht mehr allein sein zu müssen …

»Die Vorräte reichen hoffentlich für eine Weile – es ist so schwierig, überhaupt etwas zu bekommen. Überall haben die Vorratshäuser gebrannt. Die Leute fürchten sich vor einem großen Aufstand und geben nichts ab. Orm Bärenschulter hat schließlich seine Scheune für mich geöffnet«, sprudelte es aus ihm heraus. »Er und seine Söhne kämpften tapfer an meiner Seite und sagten mir jede nur erdenklich Hilfe zu. Und so konnten wir ein Pferd nur mit Getreide beladen, damit es für euch hier oben ein wenig leichter wird, bis sich die Verhältnisse in

Uppland geklärt haben – bald, hoffe ich! Sehr bald! Sie haben die große Thingversammlung für nächste Woche festgesetzt …«

Ich legte die Hand auf seinen Ärmel, und er verstummte. Unten am Waldrand tauchte ein Rehbock auf. Vorsichtig stakste er mit seinen dürren Beinen durch den tiefen Schnee. Ein zweites Reh kam, und noch eins. Das Böckchen senkte immer wieder seine Nase zu Boden und tauchte die Beine so vorsichtig in den Schnee, als zweifelte es daran, dass die weiche Masse sein Gewicht würde tragen können. Wie weich war der Boden unter uns beiden?

»Sigruns Haus steht noch«, sprach er weiter, die Stimme ein wenig heiser, und seine Hand stahl sich zu meiner. »Ich traf Hrut in Uppsala, auch er kämpfte tapfer auf unserer Seite.«

»Und Asgerd ist allein am See?« Warm legte sich die Hand über meine Finger.

»Asgerd ist ein Schildmädchen, die kann sich zur Wehr setzen, wenn es darauf ankommt. So wie du, *greifinna*.« Der Stolz in seinem Blick war ehrlich, und ich hörte gerade noch, wie er »meine Kriegerin« murmelte. Der Griff seiner Hand wurde fester.

Dann drehte er den Kopf weg und sprach schnell weiter. »Sie werden uns suchen – ihr müsst sehr wachsam sein hier oben. Es gibt Leute, die ahnen, wo Gunhild Guđmundsdottir mit ihrem Enkelkind hingezogen ist …«

Schnee knirschte, wir sahen beide auf. Ringaile kam vorsichtig um die Ecke, die Hand an der Hauswand entlanggleitend. »Frau Sigrun bittet darum, dass die Wunden zu ihr kommen«, formulierte sie beinahe akzentfrei. Erik zog mich lachend von der Bank hoch und ließ auch meine Hand nicht los, als wir dem Mädchen aus Ladoga zum Eingang folgten.

Gisli Svensson hatte es böse erwischt. Ein Speer war ihm in die Seite geraten und hatte seine Lunge nur knapp verfehlt. Der Kaufmann lag auf der Schlafbank, wimmerte unter Sigruns kundigen Händen und versuchte gleichzeitig, Geschichten von der Schlacht loszuwerden.

»... und dieser junge Kerl schrie herum wie ein Ungeheuer, stellt euch das vor! Man sollte ihn verschonen, so jung wie er ist, dachte ich noch, da sprang schon wieder ein Mann aus dem Gebüsch – ha! Das war sein letzter Sprung, geradewegs in mein Schwert hinein, beim Thor ... Autsch! Sigrun Emundsdottir, ich habe deine Hände anders in Erinnerung!« In seinem Blick mischten sich Ärger, Hilflosigkeit und bedingungslose Hingabe, und dann schnappte er vor Schmerz nach Luft, als sie die letzten vertrockneten Leinenfetzen von der Wunde herunterzog. Ihr Blick war seltsam versonnen, als sie die Verletzung mit Verbenapaste und einem warmen Brei aus Honig und allerlei geheimen Kräutern behandelte. Ich fragte mich, ob er wusste, was mit ihr los war. Ich wunderte mich schon seit ein paar Tagen über ihre Schweigsamkeit.

»Doch dann kam er – kam schon angerannt«, stotterte Gisli und riss den Blick von seiner Angebeteten los. »Er kämpfte hier und kämpfte da und kam mir schließlich so gefährlich nahe – da war mir sein schönes Haar dann auch egal, ich musste ihm den Schädel spalten.« Er fuhr sich mit gespielter Dramatik durch das verschwitzte rote Haar. »Tja, sonst wäre mein eigener Schädel dran gewesen – und das hätte euch vermutlich alle sehr geschmerzt ...«

»Vermutlich«, bemerkte ich trocken und schob das Kissen unter seinem Kopf zurecht.

»Ein wirklich sauberer Stich war das, mein Freund. Und dann wandelte wieder ein Dagholmer weniger auf Erden.« Eriks Stimme klang sehr nachdenklich.

»Zwei Fäuste weniger – Erik, bald hast du Ruhe.« Voll verhaltener Leidenschaft hingen Gislis Augen an der blonden Ynglingfrau, die sich, ohne auf seinen Scherz eingegangen zu sein, nun den Verletzungen ihres Bruders widmete und einen Tiegel mit Eibischsalbe öffnete. Ich reichte ihr Moosschwämmchen mit erwärmtem Wasser, um die angetrockneten Verbandsfetzen abzuweichen, und war fast froh, dass sie keine weitere Hilfe erbat. Wenn ich Erik berührte, brannte es doch nur wie Feuer in mir ...

Sie versorgte die Kampfspuren mit Blätterbrei und Salben, wobei sie es geschickt vermied, seine verstümmelte Brust vor den Zuschauern zu entblößen, und er wechselte seine Kleider hinter der Abtrennung zur Vorratsnische.

»Die Rechnung wird immer am Ende aufgestellt.« Gunhild Guđmundsdottirs Stimme kam wie eine düstere Offenbarung aus dem Halbdunkel ihres Schlafwinkels, wo sie seit Tagen wie ein Zauberweib hockte und grollte. Mir lief es kalt den Rücken hinunter.

Mit Trockenfischstücken angereichert, schmeckte die Suppe nicht ganz so fad wie in den letzten Tagen, und wir langten alle ordentlich zu. »Und ich dachte immer, im Frankenland fasten die Frauen das ganze Jahr über«, scherzte Thordís, als sie mir den Napf zum dritten Mal füllte. »Jetzt staune ich, wie viel deine *frakka* auf einmal essen kann, Erik! Am Ende wird sie doch noch eine von uns.« Fast schämte ich mich meines so plötzlich aufgeloderten Appetits, zumal Pater Berengar etwas von »Fastentagen« murmelte und dass in dieser Wildnis nichts sei, wie es sein müsse. Doch nicht seine Blicke straften mich, sondern die der alten Königin, die sich zum Essen ans Feuer gesetzt hatte. *Niemals wird diese Frau eine von uns werden.*

»Wer unsere Sprache so gut gelernt hat, der soll auch unser Essen genießen«, lachte Gisli und schenkte mir das Pfefferkorn, das er in seiner Suppe gefunden hatte. »Nimm, Alinur Hjartaprydi, und werde stark davon.« Zu seinem Entzücken zerbiss ich das Korn und kaute darauf herum, ohne eine Miene zu verziehen.

»Du gibst mir besser nichts mehr zum Probieren, Gisli Svensson – ich bin schon stark genug.«

Er lachte mich über den Kessel hinweg an. *So gefällst du mir, greifinna. Bleib so.*

Einer der beiden Sklaven hob den Kopf. Draußen hörte man Pferde schnauben, Schritte, und jemand rief: »Erik! Erik Emundsson! Komm heraus, rasch!« Alle Gespräche verstummten. Erik und ich wechselten einen Blick – wer wusste, dass er sich hier aufhielt? Er ließ das Brot sinken, an dem er gerade knabberte, und ging zur Tür. Der Kaufmann fiel fast vor Gunhilds Füße, so schnell rappelte er sich auf. Stirnrunzelnd betrachtete die alte Königin ihn und fand auch jetzt kein nettes Wort. An der Tür hörte ich hastiges Geflüster, einen hervorgestoßenen Fluch, es polterte auf der Schwelle, und dann erschien die vierschrötige Gestalt des Wolfstöters im Türrahmen. Ich rutschte auf die Kante der Bank. Halldor war ein treuer Freund und Anhänger, doch überbrachte er stets schlechte Nachrichten... Aufgeregt zog er Erik nach draußen. Ich folgte ihnen wortlos.

»Sie haben die Thingleute zusammengetrieben! Ihr wart kaum losgeritten, da fingen sie an zu trommeln! Sie haben Gold auf den Platz gelegt und geredet – beim Thor, was haben sie geredet –, und nun beginnt das Thing heute beim Vollmond! Das Thing wird den König unter den Anwesenden suchen, Erik – nimm dein Schwert und komm!«

Erik starrte ihn ungläubig an. »Das ist nicht dein Ernst, Halldor.«

»In diesen Stunden treffen die Männer zusammen, das musst du mir glauben. Ich bin geritten wie der Teufel, um dich zu holen! Sattle dein Pferd« – Halldor hob die Arme und strahlte ihn an, wie ich es nie zuvor gesehen hatte –, »wir alle wollen, dass du unser neuer König wirst!«

»Was sagst du da? Das Thing ist vorgezogen?« Gisli war in der Tür erschienen und schob mich einfach beiseite. Die Zeit der Scherze war vorüber, endgültig.

»Wir reisen sofort ab«, sagte Erik knapp. Mantel, Schwert und Streitaxt hingen an der Tür, Thordís zauberte einen Proviantbeutel herbei. Hermann rannte schon zum Stall und zerrte die Pferde nach draußen, der Finne kam mit dem Sattelzeug hinterher. »Wie können sie es wagen«, schimpfte der Kaufmann aus Sigtuna, während er sich steifbeinig die Waffen umgürtete, die Sigrun ihm reichte. »Wie können sie es wagen, ein Königsthing vorzuverlegen, wie können sie nur – wer immer das war, er soll mich kennen lernen …«

Gunhild kam zur Tür gehumpelt. Auf dem Arm hatte sie eine jammernde Snædís, die die plötzliche Aufregung nicht verstand. »Der Thron ist dir bestimmt, Yngling«, sagte die alte Frau mit rauer Stimme. »Hol dir, was dein ist, mein Sohn.« Ihr Gesicht war grau, die Lippen bläulich verfärbt, doch hielt sie sich energisch aufrecht. Erik küsste sie wortlos auf die Stirn, dann nahm er seine Tochter, legte sie an seine Brust und sagte etwas zu ihr, während er ihr Köpfchen streichelte. Und Snædís wurde ruhig. Als er sie Gunhild zurückgab, lächelte die Kleine. Ich klammerte mich an die Hausecke, um die herum ich vor der Hektik geflohen war – und vor dem Abschied, ich Närrin.

Er fand mich natürlich, kam hinter mir her, mit wehendem Reisemantel und blank poliertem Schwert.

»Alienor! Hast du gehört?« Er drehte mich um, und er blieb vor mir stehen. »Das Thing ist eröffnet, *meyja*. Ich führe eine große Schar Männer an, es ist meine Pflicht …« Er verstummte. Natürlich hatte ich es gehört, jedes einzelne Wort. Ein Kloß wuchs in meinem Hals heran. Ich gab mir Mühe, Interesse für die verdammte Versammlung aufzubringen, die ihn mir wegnehmen würde.

»Wird es lange dauern?«

Er hob die Schultern. »Man sagt, es habe Zeiten gegeben, wo sich das Thing schnell einig wurde.« Und dieses Mal?

»Werden sie dich – werden sie –« Ich schluckte. »Werden sie dich –«

»Ich weiß es nicht, Alienor. Vielleicht?« Ein jungenhaftes

Grinsen glitt über seine Züge. »Dann hätte ich endlich eine Aufgabe. Das Felderbestellen liegt mir nicht ...« Er wurde wieder ernst und kam einen Schritt näher.

»Hast du Angst, *meyja*?« Ich schüttelte heftig den Kopf. Nicht nur an den Tränen, die mir über das Gesicht rannen, konnte er sehen, dass ich log. »So oder so wird dieses Thing mein Leben verändern ...«

»Erik! Wo bleibst du?!« Gislis Stimme klang ausgesprochen unternehmungslustig, gleich darauf hörte man ihn über irgendetwas lachen.

»Alienor ...« Erik überwand sich und legte mir die Hände auf die Schultern. »Viel wird sich ändern, *elskugi*, hoffentlich zum Guten. Wir –« Er stockte. »Ich muss gehen, Lebwohl ...« Und dann beugte er sich vor und küsste mir ein Brandmal auf die Stirn, und sein Blick, als er sich rückwärts von mir entfernte, stach mir ins Herz. Ich hob die Arme, doch er hatte sich schon umgedreht und beschleunigte seine Schritte, und sein schwarzer Mantel hing schwer wie ein Grabgewand in den Schnee herab. Bestürzt sah ich ihm hinterher, plötzlich voller dunkler Ahnungen – er ging fort von mir – *fort*.

»Eriiik!«, gellte mein Schrei durch die Berge. Ich rannte auf ihn zu, als er gerade um die Ecke verschwinden wollte, strauchelte, fiel halb in den Schnee und halb in seine ausgestreckten Arme – er fing mich auf, zog mich hoch und schloss mich warm und sehr fest in eine vollkommene Umarmung, die mich jeden Zoll seines Körpers spüren ließ.

Die Alabasterwand war mit einem lauten Knall zerborsten.

»Geh nicht«, heulte ich und bedeckte sein Gesicht mit Küssen. »Geh nicht, lass mich nicht allein.« Mein Kopftuch flog davon, der Zopf löste sich, fiel mir, befreit von seinen Händen, über den Rücken, während wir gegen die Hauswand taumelten – wie viel Zeit blieb uns, wie viel Berührung, wie viel Nähe konnte man an einer lehmigen Wand im Schnee nachholen –

Eine Kleidernaht kreischte, das Schwert klirrte ungeduldig,

meine Finger gierten nach blanker Haut, wo seine sie schon gefunden hatten – »Geh nicht, Erik.« Da nahm er mein Gesicht in seine Hände. »*Elskugi*, du warst schon meine Königin, als du noch keinen Blick für mich übrig hattest.« Er lächelte. »Ich liebe dich. Ich liebe dich so sehr ...« Das Blau seiner Augen war ein See voller Tränen, der mich hinabzog, in dem ich mit Freuden ertrinken wollte. »Und ich verspreche dir, ich komme dich holen, sobald ich kann.« Seine Rechte kroch meinen Nacken hoch und drückte meinen Kopf an sein wild klopfendes Herz. »Ich versprech's dir, Alienor – ich versprech's.«

»Nimm mich mit, nimm mich einfach mit, lass mich mit dir gehen«, flüsterte ich seinem Herzen zu, doch es klopfte so unbeirrt weiter, wie es mir in vielen hundert Nächten Ruhe geschenkt hatte. »Nimm mich mit, Erik.«

Er schüttelte den Kopf. »Diesen Weg muss ich alleine gehen, *ástin mín*. Bitte bleib hier und warte auf mich, Alienor.« Noch einmal hob er mein Gesicht zu sich empor. »Es wird ein wenig dauern. Glaubst du – glaubst du, dass du mir bis dahin verzeihen kannst?« Seelenpein verzerrte seine Züge. Hinter mir hob noch einmal die Opfernacht ihren schwarzen Flügel. »Ich versuch's, Erik. Gott wird mir helfen.« Ein Hoffnungsschimmer glomm in seinen Augen auf. »Und dir möge Er auch helfen, bei allem, was du tust.« Ich löste mich von ihm und zog mir die Kette, die ich stets neben der silbernen Runenplatte trug, über den Kopf. Der barbarische Thorshammer, den mein Vater einst in ein Kreuz hatte verwandeln lassen, um es mir zu schenken, hatte einmal ihm gehört. Ich legte ihm die Kette um den Hals und schob den Anhänger unter sein Hemd, damit er auf seiner Haut zu liegen kam.

»Meister Naphtali sagte mir, dass du diese Kette eines Tages wieder tragen würdest. Vielleicht ist der Tag gekommen, da du Seinen Schutz brauchst ...« Ein düsterer Gedanke streifte da meinen Geist, kalt und unangenehm wie eine schlimme Erinnerung, doch jene Nacht der Heidenfeuer war es nicht. Ich versuchte es abzuschütteln. Tapfer sein. »Komm zu mir zurück, Erik, komm bald wieder.«

»Ich verspreche es, *meyja mína* – wenn du mich noch haben willst.« Unstillbare Sehnsucht beherrschte den Blick des Kriegers, der bereits seine Kleider ordnete und nach seinem Schwertgürtel tastete. Ich stellte mich auf die Zehenspitzen und legte ihm die Arme um den Hals. »Ich will, Erik –« Tapfer. Mit einem letzten innigen Kuss wehrte ich mich gegen das Finstere, das immer gieriger Besitz von mir ergreifen wollte –

»Sieh da, die Turteltauben«, sagte Gisli spöttisch hinter uns. »Hättest du wohl Zeit, zum wichtigsten Thing deines Lebens aufzubrechen, Yngling?« Erik befreite sich von der Umschlingung meiner Arme und stieß sich von der Lehmwand ab. Zuletzt lösten sich unsere Hände voneinander.

»Friede meines Lebens«, murmelte er, noch einen Schritt von mir weichend. *Sei tapfer, Alienor.* Ich legte all meine Kraft in ein letztes, gepresstes Lächeln, obwohl der Boden sich unter meinen Füßen bereits auflöste.

»König oder nicht – komm wieder.« Dann war er um die Ecke verschwunden. Langsam ging ich ihnen nach, sah, wie sie die Pferde bestiegen, wie Hermann sich in stillem Einverständnis mit mir ihnen anschloss, und wie sie in flottem Tempo ins Tal hinabritten und im Wald verschwanden. »Komm wieder.«

Die drohende Wolke, die sich nicht vertreiben ließ, verschleierte mir den Blick, und das Letzte, was ich hörte, bevor die Nacht mich mit sich riss, waren unheilvolle Worte aus einem fernen Traum.

»… deyr sálin, seggrinn með henni …«

12. KAPITEL

Sie sah im starrenden Strome waten
Meuchelmörder und Meineidige,
Und die andrer Liebsten ins Ohr geraunt.
Da sog Nidhögg entseelte Leiber,
Der Menschenwürger: was wisst ihr noch mehr?
(Völuspá 43)

Ratlos starrte Kolbrún in die trübe Brühe, die wir im Braukessel vorgefunden hatten. Das Bier, am Tag von Eriks Abreise zum Thing gebraut, war sauer geworden, und der üble Gestank durchzog mittlerweile die ganze Hütte.

»Und wenn wir es noch mal aufkochen?« Mein dummer Vorschlag bewies den anderen nur, dass ich das Bierbrauen auch daheim nie mit sonderlich großer Liebe betrieben hatte.

»Wir könnten es mit Gagelkraut versetzen«, schlug Kolbrún vor.

Sigrun zog ein Gesicht. »Gagelkraut öffnet zwar die Sinne, es wird aber am Geschmack nichts ändern.« Ich bemerkte wohl, wie sie es vermied, in den Kessel hineinzusehen. Hatte sie etwa auch den roten Streifen gesehen, der sich vom Kesselrand immer weiter ausbreitete? Wieder lugte ich über den Rand. Die Schaumkronen der vergorenen Flüssigkeit hatten sich rot verfärbt und tanzten provozierend im Kreis.

»Kipp es weg – kipp es aus, weg damit, weg, das können wir nicht trinken.«

Sie hatte es gesehen. Mit weit aufgerissenen Augen hielt Sigrun sich den Bauch, dann sprang sie auf und lief hinaus, wo wir sie würgen hörten. Ringaile murmelte düster vor sich hin. Bevor ich aufstand, um Sigrun beizustehen, warf ich einen letzten Blick in den Kessel. Senfgelb schwappte die Bierbrühe am Kesselrand entlang. Das Blut war verschwunden...

Mein täglicher Rundgang zum Bienengarten brachte mich zum Glück auf andere Gedanken. Thordís hatte mich gebeten, die Weidenzäune zu kontrollieren, weil sie am Waldrand wieder einen Bären gesehen hatte und um den Inhalt ihrer Klotzbeuten fürchtete. Doch die Bienenvölker hockten friedlich aufeinander, summten vom Frühjahr und der Sonne und warteten. Nachdenklich kam ich zurück zum Haus. Wenn ich doch nur ein bisschen von ihrer Geduld und Einfalt hätte...

»Setzt Euch zu mir, Gräfin.« Pater Berengar rückte auf dem Fell, mit dem er die Bank gepolstert hatte, und machte mir Platz. Dankend nahm ich seine Einladung an, obwohl ich mich doch wunderte – nach unserer letzten heftigen Diskussion hatte er mich ein paarmal so finster angesehen, als wäre ich der Antichrist in Person.

»Welches Fest feiern wir als Nächstes, Pater?« Gott, seit Tagen dachte ich darüber nach und hatte nicht gewagt zu fragen. Verwundert sah er mich an.

»Das Pfingstfest ist das nächste große Fest, Gräfin. Der Heilige Geist...« Seine erbaulichen Worte plätscherten an mir vorbei. Pfingsten. Ich hatte Ostern vergessen. Einfach vergessen.

Es war so schwer, unter all diesen Heiden eine Christin zu bleiben! Ich lebte wie in einer Luftblase – in Sigrunsborg hatte es weder Heiligenfeste noch Messopfer gegeben, weil Asgerd zwar getauft war, aber außer halben Ave Marias keine Gebete kannte. Zwischen dem düsteren Wintereinerlei und den inzwischen vertraut gewordenen Opfergaben an Freya und Thor hatte ich tatsächlich vergessen, die Tage zu zählen, und die Monatsnamen der Nordleute blieben mir weiterhin ein Rätsel. Hier oben in den Bergen schien das alles sogar noch weiter von mir abzurücken, denn der schüchterne Pater Berengar hielt sich ausschließlich Gunhild zur Verfügung. Vielleicht war die Mission nicht seine Sache, vielleicht hatte die alte Königin ihm auch jedes Heil bringende Gespräch mit Heiden untersagt, um Ärger zu vermeiden. Ich erinnerte mich an die lauten Auseinandersetzungen mit Thordís, wenn diese opfern wollte. Der Pater pflegte dann hinauszugehen und das Ende des Geschreis im stillen Gebet abzuwarten. Einen so wenig streitlustigen Priester Gottes hätte ich nach all meinen Erfahrungen nicht für möglich gehalten.

Und nun war Ostern also vorbei. Ich seufzte. Gott war mir auch nach Holtsmúli nicht gefolgt...

»... und so wollen wir Seinen Glaubensfunken in alle Länder tragen.« Der zierliche Mann blinzelte mich an. »Ihr habt mir nicht zugehört. Wo seid Ihr mit Euren Gedanken?«

Ich schreckte auf. »Vielleicht sieht Gott uns doch nicht hier oben«, murmelte ich und zog den Kopf zwischen die Schultern. Die Sonne schaute verwundert und schmolz nur mir zu Gefallen noch ein Stück Schnee von der Wiese.

»Ihr sucht Ihn nicht, Gräfin.« Pater Berengar setzte sich gerade hin. »Wenn Ihr Ihn wirklich suchen würdet... Wie ich hörte, wart Ihr in Uppsala...« Beschwichtigend hob er die Hand, als ich aufspringen wollte. »Ich weiß es vom Ehrwürdigen Vater, der sich große Sorgen um Euren Seelenzustand gemacht hat.« Er nahm meine Hand zwischen seine kalten Finger. »Ihr habt die Begegnung mit den Heidengöttern gesucht – warum nur?« Ehrliche Neugier stand in den Augen des Mönchs zu lesen und nicht die Spur eines Vorwurfs. Darum antwortete ich ihm.

»Ich – ich wollte sie sehen. Man spürt sie hier, überall. Sie sind um uns, Pater. Ich wollte sehen, ob sie wirklich dem Fest beiwohnen.«

»Und?«, flüsterte er gespannt. »Waren sie dort?«

Ich dachte daran, wie bereitwillig mir der Götterhain seine Zweige geöffnet hatte, und an die Hand, die mich zwischen den Feuern hindurchgeleitet hatte, an den friedlich sterbenden Ochsen und an Vikulla... »Ja, Pater, sie sind wirklich da gewesen.«

Darauf wusste er nichts zu sagen, und so ließ ich ihn mit seinen Gedanken allein.

Das Klopfen war so drängend, dass ich wie eine Feder aus dem Bett schnellte. Ich hatte sowieso nicht geschlafen, hatte wie seit so vielen Nächten hellwach dagesessen, in meine Felle gehüllt, und auf den Morgen gewartet. Wie der Wind war ich an der Tür.

»Herrin? Seid ihr es?«, flüsterte Hermann von draußen. Ich riss die Tür auf. Ein eisiger Nachtwind trieb meinen Diener über die Schwelle. Schweißgebadet und völlig erschöpft sank er mir in die Arme.

»Hermann! Um Gottes willen…« Ich holte die Lampe vom Haken. »Heilige Maria…«

»Ich habe noch jemanden mitgebracht, Herrin«, raunte er. »Haben wir Platz für einen Gast?«

»Bestimmt – bestimmt haben wir das«, stammelte ich und zog auch die zweite Person ins Haus – Ingi Stenkilsson. Der Sohn des verstorbenen Königs. Ich hielt mich am Pfosten fest. Sein schmales, bärtiges Gesicht starrte vor Schmutz, Blut hatte das blonde Haar verfilzt, am Leib trut er nur noch Lumpen, von einem Reisefell notdürftig zusammengehalten. Das Blatt seiner Streitaxt war schwarz von geronnenem Blut.

»Sei gegrüßt. Alinur Hjartaprydi, und hab Dank für deine Gastfreundschaft.« Der junge Mann schaffte es zu lächeln, bevor er auf der nächsten Schlafbank zusammensackte. In den Nischen regte es sich, Decken wurden beiseite geschlagen. Thordís kam mit einem brennenden Span herbei.

»Wer in aller Welt – beim Thor!« Sie schlug die Hand vor den Mund. »Wer hat euch so zugerichtet?«

Ich schickte die Sklaven in die Nacht hinaus, damit sie die Pferde absattelten und versorgten, und half Kolbrún, den Kessel aufs Feuer zu heben. In Windeseile wurden Fladenbrote geröstet und eine Kanne Bier erwärmt, das Thordís mit etwas Honig und Minze genießbar gemacht hatte, um die ausgehungerten Reisenden zu erfrischen. Eine nächtliche Gestalt nach der anderen drängte sich, die Decken mit restlicher Schlafwärme an sich gedrückt, ans Feuer, um mit anzuhören, was die beiden zu berichten hatten. Gunhild kam als Letzte, vollständig angekleidet.

»Wo ist mein Sohn?«

Das Feuer knisterte geschwätzig und holte sich das dünne Fladenbrot von der Eisenschaufel, während Kolbrún die alte Königin angaffte. Hermann war zusammengezuckt. Er schielte zu Ingi herüber, dessen Gesicht hinter einem Holzbecher verschwunden war.

»Wo ist mein Sohn?«

Ingi setzte den leeren Becher ab. Er wischte sich mit dem Handrücken Schaumreste durchs Gesicht, bevor er mir wortlos das Gefäß zum Nachfüllen hinhielt. Meine Hand zitterte beim Ausschenken, und ich verschüttete die Hälfte ins Feuer, wo es zischend verdampfte. »*... gratia plena... benedicta... tu mulieribus...*«, hörte man den Mönch in seiner Ecke murmeln. Hermann versuchte, seine Suppe nicht so laut wie sonst zu schlürfen, und schielte wieder zu Ingi hin. Der hielt seinen Becher umklammert und starrte in die Flammen unseres kleinen Herdfeuers. Gunhild machte einen weiteren Schritt auf ihn zu.

»Wo ist mein Sohn Erik?« Scharf wie ein Waidmesser schnitt ihre Stimme durch die Nacht.

»Er kämpft, Gunhild Guđmundsdottir.«

»Was tust du dann hier, Ingi Stenkilsson?«

Ingi war noch jung und aufbrausend. Gunhilds vorwurfsvolle Frage reizte ihn auf das Höchste. Er warf den Becher zu Boden und sprang auf. »Ich habe meine Haut gerettet, Gunhild Guđmundsdottir, wie es jeder tun würde, der sich hundert gezogenen Schwertern gegenüber sieht und den Geschmack der Pfützen kosten durfte! Ein altes Weib, das hinter dem Feuer hervorkriecht, hat kein Recht, mir das zum Vorwurf zu machen!«

Ich hockte mich neben ihn und zog ihn auf seinen Platz zurück. »Erzähl uns, was passiert ist, Ingi.« Vielleicht hatte meine Stimme zu sehr gezittert, denn Ingi drückte meinen Arm. »Dein Mann lebt, Alinur. Als ich fliehen musste, sah ich ihn bei den Hügeln.« Doch das war zwei Tage her. Ich schluckte mühsam.

»Das Thing dauerte so lange, dass die Leute ungeduldig wurden«, begann Hermann zu berichten – er spürte meine bange Ungeduld und die drängende Neugier der anderen. Ingi hinderte ihn nicht am Erzählen. »Viele erinnerten sich, dass König Stenkil damals beinahe einstimmig auf den Hochsitz gewählt worden war. Diesmal war es anders.«

Eine ganze Woche stritten die Vornehmen des Landes, welcher der Kandidaten am besten geeignet war, den Hochsitz der Svear zu besteigen. »Die Männer hatten sich der Versammlung von ihrer besten Seite präsentiert, hatten versucht, sich mit Taten, Geld und großen Worten gegenseitig zu übertrumpfen, um die Ältesten auf ihre Seite zu bringen, und Herr Erik machte kein so schlechtes Bild! Die Erfahrungen, die er im Ausland hatte sammeln können, beeindruckten die Versammlung sehr.«

Ingi schnaubte kurz. Ich sah ihn kurz von der Seite an. Erik und er waren also Rivalen gewesen.

»Jeder neue Tag wurde mit einem rituellen Trank begonnen, man opferte den Göttern, um sich bei der schwierigen Entscheidung ihres Beistands zu versichern, und auch ein Priester aus Miklagard war dort und ließ Weihrauch zum Himmel steigen.« Hermann trank von dem geminzten Bier und verzog heimlich das Gesicht – ob über den ungewohnten Biergeschmack oder über die Tatsache, dass Priester der Ostkirche in aller Öffentlichkeit ihre Rauchopfer darbringen durften, während Roms Priester – in Gestalt Adalberts von Bremen – das Weite gesucht hatten, blieb dabei sein Geheimnis. Im Stillen wunderte ich mich wieder einmal über die erzählerischen Qualitäten meines Dieners.

»Der Platz wurde immer voller, und ich verlor Herrn Erik

aus den Augen. Doch an den Feuern findet man ja überall einen Platz zum Schlafen und ein Stück Brot…« Er nickte zu mir herüber, als wüsste ich, was er meinte. Ich erstarrte. Was hatte Hermann von der Opfernacht gesehen?

»Am Tag der Entscheidung befragten sie zunächst mich, als Sohn des verstorbenen Königs«, nahm Ingi den Faden auf. »Als ich ihnen sagte, dass ich nicht willens sei, die Königshalle wieder aufzubauen, um die heidnischen Opferfeste fortzusetzen, kam es zu einem Tumult…« Er vergrub den Kopf in seinen schmutzigen Händen.

»*Was* hast du ihnen gesagt?« Thordís Guđmundsdottir traute ihren Ohren nicht. »Du willst die Opferfeste verbieten? Ingi Stenkilsson, das haben schon andere vor dir versucht, das ist selbst dem großen Olof Skötkonung nicht gelungen – wie kannst du erwarten, dass man es dir erlaubt?«

»Der Weiße Krist und all seine heiligen Männer stehen hinter mir!«

»Das hat Olof auch gedacht – und wäre beinahe vertrieben worden! Warum hört ihr jungen Männer nicht, was die Alten erzählen, und lernt daraus?« Erbost schüttete sie ihr Bier ins Feuer, und ich vermeinte den Namen Thor zu hören, bevor sich Thordís in die Vorratsecke verzog und dort mit Schüsseln lärmte.

»Haben sie Erik dazu befragt?«, fragte Sigrun aus der dunklen Ecke heraus. Beim Klang ihrer Stimme lief es mit kalt den Rücken herunter. Sie war in den letzten Tagen so seltsam gewesen, wie der Schatten eines bösen Omens lief sie umher, und ihre Nächte waren voller Albträume. Ich begann die Geister zu fürchten, mit denen Eriks Schwester sich herumschlug. »Was hat mein Bruder gesagt?«

»Als der Tumult sich legte, befragten sie den Yngling, dessen Taten sie auch sehr überzeugt hatten. Erik Emundsson« – Hermann holte tief Luft – »Erik Emundsson wollte die Opfer nicht verbieten, sondern das Volk entscheiden lassen.«

»Was für ein schwächlicher König!« Ingi schnaubte verächtlich. »Ein König muss vorangehen, das Volk soll ihm folgen!«

Hermann sah ihm ins Gesicht. »Ich glaube, er wollte den Weg deines Vaters fortsetzen, Ingi. Die Herzen der Menschen brauchen Zeit, den Allmächtigen zu finden – wenn man sie zwingt, einen neuen Gott anzubeten, dann werden sie nur bockig.«

»Erik weiß, wovon er spricht, Ingi.« Es schmerzte schon, seinen Namen nur auszusprechen – warum war er nicht hier? »Er ist zwar getauft, aber noch auf der Suche nach Gott …«

Ingi grinste bitter. »Dann soll er mal weitersuchen, denn seine schöne Rede hat ihm nichts genützt. Er war noch nicht fertig, da brach schon ein neuer Tumult aus. Die Dagholmer stürmten das Thinggelände, erschlugen den Priester und drei, vier Getaufte, die sich vor ihn stellen wollten, und rissen die Macht an den Hügeln an sich.« Müde stützte er die Ellbogen auf die Knie. »Wer zu alt war zum Kämpfen, der floh, denn es gab keine Gnade: Wer nicht für Dagholm ist, der ist gegen sie und stirbt. So einfach ist die Rechnung, und sie wird den Sohn des alten Thorleif wohl am Ende auf den Svearhochsitz bringen.«

Ich stand auf und stolperte zur Tür hinaus. »Erik!«, schrie mein Herz. Ich hatte ihm noch etwas sagen wollen, etwas sehr Wichtiges, doch es war keine Zeit gewesen. Schützend legte ich die Hände auf meinen Bauch, dem noch nicht das Geringste anzusehen war …

»Herrin.«

Hermann fand mich auch ohne Laterne auf der Bank hinter dem Haus.

»Herr Erik hat eine sehr schöne Rede vor dem Thing gehalten.« Mein Diener setzte sich mit gebührendem Abstand neben mich. »Herr Ingi ist immer noch so wütend, dass ich nicht alles erzählen konnte. Wollt Ihr noch etwas hören?« Ich wischte mir die Tränen, die er nicht sehen konnte, mit dem Ärmel aus dem Gesicht und schnäuzte mich in meinen Hemdsaum. Die Nachtkälte kroch mir die Beine hoch, doch vermochte ich meinen einsamen Platz noch nicht aufzugeben, und so zog ich meine Decke enger um mich und stellte die Füße auf die Bank.

»Erzähl. Erzähl mir alles, was du weißt, Hermann …«

»Er hatte die alten Männer beinahe überzeugt, Herrin. Schön und edel wie ein Ritter stand er dort auf dem Platz, sein Haar glänzte wie dunkles Gold, und sein Pferd prangte wie ein Bild aus Marmor – Herrin, Ihr hättet ihn Euch auch zum König gewählt!« Ich zog die Nase hoch. Was wusste der Junge schon? Ich hatte mir Erik lange vor den Svear erwählt, aber ich wollte ihn zum Mann an meiner Seite, in meinem Bett, ich wollte ihn haben, jede Nacht meines Lebens, und nicht wochenlang auf ihn warten müssen und beinahe sterben vor Angst, er könnte vielleicht nicht zurückkommen.

»Erzähl weiter, Hermann.« Was wusste der Junge schon von der Sehnsucht, die einem das Herz zerfraß …

»Er sprach davon, weitere Missionare ins Land zu holen, die den Leuten vom Weißen Krist erzählen sollten. Von Seiner Barmherzigkeit und vom ewigen Leben. Oh, das hätten doch schon viele versucht, wandten die Heiden unter den Alten ein. Und wie viele wären gleich wieder vertrieben worden, weil sie doch nichts als Verbote und strenge Regeln im Kopf gehabt hätten. ›Einer wollte mir verbieten, meiner Frau beizuwohnen, wann mir danach ist!‹, rief so ein alter Weißhaariger. ›Hat man so was je gehört! Und Fisch sollte ich essen, immer wenn mich nach Fleisch gelüstete …‹«

Hermann schüttelte den Kopf. »Sie sehen Gott nicht hinter all den Regeln. Die Getauften aber spitzten die Ohren, denn keiner von ihnen hatte eine Idee, wie man den Weißen Krist nach Uppland bringen könnte. ›Neun Jahre sind uns geschenkt‹, sagte Herr Erik, ›neun Jahre, um die Svear von Gottes Güte zu überzeugen. Und dann sollten sie entscheiden, wem sie auf den Hügeln von Uppsala opfern: den alten Göttern oder dem neuen Gott. Bis dahin sollen sie in der Tradition ihrer Väter leben und opfern und keine Angst haben müssen, dass man ihnen alles nehmen wolle.‹ Und dann hob er die Arme – Herrin, Ihr hättet das sehen sollen! ›Unsere Brüder im Dänenreich und in Norwegen haben den Weißen Krist schon lange angenommen, und sie fahren gut damit‹, rief er. ›Die Svear werden die richtige Entscheidung treffen, wenn die Zeit gekommen ist.‹ Und, Herrin, da applaudierten ihm tatsächlich viele der Thingältesten.«

»Aber warum kam es dann zum Kampf?«, fragte ich mit dünner Stimme.

Hermann holte tief Luft. Seine schemenhafte Gestalt bewegte sich nicht. »Weil der Sohn des Thorleif von Dagholm mit gezogener Waffe auf den Thingplatz sprang und ›Verrat!‹ schrie – alles sei Verrat, da stecke der geschorene Dämon von Rom dahinter, der wolle die Menschen knechten, doch das Volk der Svear lasse sich nicht knechten, schon gar nicht von solchen blutleeren, geschorenen Selbstbefummlern – Herrin, das gab vielleicht einen Aufruhr!« Hermann war immer noch ganz aufgeregt. »Die Getauften versuchten, sich zur Wehr zu setzen, doch viele starben gleich zu Anfang. Sie kamen kaum dazu, sich zu wundern, woher der Dagholmer so viele Männer hat.« Er schluckte. »Und als ich Herrn Ingi verletzt aus dem Dreck zog, habe ich Euren Mann aus den Augen verloren. Könnt Ihr mir verzeihen?« Ich drückte ihm stumm die Hand und ließ ihn gehen.

Noch war nicht alles verloren. Eine Schlacht, die vielleicht schon zu Ende war, Erik auf dem Heimweg... Nichts war verloren, versuchte ich mich aufzumuntern.

Ich stürzte mich kopfüber in die Arbeit.

Berge von Schafswolle, die Thordís liegen gelassen hatte, als das Winterrheuma ihren Fingern zusetzte, verwandelten sich unter meinen emsig zwirbelnden Händen in wohlgestaltetes

Garn, ich rückte den Webrahmen zurecht und knüpfte Fäden in die schweren Kettsteine, damit wir eine neue Arbeit beginnen konnten, ich drehte mit Kolbrún zusammen ellenlange Seile aus Flachs, die man auf dem Markt verkaufen konnte, ich lief noch vor den finnischen Sklaven in den Wald, um die Fallen zu kontrollieren, zog der Beute das Fell über die Ohren und bereitete es zum Gerben vor, und mein Gesicht wurde schmal, weil ich nachts überhaupt keine Ruhe mehr fand und meine rastlosen Finger mit der Spindel beschäftigte, wenn alle anderen längst zu Bett gegangen waren. Allein Snædís leistete mir Gesellschaft. Die fand es außerordentlich kurzweilig, dass nachts nun eine Tranlampe an unserem gemeinsamen Lager brannte und ich ihr leise Lieder aus meiner Kindheit vorsang und Grimassen dazu schnitt.

So wurde ich auch Zeugin, wie der magere Priester, dem die christliche Mission nicht gerade Herzensangelegenheit zu sein schien, von anderen Tellern kostete – und es sichtlich genoss. Kolbrún pflegte beinahe jede Nacht in sein Bett zu steigen und ihm fleischliche Freuden zu servieren. Das diskrete Seufzen der beiden fügte sich ein in die Melodie der Schlafenden und schaffte es für Momente, Frieden in mein Herz zu bringen.

Sigrun ging es in diesen Tagen sehr schlecht. Sie sprach mit niemandem, und ich hütete mich davor, über meine Ahnung zu reden, da ich mir denken konnte, was ihre Mutter dazu zu sagen hätte. Und so blieb ich einfach nur in ihrer Nähe, half ihr, wie sie es zuließ, und war jeden Morgen aufs Neue froh, kein blutiges Stroh auf dem Mist zu finden, was allen verraten hätte, dass sie das Kind der Opfernacht verloren hatte.

Als Ingis Wunden mit heilendem Schorf bedeckt waren und seine zerrissenen Kleider bis zum letzten Loch fein säuberlich geflickt waren, packte er sein Bündel und verließ Holtsmúli. »Die Zeit ist noch nicht bereit für einen Ragnvaldsson«, sagte er beim Abschied. »Ich werde an den Hof des Dänenkönigs zurückkehren und mich für die Zukunft stählen. Es mag der Tag kommen, an dem Uppland mich oder meinen Bruder Halsten auf den Hochsitz ruft…«

Sigrun hängte ihm ein Schutzamulett für die lange Reise um den Hals und umarmte ihn kurz. »Fasse dich in Geduld, Ingi Stenkilsson. Du wirst zurückkehren, und du wirst vollenden, was dein Vater begonnen hat…« Ihr blasses Gesicht verriet, dass sie nach einem langen Blick in den Kessel wieder mehr wusste als wir anderen. Ich stützte sie, während wir dem jungen, stürmischen Königssohn Lebewohl winkten, und heimlich dachte ich darüber nach, ob Erik damals wohl ähnlich grollend nach der Normandie gezogen war.

»Er war noch viel schlimmer.« Sigrun sah mir in die Augen. »Er schlug jeden nieder, der sich ihm in den Weg stellte. Du hast ihn gezähmt, Alinur Hjartapryđi, weißt du das nicht?« Und sie wankte ins Haus.

»Meint Ihr, Ihr könntet mit Eurer Ruhelosigkeit von Gott etwas erzwingen?«, fragte Pater Berengar, als ich ihm am Waldrand begegnete. Ich warf mir die beiden Kaninchen, die in den Fallen gewesen waren, wie ein Jäger über die Schulter und grinste schief. »*Ora et labora*, sagen die Mönche.«

»Ja, Gräfin. Doch Ihr arbeitet und vergesst das Beten.«

»Vielleicht ist meine Arbeit Gebet, Pater…« Ich ließ ihn stehen, damit er nicht merkte, wie ich langsam die Fassung verlor.

Denn Gott wollte auch dieses Gebet nicht annehmen.

Er narrte mich mit einem wunderschönen Frühlingsmorgen, an dem der dahinschmelzende Schnee wie das Geschmeide eines vergehenden Königreiches erglänzte. Endlich wich die Winterdunkelheit, die für Monate unser Alltagsleben bestimmt hatte, länger werdenden Tagen voller Licht und Farbe. Klare Luft durchströmte meine Lungen, ich breitete die Arme aus und legte den Kopf in den Nacken, denn über mir strahlte der Himmel so blau, wie ich es noch nie gesehen hatte – doch, ich hatte es schon einmal gesehen. Sehnsucht schnitt mir ins Herz. Ich schlug mein Tuch um mich und schlich bedrückt zum Haus zurück.

»Eine Kanne Bier und ein Stück Brot, das hast du wohl für einen Wanderer?«

Ich fuhr herum. Auf der Bank am Haus saß Thorgrím Málsnjalli, der alte Sänger, und versuchte ein Lächeln. Es misslang ihm, denn neben ihm hockte eine erbärmliche Figur in verdreckten Lumpen, greinend und in großem Weh sich wiegend: Ingjald Freyrsgođi, der junge Narr. Langsam kam ich näher.

»Was ist mit ihm?« Das brennende Freyrsamulett fiel mir ein. »Was hat er gesehen?«

Der Sänger sah mich lange an, bevor er sich entschloss, den Mund aufzumachen. »Bring uns was zu essen, *frakka.*«

Ich sagte den Bewohnern von Holtsmúli nichts von meinem Besuch, doch waren sie auch mit anderen Dingen beschäftigt und fragten nicht, wo ich mit Brot und Bierkanne hinwollte. Thorgrím riss das Brot an sich, stopfte sich gleich die Hälfte davon in den Mund und spülte mit dem Bier so heftig nach, dass ich dachte, er würde daran ersticken. Ingjald war zu schwach zum Essen. Und so steckte ich ihm Krume für Krume in den Mund, und er kaute langsam wie eine Kuh, mit weit aufgerissenen Augen auf den Boden starrend. Sein magerer Körper zitterte. Ich fragte mich, welcher Dämon ihn fesselte.

»Schlechte Zeiten für Sänger«, sagte der Alte mit vollem Mund. »Kein Essen, kein Bier, keine Lieder. Schwarze Zeiten...« Seine Leier lehnte an der Bank. Vorsichtig strich ich über die Saiten. Sie waren schrecklich verstimmt.

»Verđ á brottu, frakka!«, fauchte der Alte mich da an und stieß mich weg von seinem Instrument. »Nie wieder sollen diese Saiten erklingen«, knurrte er verbittert. »Nie wieder! Sie sind durch das Blut der Edelsten gewatet, und die Götter haben ihre Stimme geraubt...« Ingjald jaulte auf in der ohnmächtigen Pein seines verwirrten Geistes, er trommelte sich mit den Fäusten gegen den Kopf und riss den Mund so weit auf, dass der Speichel

heraustroff. »Blut! Blut! So viel Blut, so viel, so viel, so viel…« Ich versuchte seine Fäuste einzufangen, bevor er sich noch verletzte. Da klammerte er sich an mich, und ich hielt den weinenden Jungen, so fest ich konnte. Mit jedem seiner Schluchzer senkte sich die düstere Wolke, die mich seit Tagen verfolgte, tiefer über mein Gemüt, und ich vermeinte, Geschrei zu hören. Ach, Unsinn. Ich wiegte den Jungen an meiner Brust und starrte auf seine Hände, die sich in meinem Schoß wie die Klauen eines Flusskrebses öffneten und schlossen, hilflos, so hilflos… *Ein Sturm wird kommen.*

»Sänger, warst du in Uppsala?«, flüsterte ich heiser.

Seine alten Augen schwammen in Tränen. »Ja, Frau, ich war in Uppsala. Doch Uppsala ist nun nicht mehr.« Er furchte die Stirn. Es bereitete ihm große Mühe weiterzusprechen. »Blut hat die Straßen der Schönen rot gefärbt, über die Stille wacht einzig die Sonne, die zu schwach ist, die Tränen eines Volkes zu trocknen, denn der Sohn des Bösen zerbrach das Holz des Hochsitzes und bewacht wie Fenriswolf die Trümmer seines düsteren Reiches…« Träumte ich irre – was erzählte er da?

»Thorgrím, du sprichst in Rätseln«, würgte ich hervor. »Mein Mann ist in Uppsala. Erik, der Sohn des –«

»Niemand von Bedeutung ist noch in Uppsala, denn selbst die Götter haben diese Stadt verlassen. Sie verschmähten das Blut der Edlinge. Sie wollten einen strahlenden Herrscher und bekamen einen Totentanz. Fort sind sie nun, alle fort, Frau.« Damit zog er Ingjald aus meiner Umklammerung und wollte sich aufmachen.

Ich hielt ihn am Mantel fest. »Warte, Thorgrím – um Himmels willen, warte!« Mein Herz hämmerte, dass mir schwindlig wurde. »Hast du den Yngling gesehen? Lebt er, hast du ihn gesehen? Thorgrím – hast du ihn gesehen? Willst du einen Lohn – hier, nimm meine Ohrhänger, meinen Ring, die Nadel, nimm alles, doch sag mir, lebt er?« Statt einer Antwort hob er seine verstimmte Leier auf den Arm und schlug ein zerlumptes Tuch über die Saiten. Als ich in seine Augen sah, war es, als blickte man in ein offenes Grab.

»Nie wieder wird sie für Könige singen, nie wieder …« Und dann nahm er fürsorglich wie ein Vater den verwirrten Jungen an die Hand und schlug den Pfad nach Osten ein.

»… deyr sálin, seggrinn međ henni …«

Ich rannte ihnen hinterher. »Thorgrím! Sprich zu mir! Hast du ihn gesehen?« Der alte Sänger und der Narr verschwanden zwischen den Bäumen, ohne sich noch einmal umzuschauen. Weinend schleppte ich mich zurück und brach neben der Bank zusammen, wo einzig die Krümel von Ingjalds Mahlzeit bewiesen, dass ich nicht geträumt hatte, dass Thorgrím Málsnjallis Geschichte dieses Mal nicht erfunden, sondern blutiger Ernst war.

Sein Lebensfaden liegt in deiner Hand.

Ich sah hoch. Ein paar Vögel sausten übermütig durch die Luft. Der Wind flüsterte im Bienengarten. *Pass auf, was du damit tust.* Wieder sah ich mich um. Holtsmúli lag träge in der Morgensonne. *Pass auf…* Vikulla. Mein Herz klopfte. Sie war hier, ich konnte sie doch hören … Vom Dach des trutzigen Hauses schwang sich ein schwarz glänzender Rabe in die Lüfte. Er flog nach Südosten, ins Tal hinab. Er flog nach Uppsala.

Keiner der Leute von Holtsmúli machte einen ernsthaften Versuch, mich zurückzuhalten, als ich Sindri aus dem Stall holte, sattelte und fortritt. Sigrun immerhin riss sich geistesgegenwärtig den Mantel von den Schultern und warf ihn mir zu.

»Wo geht sie denn hin, gütige Freya, was hat sie denn vor?« Thordís Gudmundsdottir rang die Hände und rannte am Steilhang auf und ab. »Was will sie denn tun, das arme Mädchen, wir müssen sie zurückhalten!«

»Lasst sie gehen, die Rabenmutter, die ihr Kind zurücklässt – sie hat es nicht besser verdient!«

Gunhilds höhnische Stimme übertönte sie alle, und sie trug

mein Kind auf dem Arm. Es war meine Strafe, das zu sehen, jede der Bemerkungen mit anhören zu müssen, während ich den Pfad herunterritt, doch sie erreichten mich nicht wirklich. Nichts erreichte mich, weder die peitschenden Äste, noch die Dornen, die mich aufhalten wollten – *geh nicht nach Uppsala* –, weder Hunger noch Durst. Wie ein Geist ritt ich zwischen den Bäumen hindurch, dem Raben hinterher, der stets zu warten schien, wenn Sindri an einer Wegkreuzung anhielt. *Pass auf*, hing Vikullas Stimme mir im Nacken. *Pass auf.* Ich zwang Sindri zum Galopp durch den Schneematsch, wie durch ein Wunder rutschte er nicht aus. *Ein Sturm wird kommen.*

Alles, was im Wald Beine hatte, nahm sich vor uns in Acht, versteckte sich hinter Zweigen und im Unterholz. Mein Kopf war wie leer gefegt. Es gab nur seinen Namen in meinen Gedanken, in großen Lettern quer über mein Herz gebrannt, nichts weiter. *Pone me ut signaculum super cor tuum*… Er war mein Lebenselixier, mein Atem, meine Kraft, der einzige Grund weiterzuleben. Alles würde gut werden, wenn ich ihn nur erst gefunden hatte… *Wo willst du ihn denn suchen?* Sindri schüttelte seine schwarze Mähne. Ich finde ihn. Gott wird mir helfen. Ich finde ihn.

Da schwieg der Wald. Die Waldgeister verstummten endgültig, und die Hügelkönige verhüllten ihre Gesichter mit Nebel, als wir gegen Mitte des zweiten Tages die Ebene von Uppsala erreichten. Mit bebenden Fingern band ich mein Pferd an einem Baum fest. Seine bernsteinfarbenen Augen sahen mich forschend an. *Kehr um.*

»Ich bin bald zurück«, flüsterte ich und ging, ohne mich umzuschauen. *Kehr um, Mädchen!*

Es war kein Nebel, der über den Königshügeln lag. Es war Rauch.

Hier und da rannten Menschen herum, Reiter hetzten ihre Pferde an mir vorbei, und immer noch gellte mir dieses Geschrei in den Ohren, das mich unerbittlich vorwärts trieb, vorwärts, vorwärts ...

Ich raffte meinen Umhang und begann zu laufen, bis meine Lunge brannte, obwohl meine Stiefel mit jedem Schritt tiefer in den Schneematsch einsanken. *Quia fortis est ut mors dilectio.* Sein Name war das Seil, an dem ich mich entlangzog, wie sehr mich die Seite auch schmerzte – ich biss die Zähne zusammen und lief weiter, vorwärts, auf die Häuser der Stadt zu, in denen einst reiche und begabte Handwerker gelebt hatten und Männer, die dem Königshaus nahe standen – tapfere Männer in prächtigen Kleidern, Lebensläufe voll wilder Abenteuer und schöner Frauen aus Miklagard ... Diese Bilder tobten durch meinen Kopf, machten mich blind für die blutige Wahrheit. Ich zwängte mich vorbei an den Schreien der Sterbenden, am Gebrüll der Schlächter, rannte blindlings hinein in die Hölle von Uppsala.

Eine Umfriedung hatte es hier nie gegeben – das Zentrum des heidnischen Glaubens hatte über Jahrhunderte hinweg frei unter dem Himmel gelegen. Diese ehrwürdige Stätte anzugreifen galt als Sakrileg, das nicht einmal die kriegerischen Finnen gewagt hätten. Doch wer rechnete schon damit, dass der Feind aus dem Inneren kommen und die Häuser eins nach dem anderen in Brand stecken würde?

Manche waren nur angekohlt, andere bis auf die Grundmauern niedergebrannt. Hausrat lag auf den Gassen herum, Kleidungsstücke, Geschirr, Vorräte, dazwischen Tote über Tote, Alte, Frauen, Kinder, mit durchgeschnittenen Kehlen, aufgeschlitzten Bäuchen oder zu Tode geschleift. Es stank nach verbranntem Fleisch, irgendwo jammerte ein Sterbender, Hunde streunten schnüffelnd von Leichnam zu Leichnam. Keuchend lehnte ich mich in einen unversehrt gebliebenen Hauswinkel. Am Giebel des Nachbarhauses baumelte ein Mann, stranguliert mit seinem Gürtel, ein Schwert stak bis zum Heft in seiner Brust. Hatte er das Sterben seiner Familie mit ansehen müssen? Der abgeschlagene Kopf eines Kleinkindes war bis unter seine Füße gerollt. Man sah nicht mehr, ob es ein Junge oder ein Mädchen war. Ich würgte heftig. Lähmendes Entsetzen breitete sich in mir aus – *herfjotur*, jener dämonische Fluch war nun auch über mich gekommen und verdammte mich dazu, hier in diesem Winkel vor all den Leichen mein Leben auszuhauchen …

»Heiliger Vater, erbarme dich meiner«, stotterte ich und rappelte mich aus dem Matsch hoch, in den ich gesunken war. Ich musste ihn finden, finden – unsinnige Worte murmelnd, hastete ich weiter, an hingeschlachteten Leichen vorbei, Männern, die im Kampf den Tod gefunden hatten, und der letzte Schnee unter ihnen ließ ihr Blut frisch und hellrot erscheinen.

Osvif Petursson lag in einer großen Blutlache mitten auf der Straße. Schüchtern ließ die Sonne kleine Schatten um seine Augen tanzen, doch es gab nichts mehr zu wecken: Eine Streitaxt steckte in seiner Brust. Sicher hatte er bis zuletzt heldenmutig gekämpft, denn sein Gegner lag, vom Schwert durchbohrt, gleich neben ihm. Erste Fliegen hatten sich auf den Leichen niedergelassen.

Ich sank neben den Toten. Die Kapuze rutschte mir vom Kopf, das Haar fiel herab und hing wie ein Trauervorhang in sein Gesicht. Die Fliegen ließen sich davon kaum vertreiben. Osvif von Tungholm. Der freundlichste, fleißigste Mensch, den ich kannte, ein vierschrötiger Mann, dessen ganze Sorge seiner Familie gegolten hatte. Wer würde nun Kräuter für sein krankes Weib holen? Ich krallte die Finger in die Erde und streute mir den Schmutz aufs Haupt. Steinchen, Erdkrümel und Aschenreste verfingen sich in den Locken und würden wie die Erinnerung an diesen Tag wohl auf ewig hängen bleiben.

Mit zitternden Fingern schloss ich seine Augen. »*Subvenite sancti Dei – occurrite angeli Domini, suscipientes animam eius* –« Das Totengebet, schon so oft gesprochen, kam zu spät. Ich verstummte, fühlte plötzlich Verachtung und Hass in mir aufwallen. Gebet? Worthülsen, leeres Geschwätz für einen Gott, der es zuließ, dass Menschen sich wie Vieh abschlachteten, dass Kinder hier den Tod fanden … Ich ließ die gefalteten Händen sinken und betrachtete den Toten. Sein Anblick fegte den Dunst beiseite, der meine Sinne umfangen hielt, um mich vor dem Wahnsinn zu bewahren. Wo waren sie, die solches verbrochen, erlaubt hatten, wo waren sie, die um der bloßen Macht willen das Zentrum des Svearreiches dem Erdboden gleichgemacht hatten – und wo zum Teufel waren die Männer vom Mälar, die ausgezogen waren, um dies zu verhindern?

»Eriiik!« Langsam erhob ich mich von den Knien. Das Geschrei war verstummt, Totenstille lag über der Stadt. Krähen hatten ihr schauerliches Mahl begonnen, hier und da brach ein Holz, knackte ein Balken. Stille regierte in der Stadt. Mit klopfendem Herzen sah ich mich um. Bald würden die Aasfresser kommen …

Da zog mich eine Hand von der Straße weg. Ich stolperte, fiel in den Matsch, wurde aufgehoben und unter ein Dach gezerrt. »Jesus Maria …« Ich stutzte. Das rußgeschwärzte Gesicht kam mir bekannt vor – der fehlende Zahn, die pickeligen Wangen … »Thormođ Egilsson!«

»Was in aller Welt suchst du hier, Mädchen?«, zischte der Mann, den ich in Eriks Umfeld gesehen hatte, und blickte sich wieder um. »Hier gibt es nichts mehr für dich, hier ist alles tot, alles – alles.« Auch seine Familie lag unter den Toten, ich las es in seinen Augen. Ich packte seinen Arm.

»Thormođ, wo sind sie? Erik, Gisli, wo kann ich sie finden?«

»Ich suche –« Mit weit aufgerissenen Augen kippte Thormođ, der vom Ausschlag gequälte Bauer aus Griđtuna, in die ausgebrannte Feuerstelle, in die wir uns geflüchtet hatten. Zwischen seinen Schulterblättern steckte eine Axt.

»Das Tragen von Waffen ist allen Männern bis zum Thing verboten«, sagte der Mann, dem die Axt gehörte und der sie nun mit einer kurzen Bewegung aus Thormođs Rücken herauszog und den Sterbenden auf die Seite drehte. »Du hast das gewusst.«

»Beim Thor – für heute hast du aber genug Leute heimgeschickt, Grím.« Ein zweiter Mann kam mit gezücktem Schwert um die Ecke und stutzte, als er meiner ansichtig wurde. »Was haben wir denn hier?«

»Hat er übrig gelassen.« Der andere lachte dümmlich. »Für uns.«

Ich schlug die Hände vor den Mund und wich zurück. Da hob Thormođ eine Hand. »Erik – Erik«, stieß er hervor.

Ich fiel auf die Knie, umfasste seine Hand. »Was – wo – sag's mir…«

»Erik… *varask*…« Blut quoll aus seinem Mund, er verdrehte die Augen und starb.

»Thormođ! Heilige Mutter erbarme dich…« Ich drückte mir die Finger ins Gesicht, um nicht loszuschreien.

Sein Henker riss mich hoch. »Und jetzt du, *frilla*.«

»Warte, du Idiot!« Der Hinzugekommene schob mein wirres Haar zur Seite und besah mich genauer. »Ich kenn dich doch – du bist die Fränkin vom Yngling! Das deutsche Mädchen!«

»Eine Fränkin?« Grím zog mich herum und befingerte sogleich meine Brust. »Sind die so wild wie Svearweiber? Ich will gleich mal ausprobieren, ob –«

»Finger weg von ihr!«, fauchte der andere. »Die ist nicht für dich bestimmt!«

»Mich juckt's aber!«, schrie Grím erbost und nestelte an seiner Tunika. Da bekam er einen gewaltigen Tritt in sein Gemächte.

»Steck deinen Schwanz woanders rein – verflucht, Grím, die ist nicht für dich!« Jaulend krümmte Grím sich und gab den Tritt an den Toten weiter.

Entsetzt sah ich von einem zum anderen. Wo war ich – was wurde hier gespielt? Ich nahm meinen ganzen Mut zusammen und machte einen Schritt auf Gríms Gegenspieler zu. Er kannte mich – er würde also auch wissen, wo der Yngling sich aufhielt, er würde mich zu ihm bringen können. »Ich will zu Erik, hörst du? Erik – ich will, dass du mich zu Erik bringst, jetzt gleich!«, flehte ich mit allem, was mir an Stimme noch zur Verfügung stand, während meine Beine zitterten wie Espenlaub …

Zu meiner größten Überraschung lächelte der Mann. »Ach, zu Erik willst du?« Und zu dem anderen gewandt: »Siehst du, die ist nicht für dich. Die will zu Erik – dann wollen wir sie auch hinbringen.« Und sie hakten mich unter, einer rechts, der andere links, und eskortierten mich durch die gespenstisch leeren Straßen von Uppsala. Der Tod sah uns nach und wartete geduldig.

»Geht – es ihm gut?«, war das Einzige, das ich zu fragen wagte.

»Ja, Mädchen«, antwortete mein Führer. »Es geht ihm gut.« Das beruhigte mich ein kleines bisschen. Es ging ihm gut. Ich kannte seine Männer ja doch nicht alle, wusste wohl, dass viele von ihnen ungehobelt und grob waren – doch Thormođ, warum hatte Thormođ sterben müssen? Vorsichtig sah ich den Schlaueren von beiden an. Es würde keine Antwort geben.

Wir marschierten aus den Trümmern der Siedlung heraus auf den Hügel zu, wo einst die Königshalle gestanden hatte. Unschuldig schien die Sonne auf das immer noch nicht fertig gebaute Dach der Kirche von Uppsala. An den Hängen kampierten Männer in eilig errichteten Zelten und Buden, Berge von Waffen türmten sich auf einem Haufen, Feuer brannten, es roch nach gebratenem Fleisch. Trotz ihrer Anwesenheit lag eine gespannte Stille über dem Plateau, und ich fühlte, wie die Hügelkönige alles misstrauisch beobachteten. Mein Herz klopfte dennoch in freudiger Erregung. Auch wenn ich keines der Gesichter um mich herum kannte – was hieß das schon, sie kannten ja mich.

Ich lächelte dem Mann zu meiner Rechten zu. »Sind die Kämpfe vorbei?«, fragte ich ihn.

Er zuckte mit den Schultern. »Wir haben sie vertrieben. Glaube kaum, dass sie sich noch einmal hervorwagen …«

»Sollen sie doch, sollen sie nur«, grinste Grím kriegerisch und zog seine Axt aus dem Gürtel.

»Jetzt erschreck das arme Mädchen nicht, du ungehobelter Klotz!«, fuhr mein Beschützer ihn an. Wir hatten das Plateau erklommen und gingen auf den Eingang zu. Neben der behelfsmäßig eingebauten Tür schnarchte ein Bewaffneter über seiner Bierkanne. Ich hatte keine Zeit mehr, mich zu wundern, was Erik in der Kirche trieb und warum ein waffenstarrender Wächter davor sitzen musste, denn ein kräftiger Tritt ans Knie machte den Mann nun munter. Wutschnaubend zog er daraufhin sein Schwert und stürzte sich auf Grím, und es hätte nicht viel gefehlt und er hätte ihm vor meinen Augen den Garaus gemacht, doch der namenlose Mann an meiner Seite schlug ihm die Waffe aus der Hand. »Du sollst die Tür öffnen, Schwachkopf!«

Verdattert hielt der Wächter inne. Er sammelte sein Schwert ein und blieb vor mir stehen. »Was will die –«

»Öffne die Tür. Sie will zu ihm«, befahl mein Beschützer. Der Wächter gehorchte widerspruchslos. Er schob den Balken hoch und zog die schwere Tür nach außen auf. Der Mann neben mir packte mich am Arm und drängte mich in die Kirche.

»Besuch für dich, Erik!«

13. KAPITEL

Unerhörtes ereignet sich, großer Ehbruch.
Beilalter, Schwertalter, Schilder krachen,
Windzeit, Wolfszeit, eh die Welt zerstürzt.
(Völuspá 46)

Der Gerufene hob den Kopf, und ich erkannte, dass ich den vielleicht schwersten Fehler meines Lebens begangen hatte. Es gab kein Zurück.

Tiefschwarzes, sauber gestriegeltes Haar floss über die breiten Schultern des Erik Harfagri, Sohn des Thorleif von Dagholm, als er sich von seinem Hochsitz erhob. Obwohl ich ihn die letzten Male nur von hinten gesehen hatte, erkannte ich ihn sofort. Gespräche verstummten. Die Männer, die bei ihm waren, drehten sich zu mir um. Manche hatten schon die Hand an der Waffe. Eine Magd drückte sich an uns vorbei zur Tür hinaus. Irgendwo jaulte ein Hund unter Tritten auf. Die Hand an meinem Arm hielt mich immer noch so fest wie ein gefangenes Tier. Ich *war* ein gefangenes Tier.

Das jedenfalls las ich in den Augen des Mannes, der nun aufreizend langsam die Feuerstelle umrundete und auf mich zuschlenderte. Erik Harfagri, der Dagholmer mit den schönen Haaren, breitete zum Spaß die Arme aus. »Na, willst du mich denn nicht begrüßen, *greifinna*? An meine Brust – ich habe dich lange entbehren müssen!« Die Verwechslung und mein unendliches Entsetzen darüber amüsierten ihn außerordentlich. Da ich seinem Wunsch jedoch nicht nachkam, schob mein ehemaliger Beschützer mich dem Dagholmer in die Arme. Ich versuchte mich zu wehren, doch er lachte nur dröhnend und packte meine Handgelenke. »Ein Kätzchen ist sie immer gewesen, fauchend und gleichzeitig schnurrend – ich will sie mir jetzt zähmen!« Eine herrische Handbewegung scheuchte die Männer von ihren Plätzen. »Hinaus mit euch!«

Seine Rechte fuhr verlangend durch mein wirres Haar, während die andere meine Handgelenke immer noch wie eine Fessel umklammert hielt. »Und wir werden uns nun miteinander beschäftigen, *greifinna.*« Ich sah hoch. Die eisblauen Augen ließen wenig Zweifel, was genau er meinte. Und doch – als die Männer einer nach dem anderen die Kirche verlassen hatten, ließ er mich los.

Er drehte sich um, griff in den Kessel und warf mir ein Stück Fleisch zu. »Iss mit mir. Iss und trink, wie es sich gehört.«

»Ich esse nicht mit Verbrechern«, unterbrach ich ihn und ließ das Fleischstück fallen.

Er hob die Brauen. »Ich habe dir nichts getan, Frau. Du solltest wenigstens mit mir trinken.«

»Was willst du von mir?« Wenn nur meine Stimme nicht so zitterte…

Wieder hob er seine kühn geschwungenen Brauen. »Was willst *du* von mir? Ich habe dich nicht gerufen, *greifinna* – aber du bist nun einmal da.« Vielsagend griff er sich in den Schritt und ließ sich dann breitbeinig in den Hochsitz fallen. Ich spuckte aus. Es war der Altar, auf dem er saß, mit Holzlehnen zu einem komfortablen Thron umgebaut, und die reich bestickte Priesterrobe des Erzbischofs hing wie eine Insignie der Macht über die Rücklehne. Das einstmals großzügige Gotteshaus hatte sich in eine voll gestopfte Halle mit unordentlichen Schlafbänken und Kochstellen verwandelt, in der es nach abgestandenem Bier, Männerschweiß und schlechtem Essen stank. Langsam, viel zu langsam tropfte die Erkenntnis, dass ich in einer Falle saß, die ich nicht mehr lebend verlassen würde.

»Wo ist Erik?«, begehrte ich dennoch auf, wohl wissend, dass es nicht an mir war, die Fragen zu stellen.

Erik Harfagri lachte gutmütig. »Wir hatten da einen Kampf,

ja… ich glaube, ich verletzte ihn ziemlich schwer. Oder war es ein anderer?« Demonstrativ gähnte er. »Es waren so viele…«

Mein Herz klopfte heftig. Verletzt. »Wo kann ich ihn finden? Hältst du ihn gefangen? Hast du –«

»*Greifinna*, es gibt keine Gefangenen in diesem Kampf.« Er stand auf und kam auf mich zu. »Es gibt Gewinner – und es gibt Verlierer. Erik Emundsson ist ein verdammter Verlierer. Ich bin der neue König.« Wieder fühlte ich seine Hand in meinem Haar. »Und du bist die Erste, die ihn… besuchen darf. Obwohl du diese wahrhaft hässliche Kriegsnarbe trägst.« Er lächelte, während seine Finger beinahe zärtlich über die Narbe in meinem Gesicht wanderten. »Sie macht dich aber interessant.« Ich stolperte zurück. Er ließ mich gewähren, spielte mit mir wie die Katze mit der Maus, sicher, dass ich ihm nicht entkommen konnte. Fieberhaft dachte ich über ein Mauseloch nach, einen zweiten Eingang, hatte es den gegeben, verflucht –«

»Wenn ich ehrlich bin« – da hing er auch schon wieder auf seinem Altarstuhl, breitbeinig seine männliche Ausstattung schaukelnd und beinahe verführerisch lächelnd – »wenn ich ehrlich bin, *greifinna*, war ich sehr neugierig auf die hochgeborene Ausländerin, die sich das eiserne Herz des kleinen Ynglings erobert hat. Die sich den Lenden eines… *þræll«* – seine Zunge übertrieb den Laut voller Verachtung – »hingegeben hat. Und weil dieser… *þræll* auch ihrem Vater zu Willen sein musste, zwang sie den armseligen Schwanz, mit ihr zusammen das Land zu verlassen. Du siehst, ich weiß alles über dich! Du hast einen weiten Weg zurückgelegt, um nun hier deine Fäden zu ziehen!« Die wilden Geschichten, die offensichtlich über mich im Umlauf waren, raubten mir schier den Atem.

»Lügen und dummes Geschwätz!«, schrie ich auf. »Ich –«

»Sie sagen, dass du den bösen Blick hast.« Erik beugte sich vor, und seine Augen glitzerten. »Sie sagen, dass du Svanhild Geirsdottir getötet hast, weil sie dem Yngling versprochen war! *Meine* Svanhild…« Die wütende Faust traf die Lehne so heftig, dass es krachte. »Sie sagen, dass die alte Magd von Sigrunsborg sterben musste, weil sie wusste, dass du einen Dämon zur Welt bringen würdest! Sie sagen, dass du Stenkil beherrscht hast, wie es nicht einmal die Völva konnte – und dass du Feuer an die Königshalle gelegt hast! Benno Geirsson habe versucht, dich davon abzuhalten, doch du – rachsüchtiges Weib – habest den Priester noch in den Flammen geschändet und dann dem Thing ausgeliefert!«

»Du glaubst, ich bin eine Zauberin?« Eine unsichtbare Hand legte sich um meinen Hals – das hier kannte ich, das hatte ich schon mal erlebt, und ohnmächtige Wut stieg in mir hoch! Niemand sollte mich je wieder eine Zauberin nennen, niemand hatte das Recht, mir solch unglaubliche Dinge zu unterstellen! Doch es war nicht Furcht vor dem Hexenwerk, was ich in Erik Harfagris Augen las. Es war blanke Gier.

»Du bist gefährlich, *greifinna*!« Er leckte sich die scharf geschnittenen Lippen. »Ich – liebe gefährliche Frauen.« Mit der Hand im Schritt lehnte er sich zurück. »Zieh dich aus!«

Es war so weit. Ich schluckte, ließ die Augen hektisch herumwandern. Ein Ausweg, ein Fluchtweg, ein Mauseloch... »Zieh dich aus!«

»Nein!«, schleuderte ich zurück. Er fuhr hoch, kam mit langen Schritten auf mich zu. Blitzschnell bückte ich mich, griff in die Glut und packte einen dicken Ast, mit dem ich ihn aufhalten wollte – ach, lächerlich, denn mit dem Handrücken fegte er ihn in die Luft, und mir blieben nichts als verbrannte Hände. »Hexen brennen nicht. Sie fangen erst Feuer, wenn ich mich in ihnen wetze, *greifinna*«. Seine Hand fuhr vor und riss mir Kleid und Hemd entzwei. »Du wärst nicht die erste *flagđ-kona*, die unter meinem Feuerstein um Gnade winselt.«

Ich kämpfte, und ich verlor meinen Kampf.

Erik Harfagri war weder betrunken noch blind vor Wut, und seine Hände packten gezielt zu. Er warf mich auf eines der

Lager, entfernte störende Kleidungsstücke und führte aus, was er vom ersten Augenblick an vorgehabt hatte: Er ritt die Stute seines ärgsten Widersachers, die den Fehler gemacht hatte, den falschen Stall aufzusuchen. Hatte ich vorgehabt, mich bis aufs Blut zu wehren? Der Dagholmer wusste, wie man widerspenstige Bettgenossinnen gefügig machte – die Faust in meinem Gesicht bewirkte, dass mir fast der Schädel platzte, und meine Beine, mit denen ich eben noch um mich trat, erschlafften wie gekochte Bohnen, und dann war er auch schon in mir, rammte mich mit der ganzen Länge seiner kriegerischen Männlichkeit, er zog seinen Pflug durch den schon bestellten Acker und stöhnte seinen Triumph über alle Gegner laut heraus.

Sterben dauert lange.

Es dauerte so lange, bis er endlich kam, mich besudelte und gleich wieder von vorne anfing, ein widerliches Abbild Freyrs, dem nicht Fruchtbarkeit, sondern Geilheit und abgrundtiefer Hass die Sinne befeuerten…

Ich war tot.

Da fühlte ich, wie jemand meine Hand nahm. Sie lag frei auf dem Bett, der Sohn des Thorleif hatte sie fahren lassen, weil er die Finger für sein schmutziges Geschäft benötigte. Und ich fühlte, wie sich ein Messergriff in meine Handfläche schmiegte.

Ich zwang mich, meinen leer umherirrenden Blick einzufangen: Das Messer steckte noch in Eriks Gürtel. *Tu's.* Erneut sah ich hoch, ohne den Schmerz zu fühlen, den der Schwarzhaarige in mir verursachte.

Und durch die schwarzen Strähnen meines Peinigers hindurch sah ich den Hügelkönig aus dem Dachgiebel herabblicken. *Tu's.* Wieder legte er seine Hand an die meine, und das Messer schwebte durch die Luft.

Töte ihn, bevor er dich tötet. Der Hügelkönig lächelte väterlich.

Ich umklammerte den Messergriff. Der Hügelkönig nickte. *Tu's.*

Erik Harfagris Todesschrei unterschied sich kaum von den Schreien der Lust, mit denen er mich vorher fast taub gemacht hatte. Das Messer glitt wie eine Schlange zwischen seinen Rippen hindurch und blieb erst am Heft hängen. »Hure!« Er zuckte noch einmal in mir auf, ergoss sich ein letztes Mal und fiel in sich zusammen. »Verdammte Hure!« Seine Arme ruderten über das Bett, die Hände näherten sich meinem Hals, ich strampelte, zappelte unter ihm, fühlte sein Tonnengewicht im Angesicht des Todes noch schwerer werden – er würde mich erdrücken, zerquetschen... Panisch vor Angst, ihm doch nicht entrinnen zu können, packte ich erneut den Messergriff und zog ihn nach unten, so weit ich konnte. Schreiend bäumte Erik sich auf, und ich war frei! Nackt bis auf die Haut, aber frei stand ich vor dem Sterbenden. Ich raffte ein paar Kleidungsstücke an mich, warf mir irgendeinen Mantel über die Schultern. *Geh jetzt, Alienor!* Ich konnte nicht. *Geh!* Gott, ich konnte mich nicht bewegen – *herfjotur* schoss aus seinen Augen: Du entkommst mir nicht!

»Du hast gebrannt, *frilla...*« Blut rann aus seinen Mundwinkeln, trotzdem schaffte er es, böse zu grinsen. »Alle haben gehört, wie du gebrannt hast... der Yngling wird es hören... alle...« Er hob die Hand und versuchte, nach mir zu greifen. »Neidingsweib... das hier wirst du... bitter bereuen...« Die Finger wurden zu einer Klaue, die mein Bein streifte und blutige Striemen hinterließ. »Vernichten... ich werde euch vernichten, die ganze Sippe...«

»Fahr zu Hel.« Ich schluckte mühsam. Sein Sterben zog sich hin. Es gelang mir nicht, mich von seinem Blick zu lösen, er saugte sich wie ein Blutegel fest an mir. *Geh jetzt!*

»Erik?«, rief da jemand von draußen und brach den Bann. Erik Harfagri röchelte mit allem, was ihm an Kraft noch zur Verfügung stand: »Hierher... helft... fangt sie...« Ich drehte mich einmal um mich selber. Was – wohin – was tun – *hier entlang*! Und der Hügelkönig winkte mir und öffnete die schmale Seitentür hinter dem Wollteppich, die einmal dem Sakristan von Uppsala hatte vorbehalten sein sollen und die noch kein Mensch benutzt hatte. Frische Luft drang ins Haus. Frei! Ich klaubte ein Schwert von der Wand, drückte meine Kleider an mich und huschte zur Tür.

»Hierher … helft! Verfluchte …«

Sie drangen zur Vordertür ein, fanden ihren sterbenden Anführer, ich hörte noch, wie er mit der letzten ihm verbleibenden Atemluft widerwärtige Lügen erzählte, und dann schloss ich geräuschlos das Türchen. Draußen schien mir die Sonne wie zum Hohn ins Gesicht. *Lauf, Alienor, lauf!* Noch war niemand zu sehen. Der Götterwald lag nur einen Steinwurf von mir entfernt. *Lauf!* Ich nahm die Beine in die Hand, rannte, so schnell ich konnte, rutschte mit bloßen Füßen durch Schneematsch und weich gewordene Erde, fiel, rappelte mich hoch – es sirrte, ich duckte mich, ein Speer flog über meinen Kopf und traf den ersten Baum des Götterwaldes. »Da ist sie, haltet sie auf, haltet sie fest!«

Der Wald streckte seine Arme nach mir aus und zog mich unter sein dichtes Nadeldach.

Ich fand mich im Unterholz wieder, weinend, keuchend, halb tot vor Angst, und doch für meine Verfolger unsichtbar, denn der Hügelkönig narrte sie, er führte sie erst im Kreis, dann in die Irre, dann schlug er sie mit Dornen und kräftigen Weidenruten in die Flucht. Ihre Wutschreie, ihr Schmerzgebrüll und die suchenden Rufe – »He, Skarpheđinn, wo steckst du?!« – »Wo zum Henker seid ihr alle?« – »Ich hab sie, ich hab sie, hab ahhhhhh …« – erfüllten die Luft um mich.

Ein Brummen weckte mich. Das Geschrei war verstummt, allein der Wind strich durch die Bäume und ließ die Windharfen leise erklingen, friedlich und endlos, wie jedes Mal, wenn ich diesen Wald betreten hatte. Ich lag trocken auf einem Bett aus Tannenzweigen, zugedeckt mit den Kleidern, die ich gestohlen hatte. Mein Körper brannte. Alle Tränen waren verdampft, es gab nichts mehr zu weinen, nichts zu fühlen, nichts.

Ich rutschte von den Zweigen herunter und setzte mich in den Schnee. Für den Moment kühlte er den Schmerz, der in mir saß wie ein eiterndes Schandgeschwür und genauso wachsen würde, in alle Richtungen wuchernd, bis ich voller Schmach und Scham und Pein wäre… Hastig häufte ich Schnee um mein Gesäß, klopfte ihn fest und versank fast besinnungslos im Gegenschmerz der Kälte.

Da brummte es wieder, Zweige raschelten, und Sindri stand mit hängenden Zügeln vor mir, um mich nach Hause zu bringen. Es war dies der letzte Gefallen, den die Hügelkönige von Uppsala mir erwiesen. Ich traf sie nie wieder.

Hermann fand mich nicht weit von Holtsmúli auf einer Lichtung, wo mein Pferd beschlossen hatte, eine Pause einzulegen und unter den Schneeresten nach Gras zu suchen. Ich war nicht mehr in der Lage, mich zu wehren, ich saß im Sattel und ließ erst Sindri, dann Hermann gewähren, der weinend vor Erleichterung die Zügel fasste und mich nach Hause brachte.

Sie wussten nicht recht, wie sie mir begegnen sollten. Mit der Frau, die zwei Tage zuvor überstürzt und wortlos aufgebrochen war, hatte ich nichts mehr gemein. Die Stimme war mir verloren gegangen. Mein Erscheinungsbild – zerlumpte, stinkende Männerkleider, wirres Haar, von Schmutz und Blut verfilzt, verbrannte Hände, das Gesicht in Regenbogenfarben schillernd – gab ihnen beunruhigende Rätsel auf, doch es waren wohl meine erloschenen Augen, hinter denen sich ein Abgrund verbarg, der sie instinktiv vor mir zurückweichen ließ…

Gunhild wollte es gar nicht sehen. Sie trug mein Kind umher, rührte im Topf und schalt die Finnen faule Säcke – als wäre nichts geschehen, als wäre ich keinen Tag fort gewesen. Ich hingegen war taub gegen ihre Vorwürfe, ich sei eine Rabenmutter, eigensüchtig und nicht wert, einem Mann wie ihrem Sohn anzugehören, und noch viel weniger, neben dem königlichen Hochsitz des letzten Ynglings zu stehen.

»Er ist nicht König.« War das meine Stimme gewesen? Unmöglich, mein Mund war wie aus Pergament, die Zunge hatte sich seit undenklichen Zeiten nicht in ihrem Bett bewegt…

»Was hast du gesagt, Weib?« Wie ein Dämon sprang die alte Frau auf mich zu, und auch die anderen kamen näher. »Du bist schuld, du hast alles auf den Kopf gestellt, *frilla*, alle Pläne, alle –«

Ich spürte kaum, wie ich fiel, weil mein Herz für einen Schlag lang aussetzte.

Wieder einmal war es Sigrun Emundsdottirs Tatkraft und Entschlossenheit zu verdanken, dass ich überlebte. Energisch vertrieb sie alle Neugierigen, schälte mich dann aus den feuchten Kleidern, wusch mich mit lauwarmem Wasser und packte mich mit den weichsten Fellen, die Holtsmúli zu bieten hatte, in ihre Schlafecke, wo sie mich nah bei sich wusste und den Wahn in meinem Blick heimlich beobachten konnte. Von allem Essbaren auf Holtsmúli gab sie mir unter Thordís' zustimmendem Blick das Beste und fütterte mich sogar, wenn ich es nicht anrühren wollte. Nichts von ihrem Tun drang zu mir durch – sie hätte mich auch schlagen können, es wäre mir gleich gewesen. Und so schlichen alle durchs Haus, als hätten sie eine lebende Tote bei sich, die man nicht berührte, aber aus den Augenwinkeln unablässig beobachtete.

Eines Morgens kam die Hausfrau an mein Lager. Sie reichte mir eine sauber gewickelte und zufrieden lächelnd Snædís und hockte sich neben mich. Es kostete mich einige Mühe, mich mit den Ankömmlingen zu befassen.

»Du musst dich langsam zusammenreißen, Alinur Hjartaprydi«, sagte Thordís plötzlich, und ihre sonst so munteren Augen wirkten mit einem Mal uralt. »Weißt du denn nicht – es sind stets die Frauen, die die grausige Zeche des Krieges bezahlen, so war es immer, und so wird es bleiben. Sie benutzen uns, im Frieden wie im Krieg, und unseren Mut achten sie gering.« Sie beugte sich zu mir. »Deshalb – gerade deshalb müssen wir den Kopf hoch tragen, Alinur Hjartaprydi, so hoch wir nur können! Was immer dir in Uppsala zugestoßen ist – frisiere dich, und trage deinen Schmuck und deinen schönen Namen mit Würde! Atme tief durch, und mach dich frei. Verschließe dich der Scham, lass nicht zu, dass sie dich zerfleischt, Alinur. Die Scham – die Scham ist nicht wirklich, weißt du, sie liegt nur obenauf, denn die Tat ist immer nur die Schande des Täters, nicht die deine …« Ihre Stimme zitterte, und ich sah, dass sie die Faust geballt hatte. Thordís Gudmundsdottirs Worte verrieten, dass sie meine Geschichte kannte, obwohl ich keine Silbe davon erzählt hatte. »Wir dürfen nicht zulassen, dass die Täter stärker sind als wir, Alinur!« Ihre runzelige Hand berührte meine Lippen. »Auch wenn ihr Name in diesem kriegerischen Lande nicht viel gilt: Wir sind Freyas Töchter – wir sind die Herrinnen der Häuser! Ohne uns gäbe es kein Feuer und keine Nahrung, keinen Leinwandfetzen, in den sie sich hüllen, und auch keine Söhne, die sie in den Krieg schicken können.« Thordís' Gesicht verzog sich verächtlich. »Alinur – sie *können* uns gar nicht kränken.«

In dieser Nacht schaffte ich es zum ersten Mal, mich aus eigenem Antrieb zu bewegen. Ich nahm das Brot, das Sigrun für mich liegen gelassen hatte, und kaute darauf herum. Nicht zulassen, dass der Täter stärker wird als du. Ich holte tief Luft. Mich vom Geschwür der Schande verzehren lassen, so hieß die Alternative. Sterben. Langsam, qualvoll sterben. An der Erinnerung verrecken wie ein Tier, während der Körper einem immer mehr zum Feind wird. Das Brot blieb mir krümelig im Hals stecken. Ich würgte es hinunter.

Snædís schlug die Augen auf und sah mich ernst an. Mein Herz zog sich zusammen. Auch eine Tochter Freyas. Ich würde ihr zeigen müssen, wie man es anstellte, trotz aller Demütigung den Kopf hoch zu tragen. Das war nun meine Aufgabe in diesem Leben. Ihre klaren blauen Augen streichelten meine zuckende Seele …

Da regte sich Sigrun neben mir. »Bist du wach, Alinur?« Sie setzte sich ebenfalls auf, und wir sahen uns lange stumm an.

»Hast du ihn getroffen?«, fragte sie irgendwann leise.

Langsam zog ich die Unterlippe durch die Zähne, damit sie zu zittern aufhörte. »Ich habe den Teufel getroffen«, sagte ich und drehte mich mit dem Gesicht zur Wand.

Ich zwang mich aufzustehen, umherzugehen, mein Kind wieder selbst zu versorgen. Thordís' Worte überzogen mich wie eine schützende Haut. Die Scham ist nicht wirklich. Atme. Die Tat ist die Schande des Täters. Es ging, es funktionierte. Ich hasste meinen Körper, doch er gehorchte mir. Trotzdem war es ein Friede auf Abruf. Erik – seit Wochen waren wir ohne Nachricht, ich bangte um sein Leben, gleichzeitig fürchtete ich mich davor, ihn wieder zu sehen, weil Thordís' stolzes Gedankengebäude dann zusammenstürzen würde… Nicht nur in meiner Heimat wurden viele geschändete Frauen von ihren Männern wegen Ehebruchs getötet, und die Kirche stand ihnen bei dieser Tat wie selbstverständlich zur Seite. Und wer half mir? Voller Ohnmacht klopfte ich auf die Decke über meinen Knien, nicht ahnend, dass das Grollen, das ich in Uppsala gehört hatte, nur der Anfang eines Erdbebens gewesen war.

Niemand wagte es unterdessen, mich auf meiner Bank zu stören. Niemand außer Pater Berengar.

An einem warmen Frühlingstag, als das Tauwasser in immer stärkeren Strömen zu Tal floss und Schmutz und Geröll mit sich riss, kam er um die Ecke und hockte sich neben mich. Seine Kutte roch muffig und ungewaschen, und der scharfe Körpergeruch des Fastenden machte sich mit ihm auf der Bank breit. Ich zog meinen Mantel höher.

»Möchtet Ihr, dass ich mit Euch bete?«, fragte er ohne Umschweife. »Eure Seele ist in Not.«

Da lachte ich bitter. »Ach Pater, müht Euch nicht. Meine Seele liegt still, sie hat die Not hinter sich gelassen…«

»Erzählt mir von Uppsala.« Es war nicht seine Art, lange Vorreden zu halten. Ich argwöhnte, dass er wohl nie Jahre in einem Kloster verbracht hatte, wo man trotz des Schweigegebots das Schwafeln und wortreiche Predigen lernte.

»Wisst Ihr, was die Nordleute sich vom Jüngsten Gericht erzählen?« Sein Blick verriet echtes Interesse. Berengar konnte zuhören. »Sie nennen es Ragnarök, der Tag, an dem die Welt dem Feuer anheim fällt. Ein riesiger Wolf verschluckt Sonne und Mond, und alle Sterne fallen vom Himmel, während die Berge zusammenstürzen. Jeder kämpft gegen jeden, und alle sterben sie den Schlachtentod, Asen und Riesen, Menschen, Zwerge und Unholde. Am Schluss schleudert Surt, der Feuerdrache, Flammen über die Erde und kommt darin als Letzter um.« Ich drehte den Kopf zu ihm. »So war es in Uppsala. Eine Welt ist dort untergegangen, ertrunken in Mord, Feuer und Gewalt. Das Blut stand knöchelhoch in den Straßen.« Unter meinen Ärmeln kratzte ich mir wieder die Arme auf und gab mich dem süßen Gegenschmerz hin, der die körperliche Erinnerung zum Schweigen brachte.

Berengar stützte die Ellbogen auf die Knie. »Was glaubt Ihr – wer hat Schuld daran? Habt Ihr –«

»Ist es nicht gleich, wer die Feuer legt?«, unterbrach ich ihn heftig. Da schwieg er lange.

»Wer soll ernsthaft glauben, dass die Nordmänner von Sünde reingewaschen werden?«, fragte Berengar schließlich irgendwann resigniert und fuhr sich über seine zuwachsende Tonsur. »So viel Wasser kann es gar nicht geben... und lässt man die Schlimmsten von ihnen auffahren in den Himmel, muss man gar befürchten, dass sie sich an der Allerheiligsten Jungfrau vergreifen oder den Thron des Allmächtigen stehlen.«

»Warum seid Ihr dann hier, Pater?«, fragte ich. Er sah mich an.

»Ehrlich gesagt – ich weiß es nicht genau. Vielleicht – vielleicht vergelte ich hier Böses mit Gutem. Gott stellt jeden von uns an einen Platz, doch Er sagt uns nicht, was Er mit uns vorhat.« Seufzend stand er auf. »Wärt Ihr dem Yngling in dieses Land gefolgt, wenn Ihr gewusst hättet, dass Euch Euer Weg an jenem Tag nach Uppsala führt?«

Wäre ich? Ohne ihn konnte ich nicht leben, nicht atmen, nicht existieren, ohne ihn war ich nichts.

Der Pater entfernte sich ein paar Schritte, dann drehte er sich noch einmal um. »Vielleicht tröstet es Euch, Alienor – auch im Norden erzählt man sich von einem Neuanfang. Ein Menschenpaar, das den Letzten Tag überlebt und das in scheinbar ewiger Dunkelheit für jeden von uns ein Licht der Hoffnung dafür ist, dass das Leben weitergeht.« Seine schwarzen Augen zwinkerten bei diesen letzten Worten. Dann ging er.

Ich sah den Schimmel schon von weitem. Mühelos pflügte er durch den tiefen Matsch und marschierte vorwärts wie Sleipnir, das achtbeinige Pferd des Odin. Gebückt und erschöpft hingegen hockte der Reiter im Sattel. Ich zupfte behutsam Wolle aus dem Sack und drehte die Spindel. Es würde noch etwas dauern, bis sie die Anhöhe erreicht hätten. Die Spindel surrte und drehte sich, ich fasste den Faden, sah Gisli Svenssons graues Gesicht auf mich zukommen. Grau. Es war grau. Ich zupfte Wolle, fasste nach, schwang die Spindel.

Der Faden riss entzwei.

»Sei gegrüßt, Alinur – von Sassenberg.« Ich ließ mein Spinnwerkzeug im Schmutz liegen und erhob mich. Die Kleidung des Ankömmlings war erlesen wie immer, sein Mantel aus dicker Seide, gesäumt mit Eisfuchsfell, an den Verschlüssen prangten eingefasste Edelsteine. Für eine Pelzkappe war es inzwischen zu warm geworden, doch ich musste eine Weile überlegen, was heute anders war …

»Willst du mich nicht begrüßen?«

Sein Haar. Das Geschwür in mir zuckte bösartig auf. Ich biss mir fest auf die Lippen, um es zum Schweigen zu bringen. Gislis Haar, einst von sonnigem Rot, war weiß geworden und ließ sein eingefallenes Gesicht um Jahre gealtert aussehen. Es hatte dieselbe Farbe wie der stolze Hengst, aber nicht dessen Würde. Es war vom Leid gebleicht.

»So schön, dich zu –« Der Rest blieb mir im Hals stecken. Ich erinnerte mich, dass seine Augen diese merkwürdige Karneolfarbe gehabt hatten. Heute waren sie fast schwarz unter struppigen, zusammengezogenen Brauen. Etwas wie verhaltener Zorn wohnte in ihnen.

»Setz dich, bitte.« Einladend zog ich die Felle auseinander. Er wollte ablehnen – und überlegte es sich dann doch anders. Dezent wehte der Duft von Orange und Patschuli zu mir herüber, als er sich setzte und, nach einigem Zögern, meine Hand ergriff.

»Wir – wir haben uns lange nicht gesehen, Alinur. Wie ist es – dir ergangen?« Er drehte den Kopf und sah mir in die Augen. »Du – habt ihr genug zu essen?«

»Wir haben alles, was wir brauchen«, erwiderte ich förmlich.

Gisli nickte. »Trotzdem habe ich …«

»Gisli, ich kann nicht schlafen.« Ich krampfte die Hände im Schoß zusammen, vergaß, dass ich doch hatte Haltung bewahren wollen, dass niemand wirklich wissen wollte, wie meine Nächte aussahen – dass ich im Schein der Lampe und in Decken gehüllt dasaß und über das ungeborene Kind wachte, mich gegen all die Dämonen wappnete, die ja nur darauf warteten, aus den Wänden hervorzubrechen und schreiend über mich herzufallen – ich kannte sie alle, denn sie schickten mir die Albträume und immer wieder unerträgliche Schmerzen im Unterleib, wenn ich kraftlos wegdämmerte oder mich törichterweise gar vor ihnen in Sicherheit wähnte.

»Ingi war bei euch?«, fragte er übergangslos. Ich wurde rot und nickte. Siehst du. Wen interessierte schon die Schlaflosigkeit einer Frau oder ihre Angst, ein Kind zu verlieren. Ingi. Ein halbes Menschenalter schien seit seiner Abreise vergangen zu sein. Ich versuchte, die Wochen zurückzuverfolgen.

»Warum schläfst du nicht, Alinur?« Seine Hand holte mich beim Zählen ein. Ich hob den Kopf und sah ihm in die Augen. Da war es wieder, das zauberhafte Karneol, das es als Augenfarbe doch gar nicht gab, und ich schöpfte Vertrauen.

»Gisli – ich war in Uppsala.« *Uppsala.* Ein Name wie ein Paukenschlag, dass die Luft erzitterte.

»Ich weiß«, nickte er ernst. »Du hättest das nicht tun dürfen.«

»Ich musste … ich konnte einfach nicht – die Toten sind hier, Gisli, sie sind mir gefolgt, Osvif, die Frauen – alle, sie schreien, und sie schauen mich vorwurfsvoll an, ich kann ihr Blut riechen – und *sein* Blut, er ist hier, wie er angekündigt hat, er ist mit mir gekommen, er klebt an mir – ich werde ihn nicht los, Gisli, ich – o Gott …« Der Ausbruch erschöpfte mich, und ich erschrak fast vor dem Klang meiner Stimme.

»Alienor.«

»Es war die Strafe, die Strafe Gottes –«

Da war mein Name gewesen, wie Erik ihn aussprach, mit französischem Klang und gerolltem R, ein bisschen härter, als ich es gewohnt war. Ich sah ihn an.

»Alienor, ich habe etwas mitgebracht.« Gisli nestelte an seinem Bündel und legte mir dann einen Gegenstand auf die Knie. Ich schlug das Tuch auseinander. Unbeschwert tanzte die Sonne über die reich verzierte Scheide des Ynglingschwertes und ließ die Edelsteine funkeln. Sie versuchte mich zum Spaß zu blenden, doch nicht einmal das Gleißen der Goldschnüre tat mir in den Augen weh.

»Lebt er?«

»Ja«, erwiderte Gisli schroff. Eine von Thordís' Katzen kam um das Haus spaziert und versuchte, Aufmerksamkeit zu erregen. Er warf einen Stein nach ihr, worauf sie maunzend hinter den Zaun sprang. Besitzergreifend schlang ich die Finger um den Griff, wo Eriks Hand im Kampf gelegen hatte.

»Warum – warum kann er nicht – kann er nicht kommen?«

Da wandte er den Kopf zu mir und sah mich mit einem sehr seltsamen Gesichtsausdruck an. Närrin, die ich war, wusste ich ihn nicht gleich zu deuten.

»Gisli, ich – ich erwarte ein Kind.«

»Ich weiß.« Seine Stimme war hart und der Gesichtsausdruck jetzt voller Ekel. »Der Dagholmer hat sich vor seinem Tode damit gebrüstet, dir mindestens Zwillinge hineingesteckt zu haben.« Und damit sprang er auf und packte mich am Kragensaum meines Mantels. »Warum – Alinur, wie beim Thor konntest du nur – wie ist es möglich –«

»Aber Gisli, es ist doch Eriks Kind!«

Er ließ mich abrupt los. »Was sagst du da?«

»Es ist sein Kind, Gisli.« Ich vergrub den Kopf in den Händen und wiegte mich, weil die folgenden Worte das Geschwür in mir zum Erwachen brachten. »Ich war schon schwanger, als der – der – als Erik Thorleifsson mich nahm«, flüsterte ich. Da war es lange still neben mir.

»Ihr Götter.« Gislis Stimme klang so fremd. »All ihr Götter, habt Mitleid. Wenn er das doch nur gewusst hätte… Trotzdem« – neben mir ballten sich zwei Fäuste – »trotzdem verstehe ich nicht, wieso du es getan hast. Nie hätte ich gedacht, dass die Rache einer Frau so grausam sein kann, Alinur.«

»Was getan, Gisli? Wieso Rache?« Die Nebel im Kopf, die mich so liebevoll von allem abgeschirmt hatten, zerrissen. Mein Verstand erwachte und arbeitete so scharf wie nie zuvor. »Wovon sprichst du, Gisli?«

»Stell dich nicht so dumm, beim Thor!«, schrie er. »Ich spreche davon, was du bei Erik Thorleifsson gesucht hast – wieso du zu ihm gegangen bist, in sein Haus, kaum dass er sich zum König gemacht hatte, wieso du sein Lager geteilt hast…« Er holte Luft. »Es gibt Zeugen, viele Zeugen, die beeiden, dass du freiwillig bei ihm warst. Sie haben gesehen, wie du dich hast hinbringen lassen. Sie haben dich gehört mit ihm, Alinur…«

»Gisli.« Mein Herz klopfte wild. »Gisli, sieh mich an. Egal, was man dir erzählt hat: Erik Thorleifsson hat mir Gewalt angetan!«

»Gewalt! Phhh! Es war Krieg, Mädchen! Da gelten andere Regeln, das wird doch wohl auch eine Fränkin wissen! Warum bei allen Göttern hast du Erik Thorleifsson aufgesucht?«, fragte er aufgebracht. Warm lief Blut über meine Arme. Dann hatten meine Finger jede Kraft zum Kratzen verloren.

»Weil er Erik heißt. Seine – seine Männer ließen mich bis zuletzt in dem Glauben, sie brächten mich zum Yngling. Ich wusste doch nicht, dass sein Gegner den gleichen Namen trägt. Ich – ich hab den Irrtum erst bemerkt, als ich vor ihm stand.«

Der Mann neben mir wurde ganz still. »Was…«

»Gisli, du musst mir glauben. Was ist dort unten passiert?«

»Die Welt ist untergegangen, Alinur«, murmelte er, noch blasser geworden, und fasste meine Hand so fest, dass es wehtat.

»Gunhild Guđmundsdottir möchte dich sprechen.« Keiner von uns hatte Hermann bemerkt. Langsam stand Gisli auf, ohne mich loszulassen. »Komm«, sagte er mit belegter Stimme.

Sie hatten Sitzbänke nach draußen geräumt, um sich an den Strahlen der Frühlingssonne zu wärmen. Kolbrún servierte heißen Met und frisch gebackene süße Fladen. Schweigend aßen und tranken wir. Auf dem Zaun zum Bienengarten hüpften erwartungsvoll die ersten Vögel hin und her. *Alles nicht so schlimm. Alles nicht so schlimm, nicht so schlimm*, zwitscherten sie sich zu. *Nicht so schlimm.*

»Gunhild Guđmundsdottir, ich bringe schlechte Nachrichten aus Uppsala.« Gisli räusperte sich. Die alte Königin straffte sich, und für einen Moment bewunderte ich sie. Gleichgültig, wie arm und abgeschoben sie sein mochte und wie schlecht die Botschaften auch waren, ihre königliche Haltung würde diese Frau niemals verlieren. »Sprich, Gisli Svensson. Bringst du mir die Nachricht vom Tod meines letzten Sohnes?«

Selbst die Vögel verstummten und warteten auf die Antwort. Gisli schüttelte den Kopf. »Ein Thing saß über ihn zu Gericht. Sie verurteilten ihn dazu, das Land zu verlassen.«

»Du fasst dich sehr kurz, Gisli Svensson.« Ihre Stimme war fest und klar.

»Erik wurde zum Neiding erklärt.«

Still saßen sie da, die Menschen, die Vögel, selbst der Wald schwieg. Ein Neiding, aus königlichem Hause. Das endgültige Ende einer Familie. Aus. Sigrun sprang auf und rannte hinter das Haus, wo man sie schluchzend würgen hörte. Heute half ihr niemand. Ein Neiding.

»Sie – sie machten meinen Sohn zum Neiding?« Gunhilds Augen flackerten. »Was werfen sie meinem Sohn vor?« Gisli sah kurz zu mir herüber, und ich erkannte, dass gleich etwas Furchtbares passieren würde. Die Welt kippte aus den Angeln.

»Sie verurteilten ihn wegen Mordes an Erik Thorleifsson.«

»Mein Sohn ist kein Mörder.« Sie kippte, kreischend...

»Gunhild – Alinur hat den Dagholmer getötet.« Sie fiel und zerschellte.

Eriks Mutter saß da und starrte mich an. Es war blanker Hass, der in ihren Augen loderte, die gesammelte Abneigung der letzten Monate, wo nichts nach ihrem Willen gelaufen war, wo ich ihr in die Quere gekommen war und all ihre Pläne über den Haufen geworfen hatte. Ihr Blick mähte mich regelrecht nieder. »Du...«, fauchte sie mit bebender Stimme. »Du... du hast ihn auf dem Gewissen, *ættarskomm*, du hast ihn getötet, meinen letzten, meinen schönsten Sohn, meine ganze Hoffnung – du hast Unheil über die Familie gebracht, vom ersten Tag an!«

»Beruhige dich, ehrenwerte Gunhild«, versuchte Gisli, sich einzumischen, doch sie schlug seine helfende Hand weg. »Du hast ihn betrogen, *frakka*, Ehebrecherin.« Ihre Augen blitzten im Triumph. »Er wird dich dafür töten, das glaube mir – und wenn es das Letzte ist, was mein Sohn in diesem Lande tut.« Sie stand auf. »Verlass dieses Haus. Pack deine Sachen und geh. Du hast kein Recht mehr, hier zu sein.« Damit riss sie mir Eriks Schwert aus der Hand.

Wut kochte in mir hoch, und ich erhob mich, um ihr in die Augen sehen zu können. »Du machst es dir sehr einfach, alte Frau! Warum fragst du mich nicht, wie es gewesen ist? Warum schenkst du Wildfremden eher Glauben als der Frau deines Sohnes?«

»Wer sagt denn, dass ich dich besser kenne, Mädchen?«, lachte sie verächtlich. »Ich kenne dich nicht, und ich glaube eher meinen Landsleuten als einer wie dir! Wenn du zu Hause geblieben wärst und den Lauf der Dinge abgewartet hättest, wie man es von einer ehrbaren Frau verlangen kann, dann müsstest du nicht mit einem Doppelmord leben: Indem du Erik Harfagri getötet hast, hast du auch das Leben meines Sohnes beendet. Was willst du mir noch erklären?« Sie fasste das Schwert mit beiden Händen und verließ die Runde hoch erhobenen Kopfes.

»Gütige Freya, so habe ich mir das nicht vorgestellt«, flüsterte Gisli und vergrub das Gesicht in den Händen.

»Alinur.« Thordís' Stimme klang ein wenig heiser. »Warum bist du nach Uppsala gegangen? Warum, Kind?«

Hilflos sah ich sie an. »Ich habe ihn gesucht, weil ich Angst um ihn hatte…«

»Und Erik Harfagri hast du gefunden«, ergänzte sie.

»Thordís, ich schwöre, dass ich –« Jemand räusperte sich. Ich verstummte. An diesem Punkt war ich schon einmal gewesen. Eine Frau schwört nicht.

»›Euer Ja sei ein Ja, euer Nein ein Nein, alles andere stammt vom Teufel‹«, sagte Pater Berengar leise. »Evangelium des Matthäus. ›Ich aber sage euch, schwört überhaupt nicht.‹« Dann faltete er die Hände und schwieg, weil er begriff, dass nicht einmal ein Schwur mir noch helfen konnte. Die Hausherrin ignorierte seinen Einwurf gänzlich.

»Alinur. Hast du Erik Halfagri wirklich in Notwehr getötet?«

»Hätte ich etwa stillhalten sollen?«, heulte ich auf.

Thordís nahm mich in die Arme. »Nein. Nein, Kind. Beruhige dich, schsch…« Über meinen Kopf hinweg wandte sie sich an Gisli. »Man muss das richtig stellen, Gisli Svensson. Man hätte sie anhören müssen, man hätte –«

»Es ist zu spät, Thordís.« Seine Stimme bebte. »Wie auch immer es geschehen sein mag – Erik Harfagri, der Sohn des alten Thorleif, ist tot, und seine Familie verlangte Genugtuung. Alinur.« Er holte mich aus Thordís' Armen und zog mich neben sich auf die Bank. »Sie wollen Rache. Da du aber eine Frau bist und trotz der Tat diesen Mann nicht aufwiegen kannst, nahmen sie sich das vornehmste Mitglied der Ynglingfamilie. Erik muss nun deine Schuld übernehmen, Alinur, und wurde daher vom Thing verurteilt.«

Ringaile zog Luft durch den offenen Mund. Hermann schnaufte entsetzt – er kannte mich doch, wie konnten sie es wagen, mir einen feigen Mord zu unterstellen! Er knirschte mit den Zähnen, doch zu meiner Verteidigung brachte er kein Wort heraus, der Arme. Steinchen knirschten unter einer Wintersohle. Sigrun blieb an der Hausecke stehen. Sie hatte Gislis Erklärung mit angehört. Niemals würde ich den Ausdruck in ihren Augen vergessen, niemals, solange ich lebe…

»Er hat mir gesagt, er würde uns vernichten«, flüsterte ich und presste die Finger gegeneinander. Erik Harfagri hatte sein Versprechen gehalten. Ich stand auf und lenkte meine Schritte zu den Wiesen, wo das Grün sich langsam von der Schneelast eines langen Winters erholte, fort von den blassen Gesichtern und den erschrockenen Augen, die mir im Stillen doch Vorwürfe zu machen schienen. Das Atmen fiel mir etwas schwer. Unter den Ärmeln schabte ich mir das getrocknete Blut von der Haut und zog mit den Nägeln neue Spuren. Ein Schritt auf die Felsen zu, und noch einer, und noch einer – der Wind frischte auf, das Grollen, das ich in der Ferne gehört hatte, kündigte es an: Die Erde begann zu beben und schickte sich an, mir den Boden unter den Füßen wegzureißen. *Pass auf, ein Sturm wird kommen.* Der Sturm war da.

Nach jenen Stunden in Uppsala hatte ich gedacht, schlimmer könne die Pein nicht werden, wenn man genötigt wird weiterzuleben. Dieser sonnige Frühlingstag belehrte mich eines Besseren. Die Gewissheit, bis ans Ende meiner Tage mit einer unsühnbaren Schuld leben zu müssen, ohne dass mir irgendjemand Vergebung schenken konnte, stak einem Messer gleich in meinem Leib. Sobald ich daran rührte, drehte es sich, um mir die schwere Schuld, die ich auf mich geladen hatte, in Erinnerung zu rufen, Tag für Tag, Stunde für Stunde, mit jedem einzelnen Atemzug.

Wie eine Feuerwalze rollte diese Erkenntnis über mich hinweg. Ich knickte ein wie verdorrtes, wertloses Septembergras, sie sengte selbst die Wurzeln weg, ich sank in meine eigene Asche und zerfiel vor den Felsen von Holtsmúli. Achtlos wehte der Wind über mich hinweg.

Gisli fand mich und zog mich aus dem Dreck, als die Sonne ihren Frühlingsversuch beendete und kalter Nordwind die Wiesen erschaudern ließ. Meine Augen schmerzten. Gott verweigerte mir die erlösenden Tränen. Der Kaufmann hatte eine Decke mitgebracht und wickelte mich darin ein, bevor er mich zu der Sitzkuhle im Felsen brachte, von wo aus man ins Tal hinunterschauen konnte. Seine wärmenden Arme erinnerten mich an das Leben.

»Was soll ich denn jetzt tun?« Die Sträucher bogen sich nachdenklich, doch Gisli hatte es auch gehört. Er ordnete noch einmal die Decke auf meinen Schultern.

»Weißt du, immerhin hat er sein Pferd. Erik ist verdammt gerissen – ich glaube nicht, dass die Männer aus Dagholm ihn fangen werden.« Er grinste schief. »Es gelang mir, Kári beiseite zu schaffen, bevor der alte Thorleif sich für den Hengst interessieren konnte. Sie haben nicht lange gewartet mit dem Thing, obwohl es nicht die Zeit dafür war. Thorleif von Dagholm zeterte herum, warf mit Gold und Pelzen um sich – und siehe da, die Feuer wurden entzündet.«

»Ist er – ist er freiwillig hingegangen?«

Ernst sah Gisli mich an. »Natürlich. Ein Krieger geht immer freiwillig hin. Es wären genügend Männer da gewesen, um seine Unschuld zu bezeugen, doch« – er verschränkte die Hände – »es gab noch mehr, die die Mörderin gesehen hatten. Und es war Erik Harfagris eigenes Messer, das in seinem Rücken steckte – das macht die Tat noch schlimmer. Erik nahm das Urteil daher widerstandslos an. Wir – wir konnten uns dann noch heimlich treffen, bevor er sich aufmachte.«

»Gisli – was hat er gesagt? Hat er irgendwas ...« Ich presste die Lippen aufeinander.

»Er bat mich, dafür zu sorgen, dass das Schwert der Familie hierher gebracht würde. Wie du weißt, vergräbt der Letzte des Geschlechts das Schwert. Wenn dein Kind natürlich ein –«

»Es wird ein Mädchen«, unterbrach ich ihn. Erstaunt sah er mich an. Ich starrte vor mich hin. Sonnenklar standen auf einmal die Worte der Völva vor mir. Ein Mädchen. Durch ihre Frauen würde diese alte Sippe weiterleben, ein heimliches Wesen, von dem die Männer keine Kenntnis hatten. Oder handelte es sich doch um verborgene Hexenkünste der alten Königin, die schon mein erstes Kind mit einem Bann belegt hatte?

»Wenn er nur gewusst hätte, dass es sein Kind ist ...«

»Hat er noch etwas gesagt, Gisli?« Gütige Gottesmutter, ich hungerte nach einem Wort von ihm, einem Wort, einer Gabe, irgendetwas, das er nur für mich hinterlassen hatte und das eine letzte Berührung doch niemals würde ersetzen können. Wollte Gisli nicht merken, wie sehr ich nach seinen Äußerungen lechzte, nach jeder Silbe, jedem Hauch dieser letzten Unterhaltung, die vielleicht doch etwas für mich enthielt, eine geheime Botschaft, die nur ich verstand, einen gedachten Kuss ...

»Bevor wir uns trennten, bat er mich noch, mich um dich

und das Kind zu kümmern, falls seine Mutter ihre Gastfreundschaft beenden würde – na ja, er ahnte wohl, dass sie dich vor die Tür setzen könnte.« Liebevoll strich er mir über den Rücken. »In meinem Haus in Sigtuna ist Platz für uns alle – du bist sehr willkommen, Alinur.« Ich schwieg zu seinem Vorschlag. Das war es nicht, was ich hören wollte. Gisli räusperte sich. »Alinur. Als sie berichteten, dass du gekommen warst, um das Lager mit Erik Thorleifsson zu teilen, da wurde sein Gesicht zu Stein. Danach sagte er auch zu seiner Verteidigung nichts mehr.« Für einen Moment setzte mein Herz aus.

»Er – er hat ihnen geglaubt?«, schrie ich ihn an, vollkommen aus der Fassung gebracht. »Er hat ihnen das geglaubt?« Ich packte seinen Mantel, riss an den Schnüren, außer mir vor Verzweiflung. »Er hat geglaubt, was sie ihm sagten?«

Gisli befreite sich. Sein Gesicht wurde hart. »Als wir voneinander schieden, da sagte er: ›Ich hatte gehofft, dass sie mir verzeiht – was für ein jämmerlicher Narr ich doch bin.‹«

Rache. Da war sie wieder. Erik war tatsächlich überzeugt, ich hätte aus Rache gehandelt. Rache für eine furchtbare Nacht der Entgleisung, für eine Demütigung, die keine Liebe der Welt vergessen kann. Er glaubte sich bestraft und nahm meine vermeintliche Rache wie einen letzten Hieb des Schicksals, wie einen endgültigen *herfjotur*-Fluch aus meinem Munde. Er nahm es an und wehrte sich nicht länger gegen seinen Untergang.

»Adhaesit pavimento anima mea«, flüsterte ich, machte mich am Fuß des Felsens ganz klein und vergrub den Kopf in meinen Armen.

Meine Seele lag im Staub.

14. KAPITEL

Ich bin ausgeschüttet wie Wasser,
alle meine Gebeine haben sich zertrennt, mein Herz
ist in meinem Leibe wie zerschmolzen Wachs.
(Psalm 22,15)

Das Leben lehrt uns, Leid zu ertragen.

Man denkt – jetzt ist es zu viel, jetzt wird der Schmerz unerträglich, aber das Herz schlägt dann doch weiter.

Gunhild Guđmundsdottir warf all meine bewegliche Habe vor die Tür. Sie könne mit der Frau, die ihren Sohn auf dem Gewissen habe, nicht unter einem Dach leben. Ich möge doch hingehen, wo der Pfeffer wächst, ihr aber aus den Augen treten. Snædís auf ihrem Arm kreischte und jaulte – das Ynglingmädchen sollte selbstverständlich bei der Großmutter bleiben, ich sollte es nicht einmal mehr anfassen dürfen, nichts sollte ich mehr anfassen, das Haus nicht betreten, niemandem ins Gesicht sehen – gehen sollte ich, ja, endlich verschwinden ...

Die Kleider lagen im Schlamm. Ich hockte mich daneben und kramte unter Ringailes entsetztem Blick ziellos in Sachen, die keinen Wert mehr für mich hatten, in leinenen Unterkleidern, bestickten Tuniken, Zierbändern, silbernen Löffeln, Haarschmuck und Kleidernadeln. Ein kleiner Lederbeutel fiel aus dem Schultertuch heraus. Meine Finger erspürten seinen Inhalt, ohne dass ich den Beutel öffnen musste, und es war vielleicht auch besser, das Runenhölzchen nicht anzuschauen, ich kannte ja seine Inschrift. *Guđ hialpi salu.* Gott hatte es nicht einmal versucht.

Gisli und Thordís bemühten sich, die alte Frau in ihrem besinnungslosen Zorn zu beruhigen und ihr das Vorhaben auszureden, mich in die Wildnis zu jagen. Ich setzte mich stumm auf die Bank, wie hunderte Mal vorher, und starrte ins Tal.

Thordís erneuerte ihr Angebot, Holtsmúli als mein neues Zuhause zu betrachten. Sie legte damit den Grundstein für eine Lebensgemeinschaft, die jeder von uns wenn schon keine neue Heimat, so doch zumindest Halt gab, denn alle hatten wir etwas verloren – den einzigen Sohn, den Bruder, Mann und Geliebten, einen Traum von Hoffnung und Sicherheit, einen unerfüllbaren Traum von Glück …

Vor unseren Augen übernahm die alte Königin die schwere Aufgabe, das Ynglingschwert in der Erde Upplands zu vergraben. Ich sah vom Bienengarten aus zu, wie sie mit den Händen ein Loch grub und die Waffe hineinlegte, die schon so viele tapfere Krieger begleitet hatte. Ihr Gesicht verriet keine Gefühlsregung. Sie trat die sorgsam abgetragene Grasnarbe wieder fest und verließ die Wiese hoch erhobenen Hauptes. Ein Sippenleben war zu Ende gegangen, und die einzigen Spuren, die es hinterließ, waren die Geschichten, die man sich von den sagenhaften Ynglingen und ihren allzu menschlichen Nachfahren erzählte. Gunhilds Herz jedoch war gebrochen, ebenso wie meines. Niemand sprach mehr von dem Schwert.

Dichtes Junigras wuchs über die Stelle, wo es vergraben lag. Manchmal fand sich eine Blume dort, vom Wind herangeweht oder mir wie zufällig aus der Hand gefallen.

Als er sicher sein konnte, dass ich nicht mehr versuchen würde, mir durch extremes Fasten oder Leichtsinn das Leben zu nehmen, bereitete der Kaufmann seinen Abschied von Holtsmúli vor. »Es wird immer einen Platz für die Frau meines Freundes geben, Alinur«, sagte er beim Satteln und strich mir sanft über die Wange. »Was auch geschieht, das wirst du immer bleiben.«

Ich schnallte das Päckchen mit Proviant an den Sattel seines Schimmelhengstes. »Warum ist er nicht mehr hergekommen, Gisli?« Mit hängenden Schultern drehte ich mich zu ihm. »Nur ein einziges Mal – warum nicht?«

Gisli nahm meinen Arm und führte mich zu der Bank, wo wir so viele Gespräche geführt hatten, die alle vor einer Mauer aus Sprachlosigkeit und Trauer endeten. »*Augagaman* – er konnte doch nicht. Hier hätten sie ihn als Erstes gesucht, und er wollte euch nicht in Gefahr bringen.« Seine karneolfarbenen Augen hatten wieder diesen wehmütigen Schimmer, der mir das Herz brach. »Thorleif wird ihn verfolgen, bis ans Ende der Welt, wenn es sein muss. Weißt du, wir Nordleute haben einen langen Atem, wenn es um Rache geht. Auf die Rache verzichten – das würde niemandem in den Sinn kommen! Die Seele würde daran zu Grunde gehen.« Er lehnte sich gegen die Hauswand. »Jeden Morgen steht der Rächer auf und sagt sich: ›Heute könnte es sein, wenn die Götter wollen.‹ Wenn nicht heute, dann vielleicht morgen, oder übermorgen. Nie würde er den Gedanken an Rache aufgeben, nicht einen Tag seines Lebens.«

»Mancher tut es doch ...« Ich biss mir auf die Lippen. Vater kam mir in den Sinn und dass Erik ihn verschont hatte, um mich nicht zu verlieren. Gisli schnaubte leise.

»Alinur, was Erik damals getan hat, ist für hiesige Maßstäbe – unverständlich. Als er mir davon erzählte, war ich fassungslos. Das war, bevor ich dich kennen lernte.« Kurz zwinkerte er mir zu und wurde gleich wieder ernst. »Doch nun, Alinur, ist er der Gejagte ...« Er barg meine ruhelosen Finger zwischen seinen Händen. »Er kann nicht herkommen, selbst wenn er wollte.«

Da war es. *Selbst wenn er wollte.* Ich entzog ihm meine Hand. Gisli stand auf. »Alinur. Erik Emundsson müsste sich schon das Herz ganz aus dem Leib reißen, um dich zu vergessen.«

Ich sah ihm nach, sah, wie er verhalten-zärtlich von Sigrun Emundsdottir Abschied nahm, sein Pferd bestieg und den Weg hinabritt, auf dem ich alles verloren hatte. Mein Leben, meine Ehre, meine Zukunft.

Sigrun konnte mir nicht vergeben. Als ihr Leib sich zu runden begann, holte sie den Fuchswallach von der Wiese und verließ Holtsmúli mit unbekanntem Ziel. Gunhild, die mit ihrer Tochter heftig darüber gestritten hatte, was mit dem Kind der Opfernacht zu geschehen habe, sah ihr nun mit unbewegtem Gesicht hinterher. »Sie geht zu Vikulla Ragnvaldsdottir«, flüsterte Ringaile mir beim Wollezupfen zu. »Sie fürchtet sich vor dem bösen Blick. Vor Asgerds – und vor deinem, Alinur Greifinna.«

Als Gunhild zum Haus zurückkam, sah ich Tränen in ihren Augen. Einsamkeit beugte die Schultern der alten Frau und malte düstere Furchen in ihr grimmiges Gesicht. Meine Schwangerschaft hingegen ließ sie völlig kalt, und ich begann mich vor einer Entbindung zu fürchten, bei der mir niemand Beistand leisten würde – wenn ich das Kind überhaupt behielt. Doch trotz aller Schmerzen, die mich immer wieder plagten, fand ich kein blutiges Bettstroh auf meinem Lager, und ich begann zu hoffen, dass die Nornen die Lust verloren hatten, mich zu quälen.

Thordís gab sich einstweilen alle Mühe, mich aus der Erstarrung herauszuholen. Sie hatte sich vorgenommen, mich in die Zeidelwirtschaft einzuweihen, und führte mich jeden Tag in ihren Bienengarten, um mir etwas Neues zu zeigen.

»Die Bienenkönigin hat ihnen aufgetragen, dich zu trösten«, sagte sie lächelnd, als einmal ein ganzer Schwarm Bienen um meinen Kopf trudelte und ich es nicht wagte, mich zu rühren. »Sie singen für dich, hörst du das? Niemals würden sie dich stechen, Mädchen.« Fasziniert beobachtete ich, wie die Tierchen über ihren Arm krabbelten, wieder abhoben und in die Klotzbeuten flogen, wo wir am frühen Morgen die Honigwaben geerntet hatten, die vom Winter übrig geblieben waren. »Bienen können in die Seele schauen, sie wissen, ob ein Mensch gut oder böse ist.«

Doch auch Bienen können irren, denn mich stachen sie nicht, wo ich doch abgrundtief schlecht war. Aber vielleicht hatten sie auch einfach nur Mitleid. Wenn ich in der Nacht in meinem Bett saß und aus alter Gewohnheit mit den Dämonen rang, obwohl sie mich genauso gut verschlingen konnten, breitete sich die Hoffnungslosigkeit wie ein schwarzer See vor mir aus. Einem vielarmigen Ungeheuer gleich saß der Verlust auf dem Grund dieses Sees und schickte Wellen aus, mich in die Tiefe zu ziehen. Allein Snædís hielt mich davon ab, ihnen entgegenzulaufen…

Die Wochen gingen ins Land, ohne dass Gunhild das Wort an mich richtete. Offen trug sie ihren Grimm über den Lauf des Schicksals zur Schau und schaffte es an manchen Abenden, die Luft auf Holtsmúli derart zu verpesten, dass ich es vorzog, mit meinem Kind im Stall zu nächtigen. Meine Schwangerschaft hingegen verlief tatsächlich ohne Probleme – es war, als wollte das Ungeborene mich damit trösten. Ein langer, warmer Upplandsommer versuchte, Sonne an die Stelle zu legen, wo einst ein Herz für die Liebe meines Lebens geschlagen hatte, und manchmal gelang es ihm sogar, ein Lächeln auf mein Gesicht zu zaubern. Dann holte ich Pfeil und Bogen aus meiner Truhe, steckte mein Messer an den Gürtel, schürzte das Kleid und stieg allein in die Hügel um Holtsmúli, um zu jagen, wie ich es daheim oft getan hatte.

Hatte Gott mich auch vergessen, so hielten zumindest die Waldgeister, die ich einst so gefürchtet hatte, ihre Hand schützend über mich. Wenn ich ihnen vom Erjagten einen Anteil ließ, zeigten sie mir auch bereitwillig den Weg aus den endlosen Wäldern des Upplandes und geleiteten mich durch die Dämmerung nach Holtsmúli zurück.

Die alte Königin weigerte sich zwar standhaft, Essen aus meinen Händen anzunehmen, doch wenn die gekochte Beute aus dem Kessel verteilt wurde, aß sie mit großem Appetit. Die beiden finnischen Sklaven aßen nichts, was ich zubereitet hatte. Sie schützten sich mit blutverschmierten Krähenfüßen und

Birkhuhnfedern gegen meine vermeintlichen Zauberkünste. Einmal fand ich sogar eine Haarsträhne von mir, die sie an eine Esche genagelt hatten, vielleicht um Dämonen abzulenken. Die ablehnende Haltung der beiden jungen Männer tat weh, doch sie berührte mich nicht wirklich. Sie war nichts gegen meine nächtlichen Ängste und die Einsamkeit in meinem Bett, das von Nacht zu Nacht größer zu werden schien, bis ich mich in seinen Weiten verlor…

Ringaile zeigte mir, wie man aus der hauchzarten Pflanzenwolle des Waldweidenröschens einen seidenweichen Faden spann. Ich kannte die Pflanze nur als Sommergemüse, doch nun stürzte ich mich mit Eifer ins Wollesammeln. Gunhild betrachtete mein Tun missbilligend und merkte an, dass durch derlei Firlefanz die Arbeit liegen blieb. Doch die Rosenwolle begleitete ausschließlich meine Nächte, in denen ich weiterhin keinen Schlaf fand und mich an meiner Spindel festhielt, um von den Dämonen nicht ins Reich der Schatten gezogen zu werden. Und ich träumte mich in die weiche Wolle hinein und verspann all meine Gedanken und Wünsche mit dem zarten Faden. Ein Hemd für das Neugeborene? Sanft und weich, um es vor der unbarmherzigen Welt zu schützen…

»Kostbarer Faden«, flüsterte Ringaile, als sie den Strang wachsen sah. »Kostbarer Faden für kostbaren Menschen.« Ihre Augen schimmerten. Ich ließ die Hände in meine Wollflusen sinken und verlor mich in Erinnerungen…

Tagsüber gab es wenig Zeit zum Nachdenken. Den ganzen Sommer über waren wir damit beschäftigt, Vorräte für die kalte Jahreszeit zu sammeln. Allen saß der Hunger vom letzten Winter noch im Nacken, und so half sogar der schmale Pater mit, Beeren zu sammeln und zu trocknen, Fleisch in Streifen zu räuchern und zu trocknen und Fisch einzusalzen. Oft begleitete er Kolbrún zum Früchtesammeln in den Wald. Zuweilen vergaß er dort den Allmächtigen, und Kolbrúns Kleider waren rot vom Beerensaft, wenn sie mit leuchtenden Augen und leeren Körben zurückkehrten, aber manchmal hörte ich ihn auch mit seiner eigenartig hohen Stimme Psalmen für sie singen, während sie versuchte, einen Rhythmus dazu zu klatschen, weil sie nicht verstand, worum es ging. Es wunderte mich sehr, dass Pater Berengar nicht einmal versuchte, seine Kolbrún zum rechten Glauben zu bekehren. Die beiden hatten sich auf ihre Weise ein irdisches Paradies erschaffen.

Wenn ich die Paare auf Holtsmúli beobachtete, wenn ich spürte, wie diese einfachen Menschen Frieden und Glück beieinander fanden, ohne Regel, Segen oder Verbot, allein vom stummen Stirnrunzeln der alten Königin begleitet, der das Glück anderer vermutlich so lange gleichgültig war, wie es ihren Tagesablauf nicht störte – dann fühlte ich mich so alt wie die Welt.

Alt, verschrumpelt und unsagbar einsam.

Als im Oktober der erste Herbststurm ums Haus heulte, setzten bei mir die Wehen ein. Die Frauen von Holtsmúli umsorgten mich liebevoll, räucherten eifrig mit Beifuß und Johanniskraut, während Pater Berengar es übernahm, den Allmächtigen und die heilige Margaretha um Beistand zu bitten. Stundenlang saß er bei mir, und als endlich die Presswehen einsetzten und die Frauen nervös wurden, goss er Weihwasser über meinen zuckenden Leib und beschwor das Kind heraus. »*Ex infans! Ad lucem! Dominus te vocat ad lucem! In nomine Patris …*«

Ihm gehorchte es. Mit dem Licht der späten Morgensonne brachte ich, am Boden hockend, meine zweite Tochter zur Welt. Kolbrún nabelte sie im Gebärstroh ab. Die quäkende Stimme des Neugeborenen lockte Gunhild Guðmundsdottir aus ihrem Winkel herbei, wo sie die ganze Zeit stur und stumm gesessen hatte. Sie nahm Kolbrún das Kind aus der Hand, sah, dass es ein Mädchen war, und gab es ihr wortlos und ein wenig grob zurück. Doch diesmal waren alle Augen auf mich gerichtet – es gab ja keinen Vater, der das Kind zurückweisen konnte, und so lag die Entscheidung bei mir. Tränen rollten mir über die Wangen. Ich streckte die Hände nach dem schreienden Bündel aus. Mit einem weichen Tuch befreite Ringaile es rasch von Blut und Käseschmiere. »Was für Augen sie hat«, raunte meine fast blinde Dienerin entzückt. »Wie Edelsteine. Kleine Königin…« Und dann reichte sie mir meine Tochter, die sich erst an meiner Brust beruhigte und besitzergreifend ihr Händchen neben die Brustwarze legte.

Wir nannten die Kleine Eva Ljómi, weil sie für mich der erste Mensch einer neuen Zeitrechnung war und weil der ungewöhnliche Glanz ihrer Augen ein wenig Hoffnung in meiner düsteren Welt verhieß. Berengar taufte sie noch am selben Morgen mit frischem Quellwasser auf diesen Namen, ohne meine Wahl zu kommentieren oder gar zu kritisieren. Niemand erwähnte den Vater des Kindes oder nannte seinen Namen – wie wir es schon seit Wochen hielten, um die Nornen, die vielleicht doch noch Lust auf weitere Schicksalsschläge verspürten, nicht auf seine oder unsere Spur zu lenken. Doch er fehlte mir, in diesen Stunden mehr denn je, er fehlte mir so sehr, dass ich kaum Luft bekam und meine Brust zu bersten drohte…

Wir feierten die glückliche Geburt mit frisch gebrautem Bier, einem über dem Feuer gebratenen Wildschwein, das Hermann am Vortag erlegt hatte, und aßen dazu Pilze, Beeren und stark gewürztes Brot, obwohl es ein Freitag war, an dem hätte gefastet werden müssen – aber nicht einmal Pater Berengar kam an diesem freudigen Tag auf die Idee, uns zur Ordnung zu rufen.

In der Nacht, als ich hellwach in meinen Kissen saß und Ljómis Hunger mit der endlich einschießenden Milch stillte, hatte ich plötzlich das Gefühl, gerufen zu werden. Jemand rief mich: *Alinur – Alinur – hör mich – hör mich an!*

Ich schluckte. Holtsmúli lag in tiefem Schlaf, erschöpft von der letzten Nachtwache und vom vielen Essen. Ljómi hörte auf zu trinken. Snædís, die meine wachen Nächte zu begleiten pflegte, sah mich fragend an. *Alinur – hör mich an.* Ein Hauch von Beifuß umwehte meine Nase, strich sanft über mein sauber geflochtenes Haar – vielleicht war es die Völva, die verzweifelt Kontakt zu mir suchte. Ich verschloss mich ihren Rufen.

Auch Gisli brachte Grüße von ihr, als er zum letzten Mal in diesem Jahr nach Holtsmúli ritt, um nach dem Rechten zu sehen, Vorräte zu bringen und das neue Kind anzuschauen. Ich wollte nichts von ihr hören, während ich die Säcke auspackte und den Inhalt verstaute.

Taktvoll wechselte der Kaufmann daraufhin das Thema und zog ein weiteres Päckchen aus dem Beutel. »Von Bruder Georg«, kündigte er augenzwinkernd an. Gespannt zupfte ich an dem Leintuch. Es fiel auseinander, und ich hielt ein Paar allerliebst gefertigte Kinderschuhe aus Leder in den Händen. »Für die junge Dame, die bald laufen lernt«, sagte Gisli. »Und ich soll dir ausrichten, dass er dich und die Kleinen in jedes seiner Gebete einschließt.«

Snædís durfte die Schuhe bewundern. Doch musste sie weiter auf Strümpfen herumkrabbeln, weil mir das Geschenk von Albas Vater so kostbar war, dass ich es auf einem Balkenvorsprung über meinem Bett aufbewahrte.

Ljómi verzauberte zwar ihre Umwelt mit ihren geheimnisvoll schimmernden Augen, doch mich beschäftigte sie mehr, als Snædís es je getan hatte. Sie war äußerst ungeduldig, wenn es um ihr leibliches Wohl ging, und entwickelte sich mit den Monaten zu einem zornigen kleinen Persönchen, das mit ihren Launen und ihrem Geschrei ganz Holtsmúli auf Trab hielt.

Trotzdem war ich glücklich, sie bei mir zu haben. Ljómi forderte mich, sie riss mich aus der Apathie heraus, die mich vielleicht doch noch irgendwann dazu verleitet hätte, von den Felsen zu springen. Und sie war das Letzte, was mir von Erik geblieben war. In ihrer Heftigkeit und Leidenschaft erinnerte sie mich so sehr an ihn! Wenn ich in ihre leuchtenden meerfarbenenen Augen sah, kam mir die Nacht, in der sie gezeugt worden war, in den Sinn – eine Nacht voller Lachen und Zärtlichkeit, in der das Opferfest noch nicht unser Leben zerstört hatte ... und dann fand ich auch die Kraft, Gott in meinem Herzen zu danken, dass Er ihn wenigstens am Leben gelassen hatte.

15. KAPITEL

Ein viertes weiß ich, wenn der Feind mir schlägt
In Bande die Bogen der Glieder,
Sobald ich es singe, so bin ich ledig,
Von den Füßen fällt mir die Fessel,
Der Haft von den Händen.

(Hávamál 149)

Mama, Ljómi zankt immer, sag ihr, sie soll aufhören...«

»Nich' wahr, gar nich' wahr, du blöde, blöde –«

»Hör auf, sonst hau ich dich!«

»Hau doch, hau doch, hauhauhau – auaaaaa! Mama, Dísa hat gehauen...« Aus vollem Halse brüllend, kam meine jüngste Tochter um die Ecke gelaufen. Tränen der Wut rollten ihr über die krebsroten Wangen. Ich setzte den Korb mit Beeren, die ich gerade verlas, auf den Boden und betrachtete das kleine Fräulein argwöhnisch. Ihr linkes Händchen nämlich hielt den abgerissenen Arm einer Holzpuppe fest.

»Eva Ljómi, hast du Snædís' Puppe kaputtgemacht?«, fragte ich streng. Vor Schreck hörte sie auf zu schreien. Dann schüttelte sie trotzig den Kopf.

»Du hast sie kaputtgemacht, Ljómi. Ich kann das sehen. Warum spielst du nicht mit deiner eigenen Puppe?«

»Will nich'«, erhielt ich zur Antwort. Snædís' Schluchzen über ihr kaputtes Spielzeug klang leise im Wind. Ich seufzte. Meine beiden Sprösslinge waren so verschieden wie Sonne und Mond und stritten sich unablässig. Ihnen fehlte die strenge Hand, die sie zur Ordnung rief – ein Vater, von dem sie lernen konnten... Trauer wallte in mir hoch. Mit den Jahren hatte ich geglaubt, Frieden finden zu können, hatte mir eingebildet, mit eiserner Selbstdisziplin mein Leben in die Hand nehmen zu können und den Kindern Mutter und Vater zugleich sein zu können – *þarfleysu-tal*. Die Wunde war tief und würde niemals verheilen … Ich stopfte mir eine Beere nach der anderen in den Mund, um mit hinunterzuschlucken, was da hochwollte.

Drei Winter lebte ich nun schon auf Holtsmúli, und das kleine Haus am Bienengarten war mir am Ende doch noch eine Heimat geworden. Dafür hatte Thordís Guðmundsdottir gesorgt. Mit ihrer fröhlichen, liebevollen Art hatte sie mich wieder lachen gelehrt. Bei der Sorge um die zwei Kinder war sie mir eine große Hilfe gewesen, vor allem, als im zweiten Winter meine Milch wegblieb und das Essen wieder einmal knapp wurde, weil Männer aus Dagholm auf der Suche nach Erik unser Haus überfallen und die Vorräte gestohlen hatten. Damals hatte ich mich im Schneegestöber nach Sigtuna aufgemacht, um Gisli um Hilfe zu bitten, während ich die Kinder bei Thordís gut aufgehoben wusste.

Thordís war nun nicht mehr. Sie war im Frühjahr am Fieber gestorben, ebenso Kolbrún und der finnische Sklave, der mich stets so feindselig angeschaut hatte. Gunhild hatte ebenfalls krank dagelegen, doch der grimmige Lebenswille der alten Frau ließ sie die Krankheit tatsächlich überstehen. Das lange Liegen und das Ringen mit dem Tode hatte sie am Ende zwar keine Freundlichkeit gelehrt, aber doch Demut … Vielleicht war es am Sterbebett ihrer Schwester gewesen, wo sie beschloss, ihre starrsinnige Haltung der Frau ihres Sohnes gegenüber aufzugeben. Und so hatte dieser Frühling trotz dieses Schicksalsschlages doch noch ein paar Sonnenstrahlen gebracht, wenn Gunhild für mich ein Lächeln probierte und sich immer häufiger mit meinen Kindern beschäftigte. Allzu lange hatte sie ihre Enttäuschung darüber gepflegt, dass es nur Mädchen waren – nun gab es viel nachzuholen. Ich war dankbar für die Entlastung, denn durch den Verlust der drei Menschen blieb die meiste Arbeit in Haus, Hof und Bienengarten an mir hängen.

Zum ersten Mal erlebte ich, wie Menschen wirklich abhängig von mir waren. Als meine Mutter vor vielen Jahren starb, war ich noch zu jung gewesen, um ihre Schuhe auszufüllen und eine rechte Hausfrau zu sein, und mein Vater hatte Gründe genug gehabt, das herrschende Chaos auf Sassenberg zu verfluchen. Mutter konnte nun stolz auf mich sein: Einige Haushalte später hatte ich dazugelernt, und niemand musste mehr Hunger, fehlende Kleidung oder Kälte fürchten.

Doch die tägliche Sorge selbst um Kleinigkeiten machte einsam. Sie vertrauten mir wie die Bienen ihrer Königin, die in der Mitte der Klotzbeute saß und den Honig machte. Tag und Nacht wuselten sie um sie herum, und doch war sie allein.

An manchen Tagen ging die Einsamkeit wie ein Mensch neben mir her – ich hatte das Gefühl, ich könnte sie berühren, wenn ich nur die Hände ausstreckte… doch dann griff sie nach mir, ringelte sich mir wie eine Brombeerranke um Arme, Beine und um die Brust, sie stach und biss, und je mehr ich mich dagegen wehrte, desto mehr verstrickte ich mich in ihren Dornen – und am Ende blieben brombeerrote Finger, ein leerer Beerenkorb und tiefe Trauer im Herzen… und Gott schwieg zu allem.

Nach dem Tod seiner heidnischen Geliebten hatte Pater Berengar sich dem Allmächtigen wieder zugewandt. Es gab nun einen blumengeschmückten Gotteswinkel in unserem Haus, und wir hatten das regelmäßige Gebet wieder eingeführt. Für mich war und blieb es eine Pflichterfüllung, die ich vor allem meinen Kindern zuliebe ausübte – ihren zarten Seelen hatte der Allmächtige noch nicht wehgetan, und sie sprachen Seinen Namen voller Vertrauen und Ehrfurcht. Mir selbst war Freya mit all ihren Fehlern und ihrem Sinn für Schönheit und Freude inzwischen allgegenwärtig, wenn auch das Bewusstsein blieb, dass mir keine Gottheit der Welt je helfen würde und ich sehen musste, wie ich allein zurechtkam. Die allabendlichen Opfergaben führte ich nach Thordís' Tod einfach weiter, und der Dank an Freya, wann immer ich etwas Schönes sah, schenkte meiner Seele so viel Frieden, dass nicht einmal Pater Berengar es wagte, mein Tun zu kritisieren.

»Gott ist alles«, sagte er einmal, als wir ein verloren gegangenes Schaf zwischen den Felsen suchten, und hob seine Arme gen Himmel. »Er ist Er, Er ist Sie – Er ist alles gleichzeitig. Preisen wir Es, in jeglicher Gestalt...« Und sein wehmütiger Blick verlor sich in der Ferne, wo Kolbrún ihm zuwinkte.

Ich steckte mir eine letzte Beere in den Mund.

Mir winkte niemand. Sigrun, Vikulla – sie alle blieben verschwunden. Von Gisli hatte ich gehört, dass die Völva es nicht wagte, gegen meinen Wunsch nach Holtsmúli zu kommen, obwohl sie nur darauf wartete, dass ich sie rief. Mein Widerwille gegen ihr Zauberwerk hielt sie fern. Nein, ich hatte genug von ihren verdammten Prophezeiungen, die alle eintrafen und mich dem Schicksal dennoch hilflos auslieferten!

Gisli erzählte mir auch von Sigrun. Sie hatte Alrun, ihr kleines Mädchen, Vikulla als Ziehtochter überlassen und war nach Sigrunsborg zurückgekehrt, wo sie ihre Wirtschaft betrieb, als wäre nichts geschehen. »Ich hab die Kleine gesehen...« Die einfallende Sonne ließ seine Augen noch rötlicher schimmern und fand in seiner weißen Mähne auch noch so manches rote Haar, das sie zum Leuchten bringen konnte. »Sie hat meine Augen, Alinur. Und sie hat an einer Hand sechs Finger...« Trotzdem hatte er kein Recht auf dieses Kind, und ich ahnte, wie sehr Sigrun Emundsdottir den Kaufmann damit verletzt hatte.

Von Erik hatten wir nichts mehr gehört. Die Rächer von Dagholm ließen es sich zwar nicht nehmen, immer mal wieder vorbeizuschauen, Geschirr zu zerschlagen und das Strohlager mit Speeren nach ihm zu durchstochern, aber man merkte, dass sie keine Ahnung hatten, wo sie noch suchen sollten. Er hatte das Land verlassen. Auf dem Grab des Ynglingschwertes hatte sich eine wilde Rose ausgesät, und in einer sternklaren Nacht hatte ich ihr die Holzrose, die Erik mir einmal geschenkt hatte, zur Gesellschaft in die Erde gelegt. *Pone me ut signaculum su-*

per cor tuum – quia fortis est ut mors dilectio … Vorbei. Die Liebe legt sich ins Grab, um nicht mehr wehzutun. Vikullas Prophezeiung – nichts als leere Worte. *Gróa lauf af grafnu sverđi.* Die Rose wiegte sich im Sommerwind.

Das Einzige, was ich nicht hergab, war Eriks Amulett, jene runenbeschriebene Silberplatte, die ihm vor langer, langer Zeit das Leben gerettet hatte. Ich trug sie zusammen mit dem Runenanhänger meiner ältesten Tochter auf meiner Brust und wischte sie mit meinem Hemd sauber. Und ich war mir sicher: So wie ich das Amulett auf meiner Haut spürte, so würde ich es auch fühlen, wenn er starb.

»Ich bin der König!«

»Nein, Ljómi ist König, Ljómi, Ljómi muss König sein!«

»Du bist zu klein, du musst mein Diener sein. Leg dich in die Ecke!«

»Will kein Diener, will König, will – Mamaaa! Dísa ist gemein …«

Ich tröstete die zwei unglücklichen kleinen Könige mit Beeren aus dem Korb, der fast leer gegessen war, und hing auf meinem Sonnenplatz hinter dem Haus weiter meinen Gedanken nach, denn außer den Kindern hielt mich an diesem wunderbaren Tag endlich einmal niemand davon ab. Die Männer hatten sich aufgemacht, die Fallen zu kontrollieren, alle anderen waren im Wald beim Beerensammeln, die wir bei dem schönen Wetter für den Winter trocknen wollten.

Gisli versorgte uns nicht nur mit Gerste, Salz und Pfefferkörnern, er brachte auch regelmäßig Nachrichten aus Uppsala. Die politischen Verhältnisse dort hatten sich im Herbst nach dem schrecklichen Aufstand wieder beruhigt. Das Thing erwählte Hakon, einen Mann vom südlichen Mälargebiet, zum König. Der sorgte dafür, dass die zerstörte Stadt wieder aufgebaut wurde. Doch als er den Erzbischof von Skara aufforderte, an den Hügeln von Uppsala ein Kloster zu errichten, da vertrieben die aufgebrachten Heiden ihn wie so viele Könige vor ihm aus der Stadt und machten Sven Grímsson zum König. Sven schwor, die Opfer in Ehren zu halten, dem nächsten großen Opferfest vorzustehen und alle Geschorenen in die Ostsee zu werfen. Auf dem Thingplatz jubelten sie ihm zu, und die Sänger verliehen ihm den Namen Blót-Sven. Adalbert von Bremen aber betrat Uppsala und seine unvollendete Kirche nie wieder …

»In Sigtunas Kirche wohnt dafür ein neuer Geschorener. Er hat ein Glöckchen mitgebracht und lärmt damit herum, als wollte er auch die Finnen von den Inseln herbeitreiben.« Ich lächelte beim Gedanken an Gislis letzten Besuch. Wieder hatte er versucht, mich zum Übersiedeln nach Sigtuna zu überreden, und wieder hatte ich abgelehnt.

Gisli. Er war mir der liebste Mensch auf Erden geworden, einer, der meinen Schmerz verstand, weil er selber eine schwärende Wunde in sich trug … Geweint hatten wir miteinander, und gelacht, und uns gegenseitig gehalten, wenn wir dachten, dass wir den Schmerz nicht mehr ertrugen – und vielleicht hätten wir miteinander bei Gisli ein zweites Glück gefunden. Doch irgendetwas hielt mich in Holtsmúli fest.

Ich verschränkte die Arme auf der Brust, rutschte auf die Bankkante und machte die Beine lang. »Bauernmädchen«, pflegte Gunhild mich geringschätzig zu nennen, wenn sie schlechte Laune hatte. Ich streckte ihr in Gedanken die Zunge heraus. Dass ich mit meinen Waffen genauso gut umgehen konnte wie mit dem Kochgeschirr, kam ihrer unstillbaren Gier nach Fleisch nur entgegen. Und wer sollte sich schon daran stören, dass ich das Haar offen wie eine Dirne trug und mein Pferd in Männerhosen ritt, wann immer der stramme Tagesablauf es mir erlaubte – wen störte es, dass Schmuck und Farbtiegel in der Truhe lagen, weil ich die Lust verloren hatte, mich zu schmücken und mein vernarbtes, von der Sonne verbranntes Gesicht zu bemalen? Für wen auch? Ich hatte einen Kompromiss mit mir geschlossen, keine dummen Regeln mehr und jeden Tag nehmen, als wäre es mein letzter. Gähnend streckte ich die Arme zum Himmel …

»… dann wärst du halt die Prinzessin, und ich wär der König.«

»Au ja! Pinzessin – Ljómi Pinzessin!« Die Kleine tanzte begeistert um die Ecke. Snædís kam mit irgendeinem Kleidungsstück hinterher, das sie wohl aus der Truhe geschmuggelt hatte, und die beiden hockten sich in ihre Spielgrube, um ein Luftschloss zu bauen. Gleichmütig sah ich der Vernichtung meines Leinenhemdes zu. Die Sonne wiegte mich sanft in den Schlaf.

»… und das wär mein Thron.«

»Pinzessin auch Thon, Ljómi auch Thon haben –«

»Wir brauchen auch ein Pferd. Ein König muss ein Pferd haben.«

»Auja, Färd! Da kommt ein Färd, guck, Dísa, da. Ein Färd für Dísa, guck mal …«

Ich träumte, ein schwarzes Pferd käme vom Tal her hochgestürmt.

Dicke Schaumflocken flogen ihm aus dem Maul, es schnaubte bei jedem Galoppsprung und schüttelte seine wallende Mähne. Weit griffen die schlanken Beine aus, scheinbar mühelos erklomm es den letzten Hügelabsatz, sprang mit einem Riesensatz auf das Plateau – und stieg in scharfem Halt vor dem Luftschloss von Holtsmúli! Der kleine König im wallenden Gewand aber stand furchtlos vor dem Kriegsross, dessen Hufe gefährlich nahe über ihm in der Luft ruderten. Das Pferd wieherte wütend, weil es ausgebremst wurde. Kraftlos rutschte ein Reiter von seinem Rücken. Der kleine König blieb einfach stehen.

»Und das wär mein Pferd«, sagte er, tief beeindruckt von der Schönheit dieser aufgeheizten Kreatur. Das schwarze Pferd landete mit den Vorderhufen sanft neben dem kleinen König, schnaubte erregt und beugte dann den edlen Hals, um den Monarchen von Holtsmúli zu beriechen.

»Guck, es sagt auch, es wär mein Pferd«, triumphierte der.

Die Prinzessin kam herbeigekrochen und kratzte sich mit schlammverschmierten Fingern am Kopf. »Ljómis Färd. Ljómis Färd!«

»Das ist mein Pferd«, sagte da der Reiter, ohne den Kopf zu heben. Der kleine König sah ihn verwundert an. »Du bist einfach in mein Schloss reingefallen – dafür wirst du ins Meer geworfen!«, sagte er hochnäsig und warf den blonden Schopf in den Nacken.

»Trotzdem ist es mein Pferd.« Der gefallene Reiter blieb dabei.

Die Prinzessin von Holtsmúli ging gleich zur Attacke über. Sie stürzte sich auf den Reiter und riss an seinen Haaren. »Ljómis Färd – geh weg, Ljómis Färd!«

Da bewegte sich eine riesige Hand und packte die Prinzessin am Arm. »Wer bist du eigentlich?«

Unsicher sah die Prinzessin zu ihrem König, doch der machte keine Anstalten, ihr zu helfen, sondern versteckte sich hinter seinem neuen Pferd. Sie versuchte, sich loszureißen, aber der Griff war zu fest. Der Reiter hatte den Kopf gedreht und betrachtete sie aufmerksam aus sehr blauen Augen. Sie hielt dem Blick stand, kratzte sich wieder am Kopf und lächelte scheu. Der Blick des Reiters wurde freundlicher.

»Wer bist du?«, fragte er noch einmal und ließ die Prinzessin los.

Sie rieb sich den Arm. »Ljómi«, sagte sie schüchtern.

Ganz zart strich er ihr den Schmutz aus dem Gesicht.

»Was machst du hier?«, mischte sich der kleine König wieder in das Geschehen ein. Mit den Händen hielt er sich am Vorderbein des Schlachtrosses fest und lugte unter dem Bauch hindurch auf die Seite, wo Ljómi bei dem Reiter hockte. »Bist du auch ein König?«

Bedauernd schüttelte der Reiter den Kopf und legte ihn wieder auf seinen Arm. »Ich bin ein Bettler.«

»Was ist das – ein Bettler?«, fragte der König interessiert und reckte den Kopf noch weiter vor. Das Schlachtross schnaubte warnend, blieb aber ruhig stehen.

»Ein Bettler ist arm. Er hat Hunger und Durst und kein Zuhause, wo er schlafen kann.«

Kein Zuhause. Das runde Gesicht der kleinen Prinzessin war von tiefem Mitleid erfüllt. »Du kannst bei Ljómi schlafen«, sagte sie und lächelte ihn wieder schüchtern an. Darauf erwiderte er nichts. Nur eine einsame Träne rollte über seine Wange.

»Mama! Wir haben ein Bett – einen Bettler gefunden!« Der kleine König kam über die Wiese gelaufen. »Komm gucken, wir haben einen Bettler gefunden!« Das schwarze Pferd war genauso wirklich wie die Hand des kleinen Königs, die mich aus dem vermeintlichen Traum holte und von der Bank ziehen wollte. Ich schluckte. »Komm, Mama, komm gucken, komm!« Snædís' Stimme überschlug sich, sie begriff nicht, warum ich mich für einen langen Moment nicht bewegen konnte … Warum ich meine Füße so schwerfällig wie die alte Gunhild voreinander setzte, warum ich, beim Bettler angekommen, ins Gras sackte, eine Hand vor den Mund schob, die andere ausstreckte, über dem Kopf des Bettlers schweben ließ, als gelänge es mir nicht, ihn zu berühren …

Ich zog sie wieder zurück, krampfte sie mit der anderen vor dem Mund zusammen, lautlos schreiend, versuchte erneut, diesen Bettler anzufassen, voller Angst, er könnte sich wie in all den nächtlichen Albträumen vor meinen Augen in Luft auflösen – und doch … wieder streckte ich die Hand aus, ganz vorsichtig, während die Kinder andächtig zusahen, und ich berührte sein Haar.

Er drehte ein wenig den Kopf und schlug die Augen auf. Er sah mich an, einen Herzschlag lang, eine Ewigkeit – die Zeit blieb stehen. Einsamkeit, Schmerz und Trauer fielen ab von mir wie ein zerschlissenes Kleid und ließen mich nackt und frei im Sommerwind stehen. Der Weg war zu Ende.

Ich muss wohl irgendwann seinen Namen geflüstert haben, jenen Namen, den ich all die Jahre so sorgfältig vor den tückischen Nornen verborgen hatte. Vertraut schmiegten sich die Silben in meinen Mund, einmal, zweimal, immer wieder ... Wir hielten uns mit Blicken aneinander fest, wie zwei Verdurstende am rettenden Wasserloch, und konnten uns immer noch nicht berühren ...

»Er hat gesagt, er hat kein Zuhause«, flüsterte Snædís, beeindruckt von der seltsamen Stille. »In Ljómis Bett«, wisperte die Kleine von der anderen Seite, »darf in Ljómis Bett.« Mein Gesicht war nass von Tränen, meine Lippen zitterten wie nie zuvor. Erik strich ein weiteres Mal über Eva Ljómis blonde Löckchen.

»Deins«, sagte ich leise, weil ich die stumme Frage in meinem Herzen gehört hatte.

»Meins?« Ich nickte und versuchte ein Lächeln. Da glitt ein glücklicher Schimmer über seine erschöpften Züge.

»Mama, wer ist das?« Snædís hielt es nun doch nicht mehr aus. Vertraulich duckte sie sich an meine Seite und fasste nach meiner Hand. »Was macht der Mann hier?«

»Dísa, das ist – das ist euer Vater.« Ich weinte noch mehr Tränen, und das dünne Leinenhemd wurde nass. Sein intensiver Blick lockte sie alle hervor, all die versteckten, die verdrängten, die verschluckten ...

»Mama –«

»Schsch ...« Ich legte den Finger auf den Mund, bevor sie mich mit ihren Fragen bestürmen konnten. »Er ist sehr, sehr müde.«

»Schsch ...« Zwei Finger auf den Mündern, sie nickten beide und zogen sich diskret von Erik zurück. Unter Aufbietung aller Kräfte rutschte er da auf mich zu, schlang beide Arme um meine Hüften und bohrte das Gesicht in meinen Schoß. Der Weg war zu Ende.

Der Wind nahm mein Schluchzen mit sich und trocknete mit sanfter Hand die Tränen, die wie kleine Perlen auf Eriks zerzaustem Haar saßen. Die Sonne gab sich alle Mühe, das Gold von früher darin wiederzufinden, doch die Kobolde, die so oft in den Strähnen getobt hatten, waren alt geworden: Es war nicht länger reines Gold, das auf seine Schultern fiel. Graue Strähnen durchzogen sein Haar wie Linien des Schicksals...

Irgendwann half ich ihm auf die Beine, stützte ihn auf dem Weg zum Haus wie einen alten Mann, während die beiden Kinder uns mit offenen Mündern hinterherstarrten. Er schaffte es nicht einmal, sich aus seinen zerrissenen Kleidern zu schälen. Ich führte ihn zu meinem Lager, und dort fiel er, wie er war, in die Berge von Decken und Fellen, die mich in den vergangenen Jahren nicht vor der nächtlichen Kälte hatten beschützen können – nun würde ich nie wieder frieren müssen. Sorgsam deckte ich ihn mit meinen kostbarsten und weichsten Fellen zu und strich noch einmal mit bebenden Fingern über seinen Kopf. Ein Traum, ein Trugbild, ein Hohn der Nornen – ich hörte sie schon hämisch gackern. Herr, nimm es mir nicht, diesmal nicht...

Seine Hand, erschreckend mager, kam aus den Decken hervor und suchte mich. Die schwarze Schlange auf seinem Gelenk wirkte leblos. Wo war ihre Zauberkraft geblieben?

»Bleib bei mir, Alienor...«

Ich blieb bei ihm, bewachte seinen Schlaf und vergaß, was ich ihm alles hatte sagen wollen – von meiner Angst, meiner Einsamkeit, wie nahe ich manchmal dem Wahnsinn gewesen war, weil ich ihn so vermisste. Erik – Erik – sein Name nahm jeden Winkel meiner Gedanken ein, es gab nichts außer diesem Namen, keinen Laut, kein Gefühl, keinen Gedanken, nichts. Nur ihn, in jeder Faser meines Körpers. Ich saß dicht bei ihm, aufgelöst, sprachlos, ich fand Tränen, die ich längst geweint glaubte, und fürchtete gleichzeitig, ihn beim nächsten Augenaufschlag nicht mehr vorzufinden. Seine regelmäßigen Atemzüge verrieten, dass er in meiner Obhut fest eingeschlafen war.

Snædís und Ljómi schoben sich an den Schlafbänken entlang. Dicht nebeneinander, die Finger vor Verlegenheit im Mund, standen sie da und trauten sich dann doch nicht näher.

»Kommt!« Ich wischte mir die Tränen aus den Augen und winkte sie herbei. Sie huschten zu mir, Hand in Hand. Ljómi kroch auf meinen Schoß, Snædís stieg auf das Bett.

»Ist er tot?«, fragte sie interessiert. Kolbrún hatten wir morgens so zusammengekrümmt im Bett vorgefunden.

»Er schläft«, flüsterte ich. »Er war auf einer langen Reise und ist sehr müde.«

»Wacht er wieder auf?«

Zärtlich drückte ich Ljómi an mich. »Wenn er ausgeschlafen hat, wacht er auf, und dann essen wir zusammen.« Beide nickten und betrachteten sehr konzentriert den Mann, der ihr Vater sein sollte. Ljómi nuckelte an den Fingern. Ihr Schnaufen zauberte eine Melodie zu Eriks Atemzügen. Ich war so hingerissen, dass ich mich kaum zu rühren wagte. Nach einiger Zeit fragte Snædís: »Mama, hat er jetzt ausgeschlafen?«

Das Ende vom Lied war, dass sie beide am Fußende der Schlafbank lagen, von wo aus sie den Mann gut im Blick hatten. Als ich wieder hinsah, waren die Kinderaugen friedlich geschlossen…

Gunhild verlor das Bewusstsein, als sie bei der Heimkehr Erik hinter dem Feuer auf der Bank sitzen sah, Hermann konnte sie gerade noch auffangen. Ringaile sank vor ihm zu Boden. Sie umfasste seine Knie, küsste seine Hände und stammelte weinend Worte in ihrer Sprache, und dicke Tränen rollten aus ihren schönen, halbblinden Augen. Pater Berengar starrte den Ankömmling ungläubig an. »Du bist mutig, Erik Emundsson, deine Schritte nach Hause zu lenken«, murmelte er, um den anderen die Freude nicht zu verderben. »Deine Rächer sind auf der Hut!« Erik lächelte nur. Er saß dicht neben mir und knabberte an einem Brotfladen. *»Reynt hefi ek brottara, kanoki«*, antwortete er kaum hörbar. »Lass mir das hier…« Mit glänzenden Augen betrachtete er die Bewohner von Holtsmúli, die großen und die kleinen, die sich um ihn scharten in der Hoffnung auf eine Geschichte. Er vertröstete sie auf morgen. Gunhild hatte immer noch leichtes Fieber und weinte vor sich hin. Wir hatten ihr Wein mit Melissenblättern und ein wenig Baldrianwurzel verabreicht, danach hatte Erik lange am Lager seiner Mutter gesessen. Die beiden Kinder schienen all ihren Mut verloren zu haben. Nun, da der Fremde Teil des Haushaltes war, bekamen sie kein Wort mehr über die Lippen und drückten sich nur schüchtern in den Ecken herum. Ich schickte sie endgültig ins Bett, und zum ersten Mal leisteten sie keinen Widerstand.

Als endlich, endlich Ruhe eingekehrt war, als alle im Bett lagen, als die Tiere gefüttert, der Kessel ausgewischt und das Feuer versorgt war, seufzte ich tief und erleichtert auf. Gleichmäßige Atemzüge zogen durch das Haus und wiegten mich wie jede Nacht, und ich ließ mich auf ihren Wellen treiben. Und wie jede Nacht saß ich aufrecht in meinem Bett, die Hände im Schoß gefaltet, und starrte in das Halbdunkel, wo sich sonst meine lieb gewordenen Feinde, die Geister, herumgetrieben hatten. Heute Nacht war alles anders. Heute wagten sie sich nicht hervor, ich hörte sie nicht einmal kichern… Trotz der Dunkelheit lag Sonnenschein über den Nachtlagern und wärmte unsere Herzen, und die Albgeister, die von Kälte und Furcht lebten, trollten sich einer nach dem anderen.

»Alienor, bist du wach?«, wisperte es neben mir. Decken raschelten, gleich darauf saß der, dessen Schlaf ich doch bewachen wollte, bei mir. »Bist du wach, *elskugi*?« Mein Herz klopfte zum Zerspringen. Kein Traum, kein Traum – ich tastete nach seiner Hand – kein Traum! »Komm mit nach draußen, komm.« Ich folgte ihm wie verzaubert.

Es war eine dieser wunderschönen Sommernächte mit sternklarem Himmel, wie man sie in den Bergen oft erlebte. Der

Johannistag lag einige Wochen zurück, und das Tageslicht zog sich immer mehr aus der Nacht zurück. Wie oft hatte ich meine schlaflosen Nächte mit einer Decke auf der Bank vor dem Haus verbracht, weil die Geister hier draußen zurückhaltender waren, wie oft hatte ich träumend im Gras gelegen und Sternbilder zusammengesetzt, wie ich es von Meister Naphtali gelernt hatte …

Warm und fest umschlossen Eriks Finger meine Hand. Ohne Eile wanderten wir an den schlafenden Ziegen vorbei und den Hügel hinter dem Bienengarten hinunter zum Bach. Ringaile hatte für die Kinder dort Matten aus geflochtenem Schilf hingelegt. Erik breitete die mitgebrachten Decken darauf aus und blieb unschlüssig vor mir stehen. Das Mondlicht lag sanft auf seinem Haar, es tauchte sein Gesicht in milchweißen Schimmer und verschwieg diskret die Narben, die das Leben ihm geschlagen hatte. Ein Traum war in Erfüllung gegangen – doch nun stand ich da wie eine alte Frau, die nicht mehr über ihren Schatten springen kann …

»Ihr seid wunderschön, Gräfin.« Seine Stimme berührte meine Seele dort, wo sie jahrelang wie tot dagelegen hatte. Scharf fuhr mir der Schmerz durch die Brust. Ich taumelte. Da streckte er seine Hände nach mir aus, und er gab mir so viel Halt, wie zwei Hände es können. *»Elskugi … hví er vi sva illa leikinn.«* Mein Gesicht war tränennass. »Alienor, lass uns reden, bevor – ich – mein Herz zerspringt, wenn ich dich ansehe – aber lass uns reden.« Er verstummte, weil seine Stimme zu zittern begann. Ich verstand, was er wollte. Reden. Die alten Wunden aufreißen, bluten lassen – und heilen. Vergebung suchen oder vielleicht auch nur Verständnis, wo Vergebung zu schwer fiel. Ringailes Matten luden uns für diesen schweren Weg zum Sitzen ein. Doch war es nicht einfach zu beginnen, und viel Wasser plätscherte an uns vorbei, bis zumindest ich die richtigen Worte gefunden hatte.

»Dich habe ich damals gesucht, Erik Emundsson, dich und niemanden sonst.« Ich kreuzte die Beine unter mir und hob den Kopf. »Ich konnte nicht schlafen und nicht essen, Erik. Du gingst fort, um König zu werden – und kaum warst du fort, fingen die Nornen an, mich zu bedrängen ...« Ich schluckte. Meine Albträume, die bösen Ahnungen, das Düstere, das damals mein Leben zu verschlingen drohte, als er nichts als den Thron im Kopf gehabt hatte – ach, was wusste er schon von all dem ...

»Thorgrím Málsnjalli hat in Uppsala seine Stimme verloren. Er – er kam hierher und berichtete vom Fall der Stadt. Ich konnte nicht länger hier sitzen und warten.«

»Thorgrím hat alles mit angesehen. Alles«, sagte Erik leise. »Wie sie das Thing störten. Den Frieden brachen, den Kampf eröffneten. Alte Männer niedermähten, Äxte gegen Jünglinge schwangen, Feuer legten, um ihren Mann zum König zu erheben. Das Ende einer Zeit ...«

»Ich konnte nicht hier bleiben, Erik, ich konnte nicht«, flüsterte ich. Verstand er meine Verzweiflung, die ich nach all den Jahren immer noch beinahe unverändert spürte?

»Du hättest mich nie gefunden, *meyja* – wir hatten die Stadt doch längst verlassen.« Seine Stimme brach. Er saß direkt vor mir, und doch so fern.

»Sie fanden mich. Ich bin ihnen gefolgt, weil ich mich am Ziel glaubte und – weil sie mir keine Wahl ließen, Erik.« Er beobachtete, wie ich die Hände rang, wie ich mir die Haut blutig kratzte. Mit einem Mal beugte er sich vor, riss meine Hände auseinander und hielt sie einzeln fest.

»Was war dann – was war, als du Erik Thorleifsson trafst? Was – hast du – verflucht ...« Er fiel zurück auf seinen Platz, erschrocken über seinen Ausbruch, und sah weg. Ja, dachte ich seltsam nüchtern, der Vorwurf ist so absurd, dass du es nicht einmal wagst, mir die Frage zu stellen, obwohl du doch die Antwort zu glauben kennst ...

»Erik Harfagri verhöhnte mich vor Zeugen.« Wilde Kraft strömte mit einem Mal durch meine Adern. Meine Stimme klang klar und frei. Verdammte Not. »Dann schickte er alle Männer hinaus und schändete mich, um deinen Namen zu beschmutzen. Er schändete mich, aber er schwängerte mich nicht, weil ich bereits das Kind des Ynglings trug. Niemand wusste davon. Niemand hat mich je gefragt. Niemand wollte je meine Version der Geschichte hören.« Ich sah ihm offen ins Gesicht und reckte mich. Es war die Schande des Täters, nicht die meine. Ich hatte alle Kränkungen ein für alle Mal hinter mir gelassen.

»Ich tötete ihn, weil er mir Gewalt antat und weil ich um mein Leben fürchten musste. Ich tat, was jeder Mann in meiner Situation auch getan hätte.« Meine Nasenflügel blähten sich vor Zorn. »Die Atemluft, die Gott ihm ließ, verschwendete er für gemeine Lügen. Und die Männer des Things glaubten diesen Lügen.« Ich kniff die Augen zusammen. »Du hast sie auch geglaubt.«

Darauf sagte er lange nichts.

Der Bach gurgelte leise vor sich hin. Silbern blitzten die kleinen Wellen im Mondlicht. Der süße Duft des Quellwassers stieg empor, und mit ihm das Angebot, den Schmutz unserer Seelen fortzuwaschen. Ich ließ die Hand in seinem Wasser treiben. Als ich hochsah, war Erik gegangen.

Der Bach murmelte ohne Unterlass. Ich weiß nicht, wie lange ich an seinem Ufer saß, ohne zu denken. Alles floss dahin, nichts blieb, um begriffen zu werden, nichts blieb … Am Horizont blinzelte schon der neue Tag. Was würde er bringen?

»Alienor.« Er stand vor den Matten und sah auf mich herab. Sein Gesicht lag im Schatten des Mondes. »Mit Zorn im Herzen bin ich in die Verbannung gegangen. Zorn hat mich drei Jahre am Leben erhalten. Zorn über den Verrat, der an mir begangen wurde …« Er kniete vor mir nieder, und jetzt konnte ich seine gepeinigten Gesichtszüge erkennen. »Irgendwann wandelte sich der Zorn. Ich war wütend auf mich selber, dass ich nicht Manns genug gewesen war, die Behauptungen nachzuprüfen. Dass ich nicht den Mut gehabt hatte, dich... dich noch einmal zu sehen, dich selber zu fragen – Alienor –« Seine Stimme versagte. Ich biss mir auf die Lippen, doch meine Tränen ließen sich auch von den ersten Blutstropfen nicht zurückhalten.

»Alienor von Sassenberg, ich bin stolz, dass ich deine Strafe auf mich nehmen durfte. Du hast getötet, um deine Ehre zu retten, weil ich dich nicht beschützen konnte.« Freimütig sah er mich an. »Vergibst du mir?«

»Vergibst du mir?«, fragte ich leise zurück und wischte mir über das Gesicht.

Der Mond tat alles, um die Wiese in ein Lichtmeer zu verwandeln. Lange knieten wir voreinander, auch noch, als die wortlose Zwiesprache längst verstummt war. *Vergibst du mir?* Es war zu kompliziert, Schuld, Sühne und Scham waren zu sehr miteinander verwoben, als dass Vergebung allein die Fäden hätte glätten können. Über diese Entdeckung weinten wir beide.

Auf die Gnade des Vergessens hoffend, schenkten wir uns schließlich her, behutsam und vorsichtig, als wäre es das erste Mal, als wäre auch die Seele jungfräulich, die Haut zart und unversehrt. Angst und Erinnerung stellten sich vor die Leidenschaft und mahnten uns beide zur Vorsicht.

»Weißt du, Alienor, ich glaube, Gott hat mich nun gefunden.« Er lag auf dem Rücken, und ich trocknete mit meinem Hemd die letzten Wassertropfen von seiner Brust. Vaters Adler feixte von der blassen Haut darüber, wie furchtbar dünn Erik geworden war. Alte Verletzungen, Narben und Schrunden zeugten vom harten Leben der Verbannung, und die spitzen Knochen erzählten vom Hunger. *Ich hab auch Hunger gehabt und ge-*

froren und Angst gehabt, maulte da eine kleine böse Stimme in meinem Hinterkopf. Ich brachte sie zum Schweigen.

»Wo bist du gewesen?«, flüsterte ich und strich immer noch über die längst trockene Stelle.

Er zog mich in die Arme. »Ich war immer bei dir«, sagte er leise. »Jeden Tag und jede Nacht, mal im Zorn, meist aber in Liebe und fast immer voller Heimweh …« Fürsorglich hüllte er uns in eine der Decken, denn der feuchte Nachtwind fragte keck nach, ob uns nicht vielleicht doch kalt sei.

»Die Rentierleute, bei denen ich oben im Norden Unterschlupf fand, nannten mich Erik Traurig. Ich hatte mein Lachen irgendwo in Uppsala verloren … Sie fürchteten sich deshalb vor mir, und sie versuchten nicht einmal, mir mein Pferd wegzunehmen. Kári war mein einziger Halt. Kári und dein Kreuz, *elskugi*. Als ich einmal sehr krank dalag, schickten sie den Noaiden zu mir, ihren zauberkundigen Priester. Er versuchte, mein Lachen wiederzufinden.« Er verharrte kurz. Ich spürte, wie er in der Erinnerung lächelte. »Er schaffte es nicht, aber er wusste, dass es bei einer Frau begraben lag. Da versuchte er, die Frau zu finden – seitdem ist dein Kreuz schwarz, *kærra*.« Ich lehnte mich über seine Brust und nahm das Kreuz in die Hand. Der Mond leuchtete mir neugierig über die Schulter. Es war tatsächlich schwarz, und keine Spucke und kein Wischen konnte es heller machen. Der Sassenbergadler grinste dämlich.

»Es war in einer dieser Winternächte, in denen es kein Licht gibt.« Eriks Stimme bekam einen warmen Klang. Ich legte mich neben ihm auf den Rücken und lauschte dieser Stimme, die ich so lange hatte entbehren müssen …

»Für Monate meidet die Sonne das Land der Rentierleute. Man gewöhnt sich daran, im Dunkel umherzureiten und Tiere zusammenzutreiben. Kári sah aus wie ein schwarzer Eisbär in seinem Winterfell. Wir trieben die Tiere an einen zugefrorenen See, wo das Lager aufgebaut war. Plötzlich wendete Kári und rannte in eine völlig andere Richtung – ich konnte ihn nicht mehr anhalten. Ich fiel entkräftet aus dem Sattel. Den ganzen Tag hatten wir noch nichts gegessen, sie sind sehr knauserig mit ihrem Dienstvolk.« Zärtlich strich ich über den ausgemergelten Leib. Nie wieder sollst du hungern, nie wieder frieren …

»Tja, da lag ich nun, allein in dieser flachen Ebene, kein Baum und kein Strauch und kein Ren zu sehen, und neben mir ein Pferd, das auch nicht mehr wusste, wo es war. Ich versuchte es mit Wut, doch das führt zu nichts, wenn der Magen vor Hunger rebelliert. Ich rollte mich auf den Rücken – und da kam es, das Licht. Alienor – das Licht, das ich als Kind schon einmal gesehen hatte, so zauberhaft und sanft und wunderschön, wie du es dir kaum vorstellen kannst … Ein zarter Schleier fiel über den Himmel. Er flatterte, ganz leicht, als wenn ein geheimnisvoller Wind in ihn hineinbliese – obwohl es windstill war. Da hielt die Welt den Atem an, ich konnte das spüren. Der Schleier zuckte ein wenig, hier und da, dann zog ihn jemand weg und warf eine Hand voll Licht über das Dunkel, Alienor, einen sanft leuchtenden Strahl, der zur Erde zeigte, auf mich und mein Pferd.« Erik schluckte, immer noch bewegt von den Bildern, die er hatte sehen dürfen.

»Kári stand wie angewurzelt, ohne den Himmel anzuschauen. Und dann hörte ich es auch – ein leises Klirren in der Luft, wie von tausenden kleiner Glocken, wie sie die Geschorenen benutzten, es sang und summte, und dann sah ich, wie der Lichtstrahl sich entfaltete und zu einer Mauer wurde – es sah aus wie eine lebende Krone, denn sie bewegte sich, als schlüge ein Herz in ihr. Sie reichte beinahe zur Erde, mir war, als könnte ich sie anfassen …« Er rollte sich auf den Bauch und starrte vor sich ins Gras. Andächtig schob ich mich neben ihn. Er hatte Gott gesehen.

»Aus der Krone wurde eine Brücke, so hell und klar wie aus kostbarem Glas. Und – und jemand stand auf der Brücke, Alienor. Dort stand jemand und streckte die Hand nach mir aus. Beim Thor, ich fühlte Seine Hand …« Fassungslos vergrub er den Kopf in seinen Händen. »Niemand kann auf einer Brücke am Himmel stehen, das ist nicht möglich! War das der Beginn meines Sterbens? Ich fühlte mich so schwach – doch nicht zum Sterben schwach!«

»Hat Er – hat Er was gesagt?« Gänsehaut überlief mich von Kopf bis Fuß. Noch nie hatte ich einen Menschen getroffen, der wirklich eine Vision gehabt hatte! Wie viele behaupteten, die Jungfrau Maria gesehen zu haben oder einen der Heiligen, der gerade zu ihrer Not passte... Vielleicht zeigte sich Gott allein den Zweiflern.

»Er – Er sprach zu mir.« Erik verstummte, den Kopf immer noch in den Händen. Ich hütete mich, ihn anzufassen. »›Fürchte dich nicht‹, sagte Er. ›Fürchte dich nicht...‹ Und dann kam Er näher. ›Ich kann dich nach Hause bringen, wenn du Mir Vertrauen schenkst.‹ Ich weiß noch, dass ich am ganzen Leibe zitterte.« Hart fuhren seine Nägel über die Kopfhaut.

»›Wer bist du?‹, fragte ich. ›Ich bin, der Ich bin‹, sagte er.« Er atmete heftig aus. »Er sagte: ›Du kennst Mich, auch wenn du dein Herz vor Mir verschließt. Ich bin Der, der verzeiht. Anfang und Ende sind in Mir, und aller Sinn vom Leben.‹ Und dann hob Er mich empor und zeigte mir die Welt. Und ich verstand.« Sein Kopf lag von mir abgewandt auf den Unterarmen. Regungslos lag ich neben ihm und wartete geduldig, bis er sich gefangen hatte und fortfuhr.

»›Die Liebe, das bin Ich auch‹, sagte Er und zeigte mir dein Gesicht. ›Und nun finde deinen Weg, Erik Emundsson, und wisse: Ich bin bei dir, für alle Zeiten und bis ans Ende deiner Tage. Vergiss das nicht.‹ Und ich sank herab in den kalten Schnee. Das Licht verging. Der helle Vorhang wurde dünner und verschwand und ließ mich in der Dunkelheit zurück.«

Geschwätzig plätscherte der Bach vor sich hin. Nach einer Weile drehte Erik den Kopf zu mir.

»Sag etwas«, flüsterte er und schluckte. »Sag, was du denkst. Meinst du, es war der Hunger?«

Sehr sanft ließ ich meine Finger über seine Wange wandern. »Gott liebt dich, Erik«, flüsterte ich unter Tränen, »sonst wärst du nicht am Leben.« Doch Gott war launisch. Ich lebte trotzdem...

»Denkst du das wirklich?« Unverwandt sah er mich an, ernst und in sich gekehrt. Ich setzte mich auf, unsicher geworden, und hörte so kaum, wie er aufstand, seine Kleider anzog und den Bachlauf hinunterging, in die aufgehende Morgensonne hinein.

Ich ließ ihn gehen, schweren Herzens, und während meine Finger mit dem Wasser des Baches spielten, fand ich längst vergessene Worte des Gebetes – und einen inbrünstigen Dank an Den, der sich ihm gezeigt und ihn gerettet hatte. War Sein Erscheinen und die Botschaft, die Er Erik mitgegeben hatte, auch ein Zeichen für mich? Eine Art Absolution, die nur Er mir erteilen konnte und die meine verwundete Seele nun kühlte wie ein köstlicher Balsam?

Der Sonnenaufgang am Bach erschien mir als der schönste, den ich je gesehen hatte. Das zarte Lachsrosa, das den makellosen Himmel färbte und die junge Sonne begrüßte, war wie ein Sinnbild des Neuanfangs nach der längsten Dunkelheit meines Lebens. Das Atmen tat nicht länger weh.

»Wo ist er?« Snædís' Stimme hatte einen fordernden Unterton bekommen. »Wo ist er hingegangen?« Sie kämpfte erfolgreich gegen den nassen Lappen, mit dem ich versuchte, ihr verschmiertes Gesicht zu säubern. »Ich will ihn noch mal angucken!«

»Auch angucken, Ljómi auch angucken!« Die Kleine war offenbar auch am Honigkrug gewesen, um sich ihr Frühmahl zu versüßen. Sie würde ich in den Zuber tauchen müssen.

»Wo hast du ihn hingebracht, Mama?« Snædís' Gesicht bekam jenen Ausdruck, mit dem sie eine besondere Entdeckung ankündigte. »Ich war nämlich im Stall, und mein Pferd ist noch da.« Triumphierend hob sie die weißblonden Brauen.

»Es ist immer noch mein Pferd.«

Drei Köpfe flogen herum, schüchtern drängten sich die Mädchen gegen meine Röcke. Warm und liebevoll umfing uns sein Blick. Er blieb in der Tür stehen, um dieses Bild nicht zu zerstören. Geheime Botschaften flatterten zwischen uns hin und her – *du hast uns gefehlt – ich hab euch vermisst – bleib bei uns. Ich kann ohne dich nicht leben.* Mein Herz hüpfte.

Es dauerte keine zwei Tage, da hatten Snædís und Ljómi alle Scheu vor dem neuen Hausbewohner abgelegt. Sie hefteten sich an seine Fersen, wohin er seine Schritte auch lenkte, um ihm mit Kindergeschichten, die sie für unaufschiebbar wichtig erachteten, die Ohren voll zu trällern oder ihn ungeniert anzustarren, denn er war der erste Mann in ihrem Leben, der keinen stacheligen Bart im Gesicht hatte. Ich spürte, wie sie ihn mit ihrer Lebhaftigkeit ermüdeten und wie er trotzdem nicht genug von ihnen bekommen konnte.

Als es Gunhild wieder besser ging, machte sie, gestützt auf den Arm ihres Sohnes, einen Spaziergang in den Bienengarten. Sie blieben lange dort, so lange, dass ich mir schon Sorgen machte. Der Tag ging bereits zur Neige, als sie langsam zurückgewandert kamen, und ihre Gesichter sahen glücklich und frei aus.

»Hat sie – hat sie sich beklagt?«, fragte ich ihn, als wir, nur vom Mond begleitet, am Bach lagerten. Ich goss noch etwas Öl auf seinen von Narben verwüsteten Rücken. Der Duft von Lavendel und orientalischer Bergamotte stieg zu mir empor. Im Stillen dankte ich Gisli für dieses kostspielige Geschenk, das er mir einmal gemacht hatte, um mich zum Lachen zu bringen. Versonnen lächelte ich. Das mit dem Lächeln funktionierte, wenn auch anders, als er sich gedacht hatte. Eriks Muskeln spannten sich unter meinen Händen ein wenig an. Fasziniert fuhr ich über die immer noch atemberaubend festen Stränge längs der Wirbelsäule und versuchte, die Spuren der Sklaverei glatt zu streichen. Er seufzte leise und zufrieden.

»Beklagt worüber?« Seine Wange lag auf den Armen, ich

konnte das verträumte Schimmern in seinen Augen sehen. »Was meinst du?« Ich schluckte. Auch nach drei Jahren hatte ich mein Misstrauen gegen die alte Svearkönigin nicht ganz abgelegt und war immer noch auf der Hut, falls es ihr einfallen sollte, mich wieder zu demütigen. Erik drehte sich auf den Rücken. Er nahm mir die Ölflasche aus der Hand und zog mich näher, aber nicht auf seine Brust.

»Alienor, sie liebt dich. Du warst ihre einzige Stütze, als sie ihre Kinder verloren glaubte. Und sie hat verstanden, dass die Nornen uns übel mitgespielt haben. Ich denke, du hast deine Schuld endgültig abgearbeitet –«

Ich hielt die Luft an. Abgearbeitet! Einen Moment später zappelte ich im Fanggriff auf seiner Brust. »Du hast angefangen, *kvennskrattinn þinn*«, knurrte er launisch. Stumm schlang ich die Arme um ihn. *Sprich mir nicht mehr von Schuld.*

Wir verbrachten jede Nacht unter freiem Himmel, an den Felsen oder auf unserer Matte am Bach. In der Enge von Thordís' Hütte konnte Erik nicht schlafen, ja kaum atmen – die alten Ängste vom Eingesperrtsein kamen hoch und saßen wie ein böser Alb auf seiner Brust. Im Stillen fragte ich mich, ob er bei den Rentierleuten wirklich so frei gewesen war, wie er uns glauben machen wollte, oder ob sie einen Weg gefunden hatten, ihn bei sich festzuhalten. Als mir diese Frage dann doch einmal herausrutschte, lächelte er nur traurig und entgegnete: »Wann ist man schon jemals wirklich frei?«

Wir versuchten, ihn mit allem, was wir hatten, aufzupäppeln. Ich molk das Letzte aus unseren Schafen heraus und kochte aus der Milch, zerstampftem Getreide und einer guten Portion Honig einen nahrhaften Brei, um den die Kinder ihn beneideten. Doch hatten sie begriffen, dass er lange hatte hungern müssen und dass man deshalb seine Rippen fühlen konnte. Daher waren sie schnell bereit, ihre besten Bissen für ihn zu opfern – ich musste sie sogar daran hindern, alles herzugeben.

Bei unseren gemeinsamen Mahlzeiten war mir aufgefallen,

dass Erik Pater Berengar im Visier hatte. Er beobachtete ihn beim Essen, beim Kräutersammeln am Bach, bei der täglichen Hausarbeit, die der Pater auch nach Kolbrúns Tod zu meiner Erleichterung weiter verrichtete.

»Was tut er eigentlich hier?«, fragte Erik einmal, als wir bei den Felsen vom Heuwenden ausruhten. Berengar stieg den Hügel hinauf, um nach den Schafen zu sehen. Ich sah Erik prüfend an. Drei Jahre hatten wir uns nicht gesehen, nicht miteinander gesprochen, nicht gestritten. In Momenten wie diesen war er ein Fremder für mich …

»Ich meine, wo doch alle Priester das Weite gesucht haben«, präzisierte er seine Frage auf meinen Blick hin. »Überall spricht man davon, dass die Mönche des Weißen Krist vor den Unruhen von Uppsala geflohen sind und dass keiner von ihnen es gewagt hat zurückzukehren.« Ich sah den schmächtigen Pater zwischen den Felsen verschwinden. Als er sich alleine wähnte, konnte man seine wohltönende Stimme hören, die sich wie ein Vogel in die Lüfte schwang und den Schmerz seines Herzens in Worte fasste. *»… in Deo tantum quiesce, anima mea, quoniam ab ipso patientia mea …«*

»Er hat Liebe gepredigt … und Leidenschaft gefunden«, sagte ich nachdenklich. »Er wird diesen Ort niemals verlassen.« Wie Recht ich damit behalten sollte.

Worauf Erik aber hinauswollte, das erfuhr ich einige Tage später.

»Wenn ich diesen Berg guter Sachen hier gegessen und den Schlaf, den meine Aufpasserinnen mir aufnötigen, hinter mich gebracht habe, hättest du dann wohl Zeit, Pater« – seine Wangen röteten sich, und er vermied es, mich anzusehen –, »hättest du Zeit, einen Segen für mich und meine Frau zu sprechen? Wir sind zwar schon lange ein Paar« – tiefblau glänzten seine Augen, als er sich dann doch zu mir drehte und unter der Bank nach meiner Hand angelte –, »doch fehlt uns der Segen vom Weißen Krist. Willst du das tun?«

Tränen glitzerten in Berengars Augen, und ich sah, wie seine Rechte verstohlen das Holzkreuz umfasste, das er auf der Brust trug. Was mochte ihn so bewegen? War es das glückliche Ende einer leidvollen Reise, oder hatte Erik an etwas tief in ihm Verborgenem gerührt, das untrennbar verbunden war mit jenem Steinhügel an der Schafweide, wo Kolbrún dem Paradies entgegenschlummerte?

Er schluckte und lachte. »Gerne will ich das tun. An welchen Tag hattest du gedacht?«

Erik strahlte. »An morgen!«

»Morgen.« Berengar öffnete den Mund und schloss ihn wieder. Deutlich war zu sehen, wie er mit sich rang. »Morgen ist unmöglich.«

Erik hob die Brauen. »Warum nicht morgen? Die Sonne scheint, der Himmel ist blau, Hermann hat etwas Gutes erjagt.«

»Morgen ist Freitag.« Eriks linke Braue schoss in die Höhe. Da wusste ich – Christi Erscheinung hin oder her –, dass er den *kanoki* absichtlich herausforderte ... um ihn zu testen?

»Wer verbietet es, am Freitag ein Paar zu segnen?«

Hilfe suchend schielte Berengar zu mir herüber, doch ich wusste ja selber nicht, was ich von dem neusten Angriff meines Liebsten halten sollte. »Nun ...« Der Priester wischte sich mit dem Ärmel über den Mund. »Die Kirche verbietet es«, sagte er mit aller Würde, die er in dieser Situation noch aufbringen konnte.

»Die Kirche.« Erik legte seinen Löffel weg. »Ich möchte aber nicht den Segen der Kirche, Priester, sondern den Segen des Weißen Krist. Vielleicht ist das nicht dasselbe, denn ich bin überzeugt, dass der Weiße Krist seinen Segen an jedem Tag gibt, wenn man ihn darum bittet. Meinst du nicht?« Umständlich stützte er da sein Kinn in die Handfläche und sah den Pater fragend an. Berengar wusste nicht wohin mit seiner Verlegenheit; die Frage dieses Mannes, der es noch jedes Mal geschafft hatte, ihn zu verunsichern, brachte ihn so aus der Fassung, dass er kein klares Wort mehr sprechen konnte. Er stotterte in einer Sprache, die wie Deutsch klang, es aber nicht war, worauf Eriks Mundwinkel boshaft zuckten. Bevor Schlimmeres passieren konnte, stand ich auf und hastete um das Haus herum, wo niemand Zeuge meines Lachanfalls werden konnte. Prustend lehnte ich mich gegen die Hauswand. Was war er doch für ein verfluchter Schelm! Erzählte mir des Nachts von göttlichen Visionen und konnte es bei Tageslicht kaum erwarten, den erstbesten Priester zu foppen...

Schritte erklangen hinter mir.

»Lachst du etwa über mich?« Erik packte mich am Arm und drehte mich zu sich um. Ich wischte mir die Tränen aus dem Gesicht. Wie gut das tat – lachen nach Herzenslust, sein Gesicht anschauen dürfen, ihn berühren, nie mehr alleine sein, nie mehr... ich lehnte den Kopf an seine Schulter. Nie mehr allein.

»Du lachst über mich«, stellte er beunruhigt fest, ohne zu bemerken, dass ich Pater Berengar längst hinter mir gelassen hatte. »Ich bin noch nie wegen einem Heiratswunsch ausgelacht worden.«

»Hast du denn schon mal einen geäußert?«

Er entzog mir seine Schulter. »Gerade eben.«

»Oh.« Ich hob den Kopf.

Fast schon verärgert sah er mich an. »Was ist nun, willst du mich, oder willst du mich nicht?«

»Habe ich Bedenkzeit?«

»Du brauchst Bedenkzeit? Nicht einen Augenblick!« Er packte mich bei den Ohren und zog mich bis fast vor seinen Mund. Als ich auf den Zehenspitzen stand, berührten sich unsere Lippen. »Nicht den allerkleinsten Moment, Gräfin!«

»Ich sage nur ja, wenn du mich fragst und nicht den Priester, ob ich deine Frau sein will«, wisperte ich, obwohl meine Knie schwach wurden.

»Bedingungen werden hier nicht gestellt«, protestierte er entrüstet, nahm dann aber mein Ja mit geschlossenen Augen entgegen. Die Bank streckte sich uns entgegen, wo wir seinen Antrag noch ein Weilchen diskutierten …

»Ich kann dir kein rauschendes Fest bieten«, meinte er irgendwann und zog mich auf seinen Schoß. »So wie Mutter es erträumt oder wie dein Vater es ausgerichtet hätte. Ich … ich kann dir eigentlich gar nichts bieten, nach drei Jahren in meiner Heimat.«

Was so scheinbar fröhlich dahergesagt war, lastete schwer auf seiner Seele, und der Seufzer, der sich ihm entrang, war mir nicht entgangen. Ich legte ihm die Arme um die Schultern. »Du hast mir nie etwas versprochen, Erik.«

Gram verschleierte seinen Blick. Bevor sich die Wolke ganz über sein Gemüt legen konnte, küsste ich ihn sanft auf den Mund. »Aber einen lieben Gast kannst du für mich einladen.«

»Gisli.« Ich nickte lächelnd. »Du bist nicht zu ihm gegangen.« Nachdenklich sah er mich an, und die Furchen in seinem Gesicht vertieften sich. »Obwohl du zu ihm hättest gehen können, weißt du, du –« Ein Flügel so schwarz wie die Opfernacht fuhr über unsere Köpfe hinweg. Mangelndes Vertrauen, falsche Rückschlüsse und abgrundtiefe Enttäuschung – das alles war nicht etwa ausgelöscht, sondern lauerte im Verborgenen, in einem tiefen Loch … Ich warf mich über die Öffnung. »Gisli wird sich freuen, Hochzeitsgast zu sein.«

Er verzog die Lippen. »Ich kenne keine Geschichte, die von der Hochzeit eines Neidings berichtet.«

»Dann wird dies die erste sein.« Ich grub die Finger in sein Haar, um die üblen Gedanken aus ihm herauszukraulen, fortzujagen … »Ich liebe dich.«

Er sah mich lange an, der Blick voller Resignation. Es wollte ihm nicht gelingen, mit der verhassten Situation umzugehen. Ich fasste die dunkle Wolke und zog sie energisch weg. »Pater Berengar will uns vielleicht gar nicht mehr segnen, so, wie du ihn hochgenommen hast. Der Arme …«

Es gelang. Seine Knie begannen mich zu schaukeln, und seine Züge tauten auf. »Er wird uns segnen, *elskugi*. Ich könnte ihm eine Kirche bauen. Sicher träumt er davon, seit er dieses Heidenland betreten hat.« Mit beiden Händen umfasste er meine mageren Hüften. »Dort oben auf die Felsen baue ich ihm eine Kirche – oder lieber auf die Weide? Du siehst, es gibt wirklich keine Ausflucht…«

Während er sich still seines Triumphs über wankelmütige Frauen und zögernde Priester freute und darüber gottlob sein Schicksal als Ausgestoßener für kurze Zeit vergaß, dachte ich darüber nach, dass er seinem Vater, den ich nur aus Geschichten kannte, doch ziemlich ähnlich war. Auch Emund Gamle, den die Mönche »den Schlimmen« nannten, hatte die Autorität der Kirche mitsamt ihren hierarchischen Strukturen und Regeln nicht akzeptiert. Für einen Machtmenschen wie ihn war es nicht hinnehmbar gewesen, sich aus einer so fernen Stadt wie Rom Vorschriften machen zu lassen, wo er sich doch für den besseren Herrscher gehalten hatte. Gunhilds wenig schmeichelhafte Bemerkungen ließen darauf schließen, dass ihn Glaubensdinge nur insoweit interessierten, als sie seiner Machtausübung dienten, und da war ihm der willfährige Bischof aus dem fernen Miklagard wohl gerade recht gekommen.

Sein Sohn würde sich einer Instanz aus Geschorenen, die er für schwächlich, geldgierig und machtbesessen hielt, erst recht nicht unterwerfen. Christus war ihm so erschienen, wie er es gerade noch gelten ließ: brüderlich-verbunden, kameradschaftlich und offen. Gott musste ihn wirklich lieben…

Pater Berengar hatte sich von seinem Schrecken erholt. Doch auch er schlug vor, Gisli Svensson aus Sigtuna holen zu lassen – und umschiffte damit elegant Eriks Wunsch, an einem Freitag getraut zu werden.

Hermann wurde mit Proviant ausgestattet, von Erik zu Stillschweigen verpflichtet, und bestieg meinen goldfarbenen Wallach, um die Reise nach Sigtuna anzutreten. Es war das erste Mal, dass einer von uns Holtsmúli verließ.

Nachdenklich sah ich ihm nach. Meine Finger drehten die Spindel, der ein strammer Faden entwuchs. Er knäulte sich neben mir zu einem unordentlichen Haufen. Jemand musste ihn entwirren, bevor man ihn verweben konnte. In einer plötzlichen Aufwallung raffte ich den Haufen an mich und sah mich furchtsam um. Waren sie hier? Waren die Nornen auf Holtsmúli, um mit uns zu spielen? Ihre Netze zu weben, die unheimlichen Lieder von Schicksal und Tod zu jaulen? Netze, deren Enden manchmal von Blut troffen, aber manchmal auch golden in der Sonne glänzten, ohne dass wir darüber bestimmen konnten.

Wir alle saßen in Urđs Netz, sie allein schlang die Knoten, und sie entschied, welchen Faden sie abriss...

16. KAPITEL

In Deo tantum quiesce, anima mea,
quoniam ab ipso patentia mea.
(Psalm 62,6)

Hermann kam und kam nicht zurück.

Wir warteten drei Tage, vergeblich. Ringaile schlich mit rot geweinten Augen umher und musste sich von der alten Königin deswegen rüffeln lassen. Doch auch sie war verdächtig oft auf dem Platz anzutreffen, von wo aus man das Tal überblicken konnte. Rehe sprangen über die Wiese, manchmal unsere Schafe. Aber kein Reiter wollte zwischen den Bäumen hervorkommen. Hermann. Ich wurde immer nervöser. Wo mochte er nur stecken? War ihm etwas passiert? Ein Sturz vom Pferd, ein Überfall, Wölfe – nach all den Stichen, die das Leben mir in den letzten Jahren zugefügt hatte, glaubte ich, keinen einzigen mehr ertragen zu können, nicht den allerkleinsten, bei Gott…

Als mir der Salztopf aus fahrigen Händen fiel, nahm Erik mich zur Seite. »Soll ich ihn suchen gehen?«

Mit rotem Kopf kniete ich auf dem Lehmboden und scharrte die Salzreste zusammen. »Bloß nicht. Du kannst doch nicht…«

»Ich werde irgendwann ins Tal gehen, Alienor.« Er kniete neben mir nieder und fasste meine Hände. »Ich kann mich nicht ewig verstecken, *elskugi.*«

»Was willst du tun?« Gütige Freya, wie dünn meine Stimme doch war…

»Was willzu tun?« Ljómi hangelte sich von hinten an seinem Hals hoch. Da glitt ein Lächeln über sein ernstes Gesicht. Mit einem einzigen Griff zog er das strampelnde Bündel nach vorne. »Eine Lauscherin, sieh an. Wo ist Snædís?«

»Bei Ljómis Färd. Dísa hat Ljómi rausgeschmissen.« Ihr Blick hatte etwas Unbekümmertes, während sie das sagte und ihre Beinchen gegen seine Schultern stemmte.

»Lauf, geh sie holen und sag ihr, dass wir gleich auf Schatzsuche gehen.« Schatzsuche! Schnell wie der Blitz war die Kleine in Richtung Wiese verschwunden.

»Alienor.« Er rutschte näher. »Es gibt nicht viele Möglichkeiten. Entweder ich bleibe hier« – ich sah ihm in die Augen; er war kein Bauer, würde niemals einer werden – »und verstecke mich, bis –«

»Der Mann aus der Geschichte hat das gemacht –«

»Sie haben ihn erwischt, *kærra*, weißt du noch? Auns Rock zog im Schnee eine Spur, die seinen Verfolgern den Weg wies.« Seine Hände krochen meine Arme hoch – wie der verräterische Rock der Isländerin durch den Schnee gekrochen war ... Das Salz färbte sich rot. Ich schlug beide Hände vor die Augen. Sanft zog er sie mir weg. Rein und weiß lagen die Körner vor mir auf dem Boden.

»Ich könnte noch einmal vors Thing treten. Vielleicht hören sie mir zu, vielleicht rollen sie den Fall noch einmal auf, vielleicht ...«

»Vielleicht«, murmelte ich, immer noch geschockt von dem Bild der roten Salzkörner. »Vielleicht.«

»Ich müsste sehen, ob ich noch Vertraute habe, Anhänger, die mich unterstützen, die mir Schutz gewähren, wenn ich an meiner Verteidigung arbeite oder vielleicht sogar um Gnade bitte. Wenn ich gute Fürsprecher finde ... nach drei Jahren Verbannung ist Thorleif vielleicht zufrieden.« Der Ton in seiner Stimme verriet, dass er selbst nicht daran glaubte.

»Irgendetwas muss ich tun, Alienor. Ich wurde nicht geboren zum Schafehüten.« Er lächelte schief, und ich dachte, nein, du warst schon in Ljómis Alter ein Prinz. Gunhild hat dich dazu gemacht. Doch letztendlich hatte er wohl Recht. Er musste zumindest den Versuch machen, seinen zerstörten Ruf wieder herzustellen. Verweigerten sie ihm das ... nun, mir fiel auch nicht ein, was wir dann tun konnten.

»Gehen wir jetzt den Schatz suchen?« Snædís lugte mit glänzenden Augen an Erik vorbei. »Gehen wir jetzt gleich?« Ljómi kam von der anderen Seite, ein Holzschäufelchen in der Hand. »Gehen wir?« Aufgeregt hüpfte sie um uns herum. »Gehen wir jetzt?« Es war zwecklos, das Gespräch fortzusetzen, der Schatz hatte Vorrang.

Erik nahm die beiden an der Hand und verschwand nach draußen. Er hatte die Herzen seiner Töchter im Sturm genommen, so wie er damals meines erobert hatte ... Sie hatten nie viel gefragt, wo er herkam, wo er gewesen war. Er war jetzt da, das allein zählte. Nur einmal hatte ich mitbekommen, wie Snædís sich zu ihm auf die Felsen hockte und irgendwann fragte: »Bist du wirklich mein Vater?«

Seine Augen waren feucht geworden, doch er hatte dem Impuls widerstanden, sie in die Arme zu nehmen. »Ich bin dein Vater. Ich war dabei, als du auf die Welt kamst, und ich habe dich auf meinen Knien in den Schlaf gewiegt. Du bist ein Teil von mir, kleine Königin.« Da hatte sie ihn lange angesehen. Und dann hatte sie ihre kleine Hand in seine große gelegt, und die alte Einheit, die damals alle so fasziniert hatte, war wieder hergestellt.

Nicht ein einziges Mal fühlte ich auch nur leises Bedauern darüber, dass ich ihm keine Söhne geschenkt hatte. Gunhild allerdings schien es neuerdings wieder zu bemängeln ... Doch das Bild, das sich ihr bot, als wir zur Wiese strebten, wohin er uns gerufen hatte, stimmte die alte Königin versöhnlich.

Die beiden Mädchen standen an seiner Seite, als er sich ins Gras kniete, um das vergrabene Schwert der Ynglinge aus seiner Ruhestätte zu holen. Ihr ewiges Plappern war verstummt. Ruhig und aufrecht standen sie da, als wüssten sie, welch bedeutungsvollem Moment sie beiwohnen durften. Ihr Vater hatte sich entschlossen, den Kampf aufzunehmen gegen die Leute, die mit Lügen und Verleumdungen sein Leben zerstört hatten.

Mit bloßen Händen löste er die Grasnarbe von der Erde und schaufelte die Erdkruste mitsamt ihren spitzen und kantigen Steinen auf einen Haufen neben das Rosenstöckchen, an dem voll erblühte Rosen ihren Duft verströmten. Gunhild rang stumm die Hände, und ihre Lippen zitterten. Ihre Augen indes blieben trocken. Es schien, als hätte sie alle Tränen, die das Leben ihr gelassen hatte, an jenem Tage geweint, als ihr Sohn aus der Verbannung zurückgekehrt war.

Ich wusste nicht, was Erik den Mädchen erklärt hatte, und so traf es mich ins Herz, als Snædís plötzlich die Hand auf die Schulter ihres hart arbeitenden Vaters legte, leicht wie ein Vögelchen und doch Kraft spendend… Der Erdhügel wuchs an. Spatzen versammelten sich auf der Palisade, Bienen schauten vorbei und selbst der Adler, den ich an seinem Nest beobachtet hatte, kreiste über der Wiese von Holtsmúli, um Zeuge zu werden, wie das Geschlecht der Ynglinge zu neuem Leben erwachte.

Ljómi beugte sich vor. Die Sonne spazierte heran und ließ einen Lichtkegel hüpfen, als das sagenhafte Schwert des Olof Skötkonung seinem Grabe entstieg.

»*Gróa lauf af grafnu sverði…*« Meine Hand glitt über die Runenplatte. Endlich verstand ich die Worte. Endlich. »*Deyr sálin…*« Die Seele war gestorben, doch er wagte einen Neuanfang. Was tot war, würde leben, was namenlos war, würde wieder Yngling genannt werden. Das Tuch fiel zu Boden. Ein leises Schaben, als das Schwert aus der Lederscheide fuhr, und dann atmete es wieder Luft und Leben, richtete sich auf, sein Stahl so blinkend, als wäre er erst gestern poliert worden. Die Spitze, weiß wie ein reiner Diamant, zeigte über ihm in den Himmel, als Erik die Schneide gegen seine Stirn drückte, während seine Fäuste fest den Griff umklammerten…

Am Waldrand wieherte ein Pferd.

Kári antwortete entrüstet und trabte an der Weidenhecke entlang. Erik rührte sich nicht, er hielt seine Waffe, als schlüge ihn wieder jemand zum Ritter – jemand, den wir nicht sehen konnten, und der gütig seine Hand auf den blonden Kopf legte und ihm mit diesem Schwert ein neues Leben anvertraute, auf dass nur Gutes damit geschehe. Hingerissen stand ich da, ein paar Schritte von ihm entfernt, doch mein Herz war ganz bei ihm.

Ringaile heulte auf. Schluchzend rannte sie Hermann entgegen, warf sich in seine Arme, kaum dass er vom Pferd gesprungen war, als wäre er ein ganzes Jahr fort gewesen. Ich schluckte schwer. Wenn man liebt, sind drei Tage wie ein Jahr – was sollte ich das Mädchen rügen? Als ich noch einmal hinsah, stand der Schimmel des Kaufmanns auf der Anhöhe, breitbeinig und schwer atmend, doch genauso starr war sein Reiter. Hermann hatte Wort gehalten und den Grund der Reise nicht verraten. Gislis Gesichtsausdruck schwankte zwischen nacktem Entsetzen und wilder Freude, als er seinen Freund dort in der Sonne knien sah, von Licht umstrahlt, das Schwert in der Hand. Ich trat näher, um ihn zu begrüßen.

»Was, Alinur, was…« Fassungslos packte er mich an der Schulter, rutschte vom Pferd, angelte nach meiner Hand. »Alinur, was – seit wann – beim Thor, warum habt ihr… wie kann er…«

Der finnische Sklave schien zu erkennen, was der Kaufmann jetzt brauchte, denn er kam mit einer Metkanne angelaufen, die Gisli in einem Zug halb leerte. Seine Augen begannen nicht nur durch den Alkohol zu glänzen, als er sich den Mund wischte, ohne Erik aus den Augen zu lassen.

»Wieso habt ihr so lange gebraucht?«, fragte ich leise drängend. »Wir warten schon so lange!«

»Ich war im Süden unterwegs – purer Zufall, dass Hermann mich auf dem Weg an die Ostküste erwischte«, raunte er zurück. »Mein Schiff liegt dort mit Bauholz vor Anker – ist er verrückt, hierher zu kommen? Beim Thor, er muss wahnsinnig sein, Alinur …«

»Niemand weiß, dass er hier ist, Gisli«, versuchte ich ihn zu beruhigen.

»Die Vögel tragen Nachrichten über die Berge, die Raben, die Wolken, was weiß ich – erst letzte Woche haben sie Sigrunsborg wieder überfallen! Er wird euch alle in Gefahr bringen!«

»Hier oben sind wir sicher«, sagte ich im Brustton der Überzeugung, obwohl sich ein leiser Zweifel anmeldete, ob er nicht etwa Recht haben könnte. »Hier – hier kommt nie jemand vorbei, Gisli, niemals. Wir –«

Er ließ mich stehen, ging auf seinen Freund zu und packte ihn am Kragen. Wir verstanden nicht, was sie sprachen, doch die Worte waren so heftig wie die Handbewegungen. Die Umarmung aber, die endlich folgte, sprach von Erleichterung, Freude und inniger Freundschaft.

Gunhild verschloss ihre Gefühle hinter dem grimmigsten Blick, zu dem sie in der Lage war. Sie scheuchte Ringaile aus Hermanns Armen, damit sie ein Gastmahl vorbereite, Hermann schickte sie los, die Pferde zu versorgen, und den Sklaven, die Tische aufzubauen. Die Mädchen mussten sich waschen gehen und neue Kleider anziehen – nur für mich hatte die alte Frau keinen Auftrag. Mürrisch zog sie an mir vorbei, um alles zu überwachen.

Pater Berengar hatte einen kleinen Altar gebaut, an dem er, nun, da unser Gast endlich gekommen war, die Messe zelebrieren wollte. Nervös schob er Schüssel und Kanne hin und her und zupfte immer wieder an dem roten Schal, den Kolbrún ihm einst gewebt hatte. Wie hatte er sich damals angestrengt, ihr zu erklären, dass ein Mönch sich nicht mit Farben schmücken sollte, dass Rot überhaupt die Farbe der Könige ist – sie hatte nur gelacht und ihm den Schal dreimal um den dürren Hals geschlungen. Ich versank in die Betrachtung des unbotmäßigen Kleidungsstückes.

»Und du glaubst wirklich, Orm Bärenschulter würde für dich sprechen?«

»Er wird, Gisli – er muss! Gleich morgen werde ich zu ihm reiten und –«

Beide hielten sie vor mir an und unterbrachen ihr Gespräch. Gisli legte mir den Arm um die Hüfte. »Na, *augagaman*, bist du glücklich?«, fragte er leise. Ich nickte stumm. »Die Götter mögen geben, dass es so bleibt«, sagte er da. Sein Gesicht blieb ernst.

Die ersten Kannen Bier wurden herausgetragen. Mit Stolz im Herzen sah ich zu, wie die Männer tranken und mein Bier lobten, das ich mit Kräutern nach Thordís' Rezepten versetzt hatte. Hermann hatte das Packpferd von seinen Lasten befreit – Getreide und allerlei Dinge, von denen der Kaufmann dachte, wir könnten sie brauchen – und bat um Hilfe beim Tragen der Säcke. Gisli war ein gern gesehener Gast auf Holtsmúli. Wenn er kam, hatten meine Leute ihn meist sehr schnell in die Wirtschaft eingebunden, ob er wollte oder nicht. So standen Erik und ich bald allein da.

Er sah mich an. Lichter tanzten in seinen Augen, die ebenso wie der Himmel kein Wölkchen trübte. Ich ergab mich ihrer Farbe, seinem Blick, seiner Nähe, meinem unsäglichen Glück.

»Komm mit.« Ich fasste seine Hand und zog ihn ins Innere von Thordís' Hütte. Kleine Füße trappelten uns hinterher.

»Was ist, machst du einen Rückzieher?« Er wusste nicht genau, ob er lachen oder ernst sein sollte. »Was –«

»Schsch.« Ich zog ihn an Ringaile vorbei in den hinteren Teil des Hauses, wo die Kleidertruhen und Vorratstonnen standen. Stumm sah er mir zu, wie ich in der Truhe zu kramen begann. In der Morgendämmerung, als ich nach tiefem und erholsamem Schlaf neben ihm aufgewacht war, hatte ich die Berge von Wolle aus Waldweidenröschen vor mir gesehen, die ich mit den Jahren versponnen hatte, und das geheimnisvoll weiße Hemd, das daraus entstanden war. Seit dem vergangenen Winter lag es in der Truhe – einst in Kindergröße geplant, war es auf dem Webrahmen wie von selbst zu einem Kleidungsstück für Erwachsene geraten. Ich hatte mich erinnert, wie sehr ich an jenem Tag geweint hatte, als der letzte Faden vernäht war und das schillernde Wunder, das niemals seine Haut berühren würde, vollendet vor mir gelegen hatte. Schließlich hatte ich es in Leinentücher geschlagen und auf dem Grund der Truhe versenkt, weil ich seinen Anblick keinen Moment länger ertrug.

Berengars Schal hatte mich auf den Gedanken gebracht.

Erik sagte kein Wort, als ich das Bündel hervorholte und die Leinwand auseinander schlug. Durch die Dachluke schaute die Sonne neugierig herein und ließ einen Strahl über das feine Gewebe gleiten. Es irisierte wie ein Traum aus Luft und Regenbogen.

Ich trat neben ihn. Er ließ es zu, dass ich ihm die grobe Tunika auszog. Die Narben auf seinem Oberkörper, Spuren von glühenden Eisen, Peitschenschnüren und Messern, kreischten erschrocken auf. Mit einem Kuss brachte ich sie und alle Geister, die uns missgünstig beobachteten, zum Schweigen. Das Hemd aus Rosenwolle fiel so passend über seinen Körper, als hätte er den ganzen Winter über für mich Modell gestanden. Ich zog es glatt und trat einen Schritt zurück. Die Sonne zwängte noch mehr Strahlen durch die Luke, um ja alles begutachten zu können, und sie war zufrieden mit meinem Werk. Ihre Strahlen streichelten ihn sanft von allen Seiten. Schließlich verharrten sie auf seinem Haupt. Strahlend und rein wie ein Krieger der Götter stand er vor mir, mit Gold in den Haaren und Stolz in den Augen, stumm vor Ergriffenheit ... die Dämonen, die mich in dieser Hütte Nacht für Nacht fast um den Verstand gebracht hatten, verstummten endgültig angesichts dieses Kriegers, der wiedergekommen war, um meine Seele vor ihnen zu beschützen.

Ich reichte ihm den Schwertgürtel mit der blank polierten Ynglingwaffe. Mit langsamen, präzisen Bewegungen legte er den Gürtel um und zog die Schnalle fest. Mein Herz erbebte bei seinem Anblick. So will ich dich, Yngling, dachte ich, so stolz und schön und für immer unbesiegbar!

Er griff nach meiner Hand. »Vater sieht aus wie ein König«, piepste es da hinter uns. »Er soll das Pferd wiederhaben …« Gerührt nahm ich Snædís, die sich ihres Opfers wohl bewusst war, auf den Arm, damit sie ihn besser sehen konnte. »Vater ist ein König«, flüsterte ich ihr ins Ohr. »Für uns alle ist er ein König, *meyja.*«

Ein Raunen ging durch die kleine Gesellschaft, als wir in der Tür erschienen. Die Sonne gab sich alle Mühe, den Krieger im Regenbogenhemd so prächtig wie möglich zu präsentieren, und selbst der Wind hielt den Atem an. Gunhild fiel auf die Knie. »Yngve-Freyr – heilige Jungfrau, wie ist das möglich?«, hörte ich sie schluchzen, während ihre Hand sich nach Erik streckte, ohne ihn zu berühren. Gislis Augen leuchteten, und selbst der Pater stutzte. Ringaile legte mir von hinten das feinste Leintuch übers Haar, das sie hatte finden können. Das Wetter, die Menschen, die Sonne – alles war vollkommen. Der Tag lächelte uns zu, und ich wischte alle Befürchtungen beiseite, die Gislis Bemerkungen eben hervorgerufen hatten. Dieser Tag gehörte uns.

Pater Berengar räusperte sich verlegen. Dann lud er uns vor seinen provisorischen Altar. »Es ist dies die erste Messe seit langem, die ich lese«, begann er langsam, als könnte er diesen Umstand noch nicht fassen.

»Einst zog ich in dieses Land, um die Frohe Botschaft unter den Armen zu verkünden, die Gott nicht kennen. Als mich aber niemand hören wollte, verstummte ich und vertraute darauf, dass Gott mir den Tag schon weisen würde, an dem Er mich braucht. Ich fühle es« – seine grauen Augen bekamen etwas Überirdisches –, »dieser Tag ist gekommen! Hoch oben in den Heidenbergen, umgeben von Dämonen und fremden Göttern, sehnt ein Paar den Segen des Allmächtigen herbei. Halleluja, welch ein wunderbares Fest!« Er breitete die Arme aus, und der

Funke seiner innig gefühlten Freude sprang auf uns über – die Unsicheren, die Verzagten, die Tollkühnen unter uns begannen wie von Zauberhand zu lächeln und zu leuchten!

Vielleicht hatte Pater Berengar in all den einsamen Jahren im Norden vergessen, welche Worte zu einer Messe gehören, vielleicht wollte er die mit Gott Hadernden aber auch nicht langweilen, und so sang er nach dem Kyrie jenen Psalm, den wir alle von ihm so gut kannten. »*In Deo tantum quiesce, anima mea, quoniam ab ipso patientia mea. Verumtamen ipse Deus meus et salutare meum, praesidium meum, non movebor …*«

Gunhild hinter mir atmete schwer. Dachte sie immer noch an Svanhild? Oder an ein den Ynglingen geziemendes Fest, über drei Tage mit Musikanten und einem Meer von Bier? Denk nicht daran, ermahnte ich mich. Du lebst jetzt, hier, und du bist glücklich. Erik drückte meine Hand, als hätte er meinen dummen Gedanken gelauscht. Dabei wanderte etwas Hartes herüber in meine Hand – ich erkannte es, ohne hinzusehen: Es war die hölzerne Rose, die er neben seinem Schwert gefunden hatte. Wie ein Versprechen drückten sich ihre geschnitzten Blütenblätter in meine Handfläche.

Berengar ließ die von ihm erdachte Melodie noch ein wenig nachklingen, bevor er sich uns zuwandte. »Du hattest wohl Recht, Erik Emundsson: So wie der Weiße Krist den Kindern seinen Segen spendete, als sie vor ihm standen und die Jünger sie vertreiben wollten, so hat Er auch Zeit für euch, und er fragt nicht, welcher Tag und welche Stunde es wohl sei.« Mit Tränen in seinen zwinkernden Augen nahm er unsere Hände. »Der Prediger Salomo hat Worte gesprochen, die ich euch mit auf den Weg geben will, denn Worte sind alles, was ein Priester hat. ›*Melius est duos esse simul quam unum:* Es ist ja besser zu zwein‹, sprach Salomo, ›denn sie haben guten Lohn für ihre Mühen. *Quia unus cecederit, ab altero fulcietur:* Fällt einer von ihnen, so hilft der andere ihm auf. *Vae soli! Cum cecederit, non habet sublevantem se:* Wehe dem, der allein ist, wenn er fällt, denn dann ist kein anderer da, der ihm aufhilft.‹« Ich spürte wieder den Druck von Eriks Hand. *Vae soli!*

»›Und auch wenn sie beieinander liegen, so wärmen sie sich, wie kann ein einzelner warm werden? Und einer kann überwältigt werden, aber zwei können widerstehen: *Funiculus triplex non cito rumpitur*, eine dreifache Schnur kann nicht reißen.‹« Die Wangen des *kanoki* färbten sich rosa. »Bewahrt diese Worte stets in euren Herzen, dann ist der Herr bei euch. Ich will euren Bund nun segnen, obwohl ihr euch den Segen längst selbst gegeben habt. Auch hier spricht der Prediger: ›Was geschieht, ist schon längst geschehen, und was sein wird, ist auch schon längst geschehen.‹« Er hob die Hände. »Allmächtiger, ewiger Gott! Wir stehen hier –«

»Mama, guck mal, Färde! So viele Färde!« Ljómi zupfte an meiner Tunika. Höhnisches Gelächter hallte da in meinem Kopf wider, und ich konnte die Kettsteine des Nornenwebstuhls klappern hören. Sie hatten uns gefunden. Langsam drehte ich den Kopf.

Erik, trotz Gottes Anwesenheit stets wachsam wie ein wildes Tier, fuhr herum. Ein wahrhaft böser Fluch entsprang seinen Lippen. Er zog sein Schwert und drängte uns mit Waffe und Armen zusammen.

»Dagholm.« Es war nur ein Wort aus Gislis Mund, doch es zerstörte den Tag, die Stunde, alle Hoffnung. Immer mehr Reiter und Männer zu Fuß quollen aus dem Wald und machten sich an den mühseligen Aufstieg nach Holtsmúli, Schreie gellten durchs Tal, Schilde und Streitäxte blitzten hungrig auf.

»Ihr müsst weg hier.«

»Ich kann nicht dauernd weglaufen.«

»Du hast Frau und Kinder, Narr! Flieh, solange du noch kannst, deine Ehre kannst du ein anderes Mal beweinen! Sie wollen keinen Kampf, Erik Emundsson, sie wollen deinen Tod!« Wie zwei Streithähne standen sie sich gegenüber, beschimpften einander als Feiglinge, vergeudeten kostbare Zeit, während die

Männer aus Dagholm immer näher rückten. Ich war wie benebelt... Wo war Gott? Hatte Er uns schon wieder verlassen?

Er war niemals hier gewesen. Ich biss die Zähne so hart zusammen, dass der Kiefer knackte. »*Domine, ad adiuvandum*«, hörte ich hinter mir die ruhige Stimme des Priesters. Er ahnte ja nicht, was ich längst wusste: Wir mussten uns selber helfen, wieder einmal. Ich packte die Kinder an den Händen und rannte zum Haus. Ringaile, meine fast blinde Ringaile kam mir entgegen. Ungläubig sah ich, dass sie Bündel schleppte, Kleiderbündel, die sie, von bösen Ahnungen gequält, wohl schon vor Tagen heimlich geschnürt haben musste, und sie befestigte sie an den Pferden, die Hermann hinter dem Haus in aller Eile sattelte. Niemand verlor viele Worte, außer den beiden Kriegern, die sich in großer Lautstärke immer noch nicht einigen konnten, welchen Weg sie gehen sollten. Aufgebracht riss Erik sich das weiße Hemd vom Leib und streifte sich die Reisekleider, die der finnische Sklave ihm zuwarf, über den Kopf. Gunhild hastete mir hinterher, einen Beutel in der Hand. »Alinur! Alinur, Kind, warte. Hier, nimm! Nimm.« Sie drückte mir den Beutel in die Hand. »Das ist alles Gold, was ich habe – nimm, für die Kinder, für dich, für... für ihn...« Verstört bedeckte sie ihre Augen mit der freien Hand. Ich ließ die Kinder los und packte sie an den Armen. »Du wirst mit uns kommen, Gunhild Guđmundsdottir! Hol deinen Mantel –«

»Wir werden hier bleiben, Alienor von Sassenberg.« Pater Berengar trat neben die alte Königin. »Uns werden sie nichts tun – und wenn, dann ist es Gottes Wille.« Ich schrie auf. Dieselben Worte, vor langer Zeit an einem anderen Ort, den Tod, Frevel und Verderben verschlungen hatten... »Ihr könnt nicht hier bleiben, gütige Jungfrau, ihr könnt nicht –«

»Aufs Pferd, rasch.« Erik gab mir von hinten einen Stoß. »Nimm Abschied, oder es kostet dich das Leben, Frau.«

»Tu, was er sagt, Alinur.« Sie machte noch einen Schritt auf mich zu.

Gunhilds feines Haar an meiner Wange, der unbeugsame Nacken unter meinen zärtlich streichelnden Fingern, der Geruch von Gagelkraut, der sie stets umgab, tränenlose Augen voller Wärme und gleichzeitig unsäglichem Schmerz, ihre vom Alter verkrümmten Hände, raue Fingerkuppen zart auf meinem Gesicht...

»Gib mir Acht auf meinen Sohn, Alinur Hjartaprydi. Er trägt das Blut der Götter in sich. Gib mir Acht auf ihn, auf dich wird er hören. Du bist seiner würdig, das weiß ich nun.« Ein letzter inniger Kuss von faltigen Lippen, während mir die Tränen über das Gesicht liefen. »Gott schütze dich, liebes Kind, mein liebes, liebes Kind...«

»Alienor Hjartaprydi nennen sie dich.« Pater Berengar trat neben die alte Frau, die sichtlich um Fassung rang. »Nimm das hier von mir, Frau mit dem starken Herzen, und bewahre es für mich auf.« Hastig legte er mir sein breites Holzkreuz um den Hals und steckte es unter das Oberkleid, als fürchtete er, jemand könnte sein Schmuckstück sehen. »Der Herr nehme dich in Seine Hand und leite dich auf deinen Wegen. Er lasse –«

»Rasch, aufsteigen. Los, wir haben keine Zeit mehr.« Die segnenden Hände des Priesters fielen herab. Etwas freundlicher als Erik brachte Gisli mich fort von Gunhild, die mir mit einem seltsamen Ausdruck in den Augen hinterherstarrte. Wieder und wieder drehte ich mich nach ihr um. Würden sie Gnade walten lassen, sie doch war unschuldig, hatte nichts mit der Sache zu tun...

Gisli hob mich in den Sattel und reichte mir Ljómi, die wegen des überstürzten Aufbruchs ganz närrisch war und schreiend um sich schlug. Ich schlang beide Arme um das Kind. Sie schrie wie am Spieß, wehrte sich, Snædís heulte einfach mit und schlug nach Ringaile. Da kam der finnische Sklave angerannt und brachte die Puppen, die er für die beiden gemacht hatte und die um ein Haar auf Holtsmúli geblieben wären. Beim Anblick ihres Spielzeuges beruhigten sich beide ein wenig. Ich wiegte Ljómi, während Hermann mein Bündel an Sindris Sattel befestigte. »Werden wir zurückkehren, Herrin?«, fragte er ängstlich.

»Ich – ich weiß nicht –« Mein Hals war wie zugeschnürt, als ich Zeugin wurde, wie Erik Gunhild an seine Brust zog, seine Arme fest um sie schlang und lange – viel zu lange so verharrte. Ich hörte ihre trockenen Schluchzer und leise gesprochene Worte, die nur für sie beide bestimmt waren, zärtlich gemurmelte Koseworte aus einer Zeit, in der Frieden und Frohsinn für sie herrschten. Ich sah, wie die mächtigen Schultern des Kriegers zuckten, wie er ihr Haar streichelte und wie die alte Frau in ihrem Schmerz immer weiter in sich zusammensank...

Sein Gesicht war grau, als er auf uns zukam. Die Kriegsschreie der Dagholmer hatten sich bis nach Holtsmúli vorgearbeitet, und die ersten Pferde galoppierten bereits den Hang hoch. Ein kurzer Blick: Ringaile umklammerte Hermann auf dem Packpferd, Gisli auf dem Schimmel hatte Snædis auf dem Arm. Mit langen Schritten umrundete Erik die Reiter, kam auch an meinem Pferd vorbei, unfähig, mich anzusehen oder gar zu berühren. Ich spürte, wie er sich hinter der Maske des Kriegers versteckte, den Sattel kontrollierte, das Gepäck, den Zügel. »*Guđ hialpi salu*«, murmelte ich und tastete nach dem Runenhölzchen, das ich stets bei mir trug. Er ging ohne ein Wort weg von mir, zerrissen von Qual und ohnmächtiger Wut. *Vae soli!*

»Abreiten!«, hörte ich ihn bellen. »Niemand sieht sich um!«

Die Pferde stürzten los, als wüssten sie, dass es diesmal um unser Leben ging. Dagholms Krieger kamen von der anderen Seite nach Holtsmúli und fanden uns nicht gleich – unser Glück. Gisli und Hermann galoppierten vorneweg, ich folgte ihnen mit einer kreischenden Ljómi im Arm, hinter mir Kári – aber wo war Kári, wo war der schwarze Hengst? Ich sah mich um, obwohl er es verboten hatte, sah, wie er das Pferd zurückhielt – wollte er etwa kämpfen, wie es Ehre und Stand geboten, kämpfen um seinen Namen, seine Zukunft? Doch er hatte ja nichts mehr, keine Ehre, keinen Namen, er war immer noch ein Neiding, den man wie ein tollwütiges Tier abstechen konnte…

Der erste Dagholmer erreichte ihn und fiel unter seinen Streichen.

»Erik!« Sein Name flog von Fels zu Fels, voll blankem Entsetzen angesichts der Meute, die den Hügel erklomm. Erik sah ein, dass es aussichtslos war und stieß seinem Schwarzen finster die Hacken in die Weichen. Das Geschrei auf Holtsmúli wurde lauter, Triumphgeheul, Schmerzensschreie – ich trieb Sindri an. Nicht zurückschauen. Niemals zurückschauen. Unter mir bei den Felsen hörte ich den Hengst.

»Mama – meine Puppe ist runtergefallen, meine Puppe!«, kreischte Ljómi mir da ins Ohr, außer sich über den Verlust. Ich hielt es nicht aus und brachte Sindri zum Stehen. *Nicht absteigen, nicht zurückschauen, niemals zurückschauen, niemals* – der Wallach schnaubte warnend und schüttelte den Kopf. Ljómis Schreie übertönten ihn, und so glitt ich aus dem Sattel und angelte nach der verdammten Puppe –

Es gibt Momente, in denen man mit einem Blick alles sieht und versteht.

Mein Zuhause ging in Flammen auf, in Brand gesetzt von pechgetränkten Pfeilen aus Dagholm. Thordís' Haus, der Stall, der Bienengarten – was hatte ich vorletzte Nacht noch geträumt? Bienenschwärme, die um Thordís' Haus flogen, den Tod eines Familienmitglieds ankündigten – abgetan hatte ich es, verdrängt, weil ich doch so glücklich war… Die Flammen fraßen das Dach und loderten bösartig empor. Der Finne starb in diesen Flammen, weil sie die Tür verbarrikadierten. Altar und Bänke waren zertrümmert, Geschirr, Kleider und Hausrat flogen durch die Luft. Pater Berengar lehnte an der Hauswand. Er bewegte sich nicht, doch sein Blick war zum Himmel gerichtet, wo er hoffentlich gerade Kolbrún wiedertraf. Eine riesige Axt hatte seinen Hals an die Wand geheftet und verhinderte, dass er sich zum Sterben niederlegte. Und ich musste mit ansehen, wie Gunhild Guđmundsdottir mit erhobenem Schwert auf die Mörder ihres *kanoki* zurannte, wie die Klinge mutwillig aufblitzte, als sie damit den erstbesten Verdutzten vom Pferd stieß, ich hörte ihn schreien, sah, wie sie noch die Kraft aufbrachte, ihre Waffe aus dem Verletzten herauszuziehen. Da trabte von hinten ein Pferd an sie heran, der Mann brüllte etwas, und sie drehte sich herum.

Gunhild Guđmundsdottir taumelte, ihr Schwert mit beiden Händen haltend, einige Schritte rückwärts. Ich sah die Klinge scharf und spitz und tödlich aus ihrer Brust ragen, Blut auf dem Kleid, im Gras, überall –

»Weiter, Weib!«, herrschte Erik mich da an und bremste sein Pferd so ab, dass es vor mir stieg. Doch selbst an ihm vorbei konnte ich das Morden und Sterben erkennen, konnte den Tod riechen, seinen gierigen, sauren Geruch einatmen – »Verflucht, steig auf!«

»Erik – mein Gott –«, murmelte ich, starr vor Angst. Mein Körper versagte mir den Dienst. Der Rappe versperrte mir zwar die Sicht, doch der Geruch und die Bilder blieben.

Erik sprang aus dem Sattel. Er riss mich hoch und schlug mir mit aller Gewalt ins Gesicht, zweimal, dreimal. Das Feuer sprang auf meine Wangen über. »Reite, beim Thor, tu nur einmal, was ich dir sage!«, zischte er und warf mich förmlich in den Sattel, wo Ljómi sich fast heiser geschrien hatte, und wir trieben unsere Pferde den anderen hinterher.

Ljómis Holzpuppe aber lag im duftenden Sommergras und musste dem Sterben auf Holtsmúli zusehen.

Der Wald hatte uns so verschluckt, dass die Verfolger uns nicht fanden. Trotzdem ritten wir fast ohne Pause bis in die Dunkelheit hinein. An einer versteckten Bachlichtung hielt Gisli die Gruppe an. Die Pferde hätten es keinen Meter weiter geschafft. Hermann hatte alle Hände voll zu tun, sie vom unmäßigen saufen abzuhalten.

Ljómi war in meinen Armen eingeschlafen, nachdem sie fast den ganzen Ritt über geschrien und geweint hatte. Meine Nerven lagen blank, doch niemand kam, um mir vom Pferd zu helfen, und so hangelte ich mich mit dem schlafenden Kind auf einen Felsblock hinunter. Die anderen diskutierten leise, ob man es wagen könnte abzusatteln. Sie entschieden sich schließlich dagegen, um eine schnelle Flucht zu ermöglichen, und nahmen nur das nötigste Gepäck herunter.

Ich war auf meinem Felsblock einfach sitzen geblieben. Es erschien mir wie ein böser Traum, ein wildes Spiel der *spádisir*, was wir erlebt hatten. Gisli hockte sich neben mich.

»Wohin gehen wir?«, fragte ich müde.

»Mein Schiff liegt an der Ostküste, zum Absegeln bereit«, antwortete er. »Sie warten auf mich – nun werden wir etwas mehr Last an Bord nehmen.«

»Und dann?« Ich sah ihn an, wohl wissend, dass er mir darauf keine Antwort geben konnte.

Meine Ringaile hatte an alles gedacht. Es gab für jeden etwas gedarrtes Brot und Trockenfisch, der zwar nicht schmeckte, aber den Hunger stillte. Immer wieder schlichen die Männer mit gezückten Schwertern am Rand der Lichtung entlang. Um Ruhe brauchten sie nicht zu bitten, wir lagen so erschöpft im Gras, dass man uns ohne weiteres hätte abschlachten können...

»Schlaft jetzt«, befahl Erik schließlich knapp. Ringaile deckte die beiden schlummernden Kinder mit ihrem Mantel zu und legte sich dicht neben sie, statt wie sonst in Hermanns Armen zu schlafen. Ihre Hingabe rührte mein verwundetes Herz – dieses Mädchen würde mir Heimat sein, wo wir auch hingingen. Gisli warf sich neben den Felsblock, wo er zwei Atemzüge später leise zu schnarchen begann.

An mir ging der Schlaf wieder einmal vorüber, trotz der Erschöpfung. Ich verbot mir, mich zu erinnern, und schaute über die Lichtung. Düster wie ein Riese mit verschränkten Armen ragte der Wald über uns auf. Sein Fußtritt würde uns zerquetschen. Aber auch die Reiter aus Dagholm, redete ich mir zur Beruhigung ein. Der Riese verzog verächtlich sein Gesicht. Die oder ihr – was macht das schon für einen Unterschied.

Furchtsam griff ich an meinen Hals. Und fand Berengars Kette, deren Anhänger ich aus meinem Kleid zog. Ich hielt ihn ins Mondlicht. Ein blank geriebenes, massives Holzkreuz, so einfach gearbeitet, wie Benediktiner es zu tragen pflegen. Ohne wirkliche Neugier betastete ich es von allen Seiten – und stutzte: Das Kreuz hatte einen Inhalt! In seine Rückseite war eine Glasphiole eingelassen, in der ich im Mondlicht eine Art Knochensplitter erkannte.

Die Entdeckung machte mich schwach. Pater Berengar hatte all die Jahre eine Reliquie bei sich getragen, vielleicht, um mit ihr einmal eine Kirche zu weihen und sein Missionswerk zu krönen, das er nie hatte beginnen können. *Bewahre es für mich auf.* Er hatte seinen Tod vorausgeahnt…

Langsam und sorgfältig steckte ich das Kreuz wieder unter meine Tunika.

Erik saß nicht weit von mir an einen Baum gelehnt. Das Schwert lag über seinen Knien, und er strich über die Klinge, strich und umklammerte sie, als würde das helfen, Dinge ungeschehen zu machen… Sein Gesicht war nicht zu sehen, es verbarg sich hinter den gelösten Haaren, die ihm unordentlich bis auf die Schulter hinabhingen. Es waren seine Fäuste, die mich stumm herbeiriefen. Schneeweiß war ihre Haut, jede Sehne bis zum Äußersten gespannt, messerscharf stachen die Knöchel aus dem Handrücken hervor. Sie waren zum Kampf bereit, obwohl es keinen Gegner gab. Vorsichtig kroch ich neben ihn.

»Erik.« Das Schaben seiner Nägel auf der Hose ließ mich schaudern. Er rührte sich nicht. Ich wollte meine Finger auf seine Hände legen, wollte ihnen Einhalt gebieten, damit sie zur Ruhe kamen, doch kurz davor zog ich sie wieder weg. Die Not vor meinen Augen war so bodenlos – wer war ich, mich ihr entgegenzustellen?

»Erik …«

»Schweig!«, fauchte er. Wie eine Schnecke zog ich mich zurück in mein baufälliges Haus. Ein jeder bade doch in seinem eigenen Leid, ertrinke darin, einsam, hilflos, ohnmächtig –

»Alienor –« Seine Stimme brach schon bei meinem Namen, allein seine Hand brachte noch die Kraft auf, mich zurückzuhalten, und ich griff nach ihr wie nach der rettenden Schnur. »Bleib …«

Jetzt fühlte ich es. Sein ganzer Körper war ein Hilferuf, angespannt wie die Bogensehne vor dem Schuss. Er vibrierte bis in den letzten Muskel, sein Kiefer knirschte, weil er sich mit aller Gewalt die Gefühle zu verbieten versuchte, ganz Gunhilds Kind, weil er nicht schwach werden wollte wie ein Weib … Über seine Tränen aber hatte auch er keine Macht. Hämisch zeigte der Mond auf den wachsenden nassen Fleck auf seinem Oberschenkel. Gleichzeitig spürte ich seine Angst – um uns, um sein vermeintlich wiedergewonnenes Leben, spürte, wie sie an seiner unsterblichen Seele fraß, wie sie drohte, ihn zu überwältigen … Ich kroch dichter zu ihm. Mein kurzes Schwert baute sich vor uns auf wie ein streitbarer Gnom. Sollen sie nur kommen!

»In Deo tantum quiesce, anima mea, quoniam ab ipso patientia mea«, flüsterte ich Berengars Lied, so leise, dass selbst der Riese im Wald die Ohren spitzen musste. Erik aber hörte mich. *»In Deo tantum quiesce … in Deo tantum quiesce …«* Wieder und wieder gesprochen, legten sich die Verse wie Balsam auf seinen gepeinigten Körper – die Seele erreichten sie nicht, aber ich fühlte, wie die unerträgliche Spannung ihn verließ. *Vae soli!* Wehe dem, der allein ist, wenn er fällt. Ich ließ ihn nicht allein, ich hielt Wache für ihn, ich war sein Auge und sein Ohr in dieser Nacht, ich kämpfte gegen die Verzweiflung, die immer wieder heimtückisch über uns beide herfallen wollte.

Und irgendwann muss die Erschöpfung wohl auch mich bezwungen haben, denn die Sonne steckte ihre ersten Strahlen durchs Gebüsch, als Erik mich weckte. Sein Gesicht war leichenblass und von Furchen durchzogen. Dunkle Ringe umrahmten die geschwollenen Augen. War ich doch eingeschlafen, gleich neben ihm, den Kopf auf seinen Reiseumhang gebettet.

»Ich wollte wach bleiben, glaub mir –«

»Du warst bei mir, das allein zählt.« Er kauerte neben mir und starrte mich an, immer noch nicht bereit für zu viel Nähe, doch in seiner Stimme lag alles, was er für mich empfand.

Ich setzte mich auf. Irgendwo plapperten die Kinder. Erik nahm seinen Umhang an sich und entrollte ihn. Ein weiß glänzendes Bündel fiel heraus, das Hemd aus Rosenwolle, von Männerhänden wild zusammengeknautscht, doch trotz aller Gefahr nicht auf Holtsmúli zurückgelassen. Ein Lächeln glitt über mein Gesicht. Ich breitete das Hemd vor mir aus. Ein paar frühe Sonnenstrahlen kamen heran und wunderten sich über so viel schillernde Pracht auf dem Waldboden.

Die Knitter hatten dem Hemd nichts anhaben können, doch nun wollte es wohl verwahrt sein. Stumm sah Erik zu, wie ich es faltete und in meinem Bündel verstaute. Für alles gab es eine Zeit – auch für dieses Regenbogenhemd würde die Zeit kommen.

Unsere Blicke trafen sich. Und dann nickte er ganz sacht.

Augenblicke später brachen wir auf. Obwohl der Wald uns gutmütig schützte, durften wir den Pferden keine Schonung zukommen lassen. Niemand konnte sagen, wie dicht man uns schon auf der Spur war. Gisli trieb uns über Bergkämme und durch Täler, von Stunde zu Stunde näher an die rettende Küste heran. Erstaunt sah die Natur uns hinterher. Sag Lebewohl, sag Lebewohl, trommelten Sindris Hufe zum Abschied. Fort, fort, krächzte der Rabe, der uns seit dem Morgen durch die Luft begleitete. Ich kannte ihn wohl, Schwatzmaul des Heidengottes Thor, der sich so oft voller Neugier an meiner Seite eingefunden hatte. Heute schmerzte mir der Kopf von seinen klagenden Schreien. Die Kinder waren verstummt. Ljómi hatte die Kraft zum Jammern verloren. Unter meinem Mantel krallte sie sich an mich wie ein junges Kätzchen und wollte nicht einmal herausschauen, als ein Schneehase vorbeihüpfte. Snædís saß vor ihrem Vater im Sattel, die Hände in Káris Mähne vergraben, und schwieg trotz der Anstrengung beharrlich. Kleines, tapferes Mädchen. Sie würde ihm bis an die Grenzen Midgards folgen…

»Das Meer!«, schrie Hermann irgendwann auf, »das Meer, ich kann's sehen!«

Wie ein flach geschliffenes Juwel lag das Ostmeer vor uns, kaum dass wir den Wald verlassen hatten. Fast liebevoll plätscherte es am Ufer der kleinen Bucht, sorglos und heiter, als würde es Wildheit und Stürme nur aus Erzählungen kennen. Ich schluckte. Wir würden wieder auf das Wasser gehen müssen. Ausweg, Rettung – ja, doch niemand ahnte, wie schwer mir der Gang aufs Schiff fiel.

Der »Windvogel« träumte mitten in der Bucht vor sich hin. Sanft wiegte er sich mit der Strömung und wartete auf seinen unerschrockenen Lotsen. Der lenkte gerade seinen Schimmel neben Sindri. »Jetzt haben wir es geschafft«, sagte er heiser, ohne Erik aus den Augen zu lassen. »Mein Schiff können sie niemals einholen.«

»Warum liegt es hier?«, fragte ich, obwohl mich die Antwort gar nicht interessierte.

»Hier gibt es Leute, die gutes Schiffsbauholz schlagen. Sie suchen Bäume genau in der Form, wie sie ein Schiffsbauer braucht. Jemand im Süden hatte mich beauftragt… Sieh nur, diese Brücke dort habe ich selber gebaut!« Voller Stolz wies er auf ein schwimmendes Holzband, das auf dem Wasser tanzte. Diese Bucht eignete sich nicht dafür, ein schwer beladenes Schiff ins Wasser zu schieben, wie man es anderorten tat, daher hatte der findige Kaufmann sich Gedanken gemacht, wie er das Beladen vereinfachen konnte. Schwimmende Holztonnen trugen die Planken und versprachen nickend, den Reisewilligen trockenen Fußes zum Schiff zu bringen. Ich betrachtete sie sehr skeptisch, während unsere Pferde zum Strand hinuntereilten.

Auf dem Schiff hockten Männer, in ein Spiel vertieft. Der eine sprang auf, als er uns erblickte. »Gisli Svensson! In Dreiteufelsnamen – du hast uns verdammt lange warten lassen!« Die beiden anderen erhoben sich langsamer, ich erkannte Einar, den mürrischen Steuermann, und Gunnar, der sich so oft mit ihm in die Haare geriet. Mit den Händen schirmten sie die Augen vor der Sonne ab. Einar stemmte die Fäuste in die Hüften. Pferde, Volk, Weibervolk – was hatte das zu bedeuten? Gisli sprang über den Kai hinüber zum Schiff und besprach sich halblaut mit dem Steuermann. Was willst du hier machen? So viele Pferde – man würde Holz abladen müssen und immer noch hart über der Wasseroberfläche liegen. Und überhaupt, das Holz… Einars Miene verdüsterte sich, zeugte von Widerstand gegen Gislis Pläne. Sie gestikulierten, schoben Pferde und Männer hin und her, da entschlüpfte Gunnar ein Ruf.

»Seht nur, die Völva!«

Ich fuhr herum. Büsche teilten sich, Bäume bogen ehrfürchtig ihre Äste, und hervor trat Vikulla Ragnvaldsdottir, die Völva von Uppsala. Ihr bestickter Mantel flatterte im Sommerwind, die Katzenfellkappe schimmerte verhalten. Ich legte die Arme um Ljómi und duckte mich furchtsam. Hatte sie uns aufgelauert, wusste sie wieder alles, das vermaledeite Weib… Was wollte sie hier? Dann erkannte ich hinter ihr Sigrun Emundsdottir. Sigrun, deren weißblonder Zopf über die Schulter hing wie damals, als ich sie kennen gelernt hatte. Die ganze Bucht schien den Atem anzuhalten, als die beiden Frauen auf uns zuschritten.

»Du solltest dein Schiff beladen, Gisli Svensson, solange dir noch Zeit bleibt.« Vikullas tiefe Stimme hatte Ähnlichkeit mit den Wellen, die ruhig am Ufer entlangfuhren und niemals weiter ausgriffen. Ich hatte vergessen, wie sie damit streicheln, schmeicheln, aber auch quälen konnte, welch große Macht sie ihr verlieh … Und dann stand sie vor mir, während Erik und Sigrun sich in den Armen lagen, stumm gemacht von der schmerzvollen Mischung aus Wiedersehensglück und tiefer Trauer. Der Wind kitzelte mich mit dem Beifußgeruch, der von der Völva ausging.

»Woher – woher weißt du, dass wir diesen Weg –«

»Meine Sehnsucht, euch beide noch einmal zu sehen, hat mich hergeführt, *greifinna.*« Ihre Augen wurden schmal. *Du hast mich fern gehalten, von deinen Kindern, selbst von ihm, Närrin. Hast geglaubt –*

»Holtsmúli ist nicht mehr.« Meine Stimme klang hölzern. Was erzählte ich ihr da, sie wusste ja doch alles. Sie schüchterte mich ein, nun, da so viele Jahre ins Land gegangen waren, ohne dass ich ihrer guten Kräfte hatte teilhaftig werden können.

»Nein«, sagte sie tatsächlich. »Holtsmúli ist nicht mehr. Bösartige Nornen warfen Kletten in Urđs Netz – sie entwanden dir den Faden, auf den Acht zu geben ich dir auftrug.« Ich senkte den Kopf. Wieder einmal hatte sie mich in ihrer Gewalt, obwohl ich dagegen ankämpfte. »Du kennst nun ihre Tücke, Alinur Hjartaprydi.« Die Stimme wurde weich. Ostmeerwellen trugen sie an mein Ohr, ganz leicht und vorsichtig, und ich fühlte wieder jene Sicherheit, die diese Frau mir einst hatte geben können … »Möge der Faden durch diese Erkenntnis nun in deine Hand geschweißt sein, *hamingja Ynglings*, damit du ihn nie wieder loslässt.« Ich fühlte, wie meine Hand angehoben wurde. »Möge sie dir stets den rechten Weg weisen …« Ihre Lippen berührten meine Haut, ein plötzlicher Schmerz, und ich sank hinweg, getragen von Wellen und der sanften Brise, die mein Haar verwirbelte …

»Alienor.« Eriks drängende Stimme holte mich zurück.

Ich schlug die Augen auf. Vikulla kniete vor den Kindern und lachte mit ihnen. Sie hängte ihnen plaudernd aufgezogene Ketten um den Hals und bewunderte die geflochtenen Zöpfe. Ihre Augen aber blickten ernst, und ich war mir sicher, dass sie gleichzeitig etwas anderes tat – Beschwörungsformeln murmeln, Götter anrufen, einen Zauber aussprechen. Starr sah ich in ihre Richtung.

»Alienor, wir müssen uns sputen.« Jetzt fasste er doch nach meinem Arm, unruhig, immer wieder nach dem Wald schauend und danach, wie weit das Verladen des Gepäcks gediehen war. Gerade stand Sindri auf dem Holzkai und überlegte, ob er nicht doch lieber rückwärts gehen sollte, anstatt ins Schiff zu steigen.

»Es ist Zeit, Abschied zu nehmen, Alinur Hjartaprydi.« Sigrun. Mit wehenden Kleidern stand sie vor mir, tiefe Trauer in den schönen Augen. Ihre Lippen zitterten. Der Rock bewegte sich – furchtsam drückte sich ein kleines, blondes Mädchen an ihre Beine. »Die Zeit war gegen uns, *greifinna*. Leb wohl – Freya möge euren Weg begleiten.« Unschlüssig standen wir voreinander. Dann gab Sigrun sich einen Ruck und umarmte mich, nur ganz kurz, aber innig und fest. Sie hatte mir verziehen.

Als Erik mich mit den Kindern zum Schiff zog, liefen mir Tränen über die Wangen.

Sindri war den Lockungen des Steuermannes erlegen und ins Schiff geklettert. Ich stieg hinterher, nahm meine Kinder über die Reling in Empfang und sah zu, wie Erik seinen Hengst holte. Mit gebührendem Abstand ging Ringaile als Letzte mit einem vergessenen Gepäckstück hinter dem Pferd her. Káris nervöses Trampeln ließ die Holzkonstruktion lustig tanzen, und so setzte sie ängstlich einen Fuß vor den anderen, um das Gleichgewicht nicht zu verlieren. Ich beugte mich über die Bordwand und ermunterte sie. Wie mochte es sein, die Welt hinter einem Schleier wahrzunehmen, wo andere klar sehen konnten?

»Gütiger Himmel«, ächzte Hermann da neben mir und deutete zum Strand hin.

Die Bäume bewegten sich, und dann brachen von allen Seiten Männer aus dem Gebüsch hervor, während Reiter den Weg herabgestürmt kamen, den wir genommen hatten. Verschwitzte Gäule kauten wild auf ihren Gebissen, sprengten durch den Ufersand, und das Kriegsgeheul der Männer übertönte ihr wütendes Wiehern. Thorleif von Dagholm hatte uns am Ende doch noch gefunden.

»Schneller«, drängte Gisli. Seine Männer machten sich daran, Kári in Empfang zu nehmen, der diesmal zögerte, das Schiff über die Planke zu betreten. »Schneller, kann er nicht schneller?« Der Hengst schnaubte, warf den Kopf umher. Er spürte die Gefahr deutlicher als wir alle. Doch heute war keine Zeit zum Zögern. Erik fasste die Leine kürzer.

Erste Schritte auf dem Ladekai, das hungrige Schleifen einer Klinge. Die Schritte beschleunigten sich. Stumm und hurtig kam der Tod angelaufen und wollte uns von hinten erledigen. Wie ein lästiger Gegenstand wurde Ringaile von ihm beiseite geschoben. Sie taumelte, verlor das Gleichgewicht und stürzte mit einem kleinen Schrei ins Wasser.

Erik hörte das Platschen. Mit gezogenem Schwert drehte er sich herum, ließ Káris Leine fahren und hieb ihn so auf die Kruppe, dass das Pferd einen Riesensatz von der Planke ins Schiff machte. »Ringa…«, rief Hermann fassungslos. Das Mädchen im Wasser, die Sprünge auf dem Steg, Eriks erwartungsvoll gespanntes Kreuz, sein Haar flog in den Nacken – endlich, *endlich* kamen sie ihn herausfordern, endlich sollte er sich wehren können, draufschlagen, kämpfen – heulende Kinder, die sich an meine Beine klammerten – ich wusste kaum, wo ich zuerst hinschauen sollte. »Ringa…« Das Mädchen riss einen Arm aus dem Wasser. Allein ihr Blick rief nach Rettung, stumm würde sie gleich versinken… Hermann warf ein Seil ins Wasser, zu kurz, er holte es ein und warf wieder, traf sie am Kopf, sie sank, während Erik auf dem Steg über ihr seinen Kampf begann. Sie würde ertrinken…

Der Tod hielt seine finstere Ernte. Unter Eriks Streichen sank der erste Dagholmer auf den Kai, doch der zweite stand schon hinter ihm. »Ablegen! Sofort ablegen!«, schrie der Yngling und warf sich auf seinen namenlosen Feind, endlich ...

Hermann suchte meinen Blick – *verzeiht* –, zog sein Lederhemd aus, stieg auf die Reling und sprang ins Wasser, um seine Geliebte vor dem Ertrinken zu retten. Gisli und seine Männer legten sich trotzdem in die Riemen. Das Schiff ruckte unwillig. Ich warf einen Blick zum Ufer. Dort rannten wütend Männer herum. Auf einer Insel zwischen ihnen standen die beiden Frauen, geschützt durch einen Zauberkreis, den Vikulla mit ihrem Stab gezogen hatte. Niemand wagte, ihnen zu nahe zu treten; blanke Schwerter würden ihr Ziel verfehlen oder an der Zauberwand abprallen. Sand wirbelte auf. Vikulla hatte die Arme erhoben. *»Kom þokamyrkvi, kom veđr, kom þokamyrkvi, kom veđr«*, hallte ihre Stimme über den Strand. Sigrun hockte am Boden, die Trommel zwischen den Knien, und schlug einen Rhythmus, der in seiner Wildheit die Zähne zu blecken schien. Selbst Erik hielt für einen kurzen Moment inne.

Der Sand stieg wie ein Lindwurm auf, gierig nach den Männern leckend, die sich mit einem Satz in Sicherheit brachten. Er fegte hinterher. Andere waren nicht schnell genug, sie fielen schreiend zu Boden, die Augen voll spitzer, scharfer Sandkörner. Nebel löste sich vom Wasser und wallte suchend umher. Vikulla und ihr Lied hatten ihn in Marsch gesetzt. Er waberte mit langen Fingern zum Holzkai und dem Schiff hinterher ...

»Und ziehn! Und ziehn!«, kommandierte Gisli die Ruderer und sah sich gleichzeitig immer wieder besorgt um. Aus mehreren Wunden blutend, stand der Yngling breitbeinig auf dem Holzkai und ließ seine Waffe sprechen – all die Wut und Erbitterung, die sein Dasein vergifteten, saßen in der scharfen Klinge und brachten Tod für jeden, der es hier wagte, ihm nach dem Leben zu trachten. Das Schiff entfernte sich zusehends. Hermann mit einer reglosen Ringaile im Schlepp kraulte wie besessen hinter uns her. Der dichter werdende Nebel entzog sie fast schon meinen Blicken. Ich hing über der Reling, das Seil in den Händen, er griff danach, Pfeile sausten ringsum ins Wasser, verfehlten beide wie durch ein Wunder. Gisli verließ sein Ruder und kam mir zu Hilfe. »Duck dich, *fífla*!«, fauchte er und stieß mich weg. Ein Griff, ein Schrei, dann lagen meine beiden Diener keuchend und wasserspuckend an Bord neben mir.

»Erik! Spring doch, verflucht!«, brüllte der Kaufmann verzweifelt. Er rannte ans Steuer und beschrieb mit dem dahintreibenden Schiff einen Bogen. Das Ufer und der Holzkai waren durch den grauen Zaubernebel, der uns vor den Dagholmern schützen sollte, kaum noch zu sehen. In grausigem Zusammenspiel mit Sigruns Trommelschlägen kamen die Schwertstreiche vom Kai, wortlos ausgeführt, allein mit dem Ziel zu töten. Ich biss in meine zitternde Hand. Vikullas Stimme zerrte an meinen Nerven. *»Kom þokamyrkvi, kom veðr –«* Selbst über die Entfernung hinweg fühlte ich, wie Erik zunehmend die Kontrolle über sich verlor, wie etwas Unheimliches, Böses von ihm Besitz ergriff, je mehr Blut spritzte, je mehr Männer sterbend vom Kai kippten …

Und dann lichtete sich der Nebel. Thorleif von Dagholm stand vor ihm – wir konnten die Szene beobachten, weil das Schiff wieder auf den Kai zutrieb, ein waghalsiges letztes Manöver des Schiffsführers, um seinem Freund zu helfen. Doch dessen Durst war noch nicht gelöscht.

»Nun hab ich lange genug gewartet, Erik Brunaflekki«, knurrte der vierschrötige Alte von der Insel, den ich nie gesehen hatte, der aber durch seine Rachegelüste einen solchen Einfluss auf mein Leben genommen hatte. »Nun sollst du für deine Dreistigkeit bezahlen, Mörder all meiner Söhne – heute rufen die Nornen endgültig nach deinem Blut!« *Herfjotur* jedoch, sonst so unheilbringend und mächtig, verschwamm im Nebel. Die Nornen saßen wie gelähmt, ihre Fäden hingen schlaff ins Wasser. Alles war möglich.

»Fang an, alter Mann«, hörten wir Erik bissig knurren, »ich habe nicht ewig Zeit, und der Tod auch nicht!«

Die Thorleif verbliebenen Männer am Ufer ließen ihre gespannten Bogensehnen los. Gespenstische Stille herrschte in der Bucht, jeder Felsbrocken, jeder Busch und jeder Wassertropfen wartete, was nun geschehen würde. Thorleif bestimmte die Waffe – anders als damals sein Sohn Hakon wählte er die Streitaxt, den archaisch anmutenden Todbringer, in deren Kampf Erik Wilhelmsritter, wie jedermann wusste, nicht geübt war. Dennoch nickte er. Ein Blick zurück – das Ynglingschwert flog durch den Nebel auf das Schiff, wo es von Gunnar aufgefangen wurde.

Und dann wurden wir Zeugen eines wahrhaft grausamen Kampfes auf dem schwimmenden Holzkai. Erik hob seinen Schild vom Boden auf, und fast gleichzeitig begann der alte Mann auf ihn einzudreschen, Hieb auf Hieb versetzten dem Schutzschild Beulen und Löcher, Erik duckte sich unter dem Axthagel, suchte nach einer Möglichkeit zurückzuschlagen, doch die Wut verlieh dem alten Mann Schnelligkeit und ungeahnte Kräfte … aber sie machte ihn auch blind. Am Boden kniend, sich den Schild schützend über den Kopf haltend, holte Erik von unten aus und hieb die ungeliebte Axt in Thorleifs Bein. Brüllend knickte der Alte um, hackte seine Axt in Eriks Schild – ich stopfte mir vor Angst die Faust in den Mund –, wer die Waffe schneller aus Metall oder Knochen herauszog, dem gehörte der Sieg und das Leben –

Die Trommel seiner Schwester wies Erik den Weg zum Leben. Den Schild unerschrocken von sich stoßen, mit beiden Fäusten nach seiner feststeckenden Waffe greifen – Thorleif kippte dem Schild hinterher, Eriks Axt flog durch die Luft, die Nornen schrien auf, zogen ihre Fäden aus dem Wasser, Blut tropfte herab, und Thorleif von Dagholm fiel, die von ihm selbst gewählte Waffe tief seitlich im Leib fühlend, vom Kai hinunter ins Wasser. Am Ufer brüllten seine Leute, Pfeile flogen wieder durch die Luft. Erik duckte sich. Waffenlos bot er ein ideales Ziel für die heransirrenden Pfeile. Doch dies war das Ende des

Kampfes. Gegen diese tückischen Gegner war selbst der Yngling machtlos. Sein Wutschrei hallte von den Felsen wider.

»*Kom þokamyrkvi, kom veðr*«, tönte die Stimme der Völva zur Trommel, während Erik schließlich ohne einen weiteren Blick auf die beiden Töchter Freyas ins Wasser sprang und dem »Windvogel« hinterherschwamm.

»Hier, das Seil, halt fest! Männer, rudert! Rudert, so schnell ihr könnt!«, schrie Gisli und stieß die Kinder beiseite, die sich ihm in den Weg drängten. Kári trampelte wiehernd auf den Planken herum. Ich sah noch, wie Erik das Seil ergriff, wie Pfeile ihn verfehlten, weil sich undurchdringlicher Nebel auf die Bucht herabsenkte, und wie trotzdem vom Ufer aus Pferde ins Wasser getrieben wurden, um Thorleifs Leute zum Schiff zu bringen. Die starke Kraft der Völva half uns aus der Bucht heraus, ohne dass wir auf Grund liefen oder gegen Felsbrocken stießen, und als Gisli Erik an Bord gezogen hatte, war das Land der Svear hinter uns verschwunden.

Heftig atmend lag er auf den Planken.

Die Männer wussten nicht, was sie sagen sollten. War er ein Held oder ein Wahnsinniger, der alle in Gefahr gebracht hatte? Noch war der Krieger ihnen fremd, gehörte mit all seinen Wunden nicht zu ihnen, und sie verstanden nicht, was sie da eben hatten mit ansehen müssen…

Blut sickerte aus Eriks Wunden und netzte das Holz. Die Ledertunika hing in Fetzen an ihm herab. Ljómi wagte es schließlich, auf ihn zuzukriechen. Sie hockte sich mit angezogenen Beinen neben ihn. »Sind sie jetzt alle tot?«, fragte sie mit dünnem, vom vielen Weinen heiserem Stimmchen. Er schwieg, starrte finster vor sich hin. Ich erkannte, dass das Raubtier ihn noch nicht verlassen hatte, dass der Kampf in seinem Kopf weiterging, immer weiter, blutig und erbarmungslos, Hieb auf Hieb gegen alle, die ihn vernichtet hatten, ich spürte, dass noch viel mehr hätten sterben sollen und dass Thorleif nur einer von ihnen war, der nun wohlverdient tot auf dem Grund der Bucht lag…

Die Götter, die mit vielen Heil bringenden Wünschen unseren Weg begleiteten, sorgten immerhin für gutes Wetter. Als der Zaubernebel hinter uns lag, strahlte die Sonne sanft von einem hellblauen Himmel. Gisli hatte Segel setzen lassen, der Wind gab sein Bestes, und selbst die Pferde hatten sich beruhigt und fraßen von dem Hafer, den Hermann in einem Sack mitgeschmuggelt hatte. Niemand indes wagte sich in Eriks Nähe.

Die Kinder, in Ringailes Obhut, schauten immer wieder zum Schiffsheck, wo er gegen die Reling gelehnt saß, die langen Beine von sich gestreckt, und vor sich hin starrte. Ich kratzte an meinen Armen herum. *Möge der Faden in deine Hand geschweißt sein.* Vikullas Worte hatten sich mir so eingeprägt, dass sie alles andere überlagerten. Mit gerunzelter Stirn sah ich auf meine Rechte, die mich plötzlich schmerzte. Ich stutzte. Eine Brandspur war es, was da so wehtat, ein deutliches M prangte auf dem Handrücken, blutrot in die Haut gefressen. Ihr Kuss, meine Ohnmacht – *Maðhr* war Vikullas Vermächtnis an mich, die Sippenrune in meiner Hand, da ich in ihren Augen *hamingja*, der gute Geist der Ynglinge war.

Maðhr in meiner Hand. Ich war mir nicht sicher, ob ich glücklich darüber sein sollte.

Wir segelten an den Mälarschären vorbei nach Süden. Friede hatte sich über den »Windvogel« gelegt, doch er war erzwungen. Immer wieder glitten Gislis besorgte Blicke zu seinem Freund hinüber. Die Mauer, die er um sich herum errichtete, wuchs von Stunde zu Stunde. Woraus sie bestand, war deutlich zu spüren.

Unsere Flucht auf das Meer hinaus war endgültig, es gab keinen Weg zurück nach Uppland. Das wilde Töten hatte Erik keine Befriedigung gebracht, es hatte den Schmerz um Verlorenes und Zerstörtes nicht gestillt und nichts bereinigt. Es hatte seine Ehre nicht wiederherstellen können. Erik blieb in Uppland ein Neiding, heimatlos und friedlos für alle Zeiten. Hinter seiner Wut verbarg sich nackte Angst vor diesem Schicksal. Und so mancher war an dieser Angst gestorben …

Lange saß ich ein paar Schritte von ihm entfernt auf dem Boden, und ich begriff schließlich, dass Thorleif von Dagholm ihn zwar nicht getötet, mir aber trotzdem genommen hatte.

Der Tag ging versöhnlich zu Ende.

Eine leichte Brise schob uns behutsam vorwärts, nicht zu schnell und nicht zu langsam. Wir schwebten über dem Wasser, das sich alle Mühe gab, uns liebevoll zu behandeln. Ein Sturm aber hätte uns vielleicht auf andere Gedanken gebracht, dachte ich irgendwann unmutig, als Erik sich immer noch nicht gerührt hatte und auch keine Anstalten machte, Kontakt zu uns aufzunehmen. Gislis Männer vermieden es, in seine Richtung zu schauen, der junge Björn nutzte jede Pause, Kreuzzeichen zu schlagen und Gebete zu murmeln. Er hielt ihn wahrscheinlich für besessen … Snædís weinte wieder. Sie wollte zu ihrem Vater, ich sah, wie Ringaile sie zurückhielt. Ljómi saß betrübt in der Ecke und mochte nichts von dem essen, was Hermann ihr aus den Vorratsbeuteln zurechtlegte. Immer wieder schaute sie zum Heck.

Ungebärdiger Ärger wallte da in mir auf. Wie konnte er seinen Kindern nur ein solches Verhalten zumuten? Was war das für ein Bild vom gefallenen Helden, das er ihnen da bot – und was mutete er mir zu, die ich die größte Erniedrigung, die einem Menschen zugefügt werden kann, einfach hatte ertragen müssen? Mir hatte niemand erlaubt, das Schwert zu ziehen und Rache zu nehmen …

Ärger boxte mich jetzt in den Magen. Ich knautschte das von Ringaile gepackte Bündel mit den Händen – und fühlte etwas Hartes zwischen den Kleidern. Vorsichtig zog ich die Schnur auf und steckte die Hand hinein. Stenkil Ragnavaldssons Halsring kam zum Vorschein, schmiegte sich in meine Hand und wollte unbedingt ans Licht. Ich zog ihn heraus.

Staunend strich die Sonne über das schimmernde Metall. Der legendäre Halsring der Ynglinge hatte in meinem Beutel nichts verloren. Ich stand auf, holte tief Luft – und ging auf Erik zu. Mit meiner Fußspitze stieß ich ihn unsanft an. Finster sah er hoch, nichts als Ablehnung im Blick. Ich hielt diesem Blick eine Weile stand. Da senkte er ihn, und ich sah, wie sehr die Angst ihn im Griff hatte.

Stenkils Halsring fing das Licht der untergehenden Sonne auf. Wieder drehte er den Kopf. Und vielleicht war es ein Zauber, der von diesem Ring ausging – langsam stand er auf, mühsam wie ein alter, vom Leben gebrochener Mann, ein müder Schatten des Kriegers, der noch am Morgen stolz neben mir gestanden hatte, und nahm mir den Ring der Uppsalakönige aus den Händen. »Solange dieser Ring im Lande weilt, wird es Ynglinge im Svearreich geben«, wiederholte ich leise Stenkils Worte. Er verstand, was ich von ihm wollte. Und so trat er einen Schritt vor, holte aus und warf den Ring in die Luft – Wir sahen ihn fliegen, wie ein kleiner goldener Vogel flog er der Sonne entgegen, beschrieb einen eleganten Bogen, segelte herab und versank mit einem leisen Geräusch vor der im goldenen Abendlicht liegenden Küste von Uppland im Meer. Als Erik sich abwenden, sich in seine düstere Gedankenwelt zurückziehen wollte, hinderte ich ihn daran.

Überrascht hob er den Kopf.

»Sieh jetzt nicht weg, Erik. Schau hin, schau es dir an.« Mutig geworden, griff ich nach seiner Hand und drehte ihn so, dass er zurückschauen musste. »Nimm Abschied von deinem Land, Erik Emundsson, nimm Abschied von ihm wie ein Mann – wie ein König. Das bist du dir schuldig …«

Obwohl ich nur neben ihm stand, spürte ich, wie er mich zu sich ließ, wie er meine Hilfe endlich akzeptierte. Es dauerte lange, doch schließlich begann er diesen letzten Kampf gegen sich selbst, gegen Angst, Hoffnungslosigkeit und Resignation – und für ein Weiterleben in Würde. Niemand konnte sagen, wie es ausgehen würde, doch der Abschiedsblick auf seine Heimat schien mir ein guter Anfang.

Und dann kam mir ein Gedanke.

Erik rührte sich nicht, als ich begann, ihm die zerfetzte Tunika vom Leib zu ziehen. Auch als das Wollhemd zu Boden fiel, stand er noch reglos im Wind, den Blick auf die entschwindende Küste seiner Heimat gerichtet.

Er ließ es zu, dass ich seine Kampfwunden säuberte und mit Kräutersud aus Hermanns Vorräten betupfte, und der Wind war mir freundlicher Gehilfe, denn er kühlte, wo es vielleicht brennen mochte.

Langsam und bedächtig erwies ich ihm diesen Dienst, denn es gab keinen Grund zur Eile mehr. Ich spürte, wie sich unter meinen Händen ganz allmählich die furchtbare Starre in seinem Körper löste. Spielerisch fasste der Wind nach meinen offenen Haaren, strich damit über Eriks Haut, liebkoste, kitzelte sie, hier ein wenig, und dort, zauberte mit allen Mitteln, um den Mann zu wecken …

Erik riss den Blick von der Küste los und sah mir in die Augen. Leben flackerte auf, ein Gruß aus glücklicheren Zeiten. Für einen langen Moment lehnte ich die Stirn an seine Brust, voller Erleichterung, dass er zurückgekommen war.

Ein Name, geflüstert, ein Windhauch an meiner Schulter – oder war es seine Hand? Keine Eile.

Und dann streifte ich ihm das Rosenhemd über, in das die Sonne sich verliebt hatte. Schützend wie ein Mantel, umhüllte es die Gestalt des Ynglings, und es versprach, alle Wunden zu heilen.

Mein Herz klopfte, als er meine Hände ergriff.

»Wohin soll die Reise gehen, Alinur Hjartaprydi?«, fragte da Gisli leise von hinten. Ich sah Erik an. Doch sein Blick schwieg. Es war zu früh für Antworten.

»Bring uns an den Hof des Normannenherzogs«, sagte ich mit fester Stimme, ohne den Blick von seinem Gesicht zu wenden. Da flackerte es wieder in seinen müden Augen auf – Einverständnis und ein Dank für die kluge Entscheidung. »Bring uns zu Herzog Wilhelm, der jetzt König von England ist.« Gisli nickte und ging.

»*Dróttning mína.*« Vom Wind bekam ich einen Kuss überbracht. Die Sonne lächelte erleichtert.

Sie ging unter und schmiedete unsere Hände fest aneinander.

Wehe dem, der allein ist, wenn er fällt!

NACHWORT

Der Christianisierungsprozess im mittelalterlichen Skandinavien stellt ein spannendes und vielschichtiges Thema dar. Bedingt durch unterschiedliche Herrschaftsformen und Mentalitäten, ist jedes der skandinavischen Länder in der Zeit der Missionierung einen anderen Weg gegangen, wovon Sagas und Berichte von Mönchen und Priestern eindrucksvoll Zeugnis ablegen. Während sich in Island das Volk auf der Allthings-Versammlung mehrheitlich dafür entschied, das Christentum anzunehmen und die alten Götter zu verwerfen, gab in Norwegen der König durch seine Taufe den entscheidenden Impuls für einen Religionswechsel.

Für Schweden, das im Buch beschriebene Land, erwies es sich in der Recherchephase jedoch als äußerst schwierig, die Ausgangssituation um das Jahr 1067 zu bestimmen. Die Position eines Schwedenkönigs scheint nicht mit der eines dänischen oder norwegischen Monarchen vergleichbar zu sein. Chroniken wie die des Adam von Bremen entwerfen durch ihre christliche Färbung ein falsches oder verzerrtes Bild. Die Nachfahren der Wikinger selbst haben so gut wie keine schriftlichen Quellen hinterlassen, und so sind es die Archäologen, die durch ihre Ausgrabungen vor allem in Uppsala und Sigtuna, den Zentren des mittelalterlich-schwedischen Reiches, Geschichte herauszufinden versuchen.

Speziell die Ausgrabungen der letzten Jahre werfen so manche lieb gewonnene historische Erkenntnis über den Haufen: Es gab keinen goldenen Tempel in Uppsala. Sigtuna war nicht wirklich Hauptstadt. Es gab keinen blutigen Religionskampf.

Jedoch macht es die Menge des gefundenen Materials nicht etwa leichter, Geschichte neu zu interpretieren, im Gegenteil.

Sten Tesch, Direktor des Museums von Sigtuna, sagt sogar: »Je mehr wir ausgraben, desto weniger verstehen wir.«

So kann der Geschichtenerzähler nur an den Fakten entlangbalancieren und davon erzählen, wie es vielleicht gewesen sein *könnte*. Und warten, was die Erde den Archäologen noch alles preisgeben wird.

Die silbernen Opferschalen der Vikulla z. B. können in einer Vitrine des Museums von Gamla Uppsala besichtigt werden; man hat sie in der Tat ganz in der Nähe der abgebrannten Königshalle gefunden.

An dieser Stelle sei Herrn Prof. Gerd Kreutzer gedankt für seine Übersetzung des Vikulla-Verses vom Deutschen ins Altnordische.

Außerdem möchte ich meiner Lektorin Petra Lingsminat für die gute Zusammenarbeit und ihr behutsames Spiel mit den Worten danken – sowie Kapitän Michael Gessner für seine wertvollen nautischen Tipps.

GLOSSAR

Hier sind die Übersetzungen der fremdsprachigen Ausdrücke und Zitate zu finden, ebenso einige Anmerkungen zum Text. Bis auf die kleine Liste ständig wiederkehrender Ausdrücke am Anfang erscheinen die Worterklärungen alle in der derselben Reihenfolge wie im Text. Die Information ist als Bereicherung gedacht und zum Verständnis nicht notwendig. Eine schwedische Dialektfärbung (altostnordisch) wurde bei der Wortwahl nicht berücksichtigt.

Häufig auftauchende altnordische Wörter:

augagaman	Augenweide
elskugi	Liebste, Geliebte
frakka	Fränkin
friđla/frilla	Konkubine, Geliebte
greifinna	Gräfin (wobei der Titel der Tochter eines Grafen nicht zusteht!)
hjartaprydi	Tapferkeit (mutiges Herz)
kanoki	Kaplan
kærra	Liebe, Teure
meyja	Mädchen
mjolkskeggi	Milchbart
skalli	Glatzkopf, Mönch
lingua danica (lat.)	»dänische Zunge«, altnordische Sprache, die sich erst im Laufe des Mittelalters in die heutigen Zweige aufspaltete

Yngling	Spross des ältesten Königsgeschlechts der Svear (Schweden), durch den Stammvater Yngve-Freyr göttlichen Ursprungs
Thing	Gesetzesversammlung des Nordens
greifinna	Gräfin
viltu leita bana, til ađ leita undan?	willst du den Tod suchen, um zu entkommen?
dróttning mína	meine Königin
kom heill ok sæll	sei willkommen und gegrüßt
Kári	Harfe des Windes, Pferdename
muliercula (lat.)	Dirne
concubina (lat.)	Dirne
far í gramendr, eđla	geh zum Teufel, du Natter
hvelprinn þinn	du Schelm
Domine ad adiuvandum (lat.)	Herr, zu Hilfe (Stoßgebet)
Ave Maria, gratia plena (lat.)	Gegrüßet seist du Maria, voll der Gnaden
elskugi	Geliebte
De profundis clamavi ad te, Domine! Domine, exaudi vocem meam! Fiant aures tuae intendentes in vocem deprecationis meae! Si inquitates observaveris, Domine, Domine, quis sustinebit? Quia apud te propitatio est, ut timeamus te. Sustinui te, Domine, sustinuit anima mea in verbo eius (lat.)	Aus der Tiefe rufe ich, Herr, zu dir. Herr, höre meine Stimme, lass deine Ohren merken auf die Stimme meines Flehens. So du willst, Herr, Sünde zurechnen, Herr, wer wird bestehen? Denn bei dir ist die Vergebung, dass man dich fürchte. Ich harre des Herrn, meine Seele harret, und ich hoffe auf dein Wort. (Psalm 130, 1–5)
Domine, firmamentum meum et refugium meum et liberator meus, Deus meus, adiutor meus et sperabo in eum, protector meus et cornu salutis meae et susceptor meus. Laudabilem invocabo Dominum… (lat.)	Herr, mein Fels, meine Burg, mein Erretter, mein Gott, mein Hort, auf den ich traue, mein Schild und Horn meines Heils und mein Schutz. Ich rufe an den Herrn… (Psalm 18, 3–4)

ekki konaferđ	keine Fahrt für Frauen
verđ á brottu, fordæđa!	verschwinde, du Hexe!
þat lofađa ek þér eigi þarna	das da habe ich dir nicht erlaubt
fordæđur	Hexen
Non est exaltatum cor meum, neque elati sunt oculi mei, neque ambulavi in magnis neque in mirabilibus super me. Vere pacatam et quietam feci animam meam … (lat.)	Mein Herz ist nicht hoffärtig und meine Augen sind nicht stolz, ich wandle nicht in großen Dingen, die mir zu hoch sind. Ja, ich habe meine Seele gesetzt und gestillt … (Psalm 131, 1–2)
Ran	Meeresgöttin
Svearreich	Gebiet rund um den Mälarsee im heutigen Schweden
kviđ ekki	fürchte dich nicht
mare nostrum (lat.)	Mittelmeer
dœtr Rans	Rans Töchter, die Wellen
Miklagard	Byzanz
skemma	Vorratshaus
mjolkskeggi	Milchbart
gangi þér allt tírs ok tíma	möge dir alles zu Glück und Ehre ausschlagen
kanoki	Kaplan
Custodi me ut pupillam oculi, sub umbra alarum tuarum protege me (lat.)	Behüte mich wie einen Augapfel im Auge, beschirme mich unter dem Schatten deiner Flügel (Psalm 17, 8)
friđla (auch *frilla*)	Konkubine, Geliebte
Uppland	Gebiet nördlich des Mälar, um Uppsala
Jarl	mächtigster Mann nach dem König
kom vi međ	wir kamen mit
naves (lat.)	Schiff
mér var þungt	ich war krank
empedementz (altfrz.)	Beschwernisse

stormr sjávar	Seesturm
se Deu ploüst (altfrz.)	wenn es Gott gefallen hätte
var mjok þrongt at oss	wir waren in großer Bedrängnis
dróttning mína	meine Königin
je ne conterai hui mes (altfrz.)	ich werde heute nicht mehr erzählen
Pone me ut signaculum super cor tuum (lat.)	Lege mich wie ein Siegel auf dein Herz (Hohelied 8, 6)
hamingja þú	du guter Geist (einer Familie), wie *fylgja* eine Art Schutzengel
hjartaprydi	Tapferkeit (mutiges Herz)
málsnjalli	redegewandt
frakkfrilla	Frankenhure
kvid ekki	fürchte dich nicht
Custodi me, protege me (lat.)	Behüte mich, beschirme mich (Psalm 17, 8)
Domine, firmamentum meum et refugium meum (lat.)	Herr, mein Fels, meine Burg (Psalm 18, 3)
ekki blotna	nicht den Mut verlieren
ekki kvida	nicht fürchten
Quoniam tu accendis lucernam meam, Domine, Deus meus illuminat tenebras meas (lat.)	Du erleuchtest meine Leuchte, der Herr, mein Gott macht meine Finsternis licht (Psalm 18, 29)
Deus, qui praecinxit me virtute et posuit immaculatam viam meam (lat.)	Gott rüstet mich mit Kraft und macht meine Wege ohne Tadel (Psalm, 18, 33)
ástin mín	mein Liebling
Völva	weise Frau, Seherin, oft auch zauberkundig
malefica (lat.)	Zauberin
In dolore paries filios (lat.)	Unter Schmerzen sollst du gebären (Genesis 3, 16)
Disen	Göttergruppe um Freya

bjarga skaltu kunna, ef þú bjarga vilt, og leysa barn frá konum	helfen sollst du, wenn du helfen willst, und das Kind aus der Frau lösen
hjalpi þér hollar vættir, Frigg og Freyja og fleiri goð	mögen dir wohlgesinnte Geister helfen, Frigg und Freya und so manche Götter
þér vinn ek þat er ek vinn, ástin mín	für dich tue ich, was ich tue, mein Liebling
barnsfylgja	Eihäutchen, das auf dem Kopf des Neugeborenen sitzt, guter Geist, auch heute noch »Glückshäubchen« genannt.
ek er glaðr um hjartarœtr	ich bin im Innersten glücklich
seið	nordische Zauberzeremonie, meist mit prophetischem Inhalt
varðlokkur	dazugehörige Trancegesänge
snædís [snaedis]	Schneemädchen
Diligam te, Domine, fortitudo mea. Domine, firmamentum meum et refugium meum et liberator meus, Deus meus, adiutor meus et sperabo in eum, protector meus et cornu salutis meae et susceptor meus. Laudabilem invocabo Dominum et ab inimicis meis salvus ero. Circumdederunt me fluctus mortis, et torrentes Belial conturbaverunt me, funes inferni circumdederunt me, praeoccupaverunt me laquei mortis… Misit de summo et accepit me et assumpsit me de aquis multis, eripuit me de inimicis meis fortissimis et ab his, qui oderunt me… (lat.)	Herzlich lieb hab ich dich, Herr, meine Stärke. Herr, mein Fels, meine Burg, mein Erretter, mein Gott, mein Hort, auf den ich traue, mein Schild und Horn meines Heils und mein Schutz. Ich rufe an den Herrn, den Hochgelobten, so werde ich von meinen Feinden erlöst. Es umfingen mich des Todes Bande, und die Bäche des Verderbens erschreckten mich. Der Hölle Bande umfingen mich, und des Todes Stricke überwältigten mich… Er streckte seine Hand aus von der Höhe und holte mich und zog mich aus großen Wassern. Er errette mich von meinen starken Feinden, von meinen Hassern… (Psalm 18, 2–6, 17–18)
Quoniam tu…	(Psalm 18, 29; s.o.)

Inhabitabo in tabernaculo tuo in saecula, protegar in velamento alarum tuarum (lat.)	Lass mich wohnen in deiner Hütte ewiglich und mich Zuflucht finden unter deinen Fittichen (Psalm 61, 5)
Kyrie eleison! Christe eleison! (griech.)	Herr erbarme dich! Christus erbarme dich!
skalli	Glatzkopf, Mönch
frakka	Fränkin
þarfleysu-tal	dummes Gerede
In nomine patris et filii et spritu sancti (lat.)	Im Namen des Vaters und des Sohnes und des Heiligen Geistes
Ego te baptiso (lat.)	Ich taufe dich
Da gaudiorum praemia, da gratiarum munera, dissolve litis vincula, adstringe pacis foedera. (lat.)	O gib der innern Freude Lohn, O gib der Gnaden Trostgeschenk, des Haders Fesseln löse auf, des Friedens Bündnis schließe fest. (Vespergebet)
je vos pri (altfrz.)	ich bitte Euch
þyðversk mær	deutsches Mädchen
Blóð konungs berr vatnið, deyr sálin, seggrinn með henni, þegar blóðug jörd bjargar nýtt líf ok gróa lauf af grafnu sverði.	Wasser trägt das Königsblut, die Seele stirbt, mit ihr der Mann, wenn blutgetränkte Erde neues Leben birgt und vom vergrabenen Schwerte Blätter sprießen.
Danapris	Dnjepr, Fluss in Russland
Leviathan	biblisches Ungeheuer
Benedicta tu in mulieribus … ora pro nobis peccatoribus … in hora mortis nostrae … Ave Maria gratia plena … (lat.)	Du bist gebenedeit unter den Frauen … bitte für uns Sünder … in der Stunde unseres Todes … gegrüßt seist du, Maria, voll der Gnade …
venefica (lat.)	Giftmischerin
Subvenite sancti Dei, occurrite angeli Domini, suscipientes animam eius, offerentes eam in conspectu altissimi … (lat.)	Kommt zur Hilfe, ihr Heiligen Gottes, eilt herbei, ihr Engel des Herrn, diese Seele aufzunehmen, dem Auge des Höchsten darzubieten (Sterbegebet)

Dominus pascit me, et nihil mihi deerit: in pascuis virentibus me collocavit, super aquas quietis eduxit me, animam meam refecit… (lat.)	Der Herr ist mein Hirte, mir wird nichts mangeln. Er weidet mich auf einer grünen Aue und führet mich zum frischen Wasser. Er erquicket meine Seele… (Psalm 23, 1–3)
Pater, in manus tuas commendo spiritum suum. (lat.)	Vater, in deine Hände empfehle ich ihren Geist.
Ego te absolvo (lat.)	Ich spreche dich frei
baggi	Vorläufer des kleinen Fjordpferdes, im Mittelalter Schimpfwort der Schweden für die Norweger
Sindri	der Funkensprühende, Pferdename
varask!	pass auf!
eigi hendir svá, frakka	so geht das nicht, Fränkin
flagđ-kona	Trollweib
Me festina (lat.)	Eile zu mir (Stoßgebet)
Adhaesit pavimento anima mea (lat.)	Meine Seele liegt im Staub (Psalm 119, 25)
Domine, ad adiuvandum (lat.)	Herr, zu Hilfe (Stoßgebet)
Deus cum nobis (lat.)	Gott ist mit uns
fífla	Närrin
Domine est terra et plenitudo eius, orbis terrarum et qui habitant in eo. Quia ipse super maria fundavit eum et super flumina firmavit eum. Quis ascendet in montem Domini, aut quis stabit in loco sancto eius? Innocens manibus et mundo corde… (lat.)	Die Erde ist des Herrn und was darinnen ist, der Erdboden und was darauf wohnt. Denn er hat ihn an die Meere gegründet und an den Wassern bereitet. Wer wird auf des Königs Berg gehen und wer wird stehen an seiner heiligen Stätte? Der unschuldige Hände hat und reinen Herzens ist… (Psalm 24, 1–4)
…attollite portae, capita vestra, et elevamini, portae aeternales, et introibit rex gloriae (lat.)	…machet die Tore weit und die Türen in der Welt hoch, dass der König der Ehren einziehe (Psalm 24, 9)
Recede, diabolo (lat.)	Weiche zurück, Teufel
varask!	pass auf!

goðr drengr	guter Kerl
þýbarn	Kind einer Sklavin
Domine ad adiuvandum, me festina (lat.)	Herr, zu Hilfe, eile zu mir (Stoßgebet)
Mulathing	heiliger See bei der Königshalle
blót	heidnisches Opfer, aber auch Fest in Privathäusern, bei dem geopfert wird
Miserere mei (lat.)	Erbarme dich meiner
soror diaboli (lat.)	Schwester des Teufels
muliercula (lat.)	Dirne
ek skall fenna þik	ich werde dich unter dem Schnee begraben
ætt yður mun illa fara	eurem Geschlecht wird es übel ergehen
Domine, dilexi habitaculum domus tuae et locum habitationis gloriæ tuae. Ne colligas cum impiis animam meam et cum viris sanguinem vitam meam, in quorum manibus inquitates sunt. (lat.)	Herr, ich habe lieb die Stätte deines Hauses und den Ort, da deine Ehre wohnt. Raffe meine Seele nicht hin mit den Sündern, noch mein Leben mit den Blutdürstigen, welche mit böser Tücke umgehen. (Psalm 26, 8–10)
Ego autem in innocentia mea ingressus sum, redime me et miserere mei. Pes meus stetit in directo… (lat.)	Ich aber wandle unschuldig. Erlöse mich und sei mir gnädig. Mein Fuß geht richtig… (Psalm 26, 11–12)
hyrningr	Gehörnter (Bischof)
blót	heidnisches Opfer, aber auch Fest in Privathäusern, bei dem geopfert wird
kom heill ok sæll	sei willkommen und gegrüßt
snápr	Tölpel, einfältiger Mensch
Ateh Gibor le-Olam' (hebr.)	Schutzformel: Du bist in Ewigkeit allmächtig, Ewiger.

Custodi me, protege me (lat.)	Behüte mich, beschirme mich (Psalm 17, 8)
varđlokkur	Trancegesänge
seiđ	nordische Zauberzeremonie, meist mit prophetischem Inhalt
Skalde	Dichter, Sänger
flagđ-kona	Trollweib
þrífisk!	verflucht!
Custodi me, protege me (lat.)	Behüte mich, beschirme mich (Psalm 17, 8)
Domine, ad adiuvandum, me festina (lat.)	Herr, zu Hilfe, eile zu mir (Stoßgebet)
skamt get ek eptir hennir æfi	ich gebe ihr kein langes Leben mehr
Ego te absolvo, in nomine patris et filii et spiritu sancti (lat.)	Ich spreche dich frei, im Namen des Vaters und des Sohnes und des Heiligen Geistes
De profundis…	(Psalm 130, 1–2; s. o.)
Quia apud…	(Psalm 130, 4–5; s. o.)
heill eru horfinn honom	das Heil hat ihn verlassen
brunnvaka	Brunnenwecker (der das Eis im Brunnen zerschlägt)
Freyrsgođi	Freyrspriester
Godenamt	Priesteramt
mun þó endi einn leystr vera um þá ógiptu	das wird nur der Anfang jenes Unglücks sein
spádísa	Schicksalsfrau, Norne
brúnaflekki	der Gebrannte
herfjotur	im Kampf Fluch über den Gegner, der diesen so lähmt, dass er sich nicht länger wehrt
Subvenite sancti Dei…	(Sterbegebet; s. o.)
túnriđa	Zaunreiterin, Hexe

kattskinnsglófi	Katzenfellhandschuhe (magisches Bekleidungsstück der Völva)
Subvenite sancti Dei…	(Sterbegebet; s. o.)
Afferte Domino gloriam et potentiam, afferte Domino gloriam nominis eius, adorate Dominum in splendor sancto. Vox Domini super aquas, Deus maiestatis intonuit, Dominus super aquas multas. Vox Domini in virtute… (lat.)	Bringet her dem Herrn Ehre und Stärke, bringet dem Herrn die Ehre seines Namens, betet an den Herrn in heiligem Schmuck. Die Stimme des Herrn geht über den Wassern, der Gott der Ehren donnert, der Herr über großen Wassern. Die Stimme des Herrn geht mit Macht… (Psalm 29, 1–4)
Vox Domini confrigentis cedros, et confringet Dominus cedros Libani, et saltare faciet, tamquam vitulum. Vox Domini intercidentis flammam ignis, vox Domini concutientis desertum et concutiet Dominus desertum Cades… (lat.)	Die Stimme des Herrn zerbricht die Zedern, der Herr zerbricht die Zedern im Libanon, und macht sie hüpfen wie ein Kalb. Die Stimme des Herrn sprüht Feuerflammen, die Stimme des Herrn erregt die Wüste, der Herr erregt die Wüste Kades… (Psalm 29, 5–8)
Dominus super diluvium habitat, et sedebit Dominus rex in aeternum (lat.)	Der Herr sitzt, eine Sintflut anzurichten, und der Herr bleibt ein König in Ewigkeit. (Psalm 29, 10)
Pater noster… (lat.)	Vater unser…
opt er í holti heyrandi	der Wald hat oft Ohren
hyrningr	Bischof
machina (lat.)	Ding, Werkzeug, aber auch Kunstgriff, List
meyja mína	mein Mädchen
deyr sálin, seggrinn međ henni	die Seele stirbt, mit ihr der Mann
Ora et labora (lat.)	Bete und arbeite
verđ á brottu	weg mit dir
deyr sálin, seggrinn međ henni	die Seele stirbt, mit ihr der Mann
Pone me ut signaculum super cor tuum (lat.)	Lege mich wie ein Siegel auf dein Herz (Hohelied 8, 6)

Quia fortis est ut mors dilectio (lat.)	Stark wie der Tod ist die Liebe (Hohelied 8, 6)
Subvenite sancti Dei…	(Sterbegebet; s. o.)
varask!	pass auf!
harfagri	schönes Haar
þræll	Sklave
flagđ-kona	Trollweib
herfjotur	Fluch über den Gegner
Asen	Gesamtheit der nordischen Götter
ættarskomm	Schandfleck einer Sippe
Adhaesit pavimento anima mea (lat.)	Meine Seele liegt im Staub (Psalm 119, 25)
Guđ hialpi salu	Gott helfe der Seele
Ex infans! Ad lucem! Dominus te vocat ad lucem! (lat.)	Heraus, Kind! Ans Licht! Der Herr ruft dich ans Licht!
þarfleysu-tal	Unsinn
Pone me…	(Hohelied 8, 6; s. o.)
groá lauf af grafnu sverđi	vom vergrabenen Schwerte Blätter sprießen
reynt hefi ek brottara	ich habe Schlimmes durchgemacht
hví er vi sva illa leikinn	wie wurde uns so übel mitgespielt
kvennskrattinn þinn	du Zankteufel
In Deo tantum quiesce, anima mea, quoniam ab ipso patientia mea. (lat.)	Aber sei nur stille zu Gott, meine Seele, denn er ist meine Hoffnung. (Psalm 62, 6)
gróa lauf af grafnu sverđi	vom vergrabenen Schwerte Blätter sprießen
deyr sálin	die Seele stirbt
In Deo tantum quiesce, anima mea, quoniam ab ipso patientia mea. Verumtamen ipse Deus meus et salutare meum, praesidium meum, non movebor. (lat.)	Aber sei nur stille zu Gott, meine Seele, denn er ist meine Hoffnung, er ist mein Fels, meine Hilfe und mein Schutz, dass ich nicht fallen werde. (Psalm 62, 6–7)

Melius est duos esse simul quam unum (lat.)	So ist's ja besser zwei als eins (Prediger 4, 9)
Quia unus cecederit, ab altero fulcietur. Vae soli! Cum cecederit, non habet sublevantem se. (lat.)	Fällt einer ihrer, so hilft ihm sein Gesell auf. Weh dem, der allein ist! Wenn er fällt, so ist kein andrer da, der ihm aufhelfe. (Prediger 4, 10)
Funiculus triplex non cito rumpitur (lat.)	Eine dreifältige Schnur reißt nicht leicht entzwei (Prediger 4, 12)
Domine, ad adiuvandum (lat.)	Herr, zu Hilfe
Guđ hialpi salu	Gott helfe der Seele
Vae soli!	Weh dem, der allein ist. (Prediger 4, 10)
spádísir	Schicksalsfrauen, Nornen
In Deo tantum quiesce…	(Psalm 62, 6; s.o.)
hamingja	guter »Geist« einer Familie
kom þokamyrkvi	komm, Nebel
kom veđr	komm, Wetter
fífla	Närrin
herfjotur	Fluch über den Gegner
dróttning mína	meine Königin

QUELLEN

Die zitierten Gedichte stammen aus:
Götterlieder der Älteren Edda. Nach der Übersetzung von Karl Simrock, neu bearbeitet von Hans Kuhn. Stuttgart: Reclam, 1960 (1991)
Für die Gedichtzeilen auf den Seiten 5 (Hávamál 111); 114 (Völuspá 20); 118–9 (Hávamál 91, 92, 161, 162); 229 (Völuspá 36); 264–5 (Hávamál 20, 21, 19); 290 (Vafthrúdnismál 46); 323 (Völuspá 63); 360 (Hávamál 15); 380 (Völuspá 43); 402 (Völuspá 46); 435 (Hávamál 149)

Der Abdruck erfolgte mit freundlicher Genehmigung des Reclam Verlags, Stuttgart.

Alle Bibelzitate stammen aus der *Polyglottenbibel,* bearb. von R. Stier und K. G. B. Theile, Bielefeld und Leipzig, 1875.